三棵树

雷隆隆 著

山东文艺出版社

图书在版编目（CIP）数据

三棵树／雷隆隆著 . —济南：山东文艺出版社，
2023.8

ISBN 978-7-5329-6934-0

Ⅰ . ①三… Ⅱ . ①雷… Ⅲ . ①长篇小说—中国—当代
Ⅳ . ① I247.5

中国国家版本馆 CIP 数据核字（2023）第 120305 号

三棵树

SAN KE SHU

雷隆隆　著

主管单位	山东出版传媒股份有限公司	
出版发行	山东文艺出版社	
社　　址	山东省济南市英雄山路 189 号	
邮　　编	250002	
网　　址	www.sdwypress.com	

读者服务	0531-82098776（总编室）
	0531-82098775（市场营销部）
电子邮箱	sdwy@sdpress.com.cn

印　　刷	山东临沂新华印刷物流集团有限责任公司
开　　本	710 毫米 ×1000 毫米　1/16
印　　张	35
字　　数	550 千
版　　次	2023 年 8 月第 1 版
印　　次	2023 年 8 月第 1 次印刷
书　　号	ISBN 978-7-5329-6934-0
定　　价	90.00 元

没有永远固定不变的家园。一组家庭成员，在浩瀚的没有中心也没有终点的星海间漂流，他们的人生创业奋斗史，是一个时代或者几个时代社会经济文化变迁的缩影……

自 序

时光荏苒。转眼间，离我出版的文学作品集《温暖的雪》一书，已暌违八个年头。

长篇小说《三棵树》的写作，差不多耗费了三年时间。我不去提要这本书的故事梗概，只想在开篇时，表露下自己有关写作的两种心迹。

先讲讲写这本书的文外想法。退休后，本来归于封笔，安心"看庭前花开花落，望天上云卷云舒"的宁静生活，却又自找烦恼，重新走到劳神耗力的书案前。

今生有幸，生活在太平盛世里！中华文明上下五千年，朝代更迭，有几多的太平盛世？太平盛世可遇不可求！人生一世，仅是滔滔长河几束浪花，眨眼一瞬！没想到我们这一代，竟能大半生安然幸福生活在和平年代的襁褓里。要知道，战争离去并不太远，我的爷辈父辈都是从战争岁月走过来的。我出生的前五年，中国上空还在硝烟弥漫，响彻隆隆炮声。新中国成立至今七十多年，至少在中国本土上，没有发生过大的战争。国家政通人和，百姓安居乐业，专心致志搞建设过生活。人的一生能够避战火远战争，求得安宁生存环境，就是最大的幸运！

亲身感受祖国日新月异的变化。看国家综合力量，中国经济、科技、文化、军事的发展速度，由弱变强，雄狮正在东方崛起，让世界为之瞪目。看人民生活水平，已经全面迈入小康。单看占国民三分之二的农村与农民变化，几千年延续的公粮、农业税免了，种粮还给补贴鼓励，扶贫攻坚取得大成效。

走遍世界，多见中国的游客，国内山川湖海及社会各个角落，皆是男女老幼映红飘绿、歌舞升平的繁华景象。置身其间，无处不被国泰民安的暖风激流，熏染着燃烧着，心情难以平静。

太平盛世来之不易！它有中国百余年来仁人志士不断觉醒、前仆后继、求新求变的深刻激励，其国家面貌的沧桑巨变，更是在中国共产党领导下，新中国建立七十多年来，各族人民万众一心，艰苦创业，不懈奋斗所取得的伟大成就。太平盛世并非一帆风顺，而是经历了无数坎坷、苦难与磨砺。新中国后的发展，是成功与失误、希望与困难、光明与曲折相互交织的螺旋形的探索过程。

感恩太平盛世。这部小说的初衷，就是想通过笔下的人物，通过龙峪镇何家几代人的创业奋斗经历，描绘出中国社会巨大变迁的恢宏历史画卷，浓缩出中国老百姓生活的跌宕起伏。

地球，本来没有中心，任何的点皆是中心。因有了某一地域人口、文化、交通的汇聚或是政权的确立，便有了中心。世界本来没有家，四海皆为家，有了婚姻孵化出的父母子女血脉情缘，便有了家的居住地及其宗族延续，这个延续永远在跳跃着……变更着……

龙峪古镇，既是虚构也是真实的存在。三棵古柏树，是龙峪的物质地标，是龙峪的人文精神符号，还是何家人祖辈后代传承的象征。小说里的主要人物，虽是虚构，也多有他的原型。小说既高于生活，更多是忠于生活，写作风格含有其他色彩，但主要属于现实主义。

书中所限定的百余年，在历史长河中，仅仅是个片段而已，但经历的却是中国由弱到强的一百余年，震古烁今！我写的就是从晚清的何汉清开始，到何致兴、何长生、何建业包括何蕾、何舒奇这么五代人，时在当下，当然重头戏是写中间三代人。书中人物，即使后来功成名就的人物，开始都是农民出身的普通百姓，人物伴随着社会的发展而进步。小人物中有大作为，普通人里有真性情。通过这些在不同时代守在龙峪或走出龙峪的普通农民，在不同领域的创业经历与家庭生活状态、来反映中国城乡百余年来天翻地覆的变化。

龙峪的大何家中心的形成，经历了数百年的历史发轫、蓄势与沉淀。按着自然规律与宗法思想的惯性，它早该是一个人兴业盛的"滚雪球"式的大家族气象。龙峪镇的其他众多姓氏，与老何家一样，都在祈盼着本门中心的光大昌盛，大家小家连脉相扣，成为光宗耀祖的名门望族。有地脉有历史有文化的龙峪，祖祖辈辈与之相伴的大何家，需要后人的传承赓续。然而，在国家宏观战略发展的大形势下，在社会经济结构的重大调整中，许多惯性的历史归属要改写，许多先辈的夙愿守望要重新审视。在飓风狂飙之下，龙峪的子孙如同蒲公英绒球飞动的种子，经风历雨，在空中四散飘去，融进了全国甚至世界各地……

何家人在龙峪中心的衰微，意味着何家子孙在其他各地中心的生根、发芽与结果。何家每个人物，都有自己的时代烙印与人生经历。坚守在龙峪土地上，有在乡村兴家立业的定位。从何致兴三番改行到何建丰初出茅庐，开始都是争学一门手艺，以求养家糊口。走出龙峪的后代，有自己的大格局，何长贵外出当兵，经受过战争洗礼最后转业到地方；何建业考学后获取知识，从事地质找矿工作。他们接受党的教育与国家的培养，讲得更多是舍己忘我，全身心投身建设为国家做贡献的家国情怀。何建丰、何建伟无官一身轻，跻身改革开放洪流，下海闯天下，去寻找农民进城创业谋生的新空间，还要去力争活出从农村到城市身份转换的人格尊严。再往下走，到了何蕾、何舒奇、何静这一辈，追求的是高大上，强调与世界文明接轨，要到更远更高处放飞理想，实现自身的价值……

《三棵树》的人物，跨及中国东西南北中，岗位职业遍涉工农商学兵各个行业。他们与中国社会大变革、经济大发展同步，在国家获得高度繁荣的背后，凝结着他们艰苦创业的智慧汗水和进取精神，同时，也见证承载了前进中的坎坷磨难与成本代价。

歌颂主旋律是小说应尽的责任，悲天悯人又是小说的良知。沧海横流，方显英雄本色。写事业成功的喜悦与艰辛，写社会关系的和谐与复杂，写人情世故的温暖与悲凉，写世间百态的良善与丑陋。小说改变不了世界，但可以反映世界，可以向往世界。只有这样，全方位地实事求是地反映各个时期人物多彩的物质世界和精神世界，展示"潮平两岸阔，风正一帆悬"锦绣前景，才无愧于这个伟大的时代。

第二个问题，顺便谈下我创作《三棵树》的写作状态。写作极其辛苦，这三个年头，是我的写作年，也是我的阅读年。一边阅读大量书籍，查阅资料，采访信息。一边埋进书稿写作，全天候的身心投入，颠倒了昼夜，模糊了日月，甚至损害了健康。我几乎闭门谢客，淡出红尘，还隐居到大山里，租间小房搭个小灶，与萤火小灯简陋书桌相守，耐住几乎与世隔绝的艰苦与孤独，走进另一个空旷虚无但也有人间烟火的世界。

写作又是件幸福的事情。闲来，穿越原始森林，观飞瀑流泉，听山鸟啼唱。走进山民家庭，体验最底层老百姓对历史对新时代的思想生活感受。最重要的还是，我每天与书中的人物共舞，与他们的喜怒哀乐起伏相融聚，遇到人物伤心处，会与他们一起流泪；遇到人物兴奋时，会与他们一起欢笑，也会对书中的对抗人物有悖情理与道德的事情而愤慨不已。我在用心与书中的人物沟通交流，从某种程度，我也是书中的人物。有了这样的情感，《三棵树》里那些人物、情节、场景、氛围以及矛盾冲突，他们会自然而然地如同金马河的大水，浪涛叠涌，从我指缝里的笔头蹦跳出来，一路欢唱，奔腾向前……

我在写作中得到了快乐，我乐此不疲，与《三棵树》中的人物一起挽着手，经历风风雨雨，迎接中华民族伟大复兴——中国梦实现之日的到来！

二〇二三年三月七日于长沙御和苑书斋

目　录

第一章

　　何长生，论长相没长过爹，论肤色没长过娘，论个高超不过大哥长福，讲体魄比不过小弟长贵。中等身材，略长的脸，单眼皮，皮肤偏黑带着微红，谈不上俊俏可也不丑，很健康。在脸模上最显父亲遗传力的是那耸立的鼻子，长得通泰，决定了面容和人体自上而下中线的直挺。再说到心胸远大、创业精气神，何长生也不如他爹何致兴。但他绝对是个犁耧锄耙样样精通的庄稼好把式，这一点又比他爹强。他是一位体质结实、朴实厚道、平和守己的老式农民。何长生才四十多岁，皱纹就爬上了额头，那是山里田间地头风吹日晒留下的斑痕，也是他承担中兴何家大任思虑过度留下的印迹。

　　何长生从小就佩服爹。爹叫何致兴，是龙峪村阅历多彩的知名人物。他的母亲韩瑞兰是邻村不富却是大家族的女儿，勤劳善良，传统守礼，笃信佛教，一心相夫教子，别无他求。长生有个大哥，叫长福，是父亲前妻生的，基本上也是与他一同在父母面前长大。他还有个大姐长秀，从小就呵护他和小弟长贵。

　　在记忆里，长生见过爷爷奶奶的面。爷爷叫何汉清，高个儿，须发鬓毛旺盛，还用胡子扎过他的小脸蛋。平时戴着黑色瓜皮帽，内穿家制棉布所做的开胸对襟衫，外套黑青色薄棉长袍，脖子上常挂着一尺长的旱烟袋与火镰①。这衣着摆设，那时龙峪街上行走的老头，差不多都是这样。都

---

　　① 击打石料引火的钢制工具。

一九三一年了，清朝消亡快二十年，这个地处太偏僻太封闭的——龙峪村，还有改不掉清廷旧制的"布衣遗老"，爷爷大概就属于这一类，脑后还垂着越聚越细的单条辫子。隔他家往东走，第十一家的王家，有个七十多岁的老爷子，出门有时嫌辫子太长，还得在脖子上绕一圈，再垂下来，额下架着水晶石墨镜，手里拖着带有"龙头"的文明棍。爷爷何汉清出远门，总爱在肩上搭个钱褡子，把脚脖处的绑腿带扎束得很紧。奶奶脚小，人也小，走路一步三摇，不爱说话。穿着浅黑色宽袖大襟衫、大裆宽筒裤，只勤劳干活，在家缝补浆洗，操持家务。爷爷奶奶待孙子孙女很亲，他们大约是在他五六岁时相继去世的。

从爷爷辈开始到现在，他们何家发生的许多大事，长生几乎都知道。过去的故事他没看到的，是听爹听娘一点一滴有意没意传说的。后来的事情是他自己经历的，或者也是听别人说以及其它道途知晓的……

何长生的爹——何致兴，四十岁起开始蓄胡子，胡子不像爷爷何汉清的络腮胡子，他的黑须长得极顺畅，像三股瀑布，中间是主流两侧是支流。龙峪的人，说他是美须公。一说美须公，就有了点关老爷飘然春秋的气度。平时常穿的衣裳，不外乎白色黑色或者藏青色粗布衣，特爱整洁，在同伍的庄稼人群中，显得比别人干净清气。种庄稼，何致兴谈不上好把式，但是常规春种秋收农活，都能够做。空闲时喜欢做两件事。喜欢一个人蹲到地头，装上旱烟慢慢吸着，去欣赏那汗水浇出来的绿油油的庄稼，他好像能够听到庄稼往上长高的声音。另外还喜欢带孩子去村边三棵树遛弯，以他尊崇的"标志物"为题，教育训导后代。

龙峪村东头村口地势最高的地方，生长着三棵大柏树，四季常青，经天纬地，人们习惯叫它——三棵树。

何长生记得，大约在他十岁的时候，头一回听父亲何致兴讲"三棵树"和"功德碑"的故事。

一天，何致兴带着他的四个孩子，来到三棵树下。兴致勃勃坐在大柏树前的石头上说："今天，爹给孩子们讲讲咱这龙峪最好听的传说。"他与大哥长福、大姐长秀、小弟长贵还有街坊几个小伙伴围成一圈。

爹抬头看看浓密的大柏树，娓娓道来："这'三棵树'，可有年头哩！它风风雨雨，少说也有七百年历史，但没有文字记载，现在的人谁也说不清楚它真实的生辰八字。

"很久以前，龙峪这地方，一年四季刮着狂风，特别是咱们坐的这个地方，是个大风口。到处飞沙走石，天昏地暗，天上的云都落不住脚，很少下雨。天干地裂，粮食缺收，老百姓常年过着饥馑日子。有一年从西边来了一对夫妇，带个孩子，像是传经布道的道士。他们走了几千里地，看见龙峪百姓这么苦，就临时住下来，看能不能解救百姓于水火。这天又是好一场狂风大作。风刚停，他们就在这个地方开始焚香向老天爷祈祷，并念念有词说，只要让这里大风终止，百姓平安，自己宁愿化为苍松古柏。谁知道刚说完，突然电闪雷鸣，一阵暴雨过后，这三个人不见了……"

孩子们听得津津有味，急切地问："他们到哪里去了？"何长生看看大哥长福，有点听得心不在焉，好像他已经听过几次，熟悉故事内容似的。

何致兴仰头环视下周围绿色大幕，感叹地说："他们化成了现在的三棵大柏树。从此这里开始风调雨顺，五谷丰登，老百姓过上了幸福的日子。人们都说龙峪百姓的好生活，是三棵大柏树赐予的，他们是龙峪家泰民安的基石和保护神。到现在，逢年过节还有人到树下来烧香祭拜！""它是龙峪村的标志是龙峪人的根，咱们可不能忘记啊！"

他指着三棵树说："你们看，中间最大的一棵有七人合抱粗，边上一丈多远的这棵，也需要六人才能搂得住，它们的树顶既朝外又向上，已经合抱在了一起，钻到了天上，就像一对老夫妻。那棵离两丈远稍小些的柏树，应该是他们的儿子。"

孩子们与父亲一起仰望"三棵树"的尊容。这三棵大柏树高十多丈，树干枝桠纹理如刀刻斧凿，宽窄凹凸疏密不一，缠扭着攀附着直耸苍穹。树根粗壮，盘虬卧龙。树冠散开，遮荫十多亩地，苍郁细碎的枝叶千编万织密连在一起，像黑压压的几大片云层，遮天蔽日，雄伟壮观极了。枝叶间结着像小星星般的碎籽，发着蓝莹的光。大柏树能释放出一种特有的味道，有点像樟脑油，还像陈年老酒，芳香清新，浸人肺腑。

何致兴停顿片刻，吸了几口旱烟，又指指离"三棵树"左侧不远处的碑坊。接着讲"功德碑"的故事："也是很久以前，应该是在元朝初年，离现在有六百多年历史了。那时政权刚建，社会纷乱不断，天下并不太平，老百姓日子过得很苦。特别是龙峪这一带大山里有'刀客'出没，经常出来烧杀抢掠，祸害百姓，弄得人心惶惶，大白天在龙峪外围，都是路断人稀，人们没有急事，都不敢外出。有年夏末的一天，咱们龙峪寨，突然被上百号'刀客'围住了！"

何长生这时举起小手问："爹！啥叫'刀客'？"爹说："'刀客'，就是土匪！"何致兴进一步解释："'刀客'也有好坏之分。杀富济贫、替天行道者，如《水浒传》里的晁盖、武松、李逵，可以叫绿林好汉，也可以叫响马；杀人越货，见了谁都欺负，像《西游记》里那半路抢劫唐僧，被孙悟空一棒扫退的三十多个恶棍就叫做土匪。"

"那时候，咱龙峪村只有一百来户人家，虽是小集镇，在这方圆几十里也算个商业繁华地。龙峪村依山傍水，背靠悬崖，前方还是陡坎。出镇只能走东关西口。东门西门建立有很高很坚固的石寨墙垛。从军事上，可算是易守难攻，一夫当关，万夫莫开。那年来的这股'刀客'，因寨门厚实，上方有民团防范，'刀客'先扑东门，不开。再攻西门，依然进不来。恼羞成怒，扎在石寨外围，并扬言如攻破龙峪，定要'屠寨'……"

这时周围的几个小伙伴，异口同声问："什么叫'屠寨'？"。

"屠寨，就是要把全村老百姓杀掉，东西抢光。"说得小朋友们个个缩头伸舌头，表情发怵。

"……在这紧要关头，村里长者听说有龙峪人在外做'校尉'①的姜祖昌，带兵在距龙峪五十里地方驻扎，就派人连夜趁黑出寨求救。姜祖昌闻讯，带领一拨人马，赶回龙峪，与刀客展开激战，最终赶走刀客，为龙峪解围，救了全村的老百姓。老百姓为了纪念他，特意立了这块'功德碑'。"何致兴

---

① 元朝武官五品官职。

边说边指左前方："孩子们，走，带你们去认识下'功德碑'。"

三棵树偏西北四十多步开外，矗有碑坊一座，高三米，宽两米多点，厚两尺余，用山里的大青石所铸，下有碑座，顶上雕琢有虎狮兽，碑文用正楷书写凿就。但见碑文刻着：

> 龙峪古镇，历史悠久，山明水秀，年丰民安。元世祖二十一年，山中强贼百余人，携刀斧围龙峪抢劫。龙峪民团持械护镇，因石寨坚固，贼一时难攻，贼扬言，破镇必屠寨杀戮。龙峪危在旦夕，夜派精壮信人出寨求援，龙峪籍在外任校尉姜祖昌大人，恰在近处驻防，闻讯带兵百余人，星夜赶至龙峪，与盗贼鏖战。官军贼寇，旗鼓相当，对峙两昼夜，后匪不敌，退去，龙峪躲过一劫。恩公祖昌救民于水火，危难义举，感天动地。经镇乡绅百姓商议，为龙峪百姓永志恩德，以示后人，特立此碑为证。
>
> 元世祖二十二年龙峪全镇乡民立

听完故事，又经字字句句引领地看碑，所带这群小字辈，虽懵懵懂懂，但多少也明白了些"忠孝节义""爱憎分明"的道理。几个小伙伴忽闪着求知的眼睛，争相问道："那救人的大将，现在的龙峪，家里还有人吗？"

"据说，姜祖昌后来官职升到了'骁骑尉'①，他的家人与后代，都随迁到外地去了。上辈人传说，龙峪现在的民国乡政府，就是他家的旧宅地。"

何致兴用满是老茧的双手，揽住孩子们感慨地说："这'功德碑'与'三棵树'一样，是龙峪人的魂魄和精气神，咱后代子子孙孙可不能忘本，忘记恩德！"又自诩："我凡胎肉体草木之人一个，少读诗书，不知学问，但为人做事，要上对起天下对起地，顶天立地！"爹还说："别小看咱龙峪，这里要历史有历史，要文化有文化，百姓懂礼义守道德。下辈人要把这好传统继承下去……"

---

① 元朝武官正五品官级。

龙峪是个好地方。何致兴站在三棵树前，居高临下远望。四方可一览无余，被金马河冲积出的近千顷小盆地，旷野浩荡，看不到尽头。周围是层层叠叠、连绵不断的青山，如若细看，第一层略低，呈绿色，山上的乔木灌丛，几乎可辨；第二层是青色，高出前山，山上的崖壁大皱褶可凸现出来；再往后一层，更高更远了，只能显出隐约的绛紫色轮廓……尤以金马河两侧的山脉最险，山势像如来佛祖伸出的双臂，由西往东在远方又合掌在一起，那合掌的地方，并没有关实，有一道亮光，与远处的天空融到了一起，那就是金马河在龙峪小盆地蜿蜒几道弯后，流向远处的出水口。金马河的最上游其实不叫金马河，发源地往下近两百里叫商河。后与一条支流夏河交汇，在丹峡县境内更命为金马河。不同大的流程路段有不同的金马河传说。金马河流经龙峪这个小盆地时，充分展露出了它的壮阔与豪气，河床足有八九百米宽，流速湍急的碧水，哗啦啦地撞击着满河五颜六色的鹅卵石。靠龙峪这一侧，有条长约数里，日积月累冲刷加厚高出河床很多的亮晶晶的白沙滩。河岸修有堤防，排排杨柳树翠绿的像两条飘带，在微风下摇曳。皇天后土，河流堤防只是曲回的几条线，其余皆是满眼大片的冬种小麦秋植玉米的庄稼地，还有纵横交叉的阡陌小路。

　　何致兴端详够了远方，又开始下望错落有致的龙峪古镇。

　　龙峪古镇，依山傍水，街势很高。它处在龙峪小盆地的北缘，坐北朝南而建。东西长约三里多，南北宽一里半，地面稍呈斜状，北高南低，最北的房子就建在石岩下，依次有北中南三条街，街与街间，有十多层房舍建筑相隔。大多数民房是土墙黛瓦，有富裕人家的，则为青砖墙或石墙结构房子。街道路面全由长条形青石板铺就，泛着灰黑色的光泽。与三条街道竖向交叉，还有宽窄高低不一的二十多条大小胡同。中街最大，宽约十多米长数里，是古镇的中轴线。在这条街道两侧，排满了做生意的商贸铺面，铺门都是镶嵌推拉式的门板，日夜可以拆卸，有理发铺、布店、盐行、酒肆、印染行、铁匠铺、日杂店、当铺、药铺、旅馆、饭店等。街东尽头就是大柏树、功德碑。禹王庙在街最西头。广场戏楼、城隍庙、镇政府在中街中段，成为中心区。北街有关帝庙、宋朝理学家程颢程颐讲过学的纪念坊。南街一处岩石高地上，还筑了条"观波长廊"。走出西门，再往西的"梨树沟"里，还藏有古香古色颇具规模的"清风寺"，香火缭绕。小小的龙峪山镇，照样设有佛教会、基督教会、武馆镖局、钱庄票号、戏班烟馆。历史文化积淀，宗法家族势力，商贸交流融聚，传统观念风俗，民间工艺瑰宝，形成一幅五彩斑斓的社会生活图卷，在这个饱经沧桑而略带忧郁的小镇子中，生生不息，一代接一代地舒展着、滋养着、传承着……

古镇南面形成陡坎，没有出行的通道。居住在古镇里的村民，只有沿着大街的东西关口才能走出村子。如果站在金马河上朝北而望，龙峪镇就像艘高耸的中间宽两头略窄的大船，停泊在河岸的岩边。靠东北面山坡从新乐、定州连过来的山路马道，在龙峪镇南面下方经过，那里有两间孤零零的小房子，旁边有四五棵老槐树，挂有木质牌子，上写"龙峪客栈"字样，是行人路过住宿的地方。

龙峪镇，发轫何时？有镇史记载，建镇在唐朝天宝年间，已有千余年历史。镇上人口极杂，据说大部分是移民来的，真正土著人极少。对照《百家姓》，龙峪镇的姓氏，就有七十姓之多。说起移民，不外乎三，一是外来游侠江湖人士到此，看好这片"世外桃源"而定居；二是战争灾荒之年，从大山以外的平原或都市逃难人流，在此滞留下来；三是一个时期的政权外派公务人员，拖家带口在龙峪安家的。当然，八方男女的联姻，也是这片古镇人口得以不断繁衍扩充的原因之一。

龙峪镇地处淮原、汉北、平陆三省交界处，出龙峪往东南两里，有两座山分道，形成三岔路口。往东北过龙峪可下淮原新乐，往西南可进西川去汉北江夏，往西北能经商宁入平陆长阳。交通的特殊地理优势，使得龙峪这个偏远落后的小山村，又变得较为开放。东西南北过往停靠行人繁杂，有了些商马古道的味道。

何长生有时候会问父亲："我们何家祖先，到底从哪里来的？"他从小伙伴口里听到其他姓氏的来龙去脉，对自己家族世袭由来，也有了兴趣。

何致兴回答："祖辈是从哪朝哪代迁到龙峪来的，我活了半辈子，也没有听到过准确说法。何家辈辈农民出身，家里没有祠堂，有个祖谱也是后续的，最早的老祖先，也只是从先辈口口相传，都是含含糊糊。流传最多的是从平陆洪洞县大槐树下来的。相传在明朝洪武年间，洪洞大旱，饿殍遍野，树皮草根都吃光了，有何家一中年夫妇为了活命，带着家眷，二子一女，走出太行，越过黄河，过新乐，一路逃荒要饭，往西南方向的金马山走来，走了几个月，走到龙峪镇这个地方。那时龙峪还不大。何氏夫妇就为一户张姓财主家做长工，就这样一代代传下来。龙峪镇周边的几个村，有四五十户何姓人家，人口两百余口，都属于这一脉。""还有个说法，明朝末年，家在太康的明朝大将葛云昭，曾是镇守边关守将。明崇祯末年，清兵入关，葛云昭带兵抵抗失败，妻子也是军中战将，被清兵追杀，进入金马山。几经周折，拉起复明大旗，聚啸山林，与清廷抗拒数年，后来被剿杀，同僚大多丧命。葛云昭夫妇俩只得隐姓埋名，改姓"何"，躲到龙峪，安心务农，成为当地的平民百姓，日后子孙兴旺，下传了十余代。龙峪镇何姓不下十四家，还有远近村庄的"何姓"人家。对这两个传说，真假难辩，各有执词，但大部分何姓后代宁信后者，质疑前者；淡写前者，强调后者，哪怕是虚无飘渺，也希望祖宗前辈都是英雄，自己当然也是将门虎子。

随着何家人口繁衍增多，这两种传说愈演愈盛。在长生爷爷那一辈因为争执这种"何家源流的正宗"，还闹有小故事。说有年，何姓几家同族相邀去上祖坟，回来路上，何门后代三十多个一大群人，途中有说有笑。期间说到了老祖宗的来龙去脉，有位何家后生，读了几年私塾，信奉"逃荒说"，开腔道："我觉得咱老祖宗是明朝大将不靠谱，大将军当胸怀大志，虽兵败也要去攻城略地，也不会钻到这深山老林消沉下去，何况那时这里可能路都不通，外面的队伍根本进不来。"接着又说："到现在，谁也没见过片纸证据，我看倒像是从远方逃荒要饭过来，更实际。"刚说完，另一位年龄相仿，几乎没读书的楞小伙抬上杠了。两人你一言我一语争执，互不相让，楞小伙读书少，说理谈道不占上风，气不过，上去照着那后生就是一耳光，边扇边骂："妈的，何家的老祖宗，就是大将军。你说是要饭的，污辱祖先！"被打后生也不服气，还了一拳，念道："我有我的看法，碍你屁事。"楞小伙："你贬低先人，我以后听见一次，扇你一次！"为了争老祖宗身世的真伪，自家人居然上手打了起来，同行的人边劝边笑。但是为了维护老祖宗高大形象的尊严，大部分人还是赞同"将军说"，奉劝别说贬低祖宗的话。

至此，代代相随，龙峪镇的何氏后代子孙，就自诩为明朝大将军的后裔。传说那位不惜粗野，而维护祖先将军假说的猛子，后来在国民革命军当兵，还真的混了个营长。

何致兴向长生和长福讲起家史，只依稀记得他的爷爷辈。爷爷奶奶生了他爹与他的两个姑姑，再往上的老祖宗，就有些云遮雾罩。父亲叫何汉清，母亲仅知道姓王，不知道名字。他们家自然也是大何家族"将军说"或者"乞丐说"中的一支。反正每年清明时，他们总会派人跟镇里几户亲戚，去上何家的老坟。

何致兴说，从他爷爷那一辈，家里还有四五亩好地，家境还算过得去。可悲的是爷爷吸大烟①，吸着吸着卖掉了三亩多地。最后还是奶奶的鼻涕眼泪，才保住了最后的不到两亩地。农民没有了土地，就变成十足的穷人。到了何致兴的爹——何汉清这一辈，父母儿子闺女，全家五口，守着一亩多庄稼地，只能靠天吃饭。家里起早贪黑，在龙峪北面的荒山上，又开垦出亩把土质很差的坡地。龙峪下方较平坦处的好地，多为大户所占。家里一日三餐的饮食主粮，主要是玉米蜀黍、红薯，少量的小麦，粗细粮搭配着过生活，饥馑年份，还要去挖野菜补需。身着服装全是青黑色的粗布大襟衣，生活平淡而拮据。那时候，他家这样生活状态，在龙峪村占绝大多数。镇里的人都是农民，就是个别有商业铺面的人家，也都在兼种着自己土地里的庄稼。

何致兴生在清光绪二十四年，弟弟何晋兴小他两岁。何致兴还有个妹妹，长到三岁时夭折了。何致兴二十岁前，弟弟晋兴一直陪着他，除读两年私塾的识字初级班外，其他在家时间，下地务农、割草、放牛、玩耍，兄弟俩经常在一起。弟弟长得更敦实些，脑瓜好使，在龙峪私塾读书，比致兴学业好。弟弟何晋兴十八岁时，随人外出做皮货生意，漫游到了龙峪以西更深的大山里，在邻县叫安坪镇的地方，认识了有些姿色的新寡女子梁桂芝，俩人住在

---

① 鸦片的俗称，属初级毒品。

了一起，后来成婚并生有一女儿。晋兴往家捎信，不敢说真相，只说外面生意好，应酬多，一时半会回不了家。其实已在那镇上定居，父母与哥哥何致兴还蒙在鼓里。

何致兴记得，爹三十五六岁后，常带他和弟弟到三棵树去。爹不仅仅是喜欢在大柏树前看景致，更喜欢听村里人谈天说地。"前十多年，北京的秀才们闹事，怂勇光绪皇帝搞什么变法，最后还是被慈禧老佛爷给收拾了。后来就一直是时局不稳！""听说了没有？南方有个叫孙文的人，还有个叫黄兴的，这两个人厉害，从南方起事，组织北伐军一路往北打，把清朝都撵下了台。""如今兴新学，女人兴放脚，男人剪辫子，文字讲白话，要恢复汉人江山。""那革命党个个红头发绿眼睛，走到哪，杀人放火到哪，比原来的李自成还凶猛十倍！"在三棵树下，能够听到很多稀奇古怪的流言假说。十来岁的何致兴何晋兴似懂非懂，只跟着爹听稀奇。这些经历，就是说何致兴与何晋兴小时候就跟随爹看新颖涨知识，小兄弟俩形影不离，感情好。

麦收的一日，何致兴的爹何汉清，正在地里犁地，邻居也是何家远门的侄辈何双喜，气喘吁吁跑到地头，上气不接下气地喊："伯……伯，晋兴哥在上山……出大事了！"

何致兴爹满脸茫然，刹住犁铧，不急不慢斜着眼问："啥大事，看你急得鞋都要跑掉了？""听说，晋兴哥被人杀……杀了！"何致兴爹不相信："简直是胡说八道，光天化日之下，谁敢杀人？"何双喜结巴着说："……是……是捎信人说的。"何致兴爹有点急："捎信人呢？"何双喜答："来人不敢与你老见面，将信交给邻居，就匆匆忙忙去了。"

"真的，有信在这里。"何双喜说罢将信递到了何致兴爹手里。

何致兴爹展开一张小字片，上面草草只有几行字：

晋兴家人，你家晋兴在西川县安坪镇，因被告通革命党，全家人被害，望速来处理后事。

何汉清看完，手在颤抖，一阵眩晕，被报信的何双喜扶住。挽到家里，喊出何王氏，妻子听后瞬间倒地号啕大哭。何汉清冷静下来后，连夜打了个小包袱系在肩上，带着二十多岁已经结婚的大儿子何致兴，踏着一条弯曲很远的山路前往安坪镇。走了整整一夜，第二日中午到了安坪镇。

这镇是西川县的大镇，规模与龙峪镇不相上下，四周全是大山。到安坪时，街上人群依然惊魂未定，三三两两还在议论这桩凶杀案。何致兴随父亲到弟弟何晋兴居住的民巷里。街坊邻居很多，乱哄哄的，三具尸体还摆放在门内，等待着亲人的验证。父亲在旁人的搀扶下，何致兴紧张得满身是汗。父亲战战兢兢揭开尸首上的盖布，但见晋兴儿面容苍白，胸脯上衣浸着血迹，再看另两具，他的儿媳与孙女，惨不忍睹，脖上均有血斑。镇上掌事的人向何家父子陈述案情，何晋兴平时为人本分和善，在外跑些皮货，回来加工制作成各色皮裤皮袄出售，家人也是普通妇道人家。平平常常过生活，没有与人结怨。只听说何晋兴前几年曾经与这一带活动的革命党领导的组织有来往。何晋兴一家三口被害后，门后钉有字条，写道："何晋兴私通革命党，多次为革命党提供情报，杀之以儆效尤。"杀人者落款是山中土匪闫天霸。列举的罪名是过去旧账。案情亦不知是真是假！何汉清悲愤而不解问道："现在都国民共和了，咋还讲什么革命党？"周围一些人悄悄说："咱这穷山旮旯儿，天高皇帝远，帮派纷争，土匪横行，无法无天，谁也说不清是非。可能是淮原大军阀操控的哪个政权勾结土匪借刀杀人，总要找些借口，关键还是有啥利益！"何汉清父子悲痛万分，急忙处理，就地掩埋儿子及其家人。接着请人写了状子，又步行六十里，到西川县喊冤，要求查办凶手。县政府法院接案后，答应一定严查。何致兴陪父亲回家后，再也没有接到血案水落石出的结果。何汉清虽是一介草民，悲痛之余，但心里明白，这本来就是一桩见不得天日的阴谋大案，在兵荒马乱的深山背里，哪里会给老百姓个公正说法。经历了这场伤心至极的"血光之灾"，何汉清像变了一个人，从此沉默寡言，不再追问案情，再也不提安坪镇这个伤心之地，也很少再提到小儿子的名字。何汉清与何王氏的小儿子，何致兴唯一的亲弟弟，从此，在他们的家庭中消失了，在他们的记忆中淡去了。这是一九二二年何家发生的重大事件。

何家的故事，还得继续倒着说下去……

何致兴继承了父母的因子，忠厚本分，十九岁已出脱成结实精干的小伙子。偏长的脸膛，细长眼，眉宇清朗，挺直的鼻梁，微薄的嘴唇，中等个稍高，显得英气勃勃。这年，父母托媒人说合，开始张罗给儿子说媳妇。到二十三岁这年，才算与镇东街口的铁匠张连山家联姻。张连山世代以铁匠为生，家有独女张凤鸾，比何致兴大二岁。张连山把独生女嫁到何家，张凤鸾到何家后倒也贤惠，上敬公婆，下操家务，第二年生下个儿子。何家得孙，人人喜笑颜开。何汉清捻着花白胡须向儿子儿媳叮咛："一定要给孩子起个吉祥万福的好名。"翻来覆去，最后给新生儿取名"长福"。当时，龙峪镇还有两个同音名，一个叫"常福"，另一个叫"长富"，只不过姓氏不同。

这长福，小时候长得乖巧，胖胖嘟嘟的脸蛋，虽有铁匠的血缘，但并不黑，生得白白净净，体质也结实，全家人百般呵护这个小宝贝。

长福两岁多时，何致兴夫妇这天下地，将长福带到地头玩耍。何致兴将儿子比做庄稼，指着玉蜀黍稞对凤鸾说："这孩子长势像玉蜀黍稞像小麦杆，蹭蹭往上长，以后这个头肯定超过他爹。"又话锋一转，给正值青春的妻子开玩笑："等到长福再大一点，咱俩再'咯吱'出来个娃。"铁匠的女儿张凤鸾，身体丰满，体格健实，外表不丑，性格开朗，说话也大大咧咧，这时笑着与丈夫嬉闹："你有本事，现在就弄一个出来？"何致兴被老婆一句不经意的玩笑，撩得性起，真往远处看了一眼，断定近处无人，就把上衣秋马褂一脱，铺在地下，过去把张凤鸾手里的锄头一扔，就要与老婆做那事。那凤鸾知道丈夫这年龄的"德行"，也不反对，只是口里念道："长福娃在那看着哩！"两人匍匐在垫有干玉蜀黍稞的黄土地上，开始一上一下掀动。小长福在旁看父母俩翻腾，像在打架，却有说有笑，总又觉得是爹在欺负娘。小长福也不哭闹，坐起来蹒跚着，捡起个小土圪垃，往爹光溜溜的脊梁上砸，又在不远处捡根小干树枝，往爹身上打，何致兴也不恼，只是嘿嘿地笑着："这娃子①，以后心肠好！"

---

① 龙峪土语，即孩子。

又过了半年，到长福三岁多点时，凤鸾的肚子真的又挺了起来。何致兴的老父亲何汉清与母亲何王氏自然高兴得合不拢嘴，把家里好吃的鸡蛋、红枣、白面都省下来给孕妇吃。老父亲每日在街上晃悠时，手里悬着铜嘴旱烟袋，边吞云吐雾，边还要哼几句家乡戏。何致兴的母亲，颠着小脚到西街人家借织布的辒器①，邻家婆子笑呵呵地对王氏说："我看你家儿媳这次怀的像闺女！"王氏没有不高兴："你咋知道？"邻家婆子："你没听说过？肚尖怀男，肚平怀女。我是看凤鸾肚子，瞎猜的。"王氏心想，反正我家已有长福这个大孙子了，就嘻嘻一笑："管他是男是女，反正又添个乖宝宝，何家缺人丁，是大好事。"对方也随笑："那是，那是，家里人丁兴旺是头等大事，咱这个年纪图啥？不就图个子孙满堂家业兴盛吗，恭喜了，你真有福气！"

天有不测风雨，到临产的前半个多月，张凤鸾突然得了个怪病，高烧不止，腻食，啥都不想吃，特别到夜里，疯疯癫癫乱说胡话。何致兴全家急成热锅上的蚂蚁，请遍了龙峪四周三个有名的老中医，一个说寒食不节，源于伤风；另个说虚火上升，内积所致；再个说是心血不通，属中风类。待药物不治后，还请来了神婆道士驱鬼辟魔，皆不灵验。到了最后几日，奄奄一息披散头发的张凤鸾在清醒时轻轻拉住儿子的手，小长福在娘的病榻前，吓得哇哇直哭。她用近乎乞求的口气对丈夫何致兴说："他爹，以后莫亏待了长福！"

到了"白露"节来的前一天，张凤鸾再次发作，接生婆还是把她肚子里的孩子拉了出来，但已经是死胎，而且还是个小子。张凤鸾带着她可怜的孩子一起走了。何家如晴天霹雳，从张凤鸾生病到办完后事不过二十天，何家全家锐减成四口人，亲家张连山夫妇如同在阴间地府里走过一遭，神色精气全无。特别是已过六十岁的何汉清，经受不住打击，一下苍老得把腰都弯下去了。

时间又过了一年，全家人带着小长福，情绪慢慢好了一些。何汉清又开

---

① 旧时农家织布用的器具。

始为儿子续弦。四处托人，找了多家，都不大愿意，主要是致兴有个小孩，不想来当后娘。到了一九二六年底，有媒人回信说，离龙峪镇不远的韩家村，有户人家说可以商量。对方在韩家村也算大家庭。

韩家村离龙峪镇不过十里路，村里也有四十来户人家，韩姓过一半。女方叫韩瑞兰，父母都是地道庄户人，家有兄妹三人，韩瑞兰排行老二，上有长兄韩雨亭，下有小妹韩玉莲。父亲韩少卿有兄妹五人，均为"少"字辈。韩少卿见龙峪镇何家来说媒，开始琢磨。一来龙峪地方就那么大，他常到龙峪赶集办事，对镇里人口也知道一些，知晓何汉清家风不赖，是个本分之家；二来韩少卿几个兄弟姐妹的儿女许多已经联姻，都在本村或其他小村庄或是沟壑更深的独户人家生活，他也有心与龙峪镇街上的人扯个亲戚。虽然何致兴妻亡留有孩子，心里咯噔一下，最后思来想去，还是与夫人与女儿反复商量，愿意许下这门亲事。

缘分到了，极顺利。提亲不到半年，当年的秋天，何家又喜事盈门了。

韩少卿在本地不算富裕，但家境能够过得去。也有个信仰，在家信佛，因而把世事看得淡，算个明白人，知道何家日子普通，也不为难何汉清，没要多少彩礼，反倒给了不少陪嫁，让女儿高兴。

何致兴看那新妻，生得比原配小巧，上身穿桃红小衬衣，下着深蓝裤子，脚踩红色绣花鞋，五官周正，也属瓜子脸，面色红润，只是头发老是向右眼一侧搭住。是夜入洞房，翌日清早起床，新娘子洗脸后，何致兴才不经意地发现韩瑞兰的右眼角有条小淡红疤，小绿豆芽那么长。新娘看着何致兴异样的眼神，就略带神伤地问："你不会嫌弃我吧？"

何致兴反应也快："哪能啊，你不嫌弃我这身世就不错啦！"接着又问："这么美的脸膜子，咋会弄个记号？"

"小时候，夏天在屋外凉席上睡觉，被野猫抓了一把。"韩瑞兰回答由紧促变成随意。

幽默，不一定都是读书人的专利。何致兴这时俯瞰着自己的新人，撸起长布衫袖子，露出古铜色的肌腱。他指着左手手腕往上走五寸处，一道隆起的疤痕说："这是我十七岁那年在山上砍柴，斧头飞脱留下的。"接着嘿嘿一笑看着温情的妻子又说："我这记号比你大，不过比你落根的地方好！"

"说了这么多，你还是嫌弃我！"瑞兰嗔怪，嘴微微咧下。女人把一个小的瑕疵看得很重。

"你现在已是俺何致兴的人了，啥时候都不会厌烦，你真的丢了，我找人，还有个记号！"说完，满劲地憨笑。

俗语"讨个好媳妇，富三代！"韩瑞兰走进何家不出小半年，春风吹又生，就让丈夫迎来了何家中兴。

第二章

　　十九世纪初叶，孙中山领导的辛亥革命，把中国政局搅动得天翻地覆。"驱除鞑虏，恢复中华"，结束了两千余年的封建帝制，把清朝从皇位上拉下来。之后又是袁世凯的八十三天皇帝梦，黎元洪、冯国璋、徐世昌、曹锟各个总统……走马灯似的，这番唱罢他登场。军阀混战、地方割据，社会依然动荡不安。

　　龙峪村虽偏僻，各类外界消息，还是通过马道商人跑兵不断带进来。龙峪镇政权机构时常变幻，镇公所——今年刚刚由成立的党派挂牌掌权，明年又换成了新政权的衙门。但龙峪人生活还算平静，不少老年人头戴瓜皮小帽或裹着头巾，身着自制粗布衣圆口布鞋，也有穿草鞋的。"新学"①已经兴起，可晚清遗风还在小刮着。

　　何致兴依然种他的地。这位庄稼汉的思想并不僵化，大致是在三棵树下受熏染多了，心里还是觉得现在一些新风提倡的好。回家就给父母和妻子说："我就同意让女人放脚，作为女人非要缠脚，真可怜！那么小，四五岁开始缠，把活楞楞生长的脚丫子缠得变了形，有啥好？咱闺女接受新学，不缠脚，我没意见！"已过七十岁的何汉清给儿子抬杠："你懂啥！找女人先看脚，有了两只大脚片子，到处跑，还不翻天？还会受男人管束!？"

　　韩瑞兰是贤惠能干、举止持重的女人。这时的她，已经相继生育了长秀、

---

　　① 清末到五四运动前西方传入的资产阶级新文化，也指新式学堂。

长生、长贵，三个孩子之间差不多相差一两岁。特别在对待不是自己亲生的长福上，虽做不到视如己出，却也没有明显偏向。几个孩子的穿戴吃喝几乎人均一样。其实韩瑞兰的心地也不是装出来的，自己从小耳濡目染，受父亲韩少卿信奉佛教的影响颇大，懂得与人为善。这让何致兴父母看在眼里服在心里，总私下与人说："瑞兰这媳妇心平。"

其实，长福娃心里还是有阴影。知道瑞兰不是亲生母亲，心里总有点怯生生，懂得了几分乖巧。何致兴也在暗里开导过他："长福，在后娘那要学会嘴甜眼头明，勤快些，帮后妈做点事，少跟弟妹们吵嘴打架。"点头称是的小长福性格平时就温顺，更会按父亲的嘱咐去做。

孩子慢慢大了，吃穿用戴读书，何致兴感到生活开始拮据起来。何汉清夫妇年纪都大了，何致兴已经逐渐接过了担当何家大梁的班。穷人家孩子只有将就着过日子，仅穿衣服都是由大溜到小，层层往下传。长福最大，大长秀五岁，妹也穿哥的衣服。长秀女孩子，有件起小花色的鲜艳衣服，韩瑞兰一改装，长生长贵也得跟着穿。特别到冬天更难过，金马山里非常寒冷，有时可达零下十八九度，滴水成冰。孩子们身上的棉衣都不厚，走到外面大多吸溜着鼻涕。有时棉花不够，就夹杂着些芦花、旧布代替。

四姐弟的脾气，长福最温顺，不急不躁，多依附于父母，久了也有了点"木讷"。长秀性格聪明泼辣，小嘴也会说。到七八岁时，就能帮母亲料理些简单的家务事，呵护两个弟弟，对长福哥也尊重，所以父母特喜欢这个闺女，几个兄弟也佩服家里这位能干的女娃子。长生生得文弱，办事慢吞吞，看上去亲和，可有时不如意也会发些倔脾气。长贵生得更结实些，有性格但讲分寸，有些头脑。

孩子大了，夫妇俩就商量怎样供孩子读书的事。何致兴自己没甚文化，却懂得文化的重要，总对妻子说："万般皆下品，唯有读书高。已经到民国了，孩子不识字可不行。"韩瑞兰淡淡一笑，拿话激他："我知道读书好，可你拿什么去供这一长溜？"何致兴咕噜咕噜眼睛，没说话。

龙峪镇办了所小学，属镇公所公办。设在村外两里路的破庙里，有二三间房子，三个教员，一个姓李的老师讲语文，还是晚清的秀才。一个讲算术的老师，姓秦。还有张校长，兼讲时事政治课。使用的主要是《三字经》《弟子规》《四书五经摘录》等传统启蒙教材。条件简陋，课桌是一尺来宽的桐木板或柳木板，用石礅架起。凳子由学生自带。小窗户糊着白棉纸，光线昏暗。班上大概三四十个学生。在这所学校里，长福读得久，从六岁读到十一岁。长秀只读了半年，认识了一百多个常用字，就没让念了。长生五岁多入学，刚读了一年。长贵还小。长秀前脚踏进学堂门，后脚就跟着出来，找爹说："我还想读书！"爹温和地哄她："秀，不是爹娘不让你读书，家穷供不起。女孩子，能认自己名字就行了。重要是把女红学好，才是真本事。"长秀闪着迷惑的眼神反问："那北街的李素芬，跟我一样大，咋就不退学？"何致兴耐心说："人家是大户人家。还是让你几个兄弟多读一点，男孩子将来要干大事！"娘也跟着过来劝："秀，别为难你爹。你慢慢大了，家里事多，你就跟娘当个帮手。"何致兴又乘兴说："是的，以后哥弟们成才了，也不会忘记你这位姐姐。"这些开导劝慰，成了决定长秀以后辅佐母亲代管两个弟弟的精神寄托。

　　时光如水。何家人日出而作日入而息，平平淡淡过生活。此时，何致兴全家老小八口，人均不到四分地。开阔平地只有一亩八，剩下是坡面地。坡面地得看天收成，风调雨顺时，每季每亩还能收上一斗二斗庄稼，如遇天旱或水涝，甚至会绝收。收获的粮食往往不够吃，日子过得清苦。

　　龙峪镇这时已有二百七八十户人家，像何致兴这样的农户，占了绝大多数，人均只有几分地。富户也就七八家，他们占了龙峪镇百分之五六十的土地。富户要么是祖辈传下来的基业，要么是当代人在外做生意发了财，或在政府或在军队有一官半职，享有国家俸禄，回家置房买地。也有立足当地的地痞流氓，靠野蛮霸道，巧取豪夺，逐渐武装起了家产。何致兴有个远房表哥，是他外婆侄家的孩子，叫王元才。本住在龙峪村外十里远的叫"汤下"的小山村。头脑灵活善做买卖，十七八岁离家外出，在外闯荡二十来年，谁也说不清楚其在外的"子丑寅卯"。到他四十岁出头那年，从外地回来，浑身阔绰，骑头大骡子，长衫礼帽，身后还跟了顶花轿，带回了大小两个老婆，一男一女两个孩子。行李不多，随轿放了些衣箱奁盒。回家后很快买了几十亩好地，在龙峪镇买了八九间旧宅，不出一年，扒掉重盖，在原地又建起一长幢高大而富丽的新房，成为龙峪村显有头脸的富户。之后，又生儿育女三个。他为人表面和善客气实则狡诈，如打上交道，最后总要吃亏上当。久了乡邻知其为人，多绕道走不敢与其深交。

远房表哥比何致兴大五岁，他是富户，致兴是穷人，为富多不仁，王元才从骨子里也没有看起这个穷表弟。何致兴虽穷可有骨气，也不去攀高枝，慢慢也知道了表哥为人禀性，平时很少来往。回过头来，何致兴穷归穷，也并不是老实巴交的人。他也想过好日子，也常做梦有白馍吃有绸缎穿。王元才的发迹，让他受启发，只守着几亩薄地，八辈子也翻不了身，想过好日子还得做点小生意。

何致兴平日有几个铁哥们。说是铁哥们，首先是话投缘。一个是街东头周保中，长相敦实、为人厚道。家有六口人，爹去世早，留下寡母，上有大哥，四十头上还没成家，倒是自己先结婚，生有一男一女，家也穷。另一个是赵天祥，偏高精瘦，做事精明脾气也好。谁家有婚丧嫁娶之事，都会主动上门帮闲，名声好。久之，也与镇政府一些有头脸的小官吏来往。家有父母兄弟妻子儿女，家境比较宽裕。何致兴与这两个朋友合得来，主要是何致兴性格豪爽仗义，与人打交道不计较，能吃亏，遇到不平事又嫉恶如仇，勇直相助，与人朋友让人暖心。三人话投缘，性格又互补，于是结了金兰之好。

龙峪镇村东口的三棵大柏树，四季常绿。何致兴家住街中偏东，周保中住村东头，离三棵树最近，赵天祥家在北街，村就那么大，离村东口也不过五百米，因而这三位朋友常到三棵树下相聚。三棵树树大荫阔，内连村口，外观远方，是附近村民茶余饭后自发的休闲地，经常三五成群聚集在这里，只不过何致兴几个朋友去得最多。聚在一起西扯葫芦东扯瓢，大到道听途说的政界官场，小到村里的趣闻逸事，再小是各家婆娘子孙家务事，天马行空，想到哪说到哪。要么抬几句杠说几句气话，今日分手；要么大小不分，相互调侃，哈哈一笑，明天再见。

这日，三棵树下又有聚会，何致兴有意又随意与两个兄弟说："咱们总过穷日子，不是长久办法，我想做点小生意，兴许能翻个身，我家现在七八口人吃饭，压力真大！"

赵天祥不假思索接腔："做生意操心大，不如先学门看家手艺更实在。"

"做生意要本钱，咱兄弟又没钱借给你！"平时老实的周保中尽吐实在话。

三人围绕手艺活，怎样选木匠泥瓦匠铁匠与银匠，闲扯好一阵，最后还是赵天祥把话落在了"竹匠"上。他说："咱这里的西山有几大块竹林，不缺竹材料，价格也不贵，竹匠的学家不多，还是学竹匠更靠得住！"接着又说："老弟愿意学，我姨夫会这手艺，我说说，你跟他学！"

赵天祥随口出主意，却让何致兴真的动了心。

晚上回家，何致兴与家人商量。听到丈夫要学手艺，瑞兰面露喜色对丈夫一笑："难得你有学手艺的想法，今个太阳从西边出来了？"

"真的，再不想点求生门路，这苦日子啥时候才是头！"

瑞兰哼哼鼻子："你有那个耐性？"

"有！我这人只要是拍了胸脯的事，九头牛都拉不回。"何致兴信心十足。

"咱哪有钱买竹子？"瑞兰又问。何致兴也笑了："这手艺，本钱最低，几把刀，一张垫腿的厚布就行了。西山有几大片野竹林，材料我自己去砍！"

在韩瑞兰认同下，何致兴很快托赵天祥与他的姨夫说合，拜了师。赵天祥姨夫，住在离龙峪镇八里路的坡背村。姓宋名希臣，年纪已有五十来岁，中等个偏矮，身板硬朗，圆脸有点秃顶，留着微卷的胡子，不大讲话，若讲出话来就有分量，是方圆几十里有名的竹匠，编织技术精细，编织的各种竹器逢集就挑到龙峪镇来卖，经常一抢而空。宋希臣本不想收何致兴，主要说他过了三十，学艺年龄太大。但经不住外甥不停磨叽说好话，还是给答应了。

何致兴因有赵天祥的关系，与师父很融洽。当他看到师父家摆设那些竹器，如竹篮、筷子篓、竹筛子、竹筐、竹椅子，是那样的精致惹人喜欢，暗暗佩服师父的手艺，也在立下恒心，非把这门绝活学到手不可！

学到三个月头上，师父带他出了次远门。翻山越岭，走了一天半百余里路程，到了邻县的县城——商宁。主要是去看竹器，这是致兴长到三十多岁见到最大的世面。商宁县城建在山坡上，街上商铺林立，车水马龙，过往的行人，特别是少男少女不少油头粉面，感觉比龙峪的人"洋"多了。商宁县也是处在大山区中，街上卖山货的很多，木耳、香菇、药材、动物皮毛俯首皆是。师父带致兴不看别的，只进几家竹器店。看那店里摆放的各色竹器商品，目不暇接。有粗糙的，多是老百姓日常生活适用的。有种是竹子与其它木材料拼接加工的家俱，如太师椅、条几、小餐桌，书柜，四周的边缘、支撑的腿脚全是竹子所编，但上方的平面都是用轻质木材镶入，而且做了黑漆，启明发亮，站在前面能照见人影。还有一类是既适用又能观赏的摆设，如梳妆盒、钟盒、书盒、烟盒，编制的精美之极，个个是艺术品。不过那时何致兴并不懂那叫艺术，只知道好看——美，美透了！

在商宁县停了一天，何致兴跟着师父每人挑了担竹器回到坡背。其实师父选得多是农村人在适用基础上向艺术升级的产品，准备挑回来边琢磨边试验，促成自己的技术提高。通过这次远行，让何致兴心地开阔了，暗自在想："这天底下，真是山外青山楼外楼啊！"原来对师父心里的崇拜，顿时矮了一截。

师父在徒弟心中打了折扣，还得继续学。致兴学竹匠的形式，与其他徒弟不大一样，不是那种吃住在师父家、寸步不离的"跟师"式学法，而是像中学生里的"走读生"。平时有空去学，遇星期假日就不去了。尤其是农忙的时候，何致兴毕竟是个庄稼汉，家里的主劳力，有几亩地要他去种。反正是挤空，三天打渔两天晒网地去学。

何致兴每次去，都会按师父要求，运竹、锯竹、破竹，主要干些下手的活。把竹子分解、打磨成细篾材料，供直接操控编织技术的师父选用。何致兴天天盼着师父能点拨些核心技术。而他只能眼看，心里揣摩。师父几乎没有多少话说，只一味告诉他如何将原竹分解成不同等级细片与碎丝。

其实师父宋希臣也没有坏心肠，旧时代的师父或多或少都有几分保守。认为徒弟学师三年才出师，时间还早，慢慢来。

　　师父不急，但徒弟偏又是个急性子，恨不得一嘴吃个胖子。这一冷一热、一缓一急，矛盾就来了。好在师娘人和顺，师娘姓苗，比师父还大三岁，差不多有五十六七了，脾气好。小脚在家扭来晃去，操持家务。家有二女，大女儿已结婚好多年，嫁的就是自己母亲姐姐的儿子赵天祥。所以，宋希臣既是赵天祥的姨夫，也是其岳父。小女儿也出嫁到外村，回娘家少，何致兴很少遇到。致兴一来，平时家里多是师徒三人，师母见致兴来，总是"兴……兴……"地叫，很亲切。常也顺带问问致兴家里的情况，有好吃的也总拿出来留给徒弟吃，致兴与师母间的话比与师父间的搭讪多，让致兴感到一些温暖。

　　秋天，龙峪方圆十多里高高低低的坡岭洼地上，起伏着大片密密匝匝的玉蜀黍与豆类作物，青纱帐变成了黄绿相间的色块彩带，各村男女老少埋头在自己的田间忙着秋收。

　　每季的收成，是庄稼人头等大事。师父家人口少，有近二亩坡地，平时抽空打理，活量不大。师父宋希臣一门心事都在竹匠上，这是主业。再忙，竹器的编织销卖基本不停。秋收前又去买了批竹子，当下手的破竹分篾的活儿，当然等着致兴徒弟去干。

　　秋收真忙，是个理由。忙完收割，接着还要犁田、耙地、播种冬小麦，一环套一环。但致兴从内心里，的确开始对竹匠枯燥反复的"初级劳动"有些厌烦，秋收过后也想多赖些日子，乘机歇歇。

　　过了一个来月，致兴拖着疲惫的身体，懒洋洋地走进师父的家门，师母看徒儿来了，高兴地匆匆让凳子："兴，这久没来了，家的事忙利索了？"

　　"差不多了，还有点尾子活！"何致兴接过师母递过的大碗茶随口应道。

　　这时师父却阴着脸，不冷不热地冒出句："致兴，你学手艺要上心，别东瞅瞅西看看，丢了魂似的！"

　　致兴知道师父嫌他来晚了，轻声说："我这不是来了。"他不愿多狡辩。

"来了？你看看，龙峪三乡五里的最后一片种进地的麦子，都吐青芽了。"

"这批竹杆弄进家快两个月了，还原封不动躺在地上！"宋希臣指着院子里堆放的几大捆竹原料，没好气地继续说。

致兴知道师父想要他过来干活，心里有气又不好回嘴，只得低头不语。

这时从屋里走出个人来："致兴，手艺学啥样了？"他们师徒接话斗嘴，被在屋里坐着的宋家外甥听到，出来有意打个圆场。

致兴看是天祥兄弟，心里快活，还没张口，就被他的师母赵天祥的姨接了过来："兴这孩子实在，也聪明，学东西快！"

学得快与不快，师母、师父、致兴本人心知肚明，都可以用面子话糊弄外面进来的人。

"边看边学，慢慢来吧！"致兴也算会讲话，接着问，"你咋来了，也不打个招呼，咱厮跟①上。"

"我昨天就来了，找姨，给俺娘借点东西。"借啥，赵天祥没有说。

过了会，赵天祥的小儿子进来了，看见致兴笑着愣愣地喊了句叔。七八岁了，还流着清鼻涕，弄得半边脸都是。看着也正常，就是一开口说不上十句话，就会冒出句傻乎乎的笑话。赵天祥与媳妇是亲上加亲的姨表婚姻。他们前面生的大儿子和女儿还算正常，小儿子基因错乱，不大精明。

吃过午饭，赵天祥带着憨儿子回龙峪，致兴把他送到门外。赵天祥看没人，轻声问："致兴，在这啥样？"何致兴对哥们不藏掖，直爽回答："你姨夫的脾气有点吃不消！"赵天祥做了个鬼脸说："这个我知道，不过想学手艺，就得学会憋屈自己，万事开头难，过了三关就好了。"遇事，这个老哥总是鼓励自己，致兴心里有感受，扑哧一笑，在天祥肩上拍了下："那是！"

精明的赵天祥看这阵容，知道致兴学这一行不会长久……

---

① 龙峪土语，陪同一起的意思。

日子慢慢熬着，农家人忙天忙地，转眼进了冬天，天气明显有了寒意。

致兴的婆娘韩瑞兰嘴上不怎么说，但心里关注着丈夫的学艺。有时致兴回家，会顺便问上一句："他爹，手艺学啥样了？"致兴也是敷衍："八字还没一撇，离出师还远呢！"瑞兰就跟着叮咛："你可不能三心二意，要耐着性子，好好跟师父学！"

致兴知道妻的好意，但又显得不耐烦："知道，知道。"

"我还等着用你亲手编的筛子与菜篓哩。"妻再补一句。

"你烦不烦！"致兴皱着眉说。

何致兴对外看着较随和，其实是很倔强的人。一般没有太大的委屈与难处，他从不愿在家人面前诉苦。

故事有新曲，过了月余，宋希臣又收了个新徒，是同村的张小山，比何致兴小七岁，长得精明，头脑灵活，态度虔诚嘴乖巧，成天师父或师母地叫。师父开始有点偏心，常在致兴面前夸奖张小山，要师哥好好学习师弟的为人处事。这让何致兴心里有点不爽。

跌过阴历十一月，进入"小寒"节气。师父宋希臣为迎接过年龙峪大集，准备赶制一批竹具，除常用的家具外，还领会模仿从商宁带回的产品，准备做几张精制的小饭桌。临时从更远的山里买了四五十根老竹竿，澄黄而清亮，卸在院里。突然远在另个山村的宋门堂叔病故，有人报丧，宋希臣吃完饭匆匆跟人走了。

过了三天，宋希臣为叔叔办完丧事回来，一进门，傻眼，买的那批老竹有大半被破成了平时细丝原料，白花花软绵绵地舒展在地上。

"谁叫你破的？"师父瞪着眼冲着徒弟吼叫。

致兴不解地说："平时不是也是这样破的？"两人都在质问对方。

宋希臣暴跳如雷："那是原来，这批老竹是专门做小桌面的，只破两层，你都破成了三层篾！"

接着又上气不接下气，在桌子一啪，震得茶缸直晃荡："致兴，你真亏死我了！"

原来致兴本来说好三天假，结果在师父刚离家后又提前来了，看着一批新竹，师父不在，刚巧张小山也没来。就拿起竹刀破起来，破一层分一层再揭一层，而且分类摆得井井有条，满以为师父回来会夸奖自己，没想到招来一顿臭骂。

这时师母急了，不停地为致兴打圆场："你又没打招呼不能破，小兴也不知道。"

师母又说："算了算了，兴学徒弟也不容易，咱就按老做法去做，天也塌不下来！"

新徒弟张小山刚好走进门来，遇见这事，嘴张了几次，也不知怎么说好，只能劝道："师父消消气，消消气！"

师母不怕宋师父，但知其性格，拿他也没办法。

情绪在周围的劝说下，开始弱了下来，不想师父宋希臣又来了句不依不饶的话："致兴，我早看你眼高，没有用完全心思学手艺，你走吧，别为难了你！"

这时的何致兴头脑轰的一下。你当师父的，正面骂侧面敲都可以，但不能说这刺激人的风凉话。

何致兴本来弯着腰，捂着头坐在小椅子上，"腾"地站起来，气鼓鼓地顶撞："不学就不学！"又呼地冲出院子，夺门而去。

师父宋希臣也愣了一下，没想到平时低头不善言语的徒弟发起牛脾气来，也不在他的水平之下。

师母迈着小脚跟了出来，哪里能撵得上……

随着这年岁尾的到来，何致兴学竹匠的生活也结束了。春节前，何致兴在家收到师母托人捎来的一把镶有黑漆面的精致小坐椅。捎信的说，师母让他回去，师父就是那脾气，让他不要计较，这把椅子留下做个纪念。何致兴收下礼物，看那椅子，知道是与师父一起去商宁县挑回来的。何致兴知道这把椅子情义，也知道它的份量，但是既然出来就不会再回去了。

回家后，何致兴心情自然不快，韩瑞兰也没多怪他。其实韩瑞兰是有心计有智慧的女人，平时在丈夫面前问不出个所以然，但背后还会同来往于坡背村的熟人，偶尔打探何致兴的学艺状态。她深知丈夫禀性，早料他学竹匠的热气不会长久。说多了也没用，只看丈夫哪天脸上没了阴云时，再不轻不重与他讥笑。

春节过后是元宵节，节前韩瑞兰窜掇着四个孩子找父亲编灯笼。何致兴满口答应。

致兴弄来两根竹竿，熟练地破成丝篾，边想边做，大圈套小圈，用小绳左掷右捆，又用绵纸糊上，贴上花花绿绿的装饰，四个大小不等圆柱灯笼做成了。四个孩子高兴得手舞足蹈，为刚出道的竹匠爹爹自豪。

正月十五夜，天上一轮寒月，地上万家灯火。虽是深山区，元宵灯节照样红火，许多家的男孩女娃都点亮蜡烛，走到大街小胡同，争相炫耀家人准备的各式各样的花灯笼。长福长秀长生长贵四人打着爹做的灯笼，出门迎风招展，与街坊小伙伴们欢腾在节日的夜色里。结果没过一袋烟工夫，有两个灯笼着了火，两个灯笼走了型。四个孩子哭哭啼啼回家向娘告状。韩瑞兰看到几个破烂的黑灯笼，不由地笑出了声："这么快就回来了？这就是学竹匠的爹，给孩子们扎的好灯笼？"

有性格的何致兴可不服这个气。过罢正月，去山上砍回了几捆新竹，拿出了在师父那学了半年多的看家本领，编编折折，终于编出几挑竹篓，还有十多顶雨帽，搁放在自家临街的门口卖。几个月下来，竹篓还卖出了几只。雨帽因干旱数月滴雨未下，几乎无人问津，还高高摞在原地不动。这时候的何致兴尽管说不出，也逐渐认识到商品质量与适销对路的重要性。他也深知靠纯手艺，自己养不好这个家。

之后，有好几年何致兴灰了心，又回归到全心种地的心境上，跟着太阳起落干活。限量的土地、充实的劳动，日子照样过得紧巴，头三年后三年没有大变化。这让他更加坚信——靠纯田间劳动致不了富，过不了上等人的生活。

之后，何致兴又重新离开土地，干了两件营生。

一件是，经路过龙峪的客商介绍，往西北行走百十里的丹峡县，到那里伐木，挣钱多。何致兴背着行李，独自一人去了。那里的山，比龙峪还要大还要高。在林场报过名，被编入伐木队，每天天明起床，吃饭后，跟着与他年纪不相上下的壮劳力人群，腰系绳索挎着利斧，进入遮天蔽日的原始森林里伐木。原始森林树种繁多，多是阔叶树种，有青冈木、榆木、松木、椿树、楸树，更多的是质地坚硬的栎木，粗的可以合抱。还有一些珍贵的白松、红豆杉。伐木，劳动强度极大，还充满着危险。遇到大树，要人爬上树先卸枝，几个人又砍又锯，倒树需特别注意方向。有时不注意，一个小树枝弹过来，不死则伤。山里有时还会遇到豹子和狼，人都要结伴而行。木材被伐下，就靠背拉肩扛绳拖，将直径尺余粗的圆木运到山脚的金马河边，再结成木筏放排，由专人顺河航运到下游去卖。

何致兴在伐木场时间也不长，前后不到一年。这时间里，他结识了许多工友，那些工友都是穷苦人出身，来自四面八方，还有外省来的，有丹峡县本地的陈谦，有远方太华省的聂金宝。因是苦力干活，粗茶淡饭还能够吃得饱但体力消耗太大，每天都累得筋疲力尽。更让人提心吊胆的，是害怕发生事故。何致兴遇到一次意外，差点要了命。有棵高四丈多的老栎木被工友砍伐了大半边，看那树暂时还倒不了。何致兴俯首去捡地上的草帽，脚被阻绊猛然踬踏在地，说时迟那时快，咔嚓一声巨响，那树顿时倾斜，千钧一发时刻，幸亏被人掀住胳膊拽了过来。那重达数千斤巨木，轰然倒下，正好砸在何致兴拾东西的地方，好险啊！何致兴看拉他那人，正是伐木队里的小队长叶明瑞，身量比何致兴高大，年纪比他轻，讲话斯斯文文，口音不像本地人，他记住了这位救命恩人。何致兴还亲眼看到一桩惨状，有位身强力壮的工友，被意外反弹的大树枝击中头部，死得很惨。记得那人断气前用手一边捂着自己血糊糊下流的脑浆，还在断断续续提醒伏在周围的人说，一定要把这个月的工钱捎给他的父母。惨不忍睹的一幕，也重击了何致兴的头部，让他一辈子都不愿意再去回想。他很快离开了伐木队，回到龙峪。

何致兴做的另一件事，是从伐木队回来后，又与同村的龚焕发合伙养蜂。何致兴的选择都是成本不高的营生，这养蜂算是本钱略高了些。他与同伴做了几十个蜂箱，用两个独轮车推着，一前一后，步行在金马山区的沟沟岔岔里，养蜂采蜜。

养蜂虽不像伐木那么劳累，但也有它艰辛的一面，就是要赶季节追花期，经常找个简陋破房或支个篷子，睡在野外，特别是夏季，饱受蚊虫的叮咬。夜间常听见瘆人的野狼嚎叫。有次两头身上长着钢针般鬃毛的野猪，从他们地铺的边上呼呼跑过来，吓得他与龚焕发高呼大叫，野猪更惊，狂跑，还撞翻了两个蜂箱。

金马山非常美丽，从初春到夏初，山上野生或是山里人家种植果林所开的花儿不断，粉白的杏花、粉红的桃花、白里透绿的梨花、紫色的荆花、金黄的野菊花，在山里依次开放，美不胜收。而何致兴与同伴追放的主要是洁白如雪的槐花，那些野生的槐树往往成片生长在山林深处的小溪小河旁，密密匝匝，开放时像层层翻滚的江潮，蔚为壮观。追寻这槐花的脚步，是因为槐花所酿出的蜜特别甜，营养成分好卖价高。景色再美，何致兴与龚焕发不会陶醉这些，心里想的只是蜂进蜜出，如何多赚钱，养家糊口。

养蜂讲季节，即使热追，一年也就干那么几个月。这行当，倒不是何致兴又去见异思迁，而是大自然原因，干上数月便偃旗息鼓了。

何致兴在养家糊口急切改变生活命运的路上，这么走走停停折腾了好几年，也没能闹出个真正定心的行当来，大多时间还是回到村里，呆在土地上。

韩瑞兰对丈夫的高不成低不就，既理解也习惯成自然，平日里丈夫要走就走要回就回，挣钱回来高兴，空着手归家也没多少牢骚，大多是勉励丈夫："只要沉下气来，把心稳住了，干啥都能成。"因此何致兴从心底还是很感激老婆的量宽心贤，不过有时候何致兴在妻子面前说大话，夸耀自己胆量大见识广，勤劳好学，日后定能成大事。韩瑞兰会跟他开玩笑："你呀！没有一个事情，能利利索索干出个好结果来。百事不成！"媳妇的话，虽简单朴素，但说得在理，致兴只得微微回笑，心里也服。

何致兴平日闲暇，仍像往时一样，常与几个穿着粗布短袖衫、卷胳膊显腿的老哥们到三棵树下胡侃神聊。

这日，盛夏的骄阳噙着白光，知了嗞啦——嗞啦——在大柏树上聒噪，树下凉荫厚实，有风徐徐从开阔的金马河面上涌过来……

"喂，听说没有？南胡同的金满屯在邻村收了批古董，拿到城里倒腾，有个镀金的铜佛爷就卖了几万块，他家盖的那两间新瓦房，用的就是那钱。"周保中略带神秘说。

　　"你胡毬说，他那盖房子的钱，是平时打麻将赌博攒下的。"新掺进来的伙伴王宝生抢白周保中。

　　何致兴深吸口旱烟："我就弄不懂，金满屯打牌老赢，其他人常输？常输的人从不收腿，还争着给金家的新房子抬梁上椽子。"说着哈哈笑。

　　赵天祥紧皱双眉撇下嘴，压低声音对周围人说："你们还不知道吧，咱龙峪真正有本事的人，是大西头的孟老广，人家贩药材生意，跑上百里到大山里收购药材，再雇些人，挑到下头百里外去卖，倒腾一回，赚回的就是一头牛钱。"接着又说："你看人家过的日子，一窝人吃香喝辣！"

　　何致兴摇头："他贩药材？没听说过！"

　　赵天祥向上翻下眼睛回道："他媳妇嘴存不住话，又爱露毬能①，亲口给我媳妇说的！"

　　"我媳妇回来说我没出息，老拿我与孟老广和金满屯去比！"赵天祥说得愤然，说完狠劲在脸上一拍，打了只浸血的蚊子。

　　这时，不讲修饰的周保中，趿拉着鞋，从石头上站起来，拍拍屁股上的灰，长舒口气："人家孟老广是正经生意，是大本事。金满屯是小闹腾，带点坑蒙拐骗。孟老广的日子，我看比咱村好几家财主家的日子都好，还不显眼！""孟老广人家是能挣敢花，从不亏待自己。有的财主守着家产万贯，照样跟咱们一个样，吃红薯啃窝头穿粗布衣，当守财奴。这就是人跟人的水平不一样啊！"老实人有时说话，出质量，一嘴啃着豆馅，发人深省。

　　何致兴这时感慨说："哎呀！啥朝代都是会挣钱的不出力，出力的不挣钱。头脑好使的总是占便宜！"

　　大伙议论好一阵"发财故事"，慢慢淡了，话锋又转到时政上。

　　"现在国民党的好多队伍已经开到了唐津，日本人野心勃勃，早盯着咱

---

　　① 龙峪土语，显摆的意思。

中国这块肥肉，战争随时就会爆发。老蒋日子也不好过，内部各军阀派系钩心斗角。"停了停又说："现在还有支共产党的队伍，说是为穷人打天下，老蒋攘外要先安内，总想除掉这支队伍，政局很乱！"赵天祥说得神经兮兮。

何致兴又问："你听谁说的？"

"北街梁家胡同梁江说，他爹从队伍上捎回来的信，提醒家人要储藏些粮食，万一打起仗来，就不知道是啥结局了！"周保中抢过来代答，还说得千真万确。

这三棵树下随时有道听途说。到了冬天，龙峪村真的发生了件与兵戎有关的事情……

冬日的龙峪镇，天气寒冷。夜幕撒下来，一片片炊烟升腾了起来，白茫茫像层层薄纱，笼罩在上空，村头街尾不停地传来几声狗吠鸡叫。家家户户用灯台点燃的棉油小灯，在莹莹晃晃微光的照明下，完成做饭吃饭、上床睡觉等重复动作。农村人为省灯油，往往睡得早，晚上七八点就拱进被窝了。

龙峪全村进入冥冥黑夜，只有临街门面几家灯光还亮着，大概是做小生意的商家在盘点当日账目。

近一更时分，一支近千人组成的队伍开进镇来。队伍没有惊动百姓，而是放轻脚步，神不知鬼不觉走进来，分布在东西大街和十多条小胡同。齐刷刷地找到房屋椽沿下，都是和衣或躺或斜靠着睡下。地处中街的做布匹生意的马二冬家，设了棋局，街坊高自林下完棋晚了，出门回家。开门看见门口全躺着队伍，借着月光，可看到街上有几个端枪站岗放哨的，地上当兵的头下枕的或是怀里抱的都是枪。吓得赶快把腿缩了回去，"吱呀"一声，把门关上，返回马家结结巴巴通报外面的情况，当夜留宿马二冬厢房没敢出来。

同夜，西街的在龙峪算得上大富户的高秋原家，也亮着灯，被敲开了门。高家有九口人，高秋原六十多岁，有大小两个老婆，住在上房屋里，东西两个厢房里分别住着大儿大儿媳大孙子、二儿儿媳小孙女。

敲门进来四个人，有些虚胖的高秋原看傻眼了，四个人有两个背着枪，一个背长枪，一个腰间别着盒子炮。另个女的扶着个脸色苍白的中年人。细看打扮，身上的军装为灰黄色，布料不像粗布也不像细布，缝纫很粗糙。上衣衣领钉着小方块红布领章，头上帽子的帽徽是五角星，也是由红布剪成。

看到了枪，高秋原的大小老婆惊叫一声，赶快躲进内屋，高秋原铮亮的前额渗出细小的汗珠，腿在瑟瑟发抖，吞吞吐吐："大哥，……你们想……要什么？"高秋原认为他们是土匪。

背长枪的跟高秋原解释："这是我们的营长。"挎短枪的三十岁出头的胡子拉碴的营长接着说："老乡，不要怕，我们是老百姓的队伍，不打劫。我们只路过这里，我们一位同志受了风寒，多日没好，身体很虚弱。今晚有两件事需要你帮助，一是做一碗鸡蛋汤，让这位病号喝，再把他安排在没有风的屋里过一夜。"完了又让背长枪的战士从小皮挎包里取出两块光洋说："看你家境不错，要借你家一百斤白面。这是两块大洋，意思一下，余下欠款我给写个欠条，待来日再还。"高秋原一听，哪敢说半个"不"字，忙说："不用写，不用还，愿为贵军效劳！"那营长执意要写，要来纸笔，蘸墨写道：

欠条

我部战士风寒生病，身体虚弱，需要补充营养，现借老乡高秋原白面一百斤（已付现洋两块），余欠日后由民主政府奉还。此据

红二十五军二二四团三营彭越

民国二十三年十二月八日

高秋原紧张地推说不收字条，赶紧使唤家人装上一袋白面，摆放在营长面前。那营长将借条和两块大洋压在桌上，安排身边小战士陪同伤号在高家住下，对高秋原说了句："谢谢老乡，后会有期！"扛起面粉带着女卫生员出去了。

当晚，一夜未敢睡沉的高秋原，关注着外面的动静。天刚麻麻亮，就听见厢房的门声，他翻身从窗缝里看到背枪战士扶着伤号轻轻走了出去……

第二天天亮，龙峪镇平静如水。街上有拾粪的、背锄头下地的、腰缠斧头上山砍柴的，一如既往，各走各的道。昨夜行军宿住的队伍早已开拔，不知去向。地上连片纸屑都没留下，只见临街与小胡同的一些墙上，用石灰刷有如"打土豪，分田地""北上抗日""打倒帝国主义反动派""红军万岁"等内容的标语。

消息还是不胫而走，有些村民夜里看见有拨士兵睡在东头大柏树边上。村民鲁太平家极穷，夜里出来到街上公厕大解，开门也看见满街睡的队伍。村里还有位叫魏光明的单身穷汉，跟着队伍走了。

一传十，十传百，传了月余，越传越神。有的说，红军是从西川腾云过来，走时是朝商宁方向驾雾而去。有的说红军个个身高八尺，钢筋铁骨，眼睛放光，武功高强，人人会飞檐走壁，像神一样，来无影去无踪……

第三章

　　龙峪镇对于城市而言，可谓是穷乡僻壤交通不便，只有一条蜿蜒的马车路，连通外面的世界。平日里，安静地生活在金马山深处的人们，大多是穷户人家，思想淳朴守己，对命运没太多想法。觉得地多与地少，日子好与坏，都归结于祖宗的荫福。富人生来就富，穷人生来就穷，那是命！

　　龙峪镇虽落后，可咋也是方圆几十里的政治经济文化中心。因为地理位置好，处于东西北三个方向的交通要道，相当于连通几个县的茶马商道，油盐酱茶、粮油布匹等日用品甚至一些洋货，会源源不断运到山里来。通过龙峪镇的临街铺面与流动性的市场，活跃丰富着这一带百姓的日常生活。

　　龙峪镇政府门口，后来挂上了两块牌子，有块镶着青天白日国民党十二角星的定州县龙峪镇党部，有块是中华民国定州县龙峪镇政府。龙峪镇尽管小，可也是民国政府的天下，一尊独大，不允许其他政治势力在此滋生蔓延，尤其对共产党采取严厉的防范抑制政策。

　　孙中山先生去世后，国共第一次合作失败，蒋汪势力又争又合，协力夹击共产党。共产主义运动处于低潮，由公开参与进入暗线发展。龙峪镇的普通百姓自然不懂这些，但有商贾的往来，江湖人士旅行，总会为这座闭塞小镇带来外界的新鲜讯息。政府越是打击的禁止的，老百姓越是感兴趣，私下里爱打听爱议论。

　　何致兴家的几个孩子慢慢长大。韩瑞兰心善，特别体现在对长福的公允上，如几个兄弟间吵嘴打架，韩瑞兰会平等处理，有时同为过错，还会让自己生产的几个先认错，照顾长福的情绪。她是个比较在乎名声的女人，生怕外人说后娘不好。母亲没有偏心，长秀及下面两个弟弟，对大哥也自然亲切。这倒成了长福的福分，在家没有感到身份的低落，依然是名副其实的老大。因而，何致兴看在眼里，有时趁无人时会给长福说："后娘待你不薄，从不偏心，你要对娘亲些，以后也不能忘了她！"

长福生来比较本分厚道，心里没有多少心计，只要有基本的公平，父母说的话他一般不会打反嘴，顺从父母的教训与指向。

何致兴文化不高，只能认识最常用的一些汉字，也算能基本读通往来书信，但这个已近四十岁的中年汉子，有两点看得明白。一是尽量让孩子读点书，他相信人要有点文化，没文化人吃亏；二是坚持人要有点看家本领，只种地难过好日子。看着家里几个不大不小嗷嗷待哺的孩子，何致兴更是坚信自己的认知。

一九三七年，卢沟桥的炮声，敲开了日本侵略者全面踏入中国领土的铁蹄。中国政府被迫正式宣战，中日战争爆发。而后，日本人从东北开始步步入侵，沿着京汉、津浦铁路向南进犯。全国进入兵荒马乱年代，老百姓处在惶惶不可终日、四散逃亡的阴霾之中……

这年秋天，地里庄稼刚熟，村里有两个在太康省祺水县做事的木匠背着包袱，匆匆逃回龙峪，向乡亲们报告前方战事……

此时，何致兴的父母已经相继去世。他责无旁贷成为引领何家兴盛发达的主心骨。

何致兴日益劳苦，还是咬着牙让几个孩子继续读书。一九三七年八月，学校来了位新老师，太康省河间人，年龄三十四岁，高个，长方脸，平头，皮肤偏黑，初看并无显眼之处，但给人感觉，气质挺好，尤其是那双眼睛犀利有神，眉宇间舒展着淡定从容，走路腰杆笔直，讲话有条有理。平时常穿一件灰黑色的长衫，长衫下方摆角处有块小补丁。有时他也穿深灰色的中山装，显得很儒雅。新老师接替的是前任语文教师的课程。按照民国政府淮原省新核准的教材讲课，有了不少白话文新内容。新老师在课堂上常会即兴发挥，借古喻今，向学生们讲些古今中外保家爱国、反抗压迫的故事，如古罗马的斯巴达克斯①，中国的岳飞抗金兵、戚继光抗倭等故事，激发学生爱国热情。

地里的玉蜀黍近人高了，青青的绿豆角已经成形。这天长福下学回来，向何致兴报告："爹，我们学校来了位新老师，特别会讲课，同学们都爱听！"

何致兴不介意地答道："那你就好好学！"接着问："是哪来的？"也同时问站在一块的长生。

兄弟俩都摇头，矮长福半个头的长生说："跟咱们这人说话不一样！"长福补充："但能听得懂。"

过了两日，街上小集。长福与爹走在街东头，突然拉住何致兴的衣襟："爹，那就是新来的老师。"何致兴顺着儿子所指而望，一位身着长衫、蓄着短胡须的中年人，站在两丈远的小货摊上挑选毛笔。何致兴端详几眼，于是快步走过去，再定眼看，惊愕地叫了一声："小叶兄弟，是你呀！"

对方微微抬起头，老练地对视了何致兴几眼，也怔住了："何大哥！"

"哎呀，我的救命恩人，怎么也想不到你会到龙峪来！"

"你离开林场时告诉过我，你是龙峪人。过了几年，我也不知道怎么会跑到你的老家来了。肯定要来找你，这还没来得及呢，咱们就在大街上碰见了，真是缘分！"说完哈哈大笑。

两个人的亲热，把旁边的小长福看傻眼了，只怯怯地低着头叫了声："叶老师！"

接着何致兴拉着叶老师说先到家里坐坐，叶老师礼貌地说："我已在这任教，有的是时间，后晌②还有课，改日来。"

当晚，何致兴兴奋不已，蹲坐在灶火房烧火，再次向妻子韩瑞兰重复在林场伐木时被人救过的故事，告知喜讯——救命恩人叶明瑞已经光临龙峪任教，而且还是长福长生两个儿子的老师。

---

① 古罗马抗击奴隶主统治者压迫的起义英雄。
② 金马山区方言，即下午。

韩瑞兰站在灶台前做着饭，听后微笑说："你的恩人到了，咱们应该请来吃顿饭，表示下心意。"

何致兴听了妻子的许诺，正中下怀："对，咱再穷，也要好好款待下叶老师。"

何致兴真是来了兴致，拨了拨炉下的柴火，乘兴又说："孩他娘，我有个新想法，咱街有人倒腾药材发了财。我想去开个药房。"

韩瑞兰听后皱下眉头，似笑非笑咧下嘴，同时用饭勺子在铁锅沿上轻轻敲三下："孩他爹，你的冷热病又犯了。"

何致兴听得出妻子的冷笑，勺子敲击的弦外音，也有讥讽他曾经多次打退堂鼓的意思，只好嬉笑："你听我说嘛，你莫老是挖苦我，说我百事不成，我看着咱几个孩子越来越大，现在上学以后结婚，都得花大钱，我心里急呀！"

"不是我讥笑你，而是你自己做出来的，你说你干成了哪件大事，啥都是先打呼雷，后头有时落几滴雨，有时连雨星都没落。学竹匠半年，把师父退了；养蜂赶过一季，嫌苦第二年不干了；伐木说危险，不到一年跑了回来，你还干过磨豆腐，又说钱挣得少，最后连豆腐锅都卖铁了。前面两次不行，我体谅，如样样回回不行，我的心也就疲了。你自己的经历，咋叫我相信你！？"韩瑞兰唠叨起来，多少有些来气。

何致兴心情好，还是与妻商量："看你夸大的，你别来气嘛，过去是我的不是，弄啥没恒心。现在我想通了，人一辈子不可能啥都顺。应该在哪摔跤，在哪爬起来。如果开药铺能行，我一定干到底，决不反悔！"

"你看么，咱们这龙峪的周围十里八乡，两千户人家人口上万，谁保不生病，生病就得吃药。咱们龙峪镇街上现在只有东头一家药房，生意红火。可我听一些人说那家药贵又不太好，独此一家没有分店，只有买他家的。咱们如果开了药房，我靠为人本分、靠做事良心，肯定比他家生意做得好！"

"何况咱这金马山区就是个中药材宝库，多的是原材，咱有现成的临街门面房，其他器具添置，本钱也不高，只要咱好好经营，就有出头的日子。"

何致兴文化虽低，但人情世故、办事的前因后果，能从口头上分析得头头是道。

韩瑞兰对丈夫虽不信任，但听了丈夫的滔滔道理又不能一点不相信："你说得轻巧，净挑自己有利、一厢情意的话说，我问你，开药铺都要懂一点医术，你是'土坷垃'，啥都不懂，你开药铺，谁敢来!?"

"我想了，大北窑，咱何家的远房哥是中医，我跟着他学，我也上山刨过药材，心里也喜欢这一行。我自己多琢磨，不愁学不出来！""这开药房与当医生不完全一样，主要是卖药，懂药材、知药性，会炮制就行了。开药的，还是靠医生。"

这时韩瑞兰脸上绽开笑容："那样吧，哪天咱请叶老师吃饭，老师有文化，见多识广，听听他意见，他说能办你就干！"韩瑞兰这一笑，是在将信将疑中会心的笑，她毕竟看着沉默了两年后的丈夫又一次有想法地崛起了。

隔了两日，何致兴专门在集上割了两斤肉，灌了两斤烧酒，韩瑞兰配以萝卜剁成肉馅，包了饺子，专程在晚上把叶明瑞老师请到家里。

客人来后，寒暄几句入坐。何致兴把孩子们赶到了外屋，韩瑞兰将酒菜、饺子放在桌上后，到外面招呼孩子。叶明瑞要嫂子和孩子们坐在一起吃。何致兴说，不管他们，咱兄弟俩坐在一起，好说话。

里屋小桌上，摆放着白亮亮的一大碗水饺，另外有三盘菜，一盘韭菜炒鸡蛋，一盘素炒茄子，还有碟凉拌粉丝。一壶烧酒配两个小酒盅，从白绵纸糊的窗户透射过来的昏暗光线，能隐约映出两个人几杯酒下肚后的红润脸色。

何致兴高兴地举杯说："我真想不到你会到龙峪镇来，你说我客气，我不是客气，我可不是为你是孩子老师请你吃饭，我是表示一寸心意，你救过我的命啊！"

叶明瑞文雅地举杯说："何大哥，那时大家都是难兄难弟，事情过去了，还提那干啥！"

"吃菜，喝！不是你那一把拽过我，我还能坐在这？"

"那也是你的造化，我也只是急中生智而已！"

"你现在是孩子的老师，我今天还喊你叶老弟。今天喝完酒，明天我就改口叫你叶老师。以后的三个孩子，都仰仗你严加管教！"

"哪里，教育学生是老师应该的责任。"叶明瑞也不拘谨，与何致兴两人杯来酒往，说话轻松如意。

"叶老弟，听你讲话不是这本地口音，你咋离开林场到这来了？"何致兴问道。

叶明瑞很平和地说："我家在太康河间，父母早亡，我是个孤儿，后跟叔父生活过一段，婶母待我不好，就赌气到外地求学，读了几年书。后来叔父家境也衰落，儿孙也多，也供不起我继续读书，我就自谋生路，去找一位在河阳的朋友，没有找到，盘缠用尽，听说金马山丹峡林场招伐木工人，收入还行，就随一群人进了大山。"

叶明瑞接着描绘："我离开丹峡林场，是在你走后第二年。林场人进人出都很正常，一般还是进场的人多。后来林场人数达到二百来人。有个人你应该认识，就是那个脸上有点白麻子讲话很粗野的工头。他后来分管五十来个人，我也在其中。人越多，他越神气，天天喝三吼六，还克扣工人的生活小费。久之，就惹了众怒，有十来个胆子大不怕事的工人，合起来把他揍了一顿，我也是主要人员之一。后来林场袒护那工头，说我们聚众滋事，还煞有介事地说我们破坏军用物资的生产，说那木材是国民政府指定，拉出山外供应兵工厂生产炮架、枪托所用。"

"后来，那工头仗有后台撑腰，天天找茬寻事，我感觉那地方不好待了。就离开了林场，之后我又到丹峡县的醋厂混了一年多。再经朋友介绍，说这缺老师，就到龙峪来了！"接着说："我初来乍到，人生地不熟，还要老哥关照！"顺势双腕拱拱手。

何致兴也忙合掌："看你老弟说的，有需要我做的，尽管开口。"

俩人不停地碰酒盅，不停地笑。

酒过三巡，叶明瑞还问了龙峪村基本情况，如老百姓生活状况，主要风俗习惯和村里当政的人物等。

酒越喝越热，感情越凑越近，主要是何致兴的感觉。这时韩瑞兰进来为客人盛汤水，顺口提醒丈夫："你问问叶老师，你想开药铺的事，合适不？"

何致兴忽然想了起来，脸上泛着红光，隔桌挪挪凳子往叶明瑞身前又凑拢半步："我有个想法，想开个药店，你看能行吗？你学识高，帮我把个关！"

叶明瑞问其想法原由，何致兴竹筒倒豆子，把自己家里孩子多、家底差、负担重、想换种方式改善家境生活状态的想法，叙说了一遍。

叶明瑞看着何家的一穷二白，家里三间祖上传下的旧瓦房，屋里有两个床、两张桌子、两箱一柜，东摆西靠的一些农具，再无其它值钱东西，也看到在外面厨房吃饭的几个小孩，知其在龙峪镇与大多数村民一样，是穷苦人家，也明白他家正处在最艰苦时段，很同情。

叶明瑞眼里闪着亮光，双锁眉宇想了片刻："我看行，过日子嘛，都想过上好日子。土地大部分给富人占了，穷人捆在少量的土地上总是受穷，想想别的门道，也算条出路。""这么大个镇。也只有一个抓药的地方，就是再开个药店，也互不影响，生意能做起来！"

这时，韩瑞兰在侧插话："叶老师，孩他爹干啥事，就缺耐心，前头劲头天大，遇点不顺，眨个眼又凉了，我担心他干不长久！"

何致兴知道媳妇随时会卖他的赖，低头不语，只装没听见。

叶明瑞顿了顿嗓音说："嫂子，没事，男人办事心胸很大，开始没经验，常吃亏，都会犯这样毛病。只要有这份责任承担，我看就行，让他再试试吧！"

这时何致兴又对叶明瑞说："我有个亲戚哥是中医，我可以把他请过来，一来坐诊二来可以跟他学点药材知识，我自己上心，多听多看多记。咱自家有间房临街，不用租房，再配点药房用具就行了。"

"行，那样吧，对药物药材我也知道一些，到时也可与你交流，悬壶济世、救人于苦难是件好事！"

"你懂医？"何致兴眨巴着双眼。

"过去我外公也是开药房，小时候常随母亲去外公家小住，我外公很喜欢我，我记忆力比较好也有兴趣，外公总带我进山刨药，在家炮制药材，有时给我传授一些药物知识。"叶明瑞解释说。

"怪不得，我记得咱们在林场时，一个叫童什么……立的小工友发烧几天不退，还是你去扯了些草药，回来让他喝了才治好的。"

叶明瑞面露笑意："你还记得这事，我早忘了。"

"真没想到老弟还有这绝活，以后你也是我老师，俺全家人都成了你的学生。"何致兴喜出望外。

屋里笑声连连，一个宏大的家庭创业计划，由叶老师把关在简陋小屋里确定了下来。

叶明瑞起身告辞时，还从身上拿出一块银元，要接济何致兴家。何致兴连忙说："你的薪水也不多，我日子能过，领情了领情了。"夫妇俩拉住叶明瑞撕扯，死命不收，才算作罢。

两个月后，龙峪镇中街的"普济生"药房，在一阵鞭炮中正式挂牌开业。何致兴从大北窑，请来了亲戚哥何相珍坐店看病，又做他的指导。另外还招聘了两个青年伙计小顺和大庆，帮着料理购药、制作、售药等环节事务。何致兴除跑前跑后掌大盘外，还从亲戚哥手里借来《本草纲目》《千金方》等药书，挤空就读，不懂就问亲戚哥，有时晚上也会跑到学校找叶明瑞请教。

日子一天天往下过，不出两年，"普济生"药房生意逐渐兴隆起来。中街、东街两家药房，病人往往更愿意到何致兴这来抓药。这归功，一是亲戚哥坐诊，医术在当地还算有点名气。更重要是何致兴性格倔强刚直、品行端正，从药材的进货就选最好的料，加工中该烘透的烘透，该炒的炒，该蒸的蒸，该用蜂蜜腌制的就腌制，从不偷工减料，经他手炮制的药材质量好。再是何致兴仗义疏财，惜老爱贫，看到特穷苦需治病又一时拿不出药钱的人，有的就直接免了，有的则赊账，先记在账本上，有钱再还。一传十，十传百，相比之下，人们用药，更多地愿意到"普济生"药房来。这又更加促使何致兴在药铺经营上沉下心来，勤学苦练，业务渐精，很快成了远近有名的"药剂师"。

同行是冤家，中街何家药铺的兴隆，让东头先开的段姓药房主人心里不爽。不过也没太大矛盾，农村条件落后，生病的、看病吃药的司空见惯，两家相距几百米，各开各的店，只是不相互往来罢了。

"普济生"药店的经营顺利，让何致兴的家境有了一些改善。经过近两年的积蓄，他又在本院内加盖了两间草房，孩子大了，让逐年成长起来的孩子都有自己的小窝。把长福与长生、长贵都迁到新草屋去住，老屋是何致兴夫妇与长女长秀居住，临街药铺有一大间，隔出来个小间，供亲戚哥何相珍平时坐诊与夜间休息用。外面还租了一间房，供药房两个伙计住。

长秀是母亲的好帮手，从八九岁开始就跟母亲学做针线，到十二三岁时就能纺花织布了，家里人的衣服鞋子所需，长秀帮母亲做了近一半。长秀愈大愈长得端庄秀丽，性格像母亲，温和柔顺，很知事理也善解人意，当然，急起来也有脾气。知道家境苦负担重，她默默地承受了过早辍学的伤心，主动帮母亲承担起繁重的家务劳动。在同辈中，对大哥虽知道不是同母，但也很尊重，对下面两个弟弟更是呵护有加，遇好吃好喝，总让着小的，还经常带着他们到镇外去采摘野果或野菜。

作为母亲韩瑞兰，为有这样个懂事、体谅父母、能干温顺的好闺女，心里由衷地高兴，自然也将女儿看得很重，娘俩经常有说不完的话。

何致兴平日里忙于药店生意，并没有脱离自己的土地，地里的庄稼有时还得抽空去料理。尽管手忙脚乱，但也不是不管儿女的事情，偶然有空，会去抽查几个上学男孩的作业，问问学校的情况，也问下叶老师。会向孩子们灌输些"忠孝节义""礼义廉耻""奋发图强""尊老爱幼"等等做人的基本道理。他爱自己的孩子，在内心对长福、长秀的疼爱更深一层。倒不是他有意偏心，而是觉得这两个孩子更可怜些。对长福，尽管韩瑞兰待他不薄，但毕竟从小是个没有亲娘的孩子，没待他更好些，对不住前妻。当然，这种愧疚只能心里想，不能对韩瑞兰流露。对于长女长秀，他与妻子心情一样，喜爱这个在家勤快、家务顶了半边天的宝贝闺女，也觉得愧对她，过早地让她离开学校，担起繁琐的家事劳动。当爹的心里有想法，手心手背都是肉，又不能太明显，有时只能给丁点体现。譬如外出到远处进药材回来时，给孩子带点吃玩的小礼物，会另外给长秀多买个发夹或手线，女孩子专用的，其他男孩子也没有可争的理由。对于长福的补偿，有时会趁大家特别是韩瑞兰不注意时，为长福多加点吃的分量，譬如给其他孩子每人平分了十个糖豆，转下脸会给长福再加上两颗，还私下吩咐，不可声张。

韩瑞兰也不是傻瓜，何致兴这个动作做多了，或没做好，还是会被韩瑞兰察觉。韩瑞兰看见心里肯定不高兴，会嗔怪一句："哪有这样做爹的！"但韩瑞兰不会为这些去吵闹，她理解丈夫厚爱长福一层的心情，这就是人家韩瑞兰会做人的大爱。反而让何致兴弄得不好意思，这种偏心的小动作越做越少了。

一九三八年，中国时局更加动荡，龙峪镇肯定有震感，不时有日本兵进入中国腹地城乡的消息传来。南京蒋介石政府与武汉汪精卫政府是一层什么关系？与日本人开战胜券有多大？国民党内部各派系各打的什么算盘？对外要抗日保国土，对内要遏制共产党防赤化，孰轻孰重？东北沦陷华北危机，民族危亡，中国人的命运向何处去？各种纷争各路讯息相互交织，谁也说不清道不明，广大民众处在困惑不安、民不聊生的社会动荡之中。龙峪镇一带也流行有共产党组织活动的消息，但又似乎是捕风抓影的传讹，没有真正让人信服的真凭实据。但有一点，人们体味到了，老百姓思想意识觉醒了一些，多少懂得了富人乡绅多占土地、穷人被剥削的不合理。孙中山提出"民主、民生、民权"的三民主义，为老百姓好。能够平均地权，增强民主，是国家的进步。共产党的口号"打土豪分田地，让耕者有其田，居者有其屋"，更贴实际，更得民心。

龙峪镇的学校，还在坚持办着。学生们不再完全读死书、两耳不闻窗外事，而是开始接触有关国家面临危急的时事。一些进步思想由学生逐渐转到家长耳朵里，形成了龙峪镇新的政治空气。这时长福已抽条，长得接近了大人。十五岁差不多要从最高学年毕业了。长福读的是初中高年级，长生读小学高年级。这时的叶老师还像往常一样，保持着与何家的联系，一两个月会去何致兴的店里或家里坐坐。何致兴则要求叶老师将旧衣的缝补活，拿过来让嫂子帮忙。

龙峪每年进入八九月份，是最美的季节。遍布山野的玉蜀黍秀着缨子，更高更硬实的高粱吐出红穗，豆稞薯类的农作物枝叶繁盛，已爬满地沟田埂。野兔锦鸡在山间跑，一群群山雀轰轰烈烈不知疲倦地飞翔，天空是那样的蔚蓝，金马河水是那样的清澈，田园是那样的宁静而美丽。

"爹……爹，不好了，不好了！日本……日本人来了！"何致兴正在药房为人抓药，突然听到穿着花衣衫的闺女长秀在门口惊叫。

何致兴冲出门外，向慌张的长秀问："不要急，你慢慢说？"

"我从东头云芳嫂子哪听的，德刚哥在县城东边做事，远处看见有日本队伍打着膏药旗过来，抄近道跑了几十里山路，赶回来报信，说离咱龙峪只有十来里了……"

何致兴将信半疑，前些时就风传日本人会进到山里来，这几日又很平静，不会来得这么快吧?!

何致兴抬眼顺街而望，街上的人已乱哄哄了，男女老幼，个个急匆匆，有的在喊，有的在跑。还看到有的家已是全家扶老携幼，背着大包小袋，顺着大街往西而逃了。

这阵容，才让何致兴相信，狼真的来了！

他拉着长秀赶紧回到院子里高喊："大的小的，赶快出来！"

韩瑞兰及长生、长贵齐刷刷地站在了屋外。

"赶快，把平常用的衣服、被褥打包，带些粮食，捎上锅和菜刀，日本兵来了，赶快跟我走！"

"大家都跟着我，不要掉开。长秀，你娘小脚走得慢，搀扶着她！"

转眼，没有看到长福，急问："长福呢？"长生答："大哥去学还没回来。"

何致兴急得话都说得发颤了："我……我到学校去找长福，你们顺着逃难的人群往西边的老清沟走。长贵长生跟紧你娘你姐，我找到长福后追你们！"

刚八岁的长贵这时还不觉得害怕，只生硬地问爹："又没看见日本兵，不跑行不？"

"傻孩子，日本人来了，杀人放火，还有你的命？"何致兴眼睛一瞪。

何致兴转身到店里，这几日亲戚哥刚好没来店，他告诉两位店伙计小顺和大庆，把店门锁上，赶快回家随家人逃难。便扭头顺街往村外的学校跑去，满街碰到的都是跌跌撞撞的人群，偶尔会有人喊致兴，你去哪呀，还不跑？

何致兴跑到学校门口，看见学校的大门用一把大铜锁紧锁着，何致兴赶紧询问路过的人群，都说不知道。何致兴正在六神无主时，专为老师做饭的厨师赵老头提个包袱，从学校墙角走出来，看见何致兴就对他说："今天有十来个娃，被叶老师带到高坡顶上生物课，从坡上下来的人说，叶老师带那些学生直接跑了。"

说得何致兴心里安了几分神，又听得一楞一楞，既信又不敢全信。事到如此只能往好处想。时间紧迫，那边还有一大家人，得赶快追赶他们。

何致兴返回家中，韩瑞兰手脚麻利，已捆好多个包袱，正准备逃离。何致兴锁了院子，带着全家除长福外五口人出了家门。

这时，差不多整个龙峪的人口都跑了，大路小道挤得都是人。有挑着小担子，上面是生活用品。有背着抱着孩子的，有的用独轮车推着老娘老父亲的，还有用椅子捆着抬起走的。有夫妻手牵手不分离的。人多踏地就有了极大回响，似有千军万马在奔腾，扬起的烟雾土尘，飞上了天。

走出十来里，何致兴碰到结拜兄弟赵天祥一家，赵天祥背个天蓝色大包袱，手上提了口小铁锅，后面跟着大儿子与闺女，媳妇肩上也斜挎个花包袱，手上牵着憨儿子。他的老弟赵天义还挑着小担子，主要是粮食。弟媳与十来岁的儿子扶着年迈的奶奶，随大队伍亦步亦趋往前走。

赵天祥问何致兴："咱往哪里逃？"何致兴说"没有目标，反正往大山里走，山越大越好。"

金马山脉高远繁密，纵横几百里，藏匿数百上千人马，自是神来的天然屏障。

龙峪本是山区，往西走山更大沟更深。山可以大到，早上的阳光大半晌才能照到沟底，后半晌沟底就看不到下午的阳光了。沟深得有的走上五六十里看不到一户人烟。所以说，进入金马山逃难，走进哪座山哪道沟，都比较安全。因为一般队伍的车马队，根本进不来。

龙峪出来逃难的，先沿大点的道路走上八九里，后来就慢慢各选自己的小路，或求亲访友，或盲目奔投，分散到了千沟万壑之中。

赵天祥突然想起，于是说："咱们去大榆树沟吧，那有位叫蔡大坤的，七八年前，他来龙峪卖木耳住在旅店里，钱被偷了，哭天喊地，我把他引到家里，安排吃住，送干粮让他回家。后来成了朋友，我还去他家采过几次山货。"何致兴听了欣然同意，危险时候只要有可藏身的朋友接纳！

他们两家走走停停，歇了再走，折腾到天黑，走了约五十里路，到了大榆树沟，这里自然是山高林茂。姓蔡的朋友住在半山腰，有三四间旧瓦房，另外两间是木棚，上面只简单盖了些黄茅草，一间养耕牛，另一间放农具与饲料。

蔡大坤家有四口人，大儿子在另一山坳里的学校读书还没有放学。夫妻俩约四十来岁，身边带个七八岁的小儿子。见龙峪镇朋友带朋友全家而来，山里人显露出特有的热情。为两家让出两间瓦房，自己坚持到草棚地方去居住，而且说得心诚意切。

"人谁会没个难处？你们不是躲日本那王八羔子，咋会拖家带口到这大山沟里来，我请都请不到，来了就莫见外！"

蔡大坤说完，还拍着自己瘦细的胸脯："各位兄嫂，你们尽管住，日本人长翅膀也到不了咱这里，大家放一百个心。""家里虽不富裕，山里人不讲究，粗粮配野菜，有啥吃啥，莫嫌弃就是。"

住下来后，非常时期，三家只好在一个锅做饭吃，因人多，每餐要煮两锅饭才能周转过来。无非是些玉蜀黍糁、红薯、土豆、黄豆及少量的面粉，稀稀糊糊，相依度难。但事先何致兴赵天祥还是坚持与蔡姓朋友说好，除自己带的少量粮食外，多出的算账，以后必须还。

在大榆树沟的日子里，虽然是逃难他乡，但对于一群孩子，却是快乐的。何致兴家的赵天祥家的孩子，与蔡大坤的小孩蔡迎山、蔡迎水成了好朋友。长生、长贵等龙峪的孩子，从来没有看到过这摩天岭般高的山，蔡迎山与蔡迎水带着他们满山地跑，周围的树木棵棵有人腰那么粗细，地上堆积的陈年腐叶，脚踩下去像踏进了厚厚的积雪，各色花纹的鸟儿飞来飞去，不时还能看到五彩锦绣的野鸡从树丛中惊飞出来，还有毛茸茸的松鼠在树梢蹦跳。黄色的野柿子、红色的野山楂，黑色的野葡萄，还有一种叫"八月瓜①"的长弧形开着口露着黑籽白肉的野果，甜腻可口，孩子们经常在山上差不多都把小肚子撑破了。

而何致兴夫妇总还有些愁眉不展——他们还挂着长福的下落。

小孩子无忧无虑，一天晚上，几个孩子围着缠着让何致兴讲故事，长生娃还提个问题，如果我们不跑，日本人见到我们会怎么样？

何致兴想了想说，这样吧，我先给你们讲个"土匪绑票"的故事。孩子们聚精会神望着何致兴，何致兴"嗯！嗯！"两声，开腔了……

"……有年，一位做小买卖的人，那时只有二十七八岁，这日去山里看货，路经个山口，忽然被坐在树下乘凉的几个汉子扭住，绑了起来，抢了他的银袋，蒙上眼睛，坑坑洼洼，大概走了几里路，爬上一个山头。眼上蒙的黑布被解开，看见站在山洞里，里面是石头墩子架的凳子和床，有二三十个人，有的站有的坐。穿戴和咱老百姓差不多，但个个面目狰狞、身强力壮。坐在床上的一位，块头大，板着脸上的横肉，好像是头头，看着做小买卖的人，开口就是：'恭喜你，遇到剁手帮！'年轻人听了差点吓出尿来，他听说过有股土匪叫'剁手帮'，抓到后先让家里拿钱来赎，如不来，就剁手指，再不来就剁手，直到'撕票②'，凶残至极。那头目让他自报赎金，年轻人说家穷没钱！刚说完，边上的土匪上来就是一枪托，砸到脸上，顿时倒在地上，嘴角也出了血。头目又说：'你家穷还背着钱褡子，就拿两百块现大洋，限三天送到，送不到就剁你的狗爪子。'他看见周围岩石边蹲坐的还有被绑来的人，有的手上缠着布，血红血红的，分明是被土匪伤了手的。做小买卖人恐惧，被逼在赎条上签上自己的名字，只好熬一天算一天……"

何致兴不说了，装起一袋旱烟吸起来，周围的孩子们，急得不得了，个个问，下面怎么样了？何致兴过了几口烟瘾，又接着说……

---

① 落叶藤本植物上所结的呈弯形能食用的果实。
② 土匪黑话，杀掉人质。

"……第二天，发生了件怪事，附近山头的另一股更大的土匪与他们打了起来，说是要来攻寨。这股土匪下午近黄昏时分连忙转移，就押着他们十来个绑票。从山上下来，幸好没有被捆绑，边上有土匪用枪顶着走。拐来抹去，走进另条山沟。快到山沟口时，做小买卖的人看到下面有条大路，心想：我家里哪能弄来两百块大洋，弄不来不是剁手就是死，还不如赌一把，能跑掉捡一条命，跑不掉自认倒霉。不知哪来的胆量，用力将架他胳膊土匪一甩又一推，挣开后，拼命往沟外跑。背后砰砰砰连着三枪，子弹在他身边飞，所幸没打着。他一口气跑了二十里才停下来。在山里老乡的地里挖块红薯吃了，到后半夜才回到家门口，刚跨进门口就倒在地上，啥也不知道了……"

长生急切地问："后来呢？"何致兴顿了顿说："被家人发现后，喂了点面汤，醒过来了。"

小听众们用钦佩的眼光看着何致兴："这做买卖的人真勇敢！"何致兴环顾一圈后问："你们猜这做买卖的人是谁？"孩子们齐声说："不知道！"何致兴这时指着自己的鼻子："就是你参我！"说完自豪地笑了。跟着又说："那些土匪也是咱中国人，而且可能是咱这方圆百里以内的人，对老百姓还这么恶毒，你们想一想，如果咱们不从龙峪跑出来，日本人拿着先进的钢铁武器，遇到了咱中国人，与咱们不同宗不同族，那不比土匪凶残上十倍！"何致兴还做个动作，用手掌当刀，在空中高举，再往下一砍，随口念道："不跑，就这样，咔嚓！"吓得长贵几个孩子脖子一缩。

说到这里，何致兴借机会又教育孩子们："我常说，咱龙峪的人，代代不能忘记三棵树与功德碑所记的历史，就是这意思。只有知道了土匪的狠毒，才能感觉到救命人的大恩大德，只有知道了日本鬼子的凶残，才知道保卫国家、领土不被侵略的重要！"

过了十几天，有人传信上来，说日本人退了，可以回家了。

跑日本的消息快，回家的速度也快。乡亲们从四面八方大群小队地回到了龙峪。乡亲们走进龙峪，仿佛过了一年似的，第一次感受到当亡国奴，四散逃亡的悲怆与耻辱。

何致兴大步走进自己家里，看见长福光着头，正泪眼婆娑盼着爹娘回来，何致兴紧紧地抱住长福，高兴地流下眼泪，韩瑞兰也跟着抹泪。长福告诉他们，那天叶老师带有十三个同学上生物课，去了离龙峪有十来里叫杨公庙的山上，辨别树林里的菌类。那边靠县城方向近，知道日本人过来的消息早点，又来不及回龙峪，就带着我们往北边的谭家垴躲了这多天。老师同学都平安，学校也被糟蹋得很乱，老师们在学校清理。叶老师让我回来在家等你们。

人在，是最大的幸运。再看看院里，两间草房被火烧完了，走进前面的药房，一片狼藉。两排药柜倒在地上，里面的中草药混撒了满地，碾药用的碾槽、药臼，反扣着，还未加工的桔梗、柴胡、细辛、何首乌等中草药，原来分装在木箱子里，现在撒在地上掺搅在一起，药箱装成了麦秸、玉米秆草料。周围还堆着一些马粪，一看便知药店被日本人变成了马厩。

何致兴气得脸色铁青，回到院子里，愤怒得像头雄狮，仰脸朝着苍天高喊："小日本，我操死你八辈祖宗！"

第四章

龙峪镇村民，经过这次"跑日本"，在心灵上是次重大洗礼，上至六七十岁的老人，从没经历过如此"丧国失家"慌不择路、四处逃亡的狼狈。

全村只有一个人没逃，住在西头大皂角树旁。老人孤寡，姓詹，七十二岁，平日极执拗，年岁大，也跑不动了。邻居劝他一起跑，老人坚决不从。他成了唯一近观侵略者罪恶与发布重磅消息的当事人。

老人说，来的日本兵并不多，大概有二三十个人，样子跟中国人差不多，个个背着枪，枪上有刺刀，明晃晃的，腰里系着子弹盒，身着黄色军装，门口还有马匹嘶叫。日本人进来叽里呱啦说了几句话，他一句都听不懂。有位也穿军装但没挎枪的中年人帮着解说，他听懂了。日本人在问，村里人都到哪里去了。他说不知道。日本人又说，不知道，就死啦死啦滴，他只好说都往西边跑了。接着跟他要粮食，他说没有，有两个日本人就去屋里翻，出来时提了他四十斤小米和一小瓶棉籽油。他央求，我就一个人生活，是活命的口粮，你们不能拿走，说着就上去夺粮食，推来搡去，他哪是群狼的对手，被推翻在地，那腰间挂着小手枪的日本人，朝他腿上重重还踢了两脚。老人拐着腿，流着伤心的眼泪控诉，后悔自己没随村民出逃。

各家各户赶紧查验家中的房舍物资，人们普遍穷，许多家徒四壁，一点粮食，有的逃时带走了，有的给藏入了地窖，没有其他值钱的东西。村里几家富户有些好的物件摆设，被拿走了一些，大多家庭原封未动。主要是临街门面和居中街的六七家，大概是被日本人居住了，被祸害得比较厉害，何致兴是其中的一家。

何致兴欲哭无泪，邻居们过来帮忙，叶明瑞老师也过来安慰，忙了好几天，又把两间破草房给收拾复原了，药店经过清扫整理，药柜修理复位，招回了亲戚哥与伙计，"普济生"又在布满沧桑的岁月里重生。

三棵树前，还有其他的像城隍庙前大坪、南面的岩石边，照常地大人小孩说笑打闹，人聚人散。只是南面条条块块的岩石凳上，特别是到了冬天，多是老年人三五成群蹲靠在那里晒太阳的地方。

有了切肤之痛，人们议论得更加热烈。有的说："日本人走到咱们这里，咋不往西走了？"有跟着解释的："那日本人一看大西边，是望不到边的高山林海，还敢往里走？进去就是死无葬身之地！"也有的说："日本人要占的是城市和繁华地方。打仗讲补给，往山里走，一条像样的路都没有，啥都运不进去。还有就是这山里，也没有给他们对打的队伍，他们进来有啥意思！"又有人说："你看看地图，中国这么大，管你在哪建都城，咱这是全国版图的中心，与外国人打仗不管从哪边打，只要能打到咱这里，中国就去毬了。"还有人说："我就不明白，日本那么小个国家，敢侵略咱这么大个中国，听说东三省被占了十年，关内的好几个大城市也被占了，中国军队开始为啥不抵抗？"又有人解释："听说蒋介石实行的是'布袋战术'，先把日本人放进来再关门打狗！"前面说话的人就反驳："说得轻巧，把狼先放进来要咬死多少人？中国军队不是没抵抗，死了很多人，咱武器差，扛不过人家，主要还是政府无能！"旁边有人帮腔："是啊，不然咱一个村近两千口人，不会被二三十个鬼子撵着跑。"后头又有人搭话："说千道万，落后就挨打，从古到今都是这样。大清朝时，八国联军进北京，在皇帝老子眼皮下，不照样杀人放火。如果咱们手里也有枪，还是好枪，他日本人还敢如此猖狂？！"

经过这场刻心铭骨的逃亡经历，老百姓虽是胡侃乱议，但也逐渐悟出了"落后被欺""强国强军""英勇抗倭"的道理。

有了这民众的觉醒，龙峪镇的民主思想、卫国抗战的进步思潮，逐渐浓重起来……

龙峪学堂里有时候传出悠扬的歌声，那是孩子们在唱《大刀进行曲》。

　　　　大刀向鬼子们的头上砍去，
　　　　全国武装的弟兄们，
　　　　抗战的一天来到了，
　　　　抗战的一天来到了。
　　　　前面有东北的义勇军，
　　　　后面有全国的老百姓，
　　　　咱们中国军队勇敢前进！
　　　　看准那敌人，
　　　　把它消灭！
　　　　把它消灭！
　　　　冲啊！
　　　　大刀向鬼子们的头上砍去。
　　　　杀！
　　　　…………………

　　两年多匆匆而过，到了一九四一年，中国的战局进入防御阶段，日本侵略者的气焰仍然嚣张。裹挟在金马山深处的龙峪镇，仍在过着近乎刀耕火种的平淡生活。

　　何致兴的孩子一天天长大，长福、长秀都逐渐到了谈婚论嫁年龄。这中间，何致兴没有忘记教育小孩尽孝道，从长福七八岁开始，每逢清明节，就叫长福去其母亲张凤鸾和外爷外婆坟上焚香烧纸。

　　龙峪村靠后街的西北角，有户家境比较富足的人家。主人刘双德，小名刘老七，是其刘氏家族中排行，个头敦实，一米六几的个头，方脸，为人精明，也还豪爽，本是离龙峪镇还有十多里的刘家洼人。出生于一八九五年，年轻时因家境贫苦，与家乡的朋友结成把兄弟，为改变命运揭竿而起，干过一段聚啸山林、打富济贫的事情，也属当地人所称的"刀客"。后来所辖队伍的二百多号人，被淮原军阀收编。刘双德成为新编三营营长，随着大队伍东奔西走，也没打什么大仗。两三年后被卸了兵权，到师部做普通参谋，那时有人叫这职务为"师爷"。师部更是钩心斗角的地方，其性格好单打独斗、独树一帜，慢慢不适应变数不定的环境，便向上司提出解甲归田的要求。谁料第一天提出来，第二天上面就同意了他的申请。

一九三六年，也是红军过龙峪的第三个年头，刘双德带着新讨的江南水乡小老婆及小女儿，也带着几分的牢骚回到家乡。刘双德没有在刘家洼安家，而是定居在龙峪镇，拿出从军几年不知从何方积累起的上千块银元，买了十六亩地，九间大瓦房，成为当地人羡慕的富户之一。

刘双德原本绿林人出身，他在家乡时的经历本地人都知道一二，当"刀客"那阵，他只是其中头目之一。讲求"兔子不吃窝边草"，这支人马主要在龙峪往西南走上百里外的地方闹事。据说他们抢劫的，多是富人与过路商人，并不祸害普通百姓。因而在本乡本土并无多少民愤，只是冷眼相观，知道当土匪不是什么光彩的行当罢了。刘双德离开家乡时，在刘家洼有个老婆，但没生育，再回龙峪时，原配已病逝几年。刘家洼也没甚牵挂，只有些远房亲戚而已。

定居龙峪镇后的刘双德，虽成为一介富户，但为人却很谦恭，见人和和气气，一扫过去刘老七那横蛮霸道的气势，而且对人从不提自己在家的过去，也不谈在外面混迹数年的经历，更不去议论时事政治，平时爱找人下象棋，爱去观摩下村里人家挂的一些书画。让人感觉是个宽厚实在又擅附庸风雅的长者。

刘双德带回的比自己小十岁的童婉云，尚有几分姿色，是吴江省郧西一位盐商的女儿，兵连祸结岁月，嫁一个贩布商人，随丈夫辗转在生意路途，后来丈夫意外亡故，被人拐卖到阳江学唱评弹，在剧社谋生。当年刘双德的队伍驻在阳江，闲时常去听戏，看上童婉云，花钱将其赎出，成为自己老婆。童婉云身材细挑，皮肤白皙，一幅江南丽人姿态，讲话吴越软语很浓，开始龙峪人听不太懂，她也听不懂龙峪的土话。她一个江南弱女子，从植被四季常青，有大江大河湖泊、空气温润、经济文化繁荣的地方，来到人生地不熟她不仅看不惯这里的偏僻闭塞与经济落后，更不适应龙峪进入冬季，万木萧条，只有瘦河小溪环境与空气干燥的气候，还有那粗俗甚而有几分野蛮的人情气脉。童婉云几次提出来想回自己的家乡，不知刘双德用何手段，还是把这"洋老婆"留了下来。按常理去想，龙峪镇虽不是理想之地，但有房有地，有佣人短工，生活富足，吃穿不愁。在动荡不安年月，一个小脚女人，丈夫不开口送她，她真不敢离家出走，何况自己还有个娇小可爱的女儿——刘春香。

刘双德夫妇俩人除刘春香外，没有再生育。刘双德渴望给生个儿子，中间怀过一胎，但在童婉云随刘双德行军途中流产了，再没有挺起过肚子。回龙峪后，刘双德已过四十岁，当地重男轻女，传宗接代传统浓重，刘双德守着大片好房好地，以后传给谁呢？刘双德曾想再讨个二房，童婉云精明伶俐，知道丈夫有小老婆后自己的日子，死命抗争，不是上吊投井威胁，就是吵着要回江南老家。刘双德无奈就没再去提续房计划。久之也淡了，两口子守着偌大的房产地产，带着女儿度日。

刘春香自九岁随父亲母亲回到龙峪，只记得路上车马转换了好多次，最后一站是父亲骑着马，她与母亲坐一顶骄子，由两个身上有枪还穿有军装的大叔跟着，走了三天的路，才回到她既陌生又新奇的地方。刘春香小时候就长得乖巧，红扑扑的小脸蛋，镶着一对黑珍珠似大眼睛，说话时忽闪忽闪的，煞是可爱，小身材也很匀称。因为家境好，也常有小花衣小花裤穿，打扮与周围农家孩子不一样，不知底细的，谁见了都会不由自主地赞叹："这是谁家孩子，真排场！"刘双德夫妇更是把自己的女儿当做心肝宝贝，宠爱有加，只要不是星星月亮，要啥尽量满足。

刘春香小何长福三岁多，两人在龙峪学校，同校不同班，长福在读到五年级时因上柿树摘柿子摔伤，辍学近两年，康复后再入学，与刘春香成为同班同学。之后的五六年同级并进，一直没有离开过。到了十三四岁时，刘春香出脱得更像其母亲，外表苗条舒展秀美，成为男同学每天都想多看几眼的班花。这时长福的个头也快长成大人，十六岁已有一米七八的个头，身材颀长，长脸，鼻子下长出了细黑的绒毛，身体显得健康而结实。虽谈不上特别标致，但也显出几分英武之气。长福的性格不知像谁，既不像父亲何致兴的刚烈，也不似生母张凤鸾的豪迈。生性温和，本分厚道，略带有几分老实，几乎不会与人发生争执，人缘好，与谁都合得来。

人之间的缘，谁也说不清楚。班上有二十来个男生，十多个女生。男女学生界限明显，上下学各走各的路，平时很难搭话。可刘春香偏爱看何长福那高高的身段，憨憨实实对谁都是真心真意的样子。刘春香长得好看，全班人特别是男生都爱看，何长福自然也不是铁板一块，无意中也会多看一眼，看刘春香那娇美的面容、甜甜的笑意与粗黑的长辫子，还有那曲弯合体的花格子衣。有时楞楞看刘春香时，会无意中发现刘春香也羞赧地在望他，双方会不约而同地红了脸。

下学这一年的麦收季节，刘春香家地多，庄稼收不过来。她爹请了五六个壮汉抢收，刘春香在爹面前坚持把何长福请到家帮忙。何长福家地少，可挤出空闲时间，就去了，在刘双德家参加麦收劳动十多天。往年再忙，刘春香也是不下地的，这次刘春香每次把茶水、热饭、凉毛巾送到地头收庄稼人的手里，对长福一改以往直呼其名的称呼，而是羞答答地"长福哥""长福哥"地叫。刘双德夫妇俩也喜欢这位干活勤快不偷懒，为人实在的大小伙子。最后，给帮助麦收的"短工"的工钱，是粮食。刘春香照顾老同学，私下为何长福明显多给出些分量。童婉云看见笑着说女儿："你也太偏心了！"刘春香不好意思，低着头说："他家里穷，接济点嘛！"

刘春香与何长福互有好感，只是种自我感觉的倾慕，没有真正想到婚姻上去，最起码，对何长福来说，感到家境悬殊太大，是不可能的事。

一九四三年秋，刘春香已经十七岁了，刘双德就开始为她物色女婿，而且有个硬性的条件，男方必须到刘家入赘，做上门女婿。媒婆前前后后介绍了六七家，都没有谈成。一是男方到女家这一条就吓退了不少提亲的人，二是刘双德骨子里还是想找个门当户对的，太穷的看不上。这两条相互矛盾，富家的人不会愿意让孩子去入赘，贫穷人家刘家又看不起，更难堪的是第三条，所提的，无论行与不行，刘春香一概不愿见。爹觉得有些眉目，她哭着喊着回绝。年底，刘双德急了，让老婆童婉云去探女儿到底啥心事。童婉云问来问去，谈东家道西家，刘春香都摇头，最后没办法，童婉云试问："那你说，何长福咋样？"刘春香脸上顿时泛起红晕，不吭声了。心细的母亲早看出女儿的心事，只是不愿点破，她也觉得长福家太穷，太不般配刘家，也知道刘双德不会同意，但目前局面又很尴尬，她又问了一句："孩子，你爹也是为你好，长福家太穷！"这时刘春香仰起头含着泪说："娘，反正除了长福我不嫁！"说得不容商量。

夜间，童婉云与刘双德商量，刘双德虽不愿意，但知道女儿的犟性格，又心痛女儿，关键是折腾了近一年也没个结果。童婉云也是无奈，从内心里也还喜欢长福这个仪表品行端正的小伙子，更多感到还是会拗不过这宝贝女儿。最后委曲求全，夫妇意见一致，准备招何长福为养老女婿。

刘家很快请来蒋媒婆去何家说合，条件是按当地习俗，男方到女家安家，所生男女随女方姓氏，负责女方双亲的养老，日后为女方家产合法继承人。

蒋媒婆刚一开腔说出刘双德的意愿，就被何致兴堵了回去："那不行！我家再穷，孩子拉扯这么大，也不会送给人家做上门女婿。"话说得很磊落。

媒人自有自己的脸皮与巧嘴唇："致兴哥，你莫急嘛，听我把话说完。人家刘双德家有良田十几大亩，好房八九间，在龙峪不是最好，也能排在前十名。人家不求门当户对，闺女又排场，能看上咱长福，说明人家看得起咱！"

何致兴没有吭声，蒋媒婆便滔滔开来："另外，人家能看上长福也是冲着咱家孩子多，出去一个，家还有仨！"

"这话我不爱听，孩子多，我没嫌孩子多！"何致兴说了一句气话。

蒋媒婆赶忙换了口气："……那是，我是说人家看上长福，又不是去吃苦受累，说句透心的话，还不是去'请业'，至于结婚成家以后，后辈的姓啥叫啥，还不就是刘双德夫妇的心头愿望。但走到天边，也照样是咱何家的骨血。刘家也是没有办法，为今后养老、求名声找条出路。"

媒婆不愧是媒婆，说得合情入理，感人肺腑。何致兴听进去了一些，但从心底还无法接受。平日里，何致兴与刘双德住的不过半里地，一家在中街，一家偏村西北角，但两家身世不一样，一个是地道农民，属穷苦百姓；另个是行伍出身，算是上流富户。所以两人打交道少，见面只打个招呼，但彼此没有坏印象，特别是何致兴与当地大多乡亲一样，觉得刘双德过去虽神秘，回到家乡后，遵乡规守民俗，谁家有婚丧之事，或是所派修桥补路等支助费用，都出了不少份子，名声尚可，没有恶誉。

说亲毕竟是好事，何致兴冷静之后，让媒婆回去捎信，这事以后再说，把话软软地放在了那里。何致兴送媒人出门，蒋媒婆是个高女人，手里提着水烟袋，路不熟，离开时还碰了何家内房的门楣，何致兴忙提醒："房低，你小心点！"蒋媒婆到刘家后，转达何致兴的意思。刘双德当时就有些生气，板下脸来："这何致兴真是给脸不要脸，我拉下身价，咱家的家产咱闺女的模样，找啥人家找不着！还被何致兴弄得没面子！"

蒋媒婆笑嘻嘻地朝刘双德竖了个大拇指："刘大哥说得对，这何致兴是有点不知天高地厚，不过招女婿入赘是件大事，他家有顾虑也是情理之中的事！"

"是啊，咱要人家的儿来当咱的儿，还不容得人家想一想！?""童婉云在旁搭腔说，也跟着笑。

刘双德在两个女人的劝慰之下站了起来，深吸了口水烟说："你们还没听明白，这里人家的搪塞之词！"

何致兴这边，媒人走后，夫妇俩也在一起议论。何致兴经媒婆左三右四地捣鼓洗脑，虽有几分心动，但还是想不通："孩子养这么大，送给人家当儿子？我就不想抱孙子？"说得忿忿然。韩瑞兰因长福不是己出，在如此的大事上不好说多，只能听丈夫的，劝丈夫不要生气："人家没儿，要招个女婿将来养老送终，也是情理之中的事。"又说："人家大户能看得起咱又不是坏事，不去就不去，不值得生气！"不想，何致兴突然反问韩瑞兰："那你说能不能去？"韩瑞兰不假思索地说："长福去了，又不是进火坑，是去继承人家家产。咱家这样子，大家守在一起就穷到一起。他富了，骨子里还是咱的儿，对咱这边也没坏处，至少长福的婚事男家主办的心不操了，可放在长生与长贵身上。咱虽开个小药铺，但大花销还在后头哩！"韩瑞兰的道理与蒋媒婆说法差不多。

接着韩瑞兰又说大主意你拿，何致兴轻敲了两下桌子："要是叶老师在，问问他，多好哇！"

何致兴还把它当成了心事，在三棵树又问了拜把兄弟赵天祥，不想赵天祥满口赞同："有这等好事，打着灯笼没处找。人家田广房多，闺女长得像朵花，你是去抢人家？人家还得笑着脸请你去抢。嗨嗨，你老哥应该翻过来这个窍，孙辈姓啥是个符号，实际照样是你何家的后代！"

何致兴被各种观点弄得目迷五色，不知所措，但对长福入赘之事并没有松口，刘双德招婿的事情暂时搁置下来。

花开花谢，龙峪的老百姓一如既往，春种秋收，只不过当地的政治风气近几年更为浓重。民众反日抗战情绪高涨，民国镇政府、国民党镇党部的牌子堂堂正正地挂着，政府的派粮征税之事不断，防赤化防共产党的宣传也常挂在镇公务人员与乡绅头脑的嘴上。还听信了一次捕风捉影，害得龙峪部分村民又是成群结队闹"跑反 ①"，去大山里躲了十多天。前两年学校也发生变故，据说有位老师向县党部密告叶明瑞，说其在学生与老师中散布要民主要自由，一致抗日、反内战等激进言论。还派人来学校调查过，叶老师力争，调查的人又拿不出有力证据，只好作罢。叶明瑞觉得委屈，就辞职了。离开学校的前一天，还去向何致兴夫妇告别，没有说具体原因，只说叔父病重，回河间老家去了。

就在何致兴搁下刘家提亲之事半年后，在一九四四年年底，何家发生了一件大事情。

时值隆冬，何致兴将药店储存的几十种中草药材，用芦席摊在街头暖阳下晾晒，游荡在街头的一头肥猪走过去拱翻板凳，中草药材掺和在地上，那猪边拱边闻，还拉屎尿。何致兴看见怒不可遏，顺手捡起石块掷去，砸在猪腿上，猪顿时瘸了，嚎叫着卧在了地上。

打伤了猪，这下可捅了马蜂窝，离不远的猪的女主人出来了。女主人非同一般，是有名的泼妇，当街即与何致兴大吵。街坊邻居围观也劝说不下，

---

① 旧时躲避兵乱或匪患逃往别处。

那泼妇随即进了镇公所，径直找到镇长，又哭又闹，要何致兴赔猪。

镇长孟洪光听后，传来何致兴，一口断言："你打伤了人家猪，要赔！"

"不赔！她的猪拱了我的药材！"何致兴仰着头。

镇长孟洪光："反正你打坏了人家猪，必须赔。"说话霸气，只追结果不讲前因，不提猪先掀翻药材的事。

何致兴平日在街上早耳闻镇长与猪的女主人有私情，更认为此事断得偏心。

何致兴不服，直言顶撞："你断得不公，我药材的损失，比她猪贵得多，就不赔？"镇长火上来了："我早就闻名你在龙峪比较横，今天本镇长给你横上了！"何致兴气不打一处来："我何致兴占理就横，不占理我不会横。你当镇长，有理没理都可以横！"镇长平日霸道惯了，怎允许百姓如此羞辱他，上前朝何致兴脸上就是两巴掌，何致兴怒从心起，你天皇老子欺负人，我也不怕。接着两巴掌同样扎实落在孟镇长脸上，两人刚推搡在一起，被周围的随从拉开了。

这还得了！那孟镇长本是另一大乡的大户人家出身，从小也是称霸一方，长大了更是黑道白道通吃，最后当上了镇长。在龙峪镇长位上这几年，可谓是一言九鼎，今日竟被一村民掴掌，颜面何在！当即大吼："抓起来，给我好好收拾这刁民！"

那些周围的爪牙狗腿，如狼似虎将何致兴捆绑起来，关进镇公所的杂物房，当夜用木棍暴打。何致兴被打得奄奄一息，身穿的棉衣棉裤沾满了血渍。第二天醒来，只听见身边有黑影在问："你服不服？"何致兴迷迷糊糊还是咬着牙，微微地说："不服……就是不服！"

镇公所开始网罗何致兴罪名。何致兴无法无天，敢打镇长，旋即成为龙峪头条新闻。

事发当晚，韩瑞兰就急跑进镇公所求情，见不到丈夫。第二日，牵着几个孩子哭哭啼啼又来求见，镇公所出来一人，凶狠地吼道："不可能放人，你男人横行乡里，欺压百姓，抗拒政府，殴打镇长，还有与学校的一位激进分子往来，有通共产党的嫌疑，你等着到县大狱去探监吧！"

韩瑞兰如五雷轰顶，丢魂失魄回来，四处求人解救。先是找到赵天祥，赵天祥自是义不容辞，联合周保中等，找到龙峪一大户人家帮忙，该大户人家的兄弟在县警察局干事。该大户答应出面找镇公所说情。另外有左邻右舍十来个人看到何致兴遭此厄运，结队找到镇公所作证明，说何致兴平时为人仗义正派，只是脾气不好。打伤猪、与镇长对打不应该，也是事出有因，既已惩罚，家有妻儿，也要给人活路！

　　刘双德听说何致兴犯事，惊恐之余也想出一臂之力，女儿又一再要求爹爹出面帮助。平常的刘双德凭自己的资产与原始资历，在镇政府公务人员面前还算是有点面子的人，与镇长孟洪光也小有交往，彼此尊重。在这节骨眼上，刘双德放下骨子里的几分架子，还有不涉政事官场的忌讳，无论有无目的，也觉得何致兴出了这么大的事，应该出面尽份力。刘双德一是托人走几十里路找到与他曾经的同僚，在队伍上共过事，也是回到家乡原籍，在九合乡当副乡长的人出面说情。二是亲自买了几瓶好酒找到镇公所，孟洪光见了他。

　　孟镇长不大买账："不是我不给你大哥面子，你想我一镇之长被他当众扇耳刮子，我不惩罚，今后我这镇长还咋当？"

　　刘双德满脸赔笑："事出有因，他敢动手可能是冲昏了头，你惩罚也惩罚啦，还是别往县里送了。"

　　"这人平时很傲，敢在我头上动手，可见其无法无天，我不给点厉害，他还认为我孟某是吃素的！"孟洪光向上抬双手，扬扬自己宽大的胳膊袖子。

　　"你惩罚地对，但就事说事，说他通匪，周围人都没听说过？"

　　"他通匪还会让大家知道？"

　　"如果他真通共，另当别论。如果是一些影子，还是要三思，他也是地道的龙峪人，拖家带口，全靠他一个人撑着，如果安上这通匪罪名，就把他一家毁了，还望镇长开恩呐！"刘双德虽也是行伍出身，曾经横行过霸道过，他深知"强龙不压地头蛇"的道理，一个劲地赔笑说情。

　　离开镇公所时，他从衣兜里掏出十块大洋，放在桌子上说："一点意思不成敬意，过节了，给兄弟生活改善改善！"

孟镇长推辞，刘双德已走出了大门。

过了两天刘双德收到信，说镇长买他的情，同意放人，但前提条件是：何致兴答应出来后到此为止，不许告状。刘双德看到求情的结果，知道这是还有他托的副乡长朋友出了面，还有何致兴的铁兄弟们的呼吁等方面的综合效果。

刘双德就找到赵天祥，让他给韩瑞兰说，去劝说何致兴。

韩瑞兰自丈夫打伤关起来，恸哭之后，平时性格柔和的她也发了飙，找到那泼妇又吵了一架，韩瑞兰说："我男人有个三长两短，我给你没完！"那泼妇平时狂妄，知道这事已闹得太大，收不了场，何况那被打瘸腿的猪，等了两天又缓过来恢复了正常，心里也发虚，不敢硬碰。

韩瑞兰听到赵天祥带来的消息，喜出望外，拉上赵天祥、周保中一起去了镇公所。

遍体鳞伤的何致兴，睡在地面的草铺上，开始仍不低头，媳妇和朋友你一言我一语劝："马上要蹲大狱了，你还犟。好汉不吃眼前亏，留得青山在，不愁没柴烧，这么简单的道理你就不明白！"

经说劝，何致兴身体已扛不住了，也知道再僵下去的果子难吃，就答应出去老实守家，不去上告。

一番斡旋，何致兴在镇公所关了五天，拖着变了形的面容回到了家里。

家里开着药房，一是由亲戚哥何相珍开药敷伤；二是卧床调养。

何致兴性格生来孤傲，怎会咽下这口气！在家养伤两个月刚好，他就私下请人写了一份状子，背上小包袱，选了五更偷偷出村，告状去了。

告状两个月，他步行、车马转乘，先往县衙门告，告不动。又到新乐公署衙门告，有时就守在衙门门口，还拦车申冤。吃尽苦头，遭尽白眼，县里推地区公署，地区公署推县里，案子悬着，没有结论。此案对何致兴是大事，对上方却没有当回事，属于普通民事纠纷，拖到半年，给了个说法是：作为镇长孟洪光断事有些草率，何致兴动手打镇长也有过错。镇长施典用法过当，给村民造成伤害，镇长拿出姿态，给予调解。由地区公署法院发函经县转至龙峪镇公所，让孟镇长私下设宴道歉，以平息事端。

何致兴没有真正告倒孟洪光，但能让镇长公开道歉，也算管司打赢了。何致兴虽然性情刚直，但经过铁的事实，深深明白了"天下乌鸦一般黑"的道理。

何致兴经人劝说，道歉之日去了龙峪镇公所。进了镇公所，感觉道歉方式变了，由镇设宴私下赔不是。镇公所后院一间厢房内摆了桌酒菜，酒桌中央坐着仰着头孟洪光镇长，左右坐着镇里的头脑，并请了龙峪的几位乡绅，还有刘双德。见何致兴进来，镇长点头微欠了下身子，何致兴被人领坐安排在左侧，镇长往下的位置上。

斟上酒，由左侧的王副镇长起身主持说："各位乡邻，咱龙峪村的何大哥因民事纠纷与镇长发生不快，让何大哥吃了苦，镇长三思，还是有对不住何大哥的地方，特设宴向何大哥表示歉意，大家举杯！"

大家齐刷刷举起酒杯站起来，何致兴拿着酒杯未举，满脸不快。他心在想："你镇长给我赔礼，你的喽啰群党坐上席，让我坐偏坐，不知你给谁道歉？还有开场代言的话，讲得不疼不痒，没有道到点子上。""你孟镇长，还在摆你的官架子和威势！这顿酒，到底是赔礼道歉？还是在蔑视人警告人呢？"

想到此，又个惊人动作出现，何致兴把酒杯往桌上狠狠一顿，忽地站起来，二话没说，掉头就走，周围的人都没有反应过来，面面相觑。

孟镇长这时，脸色红一下白一下，弄得煞是难看！

何致兴回家再也不提此事，他想通了——从古到今，民不与官斗！他体会到了——穷人没有出路，这天下是官僚的天下，是有钱人的天下！

何致兴在养伤时，家人与朋友赵天祥已告诉他，刘双德在这场官司中出了力。他心中有数，只是当时正在气头，全心养伤，没有再提及答谢一事。现在静下心来，何致兴又重新审视儿子的亲事。自上次刘双德招婿未成之后将近一年，家里也为长福提过几门亲事，长福都看不上，也听说刘双德为女儿提过亲，颠来倒去，刘春香都不愿意，看来这俩孩子心猿意马，早有意思。

何致兴又想："原来周围人劝的也有道理，你儿子去请别人的业，又不是自己去，是刘双德家自己心甘情愿。人活着还不是图个发家致富，过上好日子，我何致兴啥时候能给儿子送上像刘双德那些的家产……"

"刘双德出力花钱搭救我，该不是为他女儿的婚事吧？""也不能这样想，人家闺女长得像花扑克，家境恁好，非要找你家儿子不可？无论出于啥目的，刘双德费了心，这是真。说明刘双德有仗义一面，结个有底气的亲戚，遇到难处也不是坏事。"何致兴作连锁的自问自答。

何致兴对长福的婚事心里有所松动，就与妻子商量，韩瑞兰更是讲务实的人，还是那句话："儿子请了业，他后代也是咱何家的骨血，跑不到天边！"

夫妇俩主意定后，何致兴知道长福在想啥，还是要有意考考他。隔了一日，何致兴将长福单独喊到跟前。

何致兴看着比自己还高半头的儿子，开门见山："长福，我与你娘商量了，同意你与春香的婚事，去刘家入赘，当上门女婿。"

长福听了，心里高兴得直跳，脸一红，懦懦地说："我听父母的！"

"你这小子，怪不得给你提了几家你不愿意，原来你们先私下订了终身！"

何致兴一激，长福急了，连着摆手："那倒没有，爹别冤枉我！"

接着何致兴给长福讲了一通，到刘家要摆好身份，要勤谨有眼色，凡事要岳父母做主，孝敬他们。春香这闺女不赖，过日子让着点，对她好点……等等的大道理。

何致兴与韩瑞兰又把几个孩子招在一起，通报大哥去刘家入赘的事，问几个小妹弟行不行，长秀、长生眨眨眼睛，都说人家日子好、春香姐也好，去人家家里享福是好事，唯独只有十五岁多的小长贵梗着脖子说："人家家好，就要去跟人家当儿子？"

何致兴听听几个孩子意见，也只是走个过场。但对小儿子的两句话，却让他刮目相看，认定这孩子今后能干一番事业！

说办就办，何致兴想想这一年家里发生的大事，让人倒运。长福长秀两个孩子，都到了谈婚论嫁年龄，不能再耽误他们，决定速办，用婚事的大喜冲冲晦气，于是找蒋媒婆去刘双德通气，两家一拍即合，不出一个月刘双德家就张灯结彩，将何长福招了过去，婚礼办得像过年一样。

这大喜事，刘双德在龙峪彩旗仪仗，唢呐乐班，摆了三十桌宴席，广邀各路亲朋。孟洪光镇长也送了礼，但人没去。何致兴这边也是人流涌动，送礼的人络绎不绝。办事这天，参加婚礼的，路边看热闹的，争相目睹这对装扮出来的新人。高高洒洒的何长福，齐额的短发，精神标致，一身齐整的灰色细布新制服，胸前佩戴着大红花。刘春香瓜子脸，柳眉凤眼，唇红齿白，身材阿娜修长。发髻插花戴银，耳垂金坠，手腕挂金，红色丝绸衣，绿色缎子裤，红缎绣花鞋，打扮出来千娇百媚，像仙女下凡。人人用羡慕的眼光，嘻嘻哈哈谈论着这场穷人与富人的婚姻。听见有人说："人这缘份真可怕？春香这百里挑一的姣好相貌，找啥人找不到！咋就偏偏看上了长福？这长福真是修了八辈子的福气，娶了这么个漂亮的媳妇！"又有人接着说："不仅抢了个排场媳妇，还要去霸人家的财产哩。"何长福也有两个要好的同学，一个是任谦，一个叫万雪霖，夹着膀子也在人群边上开玩笑，两人大意是："刘春香恐怕是咱龙峪最美的人儿，如果这事摊到我头上，别说上门女婿，让我一辈子做牛做马，都愿意！"

长福入赘后，不出一年，长秀也出嫁了。长秀的男人叫陈大财，离龙峪三十里外的另一个村庄——小溪桥，坐落在山坳里。家有父母与一个哥。出嫁那天，长秀打扮得很好看，端庄大方，上着大红灯芯绒衣，下穿蓝色裤子，手脖子上戴着哗啦啦的银镯子，头顶鲜艳的红盖头。当地兴"哭嫁"习俗，长秀不愿离开爹娘，高低不愿上轿子，韩瑞兰哭得鼻巴泪巴！何致兴张着脸上的皱纹，没有笑容，只教育长生长贵说："你们不管啥时候，可不能忘了你姐的情分！爹娘养你们，你姐帮着带了你们一半！"说完就泪眼蒙胧，扭头进屋，直到陈家接亲的队伍笙乐唢呐鞭炮齐鸣，长秀乘坐的轿子离地，何致兴也没有出来。长秀的出嫁，是两个小弟弟还有长福大哥跟着，送到了小溪桥。

第五章

"日本侵略者投降了！"……"小日本完蛋了！"……

龙峪镇街上的小孩子，打着红红绿绿的三角小旗边跑边喊。日本人投降的喜讯，像炸开的锅，沸腾到龙峪这个不起眼的小山镇。这里的乡民，虽没有直接看到东北、华北等重灾区被踩躏的惨状，但也时不时能听到如南京大屠杀、厂窖惨案等惊天噩耗，更重要的是也亲身亲历了这多年山河破碎、民族危亡的惊恐不安及其逃亡之苦。

大街小巷的欢庆人群奔走相告。在三棵树前，周保中对何致兴、赵天祥说："我早说过，小日本是兔子尾巴，长不了！"赵天祥抬杠说："好像你没说过，马后炮！"周保中更正："我说的是，日本那么小个国家，弹丸之地，想吞并咱大中国，真是自不量力。'贪心不足蛇吞象'，意思是一样的！"何致兴长舒口气："这下咱中国人，该过太平日子了！"

街上贴满"欢庆抗战胜利""万众一心重建家园""日本帝国主义必定灭亡"等内容的各色标语口号。镇公所还在门口用松柏树枝扎了个大彩门。街上热闹非凡，耍狮子，玩龙灯，踩高跷，还有敲锣打鼓走街串巷的游行队伍，通过各种形式，庆祝抗日战争的胜利。何致兴想起自己深受侵略者之害，感慨万千，更是激动。请人借用中草药名编了副对联，贴在"普济生"药铺门口，表示庆贺心情，那对联写的是：

上联：中华熟地映红花

下联：日寇独活罪当归

横批：八角合欢

　　在抗战中，龙峪这一带，有三个扛枪上前线，与日本兵正面交过锋的抗战老兵。一个是东街的谢海娃，一个是在南街石碾边住的金明，另一个是龙峪镇外大衡庄的谭质文。三个抗战老兵经历方向不一样，以后前行的结局也不一样。

　　金明与谭质文在一九三九年秋结伴在新乐火车货站当装卸工，被一群当兵的推搡着当了队伍上的挑夫，每天挑着当官家眷的行李，跟队伍走，后来让他们都换上了军装。队伍是国民革命军七十独立师二团。后来才知道所在队伍长官是新乐人钟祥征。队伍一直往南开，他们参加了塔城保卫战、江阳保卫战。谭质文因在团部干杂务，偶在战场，还落了个身无寸伤。金明就惨了许多，常在前线，火光刀影，天天提着头过日子。看到周围的死伤不计其数，也没有想到能活着回来，在江阳保卫战的最后两天，一颗流弹削去了他左半只胳膊，成了永久性的独臂伤兵。

　　谢海娃要晚点，与寒铺乡的朋友赶着骡子去塞外贩盐，在长城关口附近，参加了八路军，全称"国民革命军第十八集团军"。谢海娃能算账，识些字，开始在团里当文化教员，因文化水平不高，只能教些常用汉字，再深些就教不了，后来就下了连队。人家谢海娃也是脑袋别在裤腰带上，跟队伍说打就打，说走就走，参加过多次与日寇的战斗，后随部队打伏击，也受了伤，子弹穿左小腿而过，治疗后虽能行走，但有轻微不便，后被定为"二等残废军人"。

　　这三个抗战老兵，可成了龙峪家喻户晓的大英雄，抗击日寇，抵御外辱，保家卫国，有啥能比这个经历更加荣光！

　　镇政府组织人员，往三位抗战老兵家里送匾送物慰问，家属人人扬眉吐气，一时成为响彻方圆几十里的佳话。

　　日本投降后，龙峪镇一方面是民众同庆，珍惜八年抗战来之不易的安宁环境，发奋民众斗志，恢复动荡的生活生产秩序，祈福五谷丰登的好日子。

第二是国共二次合作的局面有些暗流涌动，镇政府在内外部部署防赤化、防共产党、防马克思主义的风向，日益绷紧。

周保中、赵天祥、何致兴几个老哥们在三棵树下闲侃时，这个说："现在政府动不动像防贼似的，老讲防共产党，谁看见共产党了？"那个回应："天干地支，阴阳八卦，相生相克，既然说要防，说明就有，不能全信，也不能不信。"

"过去学校那叶明瑞老师在时，有风传他思想赤化，有共产党嫌疑，现在人家走了，还能说谁是共产党？"

"致兴，你还差点成了亲共分子！"周保中调笑。

"你与叶明瑞老师打交道多些，说心里话，你觉得叶老师有没有共产党的意思？"老道的赵天祥也问何致兴。

"我说不清楚，反正在我这里，没听到他说过反国民党反政府的话，我总觉得叶老师人品很正，肚子有学问有见识，是个有本事的人。"

"唉！一朝天子一朝臣，卧榻之下，哪兴他人酣睡。斗来斗去，啥时算个头！咱老百姓管他闹得天塌下来，只要每天有白馍啃，就心满意足了！"平时爱好听"说书"①的周保中连声感叹。两个老哥点头说是。

自长福长秀相继结婚以后，何致兴与韩瑞兰夫妻一度心里空荡荡的。家里六口人，瞬间变成了四口人，特别是长秀这勤快又温存的丫头离去，好像折了左膀右臂，特别是韩瑞兰经常暗自流泪，何致兴不用问就知道她又在想闺女了。

长生长贵有时也会突然念叨句想姐，大哥长福虽进了别人家门，但还在一个村里，有时长福与春香会过来看下父母。长秀嫁得远，难得回次娘家。长生已经下学，开始参加地里劳动，长贵还在继续读书，平时多与伙伴在外玩耍。大家慢慢地适应这改变了家庭结构的四口之家。

何致兴完成了大儿子与女儿的婚事，心里开始琢磨新的家庭复兴计划，他近期的两三年目标，就是把日本人烧掉的草房变成瓦房。他对媳妇韩瑞兰

---

① 旧时口头讲说弹唱的表演娱乐形式。

发出重锤般的诺言："四个孩子，已经送出去了两个。现在要全力为老三老四娶媳妇，迎新人进来，振兴何家祖业，延续何家血脉。"

他的药房还在开着，亲戚哥因家事负担重，不能长期坐诊，离开了药店。没有医师，对生意肯定有影响，但何致兴已经树立起了"诚信仗义"美名，来拾药的人还是络绎不绝。

有一点，让何致兴感到底气更多了些，那就是——土地。刘双德因为要了何致兴的儿子，还算大气，以聘礼名义，给致兴划了一亩多不差也不算好的旱地，加上原家里已有的几亩地，人均近亩把地。作为农家只要勤劳，再加药房的贴补，过日子只能越来越好。

但实际上，何致兴靠药房发不了财！

何致兴将已经下学在家的长生喊到桌前说："供你读书，你比我文化高，以后药房的账你接过去，由你算！"递过三大本线装的药房账本："先拿去看看！"

长生外貌虽然赶不上爹，但大的外形长得还是最像何致兴，略长的脸、中等的身段，胖瘦也均匀。可性格上，遗传母亲的更多，平时温和内敛，遇事不急不慢，有心性，为人处事谨慎有责，父母交办的事情，会努力办出好结果。不过偶尔遇到他不快而且忍受不过的事情，也会发点脾气甚而不讲理，性格有点多重性。

何长生拿着账本，在煤油灯下看了两晚，细腻的白绵纸上，用黑色毛笔一排排记录着清晰的欠账人名、欠款数目，有的欠账人名下方，用红笔画了圈。

看完账本，长生找到爹："这账本实际就是欠账本，画红圈的啥意思？"爹说："还了钱的就划圈，是个记号。"长生："我细看了，还了账的人有三分之一，还没还账的大概有三分之二。"

"啥叫三分之一？三分之二？"

"例如，一块发面糕，分成三份，就是三成的意思。拿出来中间的一成，与原来的三成比，叫三分之一；剩下的二成，与那三成比，就叫三分之二。"

"说得那么复杂。按你说的，我又在那还没还账的三分之二中，再去分成三份。其中的三分之一会把钱还上，另外的三分之二的钱，就基本不指望要回来了！"何致兴边吸旱烟边说。

"爹绕来绕去，不就是说，这账本的钱，有将近一半收不回来吗？那是为啥？"长生瞪着眼。

何致兴继续解释："这三分之二不还钱的人，又分成二下。有一大半是人穷，真的还不起。另小半是无赖，有钱也会欠着，理由一百条，就是不还你！"

长生到底多读了些书，有自己见解，理直气壮："杀人偿命，欠债还钱，天经地义，为啥不找他们要？"

"要了，要不回！真正还不上账的，都是人穷，咱不能去逼人家，看到特别可怜的，我就干脆答应免了。主要是那些赖皮，你没办法，这账也只是几服药钱，多不多少不少，都是乡里乡亲，也不愿为这点账去撕破脸皮，有些人赖账好几年了。"

儿子突然想起并提出个疑问："好像坡背村宋爷爷家人来抓药，爹怎么总是不收钱？"

"无论怎么说，当年学竹匠，他总归是爹的师傅，师傅年纪老了，生病吃药，徒弟怎么能收钱呢？他以后来看病检药，一样分文不能取！"何致兴说的断乎不可！

何致兴又说："另外，大榆树沟的蔡大坤来拾过两次药，也给免了。他住在大山里，家境更困难，咱们那年逃难住他家，受尽好处，不能忘！"

"爹，咱是小本生意，穷人免了，能想通。可对有些赖皮的人老是宽厚，就叫人有点不可理解。不行，我找他们去要！"

长生一席直击要害的话，让何致兴突然感觉儿子成熟了，可以逐步移位交班了！不过嘴上还是说："唉！难哪！"

长生又将对账目的看法，与母亲说了，韩瑞兰不足为奇地笑笑："你慢慢长大了，知道下家底也好，咱家这个药铺子，你想靠它发财，门都没有。""看着你爹脾气不好，心善。虽不信佛，但在生意场上的道道，又是佛教做的事。"

韩瑞兰和颜悦色地与儿子交流："我也看不明白，对穷人免欠款，咱积了德。可对那些赖蛋，有的还多次上当，头一次欠账没还，第二笔欠款又记上了。打记欠款之日起，就知道这钱肯定收不回来，但还要同意人家赊账。我也说过多次要防这些人，但人家一番花言巧语，又让步了。那些赖皮都摸透了你爹吃软不吃硬的脾气。"

"不过你爹的乐善好施、行侠仗义的好名声落下了！"

长生开始当帮手，配合爹继续打理药店的事，无形中融入了些自己的经营意识，慢慢地让人感觉到这位"二掌柜"比他爹务实，比他爹难讲话，赖账欠钱的人也少了起来。

时间过得快，很快就进入一九四六年，这时的长生已经十八岁，长贵有十六岁，何致兴开始兴建土木，为孩子以后的成家立业夯本奠基。这年秋天，将日本烧掉的房子清除，盖起了三间新瓦房。

这些年，长福家过得既正常，也有伤心的事。正常的是，结婚后小夫妻俩很恩爱，刘双德夫妇既把女婿当儿子看，待他也客气，家有大事也总与长福说道说道，让长福感觉在这个家有位置。长福自然是忙里忙外，当做一个劳力所用，一年到头都埋头在地上，经常请人打短工，他还要张罗应酬。刘春香喜欢长福，也就特关心长福，怕他累着饿着了，时时提醒，日日关心。家境好，有白面馍吃，还有鸡蛋吃，长福即是再累，营养补充是没问题的。

那伤心的事不能提，特别是在刘春香那里，一提就哭。长福与春香结婚一年，生了个小子，取名"壮壮"，那孩子长得白白胖胖，聪明伶俐，人见人爱，是全家人的宝贝。也许是太娇养，抵抗力差，那孩子近半岁时，得了天花，没有扛过去，死掉了。一下子又把全家带进冷窖。长福垂头丧气，春香天天哭哭啼啼，童婉云痛失孙子，又心疼女儿，也是暗自流泪，刘双德难受之余，开始怀疑自己的命中不该有后代？前大半辈子无儿，后辈子招女婿说千到万，是让刘家有后续香火。好不容易盼个孙子，说没就没了。

刘双德是长辈，又是行伍出身，对待人生灾难的道理也明白，时不时也劝家人，更是劝女儿莫着急，把身体调养好，好事都会顺理成章而来！刘双德虽劝家人，但心里怀疑该不该有后的心结没有完全放下，他找了本地号称"半仙"的刘瞎子算命，开门见山就说，只算我刘双德有没有后代根。那刘半仙拈着小胡子，问了何长福与刘春香的生辰八字，说两人的属相都没毛病，得从"招财进宝"四个字上下功夫。"招财"，是让这家更大，家大必须兴业；倒过来，业大家才大。你还要再扩大下你的家业地产，增加福报。"进宝"，你买一个"观音送子"的玉雕，不管大小放在闺女房内，日久就会灵验。

　　走到现实中来，刘春香性格有些多愁善感，遇到不顺的事，敏感多疑，一时间难走出来。因伤心过度，心事一重，身体虚弱了起来。原来白里透红的花容月貌，变得有些憔悴，走路无精打采。长福看着娇妻的玉损，更是对春香百依百顺，生怕惹她生气，又请来中医补血补气，全力调养身体，但有半年多，春香还没怀上。

　　一九四六年头上，也是刚过完"三月三"，地头的油菜花露着灿烂的笑容。这时邻近刘双德土地的另片土地，其主人冯驹子，说家母需要治病，家这五亩多好地要卖。冯驹子在当地也算富户，地亩数与刘家不相上下。刘双德听了就到地头去看，看他家原来这块地有七八亩，长条形，自东向西，一展平铺过去，就是到了西南角方向的地方，形成了个大缺口，冯驹子的五亩多地四四方方，正好镶在刘双德家的地缘。看着那阵阵清风徐来的小麦浪，起起伏伏，像金马河的河浪一样，刘双德真的有些心动。

　　刘双德回来与家人商量。买地是好事情，长福只提了个问号："冯家又不缺钱，咋会卖地呢？"

　　隔了五六日，长福回父母这边说了此事，何致兴夫妇也觉得冯家卖地卖得太突然，买地毕竟是刘家的事，从面上看是光彩的事，有实力才敢买地，也不便多说什么。长福在回自己家的路上，背后有人喊，是住在镇外北坡窑洞里的赵振东。赵振东与长福差不多高，肩宽腰阔，体格强健，普通的庄稼汉，他头上罩着条布巾，黑色粗布上衣的腰间，系着捆庄稼用的牛皮绳。他是赵天祥的小表叔，辈分高。比何致兴小十来岁，也算上长福的长辈。赵振东问长福："听说那边的爹要买地？"长福点头，赵振东笑着说："劝你爹不要买了，你家已有那多地，自己又种不了，买多了是负担！"长福回道："叔，我说没用，他不会听。"两人顺道边走边说，不久就分开了。

这中间，倒有刘双德平常谈得来的棋友，姓胡名文礼，也来劝他买地要三思。胡文礼在当地算个老学究，家境一般，老妻在街上开了个杂货小摊，卖油盐酱醋茶等日用物品。家有一亩多地，全由独子管理。胡文礼年龄已有五十多岁，有背疾，不再下地，平日关心时事，爱听爱看，戴上老花镜常看来自各方的如商品盒的包装、商品广告、旧报纸、流传的旧印刷品。

胡文礼似有深虑地对刘双德说："听说现在国民党与共产党不和，这日本刚投降，表面和谈，背地里斗得很厉害，蒋委员长如今掌着天下大权，但共产党那边也都是九死一生的人物，毛润之、朱德等，都是文武双全。发展下去，这天下最后是谁的还难说。如果是共产党胜了，坐了天下，听说不仅要共产，还要共妻。"

刘双德："这是哪来的消息？"胡文礼回答："我听远在新乐混事的妻哥传的，说共产党要是掌了权，就会没收富人的地和房子，分给穷人。""我看旧报纸，也有感觉。"最后又说："共产党的这一套，很得民心，天下还是穷人多。"

刘双德听了哈哈一笑："从古到今，杀富济贫、普救天下，只能闹腾一阵，最后都做不到。那陈胜吴广起义，开始也是想着穷人，后来当了皇帝就把穷人忘了。我当年在外，也干过这行当，后来不是穷人照样穷，富人照样富！"他对熟人不瞒自己别人也知道的过去。

"我不相信，就是共产党上了台，会分富人的房富人的地，还有富人的妻！"

隔了两日，何长福趁晌午吃饭时，把赵振东的劝告说了。刘双德一听，边放下碗筷边笑："他住在窑洞里的一个穷光蛋，当然看不得人家多买房多买地了……"

刘双德没有听周围的劝告与疑虑，经说合，很快把地买了回来。买回后心情特别兴奋，还给长福春香说："爹把最后一点积累全拿出来了！"

"有了地，比啥都强！手握着钱，现在物价飞涨，钱不值钱，最后还不知道跌成啥样？"刘双德胸有成竹自夸自己买地有眼光。

买地二三个月后，春香的肚子真的慢慢挺起来，有喜了。刘双德高兴啊，不停地说刘半仙算卦灵验！其实刘双德对买地周围的劝告，并不是一点没往心里去，但最终坚持买地，一是贪婪脾性的支使，还有就是刘半仙算命让他招财进宝，扩充家业，福荫后代，在心里占着上风。

再说何致兴这边，自长福结婚后，双方亲家虽住在一个镇上，平日来往并不多。主要是过节时相互走动下，有这门亲戚，特别是何致兴更是去刘家少，儿子进了人家的家门，尽量避嫌。但长福有时还会过来看下父母，春香有时也会跟过来。对于长福家的不顺，孩子不到半岁夭折，何家全家跟着一道难过，千丝万缕，咋说也是何家连带的根啊！

何致兴盖了三间新瓦房，在农村可算个大事情。这年五月刚刚收罢麦子，何致兴把二儿子何长生的婚事办了，这是以何家正宗的名义举办的隆重婚礼，请了亲戚及四方乡邻，也举办了三十多桌酒席，讲的是"十大碗、八小盘"待客的标准。以何致兴、韩瑞兰夫妇在龙峪几十年为人处事的好名声，去了很多人捧场，热闹了好几天。

长生的婚事，实际在前一年就已说合定下了。结婚时，新媳妇曹仁花，被何家用花轿，从离龙峪镇十五里的杨家湾，抬到龙峪镇。杨家湾在金马河上游，处在河道拐弯处。那村庄有三十来户人家，多姓杨，曹姓仅此一家。曹仁花上有父母，父亲曹佩轩，母亲霍玉娥，有哥哥曹仁亮与妹妹曹仁英，全家种地。山里人家，都没见过世面，本分厚道勤劳是全家人特点。曹仁花个头小巧，黄种人的正常肤色，相貌还精致，像山花，虽经风吹日晒，但也娇艳，不施胭脂，双颊常年红扑扑的。未出阁时，也是单根乌黑大辫子从头顶贯到了腰间，心灵手巧，从小就随母亲学得一手好针线。几乎没文化，小时在村口的私塾小学读了三个月书，也就是能认"大小多少、上下来去"几十个汉字，能写自己名字而已。何长生相曹仁花前，也曾被媒人带着相过两个亲，一个是人家没看上他，一个是他没相中人家。就这个小他两岁曹仁花，见了面双方都愿意，就此定了终身。

何长生、曹仁花新婚燕尔，小两口甜蜜在新盖的暖窝里，享受着如胶似漆的幸福……

何致兴看着也长成壮实小伙子的长贵，不紧不慢对小儿子说："你也该收收心了，别老是往外跑，想想学门啥手艺，日后总用得着。你哥哥结婚有新房，你结婚一样有房住。"

"爹，我在街上'长枪会'武馆跟秦武师学长拳，练好武艺，没人敢欺负咱。"已有十七岁的长贵像个小黑塔，紧紧学武术用的宽腰带，对爹说。

"学点武艺防身可以，咱何家可不能随便欺负人，做到恶者不怕，弱者不欺。但那终归不是正事，还是要学将来养家糊口的硬本事。"又说："咱何家将来在龙峪的光宗耀祖、立家强业，就靠你与你二哥了！"

长贵对爹的这话，从前几年就开始听起，本想说些不耐烦的话，看到已年近半百、头上已夹有白发的父亲，立刻又改口："爹，我与二哥知道了！"又把话题转到学武艺上，"爹，我给您看下我的功夫如何？"何致兴知道儿子常往武馆里跑，也想看看他学到啥本领。长贵母亲正在后院纺花，何致兴就高喊："孩他娘，过来下！"

韩瑞兰起身拍拍身上的棉花絮，慢慢咧出来。

何致兴放下叼着的烟袋："来看看你小儿子的功夫！"但见何长贵从后院找来一块红砖，放在当院木凳上，脱去上衣，露出健硕肌肉，何长贵用手又紧了紧腰带，双脚分开，双膝微微下蹲，呈马步桩。又长吸一口气，气沉丹田，但见上身的肌肉更加隆突暴起，脸色也成了关公，伸展右臂，只听："啊……呀！"一声大叫，举右掌用力劈下，"咣当"一声，左手下那块红砖断成两截。

何致兴夫妇瞪大了眼睛，想不到儿子还有这番功夫！

"这个还不算，看我下个功夫。"说完跑到门面那棵大碗粗梨树下，双臂一旋，抱住那树干，脚蹬树根部，腰似猿背，蹭！蹭！蹭！只几下动作，干净利索，就爬到了梨树上面。

树下的父母笑得合不拢了嘴，娘一个劲地喊："贵儿，赶快下来，莫掉下来了！"

下树后，长贵边穿衣服边美滋滋地听父母俩人的夸奖。

"我儿子可真像戏里演的绿林好汉了。"韩瑞兰替儿子整理着衣扣。

何致兴更正说："唉！咱不当绿林好汉，绿林还有个名字，就是土匪，咱当英雄好汉！"

"爹，娘！我将来把功夫全学到手了，一个人打他七八个人没问题。"

何致兴突然若有所思："早点有这功夫，就上前线，多杀几个日本鬼子！"

没想到，一说当兵打仗，触动了长贵。长贵顺势询问："听说现在国民政府到处征兵，又要准备打仗了，我参军去，好男儿到疆场上练练！"

何致兴知道轻重，赶紧压低声音，看看韩瑞兰，对长贵说："国民党征兵，咱可不能去，那是打内战！"韩瑞兰也眨眨眼，跟着说："那是，咱中国人哪能去打中国人。"

长贵机智地说："爹娘的意思我知道了，我今天只想提一个要求，给我到铁匠铺打一面二十斤重的大刀？"

何致兴又看看满脸笑容的孩他娘，对长贵说："你还鬼小子，今天给我们表演两个武术，就是想讨价买刀啊！""好，今天如你的愿！"此时，一阵风吹过来，那梨树碧绿的树叶也跟着哗、哗、哗地鼓起掌声，夏末的熏风把满院吹得暖融融。

长生没有相错曹仁花，曹仁花身量虽小巧，却精明能干，地上百把斤重的粮食，手向下一弯扛起就走。家里的事地里的活都能干，每天有用不完的力气。有时婆婆韩瑞兰会劝几句："花，别太累，活永远干不完，慢慢来，你还得保养自己的身体骨，我等着抱孙子呢！"曹仁花也总会心一笑："娘，放心，我会关心我自己！"

说到抱孙子，韩瑞兰说是关心儿媳身子也不假，而真正的关心，还是盯着曹仁花的肚子。女人心细，做婆婆的心更细。长生与曹仁花从夏初结婚到如今秋末，儿媳的肚子还是扁扁的，不免有几分着急，又不便直问，只能在日常生活中，含沙射影、话里有话地打探催促。

韩瑞兰最后实在憋不住，就托同街的老姐姐找曹仁花打听，弄得曹仁花头一次对婆婆有意见："当婆子的，这事都问？"满脸不高兴。打探的人只好说："你婆婆还不是想早抱孙子。"曹仁花立刻堵她："她不用说我也知道，啥都得等瓜熟蒂落，性急吃不了热豆腐。"

最后所托的老姐妹还是打探到了些蛛丝马迹，曹仁花说她自己啥都正常，长生体质稍差些。听话听音，大致明白了事的症结所在。

韩瑞兰将此事告诉了丈夫，何致兴也没太当回事，就回应："小两口刚圆房半年，又不是三年五载，你急啥急！"日嘛^①韩瑞兰。

韩瑞兰不服气："人家年轻人一结婚立马就怀上了，还是咱长生身子欠点！"

何致兴听了，激起了另层无名火："咱何家是咋啦！长福那边虽是上门女婿，也是咱何家生的，怀个孩子不容易。这老二刚结婚又锈在原地。不是女的不行，就是男的不中用？"

"哪咋办，还不是该治得治，该补得补！"何致兴没好气地说。

很快就与何长生小两口把话说透，请来老中医看病。看后，中医说："没大毛病，主要是寒气重，肾有点虚，吃药，慢慢调理一段就没事。"这一来，长生又成了何家的调养补养对象了。

转眼到了一九四七年秋收，老百姓把玉蜀黍、黄豆绿豆等豆类植物、红薯收到家里，颗粒归仓。又将小麦播种到地里后，开始有了些农闲时间。一日长贵只简单给父母说了句："我随武馆的朋友去县城'精武馆'，切磋交流武艺，两天后才回来。"

没有想到三天都没回来，夫妇俩着急。第四天大晌午，何致兴出门询问，刚走到街中，看见本街的也在武术馆练拳的常立，跌跌撞撞跑过来冲着何致兴："何大伯，你家长贵还有咱村高长发被抓了壮丁！"何致兴大着头让常

_____

① 龙峪方言，训斥骂人。

立把事说清楚。

十五岁的常立叙述，昨天我们正在县武术馆练拳，突然进来了二三十个头顶着十二角星帽徽的当兵人，说要带人进队伍，武馆的人与他们争，有个当官的说："国难当头，你们身壮力壮，舞枪弄棒，正好为国家效力。"我们有几个拳友上前推搡，抓了当兵的枪，有个腿上还挨了一枪，没办法，人家手里有枪，平常的拳脚不顶用，那当官的还说："敢闹，按妨碍公务、抗拒国法论处。"大家只好听人摆布。那当官的登记问了在场的十六个人，除了独生子或年纪在十六岁以下的，当场抓走六个人。据说，隔了一夜，第二天，住在县城里三个人被保出来两个。最后一共四个人，全被押上车拉走了！

何致兴紧问："把人拉到哪里去了？"常立吞吞吐吐："不知……不知道。"

何致兴脸色难看极了，急得额头沁出了大汗珠子，回到家，这两个年近半百的老夫妻，只能望着灰蒙蒙的苍天，缓缓淌泪。

等了好一会儿，何致兴无奈地大叹一声："唉！这世道，哪有咱穷人的活路！"停了停，又对韩瑞兰说："准备干粮，明天我到县城里打听消息……"

第六章

秋末冬初时分，播进土地的麦子，还没有发出新芽。定州县城外的坡岭，高低起伏几十公里，连天接地的大基调，是暮气沉沉的灰天黄地，明媚的金马山金马河准备冬眠，偶尔可看见村庄的树木上凋零的丝丝黄叶，整个大地褪去了绿色，渐渐失去活力。

五辆大卡车拉了一百二十六个新抓壮丁，被押解着，挤在五部美式大卡车上，在盘盘绕绕在高塬上，逶迤而行。每个车厢中间蹲坐着二十来个壮丁，车厢周围站着荷枪实弹的国民党士兵。

长贵与同村的高长发、家在县城的裘平均、另个乡镇的曹满意，还有十来个不认识的人，横七竖八坐在车厢里，向上只看见灰蒙蒙的天空，淡淡的黄云，在头顶旋转。偶尔能看见几只飞鸟在头顶上掠过，有时汽车两侧的树梢一扫而逝，往车后看，是车轮舔起的一团团扬起的飞沙土烟。

大长贵一岁，已有十八岁脸相圆润、高个且身强力壮的裘平均仰起头，向靠在车厢前头稍年长的老兵问："老总，你把我们拉到哪里去？"那老兵晃悠着肩膀笑笑："到了你们就知道了！"裘平均等于没问，看那士兵还随和就继续说："我家上有老父老母，下有弟妹，你们放我回去吧。"那士兵正色地说："我们家没有父母？就兴我们上前线？现在国家局势不稳，要平定戡乱，入队拿枪是每个年轻国民的义务。"

这时的长贵搭讪了："打日本鬼子我愿意，现在让我们中国人自己互相厮杀，我不愿意！"

不料那老兵的脸色立即沉下来："小子，这话你以后可别乱说，说了，最后怎么死的都不知道。"长贵不吭声了。

接着那老兵又转笑脸了，对这些在押人员说："当兵虽然苦，提着脑袋过日子，但也自由快活，吃穿不愁，跟着部队走。大丈夫纵横疆场，为国效力，也是咱男儿的英雄本色。只要阎王爷不来找你，当官发财等着你哩，那些旅长、师长不都是从当兵的一步步熬上去的。"站在车侧另位年纪稍长约二十七八岁的老兵插话："如果当了官发了财，还可以讨几房姨太太呢！"说完嘿嘿嬉笑。

汽车在山区里歪歪扭扭走了大半天，天快黑时，到了双河市。实际上离双河市中心还有二十来里。在周围全是丘陵的一处兵营停下来，五辆卡车上的两百来个壮丁呼呼啦啦下了车。过来两个端着枪的士兵，吆喝着带到一个大的公共浴池去洗澡，约定时间出来，又带着到另个大的空房里换衣裳，听候训话。

新兵歪歪斜斜地站成五排，有个穿的军服布料比一般士兵要好，腰挎小手枪，个不高蓄有短胡子，但说话底气很足的人，站在木箱上训话："恭喜大家！你们今天就成了国民革命第五集团军五十四师三团的士兵，也就是说，不再是农民了，而是堂堂的国民革命军军人了。等会把你们身上的粗衣土裤统统脱掉，现在去登记，如实填写你的个人家里情况，再去领取新军装。军人以服从命令为天职，其他的事情不要多问，一切都会有顺序安排。……我再特别强调一点，不许逃跑，当逃兵，被抓住，就是死罪，立即枪毙！"

接着一个跟着一个去登记。排队走到一张小桌子前，有两位坐着负责登记的士兵，一位在依次问询同时，用手在《花名册》抄写登记；另一个用小毛笔按照登记，填写胸章背后的内容。

问到何长贵时，那询问的人多了一句："这小伙子身体是头牛，好材料！"接着问："叫什么名字？""何长贵。""年龄？""十七。""家庭地址？""淮原省定州县龙峪村。""家里有谁？""爹娘、哥哥与嫂子。"长贵没说已经入赘的大哥与已出嫁的姐姐。另位登记人迅速填写完白色的胸章，用大铁戳蘸上红印泥，"哐"地一盖，递给长贵歪下头说："好，往前走！"随着又有士兵给递上了一套军服，并说："先试，不合适可换。"

夜里这批新兵，被安排到几间房子居住，长贵还是与同街的高长发住在一起，每个房里住二十来个人，大通铺，被子挨着被子。

长贵借着挂在墙上的马灯散光，细看自己胸章后面填写的几行小字——姓名：何长贵，年龄：十七岁，部属：国民革命军五十四师三团，军衔：士兵。

看着窗外天上淡淡的月亮，长贵突然觉得自己一下成了大人，这几天的悟事，超过了前十七年。他怎么也想不到，平时有心参军报效国家，后又厌恶躲避当兵的事情，这么快成为现实。爹娘如今同在一个月亮下，还不知道我在哪里，不知道会急成什么样子！长贵拉拉身边的高长发："想家吗？"小个子高长发在被子里蒙着头带着哭腔："想！"长贵眼角豆大的泪珠，骨碌骨碌地顺着脸颊滚下来……

第二天天亮，长贵才看清看远，这所营房好大，是过去的旧军营，都是平房式的房屋，一栋连着一栋，排列过去。有幢二层楼高的房子，大门口有人站岗，门口的白底黑字招牌上写着：国民革命军第五集团军五十四师驻双河军需处。门口左右两株茂盛的紫藤树上，坠着焦黄的枝叶与干枯的紫藤花。长贵还看到从大门里走出来的两位扭着腰肢、提着公文包的女兵。长贵心里咯噔下："咦！打仗的队伍里还有女兵？"

第二天，定州县来的与其他县来的新兵汇聚在大草坪上，黑压压一大片，怕有上千号人，听说都是从淮原省中北部各县抓来的壮丁。全部换上了新军装，开始军事培训。以后，每天早晨六点半就开始吹号集合，在大操场由教官指挥，列队报口令，跑早操。经过个把月，每人发了枪，全是"汉阳造"[①]。大部分是虚拟对靶瞄准，实弹练习很少，说是国家困难拿不出钱来，把有限的子弹用到战场上。

有个瘦高显得很有气度、架着眼镜的教官，对这批新士兵训了几次话。他说："你们现在已经成为一名光荣的国家军人了，军人首先就是要忠诚于

---

① 民国时汉阳兵工厂制造枪械名称。

党国，忠诚党国就要忠诚我们领袖——蒋委员长。日本被打跑了，现在共产党又来了，要来与党国、与蒋委员长争夺胜利果实，我们不能看着这些共匪胡作非为，闹分裂搞夺权，我们要团结一心，坚决维护国家政权的尊严与稳定，把共产党匪帮彻底消灭掉！"草坪上有风，他需要站在一个高台上大声拼命喊。

下面的新兵，都是来自各县四面八方的贫苦农民，大多老实本分，没有见过世面，不少还是文盲，大字不识。有钱的孩子这年头有几个会进队伍当兵呢。这些新兵，也不知道这种政治训话是"洗脑"，只懵懵感觉古来的道理"天下兴亡，匹夫有责"，现在是国民政府的天下，任何其他武装力量的对抗都是叛乱。现在咱端国民政府军队的饭碗，扛人家发的枪，就应该为国分忧、赴汤蹈火，政治教官的训话开导，天经地义！

但是长贵的心里，总是记住父亲说的话："中国人不能拿枪打中国人！"他看不明白现在身临的政治局势……

新兵在双河集训了两个月，一天夜间，集结号突然响起，上司命令队伍，连夜开拔。长贵打着背包行李，心里说不出的难受。离开家乡，越走越远，不知道要开往何地，也不知道还能不能回家。此前培训中，他拉着裘平均、高长发与曹满意几个，找到他们新兵排的排长，提出来想给家捎封信报个平安，不让父母挂记。不想那排长眼睛一瞪训道："想得美哪！你们现在是军人，军人就是机密，行动不能被别人知道。再说了，家人不知道下落还总有希望，知道了下落，他们会满世界找，你们不是害他们嘛！"排长态度虽生硬，可话里也有几分道理，既来则安，就不再提了，更知道以后提了也没有用。

长贵与高长发、裘平均都编在五十四师三团三营，长贵与裘平均编在新兵七连，还在同一个班，高长发编在了新兵八连。曹满意被编到了二营。卡车一辆接一辆，把新征的士兵拉到十多公里外的双河市火车站。车站不大，因是深夜，几乎没有旅客，只有昏暗的灯光在月台孤独地眨着眼睛。队伍的开进，让这个小站变得熙攘嘈杂起来。

站台上有拿着小旗子指挥车辆的调度人员，队伍中的连长伸脖吹着哨子、吆喝着，指引着自己人马按指定位置上车。长贵、裘平均、高长发都背着背包、扛着枪，被塞进闷罐铁皮车。车里没有座位，一个车厢可装七八十个人，大家倒七竖八或坐或躺挤在一起。

又到了月份的中旬，透过小小的车窗，可以看到黝黑的天幕上挂着冷月，锃亮锃亮，长贵总想着爹娘现在也在龙峪看月亮，盼他回去。

一声长笛，车轮铿锵……铿锵……从双河站开始滚动，车辆里很安静，大家都不说话，许多人还在低头抹泪……

离开双河地界，走了几个小时，士兵谁也不知道他们要到什么地方去。车厢里坐着一个副连长，大伙就问连副，队伍要开到哪里去。那连副满脸无奈，把手一摊说："我也不知道。"

火车开得很慢，隔几个小站车都会停下来，让士兵们下来透透风或大小便，吃饭多是在定点停靠车站的月台上，有当地政府组织募献队伍安排饭食，都是由士兵拿饭盒自动排队去盛，也有茶水供应。车站站台上多是贴着"消灭共产党，保证国家统一与稳定""盼望国民革命军戡乱胜利、早日凯旋"之类的标语。

火车走走停停，一路往东，后来看太阳又感觉偏向了东南方向，走了两天两夜，最后在一个叫"安洲"的小车站停下来。队伍推推搡搡全下火车，又坐上卡车，沿着灰头灰脸的沙土公路走了半天，在没有了公路的地方下车，开始走路。一个师的兵力，排成长蛇阵，蜿蜒有好几里长。开始地势还平，慢慢进入了忽高忽低的大丘陵，走的不是山间小路，就是水田的田坎。远处，可以看到农民披着蓑衣，在放牧牛羊。天下起了雨，雨虽不大，但淅淅沥沥，很快把地面洒了层油，又湿又滑。有些士兵开始怨天尤人。这个说："这鬼天气，专跟老子作对。"那个说："到底开往哪里嘛！何时才到头喽！"是个四川兵的腔。还有个扯着陕西方言叫："饿① 这胶鞋没牙了，刚摔了一跤，如再来一跤，饿就睡在地上，不走了！"

细雨蒙蒙，在农家晚上生火做饭时分，大部队开进了一个比龙峪镇大两

---

① 陕西方言，我的意思。

倍的大村镇。村口有个高大的石牌楼，上面写着"五牌镇"，下面有行字：天柱省五合县五牌村。长贵与大伙慢慢才知道，他们已经进入天柱地界的大洪山区。

长贵所在的团很快在五牌村驻扎下来，这里仍属国统区，地方政府必须配合队伍做好战事的后勤物资供应工作。团部没有占乡公所的房子，团长鲁敬义让镇长安排房子，镇长谦恭地说："团部要房，起码要宽阔气派点，这镇虽大，但闲置的大房子几乎没有！"团长不高兴："就没一点办法？"镇长迟疑片刻："我想起了，有个赵姓大户，新盖一片小院，内有房舍八九间，条件好，但没人敢住，听说里面闹鬼。"那团长也是久经沙场，不知道看过多少死人，还怕这些，心里也不信，马上说："可以，团部就设在那里。"

来了这么多人的队伍，把个"五牌镇"这个本来已经快装满水的水桶挤得四溢飞溅。镇上的庙宇、祠堂、学校都是队伍，还有一些分住在老乡家里。长贵的新兵七连二排一班的五六个人，住在姓尤的老乡家里，老乡家夫妇两人有一儿一女。班长万大贵个头壮实，脸颊两侧两撮胡腮，仗着一身好力气，说话办事粗野，不把谁放在眼里。对他的班属士兵更是说训就训，说骂就骂，班里没人敢吭声。

有日，何长贵、裘平均与班里的几个人走在街上，在卖梨摊上站住，那黄澄澄大黄梨还带着小枝叶，煞是可爱。班长万大贵顺手拿起一个在身上蹭了蹭，用口咬后夸奖："这梨不赖！"又顺手拿了两个更大的装进口袋就走，卖梨的老汉用手捧了反过来的草帽，伸过来："老总，你还没给钱？"万大贵朝地下的梨篓就是一脚："妈的，老子提着头来保护你们，吃你个梨还要钱！"那脚重，把篓里上面的梨震落了十多个，滚落在地上。

长贵实在看不惯，就说："不给钱算了，别踢人家的梨。"万大贵大眼瞪过来，冲着长贵喝道："滚到一边去，这没你说的话！"顿时梨摊前围了很多人，叽叽喳喳议论不停，这时他们连长由两个士兵陪着也过来了，看见后，连长只淡淡地说了一句："大贵，别怄火燥嘛，大伙散了！"就走了。

又过了两天，夜里，万班长冲着长贵："你去帮我烧桶洗脚水来。"长贵心有气就回道："我不舒服。"

"哪不舒服？"万大贵斜着眼睛，冷笑着问。

"心痛！"长贵随口应去。

"你他妈的别给老子装，……我知道你看不顺我，你去不去烧？"

长贵："不去！"

说时迟那时快，万大贵快速朝长贵靠拢来，朝着长贵的腿上就一脚，边踢边骂："看看你长贵厉害，还是我大贵厉害！"

被踢的长贵纹丝未动，接着万大贵又踢了第二脚，长贵仍是安稳如磐。

这时的大贵怒气已在脸上，手里攥着像锤子般的拳头。

万大贵这两脚，让他感觉到了对方有些身手，平时也耳闻长贵会些拳脚，加上一屋的人都来劝和，万班长顺舟作罢。

隆冬来了，寒风卷着地上的枯叶在空中飞来悠去。几个月过去，队伍还在这个小镇子驻扎着，重复每天跑操、投弹、射击的训练动作。这日天气稍暖和，休假的长贵约了裘平均和高长发两个老乡出镇闲逛。走到村口的大石桥上，见位身穿黑色补丁衣、颧骨微突、白发蓬乱的老奶奶坐在桥头，双手扶着拐杖，在高一声低一声哭泣。

长贵看她可怜，上前问道："老奶奶，啥事伤心？"那老人家抬起满是皱褶的面孔说："你们的老总咋就那么狠呀！把我坑了，我跳河去算了！"她看到面前也是穿着黄军装的人，更加悲愤。

问后才知道，老奶奶姓闫，是本村人，孤老婆子无依无靠。前些日，拿了自己纳制的一双布鞋到桥头来卖，被两位身穿军服的人买去了，给了一块现大洋。第二天她去买盐，盐店人说是假银元，不收。因而这两天就跑到这桥头啼哭，看那两个骗人的当兵人，会不会路过这里。

"老奶奶，把你那银元拿出来，让我看看。"长贵说。

老奶奶颤微微从怀里掏出包了几层的小手帕，揭开拿出银元，递给长贵。长贵用右手掂掂，朝着阳光照照，向上一抛又接住，放进左手，片刻又从右手拿出银元，对老奶奶说："是真银元，是有人在上面作了法，所以真的也成了假的。我已帮你去了邪气，你现在再去用，保管是真的！"把银元递给老奶奶。老奶奶停止了呜咽，用双手先是揩泪痕，再作揖道："你们当兵中间也有好人啊……"

夜里，长贵在床铺上睡不着，老想一个问题："国家的队伍，要爱护众生保护老百姓，这队伍里的官兵咋都这么野蛮霸道，还祸害百姓呢？"他把想法传给裴平均，裴平均也说想不通！

这年的春节，也是在五牌镇过的。过大年，更免不了想念家乡亲人。特别是长贵、裴平均、高长发、曹满意这些刚进队伍的人，在一起牵挂念叨最多的，还是定州的事，经常偷偷伤心落泪。

五牌镇的气候，比家乡龙峪要温和一些，农作物也不一样，家乡种旱地，这里种水田，耕地的大力士，不是黄牛，而是犀角更长体格更宽大更健壮的黑水牛。开春不久，长贵所在的新兵七连，在师部统一命令下向南再开进九十里，在另一个县的边界与共产党的军队——解放军正面冲突，展开阵地拉锯战，打了三天，进进退退，互有胜负，伤亡也不大。双方又回到了原地，新兵七连重回"五牌镇"。这个谁都不知道，只有长贵心里有数，打仗时开始第一天也胆怯，后两天习惯了，但他放枪时，心里总会想起爹说的"中国人不打中国人"的话，将枪口往瞄准的方向，再向上抬高一寸。在撤往"五牌镇"还有三十里的地方，天上不时还有冷枪，突然一颗流弹"嗖——"的一声飞过来，正中长贵的右腰部，子弹正打在腰间装银元的钱袋子上。长贵不自觉地弯了下腰，但摸摸腰部无恙，衣服钻了个洞，翻开衣服下的钱袋，内装的银元已被打成折，呈直角，近乎击穿。长贵把掉在脚边的子弹壳捡起，与银元一道放进了钱袋里做纪念。原来那块银元，是长贵在大桥头老奶奶处用自己真银元换下的假银元，那假银元是用废钢片所做……

此后的又一天，团部里的梁上吊了两个人，一个是长贵，一个是裴平均，原因是——逃兵。前头的仗刚打完十二天，长贵与裴平均白天看好出逃线路，夜间乘外出小便，溜出了村外。他们在小石桥边约好了同逃的高长发，见约的时间已过，高长发没来，就先逃了。绕过村口岗哨，走到离村五里路地方被路上流动的暗哨逮着，捆了回来。

团长鲁敬义，齐山省人，四十多岁，大高个，仪表堂堂，颇为英武，亲自审问："何长贵、裘平均为何逃跑？"审问时班长万大贵在旁边助威。

两个回答："想父母，没有别的。"

"你们知道这是何罪，怎么惩罚？"鲁团长严厉地训斥。

两人低头不语，万大贵跑到长贵面前骂道："看你还跑不跑？真他妈的给老子丢脸！"说着举起大手，正欲抽下去，被鲁敬义喝住。

鲁团长处事果断："逃兵是背叛党国的大罪，可随时枪毙，念你们年纪不大，又是初犯，关禁闭十天。如有第二次，严惩不贷！"

长贵与裘平均福大，团长给开了恩，听说前面有逃兵抓回，真有就地枪决的，不过被枪毙的是逃了三次又被抓回来的。

长贵与裘平均，关在深深的院子黑黑的房子里，夜里只有他们俩还在说话。长贵说："听大家传，团部这院里闹鬼，团长不怕。刚来时半夜里真的听到院后大柿树下有女人嘤咛哭声。团长胆大，出来朝那树梢'咣！咣！'就是两枪，以后这院子就平静了……要不咱在这，说不定还能听到鬼的哭声……"裘平均个大胆量却不大，顿时紧张："你说得我身上汗毛一炸一炸的。"长贵话题一转问："平均，你说咱团长面相英武，大男子气概，怎么手下的大兵这样没军纪，祸害老百姓呢？"裘平均也随伴而笑："我也是这么想。"

这时听见院里有咯咯的笑声，裘平均爬到窗口，眼睛向着笑声方向有亮光的厢房屋，回过头来朝长贵笑笑："是不是团长在弄哪个？"长贵也捂着嘴笑："那你就对着那边窗户，大声问问！"这时裘平均又哭丧着脸说长贵："你人一个卵一根，想回家很简单，就是想父母。我想回去，除挂念父母外，还有个重要原因，是担心我的媳妇跑了。"长贵问："媳妇年轻轻的，她不会管自己？有啥担心！"裘平均摇摇头："何老弟，你没结婚不懂这些。我们刚结婚半年，我们小两口感情热乎得很，我那媳妇对这个，瘾很大。"裘平均边说，边用右手食指戳在左手括成的圆洞里，比画着说："我不在家，担心她守不住。"何长贵虽然没结过婚，也知道他说的是啥意思，就捂到肚子笑："裘大哥，你真没出息！"

艰难熬过禁闭十天后，团长让长贵留在团部给他当勤务兵，裴平均回到原连队。长贵不想干这伺候人的事，但知道是团长高看自己，最起码有不杀之恩，只得服从。

　　干勤务兵后，随团长外出，背着公文包跟在后头，团部每开重要会议，要他跑到各营连队去通知，会议中烧茶倒水，平时还要帮团长家干些家务，如上街买点菜、家里重的卫生家务活也会去做。

　　团长家有两个女人。大老婆年长，姓童，约三十来岁，外表萧淑雅致，眉宇正中有颗小痣。小老婆自有几分姿色，也仅知道姓庞，不过二十岁出头，打扮得花枝招展。除此家里再没有其他人。听说团长夫妇有个儿子，托在老家济庆府老爷子那里。另外还有一个通讯员，主要帮团部处理电文的收接起草、会议的组织应酬。

　　长贵一次帮团长家买菜，在街上碰到班长万大贵，万大贵满脸和气，上来又搭肩又摸背："长贵老弟，以前万大哥有不恭之处，你可千万别计较啊！"

　　长贵勤快，平日听话，随喊随到。团座全家人都很喜欢。一天无事在闲聊中，团长的大太太——童夫人，突然问长贵："听口音，你像淮原人？"长贵回答："是的。"不想鲁太太忽然感慨道："我有个姐姐，也嫁到了淮原，现在也不知道下落。"长贵看太太待人平和开明，也没啥顾忌，就问她，怎么会没有下落。太太黯然神伤说："我父亲是吴江省陨西的盐商，鲁团长在我们家乡驻防过。那时他还是营长，在两次护送盐队过江中，他私下带护兵帮助过我们。我父亲看鲁敬义人品好，就把我许配给了他，就跟着他过起了军旅生活。""说起我们姊妹俩，姐姐比我大八岁，在一次逃难中，我们失散了。失散时，姐姐十六岁，我只有八岁。她后来流落到阳江学唱戏，也是跟了位行伍出身的人结婚了，据说姐夫姓刘，跟着回了姐夫老家淮原省，具体什么地方，我也记不清了。姐姐那边的事情，都是她在书信上写的。后来因时局动荡，我们家又搬到乔庄，就慢慢没了消息。这年头，现在不知道姐姐到底怎么样，人还在不在。"

　　鲁太太长叙完，长贵突然想到了嫂子刘春香的母亲童婉云的身世，与其十分相似。仔细看看鲁太太，的确与童婉云挂相。年轻的长贵惊愕地发现，这世界上居然有这么巧的事儿！眼前的这位鲁太太童佳人，很可能是大哥岳母的亲妹妹。但长贵思想良久，不敢把事情点破，去印证事实的真假，因为现在还是个猜想，没有十拿九稳，最重要的是他骨子里不愿意添麻烦，在国民党的队伍长期干下去，只是敷衍地说了几句安慰的话："你是贵夫人阔太太，要相信你姐姐，日子过得也不会差，总有见面的机会！"

团部的伙食当然比连队好，只吃了月余，长贵就胖了好几斤。此时十八岁的长贵面色红润，肌骨雄健，全身洋溢着青春的活力。一日团长不在家，他帮着擦洗八仙桌，又擦拭个青瓷大茶壶，这时比长贵也大不了几岁的小姨太走进来。

"长贵小弟弟，别太累，歇会再做。"小姨太轻声细语过来搭讪长贵。

"不累，谢谢夫人！"长贵在年龄接近的小老婆面前，不敢抬头。

小姨太娇媚地贴近长贵，用柔软的手指在他肩膀轻轻一压："小兄弟，我是心疼你呀！"小姨太那波浪式的烫发、幽魂的胭脂香、飘逸的紫红长旗袍，仿佛已吹扫在长贵的身上，浸到了骨子里。

长贵身上像过电一般，但突然又打了个"激楞"，前些天他已被小姨太撩拨过两次，再傻也知道其中的意思。他更明白其中的后果，立即后退两步脱口而出："夫人我怕！"

"你怕什么？兴团长娶房纳妾、风花雪月，不兴我找个知己，说说话！"说得既坦露又有余地，说着用手去接长贵手里的茶壶。

长贵的心呼呼跳着，匆匆说："夫人尊重，团长知道我还怎么做人！"说着将手里茶壶递给姨太太，谁料太紧张，庞姨太太还没完全接稳，长贵生怕触到姨太太，手一松，"啪"的一声，釉着白花的蓝瓷茶壶盖滑落，掉在地上摔得粉碎。此时听到门口声响，大夫人在外面问道："什么声音？"

没想到，小姨太太顿时大怒："你看你说的什么话呀，这茶壶是团长花三十块大洋买的，你半年薪水也买不回来，看团长回来怎么交代，还不出去！"

长贵退出，忐忑不安地等着受罚。

团长回来后，小姨太添油加醋把长贵摔碎"古董"的事说了，又说："这长贵进屋来就是到处搜索，不正眼看人，心好像不在事情上，毛手毛脚不牢靠，不能久留。"

团长为了家里的和谐，第二日既没问根由，也没追究责任，对长贵很轻松地给辞退了："长贵，你还是回连队去吧！"

长贵虽一再感恩团长大度宽容，但心里还是像放飞的小鸟一样，又回到了新兵七连二排一班当士兵。

班里的士兵看长贵回来了都高兴，要么上前捶一下："兄弟们想你嘞！"要么就问："说说，在团部吃的啥山珍海味？"只有班长万大贵又仰起头，冷冷笑着，用鼻子哼出一句："我知道你这小子因祸得福，干不了长久！"

重新回到连队后，长贵有什么心里话，宁愿向裘平均倒，也不想跟高长发再说，他隐隐约约感觉高长发有点小动作，爱向上司打小报告。虽同是龙峪一条街最近的老乡，可觉得不是一路人，即使在一个营里，慢慢也就疏远了。曹满意在另一个营，难于见面，也就没再有什么接触。

转眼又是春天，大洪山沟沟壑壑，叠翠添绿，山脚的杜鹃花红得像火在燃烧，三团又一次与解放军接上火了。这次战斗，还是在前几个月交战的地方。上次打了个平手，各自鸣锣收金回原点。这次经过乒乒乓乓几小时的再交锋，最后还是三团先顶不住，向后退了。长贵所在的七连在前跑，解放军在后面追。长贵跟着部队跑，当跑到一小山口时，看见地上躺着个人，原来是班长万大贵，万大贵左大腿中了枪，流着血，瘫在地上不能动。万大贵一扫平日的威风："长贵兄弟救我！"

长贵也不是泥捏的，只是没有机会，这时想起平日万大贵对他的多次污辱，仇恨顿时袭上头顶，看看四处无人，上前朝着班长的右腿狠狠跺了一脚，口里念道："你他妈的也有今天！"跺得大贵直叫娘，跺完向前跑去。

跑出几步，听见大贵还在后面喊："……长贵，救我……"

长贵心里猛跳几下——私报仇、公救命两相清，顿时收了脚步，折回来撕破衣服，帮万大贵缠住伤口，搀扶着他笨重的身体，走下大路，一瘸一拐地往前走到路边，躲进周围的一户农家。他们在农家听见了稍后过往共军追杀的脚步声。待战斗平静后，长贵请农家帮忙用竹椅架起抬着，把万大贵送回了连队。只不过地点是，五牌镇往后退二十五里的另一个乡镇——鸣沙镇。班长因伤很快送到团部的诊所治疗，伤不重，弹片伤肉没伤骨，取后就没事了。那日万大贵，除了枪伤外，还是个头大，摔下力重，又把脚崴了。

有一条让长贵心有余悸，万大贵心狠手辣，残暴成性，万一向上司告他，战场公报私仇、伤害同仁，这可不是一宗小罪。所幸，好几天过去平平安安，没有人再提及此事。

之后三个月无战事，三团还住鸣沙镇，像平日样不紧不慢地熬磨着。节令到了"清明"，满眼的黄花油菜已经竖起了青青的果荚，农民戴斗笠披蓑衣，冒雨在没膝的水稻秧田里除草施肥。这天下午后半晌时分，天下起大雨，忽听起远处枪响，旋即就听到万大贵叫喊："弟兄们，共军突袭来了，拿枪顶往。"

前两次是国军去围剿共军，现在是共军从天而降，主动来打国军。松懈之伍，怎顶得住有备而来勇军。三团士兵又是匆忙从"鸣沙镇"撤出，被共军从后面追着跑。

长贵、裘平均紧跟在连长身边，营长赶过来挥着手枪喊："撤——跑快点！"

离开鸣沙镇往北已有七八里路了，雨越下越大，路泞湿滑，长贵、裘平均落在了队伍最后面，长贵脚步慢下来，抹把脸上的雨水，拉了下裘平均："……跑不动了，枪炮比人家好，次次又打不过，被人家追着跑，这日子什么时候才到头，不走了，干脆坐下来等共军抓。"他们不约而同就扶着枪，坐在路边的枯木树桩上"坐以待毙"。

片刻，一队解放军追了过来，有七八个战士端着三八大盖枪围住并指向他们喊："缴枪不杀！"

长贵、裘平均举手把枪递过来，说："我们早就不想当国军了。"在跟着解放军押解回程的路上，长贵心里在想："感谢这场大雨，让我脱离了国军！"

第七章

长贵与裘平均等六十多个国军被俘人员，被集中到苍水县合山镇，位置距"五牌镇"有六十里。合山镇比五牌镇大小差不多，依山傍水，石板的小街道，也有不少店铺，有条小河从村边呈 L 型划过。解放军的一个团部就设在镇公所，因为迁来不久，没有在门口挂团部的招牌，但都知道那里是解放军齐淮军区第六纵队一二七团的指挥所。

到合山镇后，安排俘虏人员，在个大房间里住了一晚，第二天被带到很大的院子里，要求大家先排队，前方放有木桌，有几个解放军战士坐在那里，对所有俘虏人员逐个审查登记。

长贵看那些解放军的衣着，穿着粗不粗洋不洋、淡灰色的薄军服，腿上打着绑带，有些腰间系有皮带。没有领章、肩章，帽徽，上衣胸前有个长方形的胸牌，印有"中国人民解放军"字样。服装品质明显差于国军，再看面相，不像在国军中宣传的那样，个个凶狠冷血，虽大多因营养不够面色较差外，精神倒十分饱满，待俘虏很和气。

一位看似当官的、腰间有小手枪的中年人，中等稍高个头，约四十多岁，方脸，目光炯炯走到面前，对坐在地上的俘虏人员讲话。他文质彬彬、不紧不慢地说："各位从国民党军队那边过来的军官或者士兵们，你们看似被俘，实际是好事。你们从此脱离了国民党蒋介石集团的统治与旧军队军阀作风的压榨，你们走向了新生。相信你们中间，绝大部分也是穷苦出身，有钱有势的土豪劣绅有几个会把孩子送出来，帮国民党政权上前线当炮灰呢？"

这些话，长贵听着顺耳，讲得句句在理，说到了心里。

那当官的用手向上推下帽子，接着说："我们这支队伍是在毛泽东主席朱德总司令领导下，为穷人打天下的军队。就是要推翻以蒋介石为首的国民党反动派的黑暗统治，打土豪分田地，建立新的民主政权，让广大穷苦老百姓过上不受剥削不受压迫的幸福生活！"

下面的俘虏人员鸦雀无声，静静地听着，不少人脸上变幻着惊讶、疑惑、喜悦的表情。

长官接着说："现在给你们两条出路，一条是真心投诚解放军，成为这个大熔炉里一员，跟着共产党闹革命打天下，直至推翻蒋家王朝，建立新中国。一条是愿意回家的不勉强，我们给足路费。现在给你们半小时的考虑时间。"那当官用手挥舞着、笑着作结束。

会场由安静变得轻声躁动起来，下面开始小声议论。长贵、裴平均往日那么想家，这时也面临着关键的选择。裴平均轻轻地拉下坐在边上的长贵，小声说："嗨！嗨！我想报名回家，你呢？"长贵心思要多一些，回答道："不知道这长官答应的是真是假。如果是假，我们前脚走，他们在后脚跟着打冷枪，把我们收拾了，那就惨了，后悔都来不及。"这一说，倒将裴平均说得心里倒毛，急切又问："那怎么办？"长贵稍等了会，用石头子在地上写了两个字。裴平均伸长脖子看，是"不急"两个字。又对裴平均说："先留下来，不在乎这一会半会，投石问路，看看动静，如果有先走的人，安全，我们想走，再走。"裴平均点头，觉得有道理。等了一会，六十多个俘获人员约有十多个人，真的站起来要求回家。桌前的解放军人员给予登记，问明回家方向，当场发给了银元路费。而坐在地上的，大部分没有走，这时的何长贵、裴平均，鬼使神差地随大多数人员走向了另一个本子的登记处。

何长贵与裴平均，俩人还是分到了同班。被分在解放军一二七团二营新兵连，设了两个排。新兵连全部是投诚过来的国民党士兵，这批士兵里只有一位是原国军里的副排长，一样当解放军的新兵。新兵连里的连长、指导员和两个排长，从解放军其他营抽出临时配备。一二七团首长是基于对国民党军队刚过来人员，有利作统一转化工作与有效管理考虑，才这样安排的。

长贵与裘平均编在新兵连二排三班，平时看到最多最熟悉的解放军上司，是连长、连指导员、排长三个人。

　　连长魏建勋，身材魁梧，有一米八的个头，脸方正而有棱角，黑红脸膛，胡须旺盛但又不是络腮胡，沉默寡言，初见面就给人有种意志刚毅的感觉，他是秦中省宝南人，三十岁，一九四一年入伍的老兵。连指导员杨志和，中等身材，面色有些清秀，但又很健康。他也是秦中人，三十四岁，一九三九年入伍，还是共产党员，额头有道小疤痕，说是给财主放牛被鞭子打的，处事深思熟虑，讲话有板有眼。排长马鸣，浓眉大眼，个不高显得笃实，其实非常精明灵活，祖籍湘岳省，二十八岁，父亲是齐淮军区的一位首长。

　　长贵他们投诚后，上级给新兵连的战士们讲，现在因为军需紧张，你们只换胸牌，暂时还要穿着原来的旧军装。

　　不想长贵与投诚的士兵走到哪里，都觉得周围的人在指指点点，仿佛在说："瞧，那是被俘虏的人员。"这种无形的歧视，让长贵和裘平均心里不好受。

　　长贵就找到排长、连长、连指导员逐级诉苦。这些上司都好心地安慰他们，而且很快向上反映，不出半个月就优先调剂出一批服装，为新兵连全部换发了解放军的军装，虽然布料质量差，可让长贵他们很温暖，觉得解放军的长官对待士兵，与国民党的军队不一样。

　　大洪山区转入秋季后，景色十分绚丽。满山的老栎树与一些落叶乔木，树叶大多变成了金黄色，还有很多属于不落叶的常青树木，仍是翠莹莹的绿色，间或还会有一簇簇呈鲜红透紫的红叶树，把大洪山装扮得像个童话世界。大洪山秋天的野果也很多，有野葡萄、野柿、野山枣。在长贵看来，大洪山的美丽并不逊于家乡金马山的景色。生活并不宽裕的部队战士也会三五成群，跑到山里采摘。魏连长与杨指导员经常会提醒大家："这大洪山外围的数百公里，都驻扎着随时围剿解放军的国民党队伍，原来有数次局部交战，最后都处在一个相对稳定边界上，万不可粗心大意。"

　　平时，新兵连大多被连长、指导员带着到合山镇外围的山沟河汊里，搞军事训练，主要是射击、掷投、拼刺刀、匍匐隐蔽等常规内容的操练。与在国民党部队不同的是，思想政治培训更多，经常集中大家坐下来，讲共产党的历史，讲人民军队的历史，学习运动战、游击战的基本战术理论，也辅导些简明的马克思列宁主义理论。排长讲连长讲，杨指导员讲得更多。常常教育战士，心里要装着劳苦大众，为人民求解放而奋斗。必须遵守"三大纪律，八项注意"，按照"团结、紧张、严肃、活泼"的要求，对待革命同志，要官兵一致，相互关心帮助共同提高。在不打仗时，做到不怕困难，刻苦训练；在战场上，做到不怕牺牲，奋勇杀敌，以一当十，战之必胜。

有时，连队还组织帮附近老乡收割庄稼、清扫庭院，军民关系很融洽。

经常政治教育的辅导，让长贵思想上感觉最多的是在共产党的队伍里，不许讲升官发财，不许讲自己的私欲，要讲群众利益人民利益，讲为天下穷苦大众谋利益求幸福。

夜里，长贵对朝夕相处的裘平均说："升官发财、光宗耀祖，从古到今是官道军界人人知道的常识，在国军五十四师那边，就是在我觉得比较好的鲁敬义团长那里，也能听到他与同僚或乡绅在一起时，赞同'升官发财'的声音，这话怎么到了解放军这里，就不灵了？"

"我也想不明白，人谁没私心？咱是没有发财，不能说就没有发财的想法啊，我把脑袋系在裤腰带上，出来出生入死打仗，最后打成一个穷光蛋回去？按常理说，我最后也想熬上个有星有杠的将军，带着三妻四妾，抬着百宝箱荣归故里。"裘平均双手蠕动，做着仰头骑马的动作，说得绘声绘色。

刚说完，就有位听见的士兵，学着很进步的样子，拿腔拿调，拉长声音说："是谁在这里说没有觉悟的话呢？"

长贵伸手捂裘平均的嘴："你白球被解放军教育了几个月，你这思想还真腌臜！"

"我是说我原来有这种念头，入乡随俗，解放军不兴这一套，咱就彻底纠正过来，不成！"裘平均吐下舌头，辩解说。

"这就是人家，……不对，是咱们解放军区别于国民党队伍的高明之处！"裘平均又纠正又补充。

裘平均这么一说，长贵另眼相看，笑着对裘平均说："看不出，你的思想觉悟已接近我的同等水平！"

受培三个月后，新兵连撤销，将国民党过来的六十多名士兵分到了各个连队，长贵与裘平均这次分开了。长贵分在九营一连一排，魏建勋、杨志和，还是他的连长和指导员。裘平均分在八营，马鸣排长也去了八营。

在以后延续的数月里，让长贵、裘平均等更加心悦诚服的，是看见的或听到的件件鲜活事情。

长贵编入其他连队后，发现部队的士兵大多是北方人。大洪山处在江淮地区，雨水多，气候潮湿，粮食以稻米为主。这让许多北方兵很不习惯，他们吃惯了面食与小米杂粮，经常感到稻米填不饱肚子，甚至为这还有人闹意见，吵着要回北方"闹革命"。同连一个北方战士，夜里去镇外挖了两斤老乡的红薯，回来烤着吃。被连长魏建勋发现，那士兵解释，想吃红薯换下口味。连长严厉批评，你胆子好大，敢破坏军民鱼水关系。群众的东西，一针一线都不许拿，你倒敢偷起红薯来了，那是老乡的粮食你知道不知道！命令那士兵向被挖红薯的老乡家去赔礼道歉，折价付款。后又写出检讨，禁闭三天，全连通报。

长贵所在一连，有位也是国民党军投诚过来的士兵，已有一年多履新，叫齐顺子。十月间的一天，九营四五百人马，背着全幅行装，计划走十多里路，进入隐蔽山沟实战训练。走在比较前的副排长刘彪平时有些小军阀作风，好训人使唤人。他背的也是三八式长枪，途中他将背包与枪支交给齐顺子说："我去小解下，你替我背下。"齐顺子接过来摞在自己肩上，高高地背着。等会，那副排长小解回来，跟在后面好一阵，并不说拿回自己背包与枪支，齐顺子个头小弯着腰，背两套行李，呼呼哧哧，累得满头汗，他人老实，又看是上司也不敢吭声。长贵在队列后面好几排，觉得不是味道，心直就想说，对前面高喊了句："顺子，副排长回来了！"

这声提醒，弄得副排长很没面子，怒火中烧，停下脚步回过头对后面高喊："何长贵，你少耍心眼，你们这些从国民党队伍过来的人，要放老实点！"长贵听了这刺激的字眼，心想共产党解放军怎么也是这样歧视人？平时不是宣传官兵平等吗？很不舒服！想到副排长是上级，又不便硬撞，就顺势说了句：“我咋不老实了？”副排长气呼呼地说：“你们要好好洗心革面，遇到困难要苦干、多干、主动干，不要老想着与解放军老战士平等身份平等待遇。”越听越离谱，长贵就赌气说：“我们没有争待遇，只求别低看我们！”这时前面的齐顺子怕事闹大，在前面赶紧喊：“别说了，我愿意背！”弄得周围战士都在笑都在劝。正好指导员杨志和赶了过来，听见后问明情况，当众严厉批评副排长：“都是阶级弟兄，革命不分先后，你凭什么说这些不利团结的话。”副排长知道理亏，不敢再吭声。指导员又训道：“你总有点小军阀作风，旧习气没有全部改掉，今天小罚，如有下次加倍惩罚！”

说完，命令副排长拿回自己的行李，再把齐顺子的枪支和背包背上。齐顺子吓得急捂自己背包：“……我自己背……自己背！”杨志和满脸严肃：“齐顺子，立正！你要服从命令，把行李交给副排长，让他给背三里你再拿回去，这不更能体现咱们解放军的互助友爱精神！”齐顺子只好服从。弄得前后左右的战士个个抿着嘴笑，又不敢出声太大。这时，与长贵并排走的一位年长些的同志，拉拉长贵衣袖低声说：“他自己也是个‘投诚’干部，是前五年在‘梁家关’参加解放军的，来时是国军的连长，为人还直，打仗也敢冲敢杀，就是有点以大欺小的长官意志，下面有意见，一直还是个副排长。”

还有一件事，不是长贵亲眼所历所见，而是大团队宿营时，听在八营的裴平均叙述的。裴平均所在班五个人，因为营房不够，临时住在姓田的房东家。班里有个叫金多良的兵，比他年龄大。平时爱谈女人，有时嘴上还爱小哼“哥哥哟，妹妹哟”的情歌。房东两口子四十来岁，有两个闺女，大的已有十六七岁，刚说了婆家，还没出嫁。那大闺女长得有红似白，肩上还扫着两把小辫子，煞是可爱。因为平时战士们闲时也常帮房东家担水扫院子，干些其他的活，关系很融洽。那大闺女田桂花与大伙也交往，大大方方，嘴也乖，常喊他们为“兵哥哥”。但就是怕金多良的一张嘴，有点躲着他。一天裴平均与金多良等三四个战士在院里葡萄架下擦枪，大闺女从外进来，看见裴平均脸上长了不少小红点，其实是年轻男子人体发育中所长的青春痘，裴平均平时脸上也有，只是那一天特别明显。田桂花不懂，就关心地问：“平均哥，你脸上咋会有那么多红籽籽呀？”裴平均笑着回答：“平时就这样，时轻时重，长在我的脸上不传染，放心！"刚逗完笑。在一边的金多良来神了，嬉皮笑脸冲着田桂花："平均哥还不是想你，想出了这一脸骚疙瘩！"一下说得那女孩满脸通红，低着头只淡淡地回了一句："多良哥！"这三个字，字字重音，有明显嗔怪意思。可平时吊儿郎当惯了的金多良，还认为人家姑娘是羞涩，又来了一句更上颜色的话："你让平均哥搬到你屋睡一晚，那骚疙瘩明天保证没有了！"金多良满认为，这话会引起个热闹的高潮，没想到田桂花的脸色由红变白，一下撅起了小嘴，周围的几个战士也看不惯，指责金多良："看你说的叫啥？""人家姑娘还没结婚，这玩笑也开得太没边。"田桂花突然双手捂起脸，哭着跑到屋里去了。虽是玩笑，却有调戏妇女之嫌，人家父母很生气，把意见反映到了连里。是马鸣排长带人来处理的。将金多良带走，以调戏妇女问题论处，写检讨，赔礼道歉，全连通报，还把金多良调整到了其他班。

一件件兵营中发生的小事，让何长贵、裘平均深刻感受到了共产党领导的解放军与国民党队伍的不一样。他们不再说回家，而是决定跟着共产党的队伍干下去。

后面几个月，何长贵又随部队时进时退，没有规律，与国民党的围剿部队兜圈子。条件越来越差，物资有些供应不上，特别是接冷换季了，大家衣服很薄，官兵们有些消极情绪，感觉打打停停、进进退退，原来提出的"挺进千里大洪山"的口号没有兑现，有些窝囊。团部的首长就组织官兵层层学习，传达党中央、解放军总部的讲话精神，讲清以退为进，稳定大洪山根据地，是改变形势迎接重大战役到来的道理。

何长贵的政治觉悟在逐步提高，他有几次与裘平均一起展望："解放军这样的官兵一致，这样的群众纪律，这样的吃苦意志，上面的军区首长，再往上毛主席、朱总司令这样的雄才大略，打仗哪有不胜之理，以后的天下就是共产党的天下！"

他还问裘平均："你想不想加入共产党？"裘平均眨眨眼睛："咱这从那边过来的人，人家会同意？"这话也讲到了长贵的心结上，就说："我也想过，不过认定这个党好，就要争取！"裘平均摇摇头："我觉着，现在提出来还是太早了！"

何长贵虽然思想觉悟有了很大进步，对人民军队性质的认识，对群众意识、纪律观念、吃苦精神的树立，都已经没有了问题。但在一个大的原则上，还没有太大突破，那就是对敌人的"恨"字上。严格说，长贵天生就不是个上战场你死我活狂拼的人。决不是性格的胆小怕事，而是他在骨子里还受着母亲信奉佛教的思想影响，甚至有点根深蒂固，没完全走出"不愿意无辜杀生"的误区来。

特别在夜深人静时，长贵眼前会常浮现出父亲母亲泪眼盈盈的图景，还看到嬉笑的兄弟姐妹及伙伴朋友，还有一幕幕家乡山山水水的画卷。跟着父母讲的"中国人不打中国人"这个仁爱与人性问题，还会猛烈地跳跃出来。他想，我在国民党队伍信这句话，对着共产党的军队，我偷偷枪高一寸，现在轮到我在解放军里朝着国民党的队伍开枪，虽然国民党代表腐朽落后的地主官僚封建主义，该打！可国民党队伍还是中国人。他不能忘记与他一起相处了快一年的绝大多数低层士兵，都与他一样是贫苦人家出身，这枪上膛，子弹一推，对方一个中国人的生命可能就没有了，他很困惑，也找不到答案。他相信母亲常讲不要杀生，现在即使血肉相搏的战场，也还是少杀生的为好。他希望上级在各项战斗中，能让他承担一份既能展现英雄本色又没有直接打死中国人的任务。

在大洪山区这段时间，除班里的同志外，长贵最熟悉的还有营长阮鹏，关东汉子，是一九三七年在老家滨州入队的老兵，共产党员。待人和蔼，宽容大度，遇到困难总是那么镇定乐观，被他一说一笑就大事化小，心绪平静下来。还有一个是炊事班的班长钱福，快人快语，胖乎乎的，头大脖子粗，外形一看就是伙夫。在一次排队领餐中得知也是定州县的老乡，所以感到更亲近。

那阮鹏营长，就是长贵刚从国军那边过来，站在草坪上向大家训话的人。阮营长很爱才，他知道长贵还能识些字，就高看了一筹，因为队伍里文盲很多，能多认些字能读书看报就看成了文化人。再一个，知道长贵多少会些武术，关注度也就不一样。阮营长知道长贵一些"活思想"，就常有意无意地开导长贵。他说，中国人不打中国人，这句话不能狭隘地理解，在我们中华民族共同抵御外辱中，如打日本鬼子，有的中国人卖国当了汉奸，帮着鬼子欺压自己同胞，你打不打？再是我们反对内战，希望建立和平民主的联合政府政权，当然要倡导中国人不能打中国人，但是这句话所演绎出的事实，往往不是这样，而是它的反面。中国历史从古到今，许多的战争频仍，改朝换代往往都是中国人打了中国人。现在国民党在大洪山的外围，陈兵几十万，甚至进入了腹地，不就是要中国人打中国人吗？你不打他，他却要打你。现在我们要弄清楚要解决立场问题：蒋家王朝代表的是反动阶级，其发动的战争是非正义；而我们是代表广大人民利益，是用革命的两手对抗反革命的两手，是正义的事业。面对这些大是大非，立场一定要端正要坚定，才能在战场上没有顾虑，勇敢地稳准狠打击敌人。长贵听营长开导多了，逐步悟出些新道理。

炊事班的钱福，从生活上对长贵有些照顾，有时钱福怀里揣一包腌菜或炒豇豆，拿瓶老白干，喊上长贵、裘平均，还有两位定州老乡，在假日时出来，在外面的小河边树林旁坐坐，借酒说说笑笑，回忆下家乡的历史旧情，唠唠军营的逸闻趣事。在九营里，长贵还结识了几个他喜欢的新战友，例如他的一班班长赵虎，二十五岁，籍贯太康，军事技术好，枪法准，有人喊他"神枪手"。平时待他好，有的事儿，像哥哥一样帮助他提醒他。有个叫郭二宝的，年龄比长贵还小一岁，就是天柱本地人，刚入伍不久，平时不讲究，还带着浓重的农民气息，特精神，跑前跑后，有使不完的劲。

一九四八年十一月初，也是民国三十七年十一月，部队突然接到命令，聆听解放军总部"关于发动淮海战役的动员报告"，迎接与国民党大决战胜利的到来。

军令如山，一夜之间，长贵所在一二七团拔营而起，徒步北撤，在江淮大地上行军数百公路，进入淮海中原主战场。正值寒冬，沿途的小河小沟结着冻龙浮冰，地上万物萧瑟，天空一片灰黄，睡梦中的中原大地，被这嘶鸣战马与辎重嘎吱嘎吱的碾土声给惊醒了……

急行军四天，三百多里，部队到达指定的淮河北面徐灵县的东碾村。长贵看到左侧右旁的兄弟部队，层层叠叠，见不到头尾。仅这震撼人心的阵势，就知道这仗的规模非同小可。

　　九营接受特殊的任务，组成一支突击队，占领北面三十公里外更大的华中重镇青河集。击溃这里的国民党第五十九军三十六团的指挥所，扫平后续部队往陇海方向前进的阻碍。对于长贵来说，心里越不想来的反而来了。给他的就是"中国人对中国人的血与火正面交锋的考验"。一声令下，几百号解放军在两面红旗的挥舞之下风驰电掣，向青河集发起猛攻。在青河集附近的敌精锐七十三团出动了，国民党守军的武器精良于解放军，子弹的射程更远，在交战中互有伤亡。看着前面一批战士倒下，后面的又扑了上去，没有退缩的空间，打得很激烈。长贵端着自己的套筒大枪跟在营长附近，有时阮鹏边打边冲着长贵喊："还犹豫什么？前面就是凶恶的敌人，朝那人群最密集的地方猛打。毒蛇你不打，就要被反咬。"长贵被一两次惊醒之后，头脑热血升腾，眼睛一闭，朝前面就一梭子子弹送了出去，他也不再想这子弹能送几条性命的问题。

　　这时，敌军阵营开出三辆坦克车，中间的是主战指挥车，两翼的是护卫随战车。这三辆坦克逢沟过河，带着钢铁撞击的巨大声响，呼呼啦啦碾压过来，地上的尘土扬起几米高。坦克前方的炮筒不时喷着火焰，顶部还有机枪在扫射。面对如此难以撼动的"铁乌龟"，不少解放军战士还没有见过，给前进中的队伍造成极大威胁，前面已倒下了几批战士。营长命令火速干掉这家伙。第一批执行任务的夹着炸药包冲上去，还没到坦克边就倒在了血泊中。何长贵这时突然爆发出训练武功中的敏捷与勇敢，抱起炸药包左躲右闪，翻了两个跟头，三个弹跳，过沟跃坎，冲到指挥战车的右侧，把炸药包塞进坦克履带上，拉响导火索，轰隆一声震天响，坦克履带被炸断，瘫在地上。长贵从后飞身冲上车顶，拉炮塔顶盖，拉不开，就高举手榴弹，操着浓重的定州口音朝里喊："妈那个屄，还不出来，老子就丢炸弹崩死你！"坦克炮塔盖自己打开了，陆续伸出了六只手，垂头丧气成了俘虏。右侧的坦克赶来援救，不料靠得太近给堵死，一时调不过头来，也被解放军登上剿杀，成了一坨死铁。左侧坦克见势不妙，仓皇逃跑。三个铁乌龟的扫除，让九营士气倍增，以较小的伤亡代价，很快占领了青河集，为整个战役序幕的拉开，扫除障碍，立下第一功。有战争就有牺牲。在胜利之后他得知，那个平时精神抖擞的战友郭二宝，已经阵亡了。

在之后两个多月的淮海战役中，长贵目睹的是，看不到边的灰黄军装与深绿色军装队伍的追踪拼搏的血腥场面。地上燃烧着熊熊战火，躺着不计其数尸体与流淌的血泊，丢弃的漫坡遍野的辎重车辆，天空升腾着浓烈刺鼻的硝烟，还有随时可见的用推车推粮食、运弹药医药、抬运伤员、掩埋尸体的老百姓。

长贵第一次在这千里沃野之上，看到如此浩瀚恢宏的大兵团作战场面，更让他深刻懂得了，什么叫兵败如山倒的悲鸣！什么叫摧枯拉朽的壮美！

淮海战役历时两个月零四天，以解放军伤亡十八万人代价，歼灭国民党军五十五万人的战果，赢得这次战役的伟大胜利。淮海战役胜利后，一二七团在一个叫寒鸦岭的村镇休整待命。在这次战役中，因功绩突出，团长申占武被提为师参谋长，营长阮鹏提为副团长，裴平均负伤被送往后方医院疗伤，长贵作战机智勇敢被授予二等功一次。副团长阮鹏为他授奖时，高兴而幽默地对长贵说："进步很快，你现在已经不能立地成佛了，对组织有什么要求，可以提出来！"

长贵想了想，笑着说："我有两个要求，第一是加入共产党，第二个给我父母亲写封信！"阮鹏听了拍拍长贵的肩膀："第一个要求很好，政治要求进步，说明你的政治理想追求更高了，但有一个过程，要经受住组织的考验。第二个要求，非常理解你的心情，但是现在邮路没有畅通，快了，待全国完全解放，你再给父母写信。"

长贵听了，虽然阮鹏答复得很有水平，但最终一个要求也没有达到，脑子一转说："那我还有第三个要求！"还没等阮鹏回答，就提出了内容："我想改名字，我现在名字太土太俗也太封建、不好听。"

阮鹏笑笑："你要换成什么名字？"

"就叫淮海，我参加这次战役很光荣，我以它做个永久的纪念！"

阮鹏没有多想，爽快地对长贵说："这一条现在就可以答复你，我给组织上报告一下，你以后就叫何淮海，不再叫带富贵意思的何长贵！"

刚说完，台下拥地而坐的官兵们，跟着欢笑鼓起掌来，大家不约而同地喊起了：何淮海！何淮海……

随着辽沈、淮海、平津三大战役的结束，共产党与国民党武装力量发生了根本性的扭转。长江以北的广大地区已处在共产党的掌握之中，长江以南地区的国民党力量，仍在作最后的对抗。"打过长江去，解放全中国！"已成为解放军将士群情振奋的共同呼声。一九四九年初，又一场与国民党政权交战的重大战役正在酝酿准备。

长贵在淮海战役后不再叫长贵，大伙慢慢地习惯叫起了何淮海。何淮海与周围的战士一样，满怀希望等待新命令的下达，并肩作战，一道打过长江去，再立新功。在这个"血火洗礼，百炼成钢"的大熔炉里，何淮海遇事不再胆怯，更多了些勇敢；不再观望，更多些主动与果断；不再自卑，更多了些自信。何淮海逐渐成长为一名胸襟开阔，有了大局长远意识，决心为革命事业奋斗终生的坚强战士。

在部队驻守休整的几个月里，何淮海没有等到所期盼的再上战场的好消息，而是在淮河的冰层还没有完全解冻的初春，他所在的团接到一个新的任务：整团成建制地接收淮海战役战场所清理的辎重车辆，组成后勤部队汽车团，由阮鹏副团长代理团长，李旭东任政委，撤往春襄与淮原两省交界处的山区驻扎训练。与此同时，部队还组建了坦克连、骑兵营。

全团的官兵想不通，何淮海更想不通，他总感到命运在捉弄他，他有时不想来的事情，偏偏要来。而满腔希望的，偏偏又擦肩而过。没有办法，铁打的营盘流水的兵，军令如山……

何淮海随同阮鹏副团长，跟着一二七汽车团，离开江淮大平原，当他们浩浩荡荡，前往新的驻军基地时，距让革命战士摩拳擦掌的"渡江战役"时间，还有一个月。

第八章

龙峪镇解放了！

解放时间，与在外的何长贵由淮海战役后转往汽车团时间差不多。

这些年，老何家在喜悦与忧虑的交织中继续度日。无论是自己家，还是与他们有直接亲情关系的家庭，有了些新的变化。人丁开始兴旺起来。前一年，何长福、刘春香生下一个男孩，取名刘松河，虽是入赘，但也是何家的血缘。长女长秀夫妇俩顺风顺水，一结婚就连着生育二男。何长生夫妇经医生调理，也在一九四八年初生下男婴，这可叫已感年迈的何致兴韩瑞兰夫妇兴奋得不能自已，何家终于有了后，给孙子起了个普通但意味深长的名字——何建业。

要说心病，让何致兴韩瑞兰不放心的，仍是小儿子何长贵自抓壮丁走后，生死不明没下落。经常的祈祷、担忧、期盼，夫妇俩提起来，免不了黯然神伤。

这些年，龙峪的政治形势有了两次小的反复。一是解放军来了，刚替代了国民党政权又退出了，国民党旧政权卷土重来。生活上依然很苦，老百姓仍然是以少量小麦大部分的玉米红薯加野蔬山菜为主食，绝大多数的穷苦人家吃不饱饭。老百姓最讲实惠，不懂哪个党哪个派正确，不懂哪个政权先进，只求过上好日子，能吃饱饭穿暖衣，就说谁好就拥护谁。不久，解放军重新回到龙峪来，建立人民政权。解放区的天是明朗的天，解放区的人民好喜欢。真的是这样，中国几千年由少数富人拥有多量土地，形成的有财有势的官僚宗法势力，压榨占有少量土地的大多数穷人的局面，给彻底颠覆了过来。穷人焉有不扬眉吐气之理？小小的龙峪镇春雷阵阵，天翻地覆。满街的墙上、树身上贴着红红绿绿的标语，写着庆祝龙峪解放、共产党万岁、毛主席万岁、打土豪分田地等内容的标语。原来灰土灰脸的穷庄稼汉，现在雄赳赳仰起头，在镇公所在村委会、在大街上窜来走去。连平时禁锢在家的妇女，都风风火火地跑着唱呀跳呀，一种前所未有的让最底层的泥腿子地位翻身，当家作主的时代到来了⋯⋯

　　龙峪镇在县工作队指导下，很快成立农民协会——简称"农会"，农会由贫苦农民中的积极分子组成。农会主任是赵振东，副主任是裴庆奎。农会是共产党领导下的农民群众组织，权力很大，刚开始代表着地方基层的新生政权。农会的首要任务就是要代表共产党实现他的承诺：消灭剥削人的制度，打倒地主老财，分田地，让耕者有其田。这一条最受老百姓的欢迎。让穷人分富人的土地、分富人的浮财，让失去了土地或土地远不能满足自家生存需要的人，重新获得土地，过上好日子，谁能不欢欣鼓舞呢！

　　龙峪村农会，组织人力对全村的二百多户人家的全部地产、房产、耕牛、生产农具，一一丈量、核算登记。根据各户占有的资产量，全村共划出九户地主、三户富农、八户富裕中农（又称"上中农"）、三十户中农，剩余全是贫雇农及下中农。土改运动以《中国土地法大纲》为政策依据。由农会进行评定，确认各家各户的成分标准。执行政策大部分遵守公平，按政策办事，但农会成员在操作中，也免不了有按自己平时对人的好恶印象，在两相接近可轻可重的审定中，加入自己审定标准，出现个别不公平不合理现象。

　　确定为剥削阶级的地主、富农成分之后，就要剥夺他们对资产占有的权利。农会组织民兵背着枪、跟着人力理直气壮走进地主富农家，把他们的家产——柜子、箱子、桌椅等抬到城隍庙前大坪前，逐次分配给贫雇农及下中农。中农的资产大多不动。从地主富农手里剥夺的土地的再分配，可以精细到分到厘，让穷苦农民到地头认领，打上地界，标上名字，完成"耕者有其田"的壮举！

　　土地改革运动，不仅要从现实中剥夺地主老财的不良资产，还要从精神上把他们斗倒，对个别恶霸地主还要在肉体上消灭。对划出的九户地主和三户富农份子，无论是老头或是老太，让他们戴上比本人还高的竹做纸糊的白帽子，挂上自己名字打着红叉的牌子，在大街上游行示众，后面跟着扛枪押解的民兵，再后面是举着小红旗呼口号示威的人群。在公众场合接受严厉的批斗，组织有血泪史的受害者，上台控诉声讨其罪恶，烧去地契，煞去他们过去欺压穷人的威风，当众伏法认罪。之后开始接受长期的"劳动改造"。

在这次土改中，何致兴经评定，有土地不到五亩多，其中两亩多土地质量极差，包含长贵，六口人，人均七八分地。房屋人均不到一间，虽有药铺，从未发过财，仅能调剂补充生活而已，划为贫农成分。他的铁哥周保中也是贫农，赵天祥因家境比较富裕，划成了上中农。但何致兴的大儿子——何长福可踏进了另一种运势。

长福家原有土地十六亩多，后又买新地五多亩，超过二十一亩，而且大多是好地。一亩好地，有时比三亩薄地收成还多。家有房产九间，有耕牛三头，还有好的家具若干。看财产量那一条，都得往高成分上靠。

长福的岳父刘双德岳母童婉云，双双理所当然地划为富农分子。在土地改革中，还清查刘双德的历史问题。刘双德夫妇俩人，都要按农会的要求，去参加教育会与批斗会。对刘双德的问题，有专门两个土改干部审查。先是关在一间房子里，不允许回家，坦白从宽、抗拒从严，什么时候交代了过去罪恶，过了关，才放人。刘双德虽是"乱世英雄"年月的曾经豪杰，也没有遇到过这旷古烁今人民专政的震慑。五十多岁的刘双德只得低着头，满面愁容地蹲在昏暗小屋里反省悔悟。

先是突破经济问题，审查人员问，你买房买地，出手阔绰，你的钱从哪里来？再是历史问题，除在旧军队干过，还在其他地方干过什么坏事？在政策教育、政治威严及绳索面前，刘双德交代了自己的问题。经济来源主要是在旧军队的俸禄，有与军界警界官场私分的军饷，还有参与贩盐及部分烟土的利润，有一半属不义之财。历史问题，土匪响马队伍被收编，在旧军队干过多年，主要是旧军阀队伍，没有与共产党队伍及组织发生过冲突，那时共产党还没有成气候。他不是直接从旧军队解甲归田回到龙峪，而是从旧军队退到临阳警察局，在警察局任过下面分局的局长。在警察局任上，主要是维护稳定日常的社会治安，没有无故欺压过老百姓。因自己性格，加之不适应南方湿热气候，才改头换面回到家乡。这是他所隐瞒的一段历史，与其老婆童婉云所交代的基本吻合。刘双德在"富农"的基础上，又多了个"历史反革命"的印痕，但刘双德当土匪属穷苦百姓为求生计揭竿而起杀富济贫的行为，没有祸害老百姓的劣迹。在旧军队旧政府任职历史较久远，没有明显的罪恶。回家乡后为人低调，与当地百姓尚能和谐共处，没有大的民愤，所以，"历史反革命"这条，只是说明他的历史复杂，仅加戴了顶帽子，并没有按真正历史反革命去对待他，而对其清查还是实打实的"富农"身份。主要是陪同地主们一起挨斗、游街，不过作为富农，与地主身份比又好了一点，因为富农只是专政中的老二，狠斗猛批甚至受皮肉之苦由前面的老大——地主、恶霸地主扛着。

刘双德家二十来亩好地、九间好房大部分分掉了，只给留下了他们五口之家人均的土地，二亩多地与三间房。这突来的巨变，自然让这户殷实人家的生活瞬间掉入谷底，刘双德垂头丧气，童婉云由开始呼天抢地到慢慢地泪水涟涟。下面的女儿女婿满脸惊恐，无可奈何。

何长福大睁着双眼，他从一个贫苦家庭入赘到富裕人家，作践了身份，满以为能承接这笔颇具诱惑力的财产，那是穷苦农民靠辛勤劳动，很难积累起的丰厚财产。一夜之间，被充公分给别人。按照自然规律路径走，他早晚就是这份资产的主人，他何长福再看淡名利，对这份将来本属自己现在瞬间成了水上漂的大财产，不可能无动于衷。

还有就是让他想不通的是，岳父岳母成为被专政的富农分子后，自己与爱妻刘春香则成了富农子弟，他们刚刚两三岁的孩子，也成了富农孙子。虽然在当时长福还没有真正认识到"富农"成分，会给以后生活带来深重的麻烦，但已经体会到了村民歧视的眼光，感觉到了这层身份的不光彩。

长福看着这地覆天翻的家境变化，心里如打碎了五味瓶，特别是看到身体刚恢复了一些、美貌重上粉装的妻子，有日渐愁云雾里、暗自流泪倾向，更是心痛不已。想不通的何长福，跟着也开始唉声叹气，低沉下去。

何长福入赘的身份特别，在确认财产不能回返时，一时让他也浮出不少奇形怪状的想法。我本是穷苦人家出身，我如果不入赘，我现在不也可以扛着枪，去分富户人家的财产，去专政别人？我凭什么要去背"富农"这难听名声的黑锅？

划了成分之后，长福感到满大街人的眼光，都在七嘴八舌斜视他讥笑他，这个说："这下不攀富了吧，万没猜到，会弄顶富农的帽子戴上。"那个讲："这就是人穷没骨气的结果，该！"还有的说："人要信命，是穷命，到了嘴边的财产，该不是你的还不是你的。"一天，何长福碰到万雪霖和任谦，觉得同学随便，又漏了几句委屈的话，两位同学半开玩笑跟他说："世上的事，没有十全十美。你前头享受过头了，后面可能就是难受。刘春香那么鲜嫩的大白菜，让你给拱了，你吃饱了吃撑了，现在不要受点苦果！"两个人不正经的嘿嘿笑，弄得何长福哭笑不得。他觉得，没有一个人，会从他与刘春香是在相互倾慕基础上结合去理解。甚至觉得连自己的弟弟长生弟媳曹仁花，都在疏远他。

何长福虽本分腼腆，但也是念过多年书的人，懂得是非曲直，在大事情上有自己的观点与认识，有机会他要争取去审诉去争辩。

一天，平时不爱说话的长福壮了胆子，披了件薄秋衣，走进农会。农会里有四五个与他年龄不相上下的年轻人，围在墙上的一张大表格前讨论什么，有裴庆奎、裴庆林两兄弟，还有北街的严春生。那些人看见长福进来，也客气："长福啥事？"长福提出："我家那成分有点不合理，是不是再审下？"身体正值壮年的农会副会长裴庆奎问："咋不合理？"长福有理有据地比较："西头韩常有家是二十二亩地，比我家还多一亩，为啥是富裕中农，我家是富农？"

还没等副会长回答，在旁的年轻后生严春生笑了："长福哥，划成分国家有政策，都是按《土地法大纲》来的，是按多种条件综合考虑的，不是看一个条件就成立的。"副会长裴庆奎接过话解释："你家地虽少一亩，但都是好地。韩家大多是差地，你家一亩地，顶人家两亩或者三亩的收成，还有人家人口比你家多三口。"这一说，长福被说住了。裴庆奎又说："富农是你岳父岳母，专政改造是对他们两个人而言，你们只算是子弟，家人不会有太大的影响。"何长福质疑："我的亲爹是贫农，我也应该是贫农。"严春生又抢着说："你已经入赘到刘家，超过了三年，等于吃过三年剥削的饭，成分就跟着刘家走。"说到剥削，长福有些急："我没剥削谁呀，我一直在地里劳动啊！"严春生笑笑："反正跟你说不清楚，都是按政策办事。"

这时农会会长赵振东从里屋出来，干练而老道，手上拿着旱烟。他拍拍长福肩头："长福，你还记得吧，前几年你家买地，我就劝过你，你们听我的不去买那五亩地，就划不上富农。卖地的冯驹子，现在划了富裕中农。他当年不卖地，这顶'富农'的帽子，应该是他的。"赵振东说得自己都笑了。长福也不好向赵会长辩解，当年买地他劝过，主要是岳父不听。赵振东态度好又向长福解释："政策不会乱冤枉人，看清形势，现在主要是要打倒土豪劣绅，把富人的财产平均给穷人，这是一个时期的斗争手段。过些年，等运动过去了，大家顺应了这种新的进步的土地制度，都是耕者有其田，平等过日子，也不会再讲成分了，回去吧！"赵振东说得实在，也是让长福宽心，其实会长在那时候，他自己也没有把"成分论"以后的历久弥新形势看清楚，长福更不可能完全想得到，只好悻悻而归！

最心疼最理解儿女的还是父母亲。龙峪村的土改运动开始至今已有几个月了，何致兴从内心里欢迎共产党带来的"分田分地真忙"的土改政策，穷人开始有了活路，因为何家也新分得二亩好地与二间大瓦房。可同时也有揪心的一面，那就是大儿子家的遭遇。韩瑞兰再说也是几乎把长福带大的，不亲也自亲，看着长福的境况，心里也不好过，有时还提醒何致兴："这节骨眼，刘家、长福都在难处，你该多去走动下，开导开导！"

一日后晌，天刚下了场春雨，街上抹有泥泞，何致兴小心地踏着有些湿滑的青石板路，去了长福家。进门，将脚上的泥跋①脱下，走进住在东厢房的长福家里。刘双德原来的九间瓦房，压缩到现在的三间房。院里正上的三间房联通西厢三间房，已经分给了贫农姜家与下中农钟家。

---

① 农村下雨踏泥的鞋具。

长福家的人都在，刘双德童婉云夫妇看见何致兴的到来，多时的愁容变成了一丝苦笑，搬凳又倒水，躬身客气地问道："亲家翁，你来了！"长福小夫妻看见另一位亲人的光临，多时的委屈化作泪水顺着脸流下来。童婉云让小孙子刘松河喊何致兴："快叫爷爷！"孩子乖巧地喊了一声，跑到外屋玩耍去了。

何致兴想对着两个亲家讲话，但又说不出来多少合适劝慰的话，只好讲了几句冠冕堂皇的让人宽心的话。何致兴一本正经："亲家，这个局势谁也估猜不到，既是这样，只能想开点，富日子穷日子都得过，只要人平安，一切都好办。你们都要想开点！"刘双德满脸苦涩："我首当其冲，我经历过场面，还能扛过去，主要是家里两个女人过不去，整天哭哭泣泣真难受。另外，长福本要接这一家之主，你看这，反倒害了他，我对不住这孩子呀！""我即便有罪，自己去受。可晚辈无辜啊，看这形势，我就怕以后影响他们！"说着，看似无比坚硬的刘双德，眼角也红了。

刘双德说完，站起身，对董婉云与女儿说："咱们都到厨房去，让他们父子俩说说话。"回过头弯腰把烟叶盒子推到何致兴手边，笑笑："你不许走，好赖一定在这里吃晚饭！"何致兴也笑着说："离这么近，还吃晚饭？中，中！"

待岳父母出去后，何长福站在父亲面前，仿佛又回到了十多年前，成了小孩，他现在只敢在父亲面前使点自己的任性。

何致兴看着郁郁不乐的大儿子，心里不是滋味，就开导说："凡事都没有长前后眼，人就是这样，有时只能想一头。当初你岳父他也有他的好意，把家产弄得厚实些，还不是为了你们下一辈。他自己也没有想到是这样的结局，你得理解！"

"我不理解，咋地？我想不通的是自己家是贫农，过来也没过多久的好日子，我不也照样下地干活，没吃不劳而食的饭，我凭啥跟着背这黑锅！"何长福气呼呼地说。

何致兴继续劝说："人都是站在哪座山唱哪座山的歌，假如没有这土改，你名正言顺接了这基业，你就不会这么说了，这就是人的命！"

说到命，长福又叹了口气，突然来了一句抱怨父亲："爹，是不是你给我起的名字不好，命是往反方向走，长福没有长福。住在南街的汪长富没成富农，我倒变成了富农家成员。"

长福这一说，把当爹的逗乐了："真亏你想得出来，屙屎不出怪茅坑，从古到今，那'福'字、'富'字，本身都是好字眼，谁不想致富，谁不想有福。只不过现在是治富人救穷人，那'富'字变成了有点刺耳的字眼！"

长福脸色还是凝重，又向何致兴提出个随口的闲话："爹，有时我在想，我是不是重新回到咱何家？爹，你说呢?！"

长福这句话让何致兴立刻收起笑意："长福！你可不能有这种想法，这不是咱何家做人的祖训，你岳父家现在难处，咱不能去做遇到风雨就背信弃义的事情。何况你岳父母待你不薄，实扑着依靠你成家立业。另外，你与春香当初也是你情我愿。"

"你好好想想，你如果有个旁门左道，那还让人家怎么活呀！"何致兴加重了语气。"另外，当初你过来，就有人说咱穷攀富，贪图财产的风凉话，你现在杀个回马枪，人家不又会骂咱见风使舵，心术不正？那咱何家的人品，可真会大打折扣，没法在龙峪住下去了！"

其实，何长福也是在爹面前随口说说自己的活思想而已。

何致兴又换角度开导："总比你那表伯付天才强，他家成分是地主，还高一层！"

"我与他咋一样？他是正儿八经的有三四十亩地，家雇有长工，地又出租，一直在剥削人。我们这边，大多靠自己干，只是顾不过来时，才请些短工帮忙。"长福与爹辩驳。

可爹不这么认为，要长福连"活思想"都不能有。在为人处事的标准上，没有多少文化的何致兴，总是那么谦谦君子之风，大义凛然，傲立于天地之间。

接着既是训诫又是鼓励地对长福说："刘家毕竟有二十多亩好地，在哪里搁着，算到富人堆里，都不为过。你现在还有一个乖儿子，现在你不是后退说怪话，而是要自己主动去把刘家责任担起来，与全家人一起渡难关。你岳父岳母老了，晚年不靠你还靠谁，你还年轻，先不能自己把自己弄垮，要有精气神，天下事没有过不去的坎！"

接着长福又诉说，现在连兄弟长生都有点躲他的感觉。何致兴说："这很正常，你过好日子时，也没有给你兄弟划一分地。"何长福又回嘴说："我还不是大掌柜，我敢把财产到处撒！"

爹又说："兄弟还是兄弟，一笔写不出两个何字，他们心里还是向着你。这形势他们也得保自己，保持些距离，是好事。"

爹的一席话，让长福眼前的灰暗天空闪现出一席亮光，他静静听着，点了点头。

长福毕竟是当事人，想法很多，这时若有所思又说了另种想法，他看看爹慈祥面容前飘动着几丝花白的须发。

"爹，听说当年我的老师叶明瑞现在是区委书记，你与他有交情，你找他说说，我当这'富农子弟'的委屈！"何致兴这时也得高看几眼大儿子的胆识，为自己敢去拉各种关系，就说："叶老师现在是大干部，这在人家眼里是小事。这事国家有政策，我估计说了也没多少用。如果碰到，顺便说说，现在没必要专门去找他，反而为难他。"何致兴总有些万事不求人，不愿给别人添麻烦。

何长福知道爹的性格，他不愿去的事，你说了也没有用，何长福不再坚持想法，但心里有自己的主张，如碰到再说，黄花菜都凉了。我现在去申诉下，说不定还有些可调节的地方。

隔了两天，长福背着干粮真的到区上去了。长福踏往龙峪村往区上的小路上，路过了他家原来良田数亩的一块地头，看那已有二三寸高点的麦苗长势，在微风的拂动下，划出一波波碧绿如水般的涟漪。要是往日，是多么的心清气爽啊！长福蹲下去，扯了两片长得最长的麦苗叶，放在鼻子尖深吸，一股麦草的清香浸入肺腑。他闭了下眼睛，站起来望天叹了一口气，朝着三十里外区公所走去。

区公所坐落在驿马镇，称作驿马区。区，是小于县大于乡镇的行政区划机构，一个区可以管二三个乡镇。在区公所大院区委书记的办公室里，叶明瑞见了这位曾经是他的学生——何长福。叶明瑞披着旧式蓝色大衣，给何长福倒了杯茶，开始说话。何长福看到叶明瑞很激动，有些不知所措，看到比自己父亲小七八岁的叶老师脸上的皱纹增添了许多，眼神眉宇间凝结着老练与睿智。叶明瑞简单而关心地问了长福父母情况，之后何长福将来意做了陈述。其实叶明瑞已经从各乡报来的土改数据材料中，知道了刘双德划为富农及何长福入赘连带的情况，对何长福做了些政策的解说，大部分与在村里农会说的一样，只是更具体了一些。说到长福本人，叶书记说："共产党讲实事求是，你入赘到刘家，而且生活也就是说吃过剥削饭满三年既成的事实，你已是刘家的成员之一，如果没有土改，你也是刘家财产的主要合法继承人，但是你与岳父不一样，富农是你岳父，你只是属于子弟，有牵连，只要表现好，不会受太大影响，等一个阶段过后，有的政策也会相应做出调整。"临走时，长福还露出可怜巴巴地后悔："叶老师，如果当时你还在龙峪，给我们出出主意，可能不是现在的样子！"叶明瑞只能笑笑举手目送何长福走出区公所。

其实叶明瑞是既坚持党性，同时还是讲交情的人，一来他与何致兴有过患难之交，有感情。二是长福毕竟还是他的学生，但他是共产党员，现在又是一个大区的主要领导，他不会拿政治原则去做人情交换，然而在不违反政策的前提下，给予适当的小关照，他也会去做。

叶明瑞真正的历史渊源，给何致兴讲的，只对了一部分。他本是九福省人，生于一九〇六年，原名叶健，家庭贫寒，父母早亡，有一姐姐从小送人做童养媳，他从七八岁起由在江厦教书的叔父带大。他在江厦读省立医科学校时，参加了声援京汉铁路大罢工运动，后由学校老师李国璋发展为地下党员，一九三二年经党组织派遣，从江北瑞州、淮原岚阳进入金马山区开展地下党活动，主要任务是宣传革命主张，发展党员，为党组织日后开展武装斗争、创建根据地提供组织基础、提供交通情报。他在龙峪的三年时间，在当地的十个村里发展地下党员三名，其中有龙峪村的赵振东，另外两名在江北村与梁家庄。一九三四年底，红军北上路过龙峪的前站情报，就是叶明瑞通过秘密交通站提供的。后来由于他的行动引起周围环境注意，政治风声日紧，他撤出龙峪，后到定州县与西川县交界处的几个村镇，以老师身份继续开展地下党活动。叶明瑞这些真实的革命经历，社会上的任何人都不清楚，都是在以后"文化大革命"运动中，叶明瑞成为"走资派"被打倒，写自检材料才被人知晓的。

这年的腊月间，叶明瑞书记带着区上的几个同志到下属的三个乡镇检查工作。在龙峪两天里，他对村镇的土改扫尾工作、群众的革命情绪、农业生产的情况做了全面了解。按中央政策和上级要求，提出了一些指导意见。龙峪村负责陪同接待叶书记的，当然是村支书赵振东一班人。

叶明瑞挤出点闲暇时间，专门去了龙峪学校，还去了何致兴家。何致兴看到叶明瑞大驾光临，十二分的高兴，至少在他眼里，觉得叶明瑞这个共产党的大官，没有忘记他这个老农民。同时也感到了共产党的干部与国民党官员不一样，没有高高在上的官架子，至少他亲身经历了两种社会制度的鲜明对比。何致兴韩瑞兰两口忙不迭拿出核桃花生红枣，热情地恭迎老朋友。相互问候后，叶明瑞看到了何家的变化。原来的一大家人，长福、长秀、长贵都不见了，现在只剩何致兴老两口与何长生小两口，增添了小孙子。也看到他家的没变，还是那所院子，门外仍在开着尚能维持的药店。叶明瑞关心地问起来，何致兴说："大儿入赘了，女儿出嫁了，小儿子被绑架了。"叶明瑞听何致兴像说顺口溜似的，不由得笑出声。他又问起土改的分配，何致兴敲敲铜烟锅的灰："新分了二亩好地，又分了两间房，在北街另一家院子里，还没去收拾，有房有地分，穷人都说共产党好啊！"但是他也顺带说了亲家刘双德家的情况，特别是长福的"屈"。叶明瑞和颜地解释："何大哥，这是党和政府的政策，尊重既成事实，谁都无法改变。长福是你的儿子，也是我的学生，他的心情我非常理解。身处在剥削阶级家庭，难免会受到些影响，但政府会考虑长福的特殊情况，在处理具体问题上，对待不同人等，会有利有节地把握好分寸，不会去伤害无辜！"

从解放到土改，这几年龙峪村的村民，是最幸福的时刻。在叶明瑞书记组织下完成了土地改革，积极发展农业生产，除被镇压专政的反动阶级对象外，人人喜笑颜开夸共产党好。穷人分了富人的地，富人不高兴，但富人毕竟是极少数。穷人分富人的地，认为是土地回归，天经地义。都是中国的土地，凭什么过去成百上千年，都集中到了富人的手里。历朝历代，每个真正为百姓利益的政权，都会重视对庶民百姓地权的再分配。

穷人有了自己的土地，当家作主，生产积极性倍增，好像老天爷也觉得情通理顺，照顾老百姓的情绪，要风给风，要雨给雨。龙峪的平地还是沟洼，每一处的庄稼都长得茁壮，翠绿的橙黄的要流出油来。春播秋种，连年丰收，老百姓日子发生很大变化，真正进入了国泰民安、安居乐业的好时光。逢年过节，家家飘红户户溢香。龙峪村里还兴办剧团，连唱好几天大戏，闹花灯、踩高跷、舞龙狮、走旱船、扭秧歌，热闹非凡。

这年底，又有两件不起眼的事，让何致兴再度成为响亮龙峪的人物。

一件是经上级核审批准，惩办一批罪大恶极地主恶霸、反革命分子。其中有原国民政府龙峪镇镇长孟洪光，罪名有八大罪：依仗权势、占产霸地；欺男霸女、横行乡时；组织地方武装抵抗解放军进驻龙峪……最后一条是：欺压百姓、暴打贫民何致兴。公审前一日，区上传信给何致兴，让他参加第二日的公审大会，做诉苦声讨发言。何致兴当时摆手拒绝，说了一段话："他孟洪光当年欺负暴打我，是他为人不善，终有恶报，现在是共产党帮我报了仇，但是他已是死鬼一个，我去声讨要枪毙、不去控诉也要枪毙，我没必要去出这个风头解气，我不去落井下石！"此言一出，闻者传者大哗，许多人不是批评何致兴阶级立场不坚定，而是伸出大拇指称："何致兴，这个人仗义！"

另一件是，由镇政府组织一群人敲锣打鼓到何家大门口，突然让何致兴出来接"牌匾"，还有一封何长贵从部队寄来的书信。红底搪着金字的"光荣军属"牌匾，平平正正地高悬在何家的门楣之上。镇公所村委会当权人物，赵振东、裴庆奎等都来了。个个笑容可掬上前紧握何致兴与韩瑞兰的手，这个说："祝贺你家长贵成了革命功臣，你们生了个好儿子！"那个讲："这不仅是你家的光荣，也是我们龙峪人民的光荣！"长贵石沉大海好多年，盼归无望。消息不来则罢，一来就是惊天大喜，让何致兴夫妇俩如同梦里！其实自新中国成立后，何致兴又平添一层不能对人说起的心病，长贵当年被抓壮丁，是进了国民党的队伍，现在国民党垮台了，总归不光彩，他还真担心长贵最后的去处到底在哪里。现在，他们的小儿子终于有着落了，不仅活着，而且给何家老祖宗的颜面添了这么大的光彩。何致兴高兴得手脚不知所措，韩瑞兰兴奋得眼里不停淌泪。从此以后，何致兴老两口不仅仅是龙峪镇的老贫农，还是龙峪镇"革命军人家庭"的尊父与尊母。

何致兴与韩瑞兰回到屋里，匆忙挑亮灯芯，戴上老花镜，一遍又一遍地捧读小儿子的来信：

父母亲大人：

我是你们的儿子长贵，现在已改名何淮海，自分别后，我无时不在思念二老双亲，思念家乡那片土地。

我自被拉抓丁后，被逼去国民党队伍呆了半年多，那是一个没有纪律、明争暗斗、相互倾轧、祸国殃民的地方。后来寻找机会逃跑，投奔了解放军。我弃暗投明，真正找到了拯救人民于水火，以解放民族事业为己任的队伍。在这支队伍里，在上级首长与同志们的关怀下，我进步很快，由原来有些观望怕事的人，变成了一个爱憎分明、勇敢向前的战士。我参加了著名的淮海战役，这可是决定共产党执政事业成败的三大战役之一。我在这次战役中荣立了二等功。你们就跟着高兴吧！我决心一辈子跟共产党走，听毛主席的话，干一辈子革命，直到全中国和全人类民族独立、世界之大同事业——共产主义的实现。我已经加入了中国共产党，前不久，我还被任命担任排长职务。

我们团在淮海战役后接受了新的任务，清扫淮海战役胜利品，组建一支新的钢铁运输汽车团，现在已进入春襄与淮原交界的一处山沟里隐蔽训练。我已经学会开汽车，还能修理，掌握了一门技术。如果以后条件允许的话，我会请您二老出来到我们部队看一看。

现在家乡的形势怎样？土改完了吗？庄稼长势如何？大哥、大姐、二哥各家都好吗？希望您们也要追求进步，支持党和政府的各种政策与法令，积极参加农村反霸反封建斗争，参加必要的生产劳动，但也要保重身体。

代我向大哥大嫂、大姐大姐夫、二哥二嫂问好。

祝二老诸事平安！

儿子：何淮海
一九五〇年三月九日

何致兴夫妇看完信，兴奋不已。韩瑞兰揉着眼睛说："咱贵儿终于有下落，有了大出息，给咱们涨了脸！"何致兴感叹："是啊，万没想到，长贵不仅平安无事，咱们何家几辈子的农民，现在还能出个排长，按照贵儿脾气与闯劲，以后可是前途无量啊。"做母亲的韩瑞兰，心想得更细，说道："他爹，贵儿今年已经二十岁了，如果在家，也到了结婚的年龄。在部队也不是长久之计，咱们要不要在家里给他说个媳妇。"何致兴"嘘——"轻吹下胡子："你年纪比我小，思想可比我糊涂。皇帝不急太监急，他没提出来，你操啥空心。现在刚联系上，他真正想在家里找，再说！但我寻思着，在外面干事的人，心大，不一定会愿意在家里找。""我倒想起另外件事，长福那边家里背下这个'富农'包袱，要不要给长贵说？不知道会不会影响他……"老两口躺在床上你言我语，直说到夜过二更。

第九章

父母亲大人：

　　你们二老和长生二哥，从我这里离开回家路途顺利吗？不知道你们什么时候到家的？报告你们一个重大的变动消息。你们刚离开我们部队的第五天，我们团突然接到上级命令，我们运输团成为第二批入朝作战的部队。军令如山，现在已经完成了出国前的战前思想动员、名册重新登记、枪支配备、车辆装备维修、物资储备等工作。再过两日，我们团就会经平汉铁路出关，从东北吉东进入朝鲜参战。我们主要是执行交通运输任务，为前线提供充足的战事物资保障。

　　美帝国主义与南朝鲜李承晚集团，将战火烧到了鸭绿江边，对我们新生的社会主义国家虎视眈眈，"抗美援朝，保家卫国"，是我们每位中国铁血男儿应尽的责任与义务。你们不要挂牵，在战场上，我既会勇敢冲锋在前，也会懂得灵活机动保护自己。你们等待我立功的好消息。忠孝不能两全，为了保卫解放事业的胜利果实，为了保护国家和人民的安全，我不能在二老面前侍奉尽孝，望你们理解我支持我。到朝鲜后，即进入战场，今后可能难以正常通信，相互没有音讯。但是我心里一直会在默默祝愿二老身体健康，全家幸福平安，家乡年年五谷丰登，喜获大丰收。

　　顺祝二老安康！

儿子：何淮海

一九五一年五月六日

何淮海写完信，又认真看了一遍，觉得又少了点内容，又在信的左下角加了一行小字：

代我向小时候一起长大的朋友裴庆奎、沈二柱、孙玉田、毛小宝、常立问好，我也很想他们！

确认无误，才把信装入信封，走到营房门口，将信小心翼翼地丢进邮箱。

第二日下午黄昏时分，部队号角响起，在红绿指挥旗的挥展下，一百多辆军用卡车从军营开出，集中到五公里外的四等火车小站，开上火车的平板车厢，全团所有官兵坐进随车加挂的闷罐车厢里。

蒸汽火车头汽笛一声撕心裂肺的嚎叫，牵引着四五十节装满辎重车辆的军列，像条巨龙，缓缓离开四等小站。车厢里，官兵们各种表情都有，大部分精神焕发，有说有笑，也有的抱着枪闭目养神，一言不发。前几天团里公开的誓师大会，群情振奋，人人大义凛然，表示"抗美援朝，保家卫国"决心的情绪还历历在目……

火车沿着几千公里的铁道线上，叮叮哐哐走了两昼夜，沿途可以看见一晃而过的城镇乡村刷着"抗美援朝，打败美帝野心狼""誓死捍卫无产阶级红色政权""向中国人民志愿军学习致敬"等标语口号。

火车到达东北东部的吉东小城后，摘下了"中国人民解放军"的帽徽与胸章，换上了"中国人民志愿军"胸章。汽车团成为志愿军总后勤部汽车运输旅三三八团，在团长阮鹏、政委李旭东带领下，运输团所有大卡车，在吉东装上了粮食、弹药、医疗等战场必需物资，待第二晚夜间通过鸭绿江浮在江面的"隐桥"进入朝鲜。

汽车团属于第二批入朝作战的队伍，一九五〇年十月朝鲜战争爆发，先入朝作战的部队，已经与以美国为首的"联合国军"、韩国军队展开了四次战役。战争的惨烈，从他们汽车通过的土地现状，更能印证国内各类动态宣传的真实。

何淮海看到朝鲜地形很像他的家乡龙峪，有山脉森林、有河流村庄，可以想象出它的美丽，但现在眼前景象，都是满目疮痍，一片焦土。树木被大片大片地炸掉烧毁，村庄成了残垣断壁，山地里长着稀稀拉拉的有玉米稻谷等庄稼，简易公路弯弯曲曲没一段好路，都是弹痕累累的大坑小洞。走在这似路非路的山间公路上，战士们既对美帝国主义的侵略行径愤慨，又对这场钢铁力量形成的现代化战争有了心理准备。

上百辆看不见头尾的汽车队伍，开在一条公路上，目标很大。首先是防止美帝飞机的空袭，事先都对汽车做了树枝树叶的伪装。来前也对战士做了防空知识的普及。

行进到六十公里的不知名地段时，从空中突然飞来五架敌机，怪叫着呼啸着，向下俯冲，又是扫射又是投炸弹，轰轰隆隆，顿时浓烟滚滚，火光冲天。由于没有实战经验，有两辆汽车被炸坏，其中一辆还起了火。

何淮海此时已战前升任连长，属下的十五辆汽车在他指挥下，赶快开到路旁空地的树林间隐蔽，并组织机枪班对空扫射，有一架敌机俯冲下来，仰头刚又飞起，被机枪扫中，拖着长烟逃跑了，敌机没敢再来轰炸。汽车立刻调整队形，分开批次，一次只走五辆车，并且拉开距离。走走停停，与志愿军已建立的监查哨对接联系，艰难前进。汽车团在新城川志愿军后勤指挥所，作出"分兵"，将弹药、粮食、药品分别按指定的位置，送到三八线沿线的各个前线阵地上去。第一轮完成了初进朝鲜艰巨的运输任务，为前线补充了急需的各种弹药物资。过后，他们才知道，全团浴血在生死运输线的经历，所参加的正是战争的"第五次战役"。

之后，三三八运输团的驻地，离金化郡的志愿军总部很近。直线距三八线不远，但往两侧前线走，都有几百里不等的路程。汽车团成年累月的任务，就是把从祖国内地由火车运来的各种物资，再分散运到火车不能到达的前线各个战斗地点。这里虽然不是最前线，却是敌人关注并随时破坏的最危险的运输线。敌机丧心病狂的滥轰乱炸，磨砺着汽车团战士们的钢铁意志，也消耗着他们随时为国为人民捐躯的生命。

五月间的一天，何淮海带着十多辆军车参加所在营队的运输任务，运送几十吨炮弹前往一处无名高地。那些高地正在与美军进行激烈的防御对抗战斗。炮弹能否供应上是影响战局的关键。

何淮海亲自架着第五号车，车里坐着副驾驶员张中林，修械员肖伟，满载炮弹与子弹，急驰在公路上。在临近高地十五公里的一个大转弯处，飞过来七架号称"油挑子"的 F-84 型战斗轰炸机，对公路盘旋式轮番轰炸。

看那美式飞机，沿着山沟飞行，一会俯冲，一会斜翅腾起，有时还要在空中露几个"翻滚"动作。飞机呼啸下来时，叫声惊心动魄，将山间的树蓬翻成了巨浪。何淮海与战友们在最近的距离目睹美军制空技术，瘦高个张中林不由地说："美国佬，陆军不行，他妈的空军还真厉害！长见识了！"修械员肖伟狠劲拍了他一巴掌："别长敌人的志气！"

好在车队防范严密及时隐蔽，没有受到损失，但是前方低洼处唯一通道的凌津河木桥被炸断，车辆全部受阻。

营长彭战勇下车召集连排长在树下商议对策，决定一连长陶春生带领组成的一百多人突击队，肩扛部分弹药、药品抄小路快速前往无名高地。另外的二连三连抢修桥梁，何淮海所领三连属在留之列。

十万火急，一分一秒快慢的物资供应，都意味着最前线将士的生命安全与胜利的保证程度。按照分工，何淮海组织自己连里的战士，迅速投入桥梁的抢修。那凌津河幸而不深，最深处不过一米多深，桥梁总有二十多米长，主要是在桥中央炸断有八九米的一个缺口，需要在中间架两个桥墩，这是个难题。上百号的战士进入附近山林砍伐树木，很快有了木料，主要是桥墩无法立脚。何淮海想出个主意：从车上滚下空油箱，往油箱里装入碎石与细沙，用了十二个大油桶下沉到河中，下面八个，上面四个，竖起临时桥墩。

五月间的凌津河还非常冷，多是山上雪水所化，侵肌裂骨。何淮海带头跳在激流里指挥竖桥墩。经过三个小时抢修，竖起桥墩，搭上大的木材，连通桥梁，可以小心翼翼地让车队缓缓通过。待桥梁修好后，营长彭战勇专门走到何淮海面前表扬："哈哈，不愧是参加过淮海战役的战士，临危不惊，头脑灵活，有办法，给你记功！"营长的鼓励让何淮海心里暖暖的，但身上已冻得青一块紫一块，精疲力竭，牙齿打架像筛糠样回答："……谢……谢……营长，……是大家……大家的……的的的……功……劳!!!"接着不停地打喷嚏，惹得周围战友跟着笑。

汽车轰鸣，一辆接一辆顺利通过凌津河，将所运物资送到了战斗高地。

汽车送完物资后，空车往回返。何淮海所坐五号车，返程由副驾驶员张中林驾驶，自己靠在车门打盹，中间坐着修械员肖伟。当汽车行驶到离驻地还有七八十公里的地方，肖伟突然喊张中林："快停车，要开锅了，你还开。"张中林说："没有啊。"肖伟："水温表都快一百度了，光开车不看表，啥水平？"顿时发动机盖子里的热气往外直冒，驾驶室玻璃上也起了雾。汽车发动机水箱缺水，只好停靠在路边隐蔽处，后面一辆八号车也跟着停了下来，说水箱也缺水，就提着水桶，五人一起沿着山路小石径往山上找水。向上攀不到九十米，有处开阔的山洼，仰头再往上看，离山顶也不太远了。嗬！真漂亮！山洼里开满了姹紫嫣红的金达莱花。金达莱花，在中国叫"杜鹃花"，红的紫的白的，花呈一大片一大片，多了就形成了气势，与近处的绿塬相接，与天上的晚霞，还有远方战事的火光硝烟融在一起，形成巨幅独有的震撼人心的壮美图画。大家不约而同地欣赏着赞叹着。连长何淮海侧着头感叹说："这么美丽的国家，被美帝国主义反动派糟蹋得不成样子！""美国佬，太可恶了！""早晚要把他们打回老家去！""俺嘉江的风光与这里一样美！"大伙声声语语传递着自己的感慨。

山洼里有两间低矮的小草房，他们走了进去。看见有位约五十来岁妇人正在劈柴，旁边有个不过五六岁的小女孩，往屋里抱柴火。何淮海他们用生硬的朝鲜话："阿玛尼①，安宁哈嗦②！"大娘看是志愿军服装，热情让进屋，给烧水喝。屋里很小很乱，与厨房连在一起，布满灰尘。何淮海问："家里几口人？"大娘听不懂，他们就做手势，对方似乎听懂了些，指着墙上挂的被烟火熏黄的照片，照片上有五个人，中间是大娘，他旁边有位年纪差不多

---

① 朝鲜语，大娘的意思。
② 朝鲜语，你好的意思。

大的中年人，估计是大娘的丈夫。背后站着个男青年，身着人民军军服，还有位清秀年轻女子，扎着辫子。大娘前面站着个小女娃。一看便知是眼前屋里的这个小女孩。

阿玛尼先指那老者，用手指下床上又指指地上，估计是病逝了。又指后面的两个年轻人，又指前面的小女孩，看似孩子的爸妈。大娘又做出双手向天上举的动作，口里还学着"嘭……嘭"的爆炸声，说明都已牺牲了。何淮海他们从中猜出个大概。

这是个革命家庭，阿玛尼太苦了，何淮海十分同情，心里很难过，就回过头给在场的战士讲："咱们经常走这条路，有空就上来帮阿玛尼做一点事！"大伙点头。他们在屋外的岩井里提了水，阿玛尼还指着不远处的另外四五处房子，说明他们是一个村子的，要拉他们去看看。何淮海他们军务在身，没有再往上走，就此告辞。阿玛尼双手并举心口，希望他们再来。

大家下来，给水箱加上水，发动机嘎嘎嘎，又发动不起来了。肖伟拿上扳手和起子，打开引擎盖，调整了分电盘，清理了发电机的碳刷，跳下车来让张中林再发动，汽车轰的一声，响了。张中林不得不佩服："肖伟这小子修车，还真有两把刷子。"肖伟也不客气地说："吃这碗饭好几年了，心里总有点数。水温开锅，把发动机里面的油电路全部打湿了，就会出现短路现象。""中林师傅，这些基础常识，你也学着点，别只管开，不想事儿。"肖伟顽皮地笑。张中林看他一眼回敬："表扬你，你倒来劲了。我什么都会，要你坐在车上做什么？"何淮海跟着笑："别斗嘴了，开车！"

"兵马未动，粮草先行"，何淮海越来越认识到后勤运输对战争胜负的重要性。敌人白天用飞机轰炸，丢炸弹丢燃烧弹，路面炸坏了就抢修。夜间，就开小灯行车，还建立了流动哨，一有敌情就关灯，躲进树林里。敌人撒下三角、四角专扎轮胎的"倒角钉"，就用专用铲去回收。何淮海所在汽车团，让这里成了一条打不垮、炸不断钢铁运输线，多次受到志愿军司令部的表彰。

在这条路上，何淮海有空就带着战士去看望阿玛尼。有次他还带去一位朝鲜族的小战士朴哲作翻译，完全弄清了阿玛尼的家世情况，阿玛尼姓金，五十四岁，丈夫姓崔，当地农民，曾参加抗击日寇的游击队，前八年就病故了。儿子在人民军，前三年在战场上被敌人坦克轧死，儿媳参加支前抬担架，在敌机扫射中牺牲了，给她留下个现在不到七岁的小孙女允儿，奶孙俩相依为命。阿玛尼原来还做过村里的妇救会主任。她还有一个大女儿，叫崔英，随金日成参加东北抗日联军，日本投降后没有回朝鲜，留在了中国，现在也不知下落。在中国的名字，叫崔红英。

何淮海去看望阿玛尼，有时会带去一些省下的饼干水果，还有战利品，帮阿玛尼种收庄稼、整修房子。阿玛尼把他们视同为亲人，每次离开送别总是眼含泪水，失去了儿女的人，感情更加脆弱而强烈。何淮海与战士们每次去，心里都很幸福，因为他们在坚守军人天职之余，还用自己的仁爱履行国际主义精神，但是他们又怕看到阿玛尼的泪水，因为他们又会不约而同地想起远方祖国的母亲的眼神。

慢慢地，大家与阿玛尼可以做些常用语言沟通。有一次，阿玛尼提出让小允儿认何淮海做干爸爸。何淮海平时很难红脸的壮汉，这时心跳起来："我……我女朋友都还没有，咋能就有了女儿？"他用手摆着，倒让阿玛尼有些尴尬。活跃的张中林立即出来打圆场："何连长虽然没有女朋友，但这二十来岁的年龄在咱家乡早结过婚，别说生一个，可能都是两个娃的爹了，都是战争惹的祸！"修械员肖伟接着帮腔："拾来个女儿还不要？莫让阿玛尼扫兴。"其它战士也跟着热闹："连长，你认了干女儿，我们这些干叔可以证明干女儿来路光明正大，不是你非法所生！"

大伙在一片嬉笑中，何淮海半推半就认下这个朝鲜的小干女儿——崔允儿。之后阿玛尼还给他们介绍村里的其他几户村民邻居，在异国他乡，建立起友好相亲互敬的军民鱼水关系。

到一九五二年九月，何淮海所领的汽车连，在一年半时间里，坚持奔驶在满目疮痍的战争险道上，克服重重困难，顺利完成大大小小的任务数百个，接送伤病员成千上万，物资数万吨，而且无大的伤亡。三连被志愿军后勤部队授予"集体二等功"，连长何淮海再次荣立"二等功"一次，而且由阮鹏团长授奖。何淮海由此提升为副营长，并代理营长。

这年十月十四日，台龙岭战役打响。何淮海所在汽车运输团，夜以继日在崎岖的山岭与依山傍水的悬崖线上穿梭。美国佬继续利于空中优势，天天出动战斗机轰炸机破坏。不过这时志愿军已经有了自己的空军，对敌人的空中霸权有所制衡，在地面上与人民军在公路沿途布置了一些高射炮点，专门对付敌人的空袭，敌机的嚣张气焰有所减弱，有时只能采取来去匆匆的突袭形式。沿途每隔五六十公里还建立有兵站，以便过往车辆补充汽油燃料、汽车维修、运输兵的补水补食以及重伤病员的应急处理。

　　何淮海仍然领航驾驶五号车，现在他是营长，可以直接指挥四十辆运输车。带领车队，两天一趟地往返于台龙岭前沿与后方物资仓库间，物资仓库全部隐藏在山间防空洞里。运输队还牵引过两批新榴弹炮，进入炮兵阵地。所拉炮弹、子弹、食品、补给水全拉到战场下缘无公路可走的山坳处。卸货后，有专门的联勤队与民运组织扛送到一线阵地的坑道战壕里。何淮海他们仰望远处，可以看到台龙岭 579 和 538 两个高地的焰火冲天，扬起土柱有二三十米高，声响振聋发聩，人与人相互交流，都要贴近耳朵大声喊话。坡面小桶般的树木被炸得满天飞，没有一丝绿色，全是黑褐色的焦土，整个半边天都是红的。不时能看见伤员被抬下山来，他们空车返回时，拉过几批伤员，伤员有的缠着绷带，还在血流满面。有些伤员腿或胳膊被炸断，还有连着一根筋的残肢放在旁边。有的伤员面色如土，痛得将毛巾塞在嘴里用牙关咬紧。有时看见血水沿着车厢底板往下淌，场面惨烈之极。他真正地体验到了这种飞机大炮、坦克装甲车立体的现代化战争的残酷，感受到与国内淮海战役的不一样。淮海战役虽为大兵团作战，几乎是摧枯拉朽，以月计时的胜利，而对于美国佬之战争则用年计算，是旷日持久的拉锯战。在一次回拉伤员时候，何淮海好像遇到民运队抬的一副担架上，有位已经死去伤员，脸色青灰，头上缠着绷带，血水已经凝固。他突然感觉，死者好像是曾经淮海战场上——他的排长马鸣，他想上去问个究竟，但却在周围喊天动地中一晃而过，他在回返的路上，心里一直不安，恐惧……伤心……一直成为解不开的心结！

　　战役打了四十一个昼夜，双方展开激烈的阵地争夺战，志愿军以钢铁般的意志打退了敌人一次次反扑，最后进入大反攻阶段，志愿军方已胜券在握。到了十一月二十三日这天，何淮海营队送完物资回返，这次其他车辆在前，何淮海的第五号车在最后压阵，由张中林驾驶，同样是修械员肖伟跟着。离开台龙岭六十公里，车行到平山口处，离基地的兵站有四十五公里处，又出现两架敌机顺山沟，追赶着车队扫射。何淮海已经习惯了，在朝鲜战场开汽车，实际上就是给美国飞机玩游戏，看谁技高一筹。

何淮海的车辆走到中途，看见有辆往他们反方向的一辆卡车停在路边，车下有人修车，另位战士在路旁伸手邀车。他们把车辆停下来。才知道是另一营队的车辆坏了，修了两个小时还没修好，要求帮忙。肖伟患重感冒，身上无力，这又是他饭碗里的事，责无旁贷。他问什么问题，对方说刹车不灵，车辆向右方跑偏。肖伟不由分说，钻到车下检修，用扳手钳子卸下了左后轮制动阀，对他们说，只换刹车管没用，是里面的皮碗破了，需要更换。将制动阀拆开，换上他们车上备用的皮碗，又钻到车下安装。花费近两个小时，汽车修好了，肖伟却累得浑身出虚汗。对方驾驶人员感谢再感谢，开着车辆继续执行任务去了。何淮海此时看到肖伟脸色不好，摸摸额头，才知道部下是带病出车。

何淮海他们继续返程，不一会，敌机又过来了，一颗炸弹在何淮海五号车前方十米处爆炸，汽车一时刹不住，车右前轮掉入炸开的一米多深的大坑里。此时天色将黑，路上已经没有车辆。何淮海命令大家迅速撤离。天空开始飘起雪花，他们选择走进路边一条山沟，走不多远，回头能看见那架追踪敌机号叫着又折了回来，对着他们的五号车，又扫了一气子弹，才傲然离去。何淮海三人一前一中一后走到离公路五百米开外的地方，看到有处民居，空无一人，那房顶已被全部掀掉，落在一米多高半塌的断墙上。墙壁上半全部被熏黑，是起过大火的遗痕。附近没有人烟。他们三人中的肖伟，这次随车，调度员本不同意他出车，理由是肖伟还在患病——重感冒。但肖伟坚决要求"出征"，理由是前方将士浴血奋战，一个小感冒不应该离开火线，他的修车技术，随时可能被用上，别人不能替代。肖伟老早就坐在了车上，也没有明显症状，何淮海不清楚修械员患了感冒。肖伟年轻而又可爱，圆圆的脸庞，红润的气色，个头不高，却很活跃，爱开玩笑，脸上经常挂着笑，与这个小战士在一起，总觉得很开心。他的家乡在中国嘉江，年龄还小，现在只有十九岁，在家是个汽车修理工，一九五一年报名加入志愿军。凭借技术专长，跟车上万公里，排除修理汽车故障数百次，多次受到营团表扬，是一位共青团员，也在要求入党。

环境虽恶劣，但特殊时段，要求他们今夜只能在这里过夜。此时，公路上进入了少有的平静，也无来往车辆，他们的车辆又出不来。

被炸裂震伤的天空，在大热之后便是大寒，那雪越下越大，对面半米处就看不到人。雪花像大片撕开的棉絮在山林间飞舞，又像无数鬼魅魔手在天幕间飞走幻化。三人吃了点炒面，嚼了两把雪，在旁边扯了些干草铺在只能罩住身体大半截的断墙下，把随身背包打开，盖上薄棉被，营长在左，修械员在中，副驾驶在右，依偎在一起。

天越来越冷，气温很快降到零下十七八摄氏度，朝鲜的天气，冬天真要冻死人！他们开始点了一堆篝火，火慢慢燃完后，余热很快退尽。此时又听到飞机的声音，也不敢再继续点火，怕暴露目标。为了排解郁闷心情，何淮海引出话题，问大家战争胜利后，回国的理想是什么？张中林抢先说："赶走了美国鬼子，我回去就报考军工大学，也去研究核武器，让咱们国家也有核弹和氢弹，让那些世界列强不敢小看咱们中国！""有志气！"何淮海夸奖完，轻轻拂下脸上的雪花，弹下旁边的肖伟："你有啥想法？"那肖伟似乎有点发烧，缓缓地说："朝鲜战争胜利了，我回家种地，我喜欢热床头抱老婆！"说得营长与张中林都在被头处笑开了。张中林插话说："肖老弟，你这思想境界可不高哇，咱这浴血奋战就为着回家在被窝里抱老婆吗？"肖伟弱弱地回答张中林："……你没听我说完，我父母来信说，……老家搞土改，地广人稀，俺家分了七亩地。这胜利果实，我回家后得好好经营，不仅种好自家的……的地……"他歇了片刻又说"……我……还想当村长当村支书，带领我们那个有上百户人家村庄走上富裕道路，咋叫境界不……不高呢?！"说得张中林无话，只添了一句："你这理想太实在！"何淮海说："肖伟说得也是啊，咱们军人绝大部分是穷苦农民出身，依附土地，回归土地，把土地经营好，让老百姓过上幸福太平日子，这是很多同志的想法，我想也是咱共产党闹革命求翻身、求自由求解放的目的。"肖伟接着又说："……你们是不知道啊，我未参军时家里已经订了婚，我那未婚妻啊……瓜子脸，大眼睛，薄嘴唇，说话声脆带笑，会丢眼色，腿长身材好，那真叫漂亮啊……"张中林又与肖伟打趣："肖伟，你说这姑娘怕不是青蛙托生的吧？"说得大家嘿嘿笑，这时谁也看不到谁的表情，但肖伟说这句话时，脸色一定是兴奋自豪、洋溢满脸的幸福。张中林又侧过身问何淮海："营长，你哪？"何淮海不假思索地说："胜利了，回国我去选择政府的民政部门或者一家慈善机构工作，例如红十字会。"张中林不解地问："怎么会选这个职业啊？"营长不紧不慢地说："战争太残酷，死了多少无辜的人，老百姓、我们的战士，包括敌方的一部分人，那么多的伤残人员，还有他们的遗属，需要这些机构的工作人员，去做救济工作，抚慰战争及其他天灾人祸带来的创伤！"张中林与肖伟听明白了，喃喃地附和："营长想法特别人道，有意义！"

这时的何淮海不知怎的想起在淮海战役中的画面。刚加入解放军不久，一次连指导员杨志和观察他打仗有些畏懦，就问他是不是胆怯，他回答不是害怕，而是不愿意杀生，担心错杀了本不该死的人。指导员听后哈哈大笑，你有这个思想还能上战场。于是接着问他："你读过《伊索寓言》没有？"他回答："没有读过！"指导员说："这是古希腊有位叫伊索的人写的，他讲的寓言故事，很有人生教育意义。如《农夫与蛇》，讲一个农夫看到路边有条冻僵的蛇，可怜它，就放进怀里温和它，毒蛇苏醒后反把他咬了一口，中毒死掉了。这个故事与咱们同敌人打仗一样，你对敌人的仁慈就是对自己的残忍！"指导员的诱导对他启发很大。这时的何淮海在冥冥漫天飞雪之中，又突然想起母亲给他和兄弟们讲"王捣蛋的故事[①]"，如果现在真像故事讲的那样，有一件穿在身上可以冒汗抵御风寒的"火龙单"，该有多好哇！他

---

① 龙峪流传的穷人斗财主的传说。

又想起了八九岁那年随母亲去外爷家，外爷韩少卿给他讲《金刚经》[1]里的故事，讲释迦牟尼坐在菩提树下，顿悟缘起性空、慈悲为怀、普度众生的道理。还想起了父亲药铺门前悬挂的牌匾——"普济生"三个大字……

面对严寒的威胁，大家紧紧相拥在一起。何淮海提出来，咱们唱首歌吧。话音刚落，张中林就先唱了起来，何淮海、肖伟跟着哼唱。

> 雄赳赳，
> 气昂昂，
> 跨过鸭绿江。
> 保和平，
> 卫祖国，
> 就是保家乡。
> 中华好儿女，
> 齐心团结紧。
> 抗美援朝，
> 打败美帝野心狼。
> ………………………

唱完《中国人民志愿军战歌》，肖伟接着喃喃地说："我……我再唱首抗战老歌《嘉陵江上》……"

> 那一天，
> 敌人打到了我的村庄，
> 我便失去了我的田舍、家人和牛羊，
> 如今我徘徊在嘉陵江上，
> 我仿佛闻到故乡泥土的芳香，

---

[1] 大乘佛教般若部重要的经典之一。

> 一样的流水，
>
> 一样的月亮，
>
> 我已失去了一切欢笑和梦想。
>
> 江水每夜呜咽的流过，
>
> 都仿佛流在我的心上。
>
> 我必须回到我的故乡。
>
> ………………………

　　肖伟用自豪的略带哽咽的声音，微弱地说："我们的家乡真美，等战争结束，我要回到我的嘉……嘉江……"

　　何淮海与张中林随着战友的旋律应和道："对，我们一定回到美丽的祖国，回到美丽的家乡……"

　　深夜，因过度寒冷，何淮海他们只是沉在迷迷糊糊之中。何淮海头脑清醒，更不敢完全入睡，时不时喊上两声部下。他用手摸肖伟额头，烫得厉害，后来又感到肖伟身体在打颤，口里颤弱地呼喊："……营长，我好冷！"何淮海让自己与右边的张中林都把身体侧向中间的肖伟，抱紧他……

　　天渐渐地放亮，雪已停了，足有半尺多深，他们的脚部也有一层雪拥在周围。何淮海与张中林醒来，喊肖伟，没有回应。他们急推肖伟，也没有反应，用手摸他的脸，冰冷激骨，用手放在鼻翼下，已经没有了气息。看肖伟的面容，圆圆的脸上苍白如雪，嘴角处带着笑意，两个眼睛处溢出的泪珠晶亮剔透，已经形成了透明的冰珠。何淮海半跪抱起肖伟，一遍遍地呼唤他的名字，张中林蹲下轻抚着肖伟的身体泪流满面地哭喊："肖伟、肖伟，好兄弟，你昨夜还在念着热床头抱婆娘，咋就不说话了，你别吓我啊！"肖伟已经真真切切离他们远去了……

　　天空的鱼肚色褪去，太阳从山后升起，一缕暖暖的橘红色洒在肖伟的脸上，红扑扑的，还像活着那样。

　　他们把肖伟遗体抬到公路上，不久有带着防滑链缓缓驶过来的车辆，把他们被陷的五号车辆拉出来，返到运输团所驻的地方。

何淮海旋即向团长做出汇报，团长阮鹏心情沉痛地说："昨天我们还有一名驾驶员姜秋明在空袭中被击中头部，当场牺牲。肖伟战士虽然没有倒在敌人的枪弹之下，但是他轻伤不下火线，拖着病体上前线，牺牲在了恶劣的风雪天气中，他一样是我们的英雄！这两个都是普通的战士，但在特殊的战争环境中，都体现出了崇高而伟大的精神，我们要永远记住他们！"团里在驻地附近的小山岗上，埋葬了两位战士，并在一块大的石头上，摆上松枝，代为立碑，写上了"中朝人民的好战士"字样。

何淮海对肖伟的牺牲，陷入深深的自责。作为营长，为什么就没有观察到身边战友的身体状况而同意他跟车呢？太麻痹了，自己有不可推卸的责任！他向团里请求处分，团长对何淮海包括下属的连排长提出了批评，但没有追究纪律责任。团长说在严酷的战争条件下，往往会忽视隐伏的生活细节关怀与引导，出现意想不到的事物反转，要求作为一个教训汲取。但是，何淮海在以后的几年里，都不敢去想肖伟那张充满青春活力带着几分稚气的可爱脸庞。

何淮海在朝鲜一年多时间，收到过两次父母的来信，父母很开明，来信不长，多是鼓励他安心部队的话。讲龙峪镇比他大两岁的黄绍平、同岁的潘长学，还有大榆树沟的蔡迎山都参加了志愿军；讲他家土地的庄稼与村里人一样，长得非常好，生活水平比过去提高了很多；讲过年时村里剧团在月楼上演了三天大戏；讲在龙峪学校教过大哥二哥的叶明瑞老师现在成了驿马区区委书记……

何淮海热爱部队，热爱他的战友，热爱这血与火的战斗生活。他在残酷的战争环境中不断成长，这种进步更加体现在思想觉悟的提高与斗争意志力的磨砺。但他也有柔情的一面，有时当战事稍为松懈，夜清人静时，他会双手托至后脑勺，仰卧着身体，望着窗外高空带着硝烟味的繁星朗月，想起家乡儿时的事情……他与小伙伴毛小宝、孙玉田，有次钻进邻居老五叔的桃园里偷桃子，被看园子的人抓住了，关进桃园小屋里，三个十来岁的孩子吓得哇哇直哭，待会老五叔来，打开门，从树上摘下三个又大又红的桃子，一个快有半斤重，放到他们手里，笑着批评他们："你们想吃桃子直接来找五叔要，但不能偷。小男子汉不能沾上小偷小摸的坏习气！"他又想起了长秀姐，总是那么温和耐心，常常带着他和二哥去村外麦田里挖野菜，那些面条菜、毛坭菜、灰灰菜，还有些叫不出名字的野菜，哪种都是绿莹莹鲜楞楞，都带着家乡泥土特有的芳香味。他与更多的小伙伴，你追我赶地跑到金马河的河堰上，扯下杨柳绿枝，编成圆圈帽罩在头上，到河里翻起五光十色的石头，摸小鱼逮螃蟹。他还想起厚道老实的大哥长福，讲话做事总有些怯生生的，他七岁那年，母亲给他们姊妹兄弟分"小吃"，那是刚出地刚煮熟的又香又糯的玉米棒，每人一个。他啃着自己的，还看着别人的，三下五下吃完了，大哥吃得慢条斯理，手里还有一半没啃完，他顺手又夺过来了，塞到嘴里。母亲看见了，过来拍了他的屁股，训斥他，各吃各的，不许抢大哥的，大哥不会生气，只会腼腆地笑。

何淮海希望自己像父母来信鼓励的那样，安心部队，多立功，为国争光，为家争荣。可他万万没想到，他会在战友肖伟牺牲后不到三个月，也离开了朝鲜战场。

一九五三年三月，中国人民志愿军为防御美国为首的"联合国军"大规模登陆阴谋，重新调整兵力，对陆空做出部署，加强了战地基础装备设施、交通运输线路的修复，充足武器弹药、粮食医药等战略物资储备。又是金达莱开放的季节。这日，何淮海带领八辆卡车往平康运送炒面和压缩饼干，其中一辆车，载着有二十多人组成的祖国慰问团，要到前线阵地去慰问，还有二名随军记者。行至青要山一带，被两架敌机盯上尾追，何淮海为引开敌机，当机立断，快速分流，在副手常遇春陪同下，亲自开上一辆空车，敞开目标飞驶，把敌机引到另一条简易公路上去。敌机呼啸着追踪三十公里，突然，汽车前挡风玻璃被敌机击碎，子弹从何淮海右肩穿过，血流如注，副手常遇春夺过方向盘，将车迅速开到一悬崖下方隐蔽，为营长包扎伤口。待敌机离开后，将营长拉到战地医院救治。经诊治，何淮海的右肩胛骨完全被打碎，必须回国治疗，否则就要残废。何淮海不愿回国，团长阮鹏政委李旭东到医院来看他并做工作，一道对他表示："淮海同志，你的决策是正确的，因为你的调虎离山，让另外七辆卡车的同志与物资安然无恙，并且圆满完成了任务。你的负伤，你的鲜血流得有价值。听从医生意见，安心回国治疗，伤好了，我们等待你回来！"

何淮海在战友们的依依不舍中，被抬上担架，躺在铁皮闷罐火车里，缓缓离开他浴血奋斗两年零一个月的朝鲜前线，离开与他朝夕相处的战友，也离开了与他结下深厚感情的阿玛尼与小允儿。

回国后，何淮海属于二级重伤，怕时间过长伤口感染，就近安排在与朝鲜隔江相望的吉东解放军 168 陆军医院治疗，手术顺利，取出余留的弹片，拼接了散碎的肩胛骨，打上厚厚石膏，开始了长达三个月的治疗。何淮海没有将负伤的事告知父母，只是一心想尽快疗好伤，重返前线。

他在治疗的第二个月就开始以坚强的毅力，忍受疼痛，在单杠、树枝上做恢复运动的锻炼。伤情愈合得比较快，但右臂只能抬起原来的七成。到五六月时，他开始向医院提出返回朝鲜的要求。此时，朝鲜战局已临在停战，上级规定已回国人员不再返回前线。有了这个新局势，何淮海只能服从组织作罢。果真到七月份，中国人民志愿军与朝鲜人民军代表与美国所谓的"联合国军"代表，分别在板门店和平壤签署停战协定，预示着残酷的抗美援朝战争的结束，也预示着中朝人民正义事业的伟大胜利。

何淮海完全恢复出院后，根据他的功绩，就地安置。何淮海被安排到吉东军分区后勤部，担任副部长，仍然从事与他所干汽车兵相关的工作。朝鲜停战后的第二年，他的原部队回国驻军到汉北省，部队专门派人来看他，他还收到了部队为他追记二等功的勋章与三等残废军人的证书。

第十章

　　一九五三年秋天，龙峪迎来丰收年。小胳膊粗细的玉米棒露牙咧嘴笑着，沉甸甸的小米谷穗羞答答地垂着头，红得透紫的高粱昂首高举在土垄田坎上，豆稞上的黄豆、绿豆、扁豆、豌豆都开始嘎嘎嘣嘣地伸腰欢唱。眼前即将到来的好收成，一是老天的风调风顺，当年没有发生过大的旱灾与洪涝，托共产党毛主席救星的福，解放了，老天爷都要比过去平顺多情几分。二是土改后，平均了地权，人均都有了自己土地，小农意识也好，生存本能也罢，农民的积极性空前高涨。人人喜笑颜开，走在大街小胡同，随时能听到乡亲们的笑声，不管唱得好赖，不少人爱哼地方戏剧里的唱腔段子。

　　说着，就过来了!

　　　　辕门外那三声炮，

　　　　如同雷震，

　　　　天波府里走出来我保国臣。

　　　　头戴金冠，

　　　　压双鬓，

　　　　当年的铁甲我又披上了身。

　　　　帅字旗飘入云……

周保中披着夹衣，腰间别把镰刀，哼哼叽叽从东街口往寨外地里走。

"保中兄弟，你去哪？这么好这一板戏，被你唱得扭七瘪八，难听得很！"

周保中看是赵天祥，笑笑说："我去坡上地里看看，这么好的解放日子，哪能不高兴啊。唱得赖与好，无所谓，只要开心就行。"

"走，我也是去坡上，咱一道走！"

两个齐肩而行，走不多远，又赶上了两个下地的，是住在镇南的金麦焕夫妇。四个人走上高坡，看着地里丰收在望将要收割的庄稼，兴奋之情溢在脸上与嘴里。金麦焕说："兵荒马乱这多年，想不到咱们还能赶上好时代。"赵天祥喜滋滋地说："今年可以让孩子们好好地吃几顿白蒸馍，喝几顿稠玉蜀黍糁饭了！"周保中更乐呵："咱老百姓，啥都不图，谁让咱有土地能吃饱饭，咱就拥戴谁。我是掏心窝子拥护共产党！"

几人走到自家地头，干自己的活。有的用镰刀除田里的杂草，有的用锄头修土垄或排水沟。相互的地块，离得不太远，约干半晌，大伙一声吆喝，选个中间地段，坐在小沟坎上歇息闲聊。周保中手里拿了几根已成熟呈黑壳的绿豆角，在手中轻轻挤了挤，几十颗像小翡翠籽的绿豆在粗糙掌心蹦来跳去，他用鼻子深闻下说："色质真纯啊！"年纪大些的金麦焕把他地里的小米穗子，摘了一小束，双手合掌用力搓搓，经口"呼"地一吹，金黄的小米粒铺在手中，又放进嘴里，嚼了嚼，张开已缺了好几颗牙的嘴笑："真香啊！"

这时坐在锄头把上的赵天祥，吐着旱烟雾气，不紧不慢地说："听说这好日子不会长了，咱这各家的地要收回去！"

金麦焕收住笑脸问："造谣，我不信！"

"我有个自家兄弟，在咱邻县，他过来走亲戚，说他们那边已经开始合了，说是成立互助组合作社，走集体化道路。"

周保中一脸不解问："为啥？"

赵天祥说："共产党的政策是让群众共同富裕，说这样做可以平均劳动力，贫富间可以互帮互助，人多力量大，能抵抗大灾年。"

说着从山坡上又走下来了街坊范成娃，也加入闲拉乱扯中。

经济条件决定情绪走向，平日的好兄弟对不同生产资料的占有，这时也显示出不同的思想立场。

贫农周保中说："我家条件差，劳力也少，我愿意走合作化道路，乡亲们相互帮助，有啥不可以？"

出身中农的金麦焕可以自足自给，表态："不急，到时再说，入社也好，不入也罢，俺家放到哪都不怕！"

刚过来的范成娃有些附和周保中："集体化是毛主席号召的，咱穷苦人应该听从。"他是下中农成分。

与周保中、何致兴平日最好的结拜兄弟赵天祥，仗着家里有牛，农具齐全，劳力可以自足，则表示："咱共产党天天喊打土豪分田地，刚把地分到手，还没过热又要收回去，啥意思？我是不太同意合，大家各干各的，相互比试，岂不是更能刺激生产热情！"

高谈阔论，也不知道谁正确，最后哈哈而笑，一个跟着一个走下坡来。

秋收完，粮食颗粒归仓，又跟着抢种小麦，把麦籽结结实实地埋进土里，农民们稍清闲了些，这时街头巷尾的空旷聚会处，人又多起来，特别是那三棵树地段，依然保持着盛大的喧哗。

这段时间，何致兴与赵天祥、周保中几个老哥们议论的主题，更多的是吹嘘家的荣光美事，间或关心当前的时政。

何致兴最爱议的还是何长贵的强劲："那年我与老伴到了长贵的部队，我们走路到县城，再坐汽车到新乐，又乘火车到鄢城，再转火车到宜中，还要坐汽车大半天，走了一天一夜还多才到部队。那部队真神秘，驻扎在大山沟里，比咱这山稍小点，山上的树比咱这稠比咱这青。从大门往里走，要经过几道岗，我们拿着儿子写的信封，走走问问，才找到长贵。那院子大得很，有咱龙峪村两个大，里面整齐停着排排行行的军用大卡车，还能看到小吉普车，有的停在露天地，有的停在车库里，车辆进进出出，威风得很。院子里还有操场、商店、澡堂、食堂、俱乐部、电影院。部队的人真热情，天南海北人都有，小伙子个个精神，讲话听得懂的，一口一个大伯大娘地喊，有的讲话咱听不懂，也是满面对你笑，人家听说是何排长的爹娘到了，更是把俺老两口敬到天上。"

赵天祥提醒："你这话每过两个月翻拢一次。头一两次还新鲜，现在耳朵都听出茧子了！"

"你烦？这个老弟听不烦！"何致兴笑笑，转脸朝向周保中，周保中眨眨眼说："我从一九五一年初听到现在，不下十遍了，也有点烦！"

何致兴慢悠悠地说："那咱就说说长贵在朝鲜战场的事。小时候我真没看出来，这小子这么有出息。在淮海战役中立了二等功，在朝鲜又立了二等功，部队还给家寄了喜报，挂在墙上，天天看着天天心里激动。朝鲜那仗打得天昏地暗，飞沙走石。白天嘣成了黑夜，黑暗耀成了白天，真是白骨成山、血流成河……"何致兴进入了"说书"的状态。

赵天祥："你看见了？还是长贵给你说的？"

"长贵在信里倒没说，我是在咱国内宣传的报纸和小册子看到的。但是我想，大贵带着汽车队一定是像常山赵子龙，杀进杀出数百回合、刀光剑影、血染铠甲，不然他怎么会负伤？"

周保中这时唱和："致兴哥说的也是。"

深吸口浓旱烟的何致兴见有人支持，更来了精神："唉！我在想，这老天爷对我何家真算不薄。长贵被抓壮丁，坏事变好事。如果没有中间遇到解放军，还在国民党队伍干，你看现在是啥结局？在解放军队伍里连年征战，打了解放战争，打朝鲜战争，都是钢铁大战，枪子不长眼，死了那么多人，没有伤到性命就是最大的福气！这一说明长贵命好福大，归咎到底还得谢恩老天爷的保佑！"

"致兴哥这话说得实在，你这话也只会跟咱兄弟们说。"赵天祥、周保中异口同声地赞许。

这时，一群大雁在高空嘎嘎长鸣，排着人字形向南飞去，何致兴仰脸看看说："还是这群雁，不知道它们啥时候能飞回来！"

何致兴把话题转到了乡亲们最近热议的话题上。他对两个兄弟正要说，旁边又过来了两位夹着膀子、手端旱烟袋的村民。

何致兴说："我最近找隔壁工商所老盘要了些《新乐日报》翻看，现在农村办互助组，以后搞合作社会成为大形势，看这样子咱这里很快也会执行。"

刚过来的两位村民，其中留着连鬓花白胡须的说："我看是瞎折腾，刚安稳几天好日子，又把地收回！"赵天祥跟着说："是的，本不是一家人，非要弄到一块地里干活，以后是不是还要弄到一个锅里吃饭、一个床上睡觉！"说完嘻嘻地笑。

"这是上头的政策，可由不得咱。太康省有个县的村穷棒子合作社的经验，现在全国推广，是中央肯定的先进典型。"何致兴接着又说："我的那些地，家里的劳力还够用，我还经营着小药铺，不办农业合作社我也能照常春种秋收，要办我也不反对，因为我是军属，共产党指的路俺得拥护，跟着走。"

周保中和过来的另位村民点头称是："上头的政策咱看不懂，只听说共产党搞土地改革、农业合作化，走集体化这套方法，都是跟苏联老大哥学的。大家有福同享有难同当，应该是好事！"

的确，不出半年，龙峪镇就办起了十九个互助组，开始是自觉自愿，穷苦户先入，后来是不入即落后，富裕户也被加入。村支书赵振东、村长孙玉田召集村民，一遍又一遍宣讲县委和区委指示精神，号召村民相信党，拥护中央《关于农业生产互助合作的决议》，努力走龙峪村集体合作化的道路。以后的村干部，称谓变了——社长是赵振东，副社长是孙玉田还有裴庆奎。

雨后春笋般的互助合作组成立后，改变着农民几千年的生产经营方式，原来分散的自给自足的家庭小农经营，变成了打开围墙让几百户人成一家的大型合作组织。原是各家各户自主自由生产，现在变成了步调一致的集体行动，凭工分计酬分配劳动成果。每个互助组二十多户，设有聚集号令的出工钟。互助组组长拎起石头对着街边挂在树上的半个牛车轮或一截废钢轨，咣、咣、咣一敲，拉大嗓门吆喝："出工了——"，互助合作组的成员便从各家鱼贯而出，集中到树下，有的成员拉长脖子问："组长，今上午去哪块地干活？"组长回答："去南下洼麦地里锄草！"组员们三四成堆，五六成群，扛着锄头，说说笑笑下地了。有时候出工，还会打上一杆猎猎迎风的红旗，英姿飒爽！

何致兴家被划为第七互助组，二儿子何长生属于男壮劳力，定为每日十分工，儿媳曹仁花定为女壮劳力，每天七分工。老伴韩瑞兰定为六分工，何致兴年事稍高，定为八分工，但何致兴因经营着药房，不能保证全劳力下地时间。何家状态处于中游，劳力可以均匀调节。入社动机，不积极也不落后，随着大流走。周保中家，弟弟已分家单独过，老母年迈，妻体弱，儿子有点腿疾。就他一个全劳力，还是八分工，入社可倍感到互帮互助的温暖。赵天祥与兄弟没有分家，家里九口人，人丁兴旺，可以摊出几个好劳力下地，种几亩土地轻松自如。特别是赵天祥平时可腾出好多时间挂着旱烟袋，背着手到三棵树下看日出日落，到城隍庙广场及街头巷尾人多地方游逛闲聊。他入社觉得是在帮穷人，别人要沾他的光，心里有些不自在，但他的牢骚不敢公开硬撞，只能隐晦在巧妙的"不理解"的言与不言之中，因为他知道政府对政策决定之后执行坚定不移，而不愿把自己引为众矢之的。

一九五三年七月，朝鲜战争结束，中国人民志愿军陆续凯旋。"最可爱的人"的英雄业绩，打败美帝野心狼的实际胜利壮举，有力地助推鼓舞着全国各行各业建设社会主义的斗志。龙峪镇近二百六十户的村镇，分布着九家军烈属。从东往西数，东头的一九三四年离家跟红军走了的魏光明，一九五一年才经核实，现在齐山省军区任处长，龙峪只有空房一座，没见回来。第二家是抗战老兵谢海娃，一九四〇年加入八路军，现在华东炮校担任教官，相当副团职干部。第三个为街东北角的胡才旺家，胡才旺一九四八年加入解放军，现在西南某野战军任营房主任，职级为正营。第四家与第五家是隔壁不远的邻居，方朗与杨春和都是一九五〇年报名参的军，方朗在朝鲜还未回国，杨春和在朝鲜"东线反击战"中牺牲，家里的"军属牌"换成了"烈属牌"。第六家是中街何致兴的军属人家。还有第七的徐怀臣家、第八的黄绍平家、第九的潘长学家。他们都是一九五一年入伍的。徐怀臣到春襄省驻军服役，黄绍平去朝鲜是误传，其实是去了祖国南海的一个海岛哨所。潘长学则是去了朝鲜前线。在九家金光熠熠的军烈属牌中，要数最耀眼、看得更高的还是志愿军的牌匾。老红军老八路资格老，位置高，但历史翻过去了十多年，国内的解放军当然光荣，但已处在国内无战事的和平环境中，唯有去了朝鲜的解放军——志愿军，刚刚结束炮火连天的残酷战争，况且还有相当的志愿军驻在朝鲜待命，没有回国，处在"战争还在进行时"。近几年与国内经济建设并重抗美援朝运动，"志愿军"自然与"现代英雄"划着等号。

人们议论最多的——"抗美援朝，保家卫国"仍是热衷话题之一。龙峪村平时不太吭声的邹少奇与张广孝碰到一起也感叹起来。四十来岁好留光头的邹少奇，对走路有点小瘸的张广孝说："朝鲜这一仗，咱中国人真是打出了威风，以后看那些外国强盗谁还敢小瞧咱中国。"张广孝挺下身子，好像他也是战士，点点头又仰仰头，再咧嘴笑笑："打了两三年，死那么多人，还是维持在三八线附近没有动，看似打了个平手，实际上，还是咱中国和朝鲜赢了，咱是小米加步枪，美国的'联合国军'是坦克大炮飞机，武器和经济力量太不平等。你说得对，这仗打完，中国以后保证几十年大和平，不会再有战事。"不过这两位又相互疑问："你说说这当兵的人，出去七年八年甚至十多年，不再打仗了，太平了，也不回来看看，心咋那么硬？"再相互回答："不知道是忠孝不能两全？还是得了荣华忘了本？"

出工的钟声响了，人们一股股如小浪潮涌向田间地头、沟渠、河堰。人多力量大，大兵团显示出它可翻江倒海能"愚公移山"的威力。几亩地的收割，群群队队的青壮年男女持刀挥镰下去，唰唰唰……一顿饭工夫，就颗粒入场了。一条小水渠，在众人吆喝喧天的号子声中，十来天就拉平了。本不是一家人的人们，白天可以天天在一起，边干活边说话，人欢马叫，特热闹。有些调皮的男组员，还爱与女组员打情骂俏，田间地头起伏着笑声。

龙峪镇随着国家建设规划的大步伐，立志"二年平日本，三年赶英德，五年超美国"，迎来"大跃进"时代。先是钢铁产量，有要求指标。县里给乡政府打电话，乡政府再一级级落实。定州县主管工业的王长利副县长直接给龙峪村赵振东打电话："赵支书，你们龙峪村是乡政府所在地，要起带头作用。一九五八年要给国家上交钢铁产量二百五十吨。"这头的赵振东压力天大说："王副县长，咋会有这么大的数字呢？"那边王副县长："我给你们算了，你村有二百五十九户，人口是一千六百八十七，按人均三百斤算的，没有错，我已经把尾数抹掉了。"赵振东摸了把头上的汗珠说："王副县长，咱是搞农业的，到哪里去捣钢弄铁啊？"那边王副县长口气硬了起来："我不管这么多，现在是大形势，农业要支持国家工业化，一层层朝下都有指标，新乐地区对定州县的指标是两万八千吨，你让我怎么办？"赵振东有点战战兢兢地坚持："真的难完成！"那边的王长利有些不耐烦了："必须完成，你砸锅卖铁也得完成，你可不要成为犯右倾机会主义的绊脚石啊！"说完把电话挂了。

龙峪村，在赵振东为首的村支委号召下，开始实施"村村点火，户户冒烟"行动。要村民各家只留一个吃饭的锅，其他的坛坛罐罐只要沾铁元素的物件，统统拿出来砸碎，丢进村里的炼钢炉子里。

这一年，全村男女老少的手脸都是黑的，连五六岁的顽童都去垃圾堆翻铁皮找铁钉。七十多岁的老头老婆婆上炉子扇烟烧火。全村人齐上阵，眼也是红的，众志成城，在大家努力下，从铁炉倒出了八十吨黑褐色的"钢锭"。一排排牛车上的钢锭上盖着红粗布，拉车的黄牛头上绑着大红花。最前头是四个青年男女抬个木框钉着苇席上糊的红纸大喜报，上书"龙峪村人民向党和国家献上优质钢铁两百五十吨"。后面还有喧天的锣鼓笙乐敲着吹着。

送到乡政府，受到乡党委乡政府领导的欢迎，高度表扬了他们急国家之所急，想国家之所想，舍小家为大家，胜利完成任务。龙峪村不是最早报喜的村子，赵振东、孙玉田、裴庆奎等村干部事先向其他先报喜的村长取经，上头不需要验收具体的吨位数字，很尊重群众的首创精神，相信基层政权，你报多少，上头就认同多少……

这项任务刚完成，龙峪又迎来"大食堂"运动。此时的乡镇基层架构已经变成了"人民公社制"，全村原来的互助合作社重新按居住就近区域，从东向西按一条大街的南北两厢，棋盘式像豆腐块地划出了十五个生产小队，原来的村委变成了生产大队，乡镇政府挂上了"龙峪人民公社"的牌子。龙峪村当家的班子组合还是原班人员，赵振东为村大队支部书记，孙玉田升为大队长，裴庆奎与严春生为副大队长，另配有妇女队长、会计、民兵营长兼治保主任。

与前面的大炼钢铁形势同样，上面有了政策，下面就跟着动。一种"乌托邦"式的共产主义理想社会的实现，首先是在农村基层政权落地。一声令下，"家家停火"，一个生产队一个大食堂，收工回来，老老少少排队去大食堂就餐，食堂大门口的对联是"生活集体化，食堂如我家"，食堂里面墙上有"吃饭不要钱，努力搞生产"标语。食堂里支上两口直径一米来宽的大铁锅，蒸馍的竹笼高有五六层，热气蒸腾。百多口人丁，围在十多张大桌子上狼吞虎咽。饮食质量不高，基本是稀糁汤，花卷糕馍，一锅菜叶清汤里可见几十颗油星子的飘浮。一顿饭下来需要排队折腾小半天，时间一长，社员便觉得清肠寡肚，停下碗筷时，恨不得继续把餐桌角给咬下来。

人们开始受不了，特别有小孩的家庭，看着小孩子面黄肌瘦，体质慢慢弱下来。有的成年人身上还出现了浮肿，在小腿梁子上按下个坑，好久弹不回来。有的家庭晚上回家，搜出家里的零星存粮，支上自己的小锅，开始偷偷摸摸调剂自己。开火就会冒烟，多少有饭的溢香，立马会有大队小队干部敲门进家封杀，戴上"破坏社会主义运动"的帽子。"饱食思淫欲，饥寒起盗心"，个别村民，扛不住饥饿，就铤而走险，白天趁无人之机会顺手牵羊，甚而乘夜间月黑风高，偷队里将熟的庄稼，如玉米或红薯。正常的生产社会秩序有点被扰乱。如被逮住了，轻者遭批斗，重者可能还要挨绳子。

群众的精神境界朴实而又纯洁，尽管困苦，对共产党的感情坚定不移，上面指往哪里，就奔向哪里，没有谁会不相信刚执政十来年的共产党，会不带着大家往幸福的道路上奔?! 可在现实中，百姓的生活越来越差，由于长期的营养缺乏，人的眼窝一圈圈下陷了，肚皮浮肿了起来。

何致兴家同样缺吃，这时长生已与父母分了家。何长生与曹仁花带着建业、建丰、建伟三个儿子，日子过得紧巴。嫁到小溪桥的长女长秀无奈之下，也带着三个十岁左右的孩子回娘家讨吃来了。父母心疼闺女，也疼三个瘦骨伶仃的外孙外孙女，倾尽所有，孩子舅舅长生也挖出二升红薯面交给了姐姐。何致兴让他们住有三五天，还是打发他们回家了，何家一样到了山穷水尽。

长秀回去不久，那个最小的奄奄一息的女娃还是断了气。

在推行的"大跃进"中，形成"浮夸风"。报粮食产量，与报炼钢铁产量的风势相似，一亩土地能产十万斤麦子，大家比着"放卫星①"。农民守着土地吃不饱饭，让何致兴怎么也想不通。他码上胆子，又写了封信，到区上找叶明瑞书记告状去了。

他向叶明瑞诉说龙峪村和他家里的现状，叶明瑞边听边点头，仿佛他已了解龙峪的情况。最后何致兴诚恳并带着乞求的口气向叶明瑞建议："叶书记，反正我的外孙女是饿死了，大食堂真的不能再办下去了，不然会死更多的人！"说这话，可真要点胆量！如果问罪，轻者右倾，重者反革命，帽子可大可小地戴。面色一样不好的叶明瑞不表态，只歉疚地劝何致兴："老哥，我都明白了，中央领导也跟大家一样，在过紧巴的日子，都是为了多快好省地建设社会主义。你先回去，相信党和政府会实事求是，处理好政策推行中出现的一些问题。"

何致兴回到龙峪后，又过了几个月，直到一九六〇年开春，龙峪村的大食堂宣布解散。上级还调拨了一批救灾粮食，帮助当地百姓度过严峻的春荒。

尽管在摸索走社会主义道路过程中，出现一些问题，并且付出了代价，但集体力量与智慧，还是迸发出巨大的威力。龙峪村在赵振东、孙玉田、裴庆奎等农村政权带头人引领下，组织浩浩荡荡的建设大军，自力更生，艰苦奋斗，在七沟八梁上修建两座储量为三百万立方米的小水库。在金马河边垒堰筑堤四公里，整理下方滩头，人工造田三百亩。又带领大队伍参加定州县最大水利工程——冰垄水库的建设。完成新乐到西川公路的七点八公里龙峪段的路基修建任务，结束了从古到今龙峪没有公路的历史。如果讲大的基础建设业绩，开天辟地，是任何朝代都无法比拟的。

一九六〇年前后的灾荒饥年，还有北边国家逼债等原因，全国上下，从领袖到普通百姓都在勒着裤带过苦日子。日子虽苦，龙峪的何致兴韩瑞

---

① "大跃进"时期出现的"浮夸风"的代名词。

兰的孙辈还是像禾苗样，齐刷刷地慢慢成长了起来。长福家一男一女，儿子刘松河，一九五四年又添了个女孩，取名刘松慧，两个孩子虽知道何致兴是亲爷爷，但按约定俗成的乡规家约与特殊政治背景，性格已趋于内向，与何家来往不是太多。遇到何致兴、韩瑞兰自然也是正儿八经亲切地喊"爷爷""奶奶"。

何长生家的三个男孩，老大何建业，生于一九四八年，天性爱读书爱思考。老二何建丰，生在一九五四年，长得较为清秀。最小的何建伟，一九五七年出生，体质要弱于大哥与二哥，因此特别得到母亲曹仁花的庇护与奶奶韩瑞兰的偏爱。为保佑小建伟消灾祛病，韩瑞兰还把自己结婚时娘家陪送的银质"长命锁"，挂到了小孙子的脖子上。兄弟三个就他有小名，叫"栓子"，意思是生命硬朗，拴得牢。何长生虽与父母分家单独过，可还生活在大院子里。何长生是个庄稼好把式，多在地头田间，曹仁花主持家务的缝补浆洗，也常下地。三个小孙子平时的小管小教也多是爷爷奶奶操心，他们更是爷爷奶奶屋里跑进跑出的常客。

何家三个"建字辈"小孙子，除在小学校读书，平日与自己同龄伙伴玩耍外，三个小兄弟也常常滚爬一块。主要是何建业这个老大当得好，下面两个弟弟都听他的，从心里崇拜大哥哥。稍有空闲，何建业就常带着建丰、建伟在街头巷尾、外围的山梁河汉里飞天遁地。

一九六一年仲秋的一个星期天，何建业带着两个弟弟，在村外玩耍完，迎着晚霞蹦跳到家里，看见有四个从未见过的客人。身穿青灰色帆布工作服，脚上蹬着绛色高筒牛皮鞋，有的头上戴着像瓜皮又有圈小边檐的灰白色帽子，有的还戴着手表，正在与爷爷还有爹坐在院里说话。何长生拉过这群孩子，向客人一一介绍名字，又让孩子们喊叔喊姨。

两天后，几个懵懂的孩子才知道地质组在龙峪搞勘查。住在了他们家腾出的两间厢房里。最被吸引的当然是已读初中三年级，学习成绩在全班稳取第一的何建业。他是地质队叔叔屋里的常客，他看到叔叔们，在他还没有上学时就背上地质包和小水壶，手拿着又长又尖的地质锤出去，在他下学后再晚些或更晚时候，才从外边回来。背着大大小小的小白布袋子，里面装着各种不会说话的矿石。走进他们的屋里，可以看到墙角竖着地质勘测的精密仪器，桌上摆放着指南针、显微镜、记录本，表格上记着密密麻麻看不懂的数据。背回的矿石，叔叔们用放大镜仔细观察，并用红色油漆注上标号，那些矿石如同精灵，在煤油灯和手电筒的照射下，闪烁着灼眼的光泽。

神秘而新奇。何建业平时课余爱看天文科普书籍，蓝色的夜空、浩瀚无边的星河，各种星体有规律也无规则地运行对撞……他也热爱地理，天文地理本是一家，他想学习地球内部的构造，探索它所拥有巨大能量的奥秘。何建业开始关注来家里这几位研究地球的叔叔阿姨。叔叔阿姨都是外省人，说普通话。组长叫杜学泰，年纪比父亲稍小，高高的个头，很和善，讲太康话，最好听。组员葛少华也比较高，健谈，讲浦江话，能听懂，口袋里插一把口琴，闲时他会吹奏动听的歌曲。另个叔叔邓春湘，个头小巧些，精明爱逗乐，湘岳人，也讲普通话，但讲快了听不懂。还有个女地质队员，叫夏近芳，中等身材，文雅，戴着眼镜，也是浦江人。

何建业在神秘地窥探，心里有些爱上地质工作。他直言地问杜学泰："杜叔叔，我喜欢地质，我今后能不能干这一行？"杜学泰摸摸他的头："心诚则灵，只要愿意，怎么不行！"

地质队叔叔阿姨在何家租住了五个月，何建业有空就往叔叔的屋里钻，星期天还随他们到野外实地勘查，小小年纪，睁大双眼，看到叔叔阿姨他们如何的工作，如何用肉眼看穿地球。最后得知他们在龙峪主要是勘查黄金，他更是盼望着叔叔是如何用神奇的双手，将石头变成黄金。何建业会经常向他们询问幼稚也可能老道的问题，他能够体会到他们有时会把他当小孩看，或者是出于对工作的保密去应付他。但他能感觉到叔叔阿姨对他的喜欢，赞赏远在深山的志同道合者的少年志气，大多时间会对他的问题作耐心解答，会对他作人生价值的正面引导与鼓励。

一次，何建业忽闪着浓眉与明亮的眼睛请教："杜叔叔，我们龙峪有个传说，你耐心听我就说。你不耐心听我就不说了。"

杜学泰笑了："呵！今天的小朋友学会卖关子了，你说吧！"

何建业坐下来，有板有眼地向叔叔阿姨讲故事："听俺爷爷说的，龙峪这寨北的八里地方有座山梁叫黄瓜梁。这年王老汉在菜园里种了许多蔬菜，长得非常好。有天不知从哪来了位年轻人，走进菜园看蔬菜，走到一根将熟不熟大黄瓜前，转身对菜园主人说，这根黄瓜我买定了，等我来了你再摘。一言为定，那人走了。王老汉每天看那黄瓜，慢慢地黄了，凭经验黄瓜已成熟了，可等了许多天，那定瓜的人还不来，老汉就把黄瓜摘了下来。谁知道，上午刚摘下黄瓜，下午那位年轻人来了。看见黄瓜已被摘下来，惋惜万分，就质问老汉，不是说好，我来再摘黄瓜吗？老汉分辩说，我看黄瓜已老，又担心你是开玩笑！那年轻人怪道，时辰未到，这黄瓜只有我来的现在，才算全熟！两人后悔半天。最后年轻人还是付钱把那黄瓜买了，飞也似的下山，到对面的一座山下，剖开黄瓜，取出里面的钥匙开山，只听山间轰隆隆一声巨响，山开了……"

何建业绘声绘色地讲述，让听的几个成年人也来了神趣，夏近芳阿姨从袋子里掏出个苹果，赏给何建业，催他继续说。拿着苹果的何建业更来精神："……那年轻人走进山洞，山洞里有金驴拖拉着金碾子，正在转圈碾金豆子。有金蟾坐在金盆上，向外吐金珠子。有两匹金马在一条小路上来回小跑，边跑边拉，拉下的全是碎金子。还有处金屋子，里面是金床金桌金椅子，盘子还装着珍珠玛瑙。年轻人连忙抓了几把金豆子塞进衣兜，又捧了两把碎金，急忙往山门外赶，刚走出洞口，那道大山门又是声巨响，咣隆关上了。"

叔叔阿姨们被小朋友的故事强烈吸引，邓春湘急问何建业："怎么不多抓点金子呢？"

"那年轻人明白，主要是黄瓜还没完全成熟，钥匙承受不了那金山的力气。再晚出来一步，命都没有了！"何建业歪着头作说明。

大伙相互看看，葛少华哈哈笑："你这小建业，真是少年老成，好像那取金子的人，就是你本人吧?!"

杜学泰这时说："你们别说，这个美丽传说，对我们搞地质科学的，还真有借鉴价值！"

葛少华又逗趣问建业："这是哪个朝代的事情？"

"听爷爷，这是很久很久以前的事情，少说也得五百年！"何建业说得有板有眼。

何建业又说："我今后学地质，就为俺龙峪找一座金山，让乡亲们日子都富起来，莫这么苦。我们现在连红薯都吃不饱咧。"说得感慨而又自然，少年率真的理想情绪也在感染着大人们。

杜学泰从包里拿出几块压缩饼干赏给何建业："咱们学地质，不光是为家乡人找金矿，而是要有更全局更广远的服务思想，为全国人民为整个国家找到大金矿！"

何建业佩服地看着杜叔叔，默默点点头。

龙峪村爱好向往地质工作的有志少年何建业，与辛勤忙于野外地质勘查的叔叔阿姨——成了好朋友！

在这以后的有天，仿佛天有灵性，另外一支新朋友——燕子，在趋于南下越冬的时候不知从哪里挪址而来，看中了何长生家里，在他家的房梁上衔泥垒巢，每天飞出飞进，呢喃歌唱，为何家新添了欢乐与吉祥……

第十一章

何建业三兄弟，如果细看，肯定有挂相之处。若粗看，三个人外表与性格，又不一样。何建业中等个，脸呈国字形，两道浓眉与深邃眼神，闪烁之间透着聪慧与机巧劲，体格结实，平日里话语不多，身上凝集着持重坚毅的性格。何建丰脸型瘦于大哥，肤色白于大哥，个头也高于大哥，像个"白面书生"，倒有些大伯长福的味道。说话办事慢条斯理，内敛、不爱张扬，可心里也绝对是个想事的主。何建伟不像他的名字那么挺拔伟岸，个头稍小，小了就精明，性格与前两位哥哥悬殊也大，有些天不怕地不怕，极为任性，敢说敢做，办事求痛快，不计后果，而自己则认为是豪气侠胆。

农村孩子的童年，往往充满着苦难的锻铸与野性的快乐。

长生的三个儿子一天天长大，虽朝夕相处，但都有自己的伙伴，大了以后，更多的是与自己的朋友玩在一起。建业的朋友，赵解放，比他小一岁，是大队会计的大儿子。尹少文，是街邻刘奶奶的外孙，父母在外县，长期与外爷外婆住在龙峪。方永强，东街韩木匠带大的外侄子。老二何建丰朋友，萧亚君，大骨骼，讲求仪表，为人谦和，能说会道。白尚杰，爱热闹爱忽隆，人精细，爱唱小歌小调，父亲在县汽车站售票，跟母亲在龙峪过生活，家有一姐一弟。这两个都是天天不离的发小。王胜利也是朋友，但相互跟得不紧，家里人口大，爹是党员和生产队长，偶尔会聚到一块玩耍，性格合得来。老三何建伟的伙伴，有孔明辉，独生子，父亲是学校老师，母亲做裁缝，在街上开有缝纫店。金狗旦，父母种地，爷爷金明是抗战老兵。

周卫红为爷爷好友周保中的孙子，在学校有点调皮。还有东方跃进，谢富来。三兄弟加在一起，有这么多伙伴朋友，何家门槛都被踢破，进进出出，成了快乐的天堂！

兄弟间酷爱读书志向高远的，首当何建业。他除与兄弟与朋友交往外，喜爱博览群书，有书看可以三顿不吃饭。农村偏僻，书籍虽稀缺，偌大个龙峪镇几百户人家要搜集点书籍，也不是太大的难事。进入建业视野的书，他几乎都去阅读，连爷爷枕边的《本草纲目》都会拿去翻看。也读文学书籍，一次他在姑父陈大财家，看到苏联作家柳·科斯莫杰米汤斯卡娅著的《卓娅与舒拉》①，让他爱不释手。他被书中的主人翁卓娅与舒拉姐弟俩积极投身苏联卫国战争，英勇不屈，最后为国捐躯的爱国英雄事迹所激励，还在自己的日记写下了几行字：

——我要以自己的言行，拥护中国共产党，热爱生活，好好学习，掌握本领，努力参加新中国的社会主义建设，做出优异成绩，让自己的人生更有价值更有意义。我决心要做一个新时期的卓娅与舒拉。

何建业小小年纪，对地质事业有种天资悟性，对地质队的杜学泰叔叔特有感情，常想念地质队叔叔在他家居住的那段快乐日子。杜学泰离开龙峪后，还给他专门寄来了《科普地质学》，鼓励建业好好学习，将来为国争光。何建业仿佛捧着杜叔叔一颗嘭嘭跳动的心，喜不自胜地阅读，解析书里的内容，做着将来探求地球奥秘的梦。

"爹，我想到县一中去读高中！"何建业初中接近毕业的前半个多月，突然找到何长生，请求口气中含着态度的坚决。

何长生抬头看看这个让他费心很少的大儿子："咱龙峪公社不是有高中吗？"

"县一中教学质量高，我将来要有十足把握考上大学！"

---

① 介绍苏联卫国战争时期青年英雄的故事。

何长生从内心里赞赏儿子的豪气，但还是提出质疑："听说读高中，是按户口所在地就近读书，公社有高中，是不能到县里去上的。"

"爹，我就是这个不安，你给我爷爷说说，他跟叶县长有老交情，让他出面说说，给个特许，同意我报考县一中。"何建业将事先想好的话，倒了个明白。

何长生又提出个后顾之忧："到县里读书花费大。咱家的药房，公家实行公私合营时，你爷爷固执没有加入，现在人家有了公家的卫生院和药房，弄得咱自己的生意也受影响，现在不开了。手头也没了活钱，供不上你，怕你生活上受委屈。"

"爹，到县里读高中，可能会多花些钱，其实也多不了多少，如考上，学费与公社高中差别不是很大，主要是住宿吃饭、交通要加些费用。只要让我去，星期天我找饭店去打短工，多少挣点。生活苦些没关系，只要能读县一中，我不怕受委屈！"何建业理由满满。

何长生深知儿子的聪明好学，五岁就入学，从小学一年级到初中，成绩总是名列前茅，还跳过级。这么好的苗子，应该想办法培养他，就答应儿子去尽力试试。

何长生很快又去找到自己的爹，递交建业要去读一中的请求。

何致兴捻着花白的胡须笑吟吟说："这大孙子是个为祖宗争气的料。可为这中学生读书选学校的小事情，去找县太爷，是不是用牛刀杀鸡，太不知趣？"

何长生拿出火柴，为爹点上刚装好的土烟："爹，咱普通百姓不都是家常小事？能有什么天大的事去求人，你这么上进的孙子，如果拉一把，可能改变他一辈子命运；要是顾这顾那没帮上，可能也会耽误一辈子。"何长生在关键时刻也很能察言观色，切中要害，把话填补到准确的位置上。而且用眼神瞟着爹的表情。

何致兴想了想，儿子说的也是。便说："我年纪大了，不便直接出面，叶县长是个很讲交情也很尊重人的领导，从他当区委书记开始，每次见面对我都很客气，又是让凳子又是端茶水，二门里接大门外送，弄得我都不好意思。我不出面，你们去反倒好些。能办，他会帮咱办；如不好办，双方都好下台阶。"

何长生听爹说得入情是理，就问："那咋办？"

"我写几句话，你带着建业去县里找他。叶县长来过咱家多次，也认识建业。"

隔日，长生带着儿子何建业，背了十来斤上好的玉米糁，还有几斤木耳，到县政府找了两次，等了一晚，才见到刚从乡镇查访回来的叶明瑞县长。叶明瑞听办公室通讯员报告说，是从龙峪镇来的何致兴的儿子孙子，挤时间接见了他们。

叶明瑞依然是那种爱民如子的眼光与态度，对他们一样热情，让座沏茶，静听他们诉说。他展开何致兴捎的字条儿，上面写着：

> 尊敬的叶县长，今有一事劳驾你。长孙何建业从小学至初中，学业一直优秀，志向也大，想请你招呼下，看是不是可以初中毕业直接去县一中读书，以便以后考大学。知道你日理万机，能关照则关照一下，如太为难，也就算了，不能影响你的工作大事。
>
> 村野愚夫：何致兴

叶县长收起纸条，双眉向内微拧了下，露着笑意对两位来访者说："小何爱读书求进步，是大好事。国家的栋梁人才，共产主义的接班人，就靠这些敢想敢干的青少年。这样吧，县一中毕竟是全县最好的高中，想上的孩子也多，我们研究下，打破原来区域升学的界限，适度放开些，给各乡镇一些平等竞争的机会，靠自己能力，从低往高选拔，争读好学校。"

何长生父子千恩万谢，留下所带土产出门，叶明瑞不收，长生父子俩不从，叶明瑞只好拿十元钱追出来，强行放在了他们手里。

秋季高中升学榜公布，何建业真的以全乡最高分考上了县一中，与他同时上县一中的，还有龙峪村外小槐庄擅长种烟叶的贾天亮的女儿贾秋玲。贾秋玲长相小巧匀称，扎着一双小辫子，多穿着蓝色布嵌有小白花的上衣，是爱读书的女孩儿，显得文静，与建业在龙峪初中，同级不同班。人到十四五岁，外部特征开始趋于定型，何建业原来的中等身材，这两年好像又多少向上冲了点，更加肩阔体健，方正脸庞的一对浓眉与双眼皮眼睛，显得更加精神俊洒。他依然不善多言，保持着原有的温文尔雅气质。

龙峪镇能有两个在县一中读书的俊男俏女，也不失是件令人羡慕的事情。这两个同进县一中的同学，单独相处的机会并不多。虽然定州县城每天上下午往龙峪发送两趟班车，建业为了节约车费，每到星期天多不回家，每月才回龙峪一次。偶然遇到节假日回家，两个人有时同路，有时则各走各的，三年两人没有擦出爱情火花。两个都是不爱说话的少男少女，建业一心扑在学业上，在男女同学间属谦谦君子，没太多额外想法。贾秋玲也有几分气傲，你不在乎我，我也看不上你，顺其自然。不过那时的男女同学单纯得很，界限很清楚，生怕走得太近被人指指点点。

光阴似箭，三年高中时间飞逝而过。毕业前夕，书生意气的何建业在一道回龙峪的路上，还是问了贾秋玲的人生意愿，讲了自己准备报告地质学院的想法。他和贾秋玲同时参加高考，功夫不负有心人，他们在学校都属十分勤奋上进的学生，来自偏僻山村，十分珍惜能上县城最好学校的机会。高考揭榜，全校名落孙山的，是大多数。没有考上大学的，是农村户口的就回乡务农，有城镇户口的回家等待就业。而何建业以优异成绩被东北地质大学地质系录取，贾秋玲也考上了新乐师范学院，属于大学专科，比东北地质大学大学本科低个等级。

何建业考上大学的消息，在龙峪镇引起轰动，这可是龙峪自清朝上百年后跃出的一个"新科状元"。大约在清咸丰年间，龙峪的大严家出过一个秀才，这家在土改时，划为破落地主。新中国的大学生，而且是国家响当当的正牌大学生，咱这贫穷落后遥远的大山旮旯儿里占了一个，是多么的荣耀！街坊邻舍口口相传，赞不绝口，何致兴全家扬眉吐气，连何长福家也在沾沾自喜。从做父母的何长生曹仁花，到当爷爷奶奶的何致兴韩瑞兰，那几日走到哪里，都被人捧到哪里，别人眉开眼笑相问，何家人喜形于色作答。甚至还有村民跑到家里来讨要教育秘方。

村民在一起也私下议论。羡慕之余也有感叹的："你说，何家是不是祖坟埋得好，又出革命军人，又出大学生，好事都进了何家的门！"也有不服气的："那也不一定，何家不是也出富农的继承人！"

何建业考上大学的事，传到已经升任公社书记赵振东耳朵里，还专门来家看了何建业，对何致兴何长生全家祝贺："建业考上大学，多少辈才出一个，同参军当兵一样光荣，更稀缺，我这个年纪还是头回碰到，不仅是你家的荣耀，也是咱龙峪村的荣耀。希望好好学习，将来为国家争光！听说你读的是地质勘探专业，这可是门大学问，将来也得来帮咱龙峪找个大矿出来！"

何家对赵振东书记的光顾鼓励，不是拱手就是躬身，感谢不已。何建业的如愿高考中榜，不仅对龙峪乡亲们是个情绪振奋，也是对龙峪还在读书的许多学子，以极大的精神鼓舞。

一九六四年秋，从新乐来的班车已经通到龙峪。何建业上车放下车窗，离绪万千，轻轻地对外挥手，与朝夕相处的至爱亲朋，与养育他的龙峪山水故里，依依而别……

建业到东北常春市后，环绕这所"地质专业"的全国知名高等学府——东北地质大学。呵！校园真大呀！漂亮的灰墙绿瓦的工字型教学大楼，耸立在闹市中心区——说明它建校的历史悠久。院内一幢幢整齐的教室与学生宿舍，宽敞的图书馆、大礼堂，还有小湖泊与亭台楼榭，风景优雅，令人陶醉。何建业兴奋极了，他将在这个知识海洋里泛舟数年。他借星期天还多请了两天假，又乘汽车几百公里，先去吉东市拜见叔叔何淮海。叔叔知道侄儿考上大学，自是高兴十分，此时的何淮海叔叔还是吉东军分区后勤部部长，家住在婶婶原来的单位——168陆军医院大院里。路径还有些印象，在几年前跟随爷爷奶奶来过。记得那年他十三岁，叔叔写信让爷爷奶奶来吉东住段时间，好像爷爷奶奶在家与他的父母左思考右商量，决定带着大孙子出来见见世面。那时爷爷有六十三岁，身体还硬朗，奶奶也精神。那回来，是在龙峪学校放麦假期间，爷爷肩上背了个大包袱，是蓝格子床单扎起来的，里面全是奶奶织的布匹和给淮海叔及他的孩子做的粗布衫衣与布鞋。奶奶手里提个小包袱，建业也背着小袋子，装的是山里产的龙峪人认为的上好土特产。

他记得那次离开龙峪时，正是大伏天。他穿着粗布短衫短裤，爷爷是粗布对襟白汗衫，扣子扣得紧紧实实。奶奶是蓝黑色右怀扣的大襟衫，裤脚打着绑腿带。一路上汗淋淋的，他用手扯着也是搀着奶奶，从龙峪坐汽车到新乐住一晚，从新乐坐火车到北京，再转车到奉阳再住一晚，又从奉阳坐火车到吉东市。出关后，感到东北比关内凉爽许多。路途走了二天二夜，夏季在东北旅行，是非常惬意的事情，大平原一望无际，满眼的大豆高粱，绿油油地铺展在平缓的小坡沟洼之间，起起伏伏，周转往复。空气中交融着即将成熟的庄稼芬香与绿草清新的味道。

那次来，建业开阔了眼界，看到许多书本上学不到知识，看到祖国不同地域山川地脉的变化，看到城市与乡村的差异，特别是认识了小叔，平时只能在书信中知道，现在是面对面的一家人。上次来，叔婶已有三个孩子，大男孩何军勇已有五岁，二男孩何军强三岁，最小的女儿何军梅还在母亲怀里。房子不大，平房，二间加上一个小客厅。他们的到来，要调整住房，将原来叔婶房让给爷爷奶奶和他住，叔婶带女儿住两个小男孩的房，小客厅另架一张床，换成了两个小弟弟住的地方。

他第一次看到叔婶全家，叔叔穿着军装，比他父亲高大威武。婶婶郑湘萍三十来岁，细挑身材，也漂亮，烫着微卷的头发，玫瑰红花格子上衣，脚上是斜纹方口带跟黑布鞋。婶婶已从部队 168 医院转业到吉东市人民医院两年，是随国家的大裁军政策转业的，因新单位无房，还住在部队医院的旧房里。几个弟妹，穿着与农村孩子完全不同的衣服，他们要么吊带裤，要么是细布白衬衣，脚上还有黑色或绛色的小凉鞋。婶婶爱整洁，天天打扫家里的卫生，对衣服被褥刷刷洗洗，没有个完，把只有七八十平方米的住房收拾得干干净净。对他也好，挺客气，就是会常提醒他们爷仨到澡堂去洗澡。白天都在椅子凳子上坐，不要到床上去，别把床单弄乱弄脏。有时她会用一种异样的眼神看着他和爷爷奶奶。好多年后，建业才能慢慢地猜想到婶婶那种惊疑而略带藐视的眼神——我的丈夫竟有这样土气的爸妈和侄子。倒不是说婶婶不好，那时无论多么亲近的人情关系，城市对乡村的距离与嫌弃，都是这样。就连刚满五岁的小军勇，也有这样的眼神，不是歧视，而是感觉远在关内而来的叔伯哥哥，衣着打扮、讲话习惯与他们太不一样。他那么小的年纪，都会在他面前卷着小胳膊、梗着头，吹嘘自己的父亲："我爸爸是部长，可以管好多人，他还有手枪，谁要不听话，他就枪毙谁！"何建业试着问过他："我是他的侄儿，如果不听话，怎么办？"小军勇会不加思考地说："那就枪毙你！"说完还用右手抬起作手枪状。大朋友何建业问小弟弟："那你要是不听部长话呢？"小军勇调皮回答："爸爸不敢枪毙我，我有我妈的保护！"两个会笑作一团。

建业后来慢慢认识到了，所看一切所知一切，就是人与之生来的天性。

那一次，何建业还看到了也住在这座城市里婶婶的父亲与母亲，专程过来看望爷爷奶奶。交谈中知道他们几个老人年纪差不多，可人家郑爷爷郑奶奶倒比自己爷爷奶奶显得年轻很多。衣着简单大方而清洁，很入时很舒服，特别是郑爷爷高高的个头，花白的头发，光亮的额头架着幅金丝眼镜，显得很有气度。

那时十三岁的何建业已经逐渐懂事，能听懂大人间的对话，他看到郑爷爷与爷爷间很和气，也谈得来，他们是亲家。爷爷虽土，郑爷爷"洋"，俩人却谈得海阔天空，当然更多的是郑爷爷的热情。听郑爷爷说，他的老家在湘岳省星城，自小是孤儿，在福利院长大，他曾担任过一家印刷厂的工人纠察队队长，是共产党开展武装斗争依靠的骨干。"马日事变"后，为避白色恐怖，由地下党疏散到北方唐津市，经唐津地下党安排学习"西医"，以外科医生作掩护，从事党的进步工作。一九三二年唐津党组织遭到破坏，党对党外进步力量的发展非常慎重。抗战爆发后，国内矛盾缓和，党组织又找到他，他在一九三七年正式加入共产党，此时，他已成了家，夫人是唐津人，生育两个女儿，郑湘萍是大女儿。一九三八年被派往东北，在东北抗日联军杨靖宇指挥的第一路军，从事战地救护工作。抗战胜利后与转入东北的八路军新四军部队混编，后进入解放军 168 医院，工作近二十年，在副院长岗位退休。

亲家翁是老革命，让何致兴多了几分敬佩。亲家翁也行过医，让何致兴新添了亲切感。

那次，叔叔婶婶提出让爷爷奶奶多住些时间，可爷爷奶奶以孙子开学为由，只住了一个月就启程返回龙峪，记得那次回去时，也是大包小袋，与到吉东时背的行李差不多。返程路途，只听爷爷奶奶两个对话。奶奶说："儿媳妇对咱不赖，就是人家太干净，进门都不知道脚往哪放，住不惯！"爷爷答："住的那小个地方，还不如咱龙峪的家宽畅，在这自己难受，也把捏人家，赶快走！"

这次再来叔婶家的何建业，是胸前别着长条形的金黄底红字"东北地质大学"校徽的大学生。这让叔叔喜不自胜，一个劲地夸："你是咱龙峪镇新中国的第一个大学生，像叔叔当年立二等战功一样光荣！"婶婶也指着何建业对几个孩子教育说："瞧瞧，建业哥就是你们的榜样，好好学习，你们比农村条件好，将来更要争取上大学。"这时叔婶家的几个孩子军勇军强，已分别是三年级与一年级学生。几个小弟妹也开始用一种敬佩羡慕的眼光看着他。军勇与他年龄靠得近，与他在一起交流最多。叔婶家的不少信息也是从军勇嘴上复制过来的，像外祖父名字叫郑祖光，见过将军和元帅。外祖母叫沈佩如，原来在唐津老家开有纱厂。爸爸能开苏联造、美国造、中国造的好多种型号的汽车。妈妈现在不再当护士长，改学会计了……

在吉东时，何建业还看到两件印记深刻的事情。一件是叔叔家第二天中午来了两位客人，大家陪同一起吃饭。叔叔婶婶与他们有说有笑，非常开心。一位姑娘高挑漂亮，年龄二十出头，说话听不懂，名叫崔允儿。一位长的小巧，也好看，会说中国话。通过她的翻译，才知道客人是朝鲜文工团成员，她们是去北京参加文化交流，返程路过，在吉东军分区做了一场慰问演出。演出期间无意中被叔叔认出来，原来崔允儿就是叔叔当年在朝鲜认下的干女儿。他们激动他们欢庆，互通别后情景，崔允儿说她的奶奶已经去世，她读了艺术学校，学习舞蹈，分在国家文工团，现在名字叫崔允美。姑姑崔英已经回朝鲜。叔叔还告诉她，她认识的肖伟叔叔牺牲在了朝鲜，干女儿伤心地流下泪水。他们之间还互赠了礼物。另一件事情是随叔叔去邮局寄东西，是寄往嘉江的包裹与现金，叔叔告诉他是寄给在朝鲜牺牲战友肖伟的母亲，包裹是件毛衣，表示一份心意。他们在战火硝烟中所凝结起的深厚情谊，令人感动。

建业看到叔叔婶婶都忙，上下班早出晚归，部队正在深入开展活学活用毛主席著作活动，医院也在紧锣密鼓组织"社会主义教育活动"。只停了三天，就要返校，何建业接受了叔婶馈赠的钢笔、笔记本及衣服用品离开吉东，回到学校，开始上下求索的四年大学生活。

摊在面前的是地质专业所设的各项课程：高等数学、俄语、英语、普通地质学、构造地质学、地球化学、地质勘探、沉积岩石学等，让他眼亮心驰。

在这所高大华丽的学习殿堂里，何建业如同游龙，遨入了知识海洋。他把更多的时间耗入学习中。教室里、图书馆常看到他阅读、做笔记的身影。鹤鸣湖边的清晨、寝室阳台的月光下，常听到他念念有词背诵的声音……

他如渴牛饮水，研读着那一本本厚厚的《岩石矿物学》《矿床学》《晶体光学》《岩浆岩石学》愈来愈深的大学教材，让他从科学的思维空间，了解自己居住的这个地球具有的物质构成、内部构造和外部特征。地球从地核、地幔再到地壳各圈层的起源、演化及相互作用，它们之间是那么的复杂、神秘与变幻莫测……

建业接受着一个个学养深厚的地质教授专家的授业熏陶。让他认识到地质学科的博大精深，了解到中国近代地质科学的启蒙发轫，知道了西方地质学厚积薄发的创立与厚重，"西学东渐"后，中国地质先驱的丁文江、翁文灏、李四光、黄汲清、陈国达等的瞩目业绩，让他开眼了地质权威学术理论的精彩纷呈，学习罢"地槽—地台学说""板块构造学说""地质力学""陆相生油和多期多层含油学说""地洼学说"的大气磅礴，再奇观大陆漂移学说、海洋扩张学说、多旋回学说、断块构造学说、波浪镶嵌学说等流派的独树一帜。他的导师林茂之教授，从苏联留学归来，从事地质工作与教学几十年，走遍祖国山川河流，学术论文五十多篇，门下桃李数千，也有他的一套地质理论学说。

建业在众多同学中，结识了一批志同道合的学友，最要好一个是陶也频，来自太康省涧西农村，蓄平头爱整洁，讲话文绉绉，习惯动作是无事时两手爱插入口袋。第二个算是老乡，祝新平，淮原曲野市人，住市郊区，属菜农。第三个于海波，来自长白山抚松县农村，中等个，微黑的圆脸，左腮有一小痣，为人热情，爱开玩笑。第四个欧阳春，吴江人，城市平民家庭，白静的瘦高个，动作慢条斯理，讲话声音却洪亮，说家有四兄妹，往下数还有欧阳夏秋冬三弟妹。第五位是草原姑娘包娅兰，家在内蒙古卓索图盟，父母地道的牧民，长得端庄大方，像草原盛开的格桑花，蓬勃娇艳。那时的大学规定，在校期间不允许谈恋爱，但后两位有那么一点意思，只是没挑明。

何建业所在的地质专业全班有三十九个同学，来自全国各地，有二十八个来自农村。学地质是个极艰苦的专业，有些知根知底贪图稳定享乐的城市孩子，不愿踏入从事地质工作的门槛。

前两年紧张的学习中，在建业和同学们心中引起强波巨澜的事也有两件。一件是一九六四年十月十六日由中国科技人员、干部职工共同努力，自己创新设计的第一颗原子弹试验爆炸成功。同学们在大礼堂看完"新闻纪录片"，欢呼跳跃，还把门口台阶的木踏板踩断了好几根。如此长中国人志气，令国外敌对势力惊骇的特大喜讯，让同学们兴奋不已，夜间难眠。在青年学生心目中还有个与众不同的自豪，何建业代表这批热血青年的心声——因为这颗原子弹所需的主要原料——铀，就是我们地质工作者寻找的。另一件是一九六五年在学校放映的《年青的一代》电影，影片中主人翁肖继业等一批地质大学毕业生，克服生活困难和思想消极情绪，最终意气风发，奔赴偏远的国家最需要的地方，发挥所学专长，为祖国寻找宝藏的壮举。让同学们激情澎湃，立志献身地质事业，加入国家建设的洪流中去。何建业与同学们一起，经常咏唱让人热血沸腾的《勘探队之歌》。

是那山谷的风，
吹动了我们的红旗，
是那狂暴的雨，
洗刷了我们的帐篷。
我们有火焰般的热情，

战胜了一切疲劳与寒冷。

背起我们的行装，

攀上了层层的山峰，

我们满怀无限的希望，

为祖国寻找着富饶的矿藏。

……………………

何建业与这些好朋友约定，毕业后不留城市，到边疆去，到祖国最艰苦的地方去。

第二年快到年底，大东北的气候已经十分寒冷，比起龙峪要冷得多，零下达到二十多摄氏度。淮海叔叔身裹厚厚的皮棉衣，大棉帽顶上结着冰碴子，从吉东来常春市出差，冒着大片飞舞的雪花，顺道来地质大学看望侄儿。

一番寒暄，将离开时叔叔提出："建业，等你毕业后，就留着东北工作吧？"

"叔叔，离毕业还早呢。"何建业没有正面回答。

叔叔继续说："到时候，让婶婶给你介绍个对象，安个家，离叔叔近一些。"

何建业感激地看着叔叔："叔叔，我与同学们都商量好了，决心毕业后去大西北工作。"

"为什么？东北条件比西北好很多，土地肥沃，物产丰富，在哪里都是为国家建设做工作。"

"我与同学们已经做了研究分析，正因为东北大多是平原，物质条件好。我们学地质专业的，要为国家找到更多的矿藏资源，就必须深入到落后的大山区去，到更加艰苦偏远的地方去。"

何淮海听了，拍拍侄子肩膀，高兴地赞赏："到底是长大了，大学生有理想有志气，奋斗目标远大，叔叔支持你！"

叔叔不再提此事，但告诉了他最新决定的大行动计划——准备带全家回龙峪省亲过年……

第十二章

　　一九六四年年关，腊月二十二日，正是四面八方村民拥在龙峪镇街头办年货的时候。中午时分，小车站前来自新乐市的客运班车上走下一队陌生人。前头一位，是外套皮棉衣内着军装的何淮海，很多人已经不认识。后面跟着身穿军大衣，头顶深咖啡色棉质围巾的郑湘萍。军勇牵着军强，军强拉着军梅，三个小家伙个个厚棉袄、大皮帽，棉皮鞋，把身子裹得严严实实，走进何致兴家的大门。

　　何淮海走进熟悉的土院子，当年七八棵胳膊大小的椿树、枣树、桃树，现在都长得比大碗还粗。曾经爬上爬下的梨树更是茁壮，墨绿茂密的枝条，像个巨型的大橄榄，网向天空。走到院中央，他激情地高喊："爹……娘……在吗？……"

　　听见靠后院朝阳的围墙边有人应了一声："谁呀？"何淮海忙把手里的行李放在院中，朝后走去，后面的妻儿也呼呼啦啦地跟过去。

　　韩瑞兰手撩银发，摘下老花镜，放下手里的针线，看见是儿子回来了，顿时老泪纵流："贵儿呀，你可……回家了！"

　　何淮海忙上前扶住老娘，说了句："娘，你好吗？"

　　"还好……还好，没有什么大毛病！"老娘高兴得嘴有点发颤。

　　郑湘萍也躬身扶住韩瑞兰，亲热地喊了声："妈！"跟着是几个孙辈轮番喊奶奶，毕竟前几年见过面，没有那么陌生。

　　淮海问："我爹呢？"

"正在街上割肉买粉条，办年货。"这时院里，在何淮海看来是新厢房的门，"吱扭"开了。长生在屋里打扫房间，曹仁花在厨房做中饭，建丰建伟正在做作业，听到后院有人说话，都跑了出来。农历腊月二十二，讲公历还是元月，这天刚好又是星期日。

一一相认后，韩瑞兰对建丰说："快去街上找爷爷，让他回来！"

走进父母旧屋，放好行李不久，何致兴肩扛着小半边猪肉，手上提一大捆干粉条，乐哈哈跟着孙子回来了。

又是一阵的"爹""爸""爷爷"的亲呼，何致兴自然也是满头长须的苍白，可看着这群子孙满堂红火场面，高兴得让眉眼成了一条缝，不管儿女孙辈说什么，都是一个字地应承"好——好——好——"，高兴得有些语无伦次。

定定神，何致兴好像才恢复神志正常："长贵，你们一家回来，我们先就商量好了，家里条件差，长生家的房是新的，让他们一家挤到我这边来住，建业回来就住上面那间草屋。为让你们一家住新房，长生两口子已经整理清扫了两天，墙上都糊了新报纸。"

何淮海："爹，是啥样就啥样，不用惊动哥嫂一大家子，就住咱这老屋。"郑湘萍也说："爸妈不用客气，都是自家人。"

"这个不要再推了，长贵啥都可以对付，可是不能亏待了这头一次回家的媳妇与孙子！"何致兴韩瑞兰老两口表达心愿。

按何致兴、何长生的意见安顿好后，吃过午饭，何淮海坐不住了，对父母和哥嫂说："后晌我上街去转转，看看现在家乡年关大集啥样，家里过年的物资还缺啥，我来买。"

何长生夫妇把话接过去："不用你兄弟操心，年货也办得差不多了，有的家里本来就有。"

"我出去十多年，头一次回来过年，当年跟爹屁股后逛大集买年货的感觉，看我能不能单独找回来！"何淮海说得有情有趣。

下午，郑湘萍旅途劳顿，小女军梅年龄小，街上人多怕走失，就在家休息。何淮海身后四个小保镖，军勇、军强、建丰、建伟手牵手，分左右跟着。

龙峪镇的年关大集真热闹啊……

这队人马从中街开始，先往东走到头，又折回来朝西，走过这三里多长街。街上熙熙攘攘，挤满了龙峪十里八乡来赶大集的人。大街两厢除旧社会原有的铺面外，现在又增开了许多新铺面。金银首饰铺、五金加工铺、日用杂货铺、肉食铺、粮食店、油坊、饭店、百货店、铁器店、收购站，还有邮局、电信所、医院、图书站都在大门敞开，接待来客。国营的私营的参差交融在一起，好似满树繁花，一派欣欣向荣景象。各个国有商业点还扩张搭设着临时帐篷，做得最大。有卖布匹鞋帽的，有卖年画窗花对联的，有卖灯笼烟花爆竹的。卖临时吃喝过嘴瘾的多是个体户，隔不了几步就是一摊，牛羊肉汤、卤猪肉、馒头贴馍烧饼、油条水煎包、炒凉粉等，油烟缭绕，香气诱人，叫卖声呐喊声不绝于耳。街东头还有两片喧闹的骡马市、猪羊市，离三棵大柏树只有一箭之遥。

何淮海一会为孩子们买小煎包，一会递袋炒花生，四个孩子边吃边追闹，特别是建丰建伟两个，还要指指点点，向新来的军勇军强小兄弟介绍集市上的各种新鲜。何淮海重温故土的年味，作为参加过战争的战士，他更有一份特别的感受，前辈那么多将士的浴血奋战，不就是为了争取民族解放，让人民过上幸福生活吗？今天孩子想吃什么就买什么，让他们好好感受这和平社会的安宁与繁华。

"哎哟！这不是长贵吗？差点认不出来了！"在买布匹的铺面前，正在为顾客量花布的女服务员，停下手中的尺子。

何淮海定眼看看笑迎顾客身着蓝上衣的中年妇女："你是祝……祝……"还没等长贵吞吐完，对方自报家门："祝平英，你初中的同学。"

"想起来了，祝平英，小时候我坐在你后位，俏皮，还扯过你的头发，你还骂过我！"

两个同学不约而同爽朗地笑起来。

"啥时候回来的？"

"刚回。"

"可得回来看看，你爹你娘天天都在想着你，你爹看见我们就笑着说你没良心。不知道是夸你为国家忘了小家，是夸你有功之臣还是真的怪你无义！"祝平英又一阵脆铃般的咯咯声。说得经过沙场考验已成熟为团职干部的何淮海倒有些不好意思，他也不好解释已把父母接出去过两次，只好说："批评得对！"

祝平英又要应酬顾客买布："你有空到家里来坐。"

离开女同学，继续前走，有人在肩上击了一掌，扭头看，是小时最要好的朋友毛小宝，头上戴着顶黑色马虎帽①，上着粗布黑棉衣，手里牵个六七岁女娃。

"毛小宝，是你呀，老伙计！"淮海先喊出名字。

快人快语的毛小宝大笑："亏你还记得我的名字，出去快二十年，你这家伙还记得回来？"还没等淮海张嘴："你闹大了，把穷兄弟都忘了！"

"哪能啊，小花鞋，还好吧？"何淮海喊他的外号。毛小宝读三年级时，家穷，上学穿姐姐的黑布鞋，鞋帮绣着不能完全拆下来的两朵梅花，被同学看见给起的。

"一般般，我几十年就守在这龙峪，我是独苗家无靠。也好，啥好事摊不到咱，有负担的事也能得到照顾。父亲已不在，老娘身体不好，娶了媳妇，下了一男一女，前面是男核，这是小闺女，快叫叔！"毛小宝弯下腰对小女孩说。小女孩脸上淌着清鼻涕，两个小手冻得像红萝卜。

长贵掏出三块钱放在小女孩手上，又掏支"大前门"香烟给毛小宝递上。

这时又过来两个认识的街邻，毛小宝大声招呼："长贵回来了！"大伙间一凑，你言我语地喧闹，长贵把烟撒去，街邻又挤了四五个，接过香烟，这个说"真香！"那个叫"还是带嘴的！"有当即用火点上的，有不舍得抽的，将烟放到鼻尖闻闻，深吸几口气，又小心翼翼夹在耳朵梢上。乡邻老伙伴们都穿着黑青一色的老粗布的棉衣裤，有的腰间还系着草绳。

在龙峪还是不喊何淮海吧，龙峪没人知道他还叫何淮海，只喊他长贵。

_____

① 正反两面可戴的露脸也能蒙头的老式帽子。

长贵带着四个孩子时而正步，时而侧身，鱼贯穿行，往前走。

在近西头的老井边，有位蹲坐小门前卖竹扫帚的老人，与爹年纪差不多。长贵一眼认出是老五叔，快步走过去，弯下腰扶住老人的胳膊："五叔，还认得我吗？"

六十五岁面相很老态的五叔，眨巴着有些昏花眼睛，断断续续问："你……是……谁呀？"

"我是长贵。"又怕他对不上号，又加了句辅助说明："何致兴是我爹！"

五叔这时听明白了，眼睛一亮站起来，紧紧地抓住长贵的手："孩子，你可回来了，再不回来就看不到老叔了！"看见五叔，长贵就会想起小时偷五叔种的桃子吃，不但没挨罚，还被奖励的事，眼睛也湿润了："五叔，我也很想你！"说完把五叔轻轻按到凳子上坐下。五叔指着长贵又向周围的人抬抬手："何致兴家在外当兵的老三回来了！"有个老汉似乎也回忆起当年何家的长贵，感叹道："出去时还是毛头小伙，现在回来也是胡子拉碴啦，咱们咋会不老！"

长贵掏出香烟，对周围认识的不太认识的发过去。拱拱手对五叔说："五叔，你先忙，我有空再来看你。"

一个气宇轩昂的军人，带着身边有与本地人穿着打扮明显不同的孩子，在大街上走着，引来一些目光的好奇与手势的指点，大多人不认识，这些客人来自何方？！

长贵在人头攒动的书画摊上，选了好看的年画《热爱和平》《人民公社好》《菜绿瓜肥产量多》《三英战吕布》，买了红纸笔墨、鞭炮烟花、灯笼，让随从的孩子们拿着，提着十斤香油和十斤豆腐，往家里走。走到家门口时，看见妻子郑湘萍带着小军梅也在门口附近看热闹。

回家后，长贵想起大哥长福，爹说："他已知道你回来，晚点会过来。"长生轻轻拉了把长贵，提醒他革命军人还是不易直接到他家去，等他来就是了。长贵夫妻俩这时，将从吉东带回来孝敬爹娘的衣帽，对哥嫂及侄子们的吃用礼物，一一交到被慰问者的手上。不大一会，长福春香夫妇带着儿子刘松河女儿刘松慧过来看望二弟，兄弟相见，自有几分激动与客套一般，长贵看见长福大哥脸色的老相，原来曾经漂亮嫂子的憔悴。

夜间，长贵身着便装携带妻子打着手电筒，礼节性地去长福家拜访，老富农刘双德童婉云都在家。虽在夜间，这位革命军人、共产党员能够以亲戚名义光顾他家，真是像看到了熠熠生辉的太阳。长贵简单地说了些身份上问候与春节的祝福语，没有多久就告辞了。不过，长贵利用这小许的机会，没有忘记印证一个谜，他轻轻地问大哥的岳母童婉云："伯母，你老家还有什么人呢？"童婉云身体已经很虚弱，快快地说："有父母，现在肯定不在了。还有个妹妹，我出来后再没见过面，也没回去过，相互都不知道下落。"长贵又问她："你妹妹什么长相，有什么记号没有？"提起这个，童婉云似乎有点伤感："我们姊妹俩有些像，他的眉毛中间有颗小痣。""你妹妹叫什么名字？""叫童琬梅。唉！还提这干啥，人谁也说不清，一辈子走到哪个地步。我们老了，就那么回事！"说到此，长贵不再下问，心里已经有了在国民党队伍鲁敬义部当兵时留下那个谜的答案。眼前大哥的岳母童婉云，就是鲁敬义团长大太太的亲姐姐。这个谜底，他永远不会去公布揭开，他不愿意去提及在国民党队伍那短暂经历的任何往事。

何致兴家院里的煤油灯光，很晚才熄灭，老夫妇、中年夫妻、四五个孩子，久别重逢，坐在一起，有说不完的家常话……

回到自己房间后，长生夫妇还睡不着。曹仁花小声对丈夫说："你看咱这一窝站出来给他叔家比，他叔红光满面，恁精神，穿的衣装要兜有兜，要线有线。看你脸带菜色，穿着撅肚子粗布棉袄、一打两折的大裤裆老棉裤，走路掉腰舍胯，当哥的与老弟，差别天地。湘萍人才长相也不比我强到哪，可人家皮肤白净，穿的衣裳恁得体，从身边走过还有香味。看我跟黄脸婆似的。咱家孩子跟那仁孩子比，也显得土脸暮糊①些。"长生责备说："你这张嘴，就是整天叨叨叨。咱是庄稼人，人家是城里人，龙配龙凤配凤，你老拿

---

① 龙峪土语，土气不够灵活的意思。

长虫① 跟龙，鸡与凤凰比，人家穿的是机器轧的，你穿的是手缝的。人家工作在屋里，擦的是雪花膏，你干活在野地，抹的是瓜葛篓蛋②。人家洗衣裳用的是洋碱胰子③，你用的是皂角④和棒槌。你呀，这能比吗？"长生转过身说："你家不是也飞出了条龙吗？将来咱的建业儿闹腾得也不会差咧！"这话说到了曹仁花心里，惹得她蒙着被子噗嗤噗嗤地笑。

曹仁花又说："你看他叔捎回来的点心，又酥又甜，搁到嘴里都化了，你看咱县里糕点厂做的，像石头，摔出去都能砸伤人！"长生："你没听兄弟说，那点心是他们在北京转车时下来买的。咱县能跟首都比？"停了停长生又说："你呀，啥都是外面的好，等长贵兄弟走时，你跟着一起过去，到他家当保姆，改善下？"说得曹仁花没好气，伸出手在长生胸上拧了下："你这死鬼，这话亏你当哥的说得出来！"长生不由地"哎哟"一声："你不是嫌贫爱富，老羡慕人家，让你去开开眼界嘛！"

第二日腊月二十三，是灶王爷上天言好事的日子。晚上家家户户烙出用发面做成的圆形小烧饼，有的是实心，有的里面放糖。烤出的香喷喷的"祭灶饼"，先放在厨房的灶王龛前，再在祖宗牌位前摆放，并焚香祷告。这一日，子孙们都得跟着大人们一起跪拜。

按龙峪民风乡俗，至此开始到大年三十，每个家庭的大人们，开始进入最为忙碌的年货制作时段。每天有个大致相同的顺序流程。煮或卤肉要一天，蒸馍要一天，人多的家庭要蒸上十多笼。"下锅"也要一天，就是把面粉与各种蔬菜、粉条及肉类相配在一起，炸出花色多样、味道迥异的各类"油炸品"。那几日，何家成年人齐上阵，当然是何长生、曹仁花唱主角，何致兴两老为副，何长贵夫妇也参与帮忙。有的剥葱择菜，有的揉面制作，有的在油锅里翻拢所炸"油食"，有的蹲在灶火坑前添柴，控制火力大小，也有的跑进跑出，专管成品果实的摆放与储存。

---

① 龙峪土语，蛇。
② 龙峪生长的藤蔓植物，果实可润滑皮肤。
③ 龙峪土语，肥皂、香皂。
④ 皂荚，可以洗衣服。

雪白的大蒸馍、金黄的油炸食品，堆放在直径一米多宽的大竹筐箩^①里。看着堆得如半人高的年货成品，何长贵当然习惯，可初来乍到的媳妇郑湘萍睁大双眼，不解地问婆婆韩瑞兰："妈，蒸炸这么多，吃得完吗？不会放坏？"

韩瑞兰笑了："今年咱家人多，哪愁吃不完。这也是咱这的风俗，各种食品准备要吃出正月，往年有的白馍底长出了绿毛，还在吃！"

量大花色多的食物美味，开心了孩子们，天天嘴上抹得亮亮的，一起厮跟着跑啊，跳啊，唱啊，无忧无虑，到处玩耍！

这几日，何长贵还抽空带着孩子们去村东头三棵树下，看"功德碑"，讲"义兵抗匪救寨"的动人故事，教育晚辈要爱国家爱家乡爱人民。

何长贵在腊月二十七那日，带着郑湘萍和几个孩子步行十多里山路，到"莲花山"温泉泡澡，回来路途还折了些柏树枝，他们坐在路边的小溪边歇息，军勇军强不解地问："爸爸，折柏树枝干什么？"何长贵慢条斯理开始讲故事……

……很久以前，这一带有只凶猛的大鸟，九个头，翅膀伸开有三米长，每年大年初一它就会在龙峪上空盘旋，而且向下喷血，如果那血滴进谁家院子里，那家就会遭殃，晚上他就会化成魔鬼来吃人。后来龙峪镇有个叫石虎的年轻猎户，臂力过人，九头鸟又来时，他张弓搭箭，把九头鸟的一个头射了下来，九头鸟仓皇逃走。石虎遁血迹追寻，走了两天一夜，在西南方大山的山洞里看到九头鸟，它已化成人魔形，包了伤口躺在石床上，半夜梦语："哼哼，我九头鸟天不怕地不怕，你杀了我一个头，等几天还会再长出来，可我最怕看到柏树叶，最怕烧柏树叶的味道，只有这个地方我不敢去，其他地方别想拦住我。"石虎听后，连忙跑回龙峪，把秘密告诉乡邻，以后逢年家家户户在对联门首插上柏树枝，大年初一还在院里烧柏树叶，燃鞭炮。真的灵验，那九头鸟再没有来了……所以说，龙峪还有种说法——龙峪村口那三棵七百年老柏树，也是我们的先人防备九头鸟来祸

---

① 竹编的扁平的大容器。

害老百姓，才栽种下的……

孩子们听得入了神，军勇军强小小年纪，瞪圆了眼睛，拍着小手嚷："老家风景真美，故事真好听！"

读大学的何建业从学校也赶回来过年，何家又掀起了一轮光耀门庭的小高潮。

大年三十这天，大北风呼呼刮得更紧了，天空沸沸扬扬飘起雪花，开始是小雪，后来越下越大，成了鹅毛大雪。整个龙峪的大街小巷，慢慢换成新装，成了银白色的世界。家家户户门楣上的大红对联，翠绿色的柏树枝，在白雪的映衬下，分外绚丽妖娆，将大年气氛渲染得更加浓重。这大雪，对于来自东北的长贵一家，可谓司空见惯。可还是让孩子们兴奋不已，在院子里追逐打雪仗堆雪人，玩得开心极了，笑声，鞭炮声，伴着飞雪一起扬到了天上。

大年三十晚上，龙峪镇的几百户人家"笃、笃、笃……"从近及远，都是千声万调的剁饺子馅声音，何致兴全家老小十二口人坐在煤油灯下包饺子，话家常，一起守岁，送别一年来所经历的风雨沧桑。

大年初一，千家万户燃鞭炮、吃饺子，人人穿新衣戴新帽。大年初二，到处是携篮提包走亲戚的人群，再到正月十五、十六闹元宵，满街的花灯，游行着踩高跷、玩狮子、舞龙灯、走旱船，上垴装①等各种民间杂耍。

在镇里，何长贵与过去的老同学旧朋友相互拜会，去看望公社书记赵振东，大队支部书记裴庆奎与大队长孙玉田。他给老五叔买去点心，送上十元钱。老五叔只收礼的心意，对钱坚决不收，永远保持着"人穷志刚"的气节。他带着"团队"，去韩家村探视外爷外婆舅舅与大姨家，小姨已病故两年。去小溪桥看望自小关照他的姐姐何长秀一家。他独自徜徉在读过书的小学校、种过庄稼的地头，还在大门口仔细端详那块红底金字的"光荣军属"牌匾。

长贵专门去拜访原来在"长枪会"武馆练过拳的拳友。从常立那里得知，

_____

① 龙峪流行的将儿童顶在成年人头上演绎民间故事的杂耍。

与他一起抓壮丁的高长发，在国民党队伍也混了个连长职务，并且去了台湾，现在是死是活，难以说清楚，在龙峪的兄弟家人也受了几分政治阴影的牵连。另外他还打听家在县城的裘平均的消息，据传裘平均在淮海战场负伤，从部队下来，转业到了平陆省临垣，在市棉纺厂当副厂长，也把定州的家人接了出去。何长贵自淮海战场裘平均受伤转到后方医院治疗之后，就失去了联系，再没有见过面。他还是时常地想起，与裘平均朝夕相处的近两年军旅生涯。

长贵没事会蹲守在父母身边嘘寒暖。有几次话到中途，何致兴会向长贵探话交底："你一家啥时回来，以后这房这院你与长生一分为二，也是长辈给你们留下的基业。"每问至此，长贵都不好直面讲干脆话，只含糊地说："这事以后再说，儿子祝你二老长命百岁。"

当爹娘的心里明白，长贵不会回来安家。但情上的愿望，理上的许诺，当父母得提前说出来！

在龙峪过年二十多天，何长贵神清气爽，他又体味到了龙峪浓浓的年味，看到了新中国成立后龙峪的生活变化，乡亲们扬眉吐气的精神状态。郑湘萍虽不大适应农村环境卫生条件，但也体验到了龙峪深厚的地域文化与家乡人的朴实热情，他们的孩子也开始爱上爸爸常念起的这块热土。

长贵一家，过罢正月十六，离开龙峪返往吉东。出罢正月，建业回学校。龙峪何家大门上，由何建业创作何军勇执笔写的大红春联，成了美好的纪念。看那对联：

上联：沐党恩三棵树根深叶茂
下联：歌盛世金马河水远源清
横批：龙峪新春

每来客人，何致兴都会捋着胡须自豪地说："看！这对联，文字是我建业孙子编的，墨宝是我军勇孙子书的！"每遇熟人，何长生也会热心介绍："对联的句子是我儿子建业作的，字是我侄子军勇写的！"普通百姓只看热闹的人，会附和"做得好，写得也好！"遇到有些学识的人，就会评说："这对联珠联璧合，作的情景交融，虚实开合有度，绝妙。这字写的是颜体，挺拔雄劲，颇见功底！"让何家的人站在门口一起开怀大笑。

何淮海探亲一年多后，龙峪与全国一样，轰轰烈烈的"政治大运动"覆盖了整个小山村。人人胸前争戴纪念像章，胳膊戴着"红袖章"的小青年英姿勃发，在红旗挥舞下横扫牛鬼蛇神，大字报铺天盖地从街东蔓延到了街西。

正在读书的何建丰、何建伟，分头追着造反风暴看热闹，记下惊心动魄的抄家破四旧情景，回到家里绘声绘色叙述。何致兴似有先见之明，交待两个孙子："从这势头看，运动大得很，估摸着下步学校也会闹，你们只许从边上看，少说话，别跟着起哄！"

五类分子首先垫背，以大队委名义，基干民兵将全村五十多名"地富反坏右分子"用绳子串成蚂蚱，游街示众。还挖出几个漏网"历史反革命"，何致兴的好朋友赵天祥因过去在旧政府保安队干过，被斗争过好几次。大街上批斗"坏人"的盛况，逐步变换升级。开始主持运动的代表党的领导干部，转眼成为走资本主义道路当权派。被揪出挂着木牌挨斗的，有公社党委书记赵振东、大队支书裴庆奎、学校校长姚进甫。县城传来消息，将要退休的县长叶明瑞，也被抓了起来，成为定州县最大的"走资派"之一。

这局面，让何致兴联想起前去年的两件事。一件事是长贵从龙峪探亲回到吉东后的年中，转业到吉东市商业局任副局长。作为军人，复员转业是早晚的事，但家里这块被优待的"光荣军属"招牌没有了。第二件事，让他有些后悔。那年长贵还没转业时回来过年，有日，公社书记赵振东与大队支书裴庆奎来家看长贵，他趁这热火时候帮大儿子长福说情，把裴支书拉到一边说："以后年底拥军优属，大队年底给我家优待的柴火就不送了，是不是把长福家派送的柴火也免了。"他是想通过不接不送、两下扯平的方法，让长福所在的富农家庭减轻些"徭役"负担。不想被裴支书不轻不重地批评："老伯，你家接受拥军物资，是长贵一人参军全家光荣的荣誉。长福岳父家那边年底为军烈属派送柴木，也是国家对反动阶级的惩罚，是两码事，都是政策规定，谁也不敢更改。你老别犯糊涂，送柴是刘双德家的事情，你别去操心，阶级立场要站稳呀！"人家庆奎说的虽原则了些，但也在理，弄得他不好再往下说。看看现在的形势，真不该乱说话！又想一想，去冬今春长福家大不顺，去年底岳父刘双德摔了一跤，去世了。今年初岳母童婉云生病，这个运动开始前两个月也走了。弄得大儿子一家萎靡不振，灰头丧气。现在看来，两个亲家接连死去倒是好事，不然这场大风波，怕是难过。

运动中，长福和妻子刘春香属于富农子弟家属，在家里接到大队治安员的通告，说西川县来函说，刘双德当土匪时"兔子不吃窝边草"，却在西川乌拉村杀人放火，抢劫过十三家，还有人命。另宗罪是据在本县九合乡当过原旧政府副乡长现在是历史反革命分子邱某交代，他曾与刘双德合谋走私交易过鸦片生意。所在旧军队驻守在九福省时，曾围剿过红军游击队。面对这些新罪，历史真假，家里人怎能说得清。作为长福，心里明白，尽管岳父待他不薄，死时还拉着他的手说，愧对了他，让他好好待春香。但他知道岳父历史复杂，也一定有罪，这富农当得不亏，并暗自庆幸岳父母"文革"前夕离世是种解脱。

全村开始学习"老三篇①"，何致兴年近七十，居然能够背诵《为人民服务》的全文，受到生产队队长的表扬。

公社或县下乡驻队干部吃派饭，多安排在何致兴家。这个惯例从一九五六年就开始了，大概是看他有"药号"，后来是看他家有在外工作的人。何致兴用最好的饭菜去接待，总为来者炒两碟菜，自己家人吃普通的家常饭，做着"蚀本"的事情。他觉得不应该亏待国家干部，不能让派饭的生产队没有面子。

街上每天传播着定州、新乐的造反消息。小小龙峪也是龙腾虎跃，这里革命风势的强度，丝毫不示弱其它地方。

平时人际关系的温情面纱被撕毁，"龙峪风雷""金马山尖兵""红色兵团"多个战斗组织随势而起，在针锋相对的斗争较量中，辨别左派与右派、革命

---

① 毛主席著作中的《为人民服务》《纪念白求恩》《愚公移山》。

与反革命、无产阶级与资产阶级的真伪。为追求革命真理，不是一个派别的父子间或夫妻间也会在家里争吵起来。

何建伟喜欢看大街上两堆人大辩论，有时在吃饭时间，还看到端稀饭拿红薯走到街上的对立双方，脸红脖子粗，相互指鼻子喷脸争论谁是革命派的问题。今天未见胜负，散场后明日再战。

龙峪中学也闹腾起来了。学生变成"革命小将"，饱含战斗激情，向资产阶级教育路线猛烈开火。"勒令""质问""炮轰"之类标题的大字报，封闭了校长与老师的屋门。

教学秩序大乱，何建丰有几分反感，他还是想多读点书，需要安静的学习环境。何建伟倒不以为然，觉得没有学习压力，不要考试，跟着感觉走，大家一起混日子，这样挺好玩。

何建伟脾气与何建丰性格有些合不来，大哥在时，跟随大哥尚能混在一起，待大哥读大学后，虽是亲兄弟，两人却很少一起相随，各找自己的伙伴打发日子。

建丰回家埋怨："爹，我不想上学了，学校天天都是造反有理，老师不敢管，学生在放羊，乱哄哄的，学不到真东西。"

何长生回头问与二哥差三个年级的建伟："你觉着啥样？"

"我觉得挺好。成绩好成绩差一个样，谁也别想冒尖！"

何建伟的回答，让做爹的大跌眼镜，不停摇头。

爹外还有爷，轮番做"正面教育"。

"书是一定要读的，不读书就是睁眼瞎。国家无论啥时候都需要有文化的人。学习秩序不好，你自己认真就是，不说像你大哥的榜样，起码要正正规规拿回初高中文凭。"长生引导。

"记住一条，一日为师终身为父。现在真是翻了天，今天在学校斗老师，明天回家就可以骂父母。咱可不能跟着学，啥事跟着别人溜就行了，别去牵头出风头。"别看何致兴平时刚直不阿，也许是年纪来了，想事办事开始懂得转弯。

形势让何致兴慢慢成为越活越明白的人。他知道，一是家里原来托长贵之福这块"光荣军属"牌子没有了；二是谁都知道给他面子的县长现在落马挨整了；再是长福那总是块心病，政治上虽与他无大的关联，但毕竟少树敌少给大儿子惹事为好。所以，他对家人也是这样要求，只观望少参与，只附和少表态，只随流少撑头，尽量低调。

"哐……哐……哐……"生产队长站在大皂角树下，用石头敲钟，用高嗓门吆喝着"出工了——出工了——"社员们背镢头扛铁锨，走出家门，三三两两结伙去犁田耙地、锄草理庄稼，生产方式没有变，像农业社大跃进年代一个样。

"政治运动"持久倡导的大公无私，反资防修的思想净化，对人们的行为有制约与潜移默化效果，明目张胆自私自利与贪腐人很少。社会多以"好人坏人之分论是非"，坏人几乎没有藏身之处。有"抓革命，促生产"口号的导向，农业生产基本没停，关键是农民必须种地，不种粮就没有饭吃。大集体力量发挥着特殊作用，龙峪人在山上凿了两千多米长的水洞，沿山开辟了七千米长的水渠，建成了日发两千度电的小型发电站和三个排灌站，将金马河的水引向高坡低处，让数千亩原来靠天吃饭的旱地，变成了旱涝保收的水浇地。山坡上红旗漫卷，大广播竖立在田间地头，人欢马叫，开展学大寨运动。村民靠自己的双手，一星一点在土质僵硬的坡地上，开垦出层层叠叠的大梯田，彻底改良了自古以来的土地构成环境，让贫瘠的荒山变成米粮川。

暑假期间，何建丰也参加队里劳动。在生产队长带领下，敞亮忠于革命的红心，随着热火朝天的大队伍，手中的锄头、肩上的扁担没有停歇，满头大汗往前涌。忽被人背后拉了一把，回头望，是大高个高全有。他诡秘向前方几个大忙人影努努嘴："你既不是党员也不是生产队干部，那么拼死拼活干，不是二毬吧！"何建丰看看周围，是有部分人群，有的用手扶着锨把看天，有的只挑了大半筐土，慢慢朝前晃悠。

队长回头一声吆喝："加点油，好不好！"这群社员也听招呼，立即来了干劲。没干几下，待队长离得稍远点，又慢了下来……

建丰回到家里，无意中向爷爷讲起高全有拖他的后腿。何致兴满脸不屑地说："这事你也别向别人说。这种人少沾，离远点！他不是个正经人，皮薄尖酸，只会算计，一天到晚都是想沾别人的光，占公家的便宜！"

土地是大家的，肯定就是公家的。实行的"工分制"，只要是成年男子，都是每天十分工，大力气小力气，干多的干少的，肯干的不肯干的，没有区别，最后都以工分为准分粮食。长久的大生产运动，让一部分人显露出怕吃亏的慵懒情绪，慢慢地也让原本实在勤快的人们消减了积极性。

党的恩情比海深。每到庄稼收获季节，生产队都要组织社员肩挑马驮车拉集中到龙峪粮站向国家交公粮。已经十六岁的萧亚君被在县粮食局当副局长的叔叔安排到镇粮站做临时工，有权力，粮食合不合格可以说了算。他很负责，手握一根长长的铁制验粮器，对着装粮食的大布袋用力一插，将最底部的粮食抽出来，倒在桌上，用手捏用牙咬，认为合格的，将头一歪："过，上磅！"认为不合要求的，即摇头："不合格，拉回去，晒干再来。"金狗蛋跟着爹，看到粮食被拒收，就求情："亚君哥高抬贵手，收了吧！"萧亚君眼睛一翻："我收了，这不干燥的粮食往大粮堆上一倒，让整个粮库发了霉，我丢这饭碗是小，可能还要坐班房！"总之，社员们排着长队为国家交公粮等验收的心情，在脸上洋溢着自豪！

国家也没有忘记这偏远贫困的龙峪，几乎每年春夏之交新粮未收时，百姓粮食接不上顿时，国家都会按时拨下"统销粮"——实为"救济粮"，分到各家各户，帮助村民度过最饥馑的时光。

分完统销粮的有一日，何致兴与几个老哥们不约而同又到三棵树下。这时的阵容不大一样了。赵天祥因挨批斗与大家疏远，大多守在家里思过。何致兴去他家看过几次，说些安慰的话，但也不敢走得太近。"阶级斗争为纲"年代，一旦被划入敌对范畴，就要注意拉开界限，否则就是敌我不分，蜕化变质，自惹麻烦。

新聚队伍里，除何致兴与周保中外，增加了后来也是军属的朱金旺老汉。年龄比何致兴小四岁，个头略高，背微拱，好戴一顶当兵孙子给的旧军帽。还有王银生，小矮个留有山羊胡，戴的是羊皮瓜形帽，人精明快言快语，遇有不平事敢说几句公道话。爱下象棋，没事会找何致兴对弈。物以类聚人以群分，几个人能讲到一起，没有特别爱抬杠找别扭的人。几个人坐在大柏树下的大石头上，用布满老茧的手握着旱烟袋，不紧不慢地吐着呛人的烟雾，喷着满世界的道听途说。

看到距三棵树附近的"功德碑"已被砸烂，碑文被凿得面目全非，碑座还在，但敲掉了两个角。朱金旺说："几百年的古物，说毁就毁了，真造孽呀！"

"现在把土地爷城隍爷和孔老夫子的木头像都抬出来批判。破除迷信，还说得通。孔老夫子是万世师表，也成了坏蛋，我就看不懂了！"王银生跟着说。

何致兴念道："唉，我孙子们有十几本连环画书。别说小孩子，就连大人也喜欢看，都是解放后咱新政府出版的书，也说是毒草，弄得小孙子藏来藏去，最后干脆全部烧了！"

"现在要家家把祖宗牌位都撤下来，到哪朝哪代，也不能不要祖宗先人啊！"军属大爷朱金旺说得摇头晃脑。

"语录手里天天举着，万岁口上天天挂着。毛主席未必受这一套，是不是上头出了奸臣？"朱金旺分析。

周保中眼一斜："你胆真大，这你也敢猜？"

他们把话题又扯到"统销粮"上，不由感叹，人可以哄天，可天不哄人。解放都快二十年了，咱们龙峪守着这么好的山水，这么好的土地，有这么多身子骨强壮的劳动力，庄稼人咋就种不好庄稼，还吃不饱饭，年年还吃国家的救济粮，真不好意思呀！

第十三章

时间过得真快，东北地质大学的学业就要结束了！

何建业忘不了五年校园如痴如醉的泛舟生活。前三年多时间，安静而快乐，他将全身心投入学习中。老师教诲，同学切磋，自己努力，让他学到许多闻曾未闻的知识，他的成绩在全班稳居前三。后面的一年多，"特殊运动"的连声惊雷，将学校轰醒。校外大街上红旗飘飘，锣鼓震天，一队队宣传车的高音喇叭声传进校园。校园的"这边风景独好"，迅疾升级为出笼的虎啸狮吼，反过来波及到校园以外，又深刻影响到社会。

教室断断续续上课，实验室关门了，图书馆封存了，学生由迷茫走向狂热，不再安心上课读书，老师被打倒不再安神授业解惑。各个造反组织摩拳擦掌，试比高低。校园里的每片空间，淹没在红色海洋与白色碎片中。

大浪淘沙，何建业随波逐流，也跟着同学们参加了造反组织。他平时最要好的几个同学开始分道扬镳，陶也频作为造反派头头，已成为学生族响当当的新贵人物。祝新平干脆扛行李，回淮原老家去了。留下他与包娅兰、欧阳春、于海波四位，另加入了桂西人曾莉和来自江厦的俞新庆同学。大家虽入有组织，但事不关心，不热心不主动，有空就小聚在一起，——拉时政——谈理想——吐忧患。

何建业把尽可能的时间，仍用在学业上。学校仅存的教学讲堂，他不会耽误半节课。他加大了自觉力度，床头摆放着划满重点符号与问题标记的教材，摞放着借阅的业务书箱，弄不懂就悄悄敲开老师的家门请教。一些老师已被学生们冲击得心灰意冷，不想再解答问题，但看到何建业那求知如渴的态度，难得的虔诚好学的学生，也会破例认真接待他。

何建业可以毫无愧色地对党对祖国，也是对父母对龙峪人民说，在这特殊的环境里，他以最大的努力，完成了大学地质专业的五年学业。

离开地质大学前夕，他最为尊敬的恩师师浩明鼓励他说："莫辜负春光，莫辜负新中国，在自己选择的艰苦边疆，把学校书本上的理论，运用到实践中去，努力创新，实现抱负，为国家找到急需的大矿床。"

一九六八年七月，东北地质大学毕业生开始分配，憧憬着各类美好幻想的青年才俊，在这个时间段，都在悉心填报自己所走向省区的志愿。何建业与俞新庆、曾莉、于海波、欧阳春、包娅兰志同道合，毫不犹豫地选择大西北，要求到西疆省地质局下属地质队去工作。

毕业之前，何建业挤时间去了趟吉东，再与叔叔婶婶见个面。读大学期间，叔婶时不时给过他一些经济补贴，叔叔在通信里，常鼓励他努力学习，成为国家的栋梁之材。让他这个农村孩子在异土他乡的独立艰苦生活中，获得过亲情温暖。这一年多时间，他看到政治形势紧张，因知道叔叔已转业到吉东市商业局任副局长，也属当权者，担心会受冲击，就提出要去吉东看叔叔。但受到婶婶的多次阻止，而且说家里一切都很好，不用担心。路途有武斗，不安全，让他安心学习。不想，这次到吉东后，他才看到了真实的情况。

他并没有看到叔叔，家里很乱。婶婶憔悴了许多，忧心忡忡地叙说家里的系列变故。从一九六四年底去龙峪老家过春节回来，不到半年，叔叔就转业了。叔叔开始提出想到民政部门去工作，组织上没有同意，把他安排到了市商业部门担任副局长。这次这么大的"运动"开始后，叔叔一直跟着积极参与。到了去年十月，他就开始挨整了。一共揭发他四大罪状，一是说他当年在家乡参加过青帮，为黑社会助纣为虐。二是国民党的残渣余孽，是混进军内党内的投机分子。三说他在朝鲜，军阀作风，逼迫生重病的战士上前线，无辜断送了生命。第四条，在商业部门贯彻了封资修的路线，是不折不扣的走资派。要全部进行清算，受了批斗还受了皮肉之苦。

从婶婶口中得知，叔叔现仍然在五七干校劳动。何建业听了好难过，叔叔这样对党对革命忠心耿耿的人，怎么就成了坏人呢？他提出想到干校看叔叔，被婶婶拦住说，干校要求很严，平时不许亲属探视，一个月他自己可以回来一次，目前待遇还算好些了，不用担心。何建业这次还看到，几个年纪尚小的叔伯弟妹，衣服比过去破旧了些，军勇穿的上衣胳膊处还缝有补丁。他们虽然照常上下学，吃饭睡觉，但能感到他们的表情沮丧了许多，少了些他过去来时的笑声与快乐。

吉东，一个地区级城市，与其他地方别无二致，同样是满城的标语传单与怒目而视的游行队伍，有时还会听到零星的枪声。

何建业返回东北地质大学后，与五位同学相约背上行装，拿着学校分配的介绍信，搭上火车。在车轮与铁轨的哐哐唧唧对撞声中，他缓缓地离开了满目金黄的大豆、紫红的高粱，土塄上河湾里一排排一丛丛绿树丛影，风光无限美的大东北，义无反顾踏上前往祖国大西北的征程。

火车向南，到淮原又向西，一路疾驰。车过八百里秦川之后，窗外山上的石头越来越多，地上绿色植被越来越少。火车进入西疆省时，大地基本上融合成了天苍野茫的黄色基调。几个大学生俯在流水似的车窗前，还在滔滔不绝地畅谈远大的抱负理想，可窗外接连不断起伏旋转的山峦、戈壁滩、沙漠、房舍、干河沟，让每个人的心开始抽紧起来。

欧阳春先开了口："真没想到大西北环境这么差！"

"这可真是叫'皇天后土'啊。"面色红润的俞新庆说，"与我们江厦的山清水秀是天壤之别！"

包娅兰倒不觉得惊诧："俺们内蒙古也是大北方，也有沙漠，可条件比这里还是要好一点！"

何建业不由也发起感慨："我的家乡山水虽赶不上大南方，终年常绿水源充沛，但也是四季分明山河秀美。正因为这里艰苦，条件不如咱们那里，我们才选择了这里，咱们这代地质人的人生价值就是要在天高云淡，甚至鸟不拉屎的地方创造出奇迹来！"

听建业这么解说，全都乐了，大伙伸出拇指夸奖："建业看问题的眼界信念，总让人感到激情四射、活力向上！"

这时欧阳春将近视镜，用手往上抬抬，遥视远方说："咱们脚踏古老的'三叠系①'、'侏罗系②'和'白垩系③'大地，下面有丰富的矿产，由我们去发现开掘！"

大家又跟着说起李四光的"地质力学说"、黄汲清的"多旋回构造运动说"、陈国达的"地洼学说"等地学泰斗的理论流派。

这一群初涉社会的年轻人，尽情说笑，仿佛眼前铺设了一条灿烂炳焕的金光大道，可他们还不知道路上还铺着荆棘坎坷。

三天多的颠沛旅行，几位大学生来到这个陌生也并不大的中等城市，也是西疆省的省会——平州市。

他们住在西疆省地质局招待所，第二日就走进省地质局办公大楼报到。办公大楼按苏式风格建造，灰墙红瓦，高大厚重，在当时仅看这栋大楼的气派，就知道这是个国家高度重视且社会地位极高的单位，他们先敲开了设在三楼的人事处办公室的门。

一位戴着眼镜、彬彬有礼的女处长接待了他们。高个的女处长约四十来岁，叫梁樱，给他们倒上茶，和蔼地对他们几个说，先报下姓名，对对号。

何建业等六人随意而坐，一一报上姓名、籍贯、所学的专业。

梁处长说："你们的档案，东北地质大学已经寄过来了，非常高兴大家来大西部工作。明天我带大家与局长与军代表见见面，另外，还有些程序要走，会在局里停上几天。地质老总还会向你们介绍全省地质工作业务上的情况。"

何建业几个相互看看，点点头，听梁处长继续讲。

"关于西疆地质局的队伍结构与分布情况，我给你们先说明下，大家有个初步认识。"

---

① 是地质学划分的地质年代，属中生界的第一个系。
② 是地质学划分的地质年代，属中生界的第二个系。
③ 是地质学划分的地质年代，属中生界的第三个系。

"西疆省，处在中国西部，虽偏僻，但地质构造有它的独特性，也蕴含着相应的矿藏。我国前辈地质工作者曾在此做过一些地质工作，特别是新中国成立后，在党中央国务院重视下，地质部着手在西疆省构建起集勘探、科研、测试分析为一体的大地质行业体系。全省下设二十八个地勘单位，有二十家野外找矿地质队，在省会平州市还有地质研究、矿岩分析、探矿装备、职工医院、子弟学校等后勤服务单位……"

　　从梁樱处长介绍中，何建业这些初来乍到者，已经微微地感到这座西部地质大熔炉的热度。

　　第二天，何建业、欧阳春等来到局长小会议室。局长与军代表乐哈哈地进来了，两位领导听完梁处长介绍，看到这批新分配来的年轻大学生，个个精神饱满，双手欢迎。看那局长，快有五十岁，中等偏上个头，长方脸膛，讲话抑扬顿挫有分量，口音听出是齐山人。旁边的军代表廖永胜，身材高挑些，身着军装，头顶红星，领口两面红旗，干练精神。

　　坐定后，宋春明局长问："西北条件差，不比内地，你们怎么愿意报名到这里来工作？"

　　灵活的俞新庆抢先回答："我们响应党和毛主席的号召，到祖国最需要的地方去！"

　　"我们不怕苦，越苦越能锻炼人。"于海波跟着表态。

　　"听口音两位领导都不是本地人，不是先到这里来了？我们是跟着先辈的脚印来了。"包娅兰这位平时大大咧咧的呼北草原姑娘，从不怯场。

　　"哈哈！宋局长，你看小青年倒将起你的军了！"军代表敲敲手头的烟灰，与宋局长开玩笑。

　　"是啊，初次见面，就让我一下子感觉到早晨八九点钟太阳的朝气蓬勃，还有火辣辣的味道！"

　　局长又说："被你们说中了，我是济宁人，廖永胜参谋长是省军区派到局里来支左的，平陆省人。我代表局党组非常高兴地迎接你们到西疆省工作，这里条件虽苦，但有用武之地，很能锻炼人，希望你们经得住考验。与大山打交通，特别要耐住寂寞，能够坚守。老一辈的地质工作者，艰苦创业，已经在这片热土上为国家找到了丰硕的矿产成果。希望你们虚心向老同志学习，与广大干部职工一道创造出不平凡的业绩！"

接着廖参谋长主要在政治高度训导："同志们，现在正处在政治运动如火如荼的开展时期，这几年派性问题突出，严重影响了正常的生产与生活秩序，目前虽然开始实行大联合，但派性意识依然存在。你们到单位后一是要努力学习马列、毛主席著作，不断提高自己的政治觉悟。二是一定擦亮眼睛，认清敌我矛盾与人民内部矛盾，不要参加派性斗争，始终站在无产阶级革命的正确路线上。"

廖永胜参谋长讲话时，宋局长侧身俯在茶几上，在他的笔记本上记下了几行字：

这是大运动中分配来的第三批大学生，素质不错，看来还是学到了真本领，有一定真才实学，政治思想热情也高，是值得重点培养的新一代年轻人。

第三天，何建业等人又与局地质总工程师贺永华见面。贺永华是原国民政府中央大学地质专业毕业，一九五二年来的西疆省，是西疆省找矿领域的权威人士之一，也是外省人。他们六人以敬佩的眼光看着贺总，听他娓娓道来。

贺永华更多从西疆地形矿产分布与找矿工作布局上介绍："西疆省简称'凉'，地形很特别，在偏西的'中轴线'上，由西北向东南，横亘着西疆山系的主脉——大青山，山很大，最高峰苍鹰岭三千三百一十四米，平均海拔一千五百多米。自西向东，大青山山脚左侧，是较为平缓丘陵洼地，少量的草原，再过去还有戈壁与沙漠，缺水干旱植被少。大青山右面一路推过去，起起伏伏四五百公里，森林茂密，野兽出没，这也形成了两侧不同的气候带，一边像南方，气候较温和，空气也湿润，一侧是北方，干燥多风，寒冷时间长。"

贺总又介绍："西疆省的野外二十个地质大队，分布在大青山左右的十四个地级市区或者县区，有七个为专业地质队，重点寻找金银、天然气与地下水，其余的综合地质队对金属、非金属、黑色金属等矿产全覆盖，按计划需要开展重点勘查。"

何建业等这时都是小学生，只能极个别提点问题，贺总逐一作答。

比他们年龄大上近三十岁的贺永华，看着这批东部过来的青年人，信心满满地说："现在是政治大运动时期，咱们搞业务的，除了政治挂帅外，在地质业务技术上一定不能落伍松劲，要在各自岗位上，上下多沟通多合作，争取在一两年内找出几个像模像样的大矿床，向毛主席向党中央报喜！"

贺总又给每位男同学手上递烟，继续谈计划经济条件下的地质勘查管理体制，他说："新中国成立后，国家对地质找矿的管理模式，其实很简单。每年的地质勘查计划，从地质部下到各个省地质局，再由省属的各地勘单位具体实施，三级管理——地质队向省局负责，省局向地质部负责。"

在省局完结报到培训事宜后，何建业、于海波等六位同学又利用一天时间，到平州市郊十五公里外，参观有两千多年开凿历史的云崖石窟，在市区最大的人民公园湖泊旁的胡杨林里照相，作为纪念。

六位大学生，被省局分配到三个地质大队。包娅兰、于海波分到兰河的519地质大队。欧阳春、曾莉去凉南523地质大队报到。何建业、俞新庆分到西南角靠西侧蒙山县525地质大队，属综合性地质队，队伍最大，据梁处长介绍，有职工一千八百多人。

这个分配，谁心里也没谱，完全听从组织分配，一锤定音。只不过让两个有恋人关系的欧阳春与包娅兰多少有点失意，他们暗自约好了，常通信，待确立正式关系后，再向组织申请调到一起。

其实，还有一位对这个分配有点缺憾的人，外表看不出来，主要是心理的，那就是何建业。何建业虽然属于事业型的人，但并不是不食人间烟火，也有七情六欲，主要是在学习事业面前，他会把其他欲望置之后面，看得淡些。特别在男女之事上，他更是位被动型与慢热型的人。这年他已二十岁，正值青春期，对个人问题不可能没丝毫想法。如果说读高中时，他与贾秋玲同窗几年，没有撞出星点火花，那是何建业还没有完全看上贾秋玲。而这一次他对曾莉倒萌生出几分莫名的好感。曾莉姑娘，长得并不像大众化的桂平人，而是细条，皮肤白净，一双凤眼微向上翘，开口说话，伴随着小嘴唇的一抿一合，笑意全在了脸上，性格也好，很少看到她与人争执。何建业在内心深处，有了种从未让他有过的呼唤："曾莉如与我能分到同一单位，或许我们俩能走到一起，我是他的夫君，她成为我心爱的妻子。现在这种分配，虽是革命工作的需要，但命运还是没有考虑到我的感受……如果能分到一起，我一定去追她……"其实真要分在一起，极爱面子把事业看成天大的何建业，也未必真的有胆量先向曾莉敞开心扉。何建业只是现在突然萌芽出对即将离去的曾莉不舍之情。

何建业与俞新庆同学乘上班车，离开平州市，向西再偏南方向开。汽车绕山傍河，上上下下，在巍峨的大青山里盘旋了六个小时，把他们送到位于青城市蒙山县的 525 地质队。驻地其实连县城都不是，队部离县城还有二十五公里。

到了，嗬！好大一片！

525 地质大队，建在地势稍高的小山坡上，顺着坡势的曲线，像张巨大的弯弓，盖着密密麻麻的土坯平房。中间有一幢二层木质阁楼，即办公楼，内设了党委办、地质科、生产科、财务科、办公室、后勤科、档案室、工会等十多个队机关科室。一排又一排的家属平房，环绕在它的四周。地质大院，像个小社会，礼堂、俱乐部、食堂、澡堂、商店、医院、小学校、幼儿园，应有尽有。还有停在大坪上几十台的大小车辆，最威风的是插着小红旗，深绿色锃亮的苏式"嘎斯六九"型小汽车，在门口黄尘滚滚地开进开出。大门口挂着高二米宽尺余的牌子，一块是红色字——中国共产党西疆省地质局五二五地质大队委员会，一块黑色字——西疆省地质局五二五地质大队革命委员会。

院内沸腾，职工加家属少说也有四千人，男女老少，形形色色，上班下班，流动其间。地质大队从坡脚依坡开始，层层叠叠往上而建，没有围墙。与它外围零零星星的小村庄相比，泥黄的色调与建筑风格很相似，525 地质大队俨然就是个大村庄。与小村小户不同的是，在这个院里是不拿工分而是执工资去工作的国家职工。还有个大差别是，单位里政治运动的烙印更为醒目，满院公共场合的墙壁上，也贴满了揭批走资派的标语与批判文章。一个七八米高的水泥杆上举着大喇叭，播放着革命歌曲与新闻报纸摘要，释放出的高分贝音率，响彻在大青山腹地近十里的旷野上。

何建业、俞新庆两同学，受到单位热情欢迎，他们到家了！

队长兼党委书记毛尚荣，副队长郝平、刘宁国，还有新结合进来的工人代表齐天，一起召见他们。据说原党委书记邓毅，一九四二参加革命的老资格，已作为单位头号走资派被打倒。队领导对他们在政治上提的要求，讲的大道理，与在省局接受的差不多，工作上的小道理，也向他们传教了一些。

单位下面有七个分队，承担着国家下达的凉西云岩山八宝岭铅锌多金属矿区、大青山摩云岭铜矿区、夏雪岭铁锰矿区等的勘查勘探任务。因已到八月份，大队决定将何建业、俞新庆俩人先分配到一分队工作，任务是大青山铜矿的勘查。他们在大队部招待所住了半个月，每天上班到总工办，在几个工程师那里熟悉地质资料情况，对接业务上的有关事情。下班，广播一响，拿着自己饭盒，伴着叮叮当当的碗筷队伍，去职工大食堂窗口买饭就餐。

下分队前夕，何建业、俞新庆到后勤科领取了结实的帆布工作服，青灰色，胸口印有"525地质"字样，灰白色的太阳帽，天蓝色的太阳镜，大牛头皮鞋，水壶、手套、军绿色有多层袋夹的大地质包，还有地质三件宝——罗盘、放大镜、地质锤。

两人全副武装，相互看看，对视而笑，指着对方说："真威武，你现在已经是新中国的一名光荣地质队员了。"

"我爹娘看到我这套行头，猛然不一定能认出来。"何建业又加了一句。

也是方脸更显棱角分明比何建业小一岁的俞新庆说："我要穿上这身戎装，衣锦还乡，向乡亲们宣布，我可是研究地球五脏六腑的专科大夫！"

何建业扬眉一笑："你想象力真丰富！"

525地质大队很客气，善待新来的大学生。刚巧毛尚荣大队长要下矿区，何建业与俞新庆顺乘他的小车前往分队。随大队长下矿区的，还有大队办公室李彦明主任。

两三个小时的车程，汽车沿西南方向的山势行进。两个都是从农村长大再从大学毕业的"大孩子"，还是头一次乘坐小时候看见羡慕不已的"小汽车"，里面座位软和舒适，车速快，极尽威风，看窗外近处的树木岩石参照物，一晃而过，向前方远处而望，则是看不到边的青山叠嶂。特别是何建业，不免想起家乡的山脉模样，就其高大而言，龙峪在大青山面前真是小巫见大巫了。

路途，车里几个人不时有些交流……

毛尚荣队长坐在前排，侧过头问俞新庆和何建业："你们家乡在哪里？"

俞新庆、何建业回答后，毛队长："这巧了，你俩分别是我父亲与母亲的老乡。"

何建业问："二位老人家现在住在哪里？"

"他们都在关内江厦老家。"

说起家乡，队长话显然多起来。

"你们来525，可不会寂寞。职工来自全国各地，几十个民族的文化，在这里交融，条件虽差，文化可先进得很。这个单位一九五五年成立，是从内地三个省区的地勘单位抽拼到一块，组建起来的。"

俞新庆问："毛队长肯定是单位的老革命了。"

毛尚荣点头："也算是老资格了，我是一九五六年毕业于川江地质学院，是一九五八年从另一地勘单位调过来的。"

接着又说："这单位可是知识分子成堆的地方，百分之六十是大学毕业或中专毕业，有百分之三十是从内地调来及西疆本省招收的钻探工人，其余部分是从事行政工作的干部，多是部队转业有职务的老革命，还有老八路。大家各有各的工作经验，前十多年，大伙齐心协力，已经为青城地区找到了五处中型、三处大型以上的矿山资源，你们要多向前辈学习！"

何建业、俞新庆谦虚点头承诺："我们会的！"

俞新庆胆子大，用极轻的声音问旁边的李主任："队长身上还带枪？"他看见了队长上车抬腿时屁股后面的手枪囊。

李彦明主任并不回避，也顺便显赫下队长的待遇："这是中央的规定，五十年代初，大青山野兽多，还有没完全肃清的零星土匪坏人，所以对地质大队级的正职主要干部，配有枪支，一直沿袭到现在。"

汽车走的道路越来越小，越来越细，爬到最后的大山时，已经没有公路，小车是沿条高低坑洼几乎被柴草覆盖的羊肠小道，弯弯曲曲，吭哧着大气上来的。

汽车到了一分队的分队部。一下车，分队长魏学科、支部书记兼技术负责唐澜过来迎接。毛队长立即向他们介绍何建业、俞新庆："我给你们带来两位新分来的大学生，你们可要当做千里马发挥作用呀！"

分队几个人将他们行李搬进所住的房间，看那房间，实是工棚。棚基用木桩支架，顶上盖的是树皮或茅草，墙用竹网和稀泥糊成。相互两间房的隔层薄的只有三至五公分厚，人在这间稍大声说话，隔间那边基本能听到。

这样的工棚有三四排，歪歪斜斜地倚伏在大悬崖下方。悬崖上有股筷子粗细的泉水，清凉透澈，成年累月吧嗒吧嗒不停往下滴。滴处砌了小水池，成了分队七八十号职工的天然饮用水。工棚的职工宿舍每四人住一间，分队长与支部书记一间。除宿舍外，还辟有合二为一用途的工作室与会议室。平时看图纸、分析岩芯、研究工作、开大会、政治学习，包括抄写大批判文章都在这里。另外还有职工食堂和总务室。

两位新来大学生从技术员薛传家口里得知分队的概况。分队有八十五位职工，下有三台钻机，离分队部相隔两点五公里，三四十个职工实行三班倒工作制，分别上下班回分队部吃饭睡觉。有七个普查组，每组五人，每次外出普查时间少则三五天，多了要十天半月，浪迹在路途，干粮是压缩饼干和干馍头，如遇老乡家，可自去搭伙借宿。

两天后送走毛尚荣队长，分队两位领导，才与何建业、俞新庆做详细对接，叫他们参与第五普查组工作，并指着周围云蒸霞蔚的大青山说："这方圆六十公里的摩云岭，都是我们铜矿矿区的普查范围。"

何建业、俞新庆他们在分队部住了三天，与在分队的四十多个职工一起上下班，到食堂排队吃饭。其中一天，他俩还沿条山道，走到了二号钻机前。

高高的钻塔，足有二十多米高，呈锥形矗立在山坳间，上百匹马力的大功率柴油机的轰鸣声，振聋发聩，一根接一根的钢铁钻杆由钻盘带动飞转直下，钻向大地岩层深处。钻探工人正在紧张操作，当班班长全神贯注地手执提升与刹车把柄，操控着钻机升降与转速。待一会起钻，两位钻工开始俯身紧张地拆卸钻杆的连接，还有个记录员，将各种钻探数据详细记入值班手册里。钻机旁摆放着一盒盒新钻出的岩芯。岩芯上注有红漆标号——这些岩芯来自地壳的几百米甚至上千米的深处，还带着地球的体温。

何建业、俞新庆明白，这些深部钻探，都是在地质技术野外勘查初步成果基础上最后确立下来的工作手段。他们以最近的距离，感受了地质工作者为祖国建设向大地寻求矿藏的震撼力与高度责任。

往回走时，俞新庆捡起路边的小木棍，朝远方一望无际的高山丛林指了指，问何建业："高兴吗？"

"高兴！"何建业。

"流泪吗？"

"也流泪！"

何建业："新庆，你呢？"

"我也高兴，也流泪。"他俩相拥兴奋。

"那就高兴地流泪吧！"

现在，他们已清醒地明白，不到一个月时间，他们实现了从温馨喧闹的校园，从浪漫主义的热浪中，走向现实野外勘查一线的转身。

他们已置身并将长期与其形影相随的是——无边无际的大青山区。

第二天，俩人按照分队长的长途电话指引索骥，步行找到了二十公里以外的第五普查组，普查组正住在宿山公社所在地的小山村里。他们又认识了一批新战友。

组长徐建新，萧水人，高个，怕有一米八，理平头，讲话有浓重江南口音，性格随和热情。组员孟中琦，家在西疆凉南，中年汉子，开朗，烟瘾很大，抽便宜的烟，每天两包。组员周再春，家乡在松江，为人不拘小节，大大咧咧，嗜酒，比组长矮半个头，近一米七高，很敦实。还有个随组的工人，马健五，本地人，主要从事小组的背背杠杠、做饭等服务性工作。何建业与俞新庆两人，跨进525地质大队，从大队部到野外分队一线，就着着实实感受到地质大家庭的"五湖四海"。

勘查路上，俞新庆好奇地问组长："地质队里怎么净是外省人？"

走在前面的徐建新呵呵一笑："525队里，除了没有台湾人外，哪个省区的人都有。特别是技术人员占大部分，本地人只是少部分。"

组长又回过头来："你俩不也是外省人？这就是地质队的特色，集全国人才的智慧，为国家找矿藏！"

一个地域文化小话题，被组长讲得多少神圣啊！何建业与俞新庆又相视而笑，心里觉得美滋滋的，我们也是这个伟大事业中的一员。

徐建新带着勘查小组，按照地质图标所注的勘查方向，平均每天四五十华里的路程，时而越沟穿涧，时而翻山过梁，不停歇地往前走。每天背着的地质包里，装有图纸、记录簿、放大镜、地质锤、罗盘、换洗的衣服及少许干粮，另有野外遇险的自救药物。地质新人何建业、俞新庆初出茅庐，跟在队伍后面，勤谨地看，谦恭地学。

他们行走的这座山，叫摩云岭五陵山，是大青山的分支，在地质学上属海相火山岩地貌，海拔高达二千八百米。山势陡峭平缓不一。岩层的露隐随山间的植被密疏而变化。千米以下，植被稀疏，裸露着坚硬的岩石；千米至二千米处，植被茂密，是松树杂树为主的原始次森林，地上覆盖千万年腐殖土，岩层多在腐土半米以下。二千米再往上，气温低，生长着小型的刺蓬荆棘及山地苔藓，有些风化裸露的白色岩石。抬眼向远，在阳光的照射下，可以看到邻省四千米以上闪着银光的座座雪山，冰清玉洁，令人神往。

勘查小组的任务是对大青山摩云岭地区铜矿的普查。四十三岁脸膛黑红，已有明显沟壑皱纹的徐建新，不失新中国第一代毕业于南华地质学院优秀学子的风采，能够熟练地寻找到地表含矿岩石的"露头[①]"，带队沿着矿线往前走。

---

① 地质术语：岩石矿脉和矿床露出地面的部分。

徐建新在五陵山老狼沟的山口，捡到块岩石，用锤砸开，眼睛顿时一亮，立即招呼同伴："……都快过来看看！"

大伙围在一起，徐组长手持放大镜指着闪着绿光的碎石："这块石头里面有丰富的铜矿元素，说明咱们走的这条线路没有错！"接着他又向大家讲如何观察矿藏形成与地脉走向地表岩层的规律及关系。

何建业、俞新庆除认真听问外，还用钢笔在笔记上记录。

普查小组六人，继续朝着西南方向，有路走路，无路自己踏路，边走边看，就这样寻找矿藏的"蛛丝马迹"。看到有好迹象的岩层露头，就停下来，用锤敲，用放大镜照，用仪器测。需要深部跟踪的，找来老乡向地下开挖矿槽数米，寻找更可靠的岩石标本。遇到问题就一起研究分析，直到心中有数为止。对没有"矿感"的普通地形，就大踏步朝前走。

地质队员在大山里，不会有长距离的直路坦途走，更不会总跟着道路走。矿脉直路则直；矿脉弯路则弯。矿藏没有从地下深处开掘出来，都是神秘的。它有自己的规律。这个规律的摸索，就靠地质队员的火眼金睛与执着不屈的奋斗吃苦精神。

苍山如海，走不完的道路。上坡出汗，下坡落汗，又上坡又出汗……衣服湿了又干，干了又湿，几天下来，背包里采集的矿石标本越背越沉。标本多了，会选定一个村镇卸下来，由分队安排统一收集拉回。空出的背包，等待后几天新矿石标本的采装。

夜间住宿，几乎是走到哪睡到哪。大部分是借住在沿途老乡家里。

小组行走到第七天，山涧流泉，霜叶鸣雁，不尽的秋色，在何建业与俞新庆眼里，已开始渐渐褪去诗情画意。时近黄昏，他们还站在高达一千多米处的山岭，看到山坳深处，有袅袅炊烟升起，似有人家，便下山借宿。看近却远，直线不过三百米的距离，走了近两个小时，才走到老乡家门口。

门口的大黄狗，朝着陌生人狂吠，被屋里走出约六十多岁的老汉喝住。山里人家朴实，连忙给他们烧茶做饭。没有好茶饭，只有玉米红薯与土豆充饥，就这，地质队员们照样是大快朵颐。夜间的住宿，老汉家正房实在接纳不了。土坯的墙，黄贝草缮的顶，三间房里挤着老汉夫妇、儿子儿媳及孙子孙女七口人。正房的堂屋挤两人，低矮的厨房住两人，徐建新分配好队员，带上助手孟中琦躺进牛棚的梁上。徐建新不仅是地质组长，还是共产党员，这个地质队里见不到级别的最基层的"小官"，在艰苦的条件下，也是这样事事处处带兵如子，严格地要求自己，把方便让给他人。

艰苦的环境，有时会有意外收获。第二天刚亮，徐建新伴着引颈高唱的大公鸡，兴奋起来，冲着刘老汉询问。

"老哥哥，你家牛棚垒的石头，是哪里采集的？"

"桑树沟！"老汉指指约五百米处方向的一道山沟。

早饭是玉米糁汤加土豆，厚道的老嫂子还给每个队员煮了枚鸡蛋。徐建新带着队员由刘老汉引领，到了桑树沟，看到了被开采的一处石场。徐建新支走刘老汉，对采石场展开工作。他对组员们说："没有想到咱们追踪几天的主矿脉的高品位矿石会沉落到这里！"说这话时，徐建新眼睛闪着兴奋的光。

徐建新的技术能力敬业精神，像清澈的清泉，浸润着每个队员的心。

离开老乡家时，队员们付了钱和粮票，徐建新握着刘老汉手，只意味深长地说了一句告别话："相信有共产党的领导，你这里会很快走上幸福道路的！"

普查小组行走了八天，路程近四百里。结束行程时，晚上住进了铜河小镇。镇边有条小河。镇上小街从东到西不过三百米，可他们几天从深山老林走下来，好似到了大城市，住进小旅馆，找到唯一的国营小饭店，点上几盘带肉的好菜，要两瓶老白干，桌子上丢着几盒"昆仑山"牌香烟，大伙开始举起酒杯，尽情地喝，说激励人心的话，庆贺这次出行勘查的重大收获。组长也叼着香烟，会心地笑，在朦胧中说俏皮话，特别听到周再春重复几遍："咱们分队近百人马，全是光棍，就是女的太少。分队部两个女同志，一个会计，一个炊事员，每次回分队部，脖子会僵硬，眼睛会看斜！"也有其他队员掺和，笑作一团。

何建业、俞新庆初来乍到，只笑不语。他们新兵上阵，一趟普查下来，对地质野外一线队员的工作斗志与豪爽性格，有了切身感觉。何建业并不知道俞新庆的家庭生活环境，但他这位从小在农村大山沟里长大吃过苦的年轻人，已经从心里着实地感受到干地质这行当，决不是电影里演绎的那样风光绮丽，它面对的劳动艰辛与精神匮乏，绝不亚于贫穷落后的山地村民！

　　不知怎的，面对艰苦野外生活的现实，一天夜里，俞新庆突然问何建业："建业，你报考大学，选择地质专业，是为了跳农门吗？"何建业不假思索地回答："不是，我真的发自内心爱这一行。"跟着讲起了故事，大概在小学三年级时，有次放学，看见有两个背着挎包手拿铁锤的人，顺着金马河右侧的山脚，边走边看，有时会敲下块石头，用放大镜照照。其中一个是金发碧眼的外国人，另一个是咱中国人。那外国人叽里呱啦地与中国人说话。我们小伙伴跟着看热闹，也听不懂。后来听村里人说，来了"寻宝蛮子"，其实是苏联地质专家。再后来，家里还住进了地质队叔叔阿姨，他们是我投身地质行业的启蒙者。

　　俞新庆相信何建业说的，地质学——总是充满着极大的诱惑力与神秘色彩。他们仰望天上眨着眼睛的星光，看着皎洁如银的一轮明月。何建业也突然向俞新庆发问："月亮上不知有什么大矿藏，哪一天科技发达了，我们还要到月亮上去寻找宝藏！"俞新庆笑了："少不入川，你看到嫦娥后，就无心去找矿了！"两人捂在被头里笑，好像天上的月亮，也在跟着他们笑呢！

第十四章

　　何长生，安分守己，厚道农民本色，也免不了有自己本能欲求与私念。过了"四十不惑"的他，逐渐明白在父亲何致兴眼里，他是中兴龙峪何家大业的希望所在。父亲老了——何致兴已经过了古稀之年。转眼间，看到父亲母亲的腰愈弯了，眼睛愈花了，头发愈白了。何长生更加理解父亲这辈子不容易，风风雨雨，跌宕起伏，虽是普通百姓，但比他名气大，在龙峪镇落了个仗义疏财、刚直不阿的好名声。老人家现在与世无争，一切顺其天命，坚守在这片土地上，只求家庭丰衣足食、后代荣昌。

　　何长生也知道父亲的另个心病——放心不下大儿子的"磨难"。长福自小丧母，因婚姻又摊上这个不入时且影响几代的"纠结"，生活好赖不说，主要是政治上抬不起头。人没长前后眼，当时为啥要答应长福过继给刘双德家这件事，总觉得对不起长福。只要长福那边有点风吹草动，总会难受几天，从内心深处觉得对不住长福死去的娘。

　　一次，龙峪初中有位年轻班主任，突然在班上让每个学生轮流站起来，当众自报家庭出身，轮到长福女儿刘松慧时，她满脸窘色，将"富农"二字回答得吞吞吐吐，声音很小，更何况"富"与"雇"两字韵母音相同。被人听了又像"雇农"，班主任又反追一句："你家是雇农？"周围同学知道她家成分底细，跟着哄堂大笑。散学后，还有几个男同学跟在刘松慧的后面挖苦："真不知羞，将富农改雇农！"刘松慧回到家号啕大哭，说什么不再去上学了。其母刘春香也跟着哭，长福只能边劝说边掉泪，没有办法。

何致兴听说了，气上心来，直接到学校，找到班主任，劈头盖脸，一顿数落："刘松慧在学校从小学到初中，家是富农，你不知道？何况富农是刘双德，她一样受党受毛主席教育，她有多大罪，你当众去揭人的伤疤，你这老师啥水平？"说得那位老师面红耳赤，但还是嘴硬："全班都在报，又不是她一个人，书面报或口头报，是我的权利！"后被学校老师劝开。

回家第二天，大队干部孙玉田上了门，和言劝导："致兴伯，有啥不顺的事，你给大队说，我们去出面，你看你老自己跑去吵，多影响人家学校的教学秩序！"

何致兴想想也是，他心里也明白，其实大队对长福还是比较通融关照的。一来知道长福经历的来龙去脉，人也本分。二来也是多少要看在外长贵与他们一块长大是朋友的面子，对长福并没有什么冲击行为。主要是逢年过节，派遣富农家庭给军烈属送柴的"徭役"，刘双德年纪大了，长福也是替岳父"受过"。岳父岳母去世后，也就免除了这些惩罚。刘松慧经反复劝导，又去上学了。

何致兴一吵，虽有不妥，但孙女上学的环境改善了不少，周围歧视的眼光收敛了些。

何长生不是不爱自己大哥，自小也是被大哥带着让着逐渐长大的，主要是明哲保身，这词不好听，意思就是那样。特殊环境，怕引火烧身，需要划清界限，如走得太近，会影响下一代。何致兴当爹的没有办法，可当兄弟的，远离些没关系，所以各自成家后，两家很少来往。逢年过节，也是子女出动，提着礼篮，礼节性地相互探视下而已。遇到大事，迫不得已，大人间也会出面，那天刘松慧哭闹，死活不愿再去上学，惊动了四邻，何长生做叔叔的，也去劝说了。

何长福背着岳父岳母的包袱，他们去世后，原来的厉害影响，似乎又好了一些。长福也很会寻找"光环"来照耀自己，动不动俺兄弟是革命军人。他的两个孩子也跟着学，常说俺叔是革命功臣。

这种路线分明阶级观念高悬的特殊环境，也有其积极的效应。政治秩序清明严肃，社会定性中的坏人，往往无路可逃。为此，何致兴年逾古稀还得到了意想不到的亲情收获。

这年"谷雨"刚过，何家走进一位中年妇女，身后跟个青年。那妇女中等身材，长得倒齐整，剪发头，红头绳在右侧扎了把小刷子。上身穿着红灯芯绒罩衣，脚穿布鞋。手里提着山里产的核桃木耳，还有两包上面盖有红油纸的红砂糖。进门放下礼物，就朝何致兴夫妇叩头纳拜，连喊："大伯、大伯娘。"还让身边小青年也拜，赶快叫"伯爷爷、伯奶奶"。

何致兴夫妇被这突如其来的尊呼，弄得不知所以然，连问："闺女，你是哪来的，认错门了吧？"

那妇女开言大方："我是认准门进来的，我叫何素珍，你们是我爹何晋兴的亲哥亲嫂子，没有弄错！"

何致兴还是不解心中的疑惑，当年，弟弟何晋兴明明举家三口一起被害。现在怎么凭空又冒出个大侄女来。

"大伯，我不是被害大娘生的，我的母亲是安坪镇的另一个女人。"透着精明的何素珍平静地说。

何致兴越听越糊涂，揉揉双眼，不敢相信眼前的一切。仔细端视坐在对方的女子，约四十多岁，五官端正，双眼皮，不大不小的眼睛，大山里的水土把面容滋养得红扑扑的，有这么巧？脸膜坐姿竟与晋兴弟弟颇有神似的方。仅凭长相为证，眼前这飞来的侄女，不虚！何致兴喜出望外，睹人思旧，封尘了快半个世纪的不幸又勾引起来，两行老泪不觉夺眶而出。

到底有这层血缘亲情关系，何晋兴的女儿何素珍也不怯生，见到亲人，向伯伯细说了杀害父亲凶案的澄清与她家的境遇。

何素珍叙述：父亲被害后，母亲三年后嫁到当地唐姓家，继父唐茂良，家里又添了一弟一妹。她长大懂事后，母亲对她不忌讳过去，就给她讲自己与她父亲何晋兴的事情，讲被杀害的无头案的事情。父亲何晋兴除与被害大娘是公开一家子外，与另一个女子——她的母亲是相好。所以，父亲全家被害时，她还是有了七个月身孕母亲肚子里的遗腹子。也是苍天有眼，让父亲有后。在她五六岁的时候，有自称代表国民革命党组织名义的人，登门给过他母亲二十块光洋，表示对父亲遇害的安抚心意。母亲不止一次地鼓励她，长大后要去龙峪一带找伯父。"文革"运动，他们那里一样的形势，在深挖阶级敌人中，有个历史有严重问题的人，在审查中，交代过去罪行，揭发了杀害父亲的真相。说是父亲的确给当时孙中山领导下的"革命党"游击队带过路，多次提供情报，发生过数起颠覆政权的事件。并且有一批光洋存在我家里，当地政权知道后，记恨在心，也为抢这笔钱，勾结土匪杀人灭口将父亲全家杀害。不过那人说，他只是在现场并没有动手。那坏人已被判刑八年，坐牢了。反正参与的那些坏人，很多都不在了，任凭他说，死无对证。近几年，她继父与母亲相继去世。她已结婚成家很多年，丈夫是凤滩镇庄稼人，叫马知遥，所育男孩已经二十岁，叫马云飞。

何素珍又说："我们那有个新调来的干部，叫江凯，说是曾在龙峪镇工作过。我打听你们，他说在你们家吃过派饭，还把老伯好好地表扬了一番。现在家里老人都不在了，心无牵挂，又有了伯伯的线索，所以就来寻亲，不想真的找到了！"

那几日，何致兴特别高兴，他把长生家还有长福家十来口都喊来与何素珍相认。他从内心里感谢上天，老弟之死水落石出有了定论，坏人也有惩罚。兄弟之女也已长大成人，成家有后，他感谢共产党的英明，群众性运动自有其独到威力，天网恢恢，不放走一个坏人。何致兴高兴之余，心里又在想，当年我这兄弟在外面，咋会弄得这么复杂！不是案中案，就是情外情，最后引来杀身之祸……

何长生尊敬自己的父亲，有些他学不来，父亲的大气刚烈、敢想敢做的斗志品行，让他望尘莫及。但他也继承了父亲的又一面，教育后代要有责任感，成家立业，荫妻教子，传承光大家风祖训，堂堂正正做人，当官不枉法、经商不害命，莫做伤天害理之事。

不过何长生对父亲的想不通，也算最有意见的是这样一件事情。一九五八年龙峪公社兴盛公私合营，提出将家里开设的"普济生"药房资产交给公家，就可以安排父亲正式工作。结果镇里东街那家段姓私人药房，自愿交了资产，自此店主摇身一变，成了国家正式职工，每月按时领取薪水几十大元，养活一家老小，好不惬意！只有父亲不愿受管束，坚决不从。结果弄得后来私营受制停业，全家经济困顿，生活过得紧紧巴巴。何长生不是记恨父亲，只是觉得父亲性格太固执太倔强，不能游刃有余。你年纪大了，不愿去也就罢了，为何不让儿子去顶替。其实在选择接替人选问题上，何长生有点错怪父亲，那时规定公私合营后，只能经营当事人转为职工，其他亲属不能顶替。但是，何致兴过于刚烈，确实让他错失了这次难逢的成为端国家"铁饭碗"的机遇。

何长生对晚辈看不顺眼的，自不是老大也不是老二，而是老三。老大何建业爱读书，为他涨脸；老二何建丰也乖巧不让他操心，唯独三子何建伟不安分，让他闹心。

做为何家"建"字辈中，何建伟算是身量最小，个头不会过一米七，显得单瘦，继承何家的"同"字脸形，有棱角，单眼皮，眼角微向上翘。腿显长，动作麻利灵活。个人心胸很大，眼光高，一般人还看不起，说话爱冲人，性格有些怪异。三兄弟中，两个哥哥都不像他。这桀骜不驯的脾气，连家人都找不出答案，只能或许说是奶奶韩瑞兰溺爱宠出来的吧！

这三兄弟间的关系有点意思，何建伟与二哥弄不到一起，关键是何建伟与何建丰的性格根本不对路，他就是看不惯何建丰对任何事过于思考的老道与自保的谨慎，办事缺少霸气，讲话怕得罪人，只想当老好人。其实，何建伟并没看透他的二哥。反过来，何建丰也知道何建伟看不上他，他也不感冒建伟的脾性，大大咧咧，云山雾罩，口气冲破天，看似果断牛气，可没几个能够落地，大多不切实际，属空中楼阁。可何建丰毕竟当哥，几乎不与小弟计较，偶尔争执，十有八九奶奶、母亲会说他的不是，要他让弟弟。

说来又怪，这两兄弟都服大哥何建业的。主要是何建业自小养就好习惯，日有三省，勤奋好学，知识面宽，话少，但说出来一套一套的。首先镇服两兄弟，建业说出的主意也是既新鲜又牢靠，多能兑现。何建业平时不爱张扬，动作斯文，天生一幅小知识分子的派头。这一点从外表看，建丰与大哥有点像，但在建伟眼里，搁在大哥身上是儒雅，放在建丰那里是窝囊。大哥在，有威信有号召力，两个兄弟经常跟随建业外出，或劳动或玩耍，奔跑在龙峪的街道胡同，镇外的野岭荒郊。何建伟能接受大哥尊重大哥，有事有想法，爱与大哥去唠。但是二哥说什么，建伟都会对着别扭一下。建业考学走了，少了平衡力，两兄弟对峙加剧，各有所爱，各找自己的朋友玩，互不干涉，虽吃得一锅饭住在一起，相互交心甚少。

物以类聚，人以群分，两人都不齿对方习性，各有自己的朋友圈。何建丰的朋友有好下象棋打扑克牌的萧亚君，有平时爱吹口哨喜欢借别人东西的白尚杰，有善于上山挖药材回来换钱的王胜利。何建伟常聚的，有善于用皮弹弓打鸟的孔明辉，有善于赛跑能上树的俏皮蛋沈畅，有喜欢追逐热闹天天乐呵呵的金狗蛋。何建伟入伙的本领是，爱编故事说笑话，有时出个点子撩点事，做个恶作剧闹开心。何建伟喂养了一只大黄狗，那狗体型足有半米多高，毛色金黄浓密，经常呲着长牙，吐着红舌头，跟在何建伟身后，狗仗人势显威风，放学后，在街中寨外冲来撞去。建伟这拨伙伴虽谈不上是"恶少"，但其张狂风火的言行，让不少街坊长辈看了摇头。有一位过去私下喜欢为人算卦的人，带着顾虑曾评价何建伟："这孩子长大后，走正道是个人才；走邪门会有牢狱之灾！"

何长生不大喜欢三子何建伟，就是这一点，总担心，不知哪天就给他闹点祸事，丢过来一捆乱麻索，让他去解。平时的小麻烦不断，不是与人打架，家人找来了，就是冒失把别人东西弄坏了，三天两头总有告状的。为此，建伟也受过骂挨过揍，就是屡教不改，让何长生头有点大。

这日，又引发了一场矛盾。

打罢春，各家自留地里麦势，一天天旺盛起来，惹人喜爱。可就是天公不作美，春雨贵如油，有月余没有下雨，麦苗干旱得不行，萎靡不振耷拉着头，老百姓心如火燎，金马河水的水量小了许多，小渠里引入的水，有一点，但生产队要求先公后私，浇完公家的地，再浇私人的自留地。好不容易轮到自留地浇灌，何长生与李东成家是隔壁邻居，自留地也挨在一起，水渠就在他们地头过。何长生的地在水上游，先浇。但水浇至八成，还没洇到地头，李东成的儿子李耀华迫不及待来"抢水"，把何长生家自留地的水口堵上，提前引水入他家的地。何长生的两个儿子建丰建伟不依，李东成那边有三个儿子，引发纠纷，夺锨抢桶，推搡起来，幸得生产队长过来解决，平息了矛盾。平时，邻里关系尚可，自此双方心里落下不快。

这事发生后半个月，天上不测风云带来了一场大暴雨，在龙峪上空连续下了两小时。霎时间，沟沟汊汊洪水暴涨，龙峪镇里家家户户院里积水半尺，人人端盆拿桶"抢险"。唯独隔壁李东成家院内水面越来越高，水面只涨不落，看着水面快超过了只有尺余的石根脚，接近上面的土坯墙。如土坯墙经水一泡，就会房倒屋塌。李家人如热锅蚂蚁，心急如焚，只认为是雨下太大，无奈之下，李东成突然醒悟，走到家的外墙根基下，查看专留的出水口，俗称"猫道眼①"，顿时傻眼，猫道眼里塞了两块砖。明眼人一看便知是被人使坏。

雨过天晴，李家人朝着何长生家门的方向骂开了。特别是李东成女人的声音又尖又亮，引来不少看纠纷的乡亲。

"下这么大的雨，把人家的猫道眼堵上，害得俺家水出不去，太歹毒了！"

"这就是谋私害命，做这事的人不得好死。"

"黑心烂肚肠，你不得好报，生个孩子也会没屁眼。"

"有本事，你出来，不要做缩头乌龟。"

……

李家虽有理，骂得过分了，理也削去了一半。

何长生开始不知骂谁，后来听出音影，知道是对准他家来了。想起半月前何李两家抢水纠纷，心里判断今天邻居家这事的发生总有些关联。他很快想到平时不守规矩的小儿子建伟。做爷的何致兴，平时的性格可不是吃素的，但他是个讲理的人，面对这场面，老爷爷倒气定神闲，因为他心里也有了些谱，人不能做亏理的事，做了亏心事，就讲不起话。何致兴何长生父子俩人虽嘴上不说，但心里都在想，这坏事系家里的浑小子何建伟所为，八九不离十！这事很无奈，人家是受害人，骂得应该。骂人又没指

---

① 农村居家院落墙根内侧与外墙在地下留的孔道。

名道姓，你去接腔对骂，岂不是不打自招，给自己脸上抹黑！只得任由对方撒泼，偃旗息鼓作罢！

何家这边，只有何建伟暗自窃喜，感觉出了一口恶气，躲在屋里，捂着嘴偷偷地笑。

晚饭后，何家的"审判会"开始了，大家坐在厅屋里，"主审"是何长生，其他是"陪审"，嫌疑人自然是何建伟。

何长生满脸怒色，开门见山："建伟，你说实话，今天堵……堵李家猫道眼的事，是不是你干的？"

"不是！"何建伟大言不惭回答。

"这事我们做大人的不会去干，你二哥也下不去这手，只有你这混蛋才能做得出来！"

"不是，就不是。"何建伟心里明白，这事非同小可，死命都不能承认，承认了，受点皮肉之苦倒是小事，如传出去，他的恶名也跟着出去了，毕竟是件入不到理上的大"恶作剧"。如不承认，他们只能猜，没有口供，就结不了案，也就不了了之。

何长生继续愤怒："你是男子汉就敢承认，好汉做事好汉当。如是你，家法不用我动手，你自己抽自己一百个耳光。外面，你到李家去道歉！"

平时溺爱何建伟的韩瑞兰、曹仁花坐在一旁，手心里出了汗，但她们看今晚的阵势，知道事情的严重，也不便多言，静观审查的进程。

"说了……不是我……我嘛！"何建伟毕竟做了亏心事，他的口吻是软绵的，表现不出平时的坚硬如钢。

何长生知道这儿子的秉性，看看审不出个所以然来，只好换了口气，转向了引导与教育："建伟，平时有人宠你惯着你，你无法无天。你知道这事的厉害后果吗？如果别人没有及时捅开猫道眼，那水一上墙，土坯墙泡了就房塌屋倒。房塌如果再砸死了人，出了人命案，你何建伟有多少钱去赔财，有几个脑袋去偿命，你还能安生坐在这里狡辩!？"

这时的何致兴开腔了，表情很凝重好严肃："小伟，爷说你几句，你也老大不小了，干啥事心里要想想前因后果。我从小不信邪，恶的我不怕，但弱的我也不欺，啥事不能干亏理的事，特别不能干缺德的事。我读书不多，但信也最守'仁义道德'几个字。这也是咱老何家辈辈应该遵守的家风规矩。堵人家猫道眼是你也罢不是你也罢，你要从这个事里悟点道理出来，堂堂正正地好好做人！"

爷爷的眼睛谈不上锐利，但一直瞪着建伟的脸看，平时张狂的何建伟这时低着半个头，不敢正眼看爷爷。

何长生言犹未尽："桥归桥，路归路，李家与咱家抢水浇地，这在大旱之年，在农村是再平常不过的事情了。事情过去就算，不能再去节外生枝，加重隔阂。帮助人是条路，得罪人是堵墙，这是古训。啥事还是要和为贵，你好好想想！"

这时坐在一旁的奶奶、母亲看着建伟基本过了关，算松了一口气，赶紧在旁附和："你爷你爹讲得入情是理，你可要记下，再不要做这种下三烂的事了。"这婆媳俩本想是打圆场，轻描淡写，减轻建伟的"罪过"，不想是与他爷他爹一道，把堵"猫道眼"的罪名准确无误地扣到了孙子儿子头上。

这就是何长生凭啥不喜欢小儿子的一段小故事！

何长生的爹不仅越来越老了，而且心情也越来越差了。除了大儿子长福家生活的煎熬外，还有老三长贵、官名何淮海的下马，转入地方，摘掉了"军属"招牌，又成了走资派，加上来外调的人走后，村里冒了些风言风语，特别有些人幸灾乐祸："老何家现在不神气了吧！""何长贵只知道在外闹天下，忘了本。""人混得再大，被轰下来，还不是一样，倒下毯朝上！"

情绪归情绪，但不等于何致兴对后代没要求，何长生被爹叫到他的房间"谈话"。

"我虽然不是诸葛亮，走一步看三步，可也能走一步看两步，至少看一步半。我老了，咱何家的兴旺发达，可要全交给你了。"说完爹的眼里明显盈着泪光。

"爹，你说，我听着！"

"咱何家，你们弟兄三人，老大长福，是人家上门女婿，家里又是那样，不要提了。老三长贵工作在外，很难再回龙峪，现在何家要兴旺发达，不靠你靠谁？"

"爹说的也是！"

"其实咱老何家，大命运并不赖，我知足，人家还羡慕得很哩！辈辈出英雄，你这一辈出了长贵。你的下一辈又出了建业，都为咱何家撑面子，我高兴。但现在咱在龙峪的长远生存，得想到危急！"

"啥危急？"

"啥危急？主要是人的危急！远水不解近渴，你想过没有？长贵与建业虽然是咱家的骄傲，回过头来，往深处想往远处想，那都是披个虚名，'远水不解近渴'。咱何家现在最缺的是'人丁'，是人在龙峪的播种……人在龙峪的扩大……人在龙峪的传代……"

"说来可怜，何家三兄弟，现在龙峪，正宗的就你一家往下传。你可听清楚了，建丰、建伟他们也没读多少书，让他们好好定下心来，实实在在，就在龙峪娶妻生子，成家立业，传宗接代。"何致兴又提醒："现在年轻人想法多，你可悠着点，多教育多说着点！"

爹的话，字字句句，何长生都听进去了，而且与他的想法不谋而合。

何长生安慰爹："爹，你放心，我也是这么想的，要稳住他们，就先得在家里定亲娶媳妇，有了家，一切都会水到渠成。""建丰已快到说亲年龄，咱再加把劲，好赖把后院三间新房盖起来，有了窝，就好去提亲，先把建丰的婚姻大事办了，以后再说建伟的。只是现在盖房手头紧，我向建业要一点。你能不能写信给长贵说，让他也多少支持一点！"

何致兴笑了："平时看你老实，你总是会乘机会，转着弯揶拱着我向老三要钱！"

长生从心里佩服爹的远见卓识，在何致兴与他商谈稳住儿孙，振兴何家祖业大计的几个月后，二儿子何建丰直接找自己的爹"摊牌"来了。

已年进十八岁、高中毕业回家的何建丰，正值青春期，茸茸的小胡须，平平地铺在鼻梁下方，脸上还突出几颗粉红色的青春痘，条形的身材，奔射出英雄出少年的活力。何建丰一见父亲，就直言不讳："爹，我想出去找份工作干！"

何长生胸口一震："他爷神机妙算，来得真快！"稍平静，就反问建丰："你想干啥？"

"哈都行，只要能出去工作！"

"你能干啥？"

"只要能出去，边干边学！"

何长生不高兴了："说得倒轻巧，你啥都不会，就想搞单干？"接着又补充一句："没有那金刚钻，就别揽那瓷器活？"

何建丰反唇相讥："咱村出去了好几个，不都是啥都不会？我就是看他们能出去，不服气。我凭啥不能出去？"

何长生知道儿子说的啥意思，说的是这几年由大队推荐到地区新乐市与定州县城当合同工的村里的后生与姑娘，特别是前年去年出去的，有两个在龙峪就是被公认的"窝瓜菜"，在校成绩最差，连句话都说不顺当，平时言行少家失教，更别说什么真本事。

想想，建丰虽然顶得有道理，但不能因为别人的"短斤少两"，就放弃对孩子端正理想、学本领走正路的正统教育。何长生随即说道："那是人家有在大队掌权的爹妈、叔伯、姑舅。你没有，想走天下，就得有硬本领！"

何建丰反应快，抓住话机："咱们也有啊，咱还有更硬的关系！"

"谁？"

"我爷的老朋友，县太爷叶明瑞爷爷！"

何长生忍俊不禁，哈哈笑："这真是一人有权，百亲千朋都惦记着！你想得太简单，人家一个大县长，会为咱平头百姓去当合同工，找人打招呼，杀鸡用牛刀？何况叶县长又不是你的亲爷！"

建丰不服："那大哥去读书考学，不是也找叶县长了。"

"那不一样！"至于如何不一样，何长生不往下说了，只说："已经麻烦过人家一次了，你家每个孩子的事，不可能都去提要求，我是不好意思再开口了！"

"另外，你知道不？这运动开始不久，叶县长就被打成走资派，经过斗批改，刚刚过关，现在是挂职的副书记，有职无权，自己都脱了层皮，够难受的，还有心事去管你家的事！"

建丰想想爹说的也是，不吭声了。

何长生接着开导，也是不容商量的："不要再胡思乱想，生产队里的麦子立马就要熟了，农村人靠工分吃饭，最近最大的事就是你们兄弟俩，与我随社员们一道把地里的夏粮收回来，再把秋天的庄稼种子播到地里去。"何长生看看儿子不语，顿了顿又说："等农闲了，我看你还是去学木匠，那是手艺活，百家都能用到。到时，我跟你学木匠的表舅说说，你就跟他学！"

建丰没有违拗父亲，他知道庄稼人，春夏秋冬四季对时令节气严格遵守的重要，更知道农村穷孩子与生俱来的身价低微。命运的改变，必须从一步一履走起，从现实走起。何建丰高中毕业，在同龄同等学力中，他是个不善言语但心里却很想事，也是急切改变命运又具有潜在韧性的小伙子。

这年五月，龙峪的平地及沟洼里的麦子又黄了，布谷鸟躲在人们很难发现的沟坎河岸上，发出"咕咕咕……咕咕咕……"的叫声，看来又是个丰收年。

龙峪的庄稼地里，满目金色，如侧耳细吸，能听到麦子熟透嘎嘎喳喳的声响。天空万里无云，每天挂着灼人的骄阳。农村孩子长成大人，能不干活？何长生带着建丰建伟两个儿子，卷着裤腿，上衣是白色粗棉布短袖，顶着草帽，肩扛扁担手拿镰刀，加入社员们抢收抢种的洪流中！

建丰自小勤谨，平常有些吊儿郎当的建伟，这时也不示弱。兄弟俩与男女老少社员一样，汗流浃背弯着腰顺着金黄色的望不到边的麦垄，一块块地割过去，将麦子打成捆，一担担从地里挑到麦场上去。麦子在麦场上摊开，赶着牛或骡子拖着石磙，……驾……吁……驾……吁……一圈又一圈地碾压，用木锨向空中扬出撒金流银的麦粒，一袋袋装好丰收果实。再拿桑杈把麦秸一束束，砌成数个像小山样的麦垛。每样麦收程序、操作动作，两个小青年都跟着走跟着学。渴了爬到场边放置的水桶边，咕咚咕咚喝一肚子凉水。休息时，坐在地头的树荫下，用草帽扇扇风。有时，建丰会不自禁地看着家乡这透明而粗犷的夏收美景出神。

一日中午快收工时，建丰往麦场里放下一担干焦直响的麦子，取出绳索，拿起扁担，在重进麦田的路口时，他突然看见天上一群飞鸟，像金马河边上嗑鱼的白鹭，它们扇着翅膀从近往远处飞，越来越小，慢慢地化到了碧蓝碧蓝的天际里……

"建丰哥，你在看啥？"

建丰扭头一看，是高中时的同学许巧巧。

看那许巧巧，白净的瓜子脸上抹着红晕，一双小辫俏皮地扫着窄俏的小肩膀，何建丰倒不好意思起来。

"我看你在看天，看得发了呆。"许巧巧说完嫣然一笑。

何建丰这时仿佛才回过神来："我在看画，天上有画！"说完也一笑。

"天上一张大蓝纸，啥都没有啊？"

"此处无声胜有声，一般人看不到。"何建丰恢复神志后，也挺幽默，向许巧巧挤了一眼，又笑了。

"走吗？该收工了，别再杞人忧天了！"那时的高中，在农村就算有文化人了，有文化人碰到一起，也会文绉一番。

许巧巧伴着同行的一位中年妇女走了。何建丰顺着她的背景看过去，在学校时，倒没大感觉，这下与她同行的中年媳妇水桶腰身一比，许巧巧可成了天仙身材，一米六三左右的个头，俏肩细腰丰臂，都给占全了，走路姿势也好看，风摆柳似的向前飘行。没有饰粉妆，却感觉飘来了花儿般的余香。何建丰的心，不知是天热高温，血速加快，还是另有他因，不由"嘣、嘣、嘣……"连跳一阵，心里不由说："真是女大十八变，越变越好看！"

第十五章

"锄禾日当午,汗滴禾下土",完成辛苦的夏收秋种后,人们在地里的农活稍事轻松了些。何长生真的跟做木匠的亲戚说,让建丰跟着当徒弟,建丰也真的听从了父亲。

老子如意,儿子愿意。长生给建丰配了套木匠工具,锯、凿、锛、斧、墨线盒、角尺,样样俱全。建丰的师傅是母亲曹仁花的叔伯兄弟,叫曹来顺。师傅家不在龙峪,不属定州县也不属西川县,而是在丽山县。龙峪地理位置特别,处在"鸡鸣三县"地方。师傅曹来顺的家说是在丽山县,其实就在龙峪西北方向邻县边界上的北店庄。龙峪与北店庄两村相隔只有二十里地。

做木匠,是流动揽活的营生,无论是同庄还是远村,只要有事可做,再远也得去。但大多数就在龙峪、北店庄周围方圆三十多里地方,最多也不会超过五十里。

木匠中有"大木作"与"小木作"之分。大木作主要盖房上梁做门窗之类,小木作重在为家庭打制各类家具。这两者往往分离,学做大木作不会去做小木作,而小木作一般也不会做大木作。但建丰的表舅很厉害,大小木作兼做,技压同行,在当地十里八乡也是有名的大师傅,所以生意好,一年到头走东窜西,不是盖房子就是做家具,有做不完的活。

师傅待建丰不错,但也很严厉。既是师徒关系,也有甥舅关系,不能因为有亲情,就含糊了师徒的主脉。亲情可以在生活上有所照顾,但在学徒份上必须严格。因而表舅的师傅威严也要树起来,几乎很少与建丰说笑,有事说事，一是一，二是二。

师带徒，也有学问。常规是徒弟学艺出师要三年。那还得看徒弟对师傅的表现，师傅反过来对徒弟的态度。一般说来，出行的重东西徒弟要先背多背，师傅没吃饭，徒弟不能先动碗筷，晚上师傅喝茶温水泡脚，徒弟要端茶倒水。劳作中的勤快，有眼色和额外的孝敬，自不必说。师傅如喜欢徒弟，会多教主动教愿意教。如师傅看徒弟不顺眼，就会少教慢点教，关键技术保守地教，态度生硬地教。但大抵做师傅的都有个通病，师傅教个徒弟也不容易，教的过程中多多少少有些保守情绪，不慌不忙，慢慢地耗你、磨你……

但建丰表舅还算好，看在亲叔伯姐儿子的份上，在学艺期间还没有让建丰太憋屈的事情。

当木匠有当木匠的苦，哪一行都不容易。只要有活干，天麻麻亮，就被师傅喊起来外出，冬天天寒地冻，有时达到零下十七八摄氏度，流出的鼻涕瞬间结成"冻条"。如盖房，也得在露天里劈劈啪啪，不停地砍削。夏天再热，为人做家具，老山窝的人家条件差，也得蜷缩在肮脏的蜗居里熏蒸闻臭气，被蚊虫叮咬。

建丰干活卖力，人聪明，接受能力强，又爱问师傅，学习中进步快，曹来顺很喜欢这个徒弟加外甥。

建丰也把师傅当亲人看，有委屈事就给师傅说。

一次师傅在河湾村接了三间瓦房的大木作。工程大，就喊另个魏姓木匠同行合作，三个一起到了房东家。因房东家屋小，人口多，腾不出更多床铺给匠人住，只挤出两张床。曹来顺外出有长期一个人睡的习惯，就让建丰与魏木匠同睡在另张稍大床铺上。合作的魏木匠是大胡茬，圆头大脸，耳厚脖短，颈下的肉叠了两层，体格强壮，浓重的胸毛从不穿内衣敞开的上衣领口伸出来。他也服从同行曹大哥的安排，乐呵呵地满口承应。

建丰度过了一个比他大二十多岁的男人同床共眠之夜……

第二天，建丰满脸的不快，找到师傅悄悄说："我今晚不和魏师傅睡了！"

"为啥？"

"他摸我！"建丰气呼呼说。

相貌平平的曹来顺，睁大眼睛不解："咋摸你？"

"他摸我下面，还爬到我身上……"建丰说得脸和脖子都红了。

师傅这时听明白了。

"好，今晚你跟舅睡。"这时候师傅更换了身份称谓，对外甥予以保护。

当晚，曹来顺就给魏师傅说："这是我徒弟，也是我外甥，与生人睡不习惯，还是让他给我睡吧，咱们换换床铺。"

谁也没点破，但彼此心里明白，魏师傅脸不红心不跳，非常平静地哈哈一笑，爽快地说："你外甥？好！"

通过这件师徒路上的细事，曹来顺虽文化不高，是个纯粹的手艺人，但更加认识到外甥初出茅庐的青涩与纯朴，他语言表达不了这么高，但心里是这样想的，从此更加喜欢这个勤奋上进的小青年。

表舅慢慢地甚至在内心有了将小女儿许配给建丰，来个表亲联姻，亲上加亲的想法。

时间很快，三年学艺回来，长生认为儿子学到了一门看家本领，以后不会再有别的不安分想法，开始稳扎稳打地过生活。建丰出师后，也是这样做的，每天背着自己的木匠行头，走村串巷，在外面风来雨去做木匠活，但他很少帮人盖房，主要是帮人打家具，他手艺不赖，被不少人家看好。木匠活接二连三不停地有，也就不停地干。有门手艺，就有些固定的收入，何长生家的日子比街坊农户的日子要好一些。虽然也是粗茶淡饭，经一两个月会买丁点肉，沾点荤气，稍微改善下。

好景不长，这天长生在院晒粮食，建丰从外做活回来，把斧锯往地上一撩，又找上爹了："我还是想出去做事。"

长生停下手里的木扒子："你不是天天在外面干活？"

爹不解地看着俊气的儿子。

"爹，我不是不做木匠活，我是想到城里找份正式工作。"

"说得倒轻巧，谁给你安排？"爹又加了句："别忘了，咱是农村户口，国家不包分配！"

"咱村出去那多，前几天又有出去的，他们不也是农村户口出去的？"

长生知道他的"冷热病"又犯了，就是因为羡慕别人的命好或是埋怨不公平，才助长了他不安心农村的欲望。

长生看儿子这山看见那山高，刚学了份本事，又准备另选高就，不高兴地说："你能不能实在点，你大哥出去了，建伟比你小，咱何家的大梁还要靠你撑起来，这也是你爷你奶的意思！"

建丰不正面接爹的话题，只论想出去工作的理由："我听说，大队支书平时口袋里装着空白合同，谁与他关系近，就为谁开，推荐谁出去。"

"那是传说，有点影子被夸大了。再说了，咱家与支书不是没有近关系吗？"长生不自觉地顺着建丰的思路讨论下去。

建丰再次的就业愿望，又在父子间各抒己见，难以达成共识中不快地结束。

建丰继续在外揽活干活，可他的眼光依旧向往着那些已经出去有了份工作的同村哥弟姐妹，他觉得在龙峪就是无情地消耗他宝贵的青春岁月。

儿子怏怏不快的情绪，躲不过父母眼睛。曹仁花也常提醒长生："我看咱儿子不会长久安心在农村，他经常闷闷不乐，我当娘的心里不好受。咱也得想想办法，满足他的心愿。"长生心有同感，还是眼睛朝着老婆一翻："他走了，咱何家谁接班？"

曹仁花突然说："他爹，咱给他说个媳妇，结了婚，拖家带口，他就不想出去了，就算出去，风筝的线还牵在他媳妇手里，他还得回来！"

长生眼睛向上一眯："平时说你头发长见识短，今天这主意夯到了点子上"说完还竖起大拇指。

这夫妇俩开始为建丰物色对象。

这头的建丰，干活之余特别一人睡在床上，总是看着墙上贴的废报纸浮想联翩，——我不憨又不傻，甚而比别人还聪明，我凭啥就不能出去？——我不服"农村青年天生就应该在家乡种地"的命运安排！——到城市去，我要去当国营单位的职工……

隔段时间他又去找爹，爹是一道坎，必须先征得爹的同情与同意。

"爹，我思前想后，还是想出去！"

"为啥……为啥嘛，到底为了啥？人在哪不能生活，龙峪人祖祖辈辈一百个有九十九个在这里传宗接代，不是尚好？"何长生不耐烦。

"我就愿意当那百分之一，不当百分九十九，只有走出咱这大山，眼就更宽些，也会把事情做大。"

你来我去，长生看看拗不过儿子，儿子说的不是没有一点道理，更重要的是，他不愿整日看着建丰心事重重，弄得全家不愉快。强压着不准回去，另当别论，但也不能压着儿子不敢有点想法。活脱脱的人，向往好的地方，也是情理中的事情。

因此，长生向建丰开出了条件："你出去可以，但必须在家找对象，把婚结了。"

建丰见爹松了口，不假思索地应道："可以！"

何长生顺势而导："我与你娘已为你说了一门亲事！"

"谁？"何建丰急了。

"这闺女各方条件出色，配你绰绰有余。"

"爹，你还卖关子，到底是谁家的？"建丰身急得要出汗，脸羞得像红鸡冠。

"远在天边近在眼前，你再猜猜！"

"我猜不着，爹，你快说，也可能我根本不愿意。"

长生这时不慌不忙地透露："是咱龙峪街许道生家的闺女——许艳艳。"建丰一听傻了眼，忽地站了起来，顿时脱口而出："我不要许艳艳！"

长生见儿子这样，笑着说："我说错了，是许巧巧。"

建丰陡然觉得心快要跳出来了，仿佛自己都能看到自己面孔已经从头顶红到脚跟，心里不停祈祷："谢谢老天爷，到底是我的亲爹亲娘，能看透我的心事，许巧巧啊，你真是名如其人，真是巧到我们家来了，更是巧到了我的心窝里了……"

长生看建丰一时不答话，观察着故意反问："你又不愿意？"

建丰这才回过神来，轻声回应："谁说不愿意！"又紧补了句："感谢爹娘费心！"向父亲深深鞠了一躬。

第十五章　　207

长生知道许巧巧是百里挑一的好姑娘，儿子肯定会同意。父母对儿女心里有杆秤，儿女的心事，父母也能猜出一二。

长生看建丰满口答应，这婚事就八九不离十，其实他家早已托媒人去许家说了。

建丰经常的心病，趁热打铁，一趟得说完。长生又问儿子："你只想出去，但你想没想过，咋出去？"长生知道儿子只要在家乡结了婚，跑得再远，也得回来。有了在外面工作的固定工资，总比在农村干活挣得多，生活也会上一层楼。在家成婚与在外找工作，两不误。

建丰面对爹的突然质问，忽闪着眼睛，一时说不出话来。

长生指点迷津，到底年长要老辣几分，字字句句都能夯到点子上："人人都想好事，但好事少，不能人人受用，所以好事不会去找人，而得人去找好事。"

"咋找？"

"现在推荐出去工作的大权在大队，大队的权力又集中在村支书手里，能出去那些人，有的与大队干部有亲戚连带，有的就是靠走关系，拉近距离。"

建丰似乎悟出道理："如果村支书家盖房子或打家具，我去把活做精细，还不收他工钱，不就拉近距离了。"

长生一时被惹得大笑——这个既聪明而又单纯的孩子呀！

"现在支书家不是没有盖房打家具的事吗，不能去等，得换个办法，咱给买两条好烟几瓶好酒，你夜里给庆奎叔家送去，你再说说你的想法。"

爹就是爹，长生的提醒让何建丰茅塞顿开……

过了月余的一日，乘月色不明，何建丰提着两提兜礼品，忐忑不安走到村支书裴庆奎家门口。支书家的大黑狗汪汪直叫，叫得他在大门口两腿发软，踌躇不敢向前。

看到院内屋里的灯，亮着黄光。

"谁在外边？"屋里有人在喊。

"我，是建丰，庆奎叔！"何建丰在外面应声。

裴支书在屋回道："进来吧！"接着对狗高喊了一声："黑子，别咬！"

狗听话，不叫了。

建丰走进支书屋内，比一般农家要阔绰些，整齐结实的大小衣柜、床铺依次排在墙边屋角，桌椅倚在窗边。这时的建丰，就有了点职业的习惯，进门先扫他家的家具。裴庆奎的妻子也在家，建丰将手里提的烟酒点心搁在桌子上，连忙点头，依次喊了"庆奎叔""婶子"。

裴庆奎用眼睛瞟下礼品，似乎有些司空见惯，嘴上嚼着东西，语音不很清楚："……你这是啥意思？来就来了，还提……提啥东西？"

"叔，这只是点小心意，不成敬意。"

坐得笔挺的裴支书欠欠身子，将桌上的另只空酒盅斟满酒，向桌的对面推了推，对建丰客套地说："坐，你也喝一杯。"这时建丰看清支书的桌上立瓶"梅州老窖"，还有一小碟花生米和半盘卤牛肉。桌边放着深蓝色的布帽子。

建丰选对面椅子笔直坐下来，忙摆手："叔，我不会喝酒！"

酒下肚脸色微红的裴庆奎笑笑，也就没有再让，自己轻轻呷了一小口，单刀直入问："建丰，你可是从来不到叔家来，说吧，啥事？"

建丰从小到大，头一回单枪匹马出面求人，再次脸色绯红，断断续续地说："庆奎叔，……我想求你……帮个忙。"

"啥事？"

"我……我想让叔给介绍个工作！"

"你不是会木匠，干得好好的？"

建丰一时语塞，但不知怎的，头脑突然清醒，很快转过弯来。

"……叔，木匠活再干，还是在农村转，我想到县城或新乐市找份正式工作。"建丰讲话也顺畅了，他知道这时不能再去拐弯抹角。

裴庆奎鼻子轻轻哼了下，没有反驳也没赞同，说道："哪有那么容易？你看咱龙峪，人多地少，又是穷山沟，谁不想出去找工作当城里人。一两年上头就给几个名额，而且都是合同工，全村几百个后生和大闺女，都在那瞪着眼等着！"中等个头、脸型有些消瘦也有些秃顶，但很精神的裴庆奎，说出话来，句句沉稳老辣，无懈可击，还能隐隐感觉到余音的分量。

建丰听起来，支书说得也有理，但他心里更明白，有了指标，该让谁去，该不让谁去，还不是庆奎叔心里有数，说了算。他不敢往下直接，只一味地央求："还是要麻烦叔多关照，我一辈子都不会忘记恩德。"

裴支书这时话锋转向："你大哥建业已经出去，你又想走，你爹娘同意？"

建丰又一时哑言，稍停，建丰用肯定的口气："我爹娘都没意见。"

"那好吧，这事我可不敢打包票，得慢慢等，看机会。你把东西拿走，能帮，我看在你叔长贵从小长大朋友份上，会帮你。如帮不上，也别怪叔！"支书站起了身。

建丰听到此，基本是结语，立马抬脚往屋外走，边走边念："叔，只是一点心意，有劳你，有劳你。"

建丰跑出院子，听到裴庆奎在屋里高声："建丰，慢走……不送了！"还能模糊听到婶子的话："……他家老大已是国家正式干部，老二又来抢这份白蒸馍！"

无论如何，建丰走出门口，回望下支书大门上的两个大圆铁环，仰头长舒一口气，自语道："天哪，总算完成一件天大的事。"这时，他突然看到不远处有两个身影，提着东西，也朝庆奎叔家走来。他赶快闪到大路上，调转方向，行若无事，背朝来人离走。

何建丰边走，不由想起来"螳螂捕蝉，黄雀在后"的成语，不管比喻贴切不贴切，前方好似有块美食，我想得到，没想到后面可能有来头更大的角色，也在盯着美食。最后我若没有得到美食，等于美食和我一起，被后来者吃掉了……他想着走着。但是，总而言之，通过这次送出去的礼物，他能感觉到，送礼与不送礼，肯定不一样。现在回家，就静等好消息吧！

想到这里，顿觉全身飘然，他没有回家，只是趁着夜色，去敲许巧巧家门去了。

走到离未婚妻家不远处，听见街边的马家院落里有吵架声音。马家院子地基高，建丰上了三级台阶，走进门去，看到马家的两边厢房前，已经挤满看客。院中晒衣杆上挂一盏亮有黄光的马灯，主人马老大和马老二的媳妇——妯娌俩，双手一会叉腰一会指着对方，谁也不服谁的气，吵得正欢。

原来是为了婆婆留下来的一把旧锅铲激烈争执。瘦削的二媳妇气汹汹说:"你多拿了娘一床被子,还要拿锅铲?"体格稍壮实的大媳妇也不甘示弱回敬道:"那是娘给的,我应该拿。谁叫你平时不会做人!"二媳妇愤怒地蹦起来:"你就会花言巧语,这个锅铲,你就不能拿!"三十多岁的马老大与马老二气呼呼地夹着膀子,站在自己媳妇旁边做后盾。在场一大群的左邻右居,也没有人出来劝架,交头轻轻地飞短流长,反正看他们弟兄两家吵架已经习惯了,似乎还是一种享受!等了一会,老大家的孩子把生产队长喊来评理,生产队长的白色粗布衣腰间系根帆布带子,先是听片刻双方唾沫星子的风向,接着站到院中央开训,训得很干脆:"这本是你们家务事,我不该管,可你们家孩子把我叫来,就听我一声劝。你们为一把旧锅铲,闹得鸡飞狗跳,把兄弟义妯娌情,弄得一分钱都不值了,丢人不丢人?""老大家,如果你家东西分的多些,你把旧锅铲,让给老二家,就能亏死不成?"接着又吆喝看热闹的人:"赶快散了,唯恐天下不乱!"离开时还对着马家兄弟夫妻挖苦了一句:"你们的娘在世时,没有看到你们争着去孝敬!"

何建丰随着人群走出马家小院,心里在想:"一切都是穷惹的祸,饥饿不仅压缩了皮囊,还亵渎了人的道义。看起来,我要离开龙峪这个穷地方,去外面闯世界,是一百个的正确!"

建丰继续做木匠,边干活边等好讯息的到来。快一年了,关于工作的事,没有任何音信,关键是最近看到村里又一个初中同学被招工,去西川县机械厂上班。

建丰坐不住了,与爹沟通,咬咬牙,又掂了烟酒,还外加一床红缎子被面,送到庆奎叔家。为障人眼目,又是晚上去。支书家有几个人,在说话,有村干部,还有个公社干部,庆奎老婆在做饭,建丰只得跑到厨房帮厨,看看水缸里的水,差不多是满的,还是拿起钩担水桶,又去井上挑了担水,一桶水倒进水缸里,一桶水就盛在水桶里。建丰边帮厨,边一句一个"婶子"叫,让婶子为他多说说话。婶子看建丰眼色活泛,嘴甜,也喜欢这个孩子,但还是不停地说,这事难!

好不容易等到屋里这帮人吃好喝好，都走了。建丰把放在厨房的礼物提到正屋见庆奎叔。

庆奎叔刚吃过饭，说话还涌着酒气，手指夹根没有点火的香烟，建丰放下礼物，赶紧拿起桌上的火柴，"嗤"的一声划着，把烟点上。

没等建丰开口，庆奎耸耸肩膀："你说那事，还是那句话，不能打包票，更是不能急！"

建丰来时本来想了许多问询的话，被支书这么一斧两剁，吓得也不敢往下说了。

接着庆奎扫了眼桌上的礼物，对建丰说："咱庄稼人都不富裕，我这，你就不要送东西了，你把这份礼物拿走，送给副支书雷大海，遇到事我好开腔，事好办些。"

这次拜谒，无须多言，建丰听明白了。立即跑回家，给爹娘说了，曹仁花只好从叠了几层的小手帕里抽出十多元钱，又为雷大海家送了礼。

时间过得真快，转眼到了来年的秋天，地里的玉蜀黍长有半人高，绛红色的蝉，藏伏于林间树梢，还在嗞啦……嗞啦……叫个不停。

已经订婚一年多的何建丰与许巧巧要结婚了。其实，在与许巧巧说亲前，还另有一段提亲的插曲。曹仁花曾经试探儿子何建丰口气，问他喜不喜欢表舅也是师傅曹来顺的闺女，结为"姑舅表婚"。何建丰在走亲戚时与学徒中，多次看到过表妹，嫌她个矮，相貌普通，当即表示不愿意。何长生夫妇，慢慢揣摩儿子心思后，才去找许道生家提亲。

近两年，何长生东拼西借筹资，用当地村民的话说是，累得"毯长脖子细"，在院内后方盖起了三间新瓦房。他的两个儿子要娶新媳妇，已经在房产基本条件上，暂时没了问题。何建丰凭学到的木匠手艺，新房里的柜子桌子床铺等家具，都是自己动手设计自己做。各个木楞的结合处，都是靠榫子楔子，很少用铁钉，很结实。柜子床铺的角缘边线，还雕镂了"石榴""寿桃""牡丹"等图案，很精美很吉祥。

何建丰迎新娘的房子，大红的对联、大红的绸花，大红的窗纸，大红的被褥，布置得焕然一新，红彤彤一片。婚期是阴历八月十五，夜间天上的月亮，像一面又大又圆的镜子，俯照着人间。院里茶杯粗的桂花树上的桂花，正在盛开，掩映在绿叶中，像碎金细银，莹莹点点，散发出沁人心脾的幽香。正是：丰瑞巧合美姻缘，花好月圆结同心。

新郎何建丰身穿蓝色咔叽布中山装，脚穿厚底方口新布鞋，头上戴着也是蓝色咔叽布帽，英武帅气。新娘许巧巧更是排场，着粉红色起着玫瑰花的上衣，头顶红色镶着黄边的花围巾，下身是蓝色斜纹裤子，脚是自己做的红色灯芯绒布鞋，妩媚伊人。双方因都在龙峪一个村里，两家相距不过五百米，不用坐车马，特别是处在提倡移风易俗，树立革命婚恋观的时期，讲求简单而隆重。新娘由伴娘搀扶着蒙着红盖头，在笙乐锣鼓奏鸣与迎亲大队伍的簇拥下，将许巧巧娶进了何家。

沿路，看热闹的人很多。街里人平时都认识，还是被街坊邻居羡慕，赞不绝口，被称为金童玉女，天生的一对。

新娘进入门口时，天降飞雪与圣果，其实是大把的碎麦秸夹着红枣、核桃、花生，劈劈啪啪往地上洒落，一直飞到新娘的屋里床上，喻意"早生贵子"。周围尽是成堆疯抢吃食的孩子们。在大院里，三媒六证①，何建丰用红绸牵着许巧巧，一拜天地，二拜高堂，再夫妻对拜后进入洞房

那天的客人极多，按规矩，娶亲人家，除亲戚长辈和大队干部必须事先面请，其它街坊好友都是自发前来祝贺。何建丰与许巧巧的婚礼，何家足足摆了四十多桌酒席，院子里摆不下，又接到大门口的街上。一次轮不完，就排第二次，叫"流水席"。亲戚朋友街坊成群结队，嘻嘻哈哈地来，十人为一席，吃饱喝足，东倒西歪地回。那天的近亲建丰的姑姑何长秀姑夫陈大财一家，长福家，奶奶娘家那边侄辈孙辈，母亲曹仁花娘家的舅姨及表兄表妹来了，在邻县百里外的叔伯姑姑何素珍带着丈夫及孩子也来了。叔叔何淮海、大哥何建业路远工作忙，没有回来，寄来了贺礼。

按当地婚俗习惯，结婚这大喜三日之内，在平辈间可以不分大小，想怎么折腾就怎么折腾，当事家的人不许发脾气。虽然喜庆红火，可对新娘新郎

① 指旧时婚姻父母之命媒妁之言形式的郑重。

来说，也是道坎，高兴得提心吊胆……

那天，平时不大爱对人开玩笑的何长生，稍不留意，也被人抹了满脸的"锅底灰"，喻意"老公公扒灰"。

夜里闹洞房，新郎新娘更是场严峻考验。

洞房里，大红喜字贴在墙上，红缎红绸被子枕头铺在床上，花朵般的许巧巧坐在床沿的桌边。一盏老式的铜灯台燃着温暖的红光，照在新娘羞涩的脸上，风情万种，愈发好看。挤满洞房的大小青年及小孩，还有老光棍争相观看，对新娘嬉笑，说着文明的调侃，也有许多不堪入耳的淫秽话语。还有的人突然忽地把灯吹灭，乘机在新娘胸上臀上摸捏一把，再把灯点亮……

不一会，建丰平时的几个朋友将新郎捉来，与新娘玩"游戏"。斯文的，是用根绳子吊个苹果，让一对新人对咬苹果，当然不会让轻易咬住；再升级的是"过桥"，找来板凳，让新娘新郎官从两头同时走，走到中间时，过不去，就需要俩人抱住，才能过去，就是要在这当口作难他们。更为下作的是"摸麦"，在新娘裤子里丢进一粒麦子，逼新郎必须从新娘裤管里摸出那粒麦子。新郎新娘受惊吓，乘不注意逃跑几次又被捉回来。直"闹"到夜深人静，才算作罢。

山野僻壤，遇到这么大喜事，没有什么文明不文明，只是图个吉祥人气高兴，祖祖辈辈都是这样。如果太过火，当姑姑的长秀也会吼上几句："好好玩，别太过分了！"

后面还是出了个"极其过分"的故事，是夜圆月西沉，很晚了，闹洞房的人陆续退去，新郎新娘开始入寝。

这时还有五六个最为调皮的青年没有走，躲在黑影里，准备"听墙脚"，窃取新郎新娘床上的甜言蜜语。

看看闹洞房的人都走完，何建丰与许巧巧将新房门关了，何建丰看着美丽的妻子，轻轻地说："……受惊吓了，睡吧。"即上前去帮许巧巧解衣服，许巧巧温柔地说："你也辛苦了一天，我自己来！"于是双双解了衣服，半盖着薄被，如胶似漆般的抱在了一起。床铺轻微地响起"嘎吱……嘎吱……"的声响，只听见新娘小声说："你轻点！"忽听得床下有"扑哧""扑哧"的笑声，何建丰下意识地喊了声"谁！"赤着身子，随机跳下床，一瞧，床下藏着个人，将腿拖出来，不看便罢，看了火冒三丈，原来是小弟何建伟。平时一直让着建伟的哥哥，左手拿起枕头捂在胯下，右手不由分说，照着建伟头上就是两脑壳，吼道："你真做得出！"床上的许巧巧吓得用被单裹住上胸，露着肩膀缩在墙角瑟瑟发抖。何建伟乘机开门一溜烟地逃了。

这条新闻第二日爆炸传播。气得何长生拿着柴火棍，朝何建伟屁股又是狠狠几下，边捶边骂："这缺德事，你也做得出来。别说你二哥扇你，就是打断你两条狗腿，我也不会说一句！"奶奶韩瑞兰这个时候，也气得两片嘴唇上下搓动，开训平时过于溺爱的孙儿："小伟，你做这事，让奶奶都讲不起话啊！"

按理说那里的习俗，"三天没大小"主要是对小叔子和嫂子间说的。公共场合咋闹，都不为过。何建伟作为亲弟弟，竟敢躲在哥哥嫂子新婚的床下，这事做的，的确太出格，在龙峪几十年，还没听说过。

其实，按照平时建伟与建丰的关系，建伟不会随便到这个地步，建伟心态很怪，他心里也喜欢许巧巧这个嫂子。他想通过这个没大没小，又离经叛道的特殊游戏，让嫂子永远记住这个小弟弟的非同一般与可爱。当然，何建伟那夜的勇气，被安装成"定时炸弹"，很大程度是被那几个"阴魂不散"的大青年所撺掇所教唆。总之，建伟这孩子，有点那个头脑简单、好表现，容易被人鼓动，讲话办事不按规矩出牌，性格让人捉摸不透。反正，这事一时成为大笑话。

建丰新婚燕尔，与许巧巧十分的恩爱，蜜月中几乎夜夜干着那事。家里有了一位娇美且关心着自己的妻子，蜜月后，木匠活照样需要出去"游击"，只要干活地点不超过十里之外，建丰照样会跑回来过夜，与妻子欢度良宵。何建丰与许巧巧虽然难分难离，并没有完全阻挡住他对外出工作目标的记挂。

至上次为庆奎叔及雷大海送礼后，又过了大半年，还是没有丝缕消息，即使路上碰到两位长辈，也是他先问候，对方也是象征性答应下，从不提此事，连半句安慰的话都没有，仿佛他们之间从没发生过任何的联系。建丰很沮丧，心里经常打着鼓，有时扪心问自己，是礼没有送到份上？还是这事的确比登天还难？他的锐意大挫，反倒有些心灰意冷，不再抱大的希望。

突然，近年底时，庆奎叔的孩子来家里喊，让长生与儿子建丰两个到他家去一趟。

父子俩到裴支书家，庆奎让座后，立即征求意见。说新乐市木材加工厂有个合同工指标，指定要二十五岁以下的木匠，愿不愿意去，不是正式，工资也不高，每月只开三十来块钱。

长生看看儿子，不好先表态，用眼神表达，大意是，工资不高，又不是正式工，你又刚结婚，就别去了，再等等以后更好的机会。

建丰不等与爹交换意见，立即表态："我去！"

站起来，还为支书鞠了躬："谢谢庆奎叔，我一定好好干。"说着就差点要跪来了，久盼的甘霖，不期而至，建丰此时的心情不亚于他与娇妻初次欢娱的感觉。

在龙峪大队起起落落，担任支部书记十多年，已有丰富执政经验的裴庆奎，这时候舒开饱经风霜的皱纹，站起来和蔼地对建丰说："大侄子，好好干，干好了，别忘记咱龙峪。如果不好干适应不了，就再回来。你家的人数少，回来还等着你挑大梁呢！"

何长生在一旁立即说："太感谢庆奎哥的帮助，娃会记住你的恩德。"

"莫说恩德不恩德，乡里乡亲的，不说这个。再说，这也是革命的需要，是国家建设的需要，是共产党培养事业接班人给的机会。"裴支书很客气纠正。

何建丰再一次表达诚心："庆奎叔，请放心，我一定好好干，不辜负您的希望，不辜负大队的关怀！"

不出三个月，何家便是双喜临门。建丰安顿好妻子，与爷爷奶奶父母告别，特别是爷爷何致兴也只好接受，因为新乐市离龙峪毕竟不远，只有一两百公里，在一个地区，孙儿随时可以回来。

建丰背着行囊，到龙峪村的车站候车，全家人都去送行。何建伟也专门在学校请了假，带着大黄狗匆匆跑来，去送这位离开故乡去闯荡外面世界的哥哥。他开始多多少少有了些惆怅，意识到了，平时虽然与二哥合不来，但二哥走后，他将面临新的孤单，何家将会带来新的寂寞。

第十六章

何建业，也结婚了。

婚礼极其简单，领回大红"结婚证书"，邀请同事朋友聚会，几包糖果花生瓜子，几首革命歌曲，庆贺热闹一番，就算完成了一桩终身大事。

不过，何建业比小他六岁的弟弟何建丰结婚还要晚上两年。他结婚时，已经二十九岁，妻子是525地质队工程师周同欣的女儿——周宇娟。

周宇娟，一九五三年生，就在地质队里长大，讲话是地质文化所陶冶出来的特色语言，南腔北调修为出的普通话里再夹杂些西疆方言——地质普通话。顺耳了也好听，就像铁路系统，生活在漫长铁轨两旁的职工家属，同化出的"铁路普通话"一样，有特色有味道。525地质队虽处在农村与山区，可地质大院里的孩子衣着打扮，与城里人没有两样，特别是女孩子，夏天照样穿裙子，冬天围纱巾搽雪花膏。东西南北中人际的汇合，城乡气脉的熏染，让地质队形成一种既传统又时尚的清新纯朴风气。让走进来不久的人，就会爱上它。

周宇娟的父亲周同欣，祖籍平西省，早年毕业于华北地质学校，先分配在太康省，后随地质队伍大调整，支持西部地区建设，又调到525地质大队。母亲郝湛云，湛西人，是525队会计。两个远距离带"西"字地区结合繁育的后代，肯定是优生。周宇娟，虽谈不上绝美佳人，但也有几分姿色，细眉丹凤眼，粉嫩白净。尤其是气质超好，很会装扮修饰，即使旧得不起眼的一件衣服，经她稍加修剪美饰，穿在身上总是那样得体迷人。可能受知识分子家庭的影响，讲话走路，总是不急不慢，雅致飘逸，让人高看一层。让她也有了些眼光，不与一般男士搭讪。周宇娟高中毕业后，下放到九十公里外的农村，当了三年知青，一九七四年地质系统内部子弟招工，被招到548地质队，后又以照顾父母之名，调到525地质队，在队资料室工作。弟弟周宇航，也是后来内部招工在本单位，妹妹周宇姗还在读书。周家与大院里不少家庭一样，属典型的"地质之家"。

刚刚经历"文革"洗礼的地质队，政治空气依然浓重，工作上总要先问问路线是否正确，但对婚姻大事的选择上，依然是那样实在，追求自己所好，还潜在夹带些嫌贫爱富。地质队队伍结构不复杂，大致一为工程技术员，划入知识分子阶层；二算从事各类辅助性服务工作，称为管理干部；三是从事各类钻探、维修、运输等工作，多为普通工人。"文革"前中期，队伍相对固定，很少有新人进来，自七十年代后，陆续有少量转业军人、新招工人或者"工农兵"大中专毕业生，被分配进来。

地质队里的孩子，都已长大成人，父母开始着急起来，一个是关注孩子就业走向。再是对孩子婚姻的选择，凡有新人进来，都会根据自家情况，边留意边考察，为自己的儿子挑贤媳，或为女儿选佳婿。

何建业在分队干了六年，被单位总工办调到大队部，成为总工程师兼主任李仁康的助手。此时，何建业曾经在一分队跟组的普查组长徐建新已是总工办副主任，组员孟中琦也在总工办工作。何建业在野外分队几年，成果颇丰，在他提供的三个大型地质报告中，其中有两项成果，对西疆大青山地区铅锌铜的找矿突破，有重要参考价值。小伙子谦虚好学不知疲倦的忘我工作精神，更被上上下下称道。他调到大队部时，同学俞新庆心里多少有点不是滋味……

何建业出身贫寒来自农村，在为女儿择偶的众多选项中，周同欣夫妇也会考虑这个因素，但没有过于去计较这些，而是一眼看中了何建业的才华与人品，他们断定这孩子今后会前途无量。爸妈看中了，就去做女儿周宇娟的工作，而周宇娟的形象气质放到桌面上谈判，十有八九让正常的男人抵挡不住。

何建业与周宇娟的婚姻，严格讲，既不是自由恋爱，也不是一见钟情，更不会有什么刻骨铭心、山盟海誓的特殊记忆，所谓的罗曼蒂克，与他们无缘。就是在这样纯粹的男大当婚女大当嫁，父母之命的撮合，自己不反感基本认同前提下的结合。

这样的结合，不能说就不幸福，有一种婚姻的方式就是——先结婚后恋爱。

婚后，俩人很合得来，建业性格温和，一心扑在工作上，不抽烟不酗酒，对妻子也体贴。周宇娟对丈夫很照顾，丈夫回家总是有可口的饭菜端上，把家里收拾得洁净清新。

一九七九年，他们的宝宝出生了。男孩取名何蕾，胖嘟嘟活泼可爱，小夫妻后面趔趔趄趄的小尾巴，不停地被逗笑，快乐了一家人。岳父母家住的不足三百米，经常帮忙带孩子，姥爷姥姥非常喜欢这位可爱的小外孙。

525地质大队的机关，每天八小时工作制。上班下班，院里的大喇叭都会按时响起，播送新闻、歌曲或是预报天气。上班从家属区大院出来，穿越一小片寂静的小树林，走到办公区院里，需要七八分钟，约一里多路程。下班后，喧哗集中在家属区。职工家属拿着盆盆碗碗到单位大食堂去买饭菜。食堂敞开七八个卖饭窗口，每个窗口前排着长长的队伍。"今日供应"的小黑板上写着"红烧肉、黄焖鱼块、蒜苗炒鸡蛋、莲藕炖排骨、清蒸鸡、红萝卜炒肉……"，下方标着"有大米饭、小米稀饭、馒头、肉包、油饼、油条供应"。品种多样，随意挑选。打开水挑热水处，职工家属们拿着暖水瓶，担着水桶，依次排队，挤着说着笑着。

晚间的业余生活更是丰富多彩，阅览室、图书馆灯火通明，俱乐部里乐器歌声嘹亮，广场不是舞者就是篮球赛，每星期还有两场露天电影播放。

外面的老百姓有时进到大院，看到525地质大队的精神文化节奏及生活福利，羡慕得很，回去后疯传，什么地质队？简直就是"地主队"！

何建业结婚后，分配给两小间"干打垒"平房，那一排房有二十来户，他的左邻是单位修理厂的钳工张大同，右居是地质技术员刘宏初。邻里关系和谐，平时用餐经常端着碗到屋外来吃，聚到一起谈笑。家里有好吃的，会相互送点尝鲜。何建业特别容易联想起，在龙峪家乡时，老百姓吃饭也喜欢这样，从家里捯出个大瓷碗，汤汤水水，走到大门口，一群群一堆堆，或蹲或站边吃边聊，热火之极。地质队这种生活方式，也同样让人感觉亲切而友好。特别是张大同夫妇，给了他家不少帮助，何建业有时出差不在家，如果自己家人调整不过来，因为离得太近，小何蕾就放在他家"托管"，两家成为很铁的朋友关系。

建业在工作中顺风顺水，与领导与周围同事都合得来。三年多的总工办工作，全面掌握了大青山不少地区的矿产分布情况，熟悉了单位七八个分队的主攻矿产目标。也经常随地质总工程师出差去外地，常到省城参加省地质局召开的地质工作会议，与省局的地质技术权威及处室工作人员，还有全省各个地勘单位的地质技术骨干，慢慢熟悉起来。

没想到的是，这阳光照耀的工作环境，这幸福温馨的新婚生活，没有完全锁住何建业的心。

一天夜里，何建业突然向妻子提出："宇娟，我想到分队去工作！"

周宇娟闪着好看而疑惑的眼睛立即表示不同意："你怎么会有这想法？许多去分队的同志，挤着拧着想回机关来，除非组织强行安排，没有听说过已经在机关上班，要求到野外去工作的？"

"我们搞技术的，真正的舞台在野外一线，我在机关，从一定程度上是被动性工作，别人做的成果，我只是看只是审，到分队就是主动性工作，也可以说是创造型工作，有了亲临的实践分析，才会有自己的真知见解！"

一向柔和的周宇娟面带愠色："是我对你不好吗？还是我爸我妈对你不够关心？"说着，又转身掉起眼泪。小蕾见妈妈哭了，"哇"的一声也哭了，上去紧紧地抱住周宇娟的腿。

何建业见这样，赶忙弯腰抱起孩子，向周宇娟做解释："肯定不是，你和爸妈对我体贴入微，我能没体会？"说完腾出左手轻轻地抚摸妻子的肩膀。

周宇娟听了，转而为笑："这么好的条件，不去珍惜？我看你有点傻！我倒不说，咱儿子那么小，也舍不得爸爸呀！你去野外分队，几个月半年才能回来一趟，你让我与小蕾，孤儿寡母，怎么生活？"妻子从倾诉变成了数落。

"另外，你在野外大山里，风来雨去，吃饭饱一顿饥一顿，住宿也没个定所，爸爸过去也在野外分队工作过，还闹出了胃病。学校放暑假我去过爸爸工作的分队玩，体会过野外生活，太艰苦了，你长期在外，我也不放心！"

何建业被妻子的亲情与眼泪感动着。

他听妻子念叨，也不回嘴，等妻子情绪渐渐平和下来，又开腔了。

"宇娟，你舍不得我离开家离开机关的心情，我知道。你说的句句在理。但你并不理解，我为什么要再次下野外？"

这么一说，妻子瞪大眼睛看着丈夫，心平气和地说"那你说为什么？"

何建业坐在家里简易的木沙发上，斟了杯茶，仰头喝了两口，慢声细语地敞亮观点：

"我在总工办已经干了近三年，可以说，现在已经有了初步的分队大队两级工作经验。我们学地质的，如果不能在自己正值青春年华时间里，为国家找到一两个大矿，就愧对自己的专业，也愧对国家。

"'文革'中，在正常的工作秩序受到冲击下，咱地质队还接二连三为国家找到不少矿产。何况现在，百废待兴，实行改革开放，以经济建设为中心，外部环境这么好，找矿的成就理应比过去更多更大。"

平时话不太多的建业，讲到专业便口若悬河："现在技术力量还是青黄不接。爸爸那辈人年龄大了，跑不动了，接替的青年力量还远远不够，尤其是野外技术力量更是缺乏，我相信我自己到一线去，一定能够找出国家急需的大矿来。"

周宇娟突然发现丈夫的思想认识，居然这么高，但又回了一句："那也不能不要家！"

"家当然得要，但家只是'小我'，同时还得要有'大我'，有了'大我'，'小我'才能长久，这是辩证法。"

周宇娟似懂非懂，知道他又拐到哲学上："我不听你讲大道理。"

突然，周宇娟莞尔一笑，像想起什么："你是想当官吧？"

建业也笑了："看你说得多难听，官不官，我无所谓，我是以一个国家培养的地质大学生的良心，起码是应有的责任。如果上升到政治，也是一个共产党员的境界！"

周宇娟上前贴在建业身上，摸了下他的额头："你今天不发烧吧。"但从心里，她对丈夫又新敬佩了几分。

第二日，周宇娟把建业的想法给父母讲了，母亲郝湛云也有点不可理解，只说了句："那怎么行，小蕾那么小！"没想到周同欣却大为赞赏，他看着女儿和妻子说："咱家没看错人，建业有远大志向，从小家庭来说，把女儿交给他放心。从单位利益讲，有这样事业心的人，是单位和职工的光荣。建业以后肯定能够担起地质工作的大梁！"

周同欣又若有所思："那些有所作为的大工程师、学者都是从基层一线跌打滚爬出来的，研究室里只能出书呆子，机关里更多是出奴才。"说得生硬有些极端。

他站起身，看着母女俩笑一笑："人无远虑，必有近忧，我支持建业的选择。"

何建业得了岳父的支持，也基本得到了妻子及岳母的理解，即找到总工程师谈想法，李仁康心里舍不得这位出类拔萃的小伙子，端详建业几眼："这事你可得想清楚，别人是挤破头想进机关进总工办，你下去容易，再想上来，可就难说了。"

"李总，不是头脑发热，我真是想到一线，独立地更多地接触大青山系的矿产岩层构造，摸索些规律，争取能够尽快获得比较大的找矿成果。"

"你不是在分队呆过几年？在总工办也能掌握基本情况吗？"

"我觉得在野外实地亲身亲眼历练的，跟在办公室看图纸看岩芯标本还不大一样，给个平台让我闯一闯！"

李仁康看着这位沉稳又充满锐气的年轻人，满意地点点头："好吧，你也算说服了我！"其实，作为地质技术专业前辈的李仁康，对何建业所表达的问题见解，心知肚明，同行们也多有体会，但是能够真正做到勇于牺牲与挑战，自我加压登高望远的人，为数不多。

接着他又与何建业深谈了下去找矿工作的主攻方向。建业又向队党委打了请缨下分队担大梁的报告。

525地质大队已经换了新的主要领导。党委书记张志明和大队长祁洪涛非常高兴，几乎异口同声："咱们525地质队，想从野外调回机关的人，有一大把；主动申请去野外工作的，却少之又少。何建业是干事业的人，人才难得，精神难能可贵，我们应该支持！"

不出两个月，经组织调整，让三分队分队长郑友民与何建业来了个"换防"。郑友民在野外已工作了二十多年，妻子身体不太好，也需要回大队部照顾。

三分队坐落在普宁市的云岩山区，也系大青山西北方向的支脉。与原来他所在的一分队摩云岭，调着大方向，相距四百多公里。离大队部蒙山有二百八十公里，其地物地貌比大青山中心区的植被稀少，气候干燥，山势峻峭，气候多变无常，天旱时可月余无雨，火热难耐。雨来时，有时可连阴十天半月，人像泡在水里。

分队部驻扎在山坳的半山坡上，有条弯曲山道可下山。三排简易的工棚房，安居九十八位职工。办公室、职工食堂、澡堂简陋，一个小广播高挂在大松树上，四台钻机轰轰隆隆长鸣在周围直线相距不到两公里的几个山头。

何建业放下行装，与郑友民握手。已过五十岁的老分队长看上去比实际年龄老，长期艰苦的野外生活，显然提早躬弯了这位老地质的腰。家有三个孩子，妻子原是家乡县里的小学教师，刚照顾到525队，安排在幼儿园上班。

郑友民舒展野外风雨的皱褶："建业同志，你来了，我可以交班了！"

郑友民也是地质专业出身，与何建业沟通净是地质行业术语，距离很近。老分队长向新任分队长交接，讲分队的队伍情况和工作任务进度，何建业默记在心。最后郑友民还善意提醒："你既是个地质技术专业的工程师，同时又是个分队长，在重点研讨地质找矿工作同时，还要注意带好这支队伍……"

何建业感谢郑友民的语重心长，说："谢谢，我明白了。"

分队庙小，可级别并不低，按国家干部管理体制编制，分队长是正科级，与部队的营长、地方政权的乡镇长一般大。也有个领导核心，新班子成员是：分队长兼党支部书记何建业；副分队长、支委成员梁启德；分工会主席、支委成员司马俊生。分队召开职工大会，四位领导坐在并拢的两张桌子前。台下的职工，有的坐在搭成的长木凳子上，有的无凳就靠在后面的泥巴墙或者门阑上。郑友民向大家压压手："大家安静，现在开会。"

"我今天既是卸任，又是受大队党委的委托，向大家宣布上级组织的新决定，任命何建业同志为525队第三分队队长兼党支部书记，大家欢迎。今后大家要支持他的工作。"

职工们不由地鼓起掌来，好像有两个青中年职工满脸的不屑，巴掌距离拉得很长，少气无力。

郑友民让新分队长说几句，何建业没有讲更多的话，只说了几句："今后工作希望得到各级负责同志与职工的支持，大家一道同心协力，争取多找几个大矿藏，向党向国家报喜！"

会议就此还谈了其他工作事宜，散会。其中一位扇冷巴掌的人，从"主席台"前走过，有意不高也不低说了句："啥意思？老分队长干得好好的，又来了位捞政治资本的，凑热闹！"

何建业听到了，晚上想起这句话，很不舒服："这艰苦岗位，还有人挤兑？我放弃好的机关条件，主动要求到野外一线工作，反被看成心术不正，真是无中生有，昧着良心说浑话，刚到就有人给你下马威！"又一想："日子还长呢，连句气话都受不了，还当什么一个大分队的领导！"

"看来，有人的地方就有他的复杂性，老分队长的提醒也真有所指啊！"第二天早上，何建业出门看见副分队长梁启德手拿钢丝钳，站在板凳上修理屋檐下的路灯，何建业还没开口，梁启德先说起来："昨天的事，别往心里去。讲风凉话的是这分队的'刺头'，叫牛辉，牛高马大，平时有点好吃懒做，追求资产阶级生活，脾气不好，跟谁都斗。另一个瘦削的，叫邱力力，面似和善，与人套近乎，实则长于拨弄是非。牛辉的不少反常行为，都是他在背后摇鹅毛扇。只有把这两个治住，分队正气才能更强。"

何建业听了，微微点头："慢慢来吧！"

何建业并不完全是个文绉绉专业技术工作者，博览群书，除钻研业务外，还读哲学看文艺作品。他能从毛主席著作中领会"人民群众是历史创造者"的精髓，也体会中国传统文化"修身，养性，治国，平天下"的道理。他依旧维护以往的工作秩序，招呼大家"过去怎样干，现在还怎么干"，像没有更换新领导一样。但发现了问题，就会及时调整。

对分队班子他有要求，开会强调："班子三个人必须坚强团结，要带头苦干。""要把基层的党员共青团员的积极性调动起来，发挥模范作用。""遇事要相互支持，敢碰硬，不许推诿踢皮球。""要关心普通职工的困难，改善条件，体现集体大家庭的温暖。"

进入工作状态后，他成为分队最忙的人，平时把工作精力放在野外普查上，一出去就是六七天。要么就跑到钻机上，了解进尺研究岩芯，有时还会跑到炊事班去帮厨，与职工交心。偶尔，他还给大家开个玩笑："啥时候咱们三分队能给国家抱个金娃娃啊！"夜深人静，他房间的灯光，熄得最晚，大多是在分析矿区地质资料，寻找矿产异常点的蛛丝马迹。

何建业的精神状态与稳健的工作方法，慢慢影响着职工。有的说："新分队长看来是个先抑后扬有分量的角色！"也有的点头："工作上拼命三郎的人，其他方面也不会手软，治队得这样的人！"

果不其然，半年后，何建业在分队职工大会上敲打："现在是激情岁月，绝大部分职工工作热情高，遵章守纪。但是也有极少数人劳动纪律有点松弛，野外分队不能要求像坐机关那样，分秒不差地坐班。但基本的纪律要遵守，过山涧河的，普查组天晴必须出去。值班钻探的，必须按时换班走到岗位上去。上级要求的月进尺任务，要按时完成。安全生产规章制度必须严格遵守。现在开始实行严格的考勤制度，各班组每月的考勤情况，我会认真查看，对无故违反纪律的，不要怪我何建业不讲情面。"

台下许多职工高兴，知道针有所指，也有的面面相觑，观察着下步的执行。

果然有不信邪的，三号钻机钻工牛辉，取下安全帽，将手上管子钳往地上一丢，瞪着眼对当班机长："我身体不舒服，要休息！"

三天没来上班，人数不够，小组的人就要连续顶班，必定产生意见，就反映到分队部。何建业明白，这牛辉故意在顶牛。找到医务室医生问情况。医生说，牛辉来了，只说头不舒服，我测了体温听了诊，不发烧不感冒，一切正常，他让我开休息证明，我没开，还骂了我。何建业与副分队长梁启德一起去找牛辉，发现他正半靠在床上听收音机，神清气爽。

"牛辉同志，你病了？"何建业问。

脸大耳阔的牛辉要理不理，用长鼻音回答："是……！"

"什么病？"

牛辉还是斜在床上，语塞，答不上来，翻翻白眼："……反正病了，头痛！"

"到医务室看了没？有休息证明没有？"

"没有。"牛辉理直气壮。

"咱们按制度办事，如有病就看病就休息，该吃小灶还给你开病号灶，但可不能说谎，借故不上班，你不按时上班，就给你的班组很大压力，其他同志就得代班调班，天数多了，同事休息不好，还会影响安全。"何建业批评他。

不想，这牛辉怒气上脸，"嚯"的一个鹞子翻身，从床上跃下，鞋都没穿，两步冲到何建业面前："我就是不上班，看你把我蛋咬掉一个。"说着用肩膀来撞何建业的胸脯。没想到结实的何建业一个侧身闪过，顺势用左肩左臂一拨，把这二十五六岁，也正值青年鼎盛期的牛辉顶了一个大跟跄，差点摔倒。

何建业带着讽刺地说："你这病号，牛劲还不小呀！"

牛辉没有想到这位看似个头要低于他，平时文质彬彬的何建业，竟有这般阳刚力量，他怎会知道在农村长大的何建业，平时挑起近两百斤担子，如履平地。

气焰顿时挫了半截，还装出要扑的样子，被梁启德拉住，说他："你要尊重领导，有话好好说，耍什么牛脾气！"

牛辉嘴里还是不让人："领导不关心职工，我就不服气！"

何建业神色严肃，威严地看着他："我就要搬你这牛角，如果没病，明天立即给我上班。我不让你服我的气，但你要服从党的领导，服从组织的气，这是国家单位，不是散兵游勇！"

接着又说："如果想不通，可以慢慢想，也可以向大队反映，也可以打报告离岗休息，我会通知财务停发你的工资。"

牛辉本来无理，这下碰到了硬茬的领导，想了一夜，也知道自己不得人心，还是明白跟领导跟上级硬碰，日后没好果子吃。第二天提着安全帽，装着无精打采的样子，去钻机上班了。

搬下这个刺头，个别职工中存在的有些责任心不强、贪占小便宜、讲话无觉悟、作风粗俗的现象收敛了许多。特别是好背后煽风点火的邱力力，缺少了土壤，也开始有所规矩，至少风凉话少了许多。

说来也怪，牛辉对以往吊儿郎当行为，有了克制。平时爱穿奇服异装，酷爱军帽又是歪戴着，一日山顶大风，军帽没戴稳，被斜斜歪歪地吹到悬崖下了。没有了这顶"歪军帽"装饰，感觉牛辉在仪表上庄重了许多。

有意思的是，三个月后，何建业回大队开会，居然给牛辉捎回一顶新军帽，那时还流行军帽，何建业是从周宇航那里要的。赠送给牛辉时，何建业笑着说："知道你喜欢这个，但平时最好把它戴正，咱可不能亵渎解放军！"

一顶军帽居然有神力，牛辉至此不仅帽子戴正了，还变了个人，工作卖力，牢骚话也少了，与同事关系也和谐了许多。

何建业看着牛辉的变化，会常在会上或人前表扬："牛辉的进步，是毛泽东思想的感召，我们都是来自五湖四海，为了一个革命目标走到一起来了，大家要相互关心相互帮助，人人求上进，不能让一个人落伍！"

牛辉听何建业鼓励他，感动中更是佩服。自己的进步竟是毛泽东思想教育的成果。不过他有时还是对同事吹嘘几句："何队长这人，有水平，讲哥们义气！"

分队文化生活枯燥，职工们就在业余爱好中寻找自己的精神乐园。小个子王艺文，二十三岁，爱说爱笑，高中文化，酷爱诗作。没事就在小本子抄抄写写，有时还将作品拿出来念给同事听。

一次何建业又看到王艺文在写，走到桌边说："小诗人，又有什么新作？"王艺文不好意思说："好玩！"

何建业伸出手："给我欣赏下。"

王艺文只得交给分队长看。

纸上是工整的钢笔字。标题是《今天我要去远方》。

　　　　　清晨，
　　　　　喜鹊把我叫醒。
　　　　　绿色的地质包，
　　　　　坚硬的地质锤，
　　　　　还有罗盘放大镜，
　　　　　——是我的行装。
　　　　　今天我要去很远的地方，
　　　　　翻十九盘山路，
　　　　　越十九条深涧，
　　　　　过十九孔独木桥，
　　　　　这一去就是十九天。
　　　　　我融入了地平线，
　　　　　那里有百兽竞跑，
　　　　　那里有百鸟歌唱，
　　　　　那里有百花争艳。
　　　　　我用精神的咒语，
　　　　　我用知识的钥匙，
　　　　　去开启地球的百宝箱，
　　　　　为祖国捧出无限的矿藏。

何建业看后赞扬道："不错呀，有意境有憧憬。不过有的句子太直白，再含蓄些，就更有诗味，让读者更有想象力！"王艺文特别高兴："队长，你也写过诗？"何建业笑："在学校时热衷过，不过我爱写格律诗，写自由体少。"又鼓励王艺文："写吧，用笔去反映我们野外地质生活，歌颂地质队员的奉献精神与情操！"

何建业顺手又将稿纸往下翻，是篇《你在哪里……》。王艺文顿时脸泛红晕，不好意思起来，担心挨批评，又不好拦阻，只好由领导过目。纸上写道：

> 春天的花又开了，
> 马兰花前双蝶追戏，
> 翩翩起舞……
> 格桑花里有蜜蜂劳动，
> 窃窃细语……
> 你那明亮的大眼睛，
> 你那乌黑的大辫子，
> 你那红透樱桃的小嘴唇。
> 我心爱的人儿，
> 你在哪里！
> 我在云岩山的怀抱里，
> 我眼前是乱云飞渡，
> 我眼前是一片氤氲，
> 你是我梦幻里带刺的玫瑰……

何建业没有批评，也没有表扬，只笑笑说了句："这诗，还没有写完！"

云岩山的春天是多雨的季节。何建业到三分队的第二年，分队搬迁到另一处小地名叫白雪岭的地方。工作的主攻方向——依然是铅锌矿。五月份山洪暴发，将山间连通分队的桥梁冲垮，半个月粮食蔬菜供应不上来，分队生活陷入困难。何建业与工会主席司马俊生，拄着拐杖绕山间小道，日夜行走七十多里，走到山脚平坦处的一个乡镇求助。组织民工把生活必需品挑上山，解除了分队生活危急。急难处，何建业一定是走在最前头的人。他的言行在融化着分队每个职工的心。

忽的一日，分队又有节外生枝。离分队部约五里地的张姓农家老汉，带着十六七岁的女儿到分队部告状来了，女儿跟着哭哭啼啼。

老汉半佝偻着身体找到何建业，劈头盖脸说：“你的分队有位叫王三喜的小伙欺负我闺女。”

何建业心平气和侧身问小姑娘：“……怎么欺负你啦？”

身穿黑蓝补丁衣的小姑娘，只忸怩哼哼地哭，用抹眼泪的手半遮着羞涩的脸，不回话。

张老汉气愤地替女儿说：“你的职工王三喜，说是要跟我女儿谈对象，还说他爸是省军区参谋长。一来二去，现在忽地又说不谈了，不谈也罢，俺山里人不高攀。但不该欺负俺闺女！”

何建业耐心问：“老伯，你要讲清是咋欺负的，我们才好定性，才好处理呀！”“那样吧，老伯你先回去，我了解下情况，给你答复。”

父女俩才一前一后地走了。

何建业找到青工王三喜了解情况。直接问：“你父亲做什么工作的？”

二十多岁有些单瘦的王三喜知道闯了祸：“在家种地！”

何建业：“你不是说，你爸是省军区参谋长吗？”

“……不……不是！”王三喜紧张站着且羞愧低着头。

何建业：“那你为何欺骗人家？突破男女底线！”

王三喜听了，连连摆手：“队长，没有……没有，我只是摸……摸了她的胸脯！”

何建业气愤地说：“你色胆够大的，一个女孩子随意由你摸？”

“……我给了她一些省出来的粮票，还有两双手套，她很高兴。我认为她会同意我亲近她，不想我……刚碰到她，她就骂我，哭着跑了。以后我也不敢找她了。”何建业生气地训王三喜：“按现在形势，这是诱骗少女，再上点纲，是破坏工农关系，咋处分你都可以。再缺媳妇，也不能拉大旗做虎皮，采取哄骗强人所难手段。要知道你的气泡吹得有多大，爆炸的声音就会有多大。农村姑娘虽然穷，可能没文化，但人格是平等的。要尊重人，更不能去玩弄人家感情。你是四海为家，说来就来说走就走，别人常居此地，你要对别人负责。"

何建业想了想说："这样吧，念你初犯，免对你的处分，但你要买点礼品与我去向老乡赔礼道歉，我来做工作。另外你要避下风头，我暂时把你安排到离分队二十公里横岭村的分队岩芯库，去当收检保管员。你要约束好自己，这类事下不为例。"

王三喜难为情而又感谢地点头称是。

何建业处理完这事，在对个别职工的"恋爱"行为而恼火外，换个角度思考，也对野外职工的生存环境深深地怜惜与忧虑。有的小伙快三十了，还没有对象，能不急吗？……

五号钻机机长孟双成，共产党员，复员军人。三十二岁，黑红色脸膛，一米七五个头，身体壮实。远离金城家乡五百多里，从不言家中困难，全身心扑在钻探工作上。他率先垂范，每天到工地最早，离开的最晚。对下属三四个班组按照军事化管理，程序规范，要求严格。所带二十多人作风扎实，技术过硬，月月超额完成生产任务，还创造了全国地质系统钻探台年进尺的最高纪录。安全生产、政治思想学习、团结互助等方面都是做得最好。

一次孟双成父亲生病，分队准假回家探视，结果他提前两天归队，来不及休息，带着腰疾又夜以继日沉浸在钻探工地上。他舍身忘我的工作精神，深深感动着身边每位职工。何建业看到，关心地劝道："孟机长，不可太劳累，要注意保重身体啊！"不想孟双成随意地回答："我们当过兵的人，没有怎么觉得太累。我做不了什么大事，但在平凡的钻探岗位照样能为党为国家做贡献。钻机进尺，就是速度，光明总在前头。我只希望在我的手里，能够钻出几个大矿床来。"

孟双成的回答，让何建业刮目相看。他满以为自己已是 525 队最辛苦最有责任感的人，不想在工人孟机长面前，更有早行人。多么好的职工啊，是这些最艰苦的最普通岗位上的人与事，在经常感动着他提炼着他！孟双成就是工人阶级队伍中的优秀代表，他所带领的班组，就是525队人的脊梁，他们就是坚守大山为国尽忠为民奉献的地质人的精神魂魄。是大家学习的榜样，也是砥砺自己前行的镜子，应该予以总结，将先进典型挖掘出来，弘扬主旋律，去感染影响周围更多的人，去鼓舞事业的前进。他与梁启德、司马俊生商量后，让王艺文执笔整理事迹材料，最后一起提炼出以"艰苦奋斗扎深山、以苦为荣强管理，无私奉献创纪录"为特点的先进集体。先在分队开展学习活动，再向大队、省局逐级推荐……

何建业在加强分队管理，抓职工思想教育、关心职工的同时，依然将地质野外勘查作为工作的重头戏。

这年的秋末，天气渐冷，片片黄叶从高耸的杂树林间徐徐飘下。他继续选择"凉西八宝岭铅锌矿勘查项目"找矿的外围，沿着白雪岭的山脉，往西北方向走。勘查小组五个人，有彭钢、何大为、姜山，还有位刚从学校毕业分来的女同志——李秋霜，脑后垂着两把小棕刷，体格健实神态活泼，像会飞的小天使。

勘查小组像部队的侦察班，忽地上到这座山岭上，忽地又下到那处沟洼。边走边看，细心地观察周围地貌走势规律，岩层的类别及形成的变化。只要有好的"露头"，有价值的岩石，都会弯腰敲敲打打，用放大镜用仪器测验分析讨论一番。第三天走到一个叫"宝石顶"的地方，已经有了野外勘查经验的何建业，查看地质地形图，认为脚踏的这条铅锌矿脉线，越来越宽，再往前的不远处是九环山，可能会有大的矿藏隐伏。建议继续往前走，这时队员彭钢说，前些年这地方我来过，听人说有野狼出现。何建业乐了："这么多人，还怕一两只野狼不成。"他还指指队员何大为身上背的猎枪："我们还有这个！"

大伙越涧沿山腰前行，按地图所示，前方有个小寺庙可借宿。当走到附近时，小寺庙只剩残垣断壁，周围长着半人深的荒草。此时天色已晚，往前走难有人烟，就决定在附近找地方住一晚。他们生起篝火，用铝饭盒烧水，每人喝杯糖开水，吃两块"压缩饼干"，选在小山脊的一处岩洞口停下来，岩洞阴暗潮湿，就在离洞口外二十来米地方撑起帐篷，大家保持距离和衣躺在一起过夜，这时也没男女可分，在边缘留个稍宽地方让小秋霜躺下。

秋天的山夜美极了，天空一钩弯月高挂，周围黝黑又带着蔚蓝。满天的星斗在深不见底的天宇闪烁，尤其北斗星是那样的明亮，拖着一个大问号，像是给这群辛勤的地质队员问好，又像在开玩笑，这里的宝藏，你们有本事找到吗？

大家虽疲倦，在阴森的野外环境里反倒没有睡意，就建议每个人讲个故事。开始是彭钢讲他们老家流传的"鬼推磨"的故事，吓得秋霜姑娘直捂耳朵。姜山说，我讲个一对男女谈恋爱的真人真事，但有点颜色，说不出口。彭钢立刻制止，说不出口就别说，这里还有没结婚的小同志，少女不宜。这时何建业"嗯、嗯"两声，说我给大家讲个故事，没有故事名，你往下听："我们家乡和这里一样，也是深山区。一年夏天，天热，老百姓都把席子铺在村口的路边乘凉，有位村民带着只有六七岁的小女儿也睡在村西路口，那里风大凉快，离其他老乡睡的地方有几丈远。忽然模模糊糊看见只大狗，慢慢走到了他们身边，斯斯文文地绕着席子转悠，也是月亮之夜，月光照在狗毛身上，闪着银白的寒光，很好看。那村民用蒲扇轻轻扇着女儿，微微地合上眼睛，突然在朦胧中听到女儿一声惨叫，醒了，一看女儿不见了，爬起用手一摸，席子上有粘粘的血滴，远远看见那狗已经跑出几丈远，他马上清醒地认识到遇到了凶残的东西，站起来，大喊一声："狼！"

几乎与何队长口中爆出"狼"字同步，睡在帐篷口的何大为也大叫了一声"狼……"

大伙惊得都坐了起来，看见离他们山洞约五十米的地方有狼的剪影，还有两柱绿光，深邃可怖。那狼仰头长嗷了两声。大伙开始并不是很怕，因为在野外长期跑，也看到过狼，现在可怕的是两只狼过来了，三只狼也过来了，慢慢地聚集十多只，一二十道绿色眼睛，在残月淡光之下聚射交织，由远而近地慢慢向岩洞这边游走过来，大家恐慌了。何建业命令何大为赶快对着狼群先放一枪。何大为的"大畏"，这时也被打折扣，战战兢兢端起枪朝狼的方向"呼"的一声，放了枪。那狼群立刻往后退了。

这时的何建业还算冷静，他说："赶快把篝火烧起来，狼怕火。"这两个动作，把狼吓住了。

但等篝火弱了，那群狼又聚集一起，慢慢走过来。

"继续添柴烧大火！"

何建业又说："今晚狼是跟我们耗上了，大家也别想睡了。今晚大家的电筒要轮流用，而且要节约着用，只有等狼群走进五十来步，才能开光。"

狼开始一二十分钟进攻一次，中途停有半个多小时，没有动静，大家的心情稍轻松了些。彭钢说："这狼也知道疲倦啦！"

刚刚合上眼，突然听到姜山嘴痴着喊："左左左……左侧有五六匹狼又过来了。"惊魂未定仅有片刻，李秋霜又在惊呼："……队长，右……右边……又有八九双移动的绿眼睛。"

这时何建业已明白这群狼不简单，惊叹道："狼真狡猾啊！它们懂得佯攻与分路包抄！"

为避免腹背受敌，何建业立即组织大家退到岩洞口，将小秋霜拉到中间保护起来，小秋霜已被吓哭了。

当夜，四个男子汉溜轮着来，与狼斗智斗勇，不停地烧火、闪光，关键时刻，还会开上一枪，狼不停地嚎叫着。狼进我拒……我拒狼退……狼再进……我再拒……就这样，无休止地与狼共舞了一个通宵。清晨，天慢慢亮了，手电筒的电也耗完了，那群足有十四五只的狼群才拖着长长的尾巴，懒洋洋地消失在丛林之中……

惶恐了一夜，已经精疲力竭的地质队员，庆幸与狼群大战的胜利。彭钢到洞里观察一圈，出来手里拿了把干草，上面还夹杂些狼毛，大声说："我们昨晚占了人家的地盘，那狼怎么会不找咱们的麻烦？"说得大伙睁大了眼睛。姜山乘机调侃："你们害得人家狼晚上归不了窝，是一方面。另外突然送到家里的这么多肥肉，还有细皮鲜嫩的小秋霜，狼不进攻你们，进攻谁?!"说得大家笑作一团。

吃过身带的简易早餐，何建业兴奋地发现，看到没有，这个岩洞的整条山脊延滑下去的岩石，都是具有重要参考价值的铅锌岩矿层。这里很可能蕴藏着一个超大型的铅锌矿。

"狼这东西，很神呀！也要选个风水宝地安家。"何建业风趣地说。

小秋霜这时也从惊魂中走回来，恢复状态，高兴地说："何队，这也叫不入虎穴，焉得虎子！"

大伙在附近展开工作，找露头、找岩样、拍照、记录资料……

工作完成，看着这份来之不易也是意外所得的野外勘查成果，兴奋不已，吃完中餐的干粮，大伙来了浪漫情怀，把何建业推到中间，彭钢、姜山举着地质锤，何大为擎高猎枪，李秋霜挥舞着红色的围巾，站在九环山上的一处巨石上，高唱《勘探队之歌》。

……
是那天上的星，
为我们点燃了明灯，
是那林中的鸟，
向我们报告了黎明。
我们有火焰般的热情，
战胜了一切疲劳和寒冷。
背起我们的行装，
攀上了层层的山峰，
我们满怀无限的希望，
为祖国寻找着富饶的矿藏。
……

居高临风，仰面正值中天的红太阳，唱着……跳着……何建业和他的队友们不知不觉脸上流下了泪水……

第十七章

"长生伯，你家建业来信了！"镇邮电所小吴挎着墨绿色的邮包，走进院子高喊。年逾半百的何长生，正在院里修剪桃树枝。

只要有信，每次长生夫妇总会激动好一阵。何长生送走邮递员，急忙喊在屋里的曹仁花："他娘，快出来，建业来信了！"

曹仁花听到有儿子的信，更是兴奋，匆忙停下正在"擀面"的活，拿着老花眼镜，从厨房小跑出来，手上还沾着白花花的面粉。

年龄不大也不算小的夫妇俩，坐着院里的木凳上，顺着快中午春阳照射过来的强光，长生执信，一字一句慢慢读起来。

亲爱的父亲母亲：

你们近段时间好吧？又是阴历四月了，家乡的庄稼长势如何？现在的政策多好，农村包产到户后，老百姓积极性倍增。咱们家分得那几亩地，位置不错，土质好，又临水渠不远，只要勤快，年年可以保丰收。只是我和二弟都不在家，地里的活更多是辛苦爹和建伟，还有弟媳了。家里有什么困难，我能帮尽力地帮。现寄去三百元，望二老查收。

因工作需要，我现在又调到野外分队工作，是 525 大队的三分队，任务是主攻铅锌及铜矿产的勘查。这里的环境，与咱们家里差不多，都是高山长河。工作比较辛苦，每天拿着小锤和相关设备去观察岩石，寻找矿产的踪迹，工作技术上的事情不细说了。你们要相信儿子，走到哪里一定会勤奋上进，把工作干好，我的愿望就是为国家多找几个大矿藏，不辜负党和国家对我的培养，同时也为爹娘争光。

淮海叔叔那边我也通着信。拨乱反正后，淮海叔政治上也平了反，他历史上没有任何问题，对党一贯忠诚。他现在已经复出，担任了吉东市商业局局长，对于没有接触过商业的叔叔来说，也是个新生事物，百业待举，工作上很忙，几个叔伯弟妹，都有了自己的工作，一切平安顺利。只是有一点，我也提醒下，以平常心去看待。"不以物喜，不以己悲"，叔叔的复出上任，在龙峪肯定会引来一些反响，也会有求于他的人。我们作为他的近人，不要过于张扬自己，讲话办事以低调平实为好，我这个意思，你们跟爷爷奶奶也说下。

另外，宇娟在大队工作生活一切如旧，小蕾也在健康成长，勿念！信中夹寄有你们小孙子的照片，博你们一乐！

代我向爷爷奶奶、建丰弟、弟媳巧巧和建伟弟问好！

祝全家诸事安好！

儿：建业

一九八三年四月二十一日

读完儿子的信，夫妇俩兴奋不已。何长生用满是老茧粗糙的右手捏着小何蕾的照片，细细地端详。

"这鼻子这嘴长得好，像我。胖嘟嘟的，多乖！"长生双眼弯成了一道缝。

曹仁花抢过照片，用手抚摸着照片上的小脸蛋："我这乖孙子，长得鼻眼嘴耳样样好，哪一点都像奶奶。"还用手拧下长生大腿："你个老东西，好好看看，小蕾到底像谁？"

长生立马起身，用手拍打裤子上的面粉："你看看，手都不洗净，弄得我一身面，还在这里争风吃醋。"说完夫妇俩对视又笑。

曹仁花好像忽有所思，脸色有些晴转阴，问长生："他爹，建业在地质大队机关干得好好的，咋会突然又下了野外分队，像是给'下放'了，……是不是咱儿犯了错误？"

老妻的提醒，让长生心里一沉："……犯了错误，如果被撵下去工作，就是下放。但儿子信上说是工作需要的调动呀。"

"儿子是不是怕我们担心，有意隐瞒真情？"长生一时吃不准。转而想了下，又对曹仁花说："我想不会，建业做事一贯沉稳认真，为人也和善，难得罪人，应该不会有啥事。"

曹仁花皱皱眉："他爹说的也是，不过我又想，他在信上看到叔叔复出的事，让咱低调办事，不张扬，是不是他办事与同志相处没有注意，得罪了人，被人整了，吃了亏长了智，反过来提醒咱们注意？"

"他爹，你刚才在信里念到有喜喜悲悲的话。我就觉得不对劲！"

何长生又拿起信重新看看说："不以物喜，不以己悲，我也不懂啥意思。先是喜后是悲，是有点叫人忧心！"

何长生被曹仁花绕得心里七上八下，一时吃不透。

何长生不由长叹了一声："唉！当父母的真球不容易，喜怒哀乐，有时是人做的，有时是自己吓的！"

最后还是何长生拍板，定了调："他娘，按理说，咱建业应该是正常调动，还可能是被重用。但是咱得慎重，得留后路，对外包括亲戚都不提建业工作变动的细节，只说他仍在地质大队上班就行了。"

曹仁花认可，又提醒一事："老头子说得极是。但有件事，你在回信中要多说下建业和宇娟，让他们抓紧生二胎！"

"城市不是不许生二胎吗？"

"咱这里不是说在山区工作的都可以生二胎吗？他们地质队工作在山区，不是一个理。你没看见，现在计划生育越来越严了？还是早点怀上，往前赶，是正理！"

"是国家不让生，工作的人有工作人的规矩，不是咱说了算！"说到这里，长生也是满脸无奈："单看咱们小小的龙峪，乡里那几个计划生育办公室的人，不是个个铁青着脸，六亲不认。全国形势一个样，听说城市里管得更严。有工作的人，超生了，还会开除公职。谁还敢生？"

"我在家里说，这国家只让生一个，也太少了。一男一女结婚，连两个人的本数，都没有捞回来。"

"啥事都有一阴一阳，事出有因。不就是因为过去生得太多，哪有今天的太严，做得过分？国家既然出了这个'国策'，谁也没有办法，只有硬着头执行！"何长生只有正负参半地如情似理地解释。

曹仁花脸上凝着笑："咱爹常说何家要兴旺，没有人，咋兴旺啊？只要有点机会，沾点政策边，就得赶快生。我以后当太奶奶，可不嫌孙子重孙子多……"

"你这平时不显山不显水的老婆子，封建思想比我还严重。好吧，我给建业捎话，就说是你娘强烈要求，要你们生的！"长生虽在开玩笑，但从心里还是佩服曹仁花的心眼，比他想得多想得细。

"他爹，这事你可要记住，政策上的事，过去这个村，可没有那个店！"转身快走进厨房的曹仁花还在念叨："年轻女人生儿育女，可就那么十来年旺气血。过去了，想生也生不出来。"

这段时间，年迈的何致兴老爷爷，拄着磨得锃亮的"鬼见愁①"木质拐杖，在龙峪村街头走路，感觉头又稍仰高了一些。

村里人都知道老爷子这个具有县团级别的儿子——何淮海，不仅官复原职还官升一级，担任了吉东市商业局长，而且知道何淮海家的子女已有了正式工作，都混得不错。当然这些都是何家人自己流露出来的。街坊邻居也会琢磨，现在是改革开放的社会，"后生可畏"，年轻人已不再安分，连中年人也坐不住了，都想着出去捞金赚钱，说不好，会求到何长贵门下，让这个从咱龙峪走出去的"大人物"帮忙哩！

何致兴走在街上或坐在三棵树下，主动上前搭讪的、热乎喊他的人多了许多，说漂亮话让他美不自胜的人多了许多……

"老伯，你去哪？走路可得慢些，要不要我扶你！"这个男村民问。

"没事，我还硬朗，不用搀。"何致兴回答。

"叔叔，你真有福气，长贵兄弟官大权大，孩子个个优秀，你和瑞兰婶

---

① 金马山生长的树种，传说该木能避邪。

咋不去住一住？"那个村妇道。

"去过，住不惯。"何致兴又答。

"爷，你手上提得啥东西，我帮你拿。爷，我想出去闯闯，你给我长贵伯说说，帮我找点事干！"一毛头小伙子过来顺便求。

何致兴撩着白胡须："这事，我可管不了，你自己去找！"

何致兴有时到三棵树下去坐，不过现在去三棵树下的人，不像以前多了。与他从小相处到大，常在大柏树聚会的几个老朋友，其中赵天祥已经不在了人世。因自己年纪太大，相识相伴的人越来越少，现在经常是踽踽独行。有时站在三棵树下，感叹人生步履的迅疾与人情世故的无常。

何致兴想想前些年小儿子长贵"倒台"的日子，他在龙峪村的"待遇"由原来的"高规格"很快降到了"平常水平"。过去他是"军属"，后来不当军属了，村里大队生产队的大小干部，也把他视为"干属"，高看一眼，遇到农副产品的分配，还会多少得到一点小照顾。自从长贵单位"外调"人员来龙峪村走后，消息不胫而走，人们开始窃窃私语，有的看到他，还会绕道走。即使碰到了，也是随便喊一声，敷衍下就离开。还有些人，过去对何致兴家羡慕几分，这时也开始说起讥讽话。何致兴偶尔能听到，但他并不生气。他活了八十多岁，难道不知道"人心不古""人走茶凉"这几个字的意思？原来儿子荣耀时，把你抬高，你只不过是被人看得起的老百姓，本来就是人们攀炎附势的结果。现在人们不再抬举你，冷落你甚至贬你，只不过是恢复到普通老百姓的正常生活，有啥想不通的？啥都是过眼烟云——一场空！

何致兴是个明白人，因而对现在长贵复出工作后，有些乡邻们又变了一副面孔，觉得再正常不过。那不是龙峪村这样，走遍全中国，人情世故都是这样。所以这何老爷子心地坦然，遇事总能哈哈一笑，不去计较，活得很从容很健康。他经常有时没事，来看大柏树，只不过年纪越来越大，来的次数在逐年减少。他把大柏树看成是苍古高洁、生命不息的长者，也把它看成朝夕相处、精神可以相通的朋友。

长生从爹娘那里能经常知道长贵兄弟的家境变化，长贵会给二老通信，他的孩子何建业有时也会给爷爷奶奶写封信，报平安……

何长贵，对了，外面的名字叫何淮海。

党的十一届三中全会后，党和国家开始拨乱反正，大批干部被解放被平反，重新走上领导岗位。何淮海五十岁出头，被任命为吉东市商业局局长。正在以新的姿态投入新的工作洪流中，说是要把过去耽误的损失夺回来，在退休前多为党为革命做些工作。目前的工作精力正放在恢复和扩大各个商业网点，组织畅通各类商品流通销售环节，活跃城乡的商品市场上。另外，目前要处理的历史遗留问题太多，有公家的也有个人的，都得一一理顺，按政策加以协调解决，一个字——忙！

何淮海的平反归队，重新走上领导岗位，让他的子女们也彻底摆脱了"走资派子女"的重压，妻子郑湘萍也开始在社会上活跃。

何淮海的几个孩子，陆续参加工作，都是城镇户口，不是农村户口，到了就业年龄，国家就给予安排。

大儿子何军勇，一九七四年随吉东市第三批知青下放队伍，到离安吉两百公里外的桃花屯，插队锻炼三年，一九七七年回城。母亲郑湘萍，凭父亲的老资格老关系，到处找人疏通，将儿子何军勇安排到市公安系统，现是吉东市江汇区公安局的民警，已经结婚，妻子是徐俊丽，同在公安部门工作。

二儿子何军强，也是下放知青，时间比军勇稍短一些，一九七八年参加高考，考进了松江省财贸学院，刚毕业不久。属本科文凭，毕业后被分配到吉东市人民银行工作。这孩子也是爱学习会读书的主，工作优秀上进，很得上级赏识，个人对象还在物色中。

女儿何军梅，从小热爱文艺，长得漂亮，也有身姿，一米六九的个头，比他的二哥军强还高，有天赋，从小学到高中就能唱会跳，是校文艺宣传队的一枝花，是许多男生心目中的"女神"，可望不可求。愈是这样，让她更是冷傲十分。初中毕业后考取了松江省艺术学校，专攻舞蹈，一九七九年毕业后留在省会常春市，成为省歌舞团的演员。进团的第二年，开始与剧团的一位小提琴手谈恋爱，平时偶尔回吉东市看望下爸妈。

长生还知道，何淮海在信中提醒，随着改革开放，现在农村人思想也解放了，都想外出找事发财。龙峪村到吉东家里找他不下十几拨。有的要求介绍份工作，还有的开口要借点钱，不仅是龙峪，连老婆郑湘萍老家几十年没打过交道的亲戚也找上门来，与龙峪出来的人同样的愿望——找事做、帮助解决困难。告诉家里人，这事真不敢揽得太多。何淮海一再强调，不是嫌弃，不是不愿意为家乡人帮忙，而是太多了，应接不暇，心有余而力不足。

长生从爹那里知道何淮海的近况，不是他问的，都是爹主动给他转达的。淮海向父母写信道详情，是天经地义。爹向他转达，一是有必要让在家的儿子知道情况，二也是何淮海的交待，代向长生二哥提示，别在外吹嘘，揽麻烦。但是，何淮海夫妇至于每年孝敬父母多少金钱物资，当爹当妈守口如瓶，从来不说。

长生坐下来，从小烟袋里捏上一小撮碎烟叶，用拇指揉到铜烟锅里，再用火柴"喳"的一声，点燃烟草。双腮深凹，用口深深往上吸，又浓又呛的灰色烟雾便从咽头鼻腔喷出，长生觉得特过瘾，他在团团的烟云聚散中，想着何氏大家庭今后的走势去脉……

何长生对龙峪村近年老百姓生活以及习俗的变化，既看得懂，也似乎看不懂。

前些年，龙峪走的是大而公的集体道路，解放后都是这样。一个生产队，几十户人家上百口人数，大家共有的几十亩土地，一起出工一起收工，以工分多少为核算单位，虽有差别，但差别不大，最后都要分粮食吃饭。何长生当然不知道，这是马克思理论上的生产资料公有制的基本特征。在社会主义道路实践中，其优越性是，人人有饭吃；美中不足的是，人人又吃不饱饭。

另一点，何长生明白，过去严格的户籍制度，把农村的人紧紧地捆绑在土地上，你是哪里的人就必须在哪里做事生活，龙峪的人，不许往别的地方跑；别的地方的人，也不准跑到龙峪来，全国都一样。他清晰记得，前八九年，龙峪村西头的方学争，离开龙峪到外县倒腾卖了几十斤香油，被当地工商和公安部门逮住，遣送回龙峪，送了两顶帽子，除了"投机倒把犯"外，另外一顶是新颖叫法——流窜犯。脖上挂着木牌子，写上罪名，交由大队组织在村中心广场狠狠批斗过两回，谁还敢随便离开龙峪？即使正常的走亲戚或看病等要事外出，也必须由大队开具介绍信证明，盖上革命委员会大印。

要不，随意外出连旅馆都住不进去。

这几年，政策说变就变，过去讲"以阶级斗争为纲"，现在说"以经济建设为中心"，龙峪的土地已经包产到户。农户与村里签约，一承包就是三十年。土地名义还是公家的，但经营由私家说了算，反正感觉与自家土地没啥两样。土地经营大部分还是传统耕作方法，秋种玉米冬种小麦，靠时令节气吃饭，但有了更多的自主权，没有人再统一号令，你可以种粮食，你也可以不种粮食，搞开发，去种植果树、花卉、苗圃等更能赚钱的经济作物，拥有自主权。

……何长生擤了把鼻涕，在鞋帮上擦擦，又紧握烟枪，继续在烟熏雾绕中思绪绵绵……

咱龙峪就那么多的土地，人均几分地，有多少工夫，赖在土地做事？空余出许多的清闲时候，清闲了能干啥？咱老百姓口袋里缺得还是钱？现在政策好了，只要不做违法的事，没人管你，想去哪去哪，不用找村干部报告，也不用去开"外出证明"。怀揣一张"身份证"，走遍天涯都不怕！现在老百姓真是太自由了，从古到今，哪有这个好的政策，谁再瞒三怨四，自己过不好日子，说党和政府的坏话，真是太不凭良心了！

长生又想到兄弟长贵，他现在重新出山，肩头上的担子重，一局之长，日理万机，常年忙碌，如去麻烦他的人多了，他也真顾不过来。就算顾过来，他安排多了，不也是会引火烧身，人家会怪他任人唯亲，尽给家乡人捞好处，从这点上我理解兄弟。但回过头来讲，你是咱龙峪出去的，算是混得有头有脸的人了，人人都会把你看成有三头六臂、能上天入地的权势之人，咱龙峪的人，苦哇！想去外面谋生发财找事做，没有任何的靠山和能走近的人。"美不美故乡水，亲不亲家乡人"，他们不找你何淮海，找谁？

这些年，长贵兄弟虽惹了不少麻烦，但在龙峪村不断传颂着好名声，兄弟出去几十年，解放战争也好，抗美援朝也罢，不说战功赫赫，也算九死一生，是从战场上子弹缝里钻出来的，在村里人眼里也是位革命英雄。战争结束进入和平年代，兄弟当了吉东市一个部门的领导，有职有权，别说乡亲们就是家人近亲也没沾到什么光，家人享受的那份礼遇都在面子荣耀上。何况兄弟工作离家太远，远水不解近渴，乡亲们的小事大忙他都帮不上，他在众位乡亲包括家人心目中，更多的只是一尊精神丰碑。

老百姓最讲实惠，这改革开放一开始，地球逐渐被缩小，千里之外也不算了距离，只要有事情可做，有钱可挣，再远均可抵达。龙峪村部分乡亲能够实实在在沾上长贵兄弟福分的，就发生最近几年。

爹娘且不说，就连长生自己包括他的妻子曹仁花，有时走在路上都会有乡邻眉开眼笑地拉近乎，夸耀一番，"长生哥，你那长贵兄弟人真好！只要是咱龙峪去的人找他帮忙，他都尽心地关照，想方设法帮着找工作，不仅招待吃饭，还有烟抽有酒喝！""仁花嫂，你兄弟长贵好人啊，出去这么多年，没架子，不忘乡亲们，咱龙峪人算是沾上大兄弟光了！"

长生端着旱烟袋，一锅接一锅地吸着，懒洋洋地斜卧在院里朝阳的墙角，晒着初冬的暖阳，美滋滋地回味何家人在龙峪的潮涨潮落，龙峪小山村大社会人际关系的回返往复。他不懂得，国家对农业政策的调整，生产方式的转型，会对人们的思想观念与生活方式有如此大的魔力，如此大的变化。最近，龙峪村也有人来找他索要儿子建业的地址，准备找建业谋事。

已经年迈，不摊家事的老父亲，已经把家庭兴旺发达与对外界琐事处理的接力棒，全部交给了他。有的让他措手不及，有的让他好为难！

这不，连自己的小儿子建伟都开始找"麻烦"来了！

初中毕业，在龙峪已"浪荡"几年的何建伟，一日突然找到母亲。曹仁花正在屋里电灯下为小孙子缝衣裳。

"娘，我不想在家呆了。"何建伟坐到对面。

母亲惊大两眼："你咋会也有这想法？你去哪？"

"我想出去闯闯，说不清楚去哪！"

"连去哪你都没数，你还敢出去？"娘又说，"像你这样办事没天没地，娘可不放心！"

何建伟还是原来的那种倔强，只不过这时多少有了点收敛。小小年纪，眼神里闪着随时独行天下的刚愎："娘，现在村里有不少年轻人到外面闯世界，我叔那里不是也收留了一些出去的人，都不见得比我强到哪里，不照样仰着头走出去了？"

曹仁花慈爱地看着小儿子稚气没有全脱的面孔："你们兄弟三人，已经出去了两个，咱老何家的大梁以后要靠你来顶！"

不说顶何家大梁的事，倒罢，一说这话，何建伟火气立马上来，直冲母亲："顶大梁，挑大梁，凭什么大哥二哥可以出去荣华富贵，就应该我守在穷山窝，传宗接代！"

母亲见儿子躁急，忙解释说："你大哥是靠本事考学出去，你二哥也靠大队推荐，人家都有正式单位正式工作，你是空着两手，背着包袱出去，那咋会一个样？"

母亲这么说，让建伟更来气："谁说没高学历，没人推荐，就不能出去闯了？"

母亲见儿子急上加急，笑了："急啥，有话好好说，真要出去，你这性格不改改，也会四处碰钉子，外面的人可不都是老娘，发了脾气，不去计较你！"

建伟见母亲这么说，低头不语了。

转瞬，曹仁花又和蔼地说："建伟，你也到了谈婚论嫁的年龄，这两年给你提了几家，你都不愿意，不知你心里到底咋想的。人要实在些，你没看见我和你爹已是往花甲走的人了，现在家里壮劳动力就你一个，在农村，家没个年轻的大男人支撑着，可不行。你还敢有出去的念头？""你还是听娘听爹的话，早点说个对象，把终身大事办了，再引个劳动力进来，生儿育女，接家里的香火是正理。看这势头，你大哥肯定不会再回来，你二哥也难说，这个大院是兴是衰，可全要靠你了。"

何建伟听了，不烦，却不能自制："娘，你别再说了，拐弯抹角还是让我挑何家传宗接代的大梁，而且非要是我不可？"

"伟儿，你心可不能太狠，娘且不说，你爷爷奶奶都是满头白发，你看在你奶奶对你操心这多年的份上，也不能让他们伤心啊！"

曹仁花这一招真灵！一说到奶奶韩瑞兰对自己的宠爱，何建伟立刻不说话了。他的语气也平和许多，动作也温存起来，还上前帮母亲理了下鬓角一绺蓬乱的头发，稍停会，何建伟轻声细语："娘，我肯定不舍得你与爹、爷爷奶奶，更知道奶奶对我超级的疼爱，但是也不能因为我欠大家的恩情，耽误我一辈子的青春啊！"说着，母亲看见儿子眼边噙着泪，母亲的天性，不由得心疼起儿子来。

母亲看儿子这样的坚决，也是等了一会，似乎想出了两全其美的办法。

曹仁花拍了儿子肩膀："伟儿，要不这样，你去到你二哥那里一起做事，或者单独为你找点事做，这样，离家也近，两头都能照顾。"

极具个性的何建伟一提到何建丰，就来了不屑神色："别提二哥了，他现在自己还顾不住自己，还能关照别人？他就是混得好，我也不去他那里蹭饭吃！"

曹仁花知道他兄弟俩总有点合不来，也不便多说，只敷衍了句："亲兄弟，有多大的怨仇？打虎亲兄弟，上阵父子兵，我看建丰待你也没啥，主要是你老给二哥过不去！"

"反正我一定要出去……一定要出去！"何建伟坚定地对母亲重复。

"这事，做娘的知道了，但我做不了主，你去跟你爹跟你爷爷奶奶说去。"曹仁花见儿子油盐不进，只好迁就他如是说。

儿子建伟欲离开龙峪外出的想法，很快被曹仁花传递给丈夫长生。长生又慢慢复述给爷爷何致兴奶奶韩瑞兰，这在何家又引发了一场不小的风波。

爷爷奶奶坚决不同意小孙子外出，爷爷恐慌是何家在龙峪今后的后继无人，奶奶感伤的是宝贝孙子外出的脆弱，不能管好自己风险多。爷爷何致兴的威严、奶奶韩瑞兰的眼泪，作为何建伟都能够尊重能够感动，但并不能完全让他改变主意。

何长生与父亲何致兴心情一样，他更多的是如果何建伟真的离家而去，必定会带来日后他对家里的独木难支，遇到大事连个帮手都没有，他自己也在慢慢变老。尽管他不太喜欢这个小儿子，如果有老大或老二在家，这小三出去，他会爽快而热情地支持他出去，让外面严峻的社会考验，来修理他，使他成为他所希望的、能够有担当、脚踏实地的可以安家立业的人。

其实何长生，包括全部何家人都不知道何建伟坚决外出打工，除心随潮流大势创业走天下的人生理想外，还有另个深层原因。

何建伟从小到大，看似任性不服管束，天马行空，独来独往，可内心深处，也有自己的情欲爱恋。在初中三年级时，他不知不觉地爱上了同班的女同学——党小倩。党小倩在班上仅有的几位女同学中，算不得花魁，但在建伟心里觉得长得就是有味道，小鸟可人，独树一帜，小圆略长的脸蛋上镶着一双明亮的眼睛，夺目灼人，翘翘的略厚的小嘴唇，让他见了，总有一丝想上去亲吻的冲动。他看到党小倩总难以自己，也说不清楚为什么，就是从内心深处喜欢她！初中将毕业时，建伟终于瞅住没人的当儿，向党小倩递交了青涩少年的第一次情书，但很快遭到党小倩的拒绝。

剃头的挑子一头热，何建伟情绪顿时一落千丈。因为他平时多是看不起别人，也没想到头一次表达爱情却被他爱慕的人无情回绝。自己以为是高傲如磐的峰塔，却被这个小姑娘击得粉碎，他痛苦极了，想了许多。他想，党小倩没有看上我，是我的形象不是她的梦中情人？还是我平时的无法无天的不雅声名伤了她的芳心？还是我的家境平平，不是她向往的富裕之家？何建伟——找不到答案！

太讲自尊心的何建伟，伤感十分，再也没去找过她。直到最近，听说党小倩已经与县文化局局长的儿子定了亲，他才如梦初醒——与党小倩根本就不是一路人，更不可能是一家人。但他内心深处的伤痛并没愈合，反而越撕越大，他一定离开龙峪村，必须离开龙峪村……

何家人见说服不了何建伟出走的决心，何长生就动员何建丰也出马，与何建伟谈一谈。

何建丰知道后心里忐忑，因为自己过去因外出也与家里闹过，做工作底气不足。但是他更加意识到了日后何家在龙峪安身立命的严峻性，也预见了所谈到最后结果。他了解小弟倔强甚至有些骄纵的性格，与他总有抵触的小弟，怎会听他的？碍于父母的嘱托，只得硬着头抽空从新乐赶回龙峪，与建伟一叙。

"建伟，家里的状况你知道，何家今后在龙峪的兴衰系你于一身，父母爷爷奶奶对你看得很重，你如果离开，太伤他们的心！"建丰和蔼地也从情感破题对小弟说。

何建伟一听，火气立时上来："说得倒轻巧，凭什么集我于一身，你是老二，还有大哥，你们的责任还在前头！"

"我们不是在外面，鞭长莫及嘛。"何建丰自认为这是理由。

"噢，先出去就可以放弃责任，在家的就理所当然挑大梁！？"

"我与大哥条件好了，不会不管家里，该花的费用会拿出来，主要是现在家里有年迈老人和已在老化的父母，离不开人了！"何建丰这句话落地，平下气，又从另个角度说："你脾气不好，遇事大家都可迁就你，你到外面混，性格不好就会吃大亏，你还是在家稳靠些。"

说得建伟更来气："我正是因为脾气不好，看不顺家里，才要外出，说不定，到外面一打磨，我脾气变好了。"何建伟根本不买账："说千道万，我当老小的，就应该守在龙峪，呆在这穷山沟？！"

何建丰见说服不了何建伟，又转话锋："那样吧，要不然你来新乐，你给我一起干，离家近些！"

"你现在还管不好自己，还带我？"何建伟淡淡一笑，露出轻蔑的细语："你赶快混出个样板来，把嫂子及侄子安顿好，再来做我的工作！"

在旁的许巧巧见兄弟俩谈不拢，只好劝双方不要讲了。兄弟还是一母所生，和为贵是前提！双方在没有结果中不欢而散……

这以后，一段小时间里，何家冷静了许多，面对面都不再提外出的事情，可何建伟依然是每天心事重重，满脸的抑郁。

何长生纠结心不顺，也不在家里发泄，只是有时走到三棵树下，也与他常聚的黄汉良、孙大智等几个老伙伴聊聊天，互通有无，念叨自己家中的苦恼，也倾听下别人屋里难念的经。龙峪几百户家庭的总现状，更多的是——儿孙们个个外出打工，很少归家回巢，家里留着老人带着牙牙学语的儿童。

何长生仰面绿荫如盖的大柏树，低头看过去被砸掉现在又重新锻筑起的"功德碑"。远处的金马河，一群群山雀照样展翅上下飞翔，不由得与几个老哥们感慨："唉！真不知道这生活要怎么折腾，折腾到啥时候才是个头啊！"

第十八章

正如何建伟顶撞二哥所言——这些年，何建丰在外混得是不怎么样！

一九七五年底，何建丰拿着大队裴庆奎开具的证明，还有县劳动局的介绍信，进了新乐市木材加工厂，成为一名合同工。

那时的新乐市从东到西只有十八九华里，十多条街道纵横交叉着，城市建筑高高低低，显得很乱，最高楼房也不过四五层，多是三层以下的建筑。马路上的公共汽车只有十二三路，自行车倒多，上下班街上都是自行车的潮流，车挤着车，铃串着铃。市区人口不过四十万。市里除几家较大的纺织厂外，周边有炼油厂和发电厂，没有其他的支柱产业，属于典型的消费城市。论文化古迹名胜还有几处，一处是"汉天坛"，传说汉武帝东巡时曾在此设坛祭天——有遗迹为证。蜿蜒起伏的小土坡，由低到高修着八九米宽的甬道，两侧雕有华表、牛马及兽石。最上方设有高台大坛，地面用石条镶成日月星辰，形成太极阴阳图，另有些圆顶式的屋宇及长亭。一处是北郊的唐朝古城墙遗址，约有两里多路长，还保留着高三四米犬牙交错的旧城墙，那斑驳陆离大而厚的灰色城砖，很够代表这座城市历史的厚重与沧桑，也能够看出来它饱受战争创伤的残痕。另一处则是自然景观，在东郊十五公里处，由金马河与丝冠河交汇切割形成的小峡谷，七八道河湾，高悬一处六七米高的瀑布，蔚为大观。

初来乍到，何建丰为自己能够成为新乐市的一名工人，感到无上自豪。相比龙峪，生活条件不知道要好多少倍，出门就是商店、饭馆，抬脚就有公交，可就是有一条——缺钱，寸步难行！

何建丰所在木材加工厂属于国营工厂，有二三百名职工，其中合同工占了三成之多。工厂主要任务是市里的计划，为市几家大棉纺厂生产布匹包装板，为政府企事业单位制作桌椅等木质办公用品，也在市面上投放少量的成品家具。厂里有大型的木材加工设备，每天有汽车出出进进，把水桶粗的原木拉进来，把生产好的木制成品运出去。厂里开始挺红火，电锯电刨声交响，木屑刨花飞舞，职工人人有活干，忙忙碌碌，连刚去不久的何建丰，也可拿到四十来元的月薪，已算非常可观的收入了。

何建丰被编到木工九组，每组六个人。这组人员与何建丰身份一样，全是合同工，而且是清一色的正规木匠出身，并指定何建丰为组长。小组主要任务是打制办公用桌和椅子。

何建丰与同事们全来自农村，能吃苦也珍惜机遇。晚上大家一起挤在集体宿舍，四个人一间房，每人床头有个小柜子，供放衣服和洗漱碗具。吃饭到职工食堂排队，伙食主要是玉米稀饭、馒头和炖菜、腌菜，偶尔有大米饭供应。

建丰很知足，工作卖力，木工技术也好。在组里，何建丰最合得来的两个同事。一位叫解小东，年龄比他小月份，来自丰春县，个头高于何建丰，面容瘦削，爱在鼻翼下留圈小胡子，头上喜欢捂顶有帽檐的旧蓝帽，但绝不是秃顶缘故，纯粹是个人所好。另一个叫王佩跃，比他大一年，来自新乐市远郊，个头矮于何建丰，结实，气色好，脸蛋经常红扑扑的。干到第六个年头，厂里经评定上报，除极个别的人被退回原籍外，大部分的合同工被转成正式工。何建丰得到正式转正消息那天，工厂人事劳动部门让他重新填表格，提供正式录取证明，让他回老家办理迁移户口手续。

何建丰记得，那天他拿到那张成为工厂正式职工的证明时，激动得热泪盈眶。当晚，他与工友解小东、王佩跃相约，走进厂门口的小饭店，要了四盘好菜，八瓶啤酒狂欢。

何建丰举着钻蓝色的大酒杯："兄弟们，真高兴啊，咱们从此就是这个工厂的正式主人了，为未来的幸福干杯！"

"是的，从此我们再不是雇佣工，咱不仅是正式职工，还是新乐市的正式市民了！"王佩跃是个喜欢读点书的人："这人，是不是在活一种感觉？过去在厂里的正式工面前，总觉得比别人矮一截。有了这转正手续，立马觉得与他们一般高了。"

"还是原来的尺寸，非正式与正式的前后感觉，是不一样！原来那些正式工，好像很少跟我们合同工说话，现在也该我们趾高气扬一下了！"何建丰兴致勃勃地附和。

"别的不说，这正式职工的手续一办，让我身价倍涨。我老家的女朋友说过，啥时候混成正式工，啥时候正式订婚。"不太修边幅的解小东自嘲说。

王佩跃听了，立刻有了情绪，一只脚踏上凳子，腰杆向前倾，用酒杯朝解小东的酒杯，用力"咣当"碰下，嚷道："要我说，小老弟，你现在拿着正式工证明，不是回去订婚，而是回去退婚。"

解小东倒认真起来："人，可不能昧良心！"

"这样的女孩不足惜，她看中你的是正式工，不是你的人，首先是你女朋友不讲良心！"何建丰跟着凑热闹。

三人说说笑笑，杯来盏去，直到晕晕乎乎才回到寝室。何建丰和衣半卧在被子上，他酒量小，喝得少些，似醉非醉。

建丰半合着眼睛，回忆着这几年从龙峪走出来，进入木材加工厂的经历。工作上的辛苦，身份上的廉价，被人看不起，性格上的忍耐，父母的无奈，妻儿的期待，伤心、屈辱、兴奋、憧憬，五味杂陈融合在一起，脸上顿时又流下了泪水。但他心里明白，这一路应该感恩过来，最不能忘记的人还是庆奎叔，无论存在多少利益交换关系，庆奎叔最后能网开一面，推介放行，是多么的重要！

何建丰回龙峪办理户口迁移手续，一路好心情。往常从新乐市到龙峪，他差不多是两个月一次，回家看父母，给妻儿生活费。建丰节约，每月的四十五元工资，自己二十元，给许巧巧二十五元。记得他第一次回家给家里人人买了礼物，给爷爷奶奶和父母是鸡蛋糕、红糖和帽子，给妻子许巧巧是红色的围巾，给儿子舒奇女儿舒芳是大白兔奶糖，给建伟小弟是一支"英雄牌"钢笔。

此时从新乐到龙峪的公路距离，经两次扩建改道，由原来的两百公里缩短到一百六十多公里。建丰这次风尘仆仆回到家中，进门看见他的朋友萧亚君正在他家院里，帮着修整菜园的篱笆。

"建丰，你回来了。"萧亚君满脸高兴。

"亚君，你也在这，还好吧？"

"你家篱笆被猪拱了个洞，我过来帮着修修。"讲仪表也能说会道的萧亚君，放下手里的剪刀绳子，平和地回答。

"谢谢你对我家人的关照，歇歇，坐下来喝杯茶。"何建丰递上香烟。

"哪里……哪里，我不敢忘兄弟出去时的嘱托，都是力所能及的小事！"

何建丰想起来了，他开始离开龙峪去新乐时，是说过不在家，如家里有大事需要帮忙，还望好朋友多关照。萧亚君在龙峪镇粮店里上班，主要是管理粮库，空闲时间多。平时他爱走门串户，找朋友聊天，其中也会常来建丰家。建丰家年纪大的人多，留下许巧巧一个年轻女子带着两个小孩儿。建伟喜欢在外面狐朋狗友地疯跑，不太管家事。家里有些杂事顾不过来、也需要个年轻人帮忙。

萧亚君常来走动帮忙，何家长辈也喜欢这个有礼貌又有眼色的孩子，许巧巧更是心存感激，不过有天发生了意想不到的事情。

那日，许巧巧从娘家背袋柿子回来，娘家有棵大柿树，果熟巧巧母亲给女儿送了些硬柿子，那袋硬柿子约七八十斤，许巧巧背着从路上走，遇到萧亚君。

萧亚君看了心疼得很："哎呀，我来帮你，你小骨嫩肉的，咋能背这沉的东西。"说完不由分说从许巧巧肩上抢过袋子，扛在自己身上。

许巧巧跟在身后，一路到家，把柿子放在院里。何家老人、小孩儿都在外面遛弯玩耍。

许巧巧心里感谢，但也习惯，萧亚君常来帮忙，又是丈夫的朋友，既客气也没有太见外，很随意很自然地说："亚君哥，辛苦了，你稍歇一歇，我进屋给你倒茶！"

萧亚君坐在门口小凳上，看许巧巧扭着窈窕的身姿走进屋里，一时不能自己，瞅瞅四下无人，虎着胆子尾随进去。

许巧巧刚往口缸里倒好茶，放好暖水瓶准备端茶出屋，忽然身体被人从后方抱住。许巧巧扭头吓了一大跳——是萧亚君，这个动作太吓人，太突然，萧亚君正用他那带着雪花膏香味的大脸，往她的脖子上蹭。

只听萧亚君呼吸急促地边蹭边说："巧巧，我喜欢死你了，在学校我就想你……你给我一次机会吧！"

许巧巧心惊肉跳，恐惧之余回过神来，立即将萧亚君推开，紧张说："……亚君哥，你与建丰是兄弟，咋……咋能有这非分想法？"

不想，萧亚君无耻地笑着说："我也知道不应该，但我控制不住对你的感情。"又说，"我知道建丰有两个月没回来了，你不寂寞吗？让我来陪陪你！"

"萧亚君，我看你越说越无聊，你只管自己的想法，但你应该知道'朋友妻不可欺！'这句老话。你也应该知道，如果讲爱情的话，在我心里唯有丈夫，我不会做出对不起建丰的事。你更应该知道，不是每一个女人在个人作风上，都是那么随便的！"

话说到这份上，许巧巧直呼其名，连亚君哥都不称呼了。萧亚君知道碰到烈女，还在不安分的手，慢慢松开了。

萧亚君看事情这般尴尬，只得厚着脸皮改为苦笑："巧巧，我也是半开玩笑，一时昏了头。既然这样，这事只要你不跟建丰说，还是友情为重，一切如旧，我该来帮忙，照常来帮忙！"

许巧巧头回遇到这等事，心里七上八下，不知如何应对最好，只好匆匆回答："好吧，你来归来，但不许再有歪想法。这次我可以不给建丰说，如果再有第二次，我一定说。"

萧亚君扫兴地点点头，走了。

以后，萧亚君来得少了，但也来，如一概不来，反倒被人以口实。许巧巧既是个忠贞爱情的好妻子，但也是个不愿惹是生非的女人，心很细，她慢慢地想，这事可以给丈夫讲，认透这个朋友。但如果讲了，假如丈夫多疑，不停追问下去，问题就会复杂起来，有可能会引起连锁反应，甚至使燥脾气的建伟去找萧亚君理论，替嫂子出气。另外，也就彻底得罪了萧亚君，恶化了丈夫从小到大的朋友关系。事闹大，到时有理都说不清，反正萧亚君也只是个动机不纯的越界小动作，被制止了，他还要在龙峪做人，还是以不讲埋在心底为上策。

　　所以，这段插曲，许巧巧一直没有对人说，何建丰自然也是蒙在鼓里。

　　这次，何建丰满面春风地回来，迅速向全家人通报他转为国家正式职工的好消息，把孝敬老人、赏赠家人的礼品依次发送，也给了萧亚君一份。买了烟酒糖果，专程去看望庆奎叔，也去北店庄探视了师傅曹来顺。

　　夜间，何建丰按捺不住异常的兴奋，以庆贺"工作转正"这件大好事为名，夜里醒来三次，翻到许巧巧身上三次。他们已结婚六七年，两人温情不减，夜里在床上东拉西扯，总有说不完的情话与家务事。

　　这夜，许巧巧枕在丈夫的胳膊上，何建丰闻着妻子秀发的芳香，两人看着窗外一碧如洗、繁星点点的夜空，卿卿我我，勾画小家庭生活的美好前景。

　　何建丰给妻子讲些在新乐被城里人看不起事儿，感叹说："六年磨一剑，我现在终于也成了新乐城里人。"

　　许巧巧向丈夫倾吐在家里寂寞相思之苦，她轻轻以期盼的口吻说："你既然已是正式职工，我与舒奇舒芳也很快跟你去做城里人了！"

　　说到此，建丰安慰妻子："现在城市户口与农村户口区别天大，农村户口去城里，一无房二无粮食供应，单位还会驱赶，再等一等吧，你与孩子进城当市民，还是个长远计划。"忽然，建丰又说："我知道你在家里也苦，不过有困难大家帮，如我的好朋友亚君，有啥事人家不是一样关照吗？"

　　提到萧亚君，许巧巧心里腾腾几下，她的心跳不在这件完全能说清事情的本身，而在她感觉萧亚君那双色眯眯的眼神还在盯着她，她已领受萧亚君的伪善，但善良的丈夫却没察觉他，还在念叨他感恩于他。她心跳难受就在这里，但她不知道如何对丈夫说起……

其实何建丰也并不是没有心计，他把如花似玉的漂亮妻子丢在家里，自己两月甚至三个月回来一次，能完全放心吗？龙峪街上有两家军婚，就是未婚妻在家，被人骚扰给搅黄了，有一家还惹了官司。军婚神圣有保护，都能生是非，何况其他。他对他的朋友不是没有一点戒心，特别他几次听到妻子数落孤儿寡母的艰难，渴望跟着出去的迫切，也多多少少能够嗅到一种让人不放心的气味。

许巧巧不细说，何建丰亦不下问，只顺嘴说了句："以后不要太麻烦亚君了，有困难咱们自己克服，再说家里还有建伟，他没外出在家时，总是自家兄弟，做事帮忙理所应当，这样也不欠人家太多的情。"

说到建伟，许巧巧也顺势一转："你说的是，记下了。我觉得建伟虽脾气躁，整天东窜西走，难看到人，但我觉得他本质并不坏，而且对我很尊重很亲切，见我总是嫂子长嫂子短的叫。我就不明白，你兄弟俩咋老尿不到一个壶里？"

"大概是性格不合吧，他想事天大，办事又不落地，没遮没拦。当然看不惯我走路一步三看，为人谨慎行事的习惯。时间长了，他慢慢就会理解，会融合的。"何建丰说得很轻松，顺理成章。

说完，又在妻的额头轻轻亲了一口："出去的事，我和你一样急，只要条件成熟，一定会早日把你娘仨接到城里去，睡吧……"

何建丰又回到新乐市，开始充满美好憧憬的正式职工生活。

厂里的朋友解小东、王佩跃与何建丰，各项工作程序没有变，在电锯旁锯木头，在电刨前刨木头，按图纸开凿、楔榫、钉敲，制作出各类木质家具成品，只是心情与往常大不同，他们已是这个工厂的主人翁，干活走路经常含着笑带着风，有时还断断续续哼哼着歌。另外工资也涨到了月薪五十块。在厂里，他们明白了许多在农村时不懂的道理，原认为当工人就是最高的荣耀，大家都是做工，不想到厂里还有工人与干部之分，工人干活，干部管人管事，厂里还有那么多的部门，厂部办公室、财务、人事、保卫、调度、生产车间、汽车队，那么复杂，而且戒备森严，他们非常珍惜满足这来之不易，已经改变了农民身份与命运的城里人生活。

可好景不长。何建丰和他的工友，这样甜在心里的主人翁生活陶醉不到三年，工厂突然出现生存危机，原因是原来为市里几家大纺织厂定制包装板的计划停下来，纺织系统通过技术改造、压锭，压缩生产规模，创新经营方式，原来的木制包装改为现在软包装。市里新出现的几家私营家具企业，政府及企事业的办公用具供给，不再是木材加工厂独属。工厂属于独立核算、自负盈亏的经营实体，国家计划任务没有保障后，又没有跟上市场的适销对路产品，工厂遇到了前所未有的压力。何建丰和他的工友们大部分不懂得，这是改革开放新形势发轫，城市改革给企业带来的撞击，是由计划经济向市场经济转型改制、产业结构调整带来的因果。

物竞天择，适者生存。新乐市木材加工厂，作为市里的一个中小型企业，几经周折都无力回天。最后由市电力公司收购，变成了持有一定股权的股东，名义是"新乐市电力股份有限公司"。电力公司实际是看中了木材加工厂的地皮，用于日后公司开发。原来工厂的所有生产与经营属性都不复存在。对工厂的厂房、设备、车辆、资金等资产进行清核处置，形成股权。在股权分配中，主要是分配与购买，结果是工厂领导层占了大头，普通职工只拿了一小部分，何建丰分到一点点的小股权。对木材加工厂的原职工，电力公司只安排了五十来个职工上班，实际多是领导层的心腹和亲戚，说是上班，其实是完全改行，从事电力行业的服务管理性工作。

没有被重新组合职工的劳动关系，转到市人力资源中心，鼓励自主再就业。

严酷的现实，让木材加工厂的职工大哗，一夜间由工厂的主人变成了城市的无业者。何建丰与许多职工一样，由开始愤怒、惶恐、反抗，到最后的无奈、适应、顺从。

何建丰和解小东、王佩跃算了一笔账，一来他们还占有了新股份公司的一点股权，平均每月可有小部分收益，国家、单位、个人三者为每人缴纳养老保险，成为以后的养老福利保障，可解后顾之忧。即使现在新进入电力股份公司行列的职工，平均的工资收入不会超过原厂待遇。"天无绝人之路"，此处不留爷，自有留爷处。他们几人还有不少的职工，趁还年轻，只有顺应改革大势，重新择业，自谋新路。

何建丰明白，龙峪是回不去了，回去也没有了他的土地。现在虽然镶上让农村人恋慕的"城市居民"徽记，但实际上已成为无家可归的城市游民。他必须振作精神，仰首朝前走，寻求一条新的谋生门路。他不是太胆怯，因为他还能做一手精雕细琢的木匠巧活。

他忽然想起了"大跃进"时进新乐铁路局工作的韩少雄，是奶奶的表侄子。他找到了表叔，表叔穿着深蓝色工作服，提着铝饭盒，快中午时分在车站里见了他。他说了木材厂倒闭的事情，想让表叔介绍个工作，不料那表叔两手一摊，说现在铁路一样在裁员，没一点办法。说完走了，连留他吃饭的话都不说，生怕沾惹上他这位正在走投无路的穷亲戚。

真是"富在深山有远亲，穷在街头无人问"，对何建丰也是醒棒猛敲了一下——"人穷了，靠谁都没有用，路只有自己去走！"

他也想过，干脆到吉东去投奔长贵叔叔，龙峪的乡亲也有找叔叔的。但又一想，东北吉东还是离家乡太远，照顾不到家人。他也有过去西疆找大哥的想法，但听说建业大部分在荒山野岭跑，并不在城里。地质队工作专业性又那么强，即便去了，恐怕也难以找到合适的工作。最重要的还是，他不再是孑然一身，而是有了妻室儿女的牵挂。他不能去远方，只能就近——在新乐继续寻找就业机会。

此时，新乐市大规模的城市建设已初露端倪。城市规划的四横八纵，先从拉马路开始，接着是在马路沿线铺房子。房地产业骤然风起，地价、房价的飙升，强力刺激着城市建筑变高变大变多，一片片建筑群起来了，又有一段段新标段的项目开工了。

何建丰和他的伙伴们，走进了新乐市益泰新业房产公司。

公司正在汉唐路与吉祥路交汇位置新建一处楼盘，共有两百多亩土地，设计建设二十栋民用商品房，均为二十五层电梯房，户型面积在九十平方至一百五十平方米之间，开发商的思路——边建边卖。市场看好，门前的"售楼部"，来看房买房的人络绎不绝。

何建丰去登门求职时，建筑群已经开工六个月，其中有四五栋房子已经盖到五层。

开发商老板叫顾大鹏。何建丰自报家门，递上求职材料。顾总西装革履，印堂发亮，圆润大脸泛红光，架着宽边眼镜，气度不凡，看了简历很爽快："你明天就来上班，带上你的小团队，我现在正缺木匠。"

何建丰庆幸，没有想到找工作这么容易！

第二日，何建丰带着王佩跃、解小东，还有原来厂里同班的尹和平，一起进入施工地，成为"益泰新业"的新员工。他们成为"木作第三组"，主要任务是负责商品房门窗的制作及安装。

对他们制作产品的质量及数量的计件，均有公司专门的监理人员来验收把关。

对于"木作第三组"还有个附加任务，就是对部分楼栋建筑脚手架上木板竹板的裁制与难处的协助安装。顾总已有四十多岁，举止自若干练，带着助手来交代任务，当场指定："小何，你当这个班的班长，把活干好，我不会亏待大家！"何建丰心里高兴，看来自己也有"人中龙凤"气度，走到哪里无论大小，都会被指定成为一方小天地的指挥者。"木作第三组"，共六个人，除何建丰四个外，还有两位也是新来的工友。

"顾总，放心，我们会把事情干好。"何建丰谦恭而简单表态。

这以后的"木作第三组"，就完全融入并行走在这片密密麻麻的建筑森林里……

制作门窗地点，指定在工地边一处低矮的工房里。安装门窗、拆装脚手架上板材，则要进入建筑工地内部。

木作班除了听车间锯拉刨钻的噪声外，还回荡着工地周围大吊车、铲车、汽车、卷扬机、搅拌机喧闹嘈杂无比的声乐漩流。

此时正值夏季，酷热难耐，何建丰与工友们顶着近四十度的高温，周折辗转在各栋高层建筑之间。就餐时，大伙抹抹汗，在身上擦擦手，围在一处，吃着极普通甚至有些低廉的饭菜——馒头稀饭。晚上，他们挤在用铁皮筑成的工棚里，几十人挤在两条大通铺上，门口一台大风扇——嘀嘀嘀，横扫床铺，一时东一时西，扭着头，吱吱扭扭地狂吹，工友们在热汗淋漓中，打着鼾声，说着梦话……

这日，何建丰的木作班正在工棚制作门窗，负责检验的张监理走进木工房。张监理二十多岁，还有些学生的稚气，讲话斯文认真，掂掂新做的门窗方料，用卷尺量量说："这方料尺寸小零点八公分，安装时不一定很合套，要换，千万不能偷工减料。"说完，走了。

不出两小时，另位女监理也来了，有三十来岁，小个头夹带着小威风。陪同的男工头，向何建丰介绍："这是崔姐，是顾总的小妹。"崔姐摘下安全帽，也用手摸了下门窗方料，顿顿首说："这方料是不是大了点？在材料上能节约点就节约点，不能浪费资源！"说完，戴上头盔也走了。

何建丰眨惬下双眼，看着女监理远去的背影，自言自语："我不知道听谁的?！"

何建丰、王佩跃、解小东、尹和平加另两位顾总安排的人，这个班对公司所规定的任务，保质保量按时完成，人又踏实，本本分分做事，很少听到牢骚怨言，深得顾总信任。为此，还为班长何建丰加了工资，何建丰每月可拿到一千二百元，其他兄弟也可拿到千余元，这个数字比在原木材加工厂高多了。从这个高度，他们根本不后悔从原厂出来重新就业的选择，但在工作环境、劳动强度上，却留恋木材加工厂的日子。原来在工厂时每天工作八小时，按时上下班，还有星期节假日游公园看电影的消遣，现在每天平均工作十小时，有时加班达十二小时，每月只有三天休息日，加班加点是家常便饭。因而收入虽多，那都是用自己的汗珠子捶打出来的，何况还有物价上涨的因素。如果再往深处想，老板给的待遇，可能只是我们创造价值的百分之零点几。何建丰在高中时翻过马克思的《政治经济学简易读本》，这时他有时会想："我们的剩余价值，不知道被老板剥削了多少？"

特别在有一点上，何建丰心有意见，那就是他们刚来的前两个月，工资月底按时发放，后来慢慢就不那么按时了。有一回，工资连拖两个月发不了，还声言要降低工资标准。下边员工议论纷纷，找项目经理吵架才勉强兑现，解释理由是：房子没如期卖出去，资金断链。

"无论理由是真是假，员工不管那么多，员工干一天就拿一天的钱，那是他们的血汗钱，也是养家糊口的钱。即使资金断链，那是公司的事，凭什么要克扣拖欠员工工资，员工凭什么为公司分担责任！"慢慢的，何建丰悟出了公司经营的一些权谋与手段。

工地除了繁重体力劳动外，文化业余生活自然也是干瘪无味。周围的工友偶有业余时间，喜欢约两三个人，跑到河边、公园或者广场，与城里人扎堆热火，看他们舞姿翩翩，听他们唱歌亮嗓，看他们悠闲锻炼，甚至还感兴趣外地人玩杂耍——卖狗皮膏药。

一次，何建丰在上班中途回宿舍取东西，看见一个倒班在屋休息的工友，正在哼哼唧唧，侧着身，像个大龙虾玩胯下的东西。何建丰知道那工友在干啥，他同情理解这些工友的性饥渴。

还有一次，他与朋友解小东开玩笑："哎，这夫妻分居真难受，咱在外受不了，不知道在家的女人能不能守得住？"

嘴唇厚实的尹和平憨憨一笑："这关键是看人的耐力了！"

王佩跃神秘地说："你们看见没有，浇筑班的方亮与炊事班洗碗的杨小凤已经公开混到一起，经常同进双出。据说他们都是有妻之夫与有夫之妻，已公开住在了一起。"

"我早知道了，现在城里打工族中，这种露水夫妻见怪不怪！"

何建丰："我只要有条件，一定快点把老婆孩子接到新乐来。"

解小东等了下说："我倒无所谓！""为什么？"何建丰不解问。

"因为我老婆长得丑，放在家里放心。"接着又说，"现在谈这都不现实，我们自己都是无业游民，还谈得上接家人来安家？"

何建丰笑解小东："头一回听你丑化老婆。"

"真的，在家，我与老婆做那事时，我都要关灯，不看她的脸……"解小东也不笑，感觉很正经地绘声绘色。其他人，自然笑作一片。

解小东讲的虽是玩笑，可讲者无意，听着有心。何建丰听了，心里不由"咯腾"一下，更加了几层压力——自己的许巧巧，可不是放在家里让人放心的丑女！

时间过得快，转眼秋去冬来，新乐天气已有了明显的寒意，工地上的员工换上了初冬的薄毛衣。这日，何建丰同解小东、王佩跃几人正在五层楼上安装窗户，突然听到对面楼上一声撕心裂肺的叫声"——啊——啊——啊——"，划成了一道长线，一位员工从高七层楼的脚手架上弹到二楼，又直贯一楼下方的水泥地上。

附近工地员工听到叫声，集体飞跑，很快从四面围到事故现场，何建丰他们也赶了过去。

坠楼者是泥瓦班组的工匠，此时该员工侧面扑地，面如黄土，手脚还在抽搐，头部下方是一片殷红的血迹，其状惨不忍睹。项目经理迅速赶过来，战战兢兢，急呼120。不多时，一辆红白相间的救护车拉着刺耳的警报驰入现场，将那坠楼者送往医院抢救。

这夜，何建丰不时地想起那位工友苍白可怕的面孔，几乎无眠。

第二日，工地就传开了，说那工友没有被抢救过来。死者只有二十五岁，结婚不久，家有妻子与刚两岁的小女孩儿，还有位病中的父亲。

员工们叹息着，躁动着，议论着，几乎没有心思干活。发生了这么大的伤亡事故，工地生产一切如旧，只是在第三日中午吃饭时，负责安全的项目经理进入工地，召集大家讲话："——这次事故的主要原因，是当事人没有按要求系牢安全带，公司会负责妥善处理死者后事，安抚好他的家属。同时，公司也会对发生事故的相关负责人员作出处罚。"经理又高声强调："生命是第一位，安全重于天。大家要切记这次血的教训。进入工地，特别在高空作业，一定要戴好安全帽，系好安全带，事事处处小心作业，坚决杜绝此类事故的再次发生。"……

后些日，又听说公司为死者家属付了安葬费及抚恤费十万元，家属不服，组织亲属上告找到公司办公室哭闹多天，公司又追了五万元，算做了结。

这场事故，对员工自然是场大刺激，但事情过去一段时间后，工地生产秩序又慢慢恢复平静。继续重复着工地的交响与鼎沸。

何建丰作为目睹事件发生的人之一，触动很大，他有时站在高层建筑上浮想翩翩……

他想退出这个行业，他开始惧怕这高空作业。危险性——不可预测成分太多，让人整天提心吊胆，但他又悟出了这个行业的利润巨大，不想轻易离开这个收入不错的地方。他会扪心而问："我不离开这个行业，但我为什么不能从高空走到地下？为什么不能把自己由一位打工者变成小老板呢？"

何建丰是个想事的人。这期间还有件事，不止一次让何建丰后悔，就是木材厂破产前夜，厂里的另位朋友王东方与他说过，他伯伯是市物资局的科长，他准备单干倒腾钢材生意，让他一起干。他当时一根筋，认为那生意靠不住，没答应王东方的邀请。等以后见面，王东方已经很快淘到第一桶金，不是仅仅听对方吹嘘，而是从对方的派头气势，就能够感觉得出——他确确实实混得不错——发迹了！这日晚饭，他独自散步，走到离工地不远处丝冠河的小桥上，回望周围铺天盖地的建筑楼群，不由百感交集：我在为别人盖房子，自己却没有一个安居的小巢，我什么时候才能把妻儿接到新乐来，住进自己的安乐窝来，也让父母包括爷爷奶奶也跟着过来，享享清福呢！他又想起了家乡美丽的山山水水。看着工地上每天进出车辆运载的、搅拌机旁堆积的庞大的沙石堆，突然，他灵机一动，面前显现出龙峪金马河边那沉积有百年千年历史的——白沙滩。

本章节前面说的，老三何建伟也要外出闯天下，父母不同意，相持不下。父母只得劝他到二哥那里一起做点事，离家近一些。何建伟顶撞说："二哥现在混得自己还管不到自己！"说的正是二哥何建丰所在新乐木材加工厂倒闭，与几个同事另谋生路，在新乐市益泰新业房产公司打工，心里想着发财梦的这个时间段！

第十九章

"大哥二哥，都能出去，凭啥？我不能出去？"何建伟依然与父亲对决，母亲曹仁花虽宠爱小儿子，但在外出问题上，也不支持何建伟。

"你大哥二哥，有单位有靠山。你有啥？"父亲没好气地回道。

"我没有单位，可以自己去找。再说有了单位，又咋着？二哥单位不是说垮就垮！"

"家里主要是没有年轻男子汉，如果再有一个，你走得越远越好！"爹气话越说越重。

"我知道，从小你就不喜欢我，所以我愿意躲得越远越好！"建伟更是赌上气顶撞。

"都是亲生的，为啥偏不喜欢你？你德性不好，叫人怎么喜欢？再犟嘴我揍你。"何长生胡须倒扎，开始以老压小。

何建伟不信邪："小时候你揍我，现在长大了你还揍，我不怕揍。你揍了，我找奶奶告状！"

父子俩你来我去的争吵，各执一词，没有个结果。还是曹仁花出来劝解，喊住建伟，才算作罢。但是这以后，爹与儿子双方互不搭理，闷闷不乐。

有人让建伟去报名参军。对于农村人来说，最能改变年轻人命运，离开土地的道路无非三条。一是走关系，参加工作，尽管何建业是考学出去的，也算出去的人数。何家出了两个，不可能再"恩赐"第三人。二是参军，何家里走了两兄弟，只有一人在家，政策不允许独子报名。三是当民办老师，建伟只是初中文凭，在校又不好好读书，成绩平平，文化基础差，离老师距离大。

长生虽然不太喜欢这个有点"愣头青"的小儿子，但从感情本能上，最不放心的也是他，因为他心太大，缺乏脚踏实地的品质。

何建伟立志要外出闯世界，不会改变。村里的年轻人包括中年人，甚至还有老年人，外出打工做事的人越来越多。他的几个好友周卫红、金狗蛋、东方跃进出去了，现在只有孔明辉与谢富来在家。何建伟也看到龙峪出去的人回来探亲过节，身上穿的手上拎的、讲话口气都与原来在家不一样，时髦、新潮、阳光，外面的世界太精彩，他一定要飞出去，他不相信自己是山鸡，即便是山鸡也要变成金凤凰。

何建伟外出意识虽强烈，但没有走极端，在发泄不满中等待。他最大的心理阻碍还是在乎母亲特别是奶奶的眼泪，也不忍心离开已经老态龙钟的爷爷，同时还有几分顾及嫂子带着小孩，家缺劳动力的艰难。

他最终同意家人给的"君子协议"，准许他到叔叔何淮海那里呆段时间，体验一下打工生活，开开眼界就回来。

何建伟兴奋不已，终于在何家长辈认同许可前提下，可以合理合规离开龙峪了。

离开龙峪那天，父亲母亲、嫂子带着一双儿女都来送行，还有好朋友孔明辉也来了。与何建伟同行外出的还有两人，一个是他的表弟，姑姑家的小儿子陈志刚，小名陈刚娃；一个是老支书庆奎叔的女婿胡双平。初春季节，龙峪寨南小车站周围的麦地片片油绿，路边田埂上点缀着黄色、粉红色的野草花。孔明辉吸溜下快流出来的鼻涕，把何建伟拉到一边问："建伟哥，真羡慕你，到底闹成了，可以出去了！"

何建伟侧目说："你也可以的。"

"俺爹娘死活不同意，也是说我独生子，家里缺劳动力。"

何建伟想想，笑了笑，对孔明辉说："我觉得是你的名字没起好，小名叫安安，这不被按住了？"

一说起没有边际的测字算命，孔明辉圆圆的腮帮鼓起堵过来："你的小名叫小栓子，这不也没有被拴住？拿到了通行证？"说着又笑了，拉拉建伟的手悄悄问："你准备是短去？还是长走？"

何建伟使使眼色说："现在说不清楚。"

"你到底还回不回龙峪？"

"这话问得太早！"何建伟拍下孔明辉诡秘的回答："周卫红、金狗蛋，还有将来的小安子，他们回来我就回来！"

孔明辉眼露不舍，看着建伟的眼睛："建伟哥，落了脚来信啊，你以后混好了，也把兄弟我带出去，咱们一起闯天下！"

何建伟紧攥孔明辉的手回答："行！"

那只大黄狗今天仿佛能意识到什么，摇着尾巴寸步不离何建伟。何建伟蹲下身，用脸轻轻贴在大黄狗颈部金黄色的长毛上，饱含泪花，站起来用手抚摸下侄女舒芳与侄子舒奇的头，又对着许巧巧轻轻地喊了声嫂嫂："我不在家，几位老人的照顾全靠你了，也麻烦你多照看下大黄！"

大黄狗听懂了，仰着头看着它的主人尾巴摇得更欢。

一辆橘红色横有白杠的长途班车过来了，何建伟匆匆向父母鞠了个躬，俯身捡起块石头，喊了一声："大黄！"扬手"吱……"地将石块向车后方远处掷去。

班车在龙峪站停下，下车两个人，上车三个人。建伟将手中包袱和大提包往车内掀，挤上车去，在最后排找个位置，刚坐下车，车嗡地开了。何建伟侧身从后视窗望出去，看到父母、嫂子、小侄子侄女还有孔明辉在频频的挥手，那只大黄狗汪汪叫着，飞也似的拼命地追逐着班车扬起的滚滚黄烟……

外出看天下闯世界，汽车把三个人拉到新乐市，他们第一次看到城市的高层房子，宽阔的马路，路上行人的衣冠打扮。他们有时问路，能感受到有些城里人对乡下人的不屑一顾，言语中透露的高傲。浏览商铺林立商品琳琅满目的街景，晚餐他们啃提包里的干馒头，去饭店里喝了碗汤面条。

在新乐市，因匆忙，建伟没有去找二哥建丰，而是当晚就上了也是他们头次看到的火车。

火车北去，车里许多人，但能走得通。他们是坐票，可以尽情地享受第一次坐火车的美滋。

火车轰轰隆隆，白烟弥漫，拖着绿色长龙一路向北。他们拘谨着每个细小动作，不时贪婪地看着窗外的风景，田园村庄，山川河流，一晃而过。他们又回过头来，茫然地观察着车厢里同路旅客的言行举止。

服务员过来了，是个女的，约三十来岁。女服务员穿着铁路蓝色制服，身材婀娜，蓝色无檐的工作帽，向后斜戴在头上，帽上的"工"字型铁路徽，闪着红光，耳边的发丝微弯在脸颊边，相貌一般，但感觉很得体很恬美。

"小同志，上哪儿？请出示下你的车票！"标准铁路普通话问询。

何建伟边掏车票，边用浓重的龙峪方言回答："俺几个去吉东。"

女服务员看了车票说："你们买的是统票，到吉东还要转车，这车只到舞阳，你们到舞阳车站去售票窗口，签下车票，就可再乘车直达吉东了。"

建伟仔细地听着服务员好听的声音，盯着眼睛看人家的脸模，连声道谢，又买了专卖的用铝饭盒装的大米饭，吃了。

列车驶出关外，何建伟、陈刚娃、胡双平用双手打开车窗，侧目远望，看到又一列比火车更加宏伟的长龙，沿着高耸的山岭透迤起伏，渐渐远去，那是他们从小学课本就知道的——万里长城。看到长城，很快就要出塞了……

到舞阳车站签字转车，继续往北。他们看到当地的景物与家乡差别很大。关内绿意盎然，此地还是干枝荒草，仍沉睡在冬日的季节里。看样子，这里比家乡要寒冷许多。火车继续哐当……哐当……有节奏地前行。何建伟看着窗外漫无边际的地平线，有些疲倦，不由得在心里想，怪不得叔叔回龙峪那么少，回去一趟真不容易！

何建伟和两个同伴走了两天一夜，终于到了吉东市，拿着信封地址按图索骥，找到叔叔家里。

叔叔何淮海，此时又搬了一次家，住在市区靠东郊的商业局新的家属大院。家居面积约一百五十平方米。三人放下行李，脱掉鞋子，换成拖鞋，婶婶迅速将他们三人鞋子整齐放到门外。叔叔亲切招呼他们坐下，婶子也热情，只是眼睛同时不停地跟踪着他们起坐所移动的位置。

何建伟看叔叔婶子头发已经有银丝爬到前额，身材也发福了些，室内开着暖气，叔叔与婶婶都还穿着毛衣。坐在沙发上，叔叔腰后塞着小枕头，似乎有点腰疾。

婶婶去厨房做饭，叔叔也开始端详他们。何淮海是"文革"前夕回的家乡，又是近二十年没有回龙峪了，期间父亲何致兴母亲韩瑞兰倒是来吉东住过两次，每次住了两个月就吵着不习惯要回家。眼前这几个晚辈，这么多年过去了，变化大，个个都成了大人。何建伟中等个，稍长的脸型，略显瘦俏，显得精干灵活。大姐的孩子陈刚娃个头高些，身体结实，感觉比较老实。庆奎老伙计的女婿胡双平，也是个中等个，肤色较黑，看着也本分。

叔叔先问龙峪老家的情况，从几个新客人中得知些父母兄姐及亲朋好友的近况。

何淮海笑容可掬看着他们，直言不讳地说："到吉东来的龙峪人可不是一个两个，这几年我这里已接待了好多批。但论亲缘关系最近的，你们还是头一拨啊！"突然又说道："好像是去年八九月间，来了个青年人，打扮阔气，比你们洋得多，西装黑尖皮鞋，还披着灰色大氅，提着精致的硬质旅行箱，找到家里，拿出名片，上面印着'国务院经济研究中心市场信息所'字样，职务是市场信息部主任，名字叫罗俊友。又说他是咱龙峪人，小名叫罗义，他爹叫罗晓春，让我给他联系推销他们单位研制成功的'密码防盗箱'，一看就是假的，招待吃了顿饭，把他打发走了。龙峪有没有这个人？"

何建伟听了挺乐："叔叔，有这个人，是外地迁到龙峪的。这人确是个大骗子，走到哪儿骗到哪儿，咱龙峪不少人上当，掏钱买密码箱，最后钱货无归。这人也不敢回龙峪，已经没有消息好几年了！"

叔叔也乐了："咱龙峪穷乡僻壤，还能出打着国务院牌子的大骗子，人才！"

大伙儿都笑。

"你们几位小青年千里迢迢来吉东找我，就直说吧，有什么想法？"

"叔叔，现在龙峪的年轻人很多都出来了，天南海北，在外面做事。我们来靠叔叔的虎威，帮找点事干。"

何淮海逐个问了他们学历及特长，说："找工作不是一句话，有的事你们干不了，有的事你们不一定干。你们的条件呢？"

"累点不怕，只要钱多！"几个人回答意思接近。

"你们在收入待遇要求上，倒实在。关键干任何事情要脚踏实地，干一行爱一行。找个事情就干段时间，可不要这山望见那山高，心神不宁，不停跳槽。"何淮海又说："我可不是刚见面就啰嗦，咱龙峪过来找工作的，就有几个这样的人。"

这时，婶婶在厨房喊大家准备吃晚饭。

何淮海向大家交待："我这商业口，现在机制还不活，市场经济对传统计划条件下的商业系统冲击厉害，内部职工很多面临着转岗、改行，甚至下岗，就业压力非常大，几乎没有灵活的用工平台，在我这找事很难，等明天与你们的军勇军强兄弟说说，看他们公安、银行系统能不能做些介绍。"

何淮海讲的商业部门的话，何建伟他们似懂非懂，他们只好静等两个异地的何姓兄弟做安排。得知军勇军强两兄弟都已结婚成家，家庭居住在城区他处，也没有看到叔叔小女儿何军梅，也不好多问。

因客人多，晚上儿媳带孙子还要回来，当日天色已晚，只好挤出间房，床上睡两个，又开个地铺睡一个。第二天就把三人带到商业局招待所，以最便宜价格开了个"三人间"住下来。

何淮海晚上下班回来，看见郑湘萍把何建伟等三人用过的被子、床单枕套，还有沙发套全洗了，挂在阳台，五颜六彩一大片。何淮海知道妻子的洁癖和骨子里看不上农村人，半开玩笑说："你也给我点面子，他们只睡了一晚，身上会有啥？都是些年轻人！"

郑湘萍哼了声："不看你面子，这些农村穷亲戚，门我都不想让进。"她说得也实在，这几年改革开放了，她无奈地迎送了一批又一批丈夫的以及自己父亲老家来的与自己有着连带关系的酸朋友穷亲戚。

"不说别的，我就怕他们把跳蚤和虱子带进来！"

何淮海只是笑笑，不好唱反调，他深切体验到自己当年在老家时经历的生活。

接着郑湘萍又说："农村人太不讲究，建伟还好一点，你看那两个，一个大耳朵棉帽子，上面两根绳子也不系，一个竖着，一个耷拉着。那一个棉袄也不扣，用一根掉着毛穗子帆布皮带捆在腰中间，真土气！"跟着又表扬念叨起何建业："还是建业大侄子到底是读了书的大学生，气质与他们就是不一样！"

过了两天，等来了消息，身在公安派出所工作的何军勇，为他们联系到去市汽车商贸城当保安，月薪一千元，包吃包住，要签三年合同。在市人民银行已是行长助理的何军强，向业务关系的水利部门打招呼，可以到水利工地去浇料，月工资一千八百，也是管吃包住，工作不在市区在山区，可以不签合同，来去随意。

他们三人面临的头道难题就是——选择，胡双平不加思索地选择去商贸公司当保安，并签了三年合同。表弟陈刚娃也想选保安，但被何建伟拉了一把，他两个选择去水利局承建的跳马溪水电站施工工地。

很快，胡双平穿上一套黑色保安服去汽车商贸城执勤。何建伟与陈刚娃结伴，两个坐着市水利局的工程车，拐弯抹角，来到离吉东市有九十公里外的跳马溪水电站建设工地。

电站建在两山对峙的小峡口，两岸山高有五百多米，工程计划两年半完成，已开工半年，还在铺设下面基础工程。何建伟与表弟分在同班，每天就是将搅拌机里的砂石水泥混成泥浆，用手推车推到坝基上作灌注，属于体力活，几天下来，感觉比在龙峪干农活还累。

陈刚娃就有些牢骚："表哥，做保安钱少些，人肯定不出这么大的力。我想跟双平一起去，你又拉我，真不该来这里！"

"那里合同一签就是三年，你敢签？万一不如意就把咱困死了。现在多好，如意多干些，不如意，咱们拔腿就可以跑，再去找好地方。"何建伟认真说。

"我的舅你的叔，不是提醒咱们干事踏实，不要随便跳槽吗？"

"你这傻瓜，要求归要求，哪有那么认真。觉得不好的地方，就不去强撑，你跟着我走，没有错！"

腼腆的陈刚娃看表哥刚刚出道，就这般老练，不再吭声。

他们在跳马溪坚持一年多，已经十分的厌烦，每天戴着安全头盔，穿着厚厚的不透气的帆布工作服上班。水电单位有自己的正式工，收入比他们临时工高出将近一倍，分的活也轻松些，有的正式工还可颐指气使吆喝他们。吃饭睡觉都是挤在工棚里。白天面对是两岸石山一条河，夜里除工地的灯光外，四处黑魆魆，一片死寂，还没有龙峪老家热闹。

天气已经开始热起来，何建伟带着陈刚娃毫不留恋地离开跳马溪电站工地，来到吉东市找何淮海，提出要去南方大城市海津市的想法，而且请求为他们找关系谋新岗。

其实，作为何建伟早有备而来，在家时他就没事翻地图册，琢磨中国版图的地形地貌与人文环境，也从报纸、电视、信息和龙峪在外归来人士口中了解国家的发展形势。他知道现在的大改革大开放年代，人往高处走，哪里金银多，就到哪里去淘！何建伟的眼光挺高，他从内心里并不看好大西北与大北方，所以他从不提出到大哥何建业那里做事的要求，到地处大北方淮海叔叔这里也只是缓兵之计，因为他的父母爷爷奶奶给予他的"协约"方向就是——到叔叔这里开点眼界，玩一玩就回龙峪。

他掌握的各方资料信息，他相信家乡人传颂的"宁往南方走一千，不朝北边挪一砖"的古训。他的心目中就是向往金银多美女也多的地方！

叔叔见面笑着说："建伟还有小刚，怎么了，屁股还没坐热，就想走了？"

"叔，我们不大习惯这！"何建伟有点不好意思，陈志刚也在点头。

听了侄子与外甥的新祈求，何淮海朝着何建伟："建伟，你爹娘快六十了，爷爷奶奶年纪更大，家没个年轻人怎么行，回去吧，不要在外面跑了！"

何建伟一听就是家里给叔叔写了信，通了口径，借题做他的思想工作，让他回去。脑子一转，他说出一番话。

"叔，现在形势不一样了，龙峪村现在的年轻人还有很多中年，差不多都外出了，街上难碰到青年人。父母爷奶年龄大了，但身体还可以。我大哥二哥不都是没在身边？我都二十多了，我也要趁年轻挣点钱，将来好成家立业，我不能守在家里，看别人发家致富，在家靠几个老人补贴，过安稳的穷日子！"

建伟一席回答，反倒把身经百战的叔叔说住了，建伟的话似有道理，再讨论下去，何淮海自己也感说服力不够。

何淮海想了想："那样吧，我只能试一试，帮你们写封信，这是我当兵时的老战友，前十年才知道他在海津市城建局工作，有个职务，负责城市园林绿化工作，看能不能给你们找份差事干！"何淮海还忘不了补充："到海津见见世面，最后还是回咱淮原发展，离家里近一些，能够照顾下家里。我们这些常年在外离家乡远的人，有深刻体会——鞭长莫及，心有余力不足，对家人对家乡，总感到有愧疚之意。"

表兄弟离开吉东前，找到胡双平征求他一起去海津的意见，胡双平觉得当保安，干得有滋有味，不愿意离开吉东。这刚刚一块走出龙峪的三人，现在立马少了风雨同舟的一人，人生创业选路的事，各有所爱，也不能勉强。

又隔了一天，两个表兄弟离开吉东市，登上发往南方的火车。

火车像他们从关内出来感觉一样，吭吭哧哧，慢慢悠悠行驶，不同的是，南下的人，真多啊！

从吉东到海津，没有直达车，路途要倒两次车，只要是往南开的火车，哪趟车上都是爆满。往南候车的，站台上车的，人山人海，喊的、叫的、跑的、挤的，还有打的，别说坐车，看了都吓人，不少人还上不了车，坐在地上哭。

何建伟和陈刚娃凭着年轻体质好，每次换乘几乎是往死里拼，才算挤上了车。他们经过七个多小时，在舞阳转了第一次车，又走九小时到达北京转第二次车。到北京车站签好字，离下午乘车还有八个小时，表兄弟俩虎着胆子，还跑到天安门广场看从小心中竖立起的圣地，并在伟大领袖毛主席像前，花钱合影留念。

第二次换乘的这趟车，可直达海津市，路上还需要二十八九小时。火车在路途停停靠靠，下的人少上的人多，人满为患。整个车厢水泄不通，过道上、小桌子上都填满了人，凳子下躺着人，行李架上也坐上了人，几乎看不到列车服务员，偶然看到一两个佩戴绿臂章的服务员，也都是凶神恶煞般的骂人。

"下来，下来，谁叫你们上到行李架上的！"

"我们不下来，下面都是人头。"行李架上面的人哭诉。

有的壮着胆子问："服务员有没有开水供应？"

"有是有，但你喝了去哪里小便？"面对几乎是群体性的农民工，那男服务员笑了，笑后又摇头，他自己被挤得满头大汗。

车厢里男女老少形形色色，更多的是与何建伟他们年纪不相上下的年轻男女，即使站着，有一双脚站稳的地方就不错了。何建伟和表弟就被挤到了厕所里。厕所的门敞开着，里面直挺挺竖了四五个人，夏天都是单衣单裤，感觉几乎是背胸相贴，空气中散发着浓重而难闻的汗腥气与口臭气。这路途，谁能去洗脸刷牙呀！

肚子饿了没有饭菜供应，因为根本供应不了，只有含几块自己带的干馒头和干烧饼。要命的是——解手，卫生间全给人占了，外面的人骂，里面的人出不来，特别是有些女同胞真可怜，看着有的脸都给憋青了，半昏半睡，像死去一般，斜蹲在凳边桌下的角落里。

何建伟他们即使站在近水楼台的地方，有了尿意也无法下解。

火车的车轮依旧咣哪咣哪，响着漫长的烦人的声音。不知道离海津市还有多远？这没有休止的"磨难"何时得以到头！

何建伟感到下体的膀胱在不断地压缩……膨大……再压缩……再膨大……他从有尿意开始，已经有一个多小时，完全依靠意志力在强烈堵控自己。现在他感觉身体就像个大气球，马上要爆炸了，头部开始有些眩晕。他实在憋不住了，从头到脚忽地一颤，一股热水从开关地方喷涌而出，顺着大腿再到小腿流下去，流了满地。忽然有人骂开了："我日你妈，谁又在尿尿，臊死了。"没人接话，稍事又恢复平静。其实厕所里的人早就踩在尿潭里，早有比何建伟先尿的人，说难听些，还不知道有没有把屎拉在裤裆子里的，反正卫生间里腥臭冲天。那臭臊气自然也扑向外面……弥漫在整个的车厢里……

何建伟排泄完后，顿觉全身轻快，脸上眯出笑意，侧脸看着表情痛苦不堪的表弟，他轻轻提醒了陈刚娃一句："挺住，应该快到了！"

何建伟看看窗外，带着玫瑰红的朝阳洒在车窗上，外面呼啸而过的大地，片片翠绿，屋舍瓦栏，新颖别致，好一派南国的秀色。

路途这场几乎脱胎换骨的"洋罪"，并没有让何建伟带有丝毫的后悔与退缩，反倒让他高度兴奋："人们受尽千辛万苦，涌向的地方能差吗？"

……终于到了，清晨六点多下的火车。

走在海津火车站广场，从未见过的大都市气派映入眼帘，车站广场约有四五个足球场大。满眼是难以数出层次的楼厦建筑物，不知要比新乐市安吉市高出多少倍，三十层以下的楼，全属矮房子，重重叠叠，好像回到了龙峪的大山之中。还没有消失的霓虹灯光，花花绿绿，还闪烁在纵横交错的街市的上空。街道上已经喧嚣起来，车水马龙，人流熙攘。

两人真是以"乡巴佬"的眼神，仰面九十度来观察这个异常繁荣发达的超级大都市。

随便在街边吃了早点后，就去海津市规划局。几经周折找到规划局门口，何建伟摸身上的"介绍信"，是叔叔写给战友的白纸条，不由惊叫"糟了！"摸出的"信件"已成碎纸卷，原来是在铁路线上旅行这几天，信件被贴身汗水干了湿，湿了干，把信浸润揉搓成了纸捻子。

他们还记得叔叔介绍的战友叫孙继忠，在规划局大招牌侧旁的大门口，被守传达的中年人拦住，中年人问清缘由不让进。

"这个单位根本没有孙继忠这个人，你拿着模糊看不清的纸团，怎么能随便进呢？"中年人嚷嚷。

表兄弟俩只好站在大门口，上班办事的人进进出出，他们问了十多位，都说没听说过孙继忠这个名字。

看看无望准备离开，出来一个年约五十多岁，戴着眼镜，像是干部模样的人，他们决定再问，最后一次终于问了些着落。对方说："孙继忠原是规划局园林处的负责人，没有错，但已经病退好些年了，而且已不在海津市，听说与老婆出国到儿子儿媳那里带孙子去了。"

听了，兄弟俩大失所望，找工作的线索彻底的断了。欲哭无泪，只好把自己求职找工作的事情说了，那老同志还好，告诉他们现在海津市用工的数量很大，工作好找，但要找到称心如意的工作，就靠自己的条件和机遇了，并告诉他们去海津市人才市场应聘，那里招工的单位很多。

他们马不停蹄，按指定的路线找到了市人力资源市场。说是人才市场，实是三层办公大楼，里面人头攒动，一摊一摊，一堆一堆，摆满了用工单位的招牌，每个招聘单位有两张桌子，坐着招工单位的工作人员，发放单位的宣传资料，随时解答应聘人员的问题咨询。招聘单位主要是生产企业，有机械、化工、轻工，还有服务行业：金融、酒店、餐饮、旅游，交通，各类行当，选择空间很大。

应聘者大部分是操着东西南北中口音的外地人，几乎是清一色的农民。

何建伟与陈刚娃转了一圈，在"海津市鑫茂服装厂"招聘桌前停下了，看那些工作人员很正规，着装印有"鑫茂"两字的灰色厂服厂帽，很显生气，讲话也很和气，感觉还有新乐市一带人的口音。问了工作性质，就是服装加工与销售，工作环境好没污染，承诺工资待遇不低于市里的平均水平。还有一条信息——工厂里面的女员工，占总人数的百分之七十。

初来乍到，看得眼花缭乱，先找个地方落住脚再说，两个一合计，就按"鑫茂服装厂"招聘要求：验看身份证——填写招聘表格——签订应聘一年的用工合同。被人带到楼下，等待聚集到十多个人时，被厂里的面包车拉到厂里，正式成为"鑫茂服装厂"的合同工人。整个应聘没有受多少周折，简单快捷。

鑫茂服装厂坐落在海津市郊，周围环境也是绿树成荫，厂地不小，属中型服装企业，工厂有个小办公楼，机构设置齐全，最高决策层是总经理兼厂长，副总经理兼副厂长，下设部门有办公室、生产管理经营部、市场销售部、人力财务部、资产管理部、安全保卫部。

厂区有五六排大型生产车间，还有仓库、产品展示场地，职工宿舍、食堂和文化活动中心。

何建伟与表弟去参观了，厂里的主体还是生产车间，每排厂房设有上百台缝纫机器，每个机器前都有一个头戴白帽子，身着工作围裙的女职工，在低头舒臂、嗒嗒嗒地轧制操作。工厂主要品牌是"鑫茂牌"衬衣、西服、西裤及休闲衣裤。型号多样，其款式新颖时尚，在服装的大商海里也小有名气。

真是大生产的形式，流水作业一环套一环，设计——剪裁——轧线——

锁边——缝扣——检验——商标——包装——入库——运输，规模浩大气势撼人。刚进厂他们就有了几分自豪感。

何建伟与陈刚娃又分在一起，都在包装车间。责任是服装合格后，按折叠好的款型装箱，用胶带打捆，抬上运输铲车即可。工作不太累，又可在包装衔接中接触到女工，这让"情窦初开"年龄的表哥表弟，觉得很如意。

比较称心的工作，蕴发出热情干劲。两个表兄弟工作都很卖力，上边认可，周围赞同。工资每月可拿到两千七八百元，很知足了。

慢慢的，让何建伟最记住的有两个人。一个是戴总，他感到厂长比较正直，赏罚分明，爱惜人才，对下属还关心，有工作魄力。第二个是与他经常交接的质量检查班长赵雪莹，春襄省人，人长得白净漂亮，讲话是江南软语味道，温和热情，有些小事常提醒他，感到很温暖。赵雪莹比他大两岁，说来也怪，他从心里喜欢赵雪莹，在这个心理份上，他很乐意找机会表现下自己。

过了大半年，有日厂区突然闯进一台面包车，车上下来七八个人，个个黑衣黑裤，戴着墨镜，手里拿着长棍，当头的点名要见厂长。戴厂长出来了，厂里保卫部跟过来一批人。对峙中，对方要厂长还征地欠的钱，厂里据理说已经还清，各执一词，厂里有些员工围着观看，不知是非原因，何建伟两表兄弟也在场。

争吵中，对方突然抡棍行凶，厂保卫人员也在对抗，看着有一棒朝戴春望厂长头上飞来。千钧一发之际，不知怎的，何建伟勇猛地上前用手一挡，棒子又扫在何建伟头上，起了大包。表弟陈刚娃见表哥受伤，也不顾一切冲了上去。厂里人多，一起哄，来闹事的人才算骂骂咧咧地退了。

这事之后，建伟小伤即愈，但很快就被提拔为包装组的副组长，戴厂长碰到他，还拍拍建伟肩膀说："好好干！"何建伟内心明白，代挨这一棒，得到戴总的赏识，也应该得到了赵雪莹的芳心。他带着报恩的心，有点春风得意，拼命地干活，认真地管事，但又慢慢地感觉不对头，与他先前合作还好的包装组长任旭明对他态度忽变，有事无事找碴，在工作中刁难他，这个箱子没装实，或那个袋子没扎牢。

一天，何建伟不慎将两个服装货箱的标签贴反了，任旭明抓住问题不放，还当着七八个工友羞辱他："这不仅仅是责任问题，关键是能力水平问题，连基本的汉字与阿拉伯数字都分辨不清楚，这文化素质，还当副组长？真是滑天下之大稽！"何建伟有个特点，与爷爷何致兴一个脾气，打骂都可以，但不能侮辱他人格，顿时怒不可遏，上前挥拳朝组长面部打去。任旭明不备，没有想到比他个头小的人敢先动手。他的鼻腔顿时血流如注，他一手捂着鼻子，正欲还手，被周围同事扯住。组长恶狠狠地说："你等着瞧！"

这事不久，何建伟慢慢地感到戴总的态度有变化，由过去对他喜爱变成了不冷不热。他不理解，同事间闹矛盾，不至于这么快上升到厂长那里的好恶。为了日常工作小事打架，终归不是什么光彩，他也感觉周围的人有些异样眼睛看他。境况急转直下，来了一百八十度大转弯。何建伟是个血气方刚的人，特别是在家里被奶奶与母亲宠惯了，哪里受得这番"脸色"！他不会转弯，也不愿作解释，知道越解释越复杂，心肠一横，又选择了离开鑫茂服装厂。

而且有次赵雪莹轻轻问他，他在员工中是不是发牢骚，说救驾了戴总没有得到重用，应该提为部门经理，还嫌现在工资少。何建伟矢口否认，这是哪门子事，完全是造谣！赵雪莹点点头说，姐相信你。赵雪莹找到厂长替何建伟说好话。戴厂长则说："何建伟虽有热情仗义一面，但是头脑简单，好意气用事，比较野蛮，影响厂里的风气。此人不要强留，随他的便！"

最终戴总没有留他，表弟陈刚娃也没有随他走，只有赵雪莹劝他无用时，一再提醒他，要努力做事，智慧处事，还送给他一本卡耐基所著《人性弱点》[①]的书。

他离开"鑫茂"时，仅在那里干了两年。表弟陈志刚来送他时，向他透露了一个秘密："听别人说，与你共事的包装组任组长，已经追了赵雪莹两年多，赵雪莹待你好，厂长又提拔了你，他心里怎会不嫉妒！"

---

① 戴尔·卡耐基所著，充满人生智慧的书籍。

第二十章

对八宝岭一带铅锌矿区的新发现，让三分队地质队员们心情激荡，更是让这位年轻的分队长彻夜难眠。

"作为地质队员，平生能为国家找到一两处大矿床，不亚于大科学家有了项重大的发明专利，该是多么荣耀而自豪的事情！"

何建业组织分队力量又做了两次深入勘查，写成了一份颇具分量的《关于八宝岭铅锌矿地质工作报告》，背着挎包回到525大队部向单位汇报。

525地质大队地质技术论证会上，何建业翻看自己的记录本说："我们三分队经过几年的勘探，认为云岩山矿区八宝岭地段会蕴藏一个超大型铅锌矿床。我们在预查、普查的基础上，有大量的证据说明……"

会场的七八个新老地质工程师，众说纷纭。有的点头赞同何建业的判断；也有的摇头，不以为然。

近五十岁的何平工程师站起，持不同看法："那地方，多年前我去看过，有成矿条件，但岩层为复杂地层，按地质成矿分类理论，该地层的露头只是表面现象，深部难成大矿！"

另有两个工程师也跟进，说何平工程师的观点有道理，对八宝岭铅锌的成矿条件提及如此高度，要慎重。何建业的同学俞新庆，这时已从分队调到大队总工办一年多，也结婚了，妻子原是老家县城国营商店的职工，为解决夫妻分居，安排在525队招待所上班。在八宝岭能否成为大矿问题上，他也支持何平工程师意见。

何建业坚持己见："诸位前辈与同事的认识，说得有一定道理。但我认为凡事要做具体分析，我们在八宝岭这条大山脉的白雪岭、九环山，一路勘查过去，现在发现最有价值的'露头'是在岩洞内外深处，地形十分隐蔽危险，一般情况难到这个地方去。这里的岩层表象真的与其他地方发育不一样，看了让人兴奋，希望感兴趣的也到那里看看，这种罕见的露头与岩线走向，我认为此处地下，一定隐伏有大型甚至说是超大型的铅锌矿床。"

何建业的论述，赢得他的老组长徐建新和孟中琦等四位工程师的认同。双方各执一词，都是抱着对国家负责的态度，从实践上升到学术上的反复热烈的争鸣讨论。

其实何建业的观点，很对总工程师李仁康的胃口。李仁康笑笑，摆摆手，意思大家暂停讨论。他说："大家谈的都有价值，也很负责，但找矿也像一个医生看疑难杂症，必须有点独到见解，有点创新精神，这个矿还是有相当的潜在价值，但必须把各项基础工作做得更扎实些。才能下最后的结论。"

尔后，李仁康带着何建业，向队党委汇报，很快赢得了大队领导支持。大队意见，加强力度，稳扎稳打，进一步做好基础工作。525 大队向省局提请报告同意，又新拨二十名地质技术人员和三十名钻探工人，新配两台千米钻机，对八宝岭地段实施详细的加密勘查。

夜以继日，何建业把大多精力投放在对八宝岭铅锌矿勘探的技术突破上，还要面对分队的生产生活管理，虽有副分队长梁启德与工会主席司马俊生的分忧，许多重要事情他要事先考虑。

白雪岭的风光依旧那么美丽，分队人员的增多，使这里成了 525 地质大队最大的一个分队，差五个人数达两百人。寂静的大山苏醒了，当然最为欢腾之处，还是处在山脊半腰中那处小平地——分队部，特别是下班后的业余时间，说笑声能够连接到天际，仿佛在与星星月亮对话。

野外生活的寂寞与无聊，一个是在打乒乓、羽毛球、下象棋、打扑克，或者在相互掰手腕，顶扁担里获得快乐；有爱读书或者唱歌、吹笛子练口琴的，进入另一个文化艺术世界消遣空间。也有不少的是在打情骂趣的玩笑里，平熨自己身心的火气。

钻工刘东山的老婆姚春妞，上山探亲来了。从农村来，长相丰满，胸脯耸得高，屁股也翘得不低，背了个花包袱，扭上山来。分队的特别是与刘东山同班的兄弟们热情得很，见面嫂子好嫂子亲地叫。

嫂子大方，把从老家带来的红枣柿饼苹果干红薯片，不管多与少，人人有份，三三两两地抓给大家，惹得大伙满脸感激，有的好像几辈子没见过山外来的女人，盯着嫂子的脸看。姚春妞再大方，被绝对优势的眼光盯多了，反倒不好意思起来，让这位半老徐娘不是红着脸答话，就是侧身躲开这群"狼眼"的扫射。

大伙调整住房，与刘东山同寝室的另外三位职工自动退出，由分队安排挤进其他职工房内。

第二天天亮，晨曦如水，泼在分队部的草坪上，鸟雀叽叽喳喳叫着，人声又喧闹起来。

刘东山从工棚"新房"迈出门，刚倒完尿盆回来，就被平时你来我往的玩笑对手范凯拦住。

"老刘，昨晚忙吧？"高个脸放油光的范凯哪能放过这"现行"的机会。

敦实而黝黑的刘东山满脸堆笑："我知道你狗嘴吐不出象牙！"

范凯一本正经地说："老刘忙，忙得对，大伙不影响你忙。但你也顾及下兄弟们的感受，轻声点，这工棚恁薄，又不隔音，咯咯吱吱，响声恁大，弄得大伙一夜没合眼！"

平时偶尔与刘东山调侃的叶青林也挑衅说："真是饱汉子不知饿汉子饥，昨晚没睡好觉，今天大伙儿上班无精打采，都怪你！"说完自笑得合不拢嘴。

这时的刘东山斜眼瞅瞅屋门，点头又咧嘴，用眼神让这老哥俩手下留情。

老哥俩哪管这些，可能平时刘东山把他们也得罪得差不多了，反而说得更起劲："嫂子来了，你夜里玩活塞，还不许我们兄弟们在嘴上痛快一下。"

刘东山无法，只好丢了句："小心下次弟妹来，我收拾你们。"溜进屋里。

姚春妞嫂子在分队住了十天，刘东山高兴，大伙儿也跟着说笑高兴了好几天。姚春妞下山时，刘东山陪着，分队用值班车送她，送到山脚下的汽车站。走时，何建业来了，代表分队给姚春妞送了小红包，内有现金五百元，是分队同志每人出资兑出的礼金，说是嫂子在农村困难，表示一点心意，贴补家用。嫂子含泪下山，分队同志——当然是正在分队部的职工，大约有四五十个人，大家列队相送，其动人情节与一位军嫂到边卡哨所，看望从军丈夫的分别场景没有什么两样！

送走姚春妞，大伙转身还会议论一阵子。

这个说："这真是——好女不嫁地质郎，一年四季守空房！"

"远看像个要饭的，中间看是卖炭的，走近一看，原来是搞勘探的……"那个又接着自嘲。

"搞勘探？只有日日往地里石头上去钻探，却轮不到我一时在屋里打钻的机会。"一位平时更加油嘴的趁机嬉笑。

还有位说："我当初报名读地质学院，就是因为看了电影《青年一代》，电影上的地质队员多浪漫，游山逛景，还有女地质队员伴随着。唉！到了现实中，根本不是那么回事。咱们分队近两百号人扳着指头数，女同志不过六七个，一年到头天天跟光棍汉打交道。"

终于出来一个讲革命道理的人："先要怪你心术不正，心静自然凉。咱们一门心事扑在工作上，扑到建设社会主义的地质事业上，啥烦恼事情就会风吹云散，咱自己就是林间的鸟，跟着歌唱跟着快乐！"

那位队员朝他做了鬼脸："看你说的，比唱的还好听哩！"

一位年长些的钻机班长李永亮也开腔感慨："是啊，咱们这个行业，从工作特性上就决定了它的艰辛，四海为家，以大山相伴，以鸟兽为友，没有我们的舍小家为大家，哪有社会主义建设事业充足的矿产资源保障！我们的前辈一代传一代，不都是这样艰苦奋斗过来的。再说了，那些搞原子弹的、研究航天事业的，不是跟我们一样辛苦，甚至比我们还辛苦还寂寞，地处戈壁沙漠，封闭到一个神秘地方，与外地隔绝。我们既然选择了这个行业，就无怨无悔，应该感到使命神圣而且无上光荣！"

不知哪位队员高喊了声："李班长讲得好！"大伙儿很自然地鼓起掌来。

何建业在场，他被深深感动。他自己是这样做的，一步一个脚印地履行自己的职责与人生目标。但大伙也都是以这样的精神意志，坚守大山，浪迹天涯，踏实工作，立志为国家找出大矿床。他们也有七情六欲，也会说俏皮话，甚至有风凉话，但他们的骨子里，是钢铁般的男子汉，是国家和民族的脊梁——多么好的一支队伍，多么好的同志啊！

八宝岭矿区的扩大勘查工作进展顺利。

经过又近八个月的奋战，何建业主持以三分队名义向大队正式提交了《八宝岭大型铅锌矿的再勘查论证报告》，再次引起队里的高度重视，队长祁洪涛和总工程师李仁康带着何建业到省地矿局做专题汇报。

局长是赵秉中，这是何建业来西疆报到后的第三任局长。赵局长听完汇报，耸耸翻着羊毛的皮大衣，兴奋地一边看着队长祁洪涛，一边用手指了指何建业："这个技术尖子，我好像在哪里见过！我在《中国地质》上看到你发表的学术文章，对西疆省地区铅锌地质勘查的研究很有见地。"局老总贺永华用赞许的目光看着何建业："小何同志，自来西疆省报到那一天，我就看得出你是咱们地质行业的一块好钢！"

报告的前景目标计划，很快达成共识，局决定由局总工程师贺永华带队组成地质专家小组，深入八宝岭腹地再度考察论证。525地质大队老总李仁康、三分队分队长何建业也是理所当然的考察组成员。

考察组在何建业为向导的介绍下，在八宝岭地区前后迂回了半个月，经反复研究论证，认为八宝岭大型铅锌矿的要素条件已经基本成立，前景看好。

贺永华坐在分队木草搭起的工棚里，召开小型会议，研究下步工作方向。大家各抒己见，贺老总问何建业："建业同志，你在分队一线更熟悉情况，你认为现在是否可以正式提交勘查成果？"

何建业略加思索，沉稳地说："我觉得，我们现在掌握的只是一个近大型矿床，向东方向的六道沟一带也有矿脉的形成，但是基础工作做得比较薄弱，我建议组建更多的队伍对该地区展开新一轮的详查，有了百分之九十五以上的把握，再向国家提交成果。"

贺永华边听边用笔在小本子上记着……

最后，他用烟头在烟灰缸重重一扭："这边风景独好，八宝岭铅锌矿前景光明，不仅是一个大型矿床，有可能隐伏着一个超大型矿床。为了慎重起见，我们正式向局党组报告，由525队勘查阵容上升到由西疆省局牵头的勘查规模。"

之后，不到两个月，八宝岭沸腾了！由西疆省地矿局又调集了三个地质队的技术力量与装备，齐上八宝岭，八宝岭周边三十公里隔山离沟部署了十多处"亦工亦农"，既洋又土的小"村落"，省地矿局一声令下，新组建了这么庞大的找矿队伍来安营扎寨。山岭的钻机直刺苍穹，山道间穿梭的汽车如战马嘶鸣，有的单位把机修车间和化验分析室都迁上来了，不仅男职工，女职工一样脚蹬大头牛皮鞋，脖领围着汗巾，上来了许多。八宝岭顿时成了"铅锌矿大会战"的主战场。

地质工作者就是如此，对地质事业抱有一颗颗赤诚的心，对国家的建设负有高度的责任。功夫不负有心人，又奋战了一个春夏，集全局的智慧，省地矿局向国家正式提交了《八宝岭超大型铅锌矿可开采性报告》，指出该矿可蕴含铅锌矿产储量有近亿吨的矿石量，可供年生产三百万吨矿石量的矿山企业，开采超过三十年。

一个可使西疆省兴奋，也可使共和国震撼的超大型铅锌矿床，在地质工作者手中诞生了，它给国家经济建设带来了丰厚的矿产资源。

何建业是这座超大型矿床发现的探索者开拓者，也是前行中的斗士和智者，他功不可没！

集体的智慧，自不必言，需要首先肯定。但没有一个勇者的闯劲与智者的引领，这座超大型矿产有可能还沉睡在八宝岭的地下深处！

上级看好何建业，何建业连续被评为青城市、西疆省劳动模范，还出席了省里的党代会。

完成历史任务，又有新使命，地质队一地连一地，一站接一站，没有歇息地向前递进……

何建业带着他的三分队，交付了地质成果，离开八宝岭，又连续跑了四个矿区，几乎每年要转辗一到两个矿区。他已经在三分队担任分队长四年多，进入第五个年头时，又承担了新的项目——"西莽山铜矿勘查"。

西莽山处在西疆省正西偏北，这里的生态与八宝岭白雪岭迥然，条件更苦，干旱缺水，植被少，岩石裸露，山间多茅草与低矮的荆棘。山上植物少，有少量耐旱的沙棘树，还有一种有毒的蝮蛇出没。

何建业带领三分队，坐着解放牌大卡车晃悠了两天，在西莽山卸下行装，驻扎下来，送走如血的落日红霞，啊——地质队员们振臂欢呼，又到了一处新的家园！

寻找一块相对平整的小地盘，高低错落地搭建出工棚，理出住宿、办公、食堂的布局头绪。按照铜矿勘查任务的计划、程序与方法，一切如旧，技术人员外出勘查，钻探按设立孔位要求安装钻塔，发动钻机，准备开钻。

地质工作是项技术含量高，且有着巨大投入风险，也是项探索性的工作，有时的资本投入与成果回报完全不成正比。勘探准确，收获是胜过投入的千万亿万倍的资源；勘查有误，砸下去的是哗啦啦的铜板，拉上来的是一张空网，血本无归。投入与收获，这两者比例的角逐斗量，很大程度靠的是地质工作者的高明技术水平与对国家赤诚而强烈的责任心。近几年，三分队成了525地质大队响当当的找矿功勋分队。除八宝岭重大成果外，还为国家找到中小矿产地三处，可谓杯盈钵满。可这次到西莽山工作铺开半年之后，逐渐感到这是一片贫矿区，成矿条件差，预想的目标很难实现，而且工作安全还出了问题。

一小组外出普查，离开分队部满五天没有如期返回，何建业等分队领导急得如热锅蚂蚁。第七天，普查组终于回来了，队员们架着伤号——吉威，说是正在山间寻找岩相时，不慎跌入被腐草覆盖的大石坑里，有三米高，同志们发现后人下不去，最后用皮带和衣服连起来把他救出，所幸腿受轻伤，没有酿成大祸。

过时不久，又一祸事降到分队长头上。何建业在勘查中，遇陡坡，手抓一根干树枝，借力攀爬，不想那干树枝动了起来，哧溜滑去，何建业才意识到是条小手腕粗的蛇，大惊，手一松，仰面翻过来。也是庆幸，地势不高，只有一米多高陡坎，没出大事，但脚被崴伤。

　　同事吉威未愈，何建业又创新伤。在分队医生护理下，请来当地民间土医，敷上祖传草药，两个伤者卧在各自房间调养休息，何建业专门给周围同志打招呼，不许对外声张。

　　几日的休息，何建业虽卧在床上却闲不住，被子蒙的膝盖上放着地质资料，身体弯曲看久了还是有些疲劳，这天松垮的木门突然被敲开了，没想到进来的是青年王艺文。

　　他拿着两张信笺与两份刊物递给何建业，何建业斜靠在床头问："诗人，又写新诗歌了？"王艺文笑着回答："这首诗我寄给队上团委办的《525文艺青年》，他们登了。我又投给《青州诗坛》刊物，也被采用了。队长，你看下诗，能疗伤！"

　　说得何建业心里热烘烘，这青年诗人真会说话。

　　他看那诗标题是《心上的姑娘》，下面写着：

　　　　山崖上坐着一位姑娘，
　　　　你的眼睛比月光还要明，
　　　　你的秀发比瀑布还要长，
　　　　你的美姿比山花还要靓。
　　　　我不敢看你，
　　　　你的眼睛有时成了灼人的太阳。
　　　　我不敢看你，
　　　　你的眼睛有时戚着哀怨的忧伤。
　　　　你叫我意乱，
　　　　你叫我心慌。
　　　　我虽然没有表白，

可你已早占满我的心房。

我们一起坚守云岩山，

在这地质锤辉映与钻机轰鸣的地方，

在这蕴含金银铜铁宝藏闪光的地方。

何建业看完："这首，是我去年看的那首《你在哪里……》的姊妹篇吧，这么快，就找到心爱了？"架着眼镜，精灵的王艺文回答："何队长记忆力真好，那首诗的标题，你还记得。我是把这两篇都投寄给了刊物，杂志社采用了这一篇。"何建业夸奖王艺文："比兴运用得好，挺妙！"又说："看来你欣赏的是哀婉柔美的女子，她对你含情脉脉已经很久了。"接着问："小王，谈女朋友没有？"讲到具体，王艺文的脸刷地红了："还没有。"何建业笑笑："好，以后我让你宇娟嫂子帮你留意下！"说得王艺文兴奋连声："谢谢队长……谢谢队长……"离开房间时又嬉笑着回看下何建业说："队长的关心，又会让我心慌意乱好多天！"何建业也送了一句："看了诗歌能疗伤，可以提前好多天康复！"

消息还是不胫而走，只过了四五天，何建业的妻子周宇娟就风尘仆仆赶到西莽山来了。

周宇娟见到何建业，翻看他还在红肿的脚脖，又看他那黑了瘦了的面容，忍不住泪水扑簌簌地落在衣襟上。

"建业，你也该心疼下自己了，摔伤还瞒着我！"

"没关系，没有动着骨头，等十天半月就没事了，这么远没必要惊动家人。"

周宇娟指着放在桌上的面包、牛奶粉和罐头，说是爸爸妈妈托她给的，接着说："没有伤筋动骨就好，这也是教训，野外工作得事事处处小心。听说539地质队，有位工程师在马鬃山野外勘查中一个人走失，单位组织力量，在原始森林里搜救了五天都没有找到人。野外工作随时充满着风险！"说着周宇娟的泪水又下来了。

何建业用手揩了揩妻子的眼睑，温和地说："你说得对，今后我加倍小心就是。你看，从事野外工作的又不是我一个人，地质工作的性质就是野外，真正呆在大队部机关里的还是少数，不走进大山里，哪里能找到矿。这些年来，我得感谢你对我的支持，也感谢岳父岳母对我的理解！

"你辛苦了，我不仅是不称职的丈夫，……在小蕾那也是不称职的父亲……"

提到儿子，周宇娟"噗"地笑了："那可不是，小何蕾只要提到爸爸就高兴地拍手，说爸爸是勇士是英雄，要向爸爸学习。"

何建业眼睛湿润了，他知道孩子的这些反应充满对父亲的想念，充满着对父亲的崇敬，大多是贤妻良母教育出的结果。他斜靠在床头，右手紧紧抱着妻子，在周宇娟额头深吻一下："难为你了！"

周宇娟的到来，喜煞了分队的战友，年大的喊小周，年小的喊嫂子，人人嘴上像抹了蜜，火样的热情燃烧在大山的矿区里。

特别是那些爱打俏的青年汉子，这时更是耐心地欣赏着这位在地质队里长大，不同来自农村女人的绝佳气质，但没有一个敢对何建业、周宇娟开玩笑，见了反倒恭敬有加，只是嘿嘿地笑。

何建业很快伤愈，继续奋斗在野外。一九八七年夏初，何建业突然被召回大队，队领导陪同省局政治部主任找他谈话。

党委书记邢中华、队长祁洪涛在座，已年过半百的局政治部主任纪平招呼何建业坐下，操着浓重的西北口音："何建业同志，按照党的'四化'干部选用原则，根据你的工作能力和业绩，经局党组研究，决定由你出任525大队副队长，组建起一支新的队伍，从事工程勘查业。"

何建业听了有点发蒙，不解："感谢组织的信任，我只会找矿，不懂工程勘查。"

纪平主任侧目看看书记与队长笑了："真是在大山里呆多了，一门心思找矿，与世隔绝，不了解现在已经变化了的新形势。"

"建业同志，为了适应改革开放，以'经济建设为中心'的大势，地质矿产部提出了'一业为主，多种经营'的新发展思路，这是地质系统调整产业结构，谋取长远发展的需要！"

"那还找矿吗？"何建业疑虑的仍是老本行。

"当然要找，那是我们的专业，不能丢。现在就是要从山里从队伍中拉出一部分人，开辟一个与地质勘查业并驾齐驱的新战场！"

"为什么要这么调整？"

纪平主任看何建业提的疑问既直接又单纯，解释道："换个角度说，也是咱们地质行业自我加压、为国分忧解难的壮举。实话说吧，现在地质队伍比较庞大，国家的计划找矿任务锐减，财政拨款也在减少，就是让大家通过产业结构调整走向市场，走出一条自谋生路、自我发展的新路子！"

何建业听了又问："职工能转过来弯吗？"

谈话中，纪平不自觉地喜欢何建业这种实在！他说："转不过来？干部是决定的因素，干部要带动引导职工慢慢转！以后打破铁饭碗、减员增效的工作形势，还会严峻，国家的拨款会越来越少，自己不找米下锅，向市场要钱，队伍怎么生存？这是一个不进则退、相辅相成很好理解的大问题！"

何建业从心中佩服纪主任，从大道理到小生活，反复解释的水平。但他没有完全转过弯："我还是找矿吧，搞工程，我真的不懂！"

纪平主任："这是党组的决定，你是党员就必须服从，你没有组织能力也不会选你，组织相信你是块金子，放到哪里都会发光。"

一旁的书记和队长都在示意何建业，不要辜负了局党组的希望，同时表态，队上会全力支持何建业分管的工作。

何建业只得说："反正对我来说，是个新课题，只能边干边学了。"他接了军令状。

邢中华书记和邱洪涛队长高兴地对纪平主任也是对何建业说："我们的建业同志，不仅能创造出优秀地质找矿的成果，还能发现并树立催人上进的地质精神标杆。他所领导的分队的'先锋号钻机'，已经成为闻名全国地质战线的'先进集体'了——相信他在哪个岗位上，都能够创造出不平凡的成绩！"

何建业开始组建525队的工程勘查队伍。先明确工作性质与目标：利用已有的地质工程装备，走向市场，承接城市、水利、交通、农业等各个领域基础工程的施工任务，逐步成为自负盈亏，具有一定经营规模和良好经济效益的经济实体。组建队伍最难的首先是人员。不少职工持观望态度，有想参加的，也有不愿意进来的。主要是人人担心断了财政拨款的"皇粮"，市场风险大，以后没有保障。单位就向职工承诺，身份不变、国家的差额拨款照样有，只是自己挣回差额不足的那部分，队里会给予必要的扶持。

实际上，工程勘查队伍的组建是 525 队的单位行为。大队从几个分队和仓库里调拨了十多台钻机，这是工程勘查走向市场挣饭吃的机器装备。单位又从分队及车间里抽调出两百多人，抽出人员大多是技术工人，另外有部分管理人员。三分队职工听说何建业升任副队长，大伙高兴，觉得是三分队的荣耀。面对工程勘查业这一新生事物，虽然众说纷纭，莫衷一是，但大伙信任何建业，认为跟他干没有错，许多职工报名加入工程勘查公司，技术骨干彭钢、何大为带头报名加入，连原来的犟牛筋牛辉也参加进来。

如何走向市场？何建业从未涉及过，心里无底。但何建业肯定是个不会向困难低头的人。他坚信毛主席的话，只要有了人，什么人间奇迹都可创造出来，人是第一位。

名不正，则言不顺。他挂起 525 地质大队工程勘查基础公司牌子，搭起下设机构：市场工程部、财务部、设备管理部、生产安全部等，任命一批经理，并向单位申请工作启动资金。

市场是自己找的，不是过去搞地质勘查，国家下拨计划任务。过去虽艰苦，但不会担心无米下锅，无精神压力，心是畅快的。何建业首先得过——知识分子要拉下面子、弯下腰求人找事做的这个坎。

没有办法，人在屋檐下，不得不低头！何建业求路无门，只得发挥职工智慧，让大家找亲戚朋友挖潜市场业务信息。

这日职工陈大壮找到何建业报告："头，我有个朋友的父亲在青城市建筑公司当副总经理，他那有房产建设的基础工程做不过来，看我们能不能做？"

何建业高兴不已："大壮报喜，做，我们能做，赶快回复！"

何建业很快带上基础打桩的装备和队伍进入工地。他边看边学，一边向工地其他工程施工队请教，一边买来基础工程的书籍找答案。

工作中遇到的新问题太多，工作环境由原来的大山转到了城市。过去一贯制的八小时工作制被打破，有时为赶工期要加班加点，劳动强度更大。分配上，相互差距被拉开，除基础工资外，更多收入待遇体现在奖金上，一切按市场价值规律、经济法则转换着……调整着……

地质队的人多是能吃苦的汉子，一身汗一身泥，在青城市河东区新东方商贸大厦建筑工地奋战了五个月，最后完成任务。经结算，公司盈利——净赚了八十万元。公司以良好的效益，向市场淘回了第一桶金。除向大队交足管理费外，职工自上而下拿到了比单位其他行业要高出近一倍的收入。公司的职工笑了，陈大壮还获得一笔信息费。

公司有了信心。何建业带着市场部的项目经理，见缝插针地跑市场，求爷爷告奶奶找业务。一日，何建业和市场二部经理张向阳、副经理袁晓青到省水利施工公司联系业务。

公司经理肉乎乎、红油油的圆脸，耳朵也大，满脸福相，手腕上戴着劳力士金表，一部像砖头模样的"大哥大"竖在办公桌上，抬头半睁双眼带几分傲气问："何事？"

张向阳抢先应答："费总，我们是省525地质大队的，这是我们副队长也是队基础工程公司何建业总经理。我们慕名前来，想到贵公司承揽些基础工程施工业务。"

对方费总听说是地质队副队长，似乎平常，但也显出几分亲近感："我老家有个大矿山就是地质队找出来的。我知道，你们地质队的工作比我们还辛苦，队伍特别实在。这样吧，中午我们刚好有个饭局，你们坐在一起喝一杯，业务的事饭桌上谈！"

"那就谢谢费总了！"何建业不善于喝酒，这时也只能顺势应承。但是他又表示："应该我们请费总！"

"唉！吃顿饭算什么，谁掏钱都是一个样！"费总很豪爽。

中午酒桌上，费总带着六位，两位下属经理，一位女秘书，另外两个是他们带过来赴宴的客人。

九人坐一桌。在酒桌上，菜肴丰盛，鸡鸭鱼肉、生猛海鲜香气缭绕。几杯酒下肚，就开始知道费总那边几个人，几乎都有些酒量。而偏偏何建业推脱说，自己不胜酒力。随从的张向阳、袁晓青两位，自然是勇往向前，代为抵挡。

费总红光满面，说话强势，举起外溢香气的酒杯劝道："当队长，哪能不喝酒的，我这有业务，但你得喝酒，喝一杯十万元业务，你看着办?!"

何建业无奈，为公司的发展，为下属职工有活干，居然连喝了十杯，为公司赢得了百万的合同额。看了让人伤心，何建业醉了，醉得不省人事。经理张向阳抢先去结算埋了单。费总高兴也大度，最后又追加了五十万，初次见面，以地质连带关系为缘，以酒风姿态为媒，与省水利施工公司签订了一处水坝基础施工业务。

……至此，何建业在 525 队赢得了一个"拼命三郎"的绰号。

第二十一章

家里来客人了……

周宇娟给丈夫打电话，让他从工地回来一趟。工地离家只有三十公里，说是家乡龙峪的堂侄女来了。

何建业进门，将身带泥土的工作服脱下，进卫生间擦了把脸，换件休闲春秋衫，走进客厅，看见沙发上坐着位十七八岁的大姑娘。何建业看看，似认非认。

那女孩从沙发上站起来，弯身礼貌地轻轻喊了声："叔叔！"

"我爹是刘松河，我是她闺女刘雅婷！"龙峪口音浓重。

何建业看这女孩，有一米六四左右身高，身材单瘦些，面容姣好，动作柔绵，发型扎着两根辫子，穿着素雅，上身绿色起浅白花薄单衣，下是深蓝裤子，脚上是白网鞋。看打扮不像是农村来的。

何建业看见远道的家乡来人，特别是何家的亲戚，自是高兴，连说："坐……坐！"侧身对坐在旁边的妻子说："我出来读大学时雅婷还没有出生，我参加工作后回龙峪过几次，又有好几年忙于工作没回去了。现在我都有点认不出来了！"何建业伸手从离地面向上抬高，作比画："想起来了，前六年回去，你只有这么高，现在一下子冲得比婶婶还高了。"

周宇娟削了个苹果，递在刘雅婷手上。

"你爷爷奶奶身体还好吧？"何建业问。

刘雅婷手里拿着苹果，看看建业又看周宇娟："我爷已有六十七了，经常下地劳动，身体还可以，奶奶现在也好多了，原来的精神毛病也没有再发过，只是身体弱些。"

刘雅婷又向他说何家老爷老奶以及二爷二奶们的近况，都还好，让他放心。

在周宇娟的劝吃下，刘雅婷咬了一口苹果，娓娓道起龙峪近年变化。

"龙峪村自土地承包后，老百姓都能吃饱饭了，一些人农闲时也做点小生意，或者外出打工做事，手头有了点活钱，但大部分村民还谈不上富裕。前些年咱们那兴起淘金热，发现有两处富金小沟汊，全龙峪的老百姓都去挖，抢得很厉害！"

说起矿产，又是家乡的，何建业表现出十足的兴趣："咋个抢法？"

"矿有富的也有不富的。富的都被有权有势的人占了；没权势缺劳力的，只能去挖些差矿；腼腆老实巴交的人，连差矿都没有份，只能去替开矿人家开矿石、背矿石赚点辛苦劳力钱。"

"你家去挖矿没有？"何建业问刘雅婷。

刘雅婷停了停说："俺家没权没势，我爹去弄了两车一般的矿石，多少赚了点。抢的人太多了，看到别人出了洞塌砸死人的事故，就没再弄了。"

刘雅婷很自然说到何长生二爷家，她说："二爷把建丰叔从新乐喊回来，也弄了两三车矿石就退出来了。他们矿石质量比我们家稍好一点。一个是他们去得晚了，好的矿石都被人家占了。第二，还是家里人气不够，论哪方面也抢不过人家。另外，听说建丰叔的心事也不在那上面。"

何建业听到此，想起了前几年父亲催他回龙峪挖矿的事情，心里多多少少有些感到对不起父亲！

何建业这时看着周宇娟，笑笑说："宇娟，你也有几年没回婆家了，咱们今年春节回老家过年，抽空去见识下金山银山的气魄，怎么样？！"周宇娟借机嗔怪："行，但你小心回去遭父亲的训斥，你在外闯天下，考虑全是一心为公为集体，也该想下自家的利益。"

何建业又问刘雅婷家乡这两年的发展。

"国家对金矿开采完全控制了，不许私人再采，其实好矿也挖得差不多了。现在老百姓正在用赚来的钱盖新房，你回去就能看到。家乡开矿这行不行了，没有其他赚钱门道，现在外出打工的人越来越多了。"

何建业发现这个小侄女，说话表达能力不错，是个聪明的孩子。

言归正传，何建业发问："雅婷，你这次到西疆来主要有什么想法？"

刘雅婷好似早有准备，直言："叔叔婶婶，我想读书，想让你们为我找个好学校。"

这时的刘雅婷还从衣兜里掏出一张大字条，递给何建业。

建业贤侄：

　　你好！我孙女刘雅婷今去你处求学。小孙女平时成绩尚好，望你能给予你侄女些许关照，成全她的愿望。老伯不胜感谢！

　　祝鸿业腾达！

　　　　　　　　　　　　　　　　　　　　　　伯父：何长福

字条的右上角还有两排歪扭的字迹：

　　万望我孙建业帮忙你的侄女雅婷，他在家没门路，外出求你实属无奈！

　　爷爷何致兴嘱！

何建业看完，递给周宇娟，笑笑说："弄得这么认真，像呈送公文，层层批阅！"

刘雅婷的一言既出，让何建业周宇娟都出乎意料，还以为刘雅婷来的目的，是想谋份工作。

何建业看着家乡来的近亲，也来了兴致："你想读什么学校？"

"我也想同叔叔一样，读地质学院，学地质专业。"刘雅婷不假思索。

"地质专业很苦的，不太适合女孩子干。"带着诧异表情的何建业问。

"不是也有女地质队员吗？我能吃苦！"

"哈哈，想不到我们龙峪又有喜爱地质工作的人！"

何建业问："你成绩怎么样？"刘雅婷平静地答："还行！"

"那你怎么不在家乡考学？"

"家里考学，农村招生指标少，现在虽然不再讲成分，俺家还多少受历史的影响，如愿考学难度大，所以来找叔叔，能不能给机会，上你们省一级的地质院校就行。"

何建业知道过去大伯家曾经受过的政治牵连，现在地质行业在走下坡路，报考地质专业的学生少，录取分数线也低了下来，也难得一个女娃在地质行业低谷时有这份志向，就有心帮她一把。这时宇娟也帮腔说："让你叔叔想想办法！"

何建业："我认识省地质工程学院的院长，先问下情况，看能不能接受你的报名，但是你必须走正常高考录取的程序。"

刘雅婷愉快答应条件："行，我参加考试，我先谢谢叔叔婶婶了！"说完礼貌地站起来，鞠了个躬。

何建业让堂侄女先住下来，只停了一天，又乘车去了工地……

两年的基础工程勘查公司总经理当下来，让何建业明白了许多新道理。

他已经由原来云游四方的侠士，变成了现在四处求人的乞丐。他的身份是堂堂正正国有地勘单位的副队长，有时在市场的对接中，还不如一个农村大队长响亮！

原来本可在棱角分明的谈判桌上名正言顺合作的项目，现在许多情况下要在圆润餐桌与酒杯透射的含糊中才能谈成。

他渐渐明白，作为一位带队伍、找项目、创利润、养人糊口的副队长，要具备"三部曲"的特殊能耐。一是要有能力把项目承接到手；二是要把项目做得扎实漂亮；三还要有能力如期如数把账结回来。

一日，何建业带着项目经理何大为作为乙方去谈基础工程业务，还是经熟人推荐介绍的。甲方是雄骏地产开发公司的薛总。他们出示资质和相关手续，在办公室谈判中，薛总很满意，爽快答应合作。此后，他们又跑去三次，每次薛总必是笑脸相迎笑脸相送，但合作合同就是签不下来。

后来还是有人点拨，当夜打听到薛总家里，将一封红包送过去。在薛总的豪华客厅里，对方推辞再三，不收礼金。何建业与何大为只得离开，薛总夫人送到门口时随意笑着说："我家老公从来不会亲手接礼的！"讲话听音，何建业当即试了个眼色，何大为立刻将礼包塞给薛总夫人，并说："麻烦姐姐美言！"说完拔腿就走，只听后面富态的薛总夫人轻轻地说："你们这不是为难我吗！"……

其实，何建业从内心里，非常厌恶这种见不了日光的交易。他不接受贿赂，也不愿去行贿。但在当时，他没有办法，为了单位、为了员工的生存，他只能遵循商道上扭曲的"潜规则"，顺着泥沙浑流游走。第三日，合作合同顺利签订了。

另一次，工程勘查基础公司承接波阳市政府立项的一高速公路建设工程，自带资金进场，组织职工苦苦干了一年，保质保量完成了五点八公里长的基础工程分包任务，本可获得两百万利润额，但就是不能如期完全结账，政府只给七十万，还有近三分之二余款欠着。每次去催账，政府相关部门总是以暂无拨款为由拖欠着。没办法，只得私下不停地客气、赔笑脸讨要，零打碎敲接收一笔笔小额欠款……

何建业有时欲哭无泪，但没有办法，他原来不喝酒不进歌厅不进舞池，现在都学会了。为了接工程拿项目，还要研究承接工程甲方有权者的为人处世，投其所好，对方喜欢什么就陪什么，无非是吃喝玩乐，就是不喜欢，有时也要埋单在边上陪着。有什么办法呢？因为要到别人那里争项目养队伍，市场项目的局面，往往是僧多粥少，你不送，有的是人去送！你不干，有的是人去干！

几年下来，何建业深刻认识到，制度是一个紧箍咒，关键是执行力的问题。执行的严格，许多问题就会自动规范；制度再好，如果执行不力，人性的弱点与丑陋，就会在市场上膨胀发酵，亵渎责任扭曲制度，让每个角落侵染着铜臭。社会一边是冠冕堂皇的条文规矩，一边是人人心领意会的"市场潜规则"。何建业这位带着几百职工找市场挣饭吃的副队长，只能去适应去调整去自律，却无法去改变现状。"丛林法则"里，不仅仅是弱肉强食，还有许多"狐假虎威"……"黄鼠狼给鸡拜年"……"狼狈为奸"……"浑水摸鱼"……

何建业带着队伍，以地质人艰苦奋斗的精神和厚道诚信的作风，在市场的夹缝中求生存，拼搏进取，一步一个脚印，不断发展壮大着自己。

一九九三年，中国东部的特大城市浦江市修建地铁一号线，计划国庆节全线贯通，却被有处两公里长的地下岩层易碎且透水而难以施工的特殊地段，阻碍着工程的正常进展。前面有三支施工队伍接了，中途都因解决不了技术难题被迫退出。工程搁置下来，浦江市只得向全国公开招标。何建业知道后，当即对属下的经理们说，别人撤出来，我们上！

何建业带着施工队伍跨越数省，赶到浦江市，进入地铁一号线隧道施工现场。

何建业看见地下十多米深处大量堆积的碎岩石，岩壁上成千上万的流水细纹裂槽，也知道问题的艰巨性，扭头对身边的得力助手彭钢、段德坤说："你们看这种地质构造复杂，岩石松软破碎现象。要解决这个施工难题，就必须采用国际先进施工——'光面爆破①'新方法才行。"

彭钢这时补充了一句："与'新奥法②'相结合，互为作用，确保万无一失。"

"对，这样的硬骨头，只有我们这些研究地层科学的人才能啃得动！"何建业诙谐地笑了。

何建业和他的队友们每天戴着安全帽，脚踩深筒胶鞋，用矿灯照亮伸手不见五指的岩洞，手持风镐小心翼翼往里钻进，做小型的技术试验，也出现过两次塌方和透水。他们边摸索边实践，运用地质岩体力学与岩土工程的新理论。先用喷水泥浆，打锚杆，再实施光面爆破与微差爆破，对整个施工段进行开挖，减轻对岩层的振动与破坏，增强岩石本身的支撑力，形成围岩的支护体系，终于解决了一号线隧道岩层崩塌和透水严重的难题。

---

① 通过开挖工程周边实行正确爆破的技术。
② 奥地利隧道施工方法的简称。

如期所愿，在国庆节前两天，这段全线中的卡脖子地段终于贯通。这日，突然天布密云，下起瓢泼大雨，两个多小时的连续大降雨，让浦江市的大街小巷顿时水流成河。

　　大雨刚停，浦江市高长基市长在前呼后拥的人群里，走进525队基础工程公司承担施工任务的现场。天上还挂有零星的小雨丝，市长风衣鸭式帽，风度翩翩，后面有人撑着伞。陪同的是轻轨公司总裁，指着何建业向市长介绍："这是525地质大队施工队的带队何建业副队长。"接着向何建业透露，市长冒雨专门到现场来祝贺工程的全线贯通，并慰问大家。

　　何建业陪同市长一行，下到地下施工深处，地下通道没有什么水。市长与随行者，看到了附近贯通岩口透过的亮光，也看到了还在做现场清理的施工者，满意地点头称赞。又走上地面，察看住在附近工棚的施工人员住所，此时大水还没在脚脖，工棚地面都是水。

　　市长很亲民，表情很难过。他紧握何建业的手，感慨讲话，边说边做手势："非常感谢525队基础工程公司的同志们，这样的难题工程，只有咱们地质队的同志才能从精神上到技术上去攻克它。谢谢你们为浦江市的大建设给予的大力支持！"

　　接着又问何建业："你们工棚地势不在最低处，怎么进这么多水？"

　　何建业说："主要是盖顶的油布不够，我们初来乍到，没有在南方气候工作的经验，买得不够多，有的接缝处有漏洞！"

　　市长沉重，转而对在场的一行陪同人员说："当年解放军队伍解放浦江市，露宿街头，秋毫无犯。今天地质队员为浦江的建设，住这么差的环境，而不向上级部门提任何要求，多么过硬的一支建设铁军啊！"

　　市长也很慷慨，回过头来对着身边的秘书说："记下来，告诉相关部门，为这个工地迅速拨放油毡油布等防水材料，改善他们的住宿条件。另外，天渐冷了，统计好人员，为施工人员每人发放一床毛毯，以表达市委市政府对他们的感谢，他们用优秀的战果向国庆献礼，为浦江市建设做出了贡献，我们不能忘记他们！"

　　周围掌声一片，何建业也连声说："谢谢市长，谢谢党和政府关心！"

此时，高市长跨前一步，与何建业的手紧紧握在了一起，但见周围的新闻摄影灯，哗哗哗闪个不停。

何建业送市长，分手的时候，高市长又扭过头来轻轻地对何建业说："我对地质行业有特殊感情，我的伯伯也是一位老地质工作者！"

市长的来访，温暖了525队基础工程公司的全体员工，大家高兴了一夜。

第二天，《浦江日报》头版头条登载出高市长视察地铁施工工地的消息，消息中透露有地质英雄采用新的技术方法，攻克难关，保证一号地铁隧道施工如期贯通的内容，还配发有新闻图片。市长慰问握手的人就是525队的副队长何建业。至此，525地质大队在大浦江有了名气，他们的领头雁何建业也响亮了飞行的翅膀！

525地质工程基础公司在浦江打开了市场，风生水起，施工项目一个接一个，创造出良好的经济效益，公司每年除自我生存外，还向大队交了上百万元的管理费。

在浦江市政府信任之下，何建业还带着他的施工队伍。出国到非洲塞纳，参与一项浦江市的重大援外找水项目。何建业为此新配备了地质水文技术人员，带着有八十人组成的勘查施工队伍，旅行近万公里，进驻塞纳国的腹地，在漫漫的丘陵地带，克服当地经济贫困落后、卫生条件严峻的困难，扛着近于赤道的酷热，与国内同去的几支施工队伍团结协作，奋战一年多，找水建井上千口，为塞纳乡村居民解决了吃水用水难的问题，圆满完成援外找水任务，还将中国地质队伍吃苦耐劳、无坚不摧的精神与作风，带到了国外，赢得了国内外的一片赞誉。回来后，何建业回忆那一段艰辛经历，也总忘不了非洲塞纳绮丽的风光——山野是那般的寂静……日光是那般的亮丽……非洲村民是那般的热情……

何建业带领队伍率先走出国门，成为西疆省地勘单位走市场的典范，也在全国地质行业改革发展中产生积极影响。何建业拼杀市场，不仅取得良好的经济效益，提高了地勘单位的社会知名度，还锻炼培育了一批能够吃苦耐劳富有创业精神、可以独当一面的市场精英人物，像彭钢、何大为、段德坤等等就是。

何建业麾下的地质基础工程公司发展日渐看好，但525整个地质大队的经济大势，却越来越严峻。其危机根源，国家的地质找矿任务逐年递减。年度任务只有百分之三十的工作量，这就意味着大部分的职工将无事可做。

实际上这几年，525队也在逐步着手多方谋生模式的尝试，兴起了"多种经营业"，即在队内开始兴办小型工厂，安置一批职工上岗。又提拔了一位副队长——俞新庆，分管"多种经营业"，他既是何建业的大学同学，也是日后并肩投身改革洪流的竞争对手。

在俞新庆提拔的第二年，老书记邢中华老队长邱洪涛相继退役，论工作政绩与从政资历，何建业再次被省局重用，成为525地质大队历史上的第九任大队长。

何建业临危受命，此时正是极度困难时期，经济低迷。不是说前任队长工作不力，而是属于经济体制改革转型期，整个地勘行业不景气的总态势，每个单位都在经历着改革"破旧立新"的阵痛！

这时的地质矿产部提出了"地质找矿、工程勘查、多种经营"三业并举的口号。从改革层面看，是国家大的产业布局经济结构调整的需要。在城市改革中，过去支撑工业体系脊梁的重工业，包含有关的尖端产业都在萎缩或者转产。地质行业作为共和国建设的先行军，这时也成了队伍庞大、包袱沉重、装备老化的落伍者，是改革首当其冲者之一。

上面有政策，改革的压力在下面。原老产业如何优化？新的产业如何兴起？说起产业结构，对地质队来说，开始是个新鲜而牵强的名词。国家层面有一二三产业之分，而地质队属于哪个产业？自身的家底有什么产业？

你地质队本属于事业单位性质，也可以说是一个行业。是一个主要靠智力技术创造地学成果的特殊群体，钻机、仪器等——那都是地质找矿的辅助工具！按照企业要素，一无工厂装备，二无资金技术，三无产品，如何走市场？

改革无情——是生产关系的调整，实质也是各种利益的博弈。

面临着随时丢掉饭碗的局面，难免没有想法，职工们人言啧啧。

有的说："简直是卸磨杀驴，地质队错就错在过去找矿太多，现在资源饱和，国家可以把我们当包袱了！"

"祖国大地上，哪一处大油田、大矿产、大矿种不是地质队找出来的？我们是国家的人，生是525的人，死是525的鬼，我们与525共存亡！"

还有讲得更难听："谁砸我的饭碗，我就敲谁的脑袋！"

何建业任队长，走马上任在525队最危难时刻。这么大的队伍要生存，首先是钱从哪里来？人到哪里去？

何建业明白：一队之长责任的重大。压力之下，所幸的是他已经有了前几年担任副队长拼搏市场、闯荡社会的经验。

何建业沉着稳健，审时度势，首先大刀阔斧对单位现有产业进行调整，一是合并俞新庆分管的两个工厂，重新配置资源，组建年生产产值创三百万元的印刷厂。二是组建基础工程勘查二部。工作方向重点是社会测量与土地调查整理业务。再是优化人力资源，减人增效。让部门岗位重叠、人多效益低下、能力较差的人员下岗，暂时发给人头生活费，等候重新安排。

产业结构调整的举措，推行还算顺利。但是关于人员优化的动作，让525队大院一时炸了锅。特别是有的大家庭已是两代地质人，内部裙带关系初露端倪，在同个屋檐下，一人下岗，会引发几个家庭四五个职工心里不爽。

有位在院外开垦土地种菜卖菜又上班的职工，被列入下岗人员名单，曾经同俞新庆副队长喝过几次酒，就找到俞新庆，让他给老同学何建业队长说情。不想俞副队长双手一摆说："我也没有办法，你有意见可以越级反映嘛。"

其实，何建业的后院也起了火。周宇娟的弟弟周宇航在队化验室，因地质任务少，岩芯标本少，化验分析任务难饱和，全室二十五个职工要减下十个。这次的人员优化，经评定，周宇航也成为下岗人员之一。

何建业回家后，妻子多少有点埋怨，周宇航见了姐夫也是黑着脸，岳父周同欣还找上门来。平时周同欣极力支持何建业的工作，而且帮他小家庭分担了不少家务事，这次儿子被下岗，气就不顺了。

进屋满脸不高兴："建业，你再改革，也不能六亲不认，先把自己的小舅子下了岗！"

何建业给岳父倒了杯茶："爸，你消消气，改革减员增效，也只是暂时的措施，也不等于后面不再安排。目前的下岗职工方案是下面基层单位报上来的，牵扯一批人，我总不能单独打招呼，咱们家的人不在优化之列，那如何服众，今后工作怎么做？"

周同欣："宇航下岗了，生活来源怎么办？还会影响他的婚姻！"岳父叹气。

何建业见状："那样吧，他下岗在没有新岗位之前，生活费缺空部分，我从个人工资中先补贴他，你看如何？"周同欣没有吭声。

何建业见这样，就说："这改革，如果家里人这关都过不去，那我就打报告，把队长辞掉算了！"

这一说，周同欣急了。女婿当上队长对他是个大荣耀，自己工作一辈子，连个科长都没混上。一队之长的岳父大人，是别人特别是他一批参加工作的同事，多么羡慕的事情啊！想到此，周同欣立即站起来，平和了语气："哪到那个地步，你好好干，以后有好岗位，别忘了给他重新安排就是了。"说完摇晃着头，下楼去了。

可何建业对有个人的下岗动态，还是做了干预。他看到多种经营部门报来下岗人员名单，邻居张大同在册。他所在的"修配车间"已经变成"机械厂"，因年龄偏大也在富余人员中。就向俞新庆说情，说张大同老婆是家属，家里两个孩子都在读书，的确困难，尽量保留他的工作岗位，给予关照。

这年底，何建业没有兑现回家乡——龙峪的探亲的计划，但是把父亲母亲接到525地质大队，来与青城蒙山的亲人们欢度春节。

何长生与曹仁花夫妇的到来，让本来天各一方的双方亲家见面了，也成为525地质大队的一个不大不小的"快讯"。

何长生穿的黑皮夹克是人造革做的，也显得大了些，脚上穿的是解放牌新军鞋，曹仁花穿着藏在柜子里多年不舍得穿的黑色灯芯绒上衣，已经花白的剪发头，下缘修得特整齐。525地质大院，正规国有地勘单位偌大一个院子，进来了两个一看就是从中部农村来的老大爷老大娘。

两个老人家在地质大院内慢慢走，碰到他们本可匆匆而过，但经常被路人指点，说是何建业队长的令尊，立马就有人主动搭讪："您二老啥时来的？"

"你们有个好儿子啊，何队长太优秀了。"

"何队长能力强，又关心群众，我们职工都在托他的福！"

"听口音老人家是淮原人，我的老家与你们省挨着，咱是半个老乡哩！"

"你们二老来了，可要多住些日子啊！"

二老闲走，踱到机关大门处，准备进去，门卫中年汉子板着脸："找谁？"

"不……不找谁！"何长生、曹仁花怯生生地回答。

"不找谁，机关办公重地，别在这乱转！"

这时旁边有人说，这是何队长的父母。那中年职工脸上顿时减了脾气，温和地说："你们慢点走，要不要在传达室坐一会儿，里面是办公的，不给看的。你们一定要看，我陪你们进去转转。"

何长生、曹仁花夫妇，一对本可被人不屑一顾的土百姓，没想到一提何建业，就可以在这个大单位里畅通无阻，尽显杨老令公佘老太君的八面威风！他们在龙峪八辈子都没有找到这感觉，今天在几千里之外的 525 地质大队里找到了！

何长生向何建业问起了侄孙女刘雅婷，何建业说，雅婷还算争气，完全是自己考的，已经被省地质工程学院录取，学的是地质化学分析专业，正在读大一，放完寒假已经回龙峪去了。

何建业夫妻为父母在家里开设了住房。双方亲家见面很亲切，说了许多客套的话。何长生、曹仁花看到已经长高有了十多岁的大孙子何蕾，顿时慈祥与微笑全聚集到脸上。小何蕾也很有礼貌地喊爷爷奶奶，但心里还是跟朝夕相处的姥爷姥姥亲。

这里还有段让何长生夫妇可以相互嘲笑的故事。何长生、曹仁花在 525 地质大队，住到快一个月时，一天何建业从工地回来，看天气晴好，就与周宇娟商量带上何蕾，陪同龙峪父母出去散散心。他们驱车到青城市，逛了街景，又去游览月湾石刻，尔后走进最大的休闲游乐地——莲花广场，稍事歇息再返回蒙山。广场上八个一群，十个一堆，人流不息，有锻炼身体踢毽子、打羽毛球、练太极拳的；有爱好文化艺术演唱、伴奏、说书、在地上写书法的；还有讲课搞宣传、卖东西的，好不热闹！

看了一会儿，何建业对父母说，他同宇娟到马路对面商场买点东西，让孙子陪同爷爷奶奶就地等候。何蕾却一定要跟父母走，何建业、周宇娟只好同意。就吩咐父母两人坐在广场纪念碑处，别乱走动，等他们很快就回来。何建业他们刚走，老夫妇就耐不住了，因为广场生活丰富多彩，何长生本来就喜欢活动，他认为还是在龙峪的三棵树功德碑前。牵着老婆子，慢慢地晃悠，在这一堆那一扎的人群外围看兴致。

两人走到一处卖保健药的地方。被两个三十来岁的年轻女子拦住，笑眯眯地爷爷好奶奶亲，一唱一和，问他们两老是不是容易忘事。何长生夫妇点头称是。年轻女子说，这就是脑子出了问题！曹仁花抢先说，是我们年纪大了的原因。嘴上像抹了蜜的女子说，老人家说得不对，年纪只是很小的因素，主要是你们大脑营养不够，大脑细胞的活力太弱，加快了大脑的退化，再不重视补充营养调理，很快会变成脑萎缩，甚至患上痴呆。接着快速反问，爷爷，你的老家是不是有好几个嘴流涎水、说话嘟噜、有些傻乎乎的人。把两老夫妇说得一愣一愣，何长生想想龙峪，从村东头到村西，是有好几个患脑卒中，类似此症状的人，立即回话，是有几个。女子兴头更浓说，这就对了，我们向你们推荐一种叫"健脑宝"的保健品，只要吃上一个疗程，症状立即得到改善。我们这儿有很多吃了两个疗程全部康复的病例。我们也不劝你多买，你先买一个疗程试试，有了效果再来。我们天天在这里恭候，为你的健康服务，直到恢复原来脑力清晰灵活的水平。又说，钱只是一张纸，没有健康，拿着钱也是痛苦。健康在于自己把握，如果错过了调理机会，后悔莫及。又进一步忽悠，你们好像有孙子，两夫妇点头说是。其实，卖保健品的人，都是眼观六路耳听八方，他们几个人走进广场，就被盯上了。两个女子继续洗脑，你们的孙子肯定可爱，不仅要跟孙子经常一起玩，还要玩得机敏快捷，如果吃了"健脑宝"，说不定你们的记忆反应力，还能与孙子比比高下，甚至一起比赛玩脑筋急转弯，你们开心，也逗孙子开心。说得两位老人家心动，不再犹豫，相互清空衣服口袋，凑够五百元，高兴地买下两盒"健脑宝"。

又等了一会，何建业、周宇娟回到广场，看见两个老人家手上提溜着包装华丽的蓝色盒子，问清缘由，就知道上了当。说他们单位有人买过，好像都是甜面粉做的，吃了要不了人的性命，但吃了，经常忘事的照样忘事，过去糊涂的照样糊涂，都是骗人的假货。转身一起去找，那两个年轻女子，哪里还有踪影……

何建业大度一笑："热闹的地方，是好玩的娱乐之地，也是是非之地。刚才我们走时交代，就在纪念碑处休息，别乱走动，就差再吩咐一句，别乱买东西。刚去不到四十分钟，你们就被骗走五百元。如果时间再长一点，你们的人被骗走都不一定。这不是龙峪三棵树前，相互之间都认识。城市的人，天南地北，互不认识，上了当，你到哪去找人？还不拿着石头去打天！"周宇娟也说："爸妈，城市这些坑蒙拐骗的人，盯的就是老年人与外地人，有时防不胜防。这次也是拿钱买教训！"她又看看儿子说："小蕾，你刚才如果守在爷爷奶奶身边，可能就不会上当了。"说得何蕾将舌头一吐。两盒"健脑宝"，何蕾上去从奶奶手里接过一盒，另一盒爷爷手里继续提着。何长生、曹仁花两人看着假货，既懊悔又有些难为情。毕竟稀里糊涂而且这么快被骗走五百元，曹仁花脸色有些惨白，开始埋怨何长生："就是这死老头，喜欢到处转，还拉着我一起看热闹。尽听别人花言巧语，不打一句反口，都是跟着骗子意思跑。"这时的何长生也没好气，硬邦邦掷过："我看你翻袋子主动掏钱的动作，也不算慢！"何建业笑着劝道："事情已经过去，你们俩就别五十步笑一百步了，又不追究责任，以后出门小心就是了。这次我们离开，没有保护好你们，也是原因之一。你们损失的钱，我替你们出了。如果以后再上当，可真要你们自己破财了。"两位老人互相看看，虽然心里还是不愉快，但脸上有了一丝苦苦的笑意……

这时候，周宇娟从背包里拿出两部"中兴"牌手机，送到老人家面前："爸妈，刚才我们是到商场为你们买手机去了。"何长生、曹仁花连忙摆手："不要不要，千万别花冤枉钱，我们也不会玩这玩意儿。"儿媳笑着说："没花多少钱。我们买得很普通，就是接听电话看下信息，操作很简单，告诉你们方法，就明白了。关键是以后大家接电话方便。本来想回到家里再给你们，看你们刚才上了当，心情不爽，现在提前给你们，让你们早点高兴下。"何长生老两口，感激儿子儿媳的孝敬，脸上浮出会心笑容。但嘴里还在念叨："太破费了，不应该，不应该！"

到年底，525地质大队各项工作要收尾了，一队之长的何建业，自然忙碌得不可开交，但只要回家，都会坐下来，倒上茶，喊上妻子，有时也叫出儿子，享受家庭的温馨，陪父母亲聊天，谈龙峪或者讲525队的故事。

"建业，年龄不饶人，莫说你爷爷奶奶，连我和你妈都老了，家里那院子，你长贵叔叔看样子不会再回来了。只要你们以后回来，就是你们兄弟仨的，建丰我们还吃不准，建伟以后肯定会回来，他那德性性格，能在外面长久混下去？早晚还得滚回龙峪来！"何长生带有焦灼情感发挥。

母亲曹仁花这时横了长生一眼："看你当爹的，能这样说儿子？若是让老三知道了，他赌气偏不回来，那才叫你着急哩！"

谈到"落叶回不回龙峪"的事情。周宇娟在旁饶有兴趣地听完不甚全解的盘根细节，不回答，还会似有理解地笑着推下丈夫："你以后回老家吗？"

大年三十晚上，远道而来的何长生、曹仁花，第一次在中国大西北与大儿子小家庭一起过年，圆圆的桌子上，摆着上好的羊肉馅与雪白的饺子皮，一家老小围坐在火炉前，边包饺子，边漫天说地，把家常话说笑到下一年去……

周宇娟包了几袋礼品，让何蕾跑腿，送到姥爷姥姥与舅舅家，还有两包送到邻居张大同伯伯与刘宏初叔叔家。

在摆满糖果水果的桌子上，何建业还从背包里拿出来两包东西，解开后，招呼大家过来分享，并笑着说："这是我在办公室里公开收取的礼物！"——这包喜糖与花生瓜子，是他推荐到办公室做文字秘书的王艺文送的，说是感谢周宇娟嫂子做红娘，让他走进了婚姻殿堂；——另一包的红薯干加些糖果花生，是职工王三喜送的。说他在老家已经找到对象，顺利登记拿到了结婚证……

噼噼……啪啪……噼噼……啪啪……楼下一阵阵爆竹声。

新的一年马上要来了！

第二十二章

新乐市的春天，非常美丽。

街道边的柳絮吐出来了，绒白里带着微黄，在寸长草绿的柳叶间随风拂动。冬天里整月整月的灰蒙天气已经褪去，天空经常是一碧如洗，飘浮着轻纱似的白云。

天空愈是瓦蓝——愈是让何建丰想起家乡的金马河里，那流水与天宇一样湛蓝。云彩愈是皎洁——愈是让何建丰想起金马河边，那片沙滩与云彩一样洁白……

何建丰坐在益泰工地建筑物的高处，俯瞰城市下方纵横交错的马路，若有所思。街上流动的不是大大小小的车辆，而是飘飞的花花绿绿的钞票。他看到街口路旁，不断闪烁变幻的大红灯光，不仅是禁止行人通过的巨手，还像吞噬城市弱势人群的血盆大口……

他想改变自己的命运，而且是彻底的改变，快速的改变。他不满足于自己永远是个"打工者"，他想让别人给他来打工——自己当老板！

何建丰不会写诗，但善于幻想，爱幻想的往往敢于做出惊天动地的事情。

人的命运，冥冥之中，无法知晓；人的财运，也许有命中注定的机缘。说来也是凑巧，一日，何建丰下班，心情烦闷，沿丝冠河堤独自往前走，不觉走到一片比"益泰新业建筑工地"要大一倍的建筑区。项目部门口大牌楼上喷着蓝底白字：新乐市市政工程——健将体育馆建设项目。何建丰饶有兴致走进去。哈哈！几百大亩的建筑工地，哐哐啷啷振聋发聩，一个直径约有六百米长的大坑，已经深凹地下五十米，里面站的、弯的、蹲的，尽是施工的人员，拉运钢筋、混凝土的大型车辆，一部部鱼贯穿梭。真气派，怪不得门口标注的是市政项目呢！

何建丰问旁边正在做焊接的工人："朋友，这个工程真大！开发老板是谁呀？"说着递上香烟。建丰平时不大抽烟，但口袋里备着烟，他知道有时调剂人际关系，要派用上这个。

那脸色黑乎的工人停下手中吱吱啦啦闪着蓝光的焊枪，接过烟回话："那当然，一般人谁能接到这样大的工程。"

"这么大的工程，不知能赚多少钱啊？"何建丰无事闲聊。

"反正能承接这工程，一辈子全家吃喝用不完！"工人随口答道。

建筑业，具体建筑商具体的利润谁也不知道，但建筑行业的大行情和它的暴利，却是人共周知的。

那工人一根烟刚吸完，何建丰又递上一根，还"嘣"地打开火机，替他把烟点上，又重复问："开发老板叫什么？"

焊工不经意回答："姓赵，刚才还看见到项目部的办公室来了。"说完又向左边五十步开外的两幢小白房努努嘴。

何建丰走了过去，到门口整整衣服，进到门里，看见三四个人围坐在办公桌边的黑皮沙发上，中间有个人梳着平头，三十岁出头，长方脸型，头发油光乌亮向右侧后方梳着，西装革履，精神焕发，右腿搭在左腿上，半仰靠在沙发上。周围三人中还有位女士，都是衣冠楚楚，仪表不俗。四周的人喊沙发上的人——"赵总"。

其中一位看见门口走进人来，不等何建丰站稳就问："你找谁？"

"不找谁，随便看看！"

"这是我们赵总办公地，不找谁请出去！"问话的人已经站起，对何建丰有些似见非见的样子。

何建丰正欲离开，却被沙发中间那人喊住："你是不是何建丰？"

何建丰愣住了，顺口回应："是！"

那人站起来，个头比何建丰高，站起更显风度翩翩，过来拉了何建丰，看他还没回过神的表情，又说："我是赵广印，还有印象吗？"

何建丰悠地想了起来，这不是曾经是定州县县委副书记赵振东的小儿子吗？当年的赵振东是爷爷老朋友叶明瑞培养的地下党员，新中国后担任过龙峪村首任支部书记、后又相继当了龙峪公社书记、定州县委副书记，现在怕也快七十岁了。他父亲当公社书记时，赵广印把学籍从龙峪转到了县一中，以后十多年没有见过面……

何建丰心里想着，没有点破对方身世，只说想起来了，我们小学同过学。

对方问他现在何处，何建丰说，就在附近不远的工地做事。

赵广印很客气，对何建丰说："我今天与伙计们商量点事，咱们留下电话，明天约下，你到我总部去，咱们聊聊！"

何建丰："那就太麻烦你了！"

"谁叫咱们是老乡又是同学呢！"赵总笑着把何建丰送出门外。

出门后，何建丰兴奋不已，天下竟有这般巧事。在这人海茫茫的城市人流里，能碰到小时候的熟人，还是发了大财的老板。他又摇摇头，默默地懊悔，怎么还脱不了农村人天生看不起自己的萎瑟。刚才看到财大气粗的贵人，怎么连定眼正视的勇气都没有，扭头就走，不是被赵广印认出来喊住，岂不是错失了良机！

回到寝室里，何建丰激动得辗转反侧，想好了与赵总见面所谈的一切一切……

翌日，何建丰与赵广印相约，去了赵总所在办公总部。总部像个小型花园，里面绿树花草成荫，小路婉转通幽，几幢白墙蓝瓦的小洋楼，疏密有致地镶嵌其中。总部远后方是密集的均是二十多层楼高的建筑群，如坠霞雾之中，不知云山何处。

赵广印单独约见他，婀娜多姿的女秘书倒完茶走了。

他们两个谈得很愉快。

赵广印踌躇满志，讲话中气十足。他讲，他从河海大学经济贸易专业毕业后，回到定州县财政局工作，只干了两年，觉得公务人员按部就班没意思，就出来自己闯天下，与几个朋友一起干番事业。

何建丰很想知道些赵同学事业成功的细节，因为赵广印向他介绍的均是粗线条的勾勒。他心里只能推测，他父亲的高位，不可能不是他财运亨通的大背景。何建丰手里握着白瓷茶杯，有点轻微的颤动，心里又在不停地念祷，如能攀上赵总，助他一臂之力，他的所愿，就可能会梦想成真。

刚开始，敷衍些有关龙峪的事情，何建丰找话说："你在县一中读书，我大哥何建业也在县一中读书。"赵广印说："你哥比我大好几岁，我进校时，他已经毕业几年了！"何建丰礼貌地问赵总："赵伯伯与伯母身体还好吧？"赵总说："他们已经离退休好多年，在家里养老，身体还好！"说得马马虎虎，感觉赵总对家里事，不愿意展开太多。将话一转，问何建丰家里情况，何建丰顺势也简单叙述自家的情况，充满着家境的普通与清寒，继而单刀直入地表明，乞求赵同学给予关照与引路。

赵总很爽朗："那你到我公司来吧！"

不想何建丰说："谢谢！我有别的想法，看行不行？"

停了停，何建丰提出："赵总，我想给你供应河沙，你能专收我的货吗？"

从建丰回答中，赵广印知道他另有盘算，见得多了，并不奇怪。建筑业对沙石的需求量很大，不是件太难的事，就问："你有货吗？"

"只要你同意收，我就有货源。"此时何建丰陡然变得底气十足起来。

赵广印对自己父亲赵振东的革命历史，还是通过家教与外传知道一些，也多少稀里糊涂明白，父亲的革命引路人叶明瑞又与何建丰爷爷相知相交的一些关系，与何建丰是同乡又是儿时同学，也愿意为这位比他大两岁还在穷困中挣扎的弱者，帮上一把。他探身拍下何建丰的肩膀，当即拍板："好，我收你的货！"

"太感谢了，不知道你的收价，多少钱一吨？"

"一般是四十多元一吨，你拉来吧，不会低于别人的价，放心！"

何建丰心里又是腾腾腾直跳……千恩万谢从赵总办公室走出来。

赵广印拿电话喊话："小张，把车开过来，送下我的朋友。"

何建丰拘谨地说："赵总，不用了，我自己走。"赵光印仰面大笑："老兄，不用客气，有车就坐，体验下。愿我们合作愉快！"

站在门口，瞬间一辆黑色长型大奔款轿车停在台阶下，司机跳下车，打开后排车门，请何建丰上车，并客气地问："先生，您到哪？"

何建丰只得说，你把我送到市中心广场边的凯旋路口就行。何建丰小心翼翼地钻进轿车，轿车几乎没有声响滑了出去，赵广印在车后向他挥手。

何建丰确定了河沙的买主，便胸有成竹，立即辞去益泰新业房产公司的工作，开始为办沙场做准备。首先需要启动资金，到哪里去借钱？他第一步是想到银行贷款。

他想到与他有血缘关系的堂兄弟何军强，通过家里书信往来，他知道比他小五岁的何军强与妻子范小琴俩人都在银行工作。何军强职场优秀，这时已是吉东市人民银行支行的副行长了。于是，何建丰通过叔叔何淮海要到了堂兄弟的电话，拨通何军强电话，提出贷款办沙场的请求。可何军强告诉他，银行贷款有很多规定，私人企业不能异地贷款，让他到当地银行了解具体政策，并告诉了一些贷款的知识。

何建丰按照指点，到新乐银行，却没有贷到款。他只好找几个熟人或同学去借，没有借到。向白尚杰索要原来借账，也没有要回。最后，还是朋友王胜利向他借了五万元钱，而且那钱是王胜利自己准备盖新房的钱。另外他通过信用社借了小额贷款。

有了启动资金，立即到运输公司租用了两辆运载五吨的大货车。

隔日，就乘坐发自新乐的班车，像特务一般，悄悄地潜伏回了龙峪。

当晚，何建丰一人来到金马河边。

月光如洗，星星眨着眼睛。金马河水流淌的声音，在静谧的夜里，近处叮咚叮咚，极富节奏。再侧耳细听，远处银光粼粼，是哗哗、咕咕混合的声响。周周的群山只有高高低低灰暗的模糊轮廓。南面最高山峰上的电视差转台，闭了又亮，亮了又闭，不停闪着红光。月色像薄雾洒在脚下的白沙滩上，这处白沙滩，四百多米宽，三里多长，柔绵洁白得像一条硕大无比的芦荡花絮，覆盖在河岸边……

……何建丰不由浮现起，小时候，他曾经在这个沙滩与男同学追逐打闹，也曾经牵过一个女同学的手，帮她过河，去另一个村庄看戏。

这么一片沉睡了数百年洁净的白沙滩，将要从我的手中开挖毁去，不知是不是功绩？白沙滩已经高达河面一米多，有意或无意地有些阻塞河道；还不知是罪过？毁了金马河脸颊这么明丽的姿容！

何建丰匍匐在白沙滩上，小心翼翼从怀里掏出三根香，用打火机点燃，插在沙滩上，朝着金马河的上游方向，连磕三个头，口里念叨："我何建丰今天向山神爷、土地爷、龙王爷三尊大神一起拜了，我将要把这片白沙滩搬走。这是你们三位大神，千百年共同抚育出的精华。请诸神恩赐于我，让我借去，让它为国家建设效力！"

第三日，何建丰就在龙峪当地请人，两辆大货车从新乐开到龙峪金马河边，装沙外运。

装沙运沙，很顺利，几乎是一天一趟。何建丰接着扩大场面，加了车辆，请了十多个人，又请了两个管事的工头，帮助管理龙峪的装沙。何建丰有时在龙峪，有时乘车去新乐，两头跑。

看着一车车白亮亮的河沙起运外地，时间过了月余，龙峪的村民开始议论："这几百年没人要的沙粒，何建丰一车车来拉，到底有啥用处？"

人们看不懂，就问何建丰。何建丰说有用处，公路年久失修，拉去铺路，说得轻描淡写。有人问许巧巧，许巧巧说她也不知道用在哪里。其实许巧巧真的不知道，何建丰怕女人存不住话，连自己的媳妇都没有告诉真相。

众目睽睽之下，大车拉运，诡秘开发，被人盯住，龙峪许多人开始打听何建丰运沙的去向，终于被龙峪也是在外地工作的人回乡点破，说是现在大城市里正在大开发搞建设盖房子，十之八九是卖沙，可以赚钱。这时偏僻落后的龙峪村民才恍然大悟，平时像废品的河边淤积河沙，竟是如此的宝物！

接着县水利局来人了，说在河道采沙，必须办理采沙许可证，要交缴费用。县矿管局也来了人，说河沙属于矿产品，要办开采证，交费用。税务局来人了，说搞经营，要按章纳税。

何建丰按要求一一应酬，完善手续，办理河道采沙许可证，并缴纳税费。

何建丰想简单了，在家乡门口想吃独食，哪有这等好事！

现任村支部书记兼村长的马延寿迈着小方步到现场来了，开口就是："建丰，你是已经外出工作的人，严格讲你已不是龙峪的人了，你现在回到龙峪开采河沙，利益自己占，不给村里一点好处。我倒不说，就怕乡亲们不会答应啊！"

何建丰知道利益之下，这是绕不过村里这一关，就给支书递烟："延寿哥，那你说咋办？"何建丰在家乡与其同辈，但马延寿比他长五六岁，与他交道少。

高个子马延寿说："不管咋说，咱还是一条街长大的人，我也不为难你。一个是你继续采你的沙，只要在你总收入里给村里占点股份钱，就行！"

何建丰："你看见了，我也是白手起家，刚开始弄这营生，也是在外混口饭吃，只要有利，我向村里交点费用没问题。"

马延寿直接出了个数："你按收入的百分之十交吧，就算给村的地皮钱！"

何建丰没有反二话，利索回复："行，延寿哥，还让你多多关照，你那里我再单独表心意！"何建丰现在知道村里这一关分量的轻重。

马支书立马有了笑容："我这里无所谓，村里你只要有一定体现，我就能封嘴了！"临走时，他还专门提醒建丰："咱这的人，自那几年挖矿，小发以后，现在都花费差不多了，手头普通紧，你平时能尽量安排大家做点事，提供个饭碗，一来别人感谢你，二来少些麻烦！"

何建丰对这一条不能完全接受："我这沙场，只容纳这么多人，再多不过四五十个人，多了我就办不下去了！"

"好，你量力而行，看着办吧！"披着衣服的马支书说完离开了。

何建丰提着礼品去看望庆奎叔。谈话中，老庆奎向他说起大孙子裴金锁，近年在外打工，身体较弱，回家后一直无事可做，希望能进沙石场做点事，最好照顾下，做点轻活，有点工资就行。面对恩人的要求，何建丰自然爽快答应。老婶子躬着腰送他出大门时夸奖说："建丰，你为人实在，还有东头现在县城工作的姚耿忠也好，懂恩情，常来看看我们。你叔过去帮了好多人的忙，现在大部分把他忘了！有的见面甚至还不愿意搭理他！"

何建丰正式将"金马河沙石开采公司"的牌子挂了起来，在河边砌了简陋的房子，购置了两台采砂船、破碎机、洗砂机等挖沙碎沙设备，吸收村里的四十多个民工，其中有大姨家的孙子宋文军、内弟许明明、长秀姑姑的大儿子陈志坚、老支书孙子裴金锁，还有师傅曹来顺外甥董小平等，在河边名正言顺地纷扬起河沙。

人怕出名，猪怕壮。何建丰安置了一些村民来沙场做事，也有无法安排进来的，就难免生出意见。还有部分村民对何建丰初进龙峪采沙的隐秘举动，开始有了看法，甚至质疑起他的品德。

有人说："建丰这孩子，从小本分厚道，讲话走路都文绉绉的，这次咋把全村的人给蒙了，就在村边发财，真能沉住气！"

"哑巴蚊子咬死人。别看他的小兄弟建伟，平时张张狂狂，没天没地，其实没有心机，比他哥建丰简单！"更有人跟着搭腔。

还有的说："老实人干扎实事，我早看出来了，这孩子表面不露声色，心里琢磨事……"

"金马河沙石场"的沙子，每天由几部大卡车源源不断地从龙峪运往新乐健将体育馆。正如何建丰所愿，每天运的不仅是沙子，而是飘飞的钞票！

何建丰很快淘到第一桶金。他迅速有了改变夫妻两地分居，带许巧巧娘仨出去的想法。他知道爷爷奶奶年纪大了，父母也越来越离不开人，他从内心深处，还是很埋怨兄弟——何建伟执意出去，与家很少信息，不知道他在南方都市里的深浅。关键是建伟的离开，让家里没有了最后的何家接班人，他得经常顾及龙峪家里老人赡养的义务，阻挠他事业的发展。

何建丰还是向父母及爷爷奶奶讲了心愿，准备带家眷出去，理由是他事业的发展需要自己家里人当助手，去打理。另外是舒奇舒芳渐渐大了，要进入城市接受更好的学校培养。

何长生夫妇及何致兴、韩瑞兰都是明白人，虽然面临人越来越老的窘境，但他们还是为儿子经商、孙子成长之路的时转运来感到高兴，何况小夫妻团聚也是天经地义的事情，不能因为老年人拖累他们，于是爽快同意。

何长生说："你带巧巧和孩子放心走吧，你们小家庭过日子是长久之计，不能因为我们老人拖你们后腿。我估计，建伟混不下去肯定会回来，实在不行，我们就让你大伯家的松河，你姑家的孩子来帮忙，还有左邻右舍的照顾。"

"现在共产党的政策多好，人只要有本事，想去哪去哪。咱何家人从你叔叔开始，到你们兄弟仨，个个都在外头闯荡，能站住脚，就是本事！"母亲眼角的笑意，从老花镜的镜框后方透射过来。

建丰在爷爷奶奶那里，听到更多是对孙儿为人做事品质的嘱托。

何致兴和善地看着孙子："建丰，你在外面闯天下，能赚到钱是水平，你爷爷这辈子也想赚大钱，一来是你爷没赚大钱的命，二来过去政策还是把人捆得太紧。"

也是满头白发，头顶白发还稀少的韩瑞兰插话何致兴："你还是要服气，这是一代胜过一代啊！"

何致兴又叮咛建丰："我们不管你咋做生意，咋赚钱，但有一条你要记住，啥时都不要赚昧心钱，谋财害命的钱更不能沾边！"

"爷爷，你说的我记下了，不就是君子爱财，取之有道的理。"

"正是！"何致兴摸着长白胡须点头。

这时的何建丰已经购置了一部东风牌皮卡车，很快将许巧巧和一双儿女，以及常用的被褥锅铲坛罐装了满满一车，挤着拉到了新乐市，租借了一处房子，安顿下来。一家四口，终于在极富发展前景的地级城市团聚了。

有了一套两室一厅七八十平方米的租用房，就算有了家。建丰小夫妻很快给一双儿女联系了学校。开始进行家事分工，何建丰继续往来于新乐、龙峪两地，招呼生意。许巧巧在处理家务外，还兼沙石场的会计，收支往来的结算，也常往新乐的银行跑。

赵总这边沙石需求量很大，除了体育馆，还扩大到了另外两处房产建筑工地。所以，轻车熟路后，建丰的沙石供应跟着水涨船高，隔三岔五存到银行账户上的钱，就像印钞机，嗒嗒嗒，不停地吞吐出来。除合作所承诺的分红应酬、生产成本消耗、工人工资发放等外，何建丰家的进项，还是占了相当分量的比重。

何建丰夫妻俩关起门来数钱，平时哪里见到这多金钱，每天被热血冲涌着头顶。他们自己家里还买了台点钞机。这日，何建丰亲自出马，从银行提出购房款，计两百万。等夜深人静，两个孩子在另屋睡熟后，夫妻俩笑着点钞。

何建丰撕开每垛万元大钞的封条，将大钞放进像小梳妆盒似的点钞机里过滤。许巧巧用笔记录数字，点钞机快速有节奏的喳、喳、喳的循环声音，他们爱听，很过瘾，反复点过几次，有两垛少了两张，有一垛多出一张，很好玩，最后再复点一遍。点钞机在运行中，突然"咔嚓"一声，停了下来，一股焦糊味道直冲鼻腔，点钞机烧坏了，两人弯腰嬉笑起来。

何建丰问许巧巧："高兴吗？"他看到妻子双手在微微颤抖。

妻子看到何建丰眼睛灼灼放光，也问："你呢？"

何建丰借题发挥起来，高兴得不能控制自己："你为这个家也为沙场付出了很多很多，今晚我要好好地奖赏你一下。"说完就伸出胳膊去扯妻子的衣服。

许巧巧一躲，往外屋试个眼神："孩子还没睡熟哪！"她爱自己的丈夫，但是对于性爱没有建丰强烈，出于妻子的义务，有时是被动迎合甚至委屈服从，动作机械，表情平淡。

"早睡着了，娘子，你就从了官人吧！"何建丰在癫狂兴奋之时，更是以这样形式来标榜宣告男子汉的英雄积蓄……

经商的悟道本领，多少也要有点天赋成分。何建丰对市场嗅觉的灵敏感应，仿佛有点顺手拈来。"人无横财不富"，何建丰仿佛一夜间，成了富人。何建丰与妻子合计后，立即在新乐的最佳地段之———大石桥，购买了一套一百五十平方米的小高层住房，楼层选在八楼，并购置一些中式家具，还将龙峪他自己打制的主要旧家具搬过来。另外又买了三套该小区的临街上下楼铺面房。住进新房后，何建丰对妻子长长吁了一口气，感慨万千说："妈的，有人说有奶便是娘，我要说，有钱便是家！"

凭借金马河边"软黄金"的潜在价值而瞬间发迹，让何建丰夫妇在新乐市显得阔绰起来。不过至此，他家的门槛可被龙峪来的各方亲友踢破了。隔三岔五有人来，来找工作的、进货购物的、看病的、路过转车的，都到他家小歇小住，有的一住好几天，不仅管吃管住，还要笑脸相迎地陪着。久之，再和善的人也受不了，便有了一点脸色，来的人少了些。但负面的名声也多了些，"建丰、巧巧变了，有些看不起咱乡下人了。""不提礼物，莫想进他家的门！"等等。人言可畏，说得多了，龙峪人们对他们也开始淡漠起来，没有了过去的热情。唉！咱们中国人就是这样，易满足，也易不平衡，不平衡就开始骂人。人人都有理，一百人一百个想法，永远说不清楚！

金马河依旧哗哗流淌，金马河沙石开采公司还在顺利经营着。不想，这日，沙场开进一辆面包车，下来拨黑煞星般的人。

有七八个人，头戴礼帽，身着黑衣，都是二十七八岁的青年人，手上握有木棍。为头的其貌不扬，细高个瘦长脸，留了撮小胡子，说话很冲，在沙石场站定，吆喝着要见老板。

何建丰听到吵闹，迎面走出来，看其阵势，知道来人不善，就硬着头说："我是这里负责，你们有何事？"

那头头，走过来离何建丰一米处站定，摘下墨镜的动作间，可以看见上翻着袖子的右手臂，有条两寸长红亮的疤痕，高声责问："你们在金马河采沙赚钱，怎么不把我们哥们放在眼里，也不通报一声？"

何建丰这时身边也围过来了十来个沙场做事的人，何建丰便理直气壮地说："我这公司在县里办了正规手续，与村里也有合同，属于正当开采，不需要再向别人报告！"

对方头头口气更加猖狂："小老板，你也不打听打听，只要在龙峪金马河上下三十公里内，都是我们管辖的地盘！"

何建丰知道是遇到无赖，想花点小钱，息事宁人，就放缓些语气："那你想咋个管法？"

"我们要收保护费！"

"收多少？"

"现在已是九月份，只收两万元，今后每年收五万元。"

何建丰没有想到这群流氓，竟如此狮子开大口，自然不同意。

何建丰口气也有些强硬："我要是不交呢？"

"不交可以，只怕我脚下这片地不愿意。我跺跺脚，这金马河就得倒流！"

接着这群泼皮挥棒就打，与沙石厂工人发生了械斗。最后，对方除一个轻伤外，沙石场两人轻伤，一个重伤，其中何建丰也是轻伤者之一。重伤者是邻村也是姑姑小溪桥村庄的人，由此成了一桩官司。

这官司告不下来，今后砂石场没办法开下去，何况那位重伤脑震荡，断了三根肋骨的工人，医疗费就得几万元，所幸场主建丰伤无大碍，可以挺身出面打官司。

长生知道后气愤十分，陪着儿子去找马延寿。马支书正准备带一批村民去金马河大堤上堰[①]，被堵在大门口，知道后说了一大段话："这帮亡命之徒，头头不是咱村人，是离这二十多里的西湾人，叫杨超，小名山娃。仗着他哥在县里行政治安执法队当队长的势，纠合一批地痞闲汉，就在咱这金马河上下几十里，看谁有利可图，就用威胁、暴力手段敲诈一番。瞄猎主要对象就是金马河道上、公路沿途像开矿炼矿、捕鱼养蜂的人。各村都知道这伙人，但都求自保，一般来说，只要不进到本村祸害，都不去招惹他们。现在，既然已发生了伤人事件，如要打赢官司，你们还得去找下县政法委副书记郑卫国，他是咱龙峪人，看能不能帮着煞煞这群人的威风。"

"马支书，现在是遇到了纠纷，才找你。这节骨眼上，莫怪我说话急躁，沙场平时向村里交有费用，却连基本安全都得不到保障？出了伤人事件，作为村委一级政权，应该出面干预！"何建丰据理反问。

拄着铁锨的马支书脸上有些不高兴，但又碍着何长生在旁边，不好讲得太重，分辩道："建丰老弟，这话你可要说清楚，沙场给村里的钱，只是占用土地开发的意思，可没有保护费在里面。"

这时何长生搭腔了："马支书，无论怎么说，建丰是咱龙峪长大的人，在咱们地皮上合规做事，被外村坏人欺负了，村里总得出面管一管。"

马延寿有些为难样："老何叔，你知道'打赤脚的不怕穿鞋子的'的道理。村里的人包括干部，都是拖家带口老老少少住在村里，你在明处，他在暗处，万不得已谁愿意去与这帮地痞恶棍斗狠呢？另外，村子里在家的，多是五十岁以上的人，年轻人大部分外出打工了，聚几个年轻力壮的人都难。"停停又说："现在的社会治安形势就是这个样，何况他还有背景。这种情况，

_____

① 龙峪方言，指村民整修河堤的劳动。

要么黑吃黑，要么就是靠大的官方，才能镇住他们。"马延寿既圆滑，也说得有几分道理，又说："先去找郑卫国，他出面了，村里一定帮助，维护你们的正当权益。"

何建丰提着礼物，找到了在县城的郑卫国家里。

其实郑卫国也是何建丰在龙峪的同学，许多年没有见，原始同学的感情，还是能拉近两人之间的距离。

一见面，何建丰说明来意，已经有些大腹便便的郑卫国似笑非笑地挖苦何建丰："老同学平时不见人，闷头在外面发大财，这下被人欺负了，想起老同学了！"

话虽难听，何建丰急需求人，只得一个劲地赔笑："不是都为生计所忙，心里还是没忘记老同学。遇到难事，还得让你撑腰！"

郑卫国答应帮他处理这件事。

天时地利，马延寿收了何建丰的好处，在问题处理中，虽不愿意直接硬碰杨超，但还是倾向于何建丰法理在握，取证时都积极配合，还补充了龙峪村其他人过去受杨超伤害的事实，心里也力求扳倒这伙害群之马。

报案后，拖了半年，到了秋末，对这"官司"算是有个结果。对方黑头目杨超被拘留十五天，实则一星期就出来了。对沙石场伤者医疗费，凭票据予以赔偿，实则只赔了百分之六十，余款就要不出来了。这场"官司"的胜诉，何建丰还不知道，黑恶势力那头的哥哥在县里作风霸道，也多引起同僚不满，平时也没太把郑卫国放在眼里，郑卫国借此煞下威风，给个小惩戒。"官司"胜诉又打了折扣，何建丰也弄不明白官场里权力的相互依附与平衡，正在发酵其微妙的作用！

无论怎么说，何建丰是受害者。"官司"的打赢，让"金马河采沙公司"生产经营秩序好了很多，来公开骚扰欺诈的人很少很少了。

不过何建丰逢年过节又加了位需要提礼送红包的人，但何建丰高兴，他攀上了关键时刻能为他撑腰的人。

这时，何建丰吃饭喝酒的机会也多起来，有的是开矿的老板过来找他，要他投资开矿，说那钱来得更快。何建丰没有同意，说我就干这采沙稳扎稳打的生意，但常被那些老板喊去喝酒。他看那些老板手头阔绰，出手大气，有时酒席上还拥个小姑娘在怀，有时还送张"毛片 ①"给他看。何建丰酒量不大，有时推辞，那些老板会笑他："人活世上一遭，不喝酒不打牌不玩女人，你不白做了男人？"说得何建丰感觉有些没面子。

出去吃喝多了，许巧巧就劝丈夫："你少与那些酒肉朋友混在一起，没好处！"

何建丰不以为然："酒肉朋友也是朋友，总比没朋友强。君子之交淡如水，我咋不明白？可天底下哪有那么多清高雅士的真朋友，都是相互利益关系，我也是逢场作戏，你放心，我心里有数！"

之后，何建丰在几个矿老板唆使下，神使鬼差地投入二十万元，参与合伙在另个县开采钼矿生意，最后血本无归，全砸了进去。许巧巧埋怨，何建丰也开始汲取教训，保证今后再不会上盲目投资、自投风险的圈套。但是酒肉朋友的吃喝聚会，仍然可以延续……

"金马河沙石开采公司"开办的第二年头九月中旬，何建丰收到赵广印从省会春明市寄来的一份红彤彤的婚筵请帖，上面写道：

何建丰先生：

　　兹定于十月一日（国庆节）中午十二时三十八分，在春明市喜来登大酒店五楼为小儿子赵小龙、儿媳鄢红莉举办婚庆大典，届时敬请您偕夫人光临。

　　　　　　　　　　　　　　　　　　　　　赵广印诚邀

何建丰知道他事业上的贵人赵广印，财大气粗，除在新乐发展有房地产外，还在省会有市场有别墅。大喜之日，建丰与妻子穿戴整齐，带着大红包，驱车两百公里赶到省会春明市。五星级喜来登大酒店五楼婚庆现场五彩缤纷，门口站着一对装扮入时俏丽的新人。赵广印夫妇两人一样西装革履、胸

---

① 指社会暗自流行的有关色情的影像光碟。

佩小红花，如沐春风般也在门口迎候来宾。

何建丰、许巧巧一前一后，笑容可掬，双手合心弯身恭喜："祝贺赵总公子大喜！祝贺赵总公子大喜！"何建丰将厚厚的大红礼包呈上，赵广印满面笑容地接了，热情地点头回应："谢谢啦！人多失陪，请往里面坐！"何建丰夫妇被"礼仪小姐"带进婚礼大厅。高耸宽敞的婚礼大厅极度气派，花团锦簇，彩灯闪烁，帷幔飘曳。五十多桌大宴席成排成行，糖果花生烟酒饮料、水果拼盘及凉盘菜，已经摆放在桌子上。其间人流穿梭，宾客如云。他们选定一张席桌找位置坐下来，只听见周围有相互问候的声音，这个说："杨处长好！"那个问："王总，好久没见了？"还有高声喧哗的："蔡老板，待会回家搭你的便车。"喊的都是职场上尊称头衔。何建丰举目搜索，对四周的人一个都不认识，突然发现远处两桌席位上，分别坐着定州县政法委副书记郑卫国与新乐益泰新业房产公司顾大鹏总经理，赶过去打了招呼。他还看到坐在主桌席上已老态龙钟的赵广印的父母——赵振江老夫妇，又走近他们身边，自我介绍，向老人家问安。

到婚礼正式开始还有十多分钟的时候，大厅的客人不约而同地轻声躁动起来，有的人还站起了身。听到有议论说："韩副省长和沈市长来了！"但见门口人群间闪出一条大缝，一高一矮却都气宇轩昂的人走进来，赵广印贴身在左侧，后面是一批人簇拥着，被引领到侧门内间的小包厢里。稍等片刻，声乐奏鸣，婚礼正式拉开序幕。婚礼主持人是淮原省电视台著名主持人樊晓多，巧舌如簧，诙谐逗笑，不停地煽情引导来宾增强庆贺气氛的热烈。何建丰夫妇在位置上翘首而望，何建丰双手搭在胸前随时准备鼓掌；许巧巧用惊诧的眼神，略带拘谨地浏览着周围的新奇。何建丰侧身看看妻子，心里却感慨万千："这真是人比人气死人。生意有多大，资本就有多大；资本有多大，气场就有多大！"

第二十三章

　　正当何建丰在经商道路上勇闯敢试，越河过滩，积累财富的时候，他还不知道小弟何建伟正在南方大都市的街头，像无头苍蝇东碰西撞，寻找喋血的机会。

　　何建伟从海津市"鑫茂服装厂"出来，顿时成了流浪街头的"失业者"。他背着小背包，里面裹有几件换洗衣服，兜里有几百元钱，行走在茫茫人流中。

　　何建伟虽茫然，但并不胆怯。他一眼看去便知，像他这样每天在大街上行路匆匆，四处求职的人多得去了，偌大个海津市，岂有容不下他何建伟一个人之理！

　　他还是不自觉地走到市人力资源市场，那里的机会毕竟多。进入人力市场，如同初来海津那次涉足一样，满是人才招聘的摊位，人声鼎沸。何建伟转悠大半圈，在一个摊位站住了。何建伟对事物的认知、兴趣与选择总是有点与众不同，别取一格。

　　摊位坐着几个头戴竹编渔民帽的大汉，也有两位英姿焕发的女青年在侧。桌子边竖靠有文图介绍资料的宣传牌。经问讯，他们招聘的是渔工，职业是下海捕鱼。捕鱼多是机械化，人力所使主要是半体力的收鱼、选鱼、装鱼的操作，工资待遇比一般工厂要高。地点在离海津市不远的海林县。

　　何建伟心动了，长这么大还没有看过海，小时候在课本上读过海。海是那样浩瀚博大，那样神奇美丽，他想去见识一下，顾虑有点，就是不会游泳。

招聘的渔民哈哈一笑，用大手拍拍他的肩膀，只要到海边，不会自会！

心一横，何建伟拿出身份证登记，在招聘合同上，一笔一画签上了"何建伟"三个字。

又是一辆中巴车，哗——咿——吵，把与他同时应聘的十多个新渔工，拉到离海津市八十公里外的大海边。

车子进入一处海湾渔村。渔村很大，有龙峪村两三个大，建得有些松散。房子盖得很漂亮，白墙红瓦或是白墙蓝瓦，掩映在排排棕榈树椰子树之间。这里很富庶，不仅是渔村，而且还是侨乡，有不少家庭有着东南亚南洋地区的华侨关系。

他们被安排到渔村村委会的大院子里，大门口挂有"海林县宁隆村渔业有限公司"的门牌。新来的十二个渔工分到三间房，四人一间，上下铺。何建伟选了上铺，洗漱拉撒均在门外的公共位置，卫生也干净。条件不错，比起在城里工厂打工的拥挤好多了。

来了管他们的人。一个夹着公文包的青年人，用手指指站在中间的约四十多岁的中年人："这是我们公司刘敬渔总经理。"又指在总经理左边的另个中年人说："这是公司的副总经理金晓龙。"又自我介绍："我是他们的助手高帆。"

渔民个个黑红脸膛，粗胳膊大手，很结实。刘敬渔显得更为魁梧，宽鼻子大眼，讲话瓮声瓮气，底气十足。他介绍："公司有渔轮一百多艘，有渔工六百多人，每年渔业收入过四千万。具体任务就是养殖鱼、捕鱼、销售鱼。你们新来的人不安排下海捕鱼，只在渔场里负责做收鱼、售鱼过程中的装箱搬运、过秤计量。报酬按公司正式员工的百分之八十比例开给。"

何建伟与同来的工友相知了，最熟悉同寝室的三个人，丁梁来自嘉江省，李昌平家乡在太康焦河，索长庚来自东北。公司把他们充实到公司的渔业五队，归粟海队长管。

十小时工作制度，他们四人每天按时到渔场去上班。渔场红火极了，四处都是忙乱的收获、交易的喧嚷声，空气中散发着淡淡的鱼臭与海腥味……

一艘艘印有"宁隆渔业"的机动渔船，依次停泊在渔场的港湾。渔船出海回到码头，船舱装满了鲜活的海鱼。往岸上搬运，多是两人用大筐抬，有的鱼被抬时还在弹跳。海鱼品种太多，有三文鱼、金枪鱼、鳕鱼、大黄鱼、石斑鱼、带鱼，还有小鲨鱼等等……对于何建伟来说，更是见所未见闻所未闻，甚为新奇。抬上岸的鱼，跟着是过磅登记，接着又是转装到运输车上。还有各种小商小贩，聚集过来讨价还价。何建伟他们几个就配合公司的正式员工上船下船捡鱼抬鱼这事。抬完后，没事可以歇着，忙闲不均，连续干起来也有些累，大多是歇歇干干。

伙食好，餐餐大米饭，吃着在内地特别在龙峪从没尝的鱼馔，好营养，有种舌尖味蕾餍足的幸福感。

——大海，何建伟长了三十来岁头回看到。从宁隆村望出去，左右可看到低矮连绵的海岸线，远处是望不到边际的天光。海色与天空往往融为一色，天蓝时海也蓝，天白时海亦白。走在海边，海波平静时只有极小的涟漪漫过脚面，疯狂时则变成了万马奔腾而来的惊涛骇浪。

大海开阔着他的胸怀，洗涤着他的心灵，他希求自己能有大海般的博大与洁净。

他也会下意识做比较，家乡的金马河在这大海面前，只是一缕涓涓细流，太不足道！可这浩瀚无垠的海水一定汇有金马河的浪花！

何建伟白天与丁梁、李昌平、索长庚，一道去渔场上班。在渔场五队里，他也认识了两个印象好的人。因为五队里有百来号人，大部分人待他们不远不疏，很平淡。也有些从眼神表情到接触态度，多少有点排外味道，看不起外来打工者。但这两个人，对他们却很平等很友善。第一个是陈财旺，与建伟年龄相仿，仅大两个月，算是"老庚"。个头敦实，肤色黝黑，性格开朗，爱喝点小酒，有时把建伟叫去聊天碰杯，两个合得来。

有次在小餐馆喝酒，陈财旺三杯酒入肚，哈着大嘴问："建伟老弟，你看我能不能发财？"

何建伟举杯朝对方酒盅撞下："你的名字就叫财旺，肯定能发财。"

"那你看我现在发财没？"

"已经发了，至少是不大不小的财。"何建伟不是胡乱溜须，因为他见陈财旺的穿戴与平时手脚，与当地同龄人不大一样。除了在渔场劳动外，陈财旺平时脖子上挂着大金链，手上戴着大手表，腰上系有鳄鱼皮带。

陈财旺重重地在何建伟肩上擂下，高兴得很："算你猜对了，你听我细说。"

"马无夜草不肥，仅凭渔场收鱼卖鱼，只能解决温饱。告诉你，除上班外，我还兼职做些生意！"

"啥生意？"

"说了怕吓着你。我有时出海去海上'金三角'那边，从港澳商人手里接点货过来，主要是手表、收录机，还有些女人化妆品，再转卖给海津客商，赚些差价！"

"走私？"何建伟脱口而出。

一张大手瞬间捂在建伟嘴唇上："小声点！"

何建伟知道，这位心直口快的仁兄酒后吐真言，也明白了发财的人多是周旋在私欲与法律、审慎与挺险的边缘行走。

陈财旺还跟他拉老乡。他说，听代代相传，说他们的老祖宗也是从淮原省一步步迁移到这里来的。这宁隆村里的大部分人家都有这家史，是大名鼎鼎的——客家人。

"这是哪个朝代的事儿？"何建伟问。陈财旺说："有秦代唐朝？宋时明清？好像哪个朝代都有……我也说不清楚！"

何建伟印象好的另一个人物，是渔家姑娘——冯双妹。对冯双妹的情有独钟，不能不说是冯双妹那双眼睛先勾掉了他的魂。冯双妹也算得这村的村花。中等个，身胸挺拔，皮肤偏黑浮着红晕，海边的姑娘都这样。嘴唇和龙峪的党倩倩有点像，棱角分明，向上微翘，尤其那双眼睛比党小倩长得还要好看，弯弯的眉毛又黑又长，长长的睫毛下镶嵌着一双明亮的黑色葡萄，张开眼睛就是满眶的秋水，能够照耀人融化人。

冯双妹在渔场里是计量员，何建伟抬鱼过磅记数，均需从她手中过。外来打工毕竟是少数，很快就熟悉了。

说来也怪，冯双妹颇有姿色，偏不动心本村小伙，反而欣赏外来的打工青年。大约是倾向外来人员习性文化的一种叛逆心理吧！更是喜欢何建伟的爱憎分明、俏皮灵活的性格，对他往往回眸一笑，笑得何建伟心痒好一阵子。她性格开朗热情，有时会给他寝室送点水果，如龙眼、荔枝等，说是家里树上结的，每人一份，可往往何建伟那份沉些！

冯双妹这个动作做了几次，索长庚与丁梁好像看出些门道，就对何建伟挤眉弄眼开玩笑："冯双妹对你是不是有点那个意思？""多吃口水果，就往那上面靠，你们想歪了。"何建伟堵了回去，他自己确实也没意识到这一点。

一日，冯双妹路上遇到何建伟，突然问道："建伟哥，你喜欢看书不？"

何建伟问："哪方面的？"

"小说！"冯双妹答。

何建伟平时不看文学书籍，偶然会翻下画报，又不好说自己不爱文学，只好说："一般吧。"

"那你到我家来，给你借本书看，也好业余时间消遣下。"

何建伟随冯双妹到家里。冯双妹家四口人，父母，还有个妹妹在海林县城读高中。冯家正房三间，厢房三间，院里摆放着一些盆栽花卉，有滴水观音、凤尾竹、万年青，一高处水泥台子上放着肥硕的秋海棠，红得正艳。冯双妹的父亲在院里修补渔网，其父身板硬朗，常年被海风吹刷的皮肤，呈古铜色，纹理很深，胡须浓密。冯双妹向父亲介绍了何建伟，是村里公司招来做事的青年。父亲客气要他坐，何建伟自有三分自卑感。看着本地人比较富庶的条件，门口已停有丰田牌小巴车。何建伟不敢入座，冯双妹把一本书递给他，留他吃饭，他更不敢，拔腿跑了。

回寝室后，打开书，是美国作家海明威所著的《老人与海》。夜晚无事，开始翻看，觉得很平淡，特别是外国人名的大长串，语言表达中的倒装句、心理独白、反衬烘托，让他不习惯，读起来吃力。不过是冯双妹的一片盛情，又不能辜负，里面的情节，很可能还会被借书人提问，只好坚持看下去。后来，随着页面的增多，渐渐入了佳境。

看完《老人与海》，他与冯双妹交流读书体会。何建伟说他开始有些看不下去，后面才有了感觉。冯双妹说她也是。冯双妹说，她敬佩主人翁桑提亚哥同猛鱼强敌、汹涌大海的拼搏勇敢精神。何建伟说，我也是。

俩人以书为媒，有了共鸣之感——人不能只为金钱而活，还要为精神而生。

何建伟问冯双妹："你家为什么买这本书，谁喜欢文学？"

冯双妹用亮丽的眼神看着他，笑着回答："一次在城里新华书店看到这书，书名上有'海'字，我家也在海边，家里也有老人，没有想别的，就买了，无事慢慢看，才看出些味道。"

"你为啥又推荐给我看？"何建伟无话找话刨底。

"看你寂寞，既来到大海边，就通过看这本书解解闷，更重要的是体会下人与大海大自然的关系。"

"说得真好，我正好有个想法，听说你爸是渔轮的船长舵手。你给说说，带我去出一两次海，让我开开大海远处深处的眼界，也找下像小说写的那样的现实感觉。我已学会游泳，已具备了基本条件。"何建伟说的，学会了游泳，只能说对他这北方旱鸭子是个极大进步，能够在海边短距离刨上一刨，沉不了底而已，可绝不是可以在大海里从容自如的那种随波逐浪。

冯双妹理解他的心情，点点头，说给她爸说说，试试看。

冯双妹在父亲面前讲话比较灵验，经过再三申请，父亲最终同意。

刚巧有两日出海打鱼的计划，与何建伟休息时间吻合，冯双妹告知何建伟参加。来到船上，冯双妹跟着同去，告知了有关注意事项和船上的忌讳规矩。

这一次出海来去两天，海程一百九十海里，平安顺利，而且满渔而归。何建伟在这次大海航行里，看到的是风平浪静的金银铺就的温存，船舷旁明月下冯双妹美丽的脸庞，她的眼睛闪亮会说话，嘴唇红嫩像樱桃，牙齿洁白如玉。这一次在深海区，让何建伟开眼的是，看到乘风破浪的五艘有红色"八一"军徽的灰色军舰，天空展翅飞翔着三架张着多个头颈的战机，一起正在辽阔海疆上巡逻。

又隔时日，何建伟再次要求，再次被批准"出海"。

渔轮从海林湾出发，向上次正南方向，偏东了一十五度进发。大海在朝阳的照耀下波光如金，绸缎的褶皱轻轻漫到天边。大海让何建伟心旷神怡，顺服地听从冯船长和其他船工的指挥，升降船帆，捕鱼拉网，船舱卫生打扫，小灶做饭帮厨都抢着干，一切都像上次那样新鲜。驶出一百海里，海水由绿蓝变成了蓝黑色，浪涛也大了起来，冯船长告诉何建伟，船已到了深海区。能不时看见硕大的鱼脊在水面露出，偶尔还可看到两三尺大鱼跳跃出水面。

　　一张大网撒开去，像雾纱徐徐落下，哗哗扎入海内。待几十分钟后，五六个船工合力拉网，何建伟也跟着嘿呦——嘿呦地卖力。网收上来了，进入船舱，你看那鱼，大大小小，白黄青红各式颜色交织在一起，活蹦乱跳，船工人人都在快乐地劳动、开怀地笑……

　　鱼满返航。当渔船航行离大同岛屿还有五六海里的地方。天色骤变，霎时阴云密布，电闪雷鸣。有经验的冯船长迅速命令船员："暴风雨，快速到大同岛躲避。"说毕，七八级的大风与倾盆的大雨，一并袭来。海浪掀起足有四米多高，平日如履平地的渔船顿时成了大海的"玩物"，在巨浪的剧烈起伏下，上下颠簸，随时有被掀翻的危险，恐怖极了！

　　天上的乌云掉下来，与大海融成了一种颜色，狂风、骤雨、巨浪、呼叫、搏斗，瞬间进入了黑夜……

　　冯船长临危不惧，高声叫喊着，果断命令船工，赶快把船桅杆的绳索解开，把船帆放下来。说时迟那时快，船帆刚刚收拢，几乎在冯船长又是一声疾喊"抓稳桅杆"的同时，一个高五米的惊天大浪扑上船来，把桅杆处的船工掀翻到甲板六七米远处。幸好那船工也有实战经验，双手紧紧抱住了船舷的铁护栏。甲板上的蔓延海水还涌到了船舱里。几个船工赶紧一桶又一桶，向外淘水……

　　冯船长在关键时刻还不忘招呼何建伟："小何，把救生衣系牢，你躲到舱里去，抓稳护栏，闭上眼睛不要怕，前面不远我们就可进入大同岛的避风港！"

　　冯船长坚强有力的鼓励，让惊心动魄的何建伟有了信心。实际上，平时狂放不羁的何建伟，这次在惊天大浪的恐惧中，开始真正领教了大自然的无比威力，他已经被摇船颠晕，白色的浪花不时打进船舱，身上的衣服全湿透了……

冯船长开足马力，稳住船舵，拖着呜——呜——呜——的长号劈波斩浪，拼命朝着前方不远的港湾直驶过去。

渔船终于安全泊进了大同岛，在避风港里，风浪小了许多。船工们脱下衣服，赤条条，站在甲板上拧干衣服，又恢复了说笑。何建伟还惊魂未定，脸色苍白，嘴唇发抖，结巴着问："今天……预报……是好天气呀?!"

"天气预报一般是很准，但这海上的天气像小孩的脸，有时说变就变。今天大海只是给了你个小的下马威!"一位船工乐观地笑着回答他。看到船工如此乐观精神，不由得钦佩，但心里在想："这行当每月给我一万块，我也不来了!"

休息一个多小时，风浪过后，渔船返航了，回到宁隆码头。此时云收雨霁，亮晶晶太阳又露出笑脸，挂在偏西的海面上。

冯双妹在码头等候父亲，也等候何建伟。见面，冯双妹似乎焦虑又好似平静，张着一双美丽的大眼睛，启口就问："这下对《老人与海》那本书，可能理解更深了吧?"

恰如"叶公好龙"，被狂野的大海恐吓后的何建伟，这时倒跟着有些唯唯诺诺地应道："……是的!"

通过这场大海风浪的考验，何建伟感觉到与冯双妹的感情进步加深。但更让他知道了，什么是大海? 什么是大海的斗士? 什么是大海的女儿? 之后，冯双妹还邀建伟去家里吃过两顿饭，他与冯老伯也随意了许多。冯船长也挺喜欢这个单纯活泼的小伙子。

一日，何建伟从冯双妹口中，多少流露出他父亲想招个上门女婿的意思。

听风见雨的何建伟，一面是受宠若惊，另方面又忧虑重重，顿时陷入两难境地。他思虑前后，做出重大决定——离开海林湾。按道理说，他就是不愿意应招上门，在宁隆村继续干下去也无妨，但他害怕坠入爱河情网，首先他会被冯双妹那双迷人的大眼睛溢出的一泓秋水所淹没……

他在想："我怎么能走长福大伯的老路呢？连以后自己后代的姓氏都丢了？何况我的最终目标不是将自己由农民变成渔民，而是进军城市，成为名副其实的有尊严的城市居民！"他虽然喜欢大海的壮阔与温柔，但又担心大海愤怒起来，会将他撕成碎片……

何建伟的想法与决定总是那样突然，让人出其不意！

说走就走，当断则断，现在毕竟还只是些朦胧印象。何建伟径直到宁隆渔业公司，找到总经理刘敬渔办了辞职手续，匆匆与丁梁、李昌平、索长庚几个室友告别，并将夹有字条的《老人与海》一书，托转给冯双妹。他的突然辞别，令周围的人莫名其妙，不知所以然……

何建伟回望一眼无际的苍海岛岸，回望一眼冯双妹的家门口，含有几分难舍的心情，扭头离开了他生活不到两年的秀美的海林宁隆村……

何建伟又回到海津。他给表弟陈刚娃打电话，表弟劝他回鑫茂厂，他回答，好马不吃回头草，不愿意回。表弟说与他见面，他回话，暂时不见。独身一人，在街头百无聊赖地走着望着。

正巧，前方马路小弯，聚集有一大群人。何建伟走近，有四五个与他年龄不相上下的年轻人，身着灰一色的西服，脚蹬绛色皮鞋，有一人手里握着两支铅笔，做主演，让围着看热闹的人猜铅笔哪根长哪根短，猜对的奖励一百元，有一个人在侧配合，抖着手上的"老人头"，随时兑现发奖。这时，他们同行的两人上前去猜，都猜对了，立即领走两百元。这时旁边一圈围观者有人站不稳了，也上去猜，第一次真猜中了，就想继续中奖，结果猜错，退出一百元，又继续猜……连猜五次，中二错三，结果亏了三百元。跟着又有多人去猜，多人猜错，猜错了就要兑现交钱出去。

何建伟感觉稀奇，站定观看好几回合，发现主演手中铅笔是在玩魔术，铅笔好像有"机关"。又有一个围观者参与猜测，正掏钱时，何建伟在旁，不自觉地提醒，这铅笔的长短可能自动伸缩。一言道破玄机，周围观众起哄，那几个年轻人大怒，上前围住何建伟一顿拳打脚踢，其他围观的见势不敢多事，一哄而散。

只隔两天，何建伟也穿上了同样服装，伙同这伙人活跃在海津市街头。良心未泯的何建伟，看到有可怜的年纪大的人即将上当，会巧妙地提醒对方"不能再猜"，这时那年龄稍长的当头的会恶狠狠地对他耳语："你活腻了！"回去免不了一顿修理，何建伟被这伙黑势力控制了，既然入了团伙，就有团伙的规矩，收入好了，也给他些钱，因为是行骗，不用出力，钱来得容易，日子比正常打工做事钱还要多些，而且也有潇洒生活。有时去酒店挥霍，去歌厅泡妞。在这组织里，有留着八字胡、戴着礼帽的"老大"程昊，有爱轻蔑地斜着深凹眼珠看人、脸上有疤的吴大宏，有架着大墨镜、胳臂上纹着"虎头"的熊彪，还有说话流里流气、身上有浓重狐臭的杨帅。

　　一日，街头收入不菲。"老大"晚上带着四五个兄弟进入闹市区，在家饭店大吃大喝后，喷着酒气，走进"南方佳人"歌厅。歌厅里霓虹闪烁，靡音缠绵。他们在"紫玫瑰"包厢里要了啤酒水果，点了几个歌妹陪唱。歌妹个个妖冶，似乎都认识老大，轻声细语一个劲叫"昊哥"。

　　歌到中途，昊哥乍然发了"慈悲"，对一位长得苗条俏皮的歌女喊："芳芳，过来，今天好好陪陪你的小伟哥！"二十刚出头的芳芳点头来到建伟旁边，依偎在他的怀里。建伟有些害怕，半推了一下，昊哥看了仰对天花板大笑："刚出山的小和尚最怕虎，慢慢就习惯了！"

　　芳芳再次投入建伟怀抱。建伟这时细看芳芳：长形的脸模，妆化得很重，肤色雪白，口唇猩红，毛发很浓，浓黑的头发散开拂在他的脸上，让他嗅到从未感觉过女人最近距离的芳香，热烘烘的嘴唇顶在他的脸颊上，让他瘙痒难耐，何建伟的手顺势摸在芳芳修长的手臂上，感觉到毛茸茸且软滑玉体的舒服。

　　芳芳主动要与何建伟唱歌，她扭动腰臀，仿佛唱得心醉神迷，而何建伟却僵持在旁边，五音不全追着节拍跑。

　　芳芳举起两杯啤酒，给建伟递上一杯，碰过喝了："伟哥哥，我们到那边小屋去玩玩！"说完，不由分说拉起何建伟跳舞，假模作样往歌厅侧面的小屋晃去。建伟见其他歌伴也有双双进出过，只得跟进去。小屋只有他们俩人，还有卧式沙发靠在墙角。芳芳把他的脖子勾得更紧了，轻轻对他说："你想不想操我？"太露骨了！何建伟哪见过这等单刀直入的赤裸场面，心扑腾扑腾地跳。在芳芳主动亲吻抚摸的进攻下，何建伟的手也不由自主地在芳芳乳房上游走起来。

何建伟三十来岁了，还没有找到正式对象。以往与异性交往，都是情绪与心脉的意会，而对身体肌肤的亲切体验还没有遇到过。这一次，如此突然强烈的"艳遇"，让他不能自已，生理需求的本能压垮了道德的底线。他不答话，胆子也壮了起来，用右手撩起芳芳的裙底，他顿时眩晕，芳芳居然没有穿内裤，两条雪白滚圆的大腿间，绣有一块芳草地……建伟如狼似虎地扑了上去，将芳芳压陷在柔软的沙发上，两人哼哼呦呦，几分钟后，何建伟顿感一股热流，酥透身骨，如触电样，啊的一声，泄了……

芳芳又牵着建伟的手，从小房间出来，歌厅里的人仿佛没有看见，继续猫着身躯，唱得如痴如醉。只是散场时，昊哥朝着建伟回头笑笑，问了句："建伟，对芳芳感觉还不错吧？"

何建伟开始有点感谢老大，觉得跟着老大能吃香喝辣，玩得痛快，但有时又会扪心自问——我是不是已经堕落了？

有了这次与芳芳性事体验，何建伟倒动了真感情，喜欢上了她。他私下将芳芳约出来两次，花钱款待后，公开向芳芳提出来，想跟她谈恋爱，娶她当老婆。不想芳芳也提出来："你有房吗？"何建伟只好说："没有！"芳芳又问："你有车吗？"何建伟摇摇头，芳芳又接着问："那你银行一定有存款了！"何建伟不好意思，只得说，存款很少，但是可以慢慢挣。芳芳顿时满脸不屑，轻蔑地嘿嘿一笑："你这三无人员，还想讨老婆？"何建伟偷鸡不成，还露了馅。芳芳似有礼貌地举起右手向何建伟一挥："这是不可能的事，拜拜！"走了。与芳芳见面时间虽然极短，却让何建伟猛醒，蓦然回首——自己原来是流落在海津街头的一名乞丐……

行骗逍遥，好景不长。很快街头这种低级且张胆的骗术被人告发，公安人员出动，取缔并追查。

老大的人马停止街头诓骗，又转向火车站，干起"黄牛党"行当。老大上面还依附有更大的"老大"。何建伟与这帮兄弟们在售票大厅，混迹在旅客中，强行插队，霸道售票窗口，将一垛垛热线车票抢购出来，再高价卖给顾客。

车站里人山人海，往往一票难求，有些旅客明明知道"黑票"的昂贵与欺诈，也只好忍气吞声去购买。有市场就有交易，他们抱团在车站里横行猖獗了大半年。

有了不义之财，照常分赃消费，过纸醉金迷的奢侈生活。何建伟也陷入了矛盾中，一方面是黑恶势力的控制利用与收买；另一方面是自己的反抗与无奈，还有自愿。老大"昊哥"有句话，让他记得很牢——"他妈的，有权有势的人吃香喝辣，潇洒人生，我们为什么不能！"

年底接近"春运"，发生了一件事。老大的老大，不是完全通过下面的黄牛抢票方法，而是通过极特殊手段，直接从铁路内部拿到了从海津市到渝州市两趟列车两天的全程火车票，价值近百万。不想老天爷不配合，在这两日连下了两天大雨，多处路基塌方，火车停运。已卖出的车票，纷纷要求到售票窗退款，还有是大部分车票没有卖出去。老大的老大，一下亏损几十万，受不了打击跳楼了，未死重残。由此引发连续反应。公安部门着手打击"黄牛党"，在火车站围堵，将老大这伙全逮进了公安看守所。

老大的老大，关系断了，无人营救他们。审讯中他们之间这时相互推脱倾轧，还把何建伟诬陷成"小头目"，结果其他人被放出来，何建伟却当作"替罪羊"蹲了下来。临别时，"昊哥"对他安抚说："兄弟们出去会设法救你，你替大家受过，兄弟们两肋插刀，日后不会亏待你！"

公安局以"非法经营，破坏市场及治安秩序"罪名，认为本可以对何建伟起诉判刑，念其年纪轻，外出打工流浪无靠，并无前科，从轻处罚，管教三个月。

何建伟第一次尝到犯法的苦果。在看守所的高墙大院里与世隔绝，接触的都是各种违法受戒的人。每日挑水种菜，吃粗糙的难以下咽的"陈米"，睡有些湿黏的木板床，还被穿警服的看守人员，用哨子吹着，用厉声吆喝着。

日子肯定不好过！那里面如好过——岂不人人都想违法！

一日，夜里月光如洗。何建伟躺在几个犯罪嫌疑人挤在一起的统铺床板上，他在最外侧，透着小小窗户看到外面天上，半轮的下弦月亮，在淡淡的云层间，慢慢地走着。他悠地想起了龙峪，想起父母，想起爷爷，更想起疼爱他的奶奶，他从心底开始呼唤："奶奶，你怎么会知道，孙儿现在躺在什么地方?!"想着想着，泪水泅湿了枕头一大片……

期间，何建伟望眼欲穿，没有看到"大哥"任何的营救信息。实打满算，好不容易熬到走出铁门那一天，还闹出轻微的胃病，说话少气无力，走在举目无亲的海津街头，身上没有分文，不知向何处去。只得蜷缩在地下通道墙边，他在不自觉地总结反省自己——小时候奶奶的宠爱，自己的任性与狂妄，怎么到社会上就不灵了?——经受不了挫折与委屈，心理承受力差，抉择问题每每固执草率用事，要不要调整呢?——吃一堑长一智，谋生手段与交友对象的对错，太关键太重要，下一步我应该如何选择?他能够听到头顶大马路上呼呼而过车辆的声响与喇叭的交错鸣叫，看到通道里来去匆匆路过行人表情的冷漠与淡然……他抱着小背包潸然泪下，在深夜的冷风中睡着了……

无奈的何建伟，只得找到表弟，这时的表弟已微微发胖。陈志刚不知道眼前仁兄的别后经历，看到表哥脸色苍白，无精打采的模样，不解地问："你身体不舒服?"何建伟摇头，陈志刚又问："是谁欺负了你?"何建伟又摇摇头。陈志刚只好说："以表哥的性格，也没人敢欺负你!"建伟苦笑着点点头，心里却在想："是公家的法律欺负了我!"

陈志刚猜到表哥正在难处，从身上掏出几张钞票说："哥，这五百元，你先花着!"一分钱难倒英雄汉，平时倔强的何建伟把钱接了过去。

何建伟在表弟陪同下，又见到了他尊敬的、内心喜欢的赵雪莹姐姐。此时的赵雪莹已经组建家庭，待他还是那样的热情关心。他们在一块儿吃了顿饭。何建伟只说在海林宁隆捕鱼的事，对回到海津市的过程，只说是到处流浪，含糊带过，不去细谈。聪明的赵雪莹观其容，便明白七分，也不点破，只是善意地鼓励他凭劳动靠勤奋走正道。回鑫茂服装厂，建伟不愿意。赵雪莹答应给他介绍一份新工作。

　　夜里，落魄的何建伟被赵姐姐带到家里。他看见赵雪莹的丈夫一表人才，很儒雅，各方面比他强，而且已经有了一个不满周岁的女儿，住的房子也是租的，两室一厅。赵雪莹的丈夫也姓赵，叫赵天铭，在一家装饰材料公司，做到了副总经理。赵雪莹向丈夫介绍何建伟，并要丈夫给找工作，丈夫满口答应。

　　晚上，何建伟被赵雪莹夫妇留宿，住在家里。这一夜，对何建伟，是受人恩惠而温暖的夜，又是他感情如脱缰野马彻夜难眠的夜……

　　党小倩、赵雪莹、冯双妹、芳芳，这几个人的面孔不断地在脑海里变换。我的命运为何如此不济？至小爱恋的党小倩无情拒绝了我，赵雪莹如今正睡在隔壁别人的怀抱里，芳芳一个"陪歌女"都可以藐视我，冯双妹那双明净的眼睛或许还流着伤心的泪！

　　何建伟慢慢明白了他人，也明白了自己。其实，真正喜欢他的还是冯双妹。赵雪莹待他好是为人善良的本能，姐姐关爱弟弟般的情分。开始他有些错判，后来也悟出是自己的多情。他也觉得自己的混账，越是别人没感觉的，自己越相思；别人真正有了那层意思的，又不太在乎，在所不惜地逃了！

　　他在床上翻来覆去，对女人复杂的情感，恐惧甚至埋怨起来。他忽然又想起了小时候奶奶在院子里看着星星，摇着蒲扇，曾经给他讲的故事……

　　……很久以前，咱们这儿的山里有户人家，老两口一个儿子。儿子长到十八岁，眉目清秀，还没娶亲。一夜，儿子睡的房里来了位女孩，长得像仙女样漂亮，就跟他儿子住在了一起。父亲夜里小解，听见儿子房里有说话声，细听有女子声音，大惊。第二天告诫儿子，这深山野沟，半夜怎会有女子登门，命他用酒一试。第二日夜，儿子用酒劝女子喝酒，果然，那女子裙下露出白色尾巴。儿子也吃惊不小，那女子只好告诉他，说她是这山中修炼五百年的狐仙，但她绝不害人，只是喜爱小伙子的面容与善良，才来相伴，如嫌弃，决不再相扰。父母知晓后，坚决不同意，但儿子却割舍不下，不吃不喝，非娶不可。父母无奈，最后成全了姻缘。那美丽的白狐仙子，还为他家生了两个大胖小子哩……

何建伟这时希望那白狐仙子也来相伴，他不怕。突然，他眼前屋顶由远及近飞来一张面孔，圆润的小脸，眼神明亮，翘着湿漉漉的小嘴唇，相貌分明是党小倩，面孔由笑变悲，接着满眼泪水，继而眼眶里淌出鲜血……何建伟惊恐万分，匆忙上前搀扶，那鲜血像涌泉，喷得越来越高，洒的他脸上、手上全是血，他进入了满眼红光的混浑世界……

赵雪莹的丈夫赵天铭有能耐，只隔了两天就经过朋友苏正平介绍，为何建伟找到了新工作，到"天河电视机配件厂"上班。

他安下心来慢慢适应。上班的第三个月，突然接到父亲从龙峪发来的电报，印着一行字"奶病危，速归。"

何建伟觉得天旋地转，他与表弟一同登上了北去的列车。

这季节，正是家乡麦香杏子熟的时候。

第二十四章

　　盛夏的暑气，呼呼地熏烤着龙峪的七沟八梁。种植麦子的土地比以前少了些，但一定有。金黄的麦穗，在阵阵山风吹拂下，像宽阔的金马河，波涛翻涌，呈现出一派丰收景象。

　　处在阳坡地块成熟快的麦子已经开镰，离家乡近一些在外打工的人，许多返回龙峪，人气比平时旺，都集中在麦田里，忙于收割。

　　何建伟和表弟一起，紧赶慢赶回到家里，走进他熟悉的何家大院，家里挤满了人。

　　母亲曹仁花拉住建伟的手，说："伟儿，你可回来了！"匆匆走进爷爷奶奶的房里。奶奶躺在里屋昏暗的床铺上，听说建伟回来，围在旁边的家人亲戚自觉地闪出一道缝。建伟立即扑到奶奶床前，紧紧抓住奶奶干枯的手，喊："奶奶，奶奶，我是伟……我是伟！"建伟看见奶奶蜡黄的面容，满头的白发散落在额前枕边，奄奄一息，奶奶听到了，慢慢地睁开双眼。

　　"……伟，……你回来了，……奶奶想你啊！"

　　此时的建伟放声恸哭，周围的人都跟着抽泣，表弟陈志刚当然也在一旁为外婆掉泪，他的手挽着母亲长秀的胳膊。

　　韩瑞兰无力地说："伟，不是小……小时候奶奶偏爱你，……而是你生出来就瘦弱，长大了性格跟别的孩子又……又不大一样，让人不……放心啊！"

　　半年前还显得硬朗的韩瑞兰，这时候骨瘦如柴连着游丝平躺在床，用衰黄还有微光的眼神斜看着小孙子，声音几乎听不见、断断续续说："……

你……在外面……还……好吧？……"。

"……我……还……好！奶奶……你放心……"何建伟怎么回答奶奶呢？奶奶在最后诀别时的关心声音，虽然极度微弱，却戳到了他的伤心处——这几年他在外面闯世界的风雨坎坷，大多是磨砺与不顺。他怎样向奶奶解说呢？他只有这样用善意的谎言，搪塞奶奶，告慰奶奶。

建伟趴在奶奶的被子上："我还……好……还好……"哭得更伤心了。

奶奶放在被头的另一只手，轻轻地抚着小孙子的头，断续说："伟，回来吧……别在外跑了。你要记住奶奶的话，……不管以后干啥……一定要走正道！……"

何建伟平时无论如何"蛮横"，但在奶奶这里总会变得如同羔羊，他点点头："伟……记住奶奶的话……"

他起身时问母亲，奶奶是什么病。母亲说，已服了几个月中药了，也说不清什么病，主要是吃不下饭！

出屋后，何建伟才定眼看清满院的各位亲人。

长贵叔叔和婶婶还有军勇军强兄弟从吉东回来了。大哥建业和嫂子带着侄子何蕾回来了，随同而来的还有在西疆读书的堂侄女刘雅婷。建丰哥全家四口都在，龙峪附近的亲戚长辈，长福大伯全家、长秀姑姑全家，另外还有在西川的姑姑何素珍也带着丈夫与儿子来了，何家大家族的人，在他印象里，从没有到得这么齐整过。

只隔了一夜，奶奶便断气了。建伟守在边上，他是看着奶奶头往侧一垂，慢慢合上双眼、撒手人寰的。断气后，苍老的爷爷，由何长秀和何素珍搀扶，拄着拐杖到病榻前，面带戚容，俯身看着老妻，嘴唇微微翕动，轻轻地说了句："你走了！"摇摇头，便颤巍巍离开了。

何家挤满了前来吊唁奔丧的人。除了何家家族人外，韩瑞兰的娘家人，一家一家，何家婚姻联带出来的各方亲缘关系，还有各人的朋友关系，都在沉痛的哀伤，周围却又是人声鼎沸。

按照龙峪的风俗，老人死后，要在家守灵三天才能安葬。但节气已近"夏至"，正值大热，又加上劳动力都在地里，正在割麦，最忙碌的时候需要请人帮忙。家人商量，经何致兴同意后，决定两天就安葬。韩瑞兰凌晨咽气，只隔了一天，第二天早上就出殡。

清晨，日出之前，何家哀乐长鸣，都是村里的乐器俚手，拿着长号短笙、胡琴唢呐，低一声高一声，吹奏着龙峪一带民俗最兴盛的"哭皇天""雁落沙滩"等曲子。何家晚辈，人人披麻戴孝，这里没有官职大小，财富多少，在逝者韩瑞兰面前都是孝子。何淮海、何建业两个正县职干部，穿着长长的孝服，悲戚戚地走在送葬队伍的前头。

按照龙峪习俗，扛幡的人必须是长孙。论资排辈，何长福因已入赘到刘家，其子孙已失去在何家扛幡的资格。下面就是老二何长生家，按情理，由长孙何建业扛幡，但何建伟因与奶奶的深感情，坚持要扛，家里人便依了他。作为领导干部的何建业自然不会去争计这个。这里还有令人看不懂的事情，韩瑞兰灵柩抬出家门口那一刻，向来腰挺笔直，保持着军人英武气概的何淮海，突然跪倒在母亲棺材面前，双手托出个弯曲成折的"银圆"，双手高举至头顶，泪流满面，念道："感谢母亲教育了我，拯救了我。母亲……你老走好……"尔后又把银圆收起，谨慎地放进上衣的口袋里，被人搀扶起来。周围的人真弄不明白——这一"动作"，是什么意思？！

长长的送葬队伍，一路哭嚎，把老人家的棺木送到离龙峪两里多远的山坡上。刚刚封完墓，摔碎涝盆①，插上哀杖，天上忽然下起小雨。送葬的人们，三五成群，便匆匆走下山坡。

路途有人说："奇怪！这老天，早不下晚不下，偏偏这时候下雨！"

这时，也是一位老者，是韩瑞兰娘家叔伯小妹子，也是小脚的老婆婆，慢悠悠略带神秘地说："你们不知道吧，这是吉兆啊！"旁边的人问："咋个吉兆？"那老姨婆婆停下来说："你们没有听说过，有句话叫'雨淋椁，总是穷；雨淋墓，老是富。'这是何家后代的好吉兆！"

埋葬了韩瑞兰老人，何家家里逐渐平静。各方的亲戚陆续回去了，家里剩下的就是何致兴老爹与何氏兄弟及晚辈们。

---

① 龙峪表达孝道，寓意"碎碎平安"的丧葬习俗。

难得的机会，何家子孙到得这么齐，老致兴还健在，借老爷子的威望，两天后，何家大小十五口人，齐刷刷坐在何致兴房间的正厅里，开大会。

开大会，也是拉家常、谈正事说大事。大家先是沉痛缅怀老母亲、老奶奶的"丰功伟绩"，寄托各自的哀思。

会议的主持和主要发言人还是何致兴，老爷子先点题，讲原则讲家训，余者由子孙去扩展去发挥。

何致兴已过九十岁，满脸皱纹，须发皆白。当前身体尚可，老妻刚去，虽有忧伤，自不像年少的人，知道自己也离老妻去处不远，情绪倒也坦然。坐在太师椅上，身体向前略挺了挺，不急不慢地说："……你们的娘或是奶奶，已是八十多岁，也是高寿了。大家也不要过于伤心。今天趁着聚会这多人讲点正事。咱老何家从我爹娘算起，如今已传了五代，不算嫁出去的闺女，我算了一下，如今往下总共是发了十七口人。这个数，好啊！但是如果拿到旧社会比，如果不搞这计划生育，我再算下，咱老何家至少得这个数！"他说着用右手，先伸出三个指头，又用五指合拢一捏。大家看出来了，是"三十五人"的数。不知老爷子的数字是如何算出来的，大约算到了何蕾重孙这一辈，每人生四胎，累计叠加出来的。

何老爷子停了停，用手抚摸下坐在旁边的重孙子何蕾头顶，面带豪气说："咱们何家，人的数量，按家庭大人口下传的路数看，是少了些。计划生育政策，是国家定的，都得响应，又不是只管咱们一家。可咱何家人的质量高！儿子辈长贵出去打江山，孙子辈建业三兄弟全出去了，大家都在外头闯事业，个个是英雄气概，我为你们高兴！我也敢跟古代皇帝比比了，封天下诸侯，可以到四方巡察，走到哪里，都有人迎来送往！"说得周围大小晚辈们跟着扬扬得意！

何致兴停顿片刻，将将飘在胸前的美须："话又说回来，你们个个跑了飞了，家里现在只剩下我和长生两口子。我是朝不保夕，长生家都六十多了，年老了谁来管？可我想得通，忠孝不能两全，不影响你们的前途。在生活上，大家不用为我操心。由长生管着，长贵也给寄花销钱，孙辈也给，还有长福家也会帮助。吃穿不愁，就是有了病，谁也不能替。你们娘你们奶奶走了，我也会随时跟去！"说的声音有些哽咽。

他接着说："我真没想到，能活到这把年纪。与我同辈的，还有比我小的，许多不在了。人早晚都得死，从古到今，谁也躲不过。我现在说件大事，我老了，你们在外面闯世界，今天都表个态，谁愿意回来，住龙峪何家这个院子？"

老爷子停下来，意思已经说清楚，不再说了。坐在下座的何长生，对爹意图最清晰，其实，其他人心里也明白。何致兴对何家中兴的愿望，与龙峪其他老人一样，他希望何家子孙满堂繁荣昌盛。他知道长福的日子无论过得好坏，已属于别人家。长贵全家远离故土，也靠不住。最有希望的，还是长生这一家。长生三个儿子，出去一对半，若为祖宗考虑，真是有苦说不出。一头是心情豪迈，对何家优秀后代奋斗战绩勉励的大度，另一头又感到岌岌可危，对龙峪何家世代相传家业后继无人的忧虑甚至埋怨。

何长生狠劲地抽了几口旱烟，将铜烟锅在地上敲了敲，抬起头："你们爷刚才说了，我作为守在何家这个院子的人，再补几句。何家现在的势头摆在这，就这几个年纪大的人，守着这空荡荡的大院子。这院子是大家的，你们回来不回来，要讲个干脆话？在外有正式工作的，有城市户口的，想回来的，就在这院子里分地方。在外打工，户口还在龙峪的，准备回来，得赶快向村里申请，在龙峪外围重划宅基地。现在村里人都在为后代人办新宅基地，许多家也在新基地上盖上了新房。过去这个村，可没那个店？等人家把好地方都批完占完，后悔都来不及了！"

老爷子原则性的大鼓励小批评，何长生的紧急呼吁，都是周围人等所预料到的，也是情理之中的事情。下面没有骚动，更没有交头接耳，人人心里早有自己的账。

何淮海老革命老干部，经过风雨见过世面。在外工作大半辈子，也是拖家带口一大家子人。军勇军强都有了自己的孩子，他们会回到龙峪吗？老革命首先表态："爹，儿孙们让你操心了。从感情上我们都想回到龙峪来，但现在都已经在外安家定居，就是我想回来，但湘萍回来未必住得习惯，还有孩子们现在都在工作，很难全家回来。因此我表态，家里这地方我这一份，我放弃，分给在家的侄辈们。"

何长生的大儿子何建业，也出去二十多年了，现是地质大队的一队之长，执政水平与处事能力，已不能小视。他看看大家，平和地说："刚才叔叔说了在外工作人的实情，心有余力不足，我赞同。工作了就是国家的人，哪能说回来就回来，身不由己，忠孝难两全！养爹娘孝爷爷，是责任和义务，我们义不容辞。现在是改革开放年代，人才和劳动力，都是跨县跨省甚至跨国界大流动，谁也说不清，以后会流动到哪里，安居到哪里。都在为自己生存为国家建设发展而奔波。很多时候，自己的命运操控不在自己手中。我也是难回龙峪的一个，这个院子，我也放弃分房的权利，让给各位兄弟们！"妻子周宇娟在侧，点头不语。

何致兴和何长生，对何淮海、何建业两人的发言，没有任何表情，早知道这是大势所趋，他们主要是看看建丰、建伟这两人的公开表态。

"刚才，淮海叔叔建业大哥说的，我能理解，他们主要是工作和自己的小家，离龙峪太远了。我虽然也在外打拼住新乐，比较而言，离老家近些，我办的生意场也在龙峪，不回来自回来。今后这院子，我自然会来住的。"何建丰已经成为商人，懂得了经营之道，在许多事考虑上更加精明。要不要龙峪的祖业？一方面是儿孙们继承祖业的责任，另一方面，他懂得龙峪这个地方，未来升值的空间。建丰说完，许巧巧也跟着搭腔："爷爷、爹娘，就是建丰说的，我们在新乐有家，龙峪也是我们的家。你们放心，我们会带着舒奇舒芳常回常住。"

这话让何致兴、何长生、曹仁花三人心里都很如意。他们知道许巧巧也是龙峪本地人，没有任何的外来之忧，回到何家大院，几乎不成问题。

从大到小轮到何建伟。何建伟脸上，还挂着对奶奶没有消去的哀伤。站起掏出纸烟，给周围抽烟的递上，自己也噙上一支，回到座位开了腔："爷爷、爹娘，我对不起你们。家里缺人，当初按你们的意思，本应该待在家里。可是外面世界太精彩，龙峪出去了那么多人，我也想出去看世界。本打算去叔叔那转转就回来。可是，外面的诱惑力太大了，我到南方，人家那边经济发达的程度，与咱们这相比，是天地之别。在那边干一天的薪水，是咱这干十天的工钱。"何建伟稍停顿，咽了下唾液，他没有说出外面"消费成本也高"的另一面。

对何建伟来说，现在让他表态是否回来，是件十分为难的事情。他对自己的命运前景，根本无法预料！他自己在海津市刚刚找到新工作，未来深浅不知。他又想起这几年在外漂泊的艰辛，在海林与大海搏斗的经历，在海津街头车站铤而走险还蹲过看守所的高墙，自己在海津四处流浪的悲凉……

何建伟突然哭了起来，泣不成声。他还在与思念奶奶的情感交织在一起，边哭边说，我也想回来，但现在回不来……来呀！五尺高的男子汉，穿着怪异、个性强硬的何建伟这么一哭，大家有些惊讶懵懂，也让这个家庭会，更添了另种无法言说的悲怆。

何建伟在城市混得不顺。他从没有在与父母电话中流露过，也不会向自己的老乡透露。"成者英雄败者寇"，他明白，如讲了自己的状态，处在穷途末路的消息，家人听了担忧，外人听了作笑谈。暂时不讲，反倒是个韬略，还可张扬自己的坚强，总会有东山再起的时候！但实际的前程，又吉凶难料？这情绪，使他在家族众位亲人面前，百感交集，一时难以控制住自己。大家或多或少地猜想到了，建伟在外的生存有难言之隐，也跟着难过起来。爷爷与父母亲，见状自然心疼，原来所期盼的事儿，也跟着弱化，只好说："只要走正路，家里不拦你，有啥难事，可给家人说，别一个人扛着！"

许巧巧见何建伟那么伤心，也跟着哭了起来。人都是心灵相通，不知怎的，建伟很尊重嫂子，一些小事也是护着嫂子；无论周围如何说何建伟的不是，她总觉得建伟心地不坏，自从嫁到何家来，她一直是这个感觉。现在见建伟如此，知道小叔子遇到了难处，泪水不自觉地奔涌出来。

何家各路人物，何去何从。虽然不能完全定论，但也基本清晰。这时的何致兴缓缓从太师椅站起，做了个挥手动作说道："我经历了清朝光绪和宣统、民国和新中国，想来想去，还是共产党领导得好。一个是咱们龙峪这带的土匪，过去可是历朝历代没有清除干净过，可在毛主席领导下，彻底消灭了兵患匪祸。二是几百上千年五花八门的拉帮结社、会道门，还有'嫖赌吸'，没有了，社会风气清正。"接着伸出三个指头比画："这最后也是最要害的一个，是国家建设发展几十年，也有过左左右右的时候，但琢磨下，共产党的大方向大政策还是好。总归是让穷人有饭吃，社会往平等走，日子往好地方奔。看看农村现在的生活，还叫不幸福？搞改革开放就是让百姓富裕国家发达。希望咱们何家子孙，无论走到天涯海角，干多么大的事业，都不能忘本，懂知恩报德。不能忘了咱们的国家，忘了咱们的祖宗根基，人人靠自己本事，懂勤俭持家，堂堂正正地做人做事！"

老爷子最后的话，虽简单通俗，却对何家老老少少，是个心灵的再次洗礼。郑湘萍拉下何淮海的衣襟："没想到老爷子还有这么高的思想境界！"何淮海回头轻轻对妻子说："平时我对你重复老父亲的形象，不是乱编吧？"

接着，全家共十五口人，把何老爷子簇拥在中间，坐在院里的大梨树下拍摄"全家福"。何军勇他们带回了手提相机。

回来这么多人，住房不够。除住在何家外，也有分散到何长福家与邻居家的。吃饭自然全在何长生家，忙坏了曹仁花，何长福的老妻刘春香也过来帮厨做事。

还有些时日，回来的各家在何淮海带领下，去小溪桥看望姐姐何长秀一家。也去长福家，何长福夫妇对何建业更是高敬一筹，反复说感谢对小孙女刘雅婷的关照。

之后，个人根据自己情绪邀伴，开始出没在龙峪村头街里，走亲访友。

何淮海带着妻儿，看看"老柏树"的气势和"功德碑"的沧桑，到中心广场讲讲有关龙峪的动人传说。何淮海上着白衬衣，下穿蓝色裤子，腰板平直，还保持着军人的气度。在三棵树下，碰到儿时同学常健康和钟家钦，有点老态龙钟的常健康说："长贵，好些年没见，你白头发不太多。你看我，不仅白头发多，牙也掉光了。"说完张开嘴，"啊"的一声，露出个大黑洞。何淮海笑笑说："我基本也不是原装的，年龄到了这，没办法。"小两岁的钟家钦问何长贵："叶落归根，回来吧。咱这气候好，夏天凉快！"何淮海听了，看看郑湘萍笑笑，抱拳拱拱手说："谢谢两位兄弟美意！"就凉快而言，这两位伙伴，真不知道长贵居住的吉东市，夏天比龙峪还要凉快！

何军勇与何军强工作在身，任务性强，在龙峪只待八天，就回吉东了。

何淮海夫妇多住了些时日。有时何淮海一个人出来，在街上闲走，他去看望老支书裴庆奎和长辈老五叔，回访朋友毛小宝、常立。老支书裴庆奎先来何家，看望何淮海与何军勇，感谢他们对女婿胡双平在吉东给予的帮助。何淮海还对裴庆奎表扬他的女婿，做事踏实，在吉东发展得不错，现在已经当上了辅警，还把老婆孩子也带了出去做事。

何淮海走在龙峪街头，零零星星看到张挂的宣传标语与横幅，有反映林业管理的——"毁林，引发山火，牢底坐穿！"；有矿业管理的——"遵守矿产资源法，严禁乱采滥挖！"更多的是有关计划生育的，如"实行计划生育是基本国策"，"一人结扎，全家光荣！"。有时他还找些村里的老土改，小时的同学朋友，多方面了解下龙峪经济发展和老百姓的生活现状。

在龙峪的小街上，何淮海不意碰到也回龙峪探亲的同学徐怀臣。徐怀臣是一九五一年参军，没有去朝鲜。部队驻在春襄省，营职干部，一九七一年转业到春襄省横江市。老婆也是淮原省人，想方设法全家调回到新乐市，在市钢铁厂负责材料供应。两个儿子都有工作并成家在新乐。何淮海说："好啊，你回家乡了，我这拖着外地人的家眷，想回也回不来！"

不想身材比较清瘦的徐怀臣听后，回头望望没有来人，就附在何淮海耳边牢骚起来："你没有回来，一百个正确。我回来，后悔死了！"何淮海不解："为什么？"

"你不知道啊，回来就人情你都受不了。亲戚朋友隔三岔五来了，来两三个人，带几斤玉米和红薯，吃住六七天。满身是灰，又不讲究，客人前脚走，老婆跟着就抱怨，仅洗被褥得一整天。离得近了，来往亲戚朋友就多，有了婚丧嫁娶等各种事，都会通知你。你掏钱少了，别人说你有工作，小气。掏得多了，靠工资吃饭，养家糊口，哪里受得了！""现在想来，工作居住在哪里不是住？哪里黄土不埋人？你如果回来了，跟我一样懊丧！"

何淮海听了，心里在想："这人呐，不回来想回来，回来了又后悔，总给自己找难受，永没个完……"

徐怀臣还问何淮海的退休工资有多少，并说："你们松江省比淮原省高多了！"徐怀臣又转过话题："现在政策真的变了，咱们小时候邻村的同学汤山河，一九四九年跟国民党队伍，去了台湾，过去政治运动中，这边家人都受到牵连。听说前几年回龙峪探亲，到县里都是政协的人陪着。你是共产党的正团职干部，回来谁陪？"

何淮海不笑自笑："此一时彼一时，现在改革开放，讲两岸和平统一，这也是咱党的统战策略，不要比，比了自己找难受。"

"长贵，咱们都是当过兵的人，为党为国家做过贡献，也有个一官半职，'文革'时可没少吃苦！听说你挨过整，我受的罪更大。""因我老婆旧社会在一家报馆做过发行，被诬陷为特务。我由此受牵连，不停接受审查，工作难免得罪过人，被人借机发挥，不仅撤了职还挨过打。后来虽然平了反，我就想不通，咱们对党忠心耿耿，咋会无法无天，被颠倒是非，让咱遭受这么大的一场罪！"徐怀臣说得义愤填膺。

何淮海想想说："……那是个特殊时期，谁也没有办法。换个角度，就想通了。好比是老母亲打错自己的孩子，冤假错案已纠正，恢复了历史本来面目。事情已经过去多年，现在也不要再计较了。"又说："想想那些在战场牺牲的战友，咱们能够活着，就很知足了……"

何淮海的回答，让徐怀臣心头一震，停片刻，不由竖起大拇指说："长贵真是高风亮节，虚怀若谷，怪不得职务比我高两级，思想觉悟就是高些！"

何淮海问起孩子情况，徐怀臣更加来气："现在的孩子啊，一个是自私，干啥事，只图自己痛快，不会想到别人感受。二是脾气很大，讲不得骂不得，更打不得。暴躁起来，翻天覆地，不是喊着要绝食、就是要跳楼！"说完，头摇得像拨浪鼓。

"嗨！这也是一代还一代，没有办法。家家有本难念的经，我家同样有不顺心的事。想不通也得想通！"何淮海理解徐怀臣，与他握手告别。

作为一队之长的何建业，不可能停得太久。他去看望了常关照他家的邻居刘春堂、马三婶家。

回到家乡，身临其境，父亲长生很容易又提起龙峪前些年开矿的事情。爹说："那几年咱龙峪挖金矿，真是疯了，好像遍地都是金子。咱们家，好不容易出了个找矿秀才，我不喊你喊谁？让建伟回来，是发挥他争强好胜性格去抢矿。你与老三都不回来，我只好强拉硬拽把近处老二叫回来，简单采了几车，赚了点小钱，家里缺人少势，说啥都不行！"坐在旁边的母亲曹仁花也说："挖矿那会，咱街的赵解放也是关心，看见你爹说看见我也说，把你喊回来挖矿，跟着发大财。还说咱们家人傻！"

何建业默默给爹递上一支烟，平静剖析："当时爹的愿望我理解！但是爹娘不知道地质队内部情况，那时候，单位正在配合筹建市县政府矿产管理局，按政策在推行《矿产资源法》、管控乱采滥挖的行为。我那时已是副队长，手下有两百来号人，正带着队伍承接新铁路线上百公里路基的勘查施工，忙得不可开交，哪能跑回来挖矿呢？"

说得何长生心服，不过嘴上还在嘟哝："那真是个发财好机会，逮住就逮住了。时间就那么半年工夫，后来公家一管，这条财路就彻底断了！"爹又说："不过现在想想，那时龙峪开矿，乱得不能提，街头也跟着繁华，啥都有。老百姓目光浅，发了财就胡乱挥霍，很快把小底子用完，不久手头又紧巴巴了。"

何建业说："都是属于非法乱采乱挖，不会长久。现在资源没有了，积累花完了，自然也就萧条了。事情过去好些年，世间没有后悔药，你没有靠挖矿暴富，生活过得也不赖！"

何长生点头称是……

有天，何建业走到添了不少皱纹的母亲身边，心疼地为母亲边揉捏肩膀边慰问："您老可一定要保重好身体啊。"曹仁花回头看看大儿子，深情地说："我还好，在家就是太想你们！"接着催促说："建业，你们是不是再生一个？一个太少了！"何建业笑了笑："娘，计划生育是全国的政策，国家工作人员管得更严。生了二胎，连工作都没有了。"曹仁花不甘心地烧火："咱龙峪有工作的也生了二胎，你们那也是山区，不是一样政策？千万不要错过机会了！"

何建业知道当母亲的，一辈子都是这么操劳！

爹还说起土地："咱们家的地，按八口人算，一共才两亩多地。差不多以我为主在经营。老百姓很多人不种地了，有的种些粮食供自己吃，有的直接撂荒。我种了庄稼，还种有蔬菜，蔬菜季节下来，吃不完就送给邻居朋友们，再剩下的就拿到街上去换钱，一个季节收支算下来，还不够种子、农药、化肥和辛苦钱！"

何建业带着妻子周宇娟儿子何蕾，爬上龙峪后面的高山坡，也算游山逛景，让妻儿站在高处，看一看金马河从远处蜿蜒而来的秀色，扫一扫龙峪小盆地广阔金黄粮仓的气派。

何建业站在小山坡的位置，想起小时候爷爷奶奶给他讲的"金钥匙"故事。他手遮凉棚，往东南方数公里外正在开采的国有金矿公司张望，乍然间发现，所站山坡的山脊地形，与金矿公司两侧的山势大波纹，一模一样。酷似一把巨大钥匙，插进了锁芯里，凹凸相印，如此吻合！何建业相信唯物主义，但他又感到了天地的神奇。古代传下来的故事，并不是无稽之谈。钟灵毓秀数亿年金矿的金色圣果，竟被他们这一代人开凿收获了……

何建业离开龙峪之前，爷爷何致兴将他喊到跟前，递过五斤装的香麻油、三斤上好木耳和一袋自己采摘的"山萸肉①"，还有一张写有地址的纸条，交代说："你现在也是领导干部啦，但不管啥时候，无论是当官还是普通群众，只要对咱们有过恩情的人，都不能忘记。叶明瑞是大领导，也是我的救命恩人与好朋友。他是共产党的好干部，关心群众，没有架子，办实事，也吃过不少苦，身体不大好，现在住在新乐市政协大院。我们好多年没见面了。前几年他还托人给我带过一副'护膝'，让我调理老寒腿。你这次回西疆路过新乐，替我把这些小礼物转送给叶爷爷，代我问候。就说我想念他，让他多保重。身体可以的话，希望还回到龙峪来看看。"何建业满口答应："爷爷，我记得叶爷爷的恩情，一定送到转达到，你老人家放心！"

何建伟回到龙峪的装束，有点"潮"。发型是四周低顶部隆起长撮的"鲨鱼头"，脖子上坠着小手指粗的"金项链"，身着港式花格短衣裤，脚穿蓝色拖拉鞋。他手腕上戴着"俄罗斯"大手表，腰上缠有带菱形裂纹的"鳄鱼"皮带，在龙峪街头，漫不经心地一步三摇。他这身装饰，爹训他："看你这装扮，像啥样子！"

---

① 生长在山茱萸植物上的成熟果肉，属于中药。

何建伟祭奠完奶奶，待情绪稍稳定后，急着打听两件事。

问母亲他的大黄狗后来怎样了？母亲说："你走后，那黄狗几天不吃不喝，无精打采，老朝你走时的方向叫，怪可怜的，真是狗通人性。后来家人都很呵护它，慢慢好了些。前年被公路一辆路过的汽车撞死了。"何建伟听后，掩面又伤心落了泪。

何建伟找几个好朋友，孔明辉原来在家，后来去了东港。周卫红去了新乐，东方跃进没有准确消息，听说在西南国境做边贸生意。曾经出去的金狗蛋，适应不了外面回来在龙峪开了家饭店。谢富来继续当民办教师。何建伟悄悄向金狗蛋打听党小倩，狗蛋告诉他，党小倩前几个月上吊了，死相很可怕，吐出来的舌头有三寸长，吓得人都不敢拢边。何建伟问，为什么自杀？金狗蛋说，不太清楚，好像是婚姻闹矛盾。婆家有些看不起她，男人又有新欢。何建伟心里算了下，大惊！她吊死的时间，跟他在海津赵雪莹姐家借宿，晚上所看到的梦境时间，只推迟了三天。何建伟没有掉泪，只是仰天长叹，自言自语地说："党小倩呀党小倩，你如果跟了我，也不至于会落到这个结局！"

建伟身上装着香烟，遇熟人就散烟，即使碰到和他家里有过节的街坊，也会把烟掏出来。不过他过身之处还是招来些指点。"瞧建伟那身穿戴，真弄不清是干啥的？""是大老板？是黑社会？说不清楚！"

的确谁也不知道，建伟的全身打扮，就是在海林陈财旺给他武装的。好耀眼——但全是假货。

有日，何建伟路过南街的水井台，被正在挑水的小时伙伴王卓喊住，王卓停下搅水的铁辘轳嬉皮笑脸问："建伟，看你这身穿戴，肯定发大财了？"

"发啥财？过得不赖就行了。"

"那你带恁粗的金链子，带恁时髦的大手表，不是寒碜咱这的人？"

何建伟听王卓话里，有挑逗挖苦意思。

王卓跟着说："听说在外面没有点歪门邪道，根本发不起来。有人说你和咱村的罗俊友一样，也是到处坑蒙拐骗，真的吗？"

听后的何建伟，火从心起，当面怒怼："放你娘的屁！"扭头走了。

何建伟在龙峪期间，爹也埋怨他不回来抢矿。他只好搪塞过去，爹哪里会知道，当时他人身正在失去自由，被吴昊黑恶势力所控制，正在海津街头当混混呢！

八九天后，何建伟回望了奶奶的坟茔，告别亲人离开龙峪，重返海津市。

大哥何建业早两天，全家也回 525 地质队去了。一个月后，何淮海郑湘萍夫妇，告别老父亲及哥嫂们，也走了……

何家在外工作或者闯荡的人，全部走了以后，龙峪慢慢又传出了另一则消息。听说何建伟穿戴着花哨的奇装异服，买些礼物去看望了住在龙峪街上教过他的几位老师。谁也没看透这个平时咋咋呼呼华而不实的家伙——怀里居然揣着一颗崇情尚义的火热般的心。

何长生，提着烟袋，背略有弯曲，漫不经心来到三棵树下，刚坐定在大石墩上，看见董玉柱、曲保成两个人，也晃晃悠悠过来了。三人便攀谈起来。董玉柱问长生："长贵走了？""走了。"

"建业家走没有？""早走了。"

"建伟呢？"

"也走了，都走了，唉……他们都是客人！"何长生长长叹口气回答。

六十有三的曲保成说："俺家也差不多，四个孩子出去三个，我就看不懂，城市就那么好？"

何长生解释说："咱们的心，出去的人不理解。出去的人，咱在家的人也看不懂。现在都是这样，在家农活少，又没有发财门路，不出去打工挣钱，在家呆着干啥?！"

"关键是出去后，心都野了，都不想回来了。以后咱们越来越老，靠谁？"董玉柱担忧。

"让我说，车到山前必有路。急和埋怨都没有用。一切顺其自然，走到哪算哪！这事，又不是你一家，多了，就成了社会问题，说不定国家又会拨专款，来管我们。"曲保成很乐观。

董玉柱回敬："你想得真美呀！"

三人相视摇摇头，咋办？生活还得继续过……

第二十五章

何建丰又开始忙于他的砂石公司业务。

金马河，一弯静谧东去的河水，在龙峪咕咕嘟嘟沸腾了好几年。除了何建丰"金马河沙石开采公司"以外，宽阔的河床上，又新增了"金马山采砂公司""龙峪滩采砂经营公司"，呈三足鼎立竞争之势。

几百米宽的河床两岸，形成几大片采砂场。每个采砂场，盖有七八间工棚房。都在周围扎出势力范围，有各自保安巡逻，不允许外人随便闯入。内部几十个工人换班忙碌着，开始是简单再生产，机械设备低级粗犷。采砂的机器日夜轰鸣，绞盘伸向河里，将砂石挖出，经过淘洗过滤分离，再将细沙通过输送带，堆积成一座座像房子那么高的沙丘，待买主前来交易。满载沙石的车辆，沥啦着河水，不停哼呦在河滩弯弯曲曲的碎石路上。

竞争掠夺力强大，河岸地表天然的细沙，越来越少了。就从河里连石头带沙挖出来，再筛选过滤出细沙。被过滤的细砂少了，又去增添了新的设备——碎石机，行内人戏称叫"恶破"。这玩意儿超级厉害，能将大如斗篷坚硬的巨石喂进机器口中，只听得铁嘴钢牙，嘎嘎巴巴，一阵巨响，顿成齑粉，吐出了小如山杏般的碎石粒，再碎磨过筛，又变成了细沙。机械撕咬的技术手段与力量，真是无所不能无所不及，令人惊骇！在采砂场看到的就是碎石筛沙机、卷扬机、传送铰链、循环往复的车辆……

这条清澈美丽的河流，哪经得起三个采砂老板几年的蹂躏，在龙峪近处河床，从它上下约有三十多里的河道里，均被采砂公司挖得遍体鳞伤，加上几年前村民们对金矿的狂采，在河里的清化淘洗，形成的坑洼，整个河道呈现出千疮百孔的残破景象。

砂石，并不是河流的累赘。它是河流孕育冲刷出来的晶品，两者相互依存。砂石是河流的保护层，河流是砂石的滋润剂。如打破平衡，就是灾难。金马河开始哭泣，每天呜咽着，在坑洼相连的大小水潭的缝隙中，寻找下行的通道。

龙峪村的村民，开始有了微词。你们老板赚钱，把流淌了千万年的金马河糟蹋成如此模样，谁不心痛！县里的矿政、水政执法管理部门，找上门来了，要求给予规范与修复。

市场，没有永远的高峰。近期砂石市场出现危机，新乐市近年经济低迷，职工收入跟着下滑，可物价在逐步上涨，房价虚高，冲击了楼市的正常销售。有大批的商品房卖不动，还有些建筑工地，建到一半被迫停工，成为"烂尾楼"。房地产的萧条，直接影响着沙石的需求。别说沙石在减少，即使有充足的沙石供应，要者越来越少，沙石价格也随着下跌。何建丰所依附的房地产大亨赵广印，他那里的行情也是一样。市场不景气的连锁反应，让这些大大小小的老板们，惺惺相惜，或等待或转产，寻求着新的发展契机和出路。

养家吃饭的钱，过奢侈金迷生活的本钱，早就没了问题。但财富的聚敛者，不会轻易断绝贪婪无度的欲望，上了满眼金钱的船，都不会去等待它的沉没，必然会全力以赴地调整航向，让他继续向前航行。

何建丰已经有了些经营者的睿智先觉，决定逐步退出沙石市场，另辟蹊径——做漂流生意。他看到了近年新兴的旅游业带来的商机。

有了这个想法后，何建丰从砂石场回到新乐市与许巧巧商量。

此时，何建丰与许巧巧，已经住进自己的又一处新房。他们没有从穷到富地逐次升级，而是比较快速登高到新乐市居民的中上富裕阶层。在新乐市地标之一的"牡丹苑"193号小区，另买了套价值一百五十万的新房，面积二百五十平方米，五室两厅三卫两厨，属于小高层电梯房。他们住在十一楼。有了宽敞的住房，龙峪的父母岳父母有时来小住一下。他把爷爷也接过来观过光。当然有了更大的房子，不管何建丰夫妇内心高不高兴，牡丹苑十一楼，还是被龙峪一部分川流不息来新乐办事的亲戚朋友，视为最佳落脚处。

何建丰把筹建漂流公司的想法告诉妻子。

在经营上，许巧巧最相信丈夫总揽全局的开阔眼光与能力。这次，他倒有几分疑虑，问道："漂流公司，是服务性很强，生意旺淡变化也比较大的行当，做不做得起来？"

"放心，我已经做了市场调查，我在有关信息上看到，有好几个省区已经有人开办漂流公司，生意火爆。啥事儿，都要赶在前头，如开办砂石场，咱们抢了第一桶金，后来这两家，咋能跟咱们比。现在趁他们还在沉迷老市场时，咱们调转船头又转向新业。"许巧巧听得有道理，便点头同意。

很快，经过进一步考察论证，搞了个设计规划，在龙峪村金马河往上游的三公里处，叫"前湾"的地方，选择了一处河床狭窄、流水落差较大的河段，用铲车与挖掘机，对河道做些疏导整理，该凿的去凿；该堵的就堵；该垒堰的垒堰。靠金马河的南侧，开辟出一条三公里长的漂流水道，终点就是龙峪村。何建丰改头换面，在金马河上又突然竖立起来"金马河龙峪漂流公司"的大招牌。

金马河采沙公司继续保持经营，但生产规模在缩小，一些重复的旧设备，能卖则卖。对公司的四五十号员工做出调整，选择了部分人员进入漂流公司新岗位。这次组合，原来在砂石场做事的，老支书裴庆奎的孙子裴金锁，长秀姑姑的大儿子陈志坚，叔伯哥刘松河的儿子刘雅文，老舅爷家的孙子韩俊，舅舅侄女曹小妮，师傅外甥康辉，内弟许明明等，都被列入漂流公司的新名单。

何建丰去县水利、工商部门、旅游局办理手续。申请理由是：金马河漂流公司，全力推进定州旅游事业的发展，活跃丰富城乡居民文体娱乐生活，提供高品质的户外精神游乐享受，并承诺将经营利润比例的百分之五资金，用于金马河生态环境的治理。如此的经营理念、气度境界，符合国家倡导的发展旅游产业政策，很快得到相关部门支持，顺利领回了"金马河漂流公司"的经营许可证。

但在这次办证中，县水利局局长王宪章，向何建丰推荐了一个人，到公司做销售工作。何建丰认领了这个附加条件。

为迎接夏日旅游高峰的来临，何建丰总经理，在河边盖起三十间简易的经营房舍，设有经营办公区、物资仓库、游客饭店客房、生活娱乐休闲区。定制五十艘竹筏，配套救生圈救生衣等安全器具。院内栽种树木花卉，美化环境。赶在"五一节"这天，正式营业。

开张这天，金马河河滩边，鞭炮锣鼓齐鸣，花篮彩旗彩球争辉。请来了县里的执法部门、龙峪镇和村里的头面人物，热闹非凡。

有位女士惹人眼球。三十岁出头，一米六七的个头，亭亭玉立。一头乌发，如云瀑飘至腰间，略偏圆的苹果脸，让他显得比实际年龄更年轻，而且更能衬托出她长长的玉颈，脸色白里透红，感觉胭脂帮了不少忙。明眸小口，用眼睛流光看人，面带酒窝，总是在微笑。细腰肥臀长腿，身着浅薄蚕丝白外套，胸脯高耸得像两座小山，下穿玫瑰红折叠裙。典礼上被介绍是"金马河漂流公司"销售部经理——唐美丽。

第一天，在庆贺的酒宴上，唐美丽就展示出非同常人的魅力。她是销售经理，与她的身份也相符，跟在西装革履何建丰总经理身后，与各路宾朋杯盏交错，说尽吉祥祝福的美言客套话。

特别敬酒到县水利局王宪章局长身边，朝着早年过半百的王局长，落落大方地甜笑："……干爹，你今天一定要多……多喝几杯啊！"喊得缠绵多情。

王宪章喜上眉梢，将手中酒杯往干女儿胸前的酒杯上轻轻一触，仰头干了："恭喜你们公司，祝今后经营顺利，宏图大展啊！"

"干爹，你不仅仅是庆贺，日后还要亲身参与，有空就带着家人过来，玩玩水，放松放松！"

说得周围人哈哈哈大笑。大家也不知道，这干爹是真是假，反正见怪不怪，真真假假，跟着乐！

敬酒，何建丰在前。人们倒把眼光移到了这位花枝招展、能说会道的唐美丽身上。唐美丽与王局长的小热闹，让何建丰都有些脸红，可唐美丽却不以为然，仿佛是久经考验的酒场老手，一切都合情入理，轻松自如……

初次合作，何建丰就感到了唐美丽的非同一般。从内心讲，她美丽的五官相貌，还略逊自己的老婆。但是穿衣戴帽，待人接物，风韵气场，绝对碾压许巧巧。

坐在另桌的许巧巧，她是财务部的经理。看到唐美丽风姿绰约、花蝴蝶般的周旋，还有烂熟公关的伶牙俐齿，作为女人，就潜在地有了种不祥的征兆。

晚上回到龙峪家里，许巧巧下厨房做饭，显出满脸不高兴。

何建丰看见，站在厨房门口问："今天是开张的头一天，有啥不顺心的？"

许巧巧憋不住，开口直接问："那唐美丽是哪里的？是谁请来的？"

何建丰知道这是女人间的醋意，故意说："怎么了？"

"怎么了，你自己心里明白！"

"我明白个啥？"

"你是不是故意弄个狐狸精，来气我！"

"人家刚来，就成狐狸精了？"

"你看那风骚的样子！"

"人家不过是为了经营的需要，说些面子上叫人开心的话，你也当真？"

"你还替别人说话，我还没到人老珠黄地步，你就胳膊往外拐了！"说着，许巧巧居然掉泪了。何建丰拿起手帕递过去："你们女人啊，真是小心眼。这刚开始就杠上了，以后还怎么合作？"

"反正我觉得这女人来路不正，你把她退了！"许巧巧用毛巾擦擦泪，接着抗议。

何建丰面露难色："你说得倒轻巧，别人来上头天班，无罪无过，你说开就把人家开了？"

见丈夫有点生气，许巧巧声音弱了些，但还是在唠叨："反正……反正我觉得这人来者不善！"

"你呀，把人家想得那么复杂！""比如你与萧亚君两个，我就没想那么复杂！"何建丰举例开导。

何建丰这么一说，问题倒复杂了。许巧巧怒火中烧，立马从厨房走出来，把围裙解掉，摔到小餐桌上，饭不做了，大声喊："你说清楚，我跟萧亚君怎么了？"许巧巧平时还是温顺，但怀疑到她的生活作风问题，她就很难控制自己的情绪。

"我不是说，我不怀疑吗？"

"你说这话，不怀疑自怀疑！"

何建丰见妻子发这么大脾气，能够下意识地更加明晰许巧巧的纯洁，也知道自己的比方不大恰当，赔笑道："我始终相信老婆的人品，是我错了！"

"我知道，这多年，你心里总是憋闷，幸好我当时全生活在你何家，进进出出，都是何家的人。如果住在别处，我跳进黄河，都洗不清！"

何建丰这一着持"车"直行的"将军"，峰回路转，让许巧巧由"原告"变成了"被告"。

许巧巧似乎也悟出了这种错局，再次转向正题，问丈夫唐美丽到底是哪位高人介绍来的？还有那位王局长，到底是不是他干爹？

许巧巧无意中，一语点到"机关"！

何建丰只好原原本本对许巧巧讲："咱们经商做生意，事事要求人，处处要受制于人，这唐美丽，就是前次我去城里办经营手续，水利局王局长安排的，还直言要当销售经理。至于是不是真干父女关系，我也不知道。只听说，王局长的干女儿比较多。人家干闺女敢喊干爹，干爹敢答应，我们就得认！"

听了丈夫天衣无缝的解释，许巧巧气消了些。又系起围腰，对丈夫说："既然是工作上的靠山推荐，今后，在处理关系上，你得考虑到人家的背景，要悠着点！"

"放心，连这点我都不懂，还能在商界混？"何建丰说得胸有成竹。

何建丰在经营上，有自己眼光。其实，在对人细腻准确观察上，在处理人际关系上，有时一叶障目，反而不如妻子。

何建丰分析："人家也是逢场作戏，哪有那么复杂，我看唐美丽倒是拉关系、搞接待的一把好手，我们何不借鸡生蛋，为我所用呢！"

"反正我凭我们女人的直观，提醒你，要提防些。你在业务上，可以发挥她的作用，可在关键核心的事情上，不能随意交付太多，放权太大。"

许巧巧又说："在做人处事上，你应该向建业大哥学学，你看大哥很会处理人际关系，考虑事情很周到，基本不得罪人，很少有人说他的不是。你有比较偏太直的一面，自己可能不觉得。你看建伟兄弟个性虽然强，有时候对着你干，但他服大哥，从不与大哥抬杠。"

说到大哥，建丰也高兴，他说："我也尊敬大哥，这次办漂流公司，我打电话，征求了他的意见。"

"那大哥的意见呢？"巧巧追问。

"他没有直接表态，只让我搞好论证，慎重行事。"

许巧巧笑意回到了脸上："这就是大哥的高明之处，没有把握的事情，从不把话说满。随意一件事，就能看出大哥的沉稳城府。"

直到何建丰附和点头说是，这夜算是平安过去了。

金马河漂流公司，正式营业了。龙峪至县城，一直到新乐的公路沿途，不时还能看到小花广告——"要漂流，去龙峪，带给你不一样的清凉世界！"的画面，鲜艳夺目，向游客笑着招手。

游客一批一批地到来。公司先对龙峪村庄的人，免费开放三天。先声夺人的浪花、美景、笑声，让金马河边过往的车辆，减速慢行，又成了段直播的"录像"广告。近处有徒步有骑摩托车来的，远方有开着小车来的。有朋友组团家庭聚会出行的，有单位统一组织来的。一群群一对对，吆喝喧天，让平日比较寂静的山区公路上，新添了一道亮丽风景。人们看到漂流的上游，游客穿上红白相间的救生衣，依次坐上竹筏。一声呼哨，撑筏的艄公，用竹篙轻点岸边，竹筏便驶入中流，向下游冲去。

竹筏边，白色浪花飞溅，波涛起伏，两岸青山对峙而飞，前方后面，皆是红男绿女的呐喊嬉笑声，还能听到艄公吊出高嗓，飘荡出动听的龙峪民谣：

一根竹篙两头尖，
下拨碧水，
上刺蓝天。
妹妹割草柳林岸，
辫子飘在花衣前。
哥唱山歌给妹听，
我家住在山那边。

一根竹篙两头尖，
下拨碧水，
上刺蓝天。
妹妹草满把家还，
坐我渡船稳如箭。
雨过河心彩虹出，
我与妹妹心相连。
……

游客漂流完，享尽水上的欢乐，还要去休闲区观景、唱歌、打牌、吃烧烤。经营效果就是——让游客想来，来了不想走，乐不思蜀，流连忘返，下次还想来！

漂流生意已经做起，有了新的经济效益。公司兑现诺言，拨出专款，安排铲车推土机，对金马河道，进行疏通整理。在公司里人人收入大增，心花怒放之时，金马河另两家采砂公司的金老板和冯老板，看着自己日渐衰退的采砂场，恨得牙痒痒。他们埋怨自己，为什么在开拓市场新领域中，总比何建丰慢一步少两拍。

做漂流，与许多生意道理一样。就要拉客户稳定客户再发展新客户，推销工作当然很重要。唐美丽在这方面，显示出独特的交际才能，平时巧舌如簧，加上察言观色的妩媚，的确赢得不少游客的青睐。

她也利用自己原来的社交关系，带来一些客户，金马河漂流公司旗开得胜，良好的发展势头，唐美丽功不可没。还有就是唐美丽读了点书，她在新乐艺术学院学过声乐，本来分到一所初中教音乐，因嫌工资低，才自己走向社会，寻求赚钱商机。对文化艺术的理解，她还是要高人一筹。例如艄公唱的那首山歌，就是唐美丽在龙峪民谣基础上，又请文化人充实内容，改编后，让它荡漾在金马河的云水之间。她曾对何建丰说，男女情爱，是人间的永恒话题。漂流中用上这首歌词，男女老少都爱听，来漂流的更多的是少男少女。这歌可不是白唱的，漂流的船票，也包含这份价值在里面！

她的过人之处，何建丰从心里佩服，有时不自觉地拿她与许巧巧相比，他觉得自己的老婆，太实在，就没有这份品位！

顿时，唐美丽成为公司有影响的人物，老总何建丰把她看成"香饽饽"，员工自然也会仰视起来。

唐美丽工于心计。老总的夫人——许巧巧，并不常在公司坐班，心挂多头，有时回新乐管孩子，有时要在龙峪照看下老人，主要是隔三岔五到公司来结账。老总夫人在公司期间，唐美丽会尽量紧贴在她的周围，嘴很甜，特亲热。就餐时，有时她还帮许巧巧添茶盛饭，把许巧巧关照得心里很舒服。

唐美丽观形察色，她不可能平分秋色地平等待人。对普通员工，她不会得罪，只是敷衍而过。但如遇到工作上偷懒，或者对顾客服务态度不好的事情，如涉及她管辖的范围，就会毫不留情面地训斥。她这个作风，让何建丰大为赞赏，老总知道公司里需要个能抓敢管的得力助手。

这日，许巧巧从新乐来到漂流公司。唐美丽走上去："嫂子，你多日没来了，刚才何总出去有点事，我先来陪你。"

"他去哪了？"

"老总没说，只答应中午回来。"唐美丽说完，上前挽住许巧巧的胳膊。

一股浓重的"香奈儿"牌的香水味，直沁到许巧巧的鼻腔。

"嫂子你先坐，我给你倒茶。"唐美丽将许巧巧按在沙发上，动作很麻利，一杯浅咖啡色的红茶，通过纤细柔软的双手，送到许巧巧面前。

许巧巧接过茶，表情平和。她有点感觉到，唐美丽此时俨然是个主人，她许巧巧倒成了客人。

"嫂子，我给你汇报下公司的工作吧？"语言轻盈柔和。

许巧巧立即觉得自己又成了主人，但她没说，行还是不行。

唐美丽也给自己倒杯茶，偎在许巧巧身边，说了起来："嫂子，咱这漂流公司办得正是时候，现在发展得很好。第一说明何总有眼力，有经营头脑，在投资项目的选择上，比别人棋高一招！"说着同时用手隔窗指指金马河的下游。意思是下游那两家采沙老板的愚钝。"第二是咱公司有很强的凝聚力。还是何总有眼光，网罗过来的，从下面做事的，到上面搞管理的，都是人才。现在公司内部，分工明确，责任到位，上下拧成一股绳，干得正欢。"说的都是原则话套话。尽管如此，许巧巧还是有了愿意听的感觉。

"今年比去年的营业额多出百分之三十，游客量比去年增加了四成。特别是学生暑假节假日，这里更是门庭若市啊！"唐美丽说的这些大体的发展走势，许巧巧基本知道。因为许巧巧，管着漂流公司还有那边采砂公司的大账，大的账目收入支出，存款转账跑银行，都由她负责。近段时间，来得少了，儿子读大专有时回家，女儿刚刚工作并结婚，也住在家里，都需要照顾，所以在新乐住得比较多，到龙峪的时间跨度拉长，差不多一个月到漂流公司结一次账。

说完，唐美丽谦虚地说："嫂子还有什么指示？"

许巧巧从表面也着实挑不出什么大的毛病，指示之类的话，无从谈起，只好顺水推舟说："大家辛苦了！"说实在的，在随机应变的辞令能力上，许巧巧可远远赶不上唐美丽。唐美丽是久经江湖的女侠，那许巧巧还只是个循规蹈矩的算账婆。

唐美丽这时侧身从自己挎包里，取出条鹅黄色绣有蓝蝴蝶的蚕丝头巾，用手展开，有九十公分方正，双手托到许巧巧的脖子上："嫂子，这是小妹的一点心意，你戴上，显得更加漂亮迷人！"

无功不受禄。许巧巧如何会收丈夫属下的礼物，说什么也不要。唐美丽说，无论如何你得收下，要不，就是看不起小妹！硬是把丝巾塞到了巧巧的提包里。

中午，何总回来了，大家一起吃饭。坐了七八个人，还有管收银的，餐饮部的经理，另外有唐美丽的两个部下。

饭局中，唐美丽总要把头碗饭，送到许巧巧面前，红酒杯也不断地伸向许巧巧，还招呼大家过来，众星捧月，一起向老总夫人敬酒。

平时的尊重与温情，让许巧巧慢慢地放松了戒心。觉得唐美丽的确能干，公司也需要这样一个八面玲珑、会张罗应酬的人。她能干，给公司做贡献，丈夫也就没那么累，是件好事。想到此，对唐美丽也逐渐和睦起来。

但是，何建丰却一点点对妻子不耐烦起来。主要怪他对娘家人过于关心，几次借钱给娘家人，额度较大，借款者又不按时归还。而对何家人的亲戚嘘寒问暖少，态度差距比较大。还有就是，对他自己的生活冷暖，平平淡淡，关心不够。

夏末初秋，天气稍稍凉快了些，服装上已经可以"乱穿衣"。但大多人还是单衣单裤，甚至有穿短袖的。金马河两岸青山的绿叶，开始有了些微黄。

阴历七月十九日这天，何建丰打电话给家里，简单说要去春明市的一家大型工厂谈业务，同行的有唐美丽和公司销售部的小郑，事实也是这样。漂流是季节性的生意。入了秋，就要做秋天的文章。公司承揽生意的精英，当然主要是何建丰和唐美丽。他们策划，鼓动更多的游客，秋来龙峪，在金马河乘竹筏，击水中流，观赏两岸红叶美景，品尝蟹美雁肥野味。

去春明市衡动光学仪器厂谈业务，是唐美丽在该厂当生产科科长的姨夫推荐。光学仪器厂属于大厂，有四五千人，福利好，每年都为职工提供两次旅游休闲机会，有了姨夫的关系，唐美丽找到工厂文化娱乐中心黄主任。

当日送些小礼，并请黄主任吃饭，晚宴在春明市的"大不同酒家"，晚饭后唱歌在"天后歌厅"。酒香菜美，乐柔歌绵，黄主任高兴，意向性的业务谈成了，答应秋季工厂组织职工，分期分批去金马河漂流。此行不虚，何建丰与唐美丽极度兴奋，这桩大业务就可让公司下半年百分之六十的业务量，有了保证。

回到宾馆，同行三人，个个面色红润身带酒气。何建丰酒量不大，主要是应酬。唐美丽有量，但没有醉，她能把握自己。小郑已经小醉，各自回到自己房间入睡。

刚洗完澡，何建丰穿上睡袍，床头柜的电话响了，隔壁1103房间唐美丽打过来的，唐美丽说她有点不舒服。何建丰出门几步就是1103，准备敲门，见门是虚掩着，便推门进去。

此时，何建丰看见唐美丽斜靠在床头，身穿薄如蝉翼的粉紫色睡衣。床头柜台灯橘黄色的光束，和煦地散射在唐美丽的脸上，像旭日欲出的早霞，改变了发型的波浪乌发蓬松巧妙地卷向双鬓。

何建丰站在床前问："怎么啦？"

唐美丽用手指指头，轻声说："我……我有点头晕，你看是不是发烧？"说完用勾人魂魄的大眼睛看着他。

何建丰听了，以为是酒喝多了，便上前弯下身去摸唐美丽的额头。

突然，何建丰的脖子被唐美丽紧紧搂住："建丰哥……我喜欢你！"

何建丰被这突如其来的动作吓住。他在最近的距离嗅到了唐美丽秀发的芬芳，嗅到了高级香水的浓郁，也嗅到了唐美丽别有的体香，柔软丝绸的袖领，在他的脖颈和脸上厮磨，他已不能自已，只喃喃地说："你松……松开，有……话……慢慢……说……"

唐美丽非但没有松开，反倒抱得愈发紧了。

紧要关头，何建丰不是没有一点理智，他这时忽地想起了自己老婆许巧巧，于是颤巍巍地说："美……美丽，你看，我是有……有家室的人了！"

"我不管，反正……我喜欢你。"唐美丽又说，"我只是喜欢你，又不影响你与老婆的关系。"说着有了些嘤嘤的哭声。大男人哪里经得起女人这般的软硬夹击。

一不做二不休。何建丰败下阵来，接着就是半推半就，变被动为主动，两人宽衣解带，便在床上剧烈运动起来。

　　这以后，两人的关系发生了质的变化。唐美丽会不自觉在没人注意时，在何建丰面前，做些轻薄撒娇的小动作，还会发些小脾气。何建丰在唐美丽这里，体味到了在妻子那里，从未有过的恣意放纵的快感。他有时会暗自拿妻子与唐美丽做比较，他逐渐觉得妻子太传统，甚至有些保守有些笨拙，而唐美丽却聪慧过人，太前卫太新潮。

　　他渐渐地觉得，唐美丽能给事业带来更大帮助，身体及心情有更多的抚慰，有点与唐美丽难舍难分了。这不久，唐美丽被宣布成为漂流公司的副总经理。

　　事业正劲。何建丰慢慢地回家少了，喜欢住在公司，有时带唐美丽出差。一次，何建丰还把唐美丽带回龙峪家里，给父母见面，并介绍说，这是公司的副总，用高薪聘请来的"女诸葛"。长生夫妇，看唐美丽虽有姿色，但用传统的眼光，并不喜欢她那矫揉造作的样子，不以为然，也不冷不热，只是平常的应酬而已。何建丰以后就再没有带唐美丽登家门。

　　绸子包不住火。有了些时日，公司的员工也能看出老总与副总的暧昧关系，因对象是领导，不敢公开说，只是私下议论。这时何建丰的内弟许明明听到了，心里肯定偏向姐姐，见了唐美丽，有点横眉冷对，而且把在公司风传的小道消息，告诉了许巧巧。

　　许巧巧，并不是个傻瓜，也算聪明中人，只不过与唐美丽相比，保持的传统女性本色更多一些。她本身就存有戒心，只是后来放松了。

　　这种变化，在弟弟许明明打小报告之前，他已经感觉到了。一个是丈夫爱在外面，回家越来越少，对两个孩子的关爱，更多是偶然的电话，或者是委托她代为其劳的物资慰问。二是感觉到唐美丽对她态度有变化，没有过往的那些奉承热情，甚至有点不敬。她偶然去公司，唐美丽不再陪同了，更不会为她倒茶端饭了，只是安排给下属，应付而已。三是何建丰回家洗衣裳，她多次细闻丈夫的衣服，尤其是内衣，她已经闻到了"香奈儿"的香水味。女人的直观敏感，她判断丈夫已经上了唐美丽的"色船"。

这天，何建丰回家，向许巧巧提出，有两人借钱。

许巧巧问："哪两人？"

何建丰说："一个是朋友刘石头，说是欠人的钱多年，别人催得急，替他解难，借两万元，有钱即还。第二个借钱的是副总唐美丽，借五万元，家里有困难，父亲有病，需要手术费。"

许巧巧早就看透了，提醒："这钱不能借。"

"你也听说过，刘石头与白尚杰一个德行，是个老赖，借别人钱还不起，拿咱的钱去垫。他就是在拆东墙补西墙，他有偿还能力？另一个，你并不真正熟悉，她只不过是临时遇见的生意合作人，说难听些，是咱雇过来帮咱做事的。你知道她的底细吗？她也有还钱能力吗？"

妻子的连串发问，确实有道理。但何建丰不开心："朋友都会遇到难处，我们没钱时，王胜利还不是把盖房的钱，主动借给咱们。"

"借钱，要看借给什么人，如果是王胜利借钱，我不会说二话。"许巧巧据理而争。

"你就是守财奴！卡朋友，只照顾娘家人。你借给你妹妹许艳艳家的三万元，这么多年，不是照样没还？"

许巧巧一时语塞。他知道自己的妹妹许艳艳借了钱，有了偿还能力，却一直拖着不还，让她讲不起话，心里也有气，只是碍着亲戚面子，又不好硬催。其实何建丰模模糊糊知道，许巧巧私自给另外的两家表亲戚，或多或少也借过钱。也给何建伟几次钱，她感到小叔子没有赚到钱，生活拮据可怜，见面每次都塞给上千元。

最后，在不愉快的协商中，许巧巧答应给刘石头借钱。许巧巧又说了句："借了，你会后悔的。"而对唐美丽要借的五万元，坚决不同意。她完全知道了丈夫与唐美丽之间的猫腻，只是现在不点破而已。

借款风波后，何建丰则体验到了，经济上受制于老婆的不便，就决定搞个"体外循环"的小账户，自己管。于是找来公司收银员小马，要他将平时收款的百分之七十，进入许巧巧的大账，另外百分之三十，进他新立的账户，而且要高度保密。

何建丰与唐美丽有私情后，这么一闹，夫妻感情急转直下，距离越拉越远。何建丰索性不回去或很少回去。许巧巧就找公爹公婆告状，何长生、曹仁花把儿子喊到龙峪家里，苦口婆心告诫，人发了点财，有千错万错，可不能跌失人品。儿子何舒奇女儿何舒芳更是爱憎分明，也到公司找何建丰和唐美丽吵了架，却没有让何建丰幡悟回头，而且固执地与唐美丽半隐蔽地住在了一起。

好事不出门，坏事传千里。何建丰这花边新闻一出，让平时喜欢外出溜达的父亲何长生，脸上很挂不住。他觉得上对不住列祖列宗，下对不住儿媳及孙子孙女，还对不住亲家，感到满大街都是嘴，在议论此事。出门也少了，偶尔去三棵树，看见有人扎堆，就绕道离开。别人碰到也知趣，不提这事，只礼节性问候下，就过去了。

何建丰的岳父母，对这突如其来变故，更是怒不可遏，岳父许道山阴沉着脸，唉声叹气。岳母娘冉青芸平时也是骄横的人，逢人便骂女婿是"陈世美""昧良心的"。这天，她拉住丈夫："走！到漂流公司，找那孽种吵个人仰马翻。"被许道山拉住："吵啥？你儿子还在他手下做事。"岳母跺着脚喊："漂流公司，也有我女儿的份，他能把明明怎么样？"许道山提醒："别忘了，何建丰是老总，真弄急了，把明明退回来，可成了'两头不落一头'，到那时，你儿子没事可做，还会找你干架。"这招真灵，岳母冉青芸声音慢慢弱了下去。

中国式的婚姻有意思！原没有瓜葛的男女确立了婚姻关系，双方父母无论距离远近、相识深浅，便成了亲家。一旦儿女婚姻解体，亲家立马又变成了路人，甚至是仇家。同住的一个村的岳父岳母，原来与父母互有走动，亲热有加。自何建丰与许巧巧感情裂痕后，许道山夫妇基本不再与亲家何长生家来往，免得双方见面，都难堪。

僵持半年多后，何建丰向妻子提出离婚。爷爷何致兴公开骂何建丰，如离了婚，就不认这个孙子。长生夫妇、许巧巧的娘家人，都给许巧巧出主意，坚决不离。没有如此便宜的事情，共同的财富，拱手让给她小三。拖！也要拖死他们！

婚姻，是美好与罪孽的结合体，是所有人际关系的发源地；婚姻，是家的孵化地与延续的温床，是漂泊在河流上的万家灯火，婚姻还是飞动在银河里的满天星辰，也是人性美好与社会矛盾的高发地的起始与终结地。

何建丰情变婚闹在焦头烂额之时，何淮海叔叔正好也在龙峪。

何淮海是在母亲韩瑞兰去世后的第二年离休的。他离休前四年，商业部门改革撤并，他又被调到林业局任局长。对林业工作，他又从头熟悉起，边学边干。也算是工作岗位上的最后一站，除了领导林业部门深化改革开拓林业工作新局面外，还积累了些林业技术知识。从林业局离休后，何淮海想的第一件事，就是凭借刚从岗位上退下来尚存精力，力所能及为龙峪家乡的经济发展，为乡亲们脱贫致富做点事情。他看中了东北人参，通过老支书裴庆奎引荐，与现任支书马延寿联系沟通，自己掏钱，租车拉上两千棵东北人参苗，还带走一位种植人参的技术员，回到龙峪。龙峪村调节出两亩地，组织人力，将这些来自远方黑土地的人参苗，植进龙峪偏沙质的黄土地。从吉东来的人参技术员，对龙峪的七八个村民做了十多天的种植技术培训，完成任务后走了。何淮海自己在龙峪住下来，住宿就与老父亲住在一起，吃饭就搭在何长生曹仁花哥嫂的锅里。平日里，吃完早饭出工，分上下午，与村里安排的五个四十多岁苗圃种植技术骨干，拿着小锄小铲小棍，钻进人参培育地里，参加劳动，伴着日偏西收工。

何淮海在龙峪时，侄儿何建丰也请他端坐在竹筏上，在两岸如画的金马河上漂流。他也见过那个颇有姿色、灵活热情的唐美丽。听到正副总经理两人的风言风语后，看到已经影响了家庭稳定，也劝导过何建丰几次，但没有多少效果。作为长期在外，平时与侄儿打交道很少的叔叔来说，只能是作为长辈表达一种态度要求而已，说到为止，留下的同样是无奈。

何淮海离休回到龙峪家乡，除了奉献爱心外，还有个重要情结，是看母亲去世后，抽时间在家陪陪孤单的老父亲。他在龙峪住了半年，经过慢慢摸索，精心培育，掌握了东北人参适应龙峪土壤气候的经验，带动十多户人家开始专业种植人参，几大片人参地绿油油，充满生机。何淮海在战场上受过伤，加上在那场大运动中受的冲击，身体不太好。妻子郑湘萍还是放心不下，半年之后，专程从吉东到龙峪，来接丈夫。经过半年户外劳动，风吹日晒，长时间与儿时的同学朋友混迹一起，本来穿戴整洁、仪表威严的领导干部，如今也变成了黑瘦、装束随意的老农民。郑湘萍见了，几乎不敢相认，眼泪扑簌簌流了出来，好像丈夫又受了天大的委屈！郑湘萍看到由何淮海扶植的人参苗长势良好，老父亲何致兴身体还算健康，就做丈夫工作，反复催促，最后一起离开龙峪，回吉东去了。

何建丰、唐美丽、许巧巧三者之间的故事，无人管得了，就让它在新乐、龙峪、金马河上，继续蒸发、传诵……

第二十六章

525 地质大队的内部改革，继续深化。此时，何建业已经担任大队长兼党委书记四年。这一年，俞新庆副队长也被省局提拔，调到 527 地质大队担任大队长。

这天，何建业将几个副队长召集在一起开会，讨论各大产业下步应对市场问题。

何建业先作引导讲大道理："同志们，改革形势越来越严峻！找矿任务财政拨款逐年减少、自身进入市场能力手段差等诸多困难依然继续。改革是国家应对世界发展潮流，调优调强产业，参与国际竞争的重大战略选择，是大趋势，我们不理解也得理解！我们没有退路，只有破釜沉舟，背水一战。要靠在座领导干部们的智慧，靠群众的力量，同心同德，走出一条适应自己发展的新路子来。形势在不断变化，只有顺应了市场，有了自己的过硬产业与品牌，才会有出路有活力。大家谈谈自己的高招！"

刚一开始，负责工程勘查的易江源副队长与负责财经人事管理的副队长黄建设，就发展定位问题你一言我一语争执起来。

黄建设慢吞吞地说："会哭的孩子有奶吃，还是要多往上面跑，争取更多的资金支持。""都什么时候了，还是老传统观念？应该全力面向市场，自己挣钱才靠得住。"易江源反驳。

"如果向上要个一百万，能够顶得你满身黑汗一千多万的市场产值，看哪个划算？"黄副队长自以为是的样子。易江源坚持："现在反对等靠要，自力更生才能丰衣足食。弯腰求施舍，不是长远之计。"

"反对等靠要，那只是提倡，改革也有个过程，别站着讲话不腰疼！"

"腰不腰疼，我能从外面将钱挣回来，就是本事。我是进钱你是花钱，与你没法沟通！"易江源越说越气。

何建业摆摆手笑着说："让大家来出点子，倒成了辩论会！你们一个有开拓拼搏精神，一个说得也有道理。我们取中，来完善我们的工作思路，一是继续向上汇报，在转产过程中赢得政策、资金和装备上的支持。二是我们自己把产业调大调强调优，公益性任务与市场业务并举，将单位经济推上新台阶。再是要关注民生问题。在调整产业结构同时提高安置效益，尽可能让下岗的职工重新上岗。"

顿了顿他又说："我们这届领导班子，还要完成一项重大任务，就是让525 地质大队由现在的蒙山乡村迁到青城市区去。"

坐在旁边的王艺文秘书，哗哗哗……认真做着记录。王艺文"以工代干"，正在通过"局职工大学"拿文凭，已是队办公室的笔杆子之一。

体型高挑、精神饱满的副队长张少坤提出："现在测量装备不够，测量仪器最起码还要配上十台，工作才能开展得起来。再是缺测量技术人才，能不能对外调进、从大专院校毕业生中招一批？"

何建业回答："你是负责地基测量和土地调查的主管，这一块工作刚刚起步，还有不少困难。想办法先买上几台，其他不够的，可以到省测绘地质院借一些，他们是专业队设备多，他们队长是我校友，我也打电话求情。关于人才引进，会尽快商量出办法。"

"随着社会化进程的加快，国家对土地管理越来越重视，我们除找社会业务外，已经着手与省市土地管理部门联系，争取多拿些国家每年的土地调查项目。"张少坤向队长报告。

"非常好！"何建业夸奖。

黄建设顺势向何建业报告："队长，去年与崔老板合作开办铝金氧化厂，产品质量差，市场打不开销路，工厂倒闭。经队财务核查审计，亏了三十万。现在破铜烂铁丢了一院子，亏损的大多还在队上，现在的崔老板，连人都找不到了。"

何建业脸上掠去笑意:"该项目研究时,我也是力主的。当时太轻信对方的花言巧语,认为老崔是铝合金厂的离岗创业人员,熟悉业务懂技术。说好是六四分成。只看到盈利一面,没有想到潜在风险的一面。咱们参与管理也没有经验。铝合金氧化厂投资经营的失败,决策上我负主要责任。今后凡是对外合作经营办企业的事儿,一定要慎之又慎!"

分管多种经营业副队长罗兴平提出:"要不要将门口的旧水泵房改造下,变成商业铺面?"

何建业谈基础建设开发构想:"队址周边的所有铺面,均不能再增加投入扩容,只维持现状。印刷厂厂房也不再扩大,只增加设备。现有土地上不再做大文章。兴平要集中精力,谋划525队向青城市搬迁的大事。"

"都九十年代啦,咱们不说睁眼看世界,起码要放眼看全国。你看现在各省区之间的发展差距,有多大?人家珠江三角洲、长江三角洲、中东部沿海地区的发展,有的一个地级市的 GDP,和咱们整个西疆省差不多。一个好的县,比青城市的年生产总值还要多。我们现在还处在乡村,连农村的老百姓都纷纷外出打工了。以后住在哪里,就是哪里的区域经济。我们迁往青城市,不仅是改善民生的需要,更是525地质队长远经济发展的需要,是功在当代、利在千秋的大事情!"何建业通过分析经济形势增强迁址信心。

何建业问副队长欧松林:"地质找矿工作近况如何?"欧松林回话:"继续不景气,下半年增了些计划任务,总量仍不及去年。商业性找矿项目也不多。许多私人老板不愿投资,手里买了矿权,也不开展工作,在张望。"

说到矿权,让学地质出身有了一定市场经验的何建业头脑清醒,特别吩咐:"要赶快抓紧登记一批矿权,看形势要有前瞻性,现在的探矿权采矿权,有点私有化倾向。不少有钱的私人老板,在抢购矿权。他们一没技术二没力量,就是靠钱'囤积居奇',以后倒腾赚大价钱。咱们地质队是国有单位,找了一辈子矿,最后手上不能没些家底。矿权是咱们赖以生存的基础,要高度重视。"

散会后，何建业喊罗兴平去看单位印刷厂，边走边交代："你负责这块产业。占有单位设备、房产等固定资产最多，因技术含量较低所创利润也比较低。其发展优势不在突出的经济效益，主要在显著的安置效益。"

看着大厂房里正在忙碌装订书籍的上百职工，何队长高兴对罗兴平说："你能多安排职工上岗，有工资发，能稳定人心，就是你的业绩。主要考核你的安置率，但并不是不要效益，在经济效益上也要下大功夫啊！"何建业强调。

罗兴平比何建业小三岁，理解队长对他的体谅，小胖脸满是笑容："队长放心，我会努力。"但肚子里却在说："你何队长真有水平，正话反话都被你一个人说了，还是要我创造双重效益。"

"兴平，前段我让你预算过，搬迁青城市，一共需要多少钱？"

"需要两千万，按青城的物价水平。"罗兴平回答。

"真是个天文数字啊！"何队长停顿片刻，"不过也不要怕，事在人为，大家齐心协力推进，大的事我出面，具体的事你去办，你把搬迁报告拟好，我们一起去找青城市政府找省局汇报！"

何建业在青城市已经有了一定的知名度，对青城地区发展有过大贡献的地质专家来访，青城市市长还是很"开恩"，给了约谈的时间。

青城市长李默然，与何建业一行进入会客厅，按宾主坐定，听取何建业的汇报。

何建业谦恭地说明来意，提出单位地处乡村，经济困难，急需搬迁青城市区的请求，让罗兴平呈上"搬迁报告"。个头矮于队长爱整洁的罗兴平，用手整整上衣衣扣，挺挺腰身做详细汇报："525队现有一千九百名职工，加上家属有四千多人，挤在蒙山乡村边缘的一处大杂院子里，基本上还是五六十年代盖的，除了近年盖的两栋三四层楼宿舍外，大部分职工家属还住在低矮平房里。关键是远离城区，离蒙山县城还有二十七公里。单位过去为国家找了许多矿，现在很困难，与青城市许多部门单位比，发展差距很大。特别是现在单位经济不景气，许多职工下了岗，无事可做，生活没有着落。

现在处在乡村的环境，职工在走市场，子女读书就业，离退休职工就医养老等方面，都面临着许多新困难……"

李默然市长，身材魁梧，笔挺的西装，头发向后梳着，满面春风，靠在绿色软皮沙发上认真地听 525 地质大队领导的诉求。听完后，李市长似圆又似方的脸上映着笑，很爽快说："你们要求正当，不过分！青城是个矿业大市，这里百分之八十的矿产发现，是从五十年代初至今 525 队一代代地质工作者找的。何队长你也是这份功劳簿上的重量级人物呀。如果没有记错的话，你还是市里的劳动模范，后来又当了省劳动模范。我们怎么能让一个功勋地质队，跟不上发展步伐，还驻守在偏僻的乡村呢！"李市长看着何队长说话。

李市长接着说："你们还算赶上了末班车，现在市里的土地已经开始紧张，再晚一点，就难说了。目前还有少许的土地存量，我把你们的报告，带到市政务会上去研究，会以最优惠的条件，为你们出让所需要的搬迁用地。"

市长说完，让秘书把会议内容整理好，收取 525 队的搬迁报告，做好上会的准备。

李市长的重情厚义，爽快果断，说得罗兴平额头渗汗，差点要喊市长万岁了，嘴上不自觉地重复两次："市长，晚……晚上，我们想再请你坐一坐……"

李市长双手抱拳笑道："不用了，应该的。你们等待消息吧！"说完，站起面朝何建业说，等会儿我还有个会，就不陪你们了。

走出青城市政府大门，罗兴平仍处在亢奋中，忙不迭地对何建业说："队长，真没想到，现在有这么亲民办实事的好市长！也没想到，队长在青城市有这么大的影响力！"

何建业面色也如天上满月："咱们党和政府，岂能不为基层和群众的困难着想？好干部好领导肯定是大多数！"

"你请市长的客，咋能在会上公开邀请呢？"何建业又批评罗兴平。

"我当时不是太激动了嘛！"

"激动，也不能乱了方寸。本是好意，可不能给市长授人话柄，添麻烦啊。"

罗兴平有些不好意思，连连点头。

何建业与罗兴平又到平州市，向西疆省地质矿产局（已经由原"省地质局"更名）汇报。局长又换了新人，是从中部省区调来的程鹏远。富态的程局长听完汇报，在感情上——理解支持，在资金物质上，双手一摊说："局里没一点钱！我只能向上打报告，请示部里支持。"

市里有曙光，局里却有些沮丧。回单位后，只好组织力量，完善资料，继续向上请示汇报。何建业与罗兴平等人陪着局里同志，几次跑到北京汇报。地质矿产部十分重视 525 地质大队的请求，同情他们。的确，在全国还守在乡村建队的地勘单位，已经少之又少。地质矿产部此时资金也很紧张，最终还是决定拨款八百万，支持这个地质找矿的国家功勋队搬迁青城市。

为了实现搬迁青城市的计划，凡是与新基地地盘与资金落实有关的重大衔接，何建业每每亲自出马。牵头与罗兴平带着相关工作人员，不知往有关部门跑了多少趟，最后把各种手续办了下来。

市政府决定，划给 525 地质队青城市新基地用地近两百亩，位置在市政府门前解放路往东二点三公里处，区位绝佳。资金上，除部里拨款外，省局最终也开恩配套了两百万，有了这一千万基础资金，其余的要自己抬。队上从积累中拿出五百万，其余由职工集资购房，自己拿出。

皆大欢喜的事情，前期的难题解决了。后期的建设交给罗兴平，队长特别强调说："咱们要挑选资质最硬、诚信力最好的建筑公司承担工程。组成精干的监理力量，确保工程质量。而且要搞好安全生产，不能发生任何事故。另外，这么大的工程这么多的资金，涉及各方利益。切记要防止腐败，可不能因为搬迁，建起了房子，垮掉了我们的干部！"

罗兴平胸部朝前一挺："队长放心，保证向组织向职工群众交上满意的答卷。"

何建业经常拖着疲惫的身体回家。这天是星期六。他在路上碰到张少坤，悄悄说："你这块市场做大了，也能提高安置效率，如土地调绘，既有技术含量，又不是研究高分子物理，有个一般学历经过短期培训，都可以上岗，主要是个责任心问题……""另外，……你开个小后门，如果能在安排较多下岗同志进来时，照顾下周宇航，后院起火，也很难受啊！"说完与张少坤两人不约而同地哈哈笑了起来。

走进家里，靠在沙发上，点支烟，又在思索着，满脑子整天装的都是公家的事。当队长，真累！

周宇娟端过一杯茶，送到丈夫手中。告诉他，小蕾放暑假回来了。刚刚说完，儿子何蕾汗涔涔拿着篮球也从单位球场练球回来了。

何蕾身材壮实，一米八高的个头，相貌端庄，长相像母亲多。性格更像父亲，儒雅沉静。

见到爸爸的何蕾，亲切叫道："爸爸好！"

"啥时候回来的？"

"昨晚回的，妈妈说你在外出差。"

周宇娟这时，已经将毛巾递给儿子擦汗。

"坐吧，给爸爸说说话。平时你上学我忙于工作，对你管得少，当爸爸的做得不到位啊！"

"爸爸，我知道你忙，有妈照应就行了，我也能够自立。"

何建业看着英俊的儿子，再细看何蕾的面容，漆黑的头发还凝着汗珠，皮肤干净，两眼炯炯有神。挺直鼻梁下的唇边，已经长出了细茸茸的小胡须，他顿觉儿子长大了，自己读大学时也是嘴边生毛的年纪。他满意自己的儿子，比较听话，很少给他添麻烦，性格也趋于内向，你不找他，他几乎不会主动找父亲说话。可能他们八零前后的孩子，都是这样。他忽然隐约觉得，自己对儿子的偶尔教育，也是正统教育，还有点革命式的教育。孩子不与你抬杠，但从表情上，似乎有些不全买账。失爱感、歉疚感，丝丝缕缕涌上心头，何建业直起腰，轻轻在儿子头上抚摸了一下。

"快从西疆大学毕业了，有什么打算！是工作？还是继续读书？"

"爸，正想找你说呢，我想出国深造！"

"出国？"何建业感到意外，只得问，"去哪个国家？"

"M国!"何蕾不假思索地回答。

"哎!出国有什么好?不仅花费高,有的学校,未必比咱中国的学校好。"何建业有了不大同意的声音。

"我都做了'功课',去M国的亚尼亚州理工学院,那是国际一流大学,国内的名牌大学,没法比!"

"你们现在的年轻人,都觉得外国的月亮圆。其实去了,会有很多的麻烦。还是自己的国家好,在自己国家是主人,在别人那里,是他乡异客。"

"别人好就是好,不能不承认。先进的文明成果,要国际共享,我是去学人家先进的东西,又没说一定要定居!"

周宇娟在沙发后叠衣服,这时搭腔:"同意小蕾去吧,他成绩好,人品也端正,出去也是为了学习更多的知识,不会走邪道!"

何建业扭头看看周宇娟,知道儿子早已与母亲串通好了。

"咱们地质大院里,有好几家的孩子,都送到国外深造去了。他们孩子的天资后学,都不如咱们儿子好。"

何建业嗤地笑了,对周宇娟说:"你儿子行就行,干嘛贬低人家呢。"

周宇娟跟着笑:"咱儿子本来就优秀嘛!"

何建业知道,说不过他们母子俩,只好说了句模棱两可的话:"到毕业时根据情况再说吧……"

何蕾听爸爸这么一说,就知道父亲这句话里有让步,出国已是胜券在握。末了,他起身回屋,还调皮说了句:"爸,你要放心。如果当年我爷爷不同意你从龙峪老家走出来,你现在肯定不是525地质大队的一把手。"还做了个可爱的鬼脸。

儿子说得很实在,也让当父亲的很受用。他笑着对周宇娟说了句:"你教育的好儿子,现在就可以硬起翅膀,揭爸爸的老底了!"话语中,其实蕴涵着对妻子这多年辛苦照顾教育儿子的赞扬,也有对儿子逐年长大成熟的赞赏。

儿子进屋操作电脑,妻子下厨房做饭。何建业起身,把客厅的台式电风扇开至三档,又在茶几上拿个橘子,顺手剥开,往嘴里丢了两瓣,嗯哺,又倒在沙发上，呼——呼——呼，任由小风轻轻地吹拂。

刚才儿子何蕾提到龙峪，拨动了他思乡的心弦。平时他不是不思念自己的故乡自己的老人还有兄弟朋友，而是几乎没有时间去想，他把全部身心扑到了地质事业上。……父母来了年纪，家里的晚辈都出来了！他离得远，父母来过西疆两趟，往往住不到两个月，就要回去……做儿子的，真是不孝啊！

他想起，前段时间父母来信说老家的事情。说村里变化越来越大，乡亲们不仅盖起了阁楼房，而且家用设施也在逐步电气化，房间装空调，厨房装油烟机，有的连卫生间都装上了抽水马桶。但是在家里住的多是老人和儿童，年轻的甚至中年夫妇都外出打工了。土地越来越少，有的土地还撂荒，不愿意种。理由是，粮食价格太贱，农药化肥种子贵，种粮划不来。许多当地人出去了，现在反倒有房产开发商看中龙峪，正在与村里谈，说是在龙峪盖商品房，吸引城里人来买房，休闲避暑。另外说了建丰与巧巧闹矛盾，有第三者从中搅和的事儿，让他劝说老二。他按父母的托付，给弟弟打了电话，晓以利弊劝说过，不知道建丰能不能听进去……

小弟何建伟倒是给他来过电话，说是还在海津市创智软件开发公司。平时很少联系，也不知道到底过得怎么样？三兄弟，天各一方，各自策马持缰，驰骋自己的事业。

何建业正在浮想万千，周宇娟在厨房喊："准备吃饭！"打断了他的思绪……

妻子端上五盘菜，红烧肉、麻婆豆腐、蒸排骨、芹菜炒百合、素溜白菜，还有碗西红柿蛋汤。色香味俱全，让人食欲大增，周宇娟为儿子也为丈夫，中餐做得很丰盛，主食是米饭。周宇娟在厨房边洗手边问丈夫，菜多，你们父子俩，喝点饮料吧？

"好，拿瓶饮料代酒举杯！"

一家人三口，难得在一起其乐融融。

吃饭间，周宇娟对丈夫说："前天又给龙峪寄去两千元，其中的五百是给爷爷的，爷爷现在身体差，需要加强些营养。"

何建业点点头："辛苦你啦，他们年纪越来越大，以后咋办呢？"边说边摇头。

又看看妻子，感慨良多。他相信那句老话———一个成功男人的背后，有一个甘于奉献的女人！最重要还有周宇娟从人格上尊重他。一个简单事情，能够说明问题。拿大家庭打比方，他的小姨妹周宇姗的丈夫是蒙山县城二中的老师，有文凭有学识，但因家里在农村，身上难免有些农村青年出来不太讲究的习气，经常遭到周宇姗的数落，动不动就是"农民！""农民！"地挖苦，弄得家里很不愉快。他何建业，也是农村出来的，周宇娟却从没有吐出过半句歧视贬低的话语。从分队到大队，从普通士兵到领导干部，都是全力支持她的工作，默默地承担了全部的家务和大半教育孩子的责任。

他从内心深处感谢自己的妻子，不由拿起饮料杯，招呼儿子站起来说："来，咱们一起敬你妈，这多年她辛苦了！"

光阴的时针噌噌噌向前推，又是几年，地质找矿工作继续下滑，地质技术人员有情绪又牢骚，有的说"咱正宗的国有地勘单位，找矿是咱们的专业核心技术，现在让大家丢掉老本行，走市场做生意，不知道国家是咋想的？"也有说："学了一辈子的地质，别的不会，现在有力气没处使，有些工程师，居然被技术岗位组合掉，去守大门扫地，真是浪费人才有辱斯文！"还有的说："不是说嘛，搞原子弹的不如卖茶叶蛋的，现在听说有些搞尖端科学的专家，都在下岗。时势不一样了，越有知识，越不值钱！"

其实何建业和职工心情一样，有些现象，他也想不通。他有时坐在办公室，在无人来搅、稍事安静时，会靠在沙发椅子上，看着墙上的"西疆省地质矿产图"，陷入深深思考。

……过去，老一辈找矿，虽然艰苦，可没有后顾之忧。干得青春酣畅，干得光荣自豪！国家计划任务饱和，你只管铆足劲，确保普查面积与钻探进尺，最后提交地质成果。而且是三级找矿负责体制，地质大队对省局负责，省局对国家部里负责。全国那一批批灿若星辰的地质成果，都是这么找出来的。现在计划任务年年下滑，天天喊着让"手无寸铁"的"老地们"企业化，自己挣饭吃。特别是年纪大的，人家在地质战线奉献了大半辈子，物质世界精神世界都在这里，快退休了，最后的生活还发生颤音，别人能不寒心吗！特别是这两年，地质矿产部被撤销，还把这中央直属的国有地质队，下放到所在的省区里，基层的干部职工单从感情上，都接受不了。

……地质队——已经由过去的宠儿，变成现在的弃儿。他看到，现在自上而下的有些当权者的"嫌贫爱富"，主动乐意去视察或者去出席活动的，多是能创造巨额财富的新兴产业或纳税大户。有谁去过问或主动探视包袱沉重的老行业呢？要来，可能是在逢年过节慰问困难单位时才会有份。地质队去找上级找领导，就是惹麻烦，吐苦诉困，要资金要项目要就业，请求解决困难。

何建业的气虽有不顺，但他的不顺只能自己体会，而不能说。因为他是领头羊。痛定思痛，他慢慢读懂了，物竞天择，适者生存，必须适应变化了的新形势，他必须高瞻远瞩，以一队之长的高境界高自觉性去引导职工顺应潮流，奋力搏杀出一条求生图存的新生路……

七月的青城地区进入雨季。这天，临丘县国土资源部门紧急电话求助525队参与地质灾害救援。地质灾害治理项目经理何大为带着十多人组成的救援小分队，赶赴指定的五十公里外的曲坝村。看到一条平时干涸的河流现在是大量泥沙夹杂着树枝石块滚滚而下，何大为随口喊道："泥石流！"

泥石流涌进岸边的五家民居，有几间房屋已经倒塌。泥石流高峰已过，但是堆积物还在不断往上涌，而且堵住门口，房里的受困人群出不来。何大为果断命令："先救人！"小分队队员立即冲过去，掀开堵塞杂物，进到屋内求援，扶老携幼，陆陆续续解救出十三位受困村民。当队员牛辉扶出最后一位大爷时，站在旁边的小女孩哭着指向前方的一处小屋喊："叔叔，我奶奶还在屋里床上。"那房子已经有倒塌的危险。危急关头，牛辉不顾一切又闯进去，等了会，看着牛辉背着白发老人走出来，路过另家门口时，一个小木梁突然掉下来砸在牛辉腿上。牛辉忍着痛将老奶奶背到安全地带。

何大为组织队员勘查到另处有八户人家的民房时，发现房后的陡坡因雨水浸泡时间长，已经出现细微裂缝，潜伏着巨大安全隐患，随时有塌方的危险，建议村民立即撤离。村民看了认为小题大做，不愿意离开。村镇干部也觉得现在看不出大问题，村民搬迁劳神费力，又没有地方去避难，就提出："能不能缓一缓，看情况发展再说。"刘大为这时不容置疑地强调："我们是用专业的眼光观察利害关系，人命关天，必须提前撤离！"在小分队坚持下，边说服边强行地将近三十口群众撤出危险区。

牛辉小腿骨折，住进医院。何建业与欧松林还有纪委书记兼工会主席刘敏到医院看望。何建业表扬牛辉："关键时刻见勇为，好样的，为525队争了辉！好好养伤，很快会痊愈的！"

事隔半个月，曲坝村村委会领队四五个村民，开着皮卡车敲锣打鼓到525地质大队送上一面锦旗。村长满怀深情对何建业队长说："你们神机妙算，救了我们村几十个人的性命，功比天高！你们督促村民从房屋搬出来的第二天夜里，出现大面积滑坡，掩埋了八九房屋……"

何建业看那鲜红锦旗上写着两行贴金大字：舍己救人风尚高，科学减灾保护神。

青城市搬迁建设工程，断断续续筹划一年，开工典礼后有半年多，何大队长还没去看过。最近连续有人反映，建筑工地有大吃大喝现象。

这天他邀上纪委书记刘敏，径直坐上小车，跑了一百五十多公里，来到青城市基建工地。

宏大而沸腾的建筑工地，好壮观。办公楼与生产车间已经盖到了第二层。设计的十八栋有十九层高的住宅楼，墙根基脚已经筑好，在周围也搭起了高高脚手架。工地上车来人往，钢筋水泥，运来搬去，弧光闪闪，繁忙得很。

何建业和刘敏看了自是高兴。走到基建项目部，推开房门，项目部经理侯增先正在与两个年轻监理打扑克牌，此时是上午十点钟，正值上班时间。见到何建业队长带着女纪委书记突然站在身后，惊慌失措，"腾"地站起，但脸上还是露出喜出望外表情。

"……何队长……刘书记大驾光临，怎么不……不事先通知一声。"

何建业毫不留情面，淡淡回应："如果事先通知，不就看不到你们上班时间打牌了！"

"你们罗副队长在哪儿？"何建业问。

"……不太清楚，好像到……城建局办事去了！"侯增先嘴唇带着哆嗦。

何建业刘敏坐在项目部简易办公室里，听侯经理汇报基建工地的情况，又带着他们查看工地。在巡查中，何建业问得仔细看得也仔细，在库房里细致验证储存的水泥、钢筋标号，与设计书上的要求是否相符。到施工现场查看基坑基脚触及的深度，水泥梁的长宽度、预制板的厚度，水泥内部钢筋的密度，混凝土掺和的比例。发现没有大问题，他对施工人员再强调，质量上必须严格按照技术参数施工，不能有半点含糊。听说施工中，有位施工人员弯钢筋时，手部受了轻伤，更是要求大家事事处处注意安全，不能有半点的麻痹大意，杜绝事故的发生。陪同的侯经理与几位监管人员，在旁个个点头默记，表示一定牢记。

中午，就在公司的食堂就餐。环境简陋，但饭菜很丰盛。摆了两桌，满满的鸡鸭鱼肉，还上了脚鱼，每桌上竖着三瓶五粮液五瓶青岛啤酒，另外两箱啤酒还放在墙角待用。每张座椅相对应的餐桌边，还放着一包精致的"中华牌"香烟。中午先来了一拨人，大多是525队在工地的管理人员，其中还有两三个不认识的，侯经理介绍说，是在外面聘请的预算员。

何建业一看，心里顿时窝火，他明白了，有人状告的不虚。就问侯增先："你们平时都是这样吃的吗？"

四十多岁的侯增先脸部肌肉有些抽搐，闪着狡黠的眼睛，听出队长的弦外之音，连忙解释："哪能啊，我们平时都是排队在大食堂吃饭，只是今天领导来了，大家一起陪陪，接风洗尘。"

虎着脸的何建业说："我看这一桌饭菜酒水，少说也得四五千，钱从哪里开支？"

"钱，不是咱们队上掏。都是他们基建老板接待，我们只是借花献佛！"侯经理说得简单自然。

何建业声调重了高了："说得倒轻巧，基建老板给你埋单？羊毛出在羊身上，吃的都是525地质队的钱！都是职工群众的钱！"

看到先来这批赴宴的八九个人面面相觑的样子，何建业语气稍缓了一点："工地能顺利进行，大家付出了辛苦。但一件事不能对等另一件事。我早说过，这个重大基建项目，咱们525队的参与人员，特别是监管人员，不能与基建老板粘在一起。粘在一起，质量问题最后能有保证吗？不要搞那些移花接木，慷公家之慨，自己捞好处的事情。这房子，是国家对525队职工的关爱，是525队职工凑起来的血汗钱！"

"现在吃喝风很盛，确实有应酬，那是没办法的事！但也要量力节约，更不能巧立名目，没有理由或者找理由，自己狮子开大口吃自己，挖自家的墙角。"

见队长发这么大脾气，周围的食客们无地自容，没有一个敢吭声。

刘敏这时严肃插话："你们胆子也太大了，对今天的事儿，你们要向纪委写出检讨来，保证不再犯同类错误。"

何建业余气未消："我与刘书记不在这吃饭，今天的饭菜，也不要浪费，在座的，你们请好的人，把它吃掉。但必须按人头分摊，自己掏腰包。今后就是这样，除正当接待外，无故借公款吃喝，一律自己结账。看你们还舍得这样吃吗！"

说完与刘敏两人上车，扬长而去。

回去后，何建业找到罗兴平谈话。批评他监管不力，要进一步健全制度执行制度，严刹工地的吃喝风，并对项目经理侯增先更换了工作岗位，另派工作作风扎实的谢佑和接任工地的项目经理。

刚刚遏制住工地的吃喝风，525地质大队，传出了一个重大消息：从525队出去，到527队担任队长不到三年的俞新庆，已经被任命为西疆省地矿局副局长，走马上任去了。

这年年底，何建业在办公室里审查了两份报告。一份是队领导分头带队春节慰问偏远地区困难职工家庭的计划安排。另一份是年度先进生产工作者名单。他高兴地看到，在模范人物孟双成、马建五、李秋霜等之后闪现出牛辉的名字，不由自主地说："牛辉也进入了先进行列，时势可以磨砺人，环境也可以改变人啊！"

第二十七章

"正平，网络公司里面的东西，太超前，我看不懂。这里技术标准太高，我不是这块料，我还是回配件厂？"这是何建伟在电视机配件厂四年后跟随苏正平刚进入新公司的辞职反映。

苏正平，三十四岁，方正的脸盘，中等偏高个头，体格健硕，汉北省人，汉北大学历史系，黄海科技大学信息管理专业毕业，双学位。他来海津市已经闯荡了九年，依次在博物馆、保险公司、电视机配件厂磨炼，看到网络产业的兴起，出来开办"南海创智网络软件开发公司"，将同事何建伟带了进来。

软件开发，是一项以计算机为载体的富有高智商高技术含量的工作。根据各个行业客户的需求，捕捉分析数据，从而设计、实现、测试开发出有形的操作系统，也可以是无形的，是在电脑空间里，完成的复杂工程。

仅这抽象的概念，就让何建伟——这位摸都没摸过计算机的人，满头雾水，每天茫然看着公司员工，胸佩着"创智"符号的工作服，齐刷刷坐在计算机前手拂流水般"哒哒哒"地操作。电脑的屏幕是土地，鼠标为犁铧，大家在点线面形成的平面也可以说是三维空间里纵横驰骋，完全是智商性的策划计算劳动。这里多是二十多岁的青年男女，少有四十来岁的人，基本是大专以上文凭。初高中文凭与大年龄只有两人，一个是公司大门负责收发与来客登记及打杂的老张，四十三岁；其次是负责接待客人端茶送水，购置管理耗材如打印纸、油墨等材料的何建伟，跨进三十七岁门槛。

进入创智公司，何建伟感觉自己跌到扑朔迷离的世界，既新鲜、惊叹、震撼，同时又感到前所未有的困惑、惧怕。这现实生活之外，居然还存在着另一个无所不能的虚拟世界？这种悄无声息的工程，居然能创造出惊人耳目的经济效益。他们的工资待遇要高出"鑫茂服装公司"许多。原以为只要有强壮体力和为人诚恳实在的态度，就可以随处落脚，吃饱喝足，想不到来到"创智"公司后，自己真的成了二球！在这方天地里混事，不用别人挤兑你，而是你自己自觉地站在队伍末尾，前面是泥水深潭——难见出头之日。

何建伟在"创智"干了几个月，思前想后，准备再跳槽。找到公司负责苏正平谈想法，苏正平不同意。

他们俩年龄相差近三岁，相互间称呼就直呼其名。

"建伟，我理解你想走的理由，觉得在这里根本入不了道，其实没有你想得那么复杂！"

"网络技术，复杂吗？是有些复杂！但是把它看透了，就不复杂。要知道，这些网络都是人脑开发出来的。别人能想出来，咱们就学不出来？"身量比何建伟宽，脸比何建伟要大的苏正平，化繁为易开导何建伟。

他又问何建伟："你识数吗？"

这句问得何建伟忍不住笑了："当然识数，你真把我当傻瓜了！"

"你认识ＡＢＣ吗？学过拼音没有？"

"小学学过拼音，初中学过二十六个字母。"何建伟一下显得特老实，苏正平也忍俊不禁。

"你玩过电子游戏机吗？""玩过。"过去有些玩世不恭，遇事爱咧个嘴，总看不起人的何建伟，这时在苏正平面前，严格说是在学识面前，成了个本分腼腆的有些可怜的孩子。

"你只要会玩电游，就能操纵电脑。电脑就是个大电游！"让何建伟眼花头晕看成高不可攀的计算机，被苏正平形象成了炙手可及的玩具。

"建伟，你听我的，一切从零开始从零学起。"苏正平用坚毅的眼神看着何建伟，又说，"我给你找台旧电脑，你就从最简单最基础的操作摸起，不懂的，来问我。"

何建伟恰似正在饥寒交迫之时，苏正平给他送了盆温暖无比的炭火，而且还带着牛奶和面包。何建伟把苏正平看成迷茫路途的指南针。

其实，何建伟想离开"创智"，不仅来自水平与能力差距的压力，还有何建伟本身心智的老毛病——站在这山看见那山高，追求完美向往一帆风顺，稍有挫折，就会打退堂鼓。但从个人感情上，他确实不愿意离开苏正平。

在大学生云集的"创智"公司里，他觉得苏正平出类拔萃。首先，他最欣赏的是，苏正平的智慧与意志，还有就是苏正平在人格尊严上看得起他，一言一行，把他当兄弟看。他与苏正平在一起，感到人生不再寂寞不再困惑，而且隐隐约约有了方向感！

从苏正平本身条件情志来讲，高学历高智商，如何会与一个普通的只有初中生学历的打工仔称兄道弟，如此交往呢？个中原因更是苏正平人品高人一筹的地方。因为何建伟的就业是他的朋友赵天铭推荐，他不能轻而撒手不管。二是苏正平也是来自贫困农村，家境不好，父亲酗酒，经常虐待母亲，有时甚至拿他撒气，从小深受伤害，所以从骨子里同情并愿意扶持弱者。再是他从直观感觉判断何建伟是个善良懂感情、不会背叛朋友的人，所以事事处处罩着并关照何建伟。

一次，苏正平与何建伟开玩笑："你愿意与读书人交朋友？""愿意！""为什么？""这还用问，有文化呗！"苏正平又说，"你听过还有种说法没有？不怕坏人坏，就怕坏人是秀才。"说得何建伟嘴角往上挂，回答得却很得体："那当老师们都是秀才，天下的知识不都是坏人教出来的？坏秀才是极少数！"

从又一层讲，苏正平与何建伟学识差距，天悬地隔，却能常邀在一起谈天说地欢笑，成了铁哥们，不能不说也是一桩怪事，这或许就是人们讲的"缘分"。缘分——没有空间的距离，也没有知识的边界。

这天，两人在"沂水人家"要了三碟菜，木耳炒肉丝、酱豆干，还有盘油炸花生米，坐下对饮。苏正平有了几成酒劲后，便话锋一转，分析起国家经济形势。

"我们国家目前经济发展的模式，你说像什么？"

"不是说，是中国特色社会主义吗？"这一点，何建伟还知道，街头的横幅标语牌，还有电视新闻里，常说常知道。

"也没错。不过我说的是，咱们现在走的工业化发展路子的过程，与十八世纪英国第一次工业化革命很相似。"

"第一次工业化革命？"何建伟立即感到脑力模糊——听不懂。

"十八世纪六十年代，英国人瓦特改良了蒸汽机，兴起一场技术革命，从而引起资本主义生产方式变革，由手工劳动向动力机器生产的重大转变，影响到整个欧洲和北美。以后又有煤炭、钢铁的大范围利用。工业技术革命的进步，有力推动了资本主义经济的发展。我们国家现在的发展，无论是学习西方先进技术也好，还是中国自己技术创新也罢，每一次大的进步，都会促动一次新的社会分工，兴盛一个或者多个新的产业，反过来又来刺激社会经济的发展。"

"中国没有经过资本主义社会，有过资本主义酝酿的苗头，例如明朝中后期，东南沿海兴起纺织热盐运贸易，还有后来洋务运动中开设的工厂修筑的铁路等，都只是局部的萌芽与改良，没有形成大的社会形态。"健谈的苏正平好似在讲课："我们少了资本主义社会财富高度积累这个阶段。整个看，咱们是从半封建半殖民地走过来，进入到新民主主义，再到自己认为的社会主义国家。"

"我们不是早就是社会主义国家了？"何建伟如听天书，但最后这一句，他听明白了。

"也是，也不是！""如果按社会主义国家的标准，我们只是生产资料公有制的比重上，占有绝对优势。而在生产力发展水平上，劳动成果分配水准上，还有一定的差距。充其量，是个穷社会主义国家。"苏正平不管何建伟能不能听懂，自问自答，滔滔不绝。

何建伟多少感到苏正平的政论分析，有些"反动"。他说话了："这些年好多了。起码老百姓大部分解决了温饱。譬如咱农村人，原来是农业户口，把人紧绷在土地上，哪里都不能去。现在政策多好，一张身份证走天下，想去哪就去哪！"何建伟终于结合现实与自己感受，搭上腔了。

"我说的，就是这个意思。我们国家没有资本主义阶段，但经过快二十年的改革开放，经济社会进步的速度，超过了西方几百年的发展历史。农村土地的联产承包，不仅刺激了生产积极性，解决了吃饱饭问题，还把数亿的农村劳动力从土地上解放出来，参与新的社会分工。这种社会生产关系的调整，有力促进了生产力的进步。国家这些年一次次对社会经济结构的调整，先进科学技术的引进与应用，中国经济与国力的发展速度水平，真是一日千里啊！我们虽然都是打工阶层，但是赶上了好时代！"

何建伟如堕五里雾中，似懂非懂。这正正反反，旁征博引的连横合纵，还是让他潜在感到了苏正平身上充盈的正能量，不停地给他加分点赞。

苏正平摇了摇头说："我有几个同学，劝我去国外发展，我没有心动。我就待在自己国家，我觉得中国的发展，今后不会比外国差。""中国开始迎来网络技术年代，这是一个大的技术革命，或者也叫产业革命。它的兴起，以后几乎无处不用，会触及社会每个行业每个角落。但它也是把双刃剑，它服务于各行各业，也可能会冲击甚至消亡某些行业，同时也会激发一些新兴产业的萌生。"

何建伟咕咚咕咚倒满了一杯啤酒，将酒杯送到苏正平嘴唇边："赶快喝一杯，口干了……"

"正平，你知道得太多了。我觉得，你应该去当领导当教授。在外闯荡，真是屈才！"何建伟对苏正平后面的话，听明白了不少。

苏正平，有人捧，更加眉飞色舞："比我优秀的人，多得去了，不都在这商海市场潮里学游泳吗？建伟兄弟，要明白个道理，就是大家说的，出力的不赚钱，赚钱的不出力，咱们不能只被动地出卖劳动力，只干安分守己的活，还要研究社会大形势，懂得国家政策，跳出来，靠高智商，靠掌握科技前沿技术，谋划我们更前卫的财富积累！"

何建伟这时又遁入既明白又不明白的圈围。

苏正平为何建伟出了一道题："建伟，我看你脑子并不笨，只是有点生不逢时生不逢地。你现在一定要去拿个文凭，无论是函授，还是自考，都行！""再苦也要学点本事，你打好了基础，我再告诉你怎么做。"

听君一席话，胜读十年书。何建伟现在，把苏正平看的不仅是可以掏肝滤肺的知己，更是一盏照亮自己今后人生道路的灯塔。

回去后，何建伟真的听从苏正平指点的路径，到海津市师范大学报了自考。报考的是本科"经济管理"专业，按照自考要求，买来了十多本大学教材，业余时间，上街闲逛溜达少了，会友瞎混少了，开始规矩地守在宿舍里，或找个树荫下，捡起二十年前的少年记忆，一字一句地重新读起书来。

因只有初中基础，越级学习大学教材很吃力。要做笔记要写作业要背诵，还要面授，更要思考，累极了！有时读着或者写着，竟然睡着了。

一天夜里，它钻进附近小公园背书。过了深夜十二点，忘记出门，被锁在公园里，自己翻墙才回到宿舍，高墙的玻璃，还把手划了道口子，留下血的代价。

还有次在马路上，边想书本内容边低头走路，不小心与位胖妇人撞个满怀，把对方的提包也撞到了地下。那妇人，烫着金黄爆炸式的鬈发，一脸浓妆，臃肿的脖子上坠着珍珠项链，浅绿色的轻纱面料，裹着带有微红的肥肉。少妇仰面看他，便知是打工仔，大吼："你眼瞎了！"何建伟急忙道歉："对不起，是我没注意！""走路，脚抬低点，就不会撞人了，乡巴佬！"少妇带着明显歧视的暴怒，她身边的黑色小宠物，也狗仗人势，跟着主人汪汪汪朝他吠个不停。这时已有好几个路人停下脚步围观，妇人还在骂骂咧咧发飙。

得理不饶人。按何建伟过去的脾气，早给兑上了。何建伟觉得毕竟自己碰了人家，再是不愿意跟一个女人计较，最重要的是他自与苏正平接触久了，特别是参加自考后，感到性格冷静平和了许多，在文明阳光普照下的心理素质都在提高。他还在说"对不起，实在不好意思！"讨人原谅的话。

那少妇，还是不依不饶："这海津市，就是被你们这些乡巴佬，弄得乌烟瘴气，把城市弄脏了，把秩序搞乱了。"

事情过了头，不等何建伟再答话，就有周围的人说公道话。有位身着整洁看似有些气度的中年男子接话："一个事儿说一个事儿，不要侮辱人格。

城里人乡下人都是平等的。我敢说，在场的不出三代，可能都是乡巴佬。没有这些乡巴佬，哪有海津市今天的建设规模，今天的亮丽环境！"周围的人都跟着叫好，有的还鼓掌。那少妇见惹了众怒，只好悻悻而去。走了几步还回头，恶狠狠地说："一群土包子！"

文化程度低，年龄也大，读书太累。何建伟有时会想，我宁愿干体力活，去码头扛二百斤重的大麻袋，搞搬运，也不愿坐在凳子上苦读书！

不过，虽苦虽累，何建伟在心灵上却是充实的，意志上也算坚强的。他一遇到困难，想打退堂鼓的时候，就不由想到苏正平，苏正平——是让他正在脱胎换骨走向新生的"托塔天王"。

在网络公司情绪稳定之后，大龄的何建伟，迟到的"桃花运"来了，雪莹姐给他介绍了一位对象。

姑娘，赵凤霞，当年二十九岁，是赵雪莹的叔伯妹妹，到海津市来了三年，过去曾经与两个人谈过对象，但都没谈成，现在市人寿保险公司莲塘分部上班。长得还好看，亲叔伯妹妹，赵雪莹漂亮，妹妹也不会是个丑女。中等个头，一米六刚出头，身线丰润匀称，鹅蛋形脸，眼睛大小适中，鼻翼窄巧，齿小洁白，开口对话，释放出一股既聪慧又率真的情绪。脑后扎着自然下垂的"马尾"，穿的是单位上班的紧身青黑色工作装，内翻白衬衣，显得很精雅。

两人见面，何建伟感到如意。可赵凤霞对何建伟，还达不到一见钟情的地步，觉得何建伟与他心目中的高挑俊洒形象，缺尺寸。但毕竟年龄挑大了，还有姐姐赵雪莹极力推销何建伟，说是个会担当有责任的"主"，赵凤霞抱着"试试看"的心态，与何建伟第一次见面后，虽感觉不是很理想，可也不是特讨厌，就给予了第二次见面再观察的机会。

对于婚姻问题，何建伟如果说原来想得简单，多是处于生理需求，"男大当婚，女大当嫁"的传统承续的本能；那现在对配偶的选择，则更多是考虑今后人生方向定位的成熟。

何建伟想过许多，正如他多次表白过，他不是不热爱养育他的家乡龙峪，不是不思念自己的父母与爷爷，特别是宠爱他的奶奶。他开始也是有些出来看看繁华就回去的想法。但出来之后，外面的世界，像个万花筒，渐渐地让他晕头转向，迷失了返还龙峪的归途。

他有心再扛起锄头，天天下地再回家，孝敬龙峪的老人。但他能回去吗？在他外出之前或者继他外出之后，龙峪与他同龄的或者比他更小的年轻人，一拨又一拨几乎都走空了。到外地，到小城市，到大城市，到超大城市，去挣钱去淘金。他们赚完钱后，有的把钱寄回龙峪，让家里的房子升高变大，但人并不回去，打工生活还得继续。有的不寄钱回去，攒下钱，通过别的方式，或者贷款或者按揭，要在城里买房定居。他的街坊邻居同学朋友，八仙过海，许多已经在城市结婚生子。据他所知，小时的伙伴孔明辉，靠打工已在东港市买房定居。别人都往外面走，我为什么还要念着家乡的一亩三分地呢？至少，现在还不是回去的时候！

何建伟的性格，有骨子里的倔强，他心里总在想，我宁可撞得头破血流，也要杀出一条成功的道路，让龙峪的人，让家里人，知道自己不是个孬种，而是一位顶天立地的男子汉！

婚姻是终身大事，用在何时何地都贴切。对他们远离故乡在外打拼的打工族而言，婚姻的抉择，意义更为重大。它往往就是今后人生的航向标……一个只能向前而很难迂回向后的航向标……

他现在还能回到龙峪寻找知音吗？三十老几了，龙峪那里还有与其年龄相仿的未婚女子等着你？何况龙峪的许多女孩，与他一样，早流失到外地去了。即使家乡还有未嫁的剩女，已经拉开了巨大距离的眼界习性文化反差，何建伟，你还会要吗？

通往龙峪这条道路的婚姻，已经堵死了。

何建伟与赵凤霞接触，他能感受到，他不是赵凤霞情有独钟的人，何况年龄相差也较大，但他一眼看中赵凤霞，就使出浑身解数，按照雪莹姐的指点，极尽讨好赵凤霞之能事，说尽让赵凤霞高兴之好话。他隔三岔五约赵凤霞见面，日久生情，后来赵凤霞的情愫也略微向他有所靠拢。

这日，赵凤霞直言问何建伟："你看中了我什么？"

"先看中你的美貌，更是看重你的善良。"

"真是这样吗？"赵凤霞眯起一双柳叶眼问。

"雪莹姐是我的偶像，她的善良，宽容好施，像盏蜡烛，这几年一直照明着我，让我坚定向前走。我现在又感受到了她的妹妹，与姐姐一样的美丽与善良，有异曲同工之妙啊！"

赵凤霞忍不住抿着嘴笑，轻声说："听起来，咋觉得有点牵强，我有我姐那么好？你净耍贫嘴，让人起鸡皮疙瘩。"

"是真心话！"何建伟显出一百个虔诚的表情。

赵凤霞忽地又问："你以前，就没有喜欢过别的女孩子吗！"

这下何建伟稍停顿，大方地笑了："喜欢过，但别人不喜欢我。"笑得朴实自然，说得幽默诙谐。

赵凤霞，有些欣赏何建伟的这个劲儿。但这时的何建伟，分寸有度，他不能反问赵凤霞，喜欢没喜欢过别的男人！

一天，何建伟陪同赵凤霞上街，走到中山路与兴汉门相汇的拐角处。这带人流稀少，迎面走过来两个戴着蛤蟆镜的小伙，其中一个还纹了身。当与赵凤霞侧身而过时，一个小伙突然拉赵凤霞的挎包，赵凤霞本能地护住挎包，吓得大喊——"小偷"。何建伟这时，奋不顾身扑过来，抓住其中一个小伙衣领。那两个小伙个头比他高，不屑一顾地摇动手腕，摆开斗殴架势，在侧纹身的同伙气势汹汹反问："谁是小偷？"

"光天化日，你抢我女朋友的包，还不认账？"何建伟说着，松手退后一步，朝那小伙胸部就是一拳。纹身的小伙咬牙切齿地骂道："王八蛋，你看见了，别诬赖好人，看你是活够了。"说着举拳向何建伟打来，何建伟左右闪了两下，身上也挨了一拳。何建伟临危不惧，嘴里呵斥道："给我较量！老子打架时，你们还没出生呢！"瞅空对纹身的小伙大腿部就是一脚，那小伙顿时倒地。这时零零星星有几个路人过来，但没有一个敢上前，好像看"把戏"。

何建伟边交锋边大声说："现在是什么社会，偷东西的还敢倒打一耙，这么猖狂！"吓懵了的赵凤霞，看到何建伟如此勇猛，这时也有了些胆量，对着行人说："……他……他们就是小偷，刚才抢我的包！"

从地上爬起来的人，与另个小伙一起，看到何建伟是个难对付的角色，又看到行人的怒目而视。"凤霞，打110报警！"何建伟大声说。听到"报警"两字，那两个小伙，拔腿就跑。

　　何建伟也不追赶，用右手揉着自己的左肩，对凤霞只愤愤地说了句："吓着你了，今天不是怕你受牵连，我让他们血流成河！……"

　　赵凤霞特感动，没有想到，身量并不是很结实的男朋友，危急关头，竟是这么强悍。用手轻轻地按下何建伟的左肩，爱怜地问："伤得怎么样？"何建伟双手做个拉伸动作，笑笑："我心里有数，没事，能打也能抗打！"

　　两心相悦，距离越来越近。赵凤霞与何建伟两人的肩膀慢慢地靠在了一起。两人相约，买礼物，去赵雪莹、赵天铭家做客的次数，越来越多，他们除了朋友外，又多了层亲戚关系。

　　爱情初始，总是那么美妙，那么让人向往。有时既会让人异想天开，也会让人艰难地望而却步。面对赵凤霞即将成为正式夫人的时候，夜深人静时，看着窗外婆娑的树影与高空的月亮，何建伟有时还会想起，过往他曾经想过或者交际过的几个女孩。从第一个真情看中他的女性来说，他现在还忘不了冯双妹那双像大海般深邃，像月亮般清澈明亮的眼睛。离开海林后，何建伟曾经想过，去海林宁隆看望下冯妹妹，但又怕去了，在感情上摆不脱，自投罗网。觉得那是美丽的"雷区"——他怕当上门女婿。所以只有想法，最终没有行动。在宁隆时间虽短，也并没有与冯双妹真正确立恋爱关系，那只是朦胧感觉里的醒悟。但冯双妹那醉人秋波的眼神传递与细微动作的关心，让他化为了人生一段最为纯洁美好的回忆，平时把它深深埋在心底，只是不说而已……

　　何建伟真如苏正平所言，脑瓜子并不笨，这两年，在周围同事的帮助指导下，他学会了操作计算机。当然不是编程那样的高水平，只是普通的日常操作，打字、做表格、做图片，已经不在话下。他与自己的前两年相比，已是个天大飞跃。

　　大学课程自学，仍在过关斩将，他已经考过十门功课，通过了八门。如要拿到毕业证，还需要再通过七门。何建伟在读书过程中，逐渐找到了快乐。

他感觉到了，读书不仅是学海无涯获取知识，更重要的是享受这个攀登奋斗的过程，也是磨砺他的性格与品质的过程。

何建伟近年时转运来，婚姻上有赵雪莹相助，事业上有苏正平激励，不仅在物质上有稳定的依托，还找到了精神的家园，感受到友情的莫大力量与温暖。他在亲历的现实经历中，深深体会到了老家流行的"跟着好人学好人，跟着巫婆去下神"这句古训的道理。他再不是到处碰壁，甚至与街头"混混"沆瀣一气、铤而走险的"不法之徒"。他现在已经是皈依正道的劳动致富者，还要以智商与素质的进步，有尊严地生活，成为响当当有头脸的"城里人"，以洗所谓"乡巴佬"的耻辱！

这时，何建伟又获取到新讯息，让他心泛涟漪，想入非非。苏正平向他暗示，准备让"创智"转产，成立新公司，并邀他一同前往。这与何建伟"打一枪换个地方"的脾气相吻合，他面前再次闪烁着耀眼的金山银山。

此间，在这段最为从容稳定的日子里，何建伟也遇到件令他难过的事。那就是二哥与嫂子"分手"的事情，虽然没有离婚，但已经闹得没有生活在一起，家非所家了。

他从父母电话中得知信息后，义愤填膺，毫不犹豫地站在嫂子的一边。这也不完全是许巧巧待他好的缘故，而是何建伟天性就是扶弱抑强，特别在男女之间，他认为女性为弱男性为强，同个问题，哪怕是各打五十大板，他也会首先偏向女方。在家里也是这样，他可以与二哥斗，也会对抗父亲，但他很少顶撞母亲，对奶奶更是温和有加。现在何建丰与许巧巧"分道扬镳"，他的第六感，就悟到了"始作俑者"——就是二哥。他在外闯荡这么多年，听多看多了，并再次印证了"男人有钱就变坏……"的说法。

他立刻拿起电话，与二哥在互不相见的几千里无线空间里，吵了一架。平时，他几乎不给二哥通电话，二哥也知道是为他家纠纷而来。二哥现在也不像过去，许多事儿让他三分。现在当了老板有了钱，是不是烦心事多了，脾气也在看涨。最后没有起到劝说警示效果，不欢而散，摔了电话，还增加了兄弟的隔阂。

他还给许巧巧通电话，嫂子在电话那头哭，他在电话这一头也哭了。他向嫂子做保证："永不承认外来的狐狸精，心中只有一个嫂子！"……

这一年的初冬，何建伟结婚了。冬天的南方，依然青山碧水，花卉常开，照样是结婚的好时节。

何建伟与赵凤霞，只谈了一年多，比较快地走入婚姻殿堂，很大程度，是赵雪莹姐的撮合。按理说，两人谈的时间还不长，还在租房，无车也无多少存款，拿什么结婚？

赵雪莹姐姐劝道："关键是，你们俩年龄都不小了。""穷日子穷过，富日子富过。只要两人合得来，就是力量，日子就会越过越红火。""如果按都市官二代富二代的婚姻价码，那你们这一辈子，就别想结婚！""爱情事业两不误，事业有目标家庭有责任，都得按时完成。"

雪莹姐姐的苦口婆心，还真有效果。当然最有基础的，还是一年多的了解，让何建伟与赵凤霞彼此心目中，基本认可了对方。何建伟对赵凤霞最大的满意点是——比较大度包容，能够关心体谅他。

婚礼很简单，租了两间小房，布置下就是新房。婚礼就在海津市一家中档酒店举行。只请了五桌酒席。何男赵女两家亲戚是一桌，何建伟这一边，从远方来的有父母、姑姑姑父舅舅，还有在海津市做事的表弟陈志刚。赵凤霞的父母、姨妈姨夫和弟弟，也从老家过来参加婚礼，雪莹姐夫妇自然是婚宴的座上宾。其他四桌，是何建伟、赵凤霞的朋友同事。苏正平是婚礼主持人，他调侃逗趣左右逢源，让这场简装的婚礼同样出彩，笑声连连，充满喜气。

这次婚礼，吉东那边，叔婶与几个叔伯兄妹也都表示了意思。大哥大嫂送了大礼。二哥二嫂还是以一家人的名义馈赠了厚礼。到底是小老板，送的红包，比其他人要多出一半。

洞房花烛夜之后，小夫妻俩睡在床上闲聊，回忆婚礼幸福的细枝末节，赵凤霞突然想起一件事儿，问丈夫："建伟，在婚宴酒席中，我看到有两个客人，有点像是去年我们俩上街，抢过我挎包的那两个坏人。我还心犯嘀咕，不是跟踪来报复我们的吧。"

何建伟不以为然："你看花眼了，那怎么可能。来的不是你的同事，就是我的朋友！"说完笑笑，淡如流水地过去了……

何建伟与赵凤霞，利用双方父母及亲友来参加婚礼机会，陪同他们去逛海津市的市容。他们走在海津市南港大道上，两边的建筑都是四五十层以上的摩天大楼，头顶一片片吉祥云烟，走在下面，人是那样的渺小。天空仅剩下一条窄远的白光，人仿佛不是在地面上行走，而是摸索在模糊区域的山洞里。四通八达的街道上车水马龙，高大的立交桥，像一个个巨大的迷彩蝴蝶或是莲花葵花盘，不听车声，只见车行的交错飞织。商业街道上斑斓华丽的商业橱窗海报，唇红腿长的明星广告，装潢的是那样的精美绝伦。商场卖点酒楼饭店里人流如潮，互不相认，摩肩接踵，一群群打扮时髦的靓男俊女，飘然而过，个个昂头阔胸，来往匆匆，空气中狭带着香风，仿佛这个世界主要是他们的。这万千气象，让来自龙峪的何长生老两口与他的春襄亲家夫妇，如临幻境，不知道身居何处！……

海津市是个滨海大都市。他们站在弯弯曲曲望不到尽头的海堤边，高高的迎风摇曳的棕榈、椰林，掩映着一簇簇漂亮的建筑群。落霞与孤鹜齐飞，秋水共长天一色，波澜壮阔的海岸线，青浪汹涌，涛声如雷。白色的海鸥在大海之上，时高时低，时聚时散，自由飞翔。远方的红日正在吐金铺银，美轮美奂……

风光旖旎的大海景，让他们看傻了眼，曹仁花拉拉长生宽大的衣袖，悄悄说："我算看清楚了，怪不得咱这小儿子会叛变，不愿意回龙峪！"长生先点头后摇头纠正："是叛逆，不是叛变！真是人比人气死人！别说新乐，就说春明市，哪方面都没法跟人家这里比啊！唉！海津虽好，可咱们享受不动，还是住在龙峪心里踏实！"赵凤霞的父亲也附和说："老哥说得对，这里是年轻人的天下，咱们上年纪的人，成了傻瓜，不习惯，还是自己的家乡好。"

游乐中还闹了不少笑话。曹仁花坐斜式电梯，顿时变成了动漫人物。人的步伐不能与电梯运行速度同步，上电梯时害怕，犹豫不决，突然大跨步踏上电梯，电梯向前走，人却不平衡向后倾倒，辛而被人急忙扶住；下电梯时，电梯还是原速度，还没有接近实地的边缘，就三步并两步，超过两节急跨出去，又差点摔倒，重被人搀住，惹得前后乘电梯的人哄然大笑。

何长生置身在周围水泥高墙之下，总想起一九三八年"跑日本"的情景，走到原始大森林里，有种压抑恐慌的感觉。中午时分，何建伟赵凤霞有意让四位老人开开洋荤，走进"八仙潮汕酒家"吃饭。坐到装修别致的小包厢里，喊来服务小姐，点了八菜一汤。看着满桌丰盛的美味佳肴，四个老人除认识其中的排骨鱼肉鸡块外，其它的没有看到过。何建伟指点着介绍，这金黄色的是"葱姜炒大闸蟹"，那碟是"烤扇贝"，青瓷碗里是"白灼鲍鱼"，中间大盘叫"清蒸大龙虾"。吃饭时要在脖领处垂放一块白布巾，每个人面前摆放着筷子刀叉与牛奶饮料，小白瓷碗里盛有粘黄的稀粥，粥里鼓个黑乎乎带小刺的东西。亲家翁拘谨地问："这是什么？"何建伟答："是海参粥。"亲家翁又笑道："稀罕物，没见过？"曹仁花说："像咱们老家的红薯面疙瘩。"赵凤霞笑笑说："比红薯面贵多少了。""贵多少？""每份大概二百元吧。"曹仁花立刻放下勺子："我享受不了这份福气，吃上这一碗，等于这个月不让我再吃饭了！"亲家母也在一旁惊得吐舌头。小夫妻俩立即解释："这是深海区生长的东西，叫海参，味美营养价值高。咱们又不是经常吃，偶尔尝尝鲜，也是晚辈一份孝敬心。"几个老人边吃时还在嘟哝："太破费了，花这冤枉钱！"开过眼界的曹仁花还是任性地说："这个我吃不习惯，还是吃咱家乡的面条带劲。"何建伟又点了两份面条，面条端上来，曹仁花喜上眉梢，边吃边感叹："这面真长啊，跟咱龙峪山里的葛条①一样长。"何建伟提醒母亲，不要多说话。曹仁花改口说："不像葛条，也像瓜葛蒌穰②！"让何建伟哭笑不得，真怪娘，轻声说："你比喻它长，就不能说像丝线？非要拿老家野生植物与山货打比方？"何长生也责怪曹仁花："少说点话，别老给儿子儿媳丢面子。"引得大家嗤嗤地笑。

来自春襄省农村的岳父母，也跟着出洋相。路过个大广场，正在做汽车展销活动，人头攒动，他们走进去。看见各种造型奇特、色光锃亮汽车的反

---

① 金马山生长的藤蔓植物。

② 龙峪土语，指植物瓜葛蒌上生长的藤蔓枝条。

光镜边，靠着玉容花貌般的大美女，岳父眼睛发直，感慨地说："这个真划算，买台车，还送个漂亮的媳妇，我是没有钱，有钱马上就买！"何建伟听到回答："爸，这里只卖车，不送媳妇，站在车边的是车模。只能看不能摸，更不可能送！"一句话，澄清误解，笑得大家前仰后合。岳母跟着骂："只有你这个骚老头，才想得出！"

　　陪几位老人家逛大街，购物，进馆子，享南国的美馔佳肴，游公园，看海景的壮美与奇异风光，感受大城市的日月风华，观摩今日大中国发达区域的盛世繁荣，大家在欢声笑语中，度过快乐的美好时光……

　　……日子真快啊，转眼第二年秋天，赵凤霞生下了她与何建伟的"结晶"。是女孩，取名——何静。何建伟觉得自己性格较躁，女儿名字应该安静。女儿出生，睁开眼睛的时候，正好是拂晓，窗外天空开始泛白，他们还给女儿起了个乳名，叫"亮亮"，寓意前景光明。

　　亮亮的出生，大喜。但是，意想不到的事，"亮亮"出生不到三个月，龙峪的老爷爷何致兴去世了，享年九十七岁，他是龙峪当时最大的寿星。何家的一株新苗刚吐芽，一棵老树却轰然倒下了！

第二十八章

龙峪村东头的三棵大柏树，又增粗好几十年。经常在大树下陪伴、休憩、守望的何致兴老人溘然长逝。说来也怪，平时树上欢叫不歇的鸟雀，这两日却寂静无声，是不是都躲到金马河两岸的大山里，啼哭去了！

何致兴在龙峪生活了一辈子。从积弱积贫的晚清、动荡不安的民国，再到日益崛起的新中国，他目睹着体验着，一步步走过来。他既不是富人更不在官场，是个普通的庶民百姓，但肯定是位有着绝对个性魅力、品质高洁、令人敬仰的人物。

何致兴老人的葬礼，空前隆重。龙峪村与其他村庄，来了许多人，排着队拥进何家大院，连有的乡镇干部都久闻老人家盛名，赶来吊唁慰问，人们都在悼念他传颂他。即使没有去参加葬礼的人，那几日如在街头巷尾碰到，都会竖起拇指说，何老爷子是咱龙峪一位血性硬汉！

与何致兴差不多年龄的赵庆祥、周保中、朱金旺等朋友早他先去。他走得安详，按农村人说，年纪太大是老死的。这位见证了新旧中国近百年历史的老人，随着金马河流淌的河水，伴着秋天飘落的黄叶，销声远去了……

何家所有披麻戴孝的人，除龙峪当地孝子贤孙和亲戚外，在外地工作或创业的儿孙们，也回来了一大半。这一次，何老爷子在吉东的小儿子没能回来，何淮海因中风正在治疗，郑湘萍要伺候病人，派了军勇军强两个小家回来奔丧。在西疆省的大孙子何建业孙媳周宇娟回来了，何蕾在国外没能回来。"建"字辈的第二个孙子何建丰，就在新乐龙峪周边，一家自然来得最快。

他与许巧巧还是以一家人名义出现,带着儿子舒奇女儿舒芳磕头行大礼。小孙子何建伟从南方的海津市风尘仆仆赶回,也像前些年奶奶去世的悲痛,进门就拜倒在爷爷灵柩前嚎声恸哭。妻子赵凤霞没能来,主要是女儿何亮亮只有几月大,旅途不方便。

　　浩大的葬礼办在秋日。气候微凉,农忙已过,按龙峪习俗的繁文缛节,孝子贤孙的哭丧,需要两小时一场。吹打的乐曲,得三小时一回,总共闹腾三天,才算完葬。

　　老爷子的葬事最难为的,怕是长子长福了。他已过七十岁,每次下跪起伏,都得有人搀扶。这个已是满头飞白、深刻皱褶的大儿子,经历了大半辈子的委屈苦痛。儿时丧母,青中年背上"富农家庭"包袱,老年又要照顾多病老妻,他的曾经花儿般的妻子刘春香,前两年已经谢世。在父亲灵前,他表情凝重,欲哭无泪,但眼角分明又挂着泪珠,他自己也老了。他的儿子刘松河、女儿刘松慧带着自己的家人前来祭奠。还有从西疆省回来的孙女刘雅婷,倒哭得极其悲痛!最近的人,长生夫妇、女儿何长秀和丈夫陈大财,还有侄女何素珍夫妇都是飘着银丝,跟随在哀乐长鸣的队伍里,呼天抢地。

　　从松江省吉东回来的孙子何军勇与妻子徐俊莉,穿着公安警服,双进双出,很是显眼。据说穿警服可以给坏人以威慑力,保证旅途平安,他们身边带着八九岁的小女儿何玉露。另个孙子何军强从吉东调到了东部沿海的浦江市人民银行,与妻子范小琴带着七岁的儿子何江帆。这拨孙子重孙辈,均不在龙峪村生长,没在爷爷奶奶膝前待过,人生地不熟,完全是受父亲之托,履行何家孝孙义务的客人。只见戚容难得眼泪。只好被动无奈地,随着哭丧队伍的"口令",说哭就哭,说跪就跪。

　　无论怎么说,何家的子孙大部分回来了,就是好!连何致兴老爷爷在他的遗像里,原来的长脸现在变短了,原来严肃多的面容,现在的嘴角也往上弯了,带着微笑。他在俯视着遍撒各地归来的后代,他在高兴自己的子孙满堂。与其说是一次隆重的葬礼,也可以说是何家展示家族实力的"博览会",东西南北中各地区,本是一家人,但服饰装扮生活习性语言文化,差异甚大。特别是孙子辈,相互间的交流,还会听不懂,甚至闹笑话。何家大聚会,成为龙峪人们睁眼看社会经济文化乃至人口生产的"万花筒"，有种幻化感。

辛苦三天，浩浩荡荡的送葬队伍把何致兴老爷子的棺木，送上龙峪村后面的小山洼里，将先逝的韩瑞兰坟墓掘开，入土并排合葬。埋葬位置，与何致兴的原配即何长福生母张秀鸾的坟墓，侧面相对，斜线只有两百米开步……

老奶奶老爷爷都走了。家里的房产早有商量，外面工作的人都表过态，没人去争，均由何长生自主处置。六十多岁的何长生精神尚好，他没有他爹何致兴当年那种气派，让大家围坐一圈儿召开家庭大会。他是利用大家在桌上吃饭时候，给晚辈们随意话家常。

"你们的奶奶爷爷走了，现在要数我这辈大年纪人了。要说闯天下，现在龙峪村十家有七八家的房子空着。年轻人中年人，甚至还有五十多岁的人都在外头做事。但要说事业正宗做成大气势，还数咱何家的后代们！"

接着说："你看军勇小两口，一身警服多威武！军强如果没有两把刷子，能被调到全国最大城市去？还有建业，正儿八经的县团级干部，何蕾留学 M 国，以后就是国家的大科学家。咱们老何家到目前为止，恐怕前推十几代也没这记载，反正我在族谱上没有看到。其他的也很优秀，我不一一说了。"

"大家有空，相互拉拉家常。建业几兄弟平时给家里有书信电话来往，情况都知道，主要还是想听吉东那边的情形。"

这日吃完饭，何长生和曹仁花，真的把军勇军强两小家喊到屋里单独说话。何军勇解开上衣风纪扣透风，甩下小平头说："二伯二伯妈，我们家主要是我爸去年中了风，还没有完全恢复，医生说是高血压血液粘稠引起的。还有是他在朝鲜负过的肩背老伤复发，到了冬天经常疼痛，再是我妈肠胃不好也犯病，还得照顾我爸。家里现在请有保姆。我们已经与爸妈分开住几年了，有时间回家看一看。我们两口子在公安单位上班，特别是前年我从派出所转到市刑侦支队，不仅辛苦而且风险很大，反正感觉日夜都在忙乎。"妻子徐俊莉在旁补充："军勇是公安战线的标兵，所以更累！"说完自豪地苦笑一下。

何军强搭腔了："我哥说的基本是这样。我在五年前调到浦江市人民银行。当时因为父母年龄大了，本不想去。但是总行调遣，只得服从，后来把小琴也调到了浦江，在证券公司工作。浦江属于超大城市，整个条件比吉东好许多。""家里还有个情况，伯伯伯妈都不是外人。说的就是妹妹军梅的事，主要是她婚姻不顺，伤透了爸妈的心。她是学舞蹈艺术的，性格清高也有些古怪，与家人很少沟通，独来独往。还讲不得，讲了就会发脾气。与剧团的一个小提琴手结了婚，不久就离了婚，后来又与位编剧在一起，又分了手。现在常春一个人过，平时到处走穴，在社会上混，很少回吉东。"

这时何军勇跟着说："前年，军梅居然说她被一位大师超度，要跳出红尘，立意去平陆慈恩寺出家，周围的人都很震惊。我妈哭我爸怒，她的人生峰谷，成了爸妈两人的心病。咋说呢，我爸的中风，与这个多少有点关系。"军勇说完，叹口长气。

何长生听了，心里顿时难过起来，不由叹息："真是家家有本难念的经啊！"

"你们给我们向你爸妈捎话，儿孙自有儿孙福，孩子大了，人各有志。糊涂些，少生气，把身体调养好，有空就回龙峪老家来住住，散散心。"跟着难过的曹仁花，接过长生的话对军勇军强嘱托。

何长生转下身子，压低声音："我家这里，本来是平安过日子。你们看，你二哥建丰惹的这事，在龙峪人前讲不起话啊！我不想开家庭会，就是回避这件事，我和你伯妈没面子，也免得他们小家庭难堪！"

说到这里，有职业敏感的何军勇提醒："这种事在城市见怪不怪，但还是摆不到桌面上。处理不好，容易引起大冲突，许多缘由都是为钱而来，你们要提醒建丰哥，多个心眼儿，正确处理好家庭财产和家庭成员的关系，避免日后产生大的麻烦，后悔莫及。"

何长生何曾不是这么想。老爷子的葬礼中，他看到了儿子与儿媳的面和心不和，舒奇舒芳两个孙辈，也都沉默不语。好端端个家，闹到这个份上，是我们当老人的没有管吗？管了，没有用！他们训过儿子，建丰不仅不听还躲起来，很少回家。本要找那女的论理，想一想又没有去。去骂别人，有什么用，首先是你儿子鬼迷心窍。弄不好，还会生出更大洋相。后来想通了，干脆不管不问，免得心烦。但是有个原则——何家不认狐狸精，不许往家里带。

阴历九月初的龙峪，金马河明净得像一面镜子。蜿蜒几道河湾的堤防岸边，望不到尽头的杨柳树，树叶由绿渐黄，五颜六色杂糅其间，近看似织锦远观像彩带。不时有一群群白鹭从河里腾空飞起，滑向远方，又盘旋回来，再一头扎进水里，寻啄它们喜爱的鱼儿。横跨在金马河上的十七孔石桥，桥上面不停过往着拖拉机摩托车与行人。田地里的秋庄稼——玉蜀黍与绿黄豆已经收割干净。刚被犁过耙过的大地，像梳子篦过的纹理，纵横交错出黄赭色的土垄泥浪。田埂阡陌间的柿子树，低垂着黄澄澄的果实，柿树叶也变成了金黄或绯红。

蓝天白云，屋舍水岸，长桥飞鸟，黄果红叶。龙峪的美丽，像一幅醉人的大油画……

后几日，军勇军强他们专程去看了长福大伯家和长秀姑姑家，那是父亲何淮海专门的吩咐。

何家的兄弟姐妹们走到金马河边，看流水拂杨柳，听大堤树上鸣蝉，还卷起裤腿，踏进浅滩打水仗，摸鱼捉蟹。走进离龙峪六七里远的山林深处采摘野果。金马山，岭岭相连沟沟相通，一望无际，山间坠满了各色的山珍野果。这里春夏秋三季都有山果，只是在秋季最繁盛。有绿莹椭圆形的野生猕猴桃；有弯曲炸着裂口的八月瓜；有黑紫珍珠般的野山葡萄；还有密集在刺蓬间如珍珠玛瑙的小果实——酸枣。

秀美的山水风光，丰富的物产，优秀的文化，让远道而来的龙峪后代人也是城市客人，个个刮目相看，改写着曾经不屑一顾的错判。

徐俊莉将野菊花编成的花环戴在头上，周宇娟提袋里装满野果，刘松慧、许巧巧跟随在身边。范小琴牵着小江帆，儿子胖乎乎的小脸上，抹的尽是"八月瓜"的白瓤粘糖。

徐俊莉对何军勇说："没想到龙峪这样迷人，下次我还带着女儿来。"

何军勇回头对小女儿说："露露，让我看，龙峪家乡比你爷爷说得还要美！"

小露露手里提着建伟叔叔用高粱秸编的小篓子，里面有两只"唧唧"鸣叫的绿色蝈蝈，仰着天真的脸蛋问何建伟："叔叔，老家为什么叫龙峪呢？"

何建伟随口应道："原来这河边有个大小潭，天上有条飞龙下界，在深潭里洗澡，本来是洗澡的浴，后来喊成了龙峪。"

"金马河里，怎么没有看到金马呀？"小露露打破砂锅追问。

"过去有人看见一匹金马从山上下来在河里凫水。"

"真的吗？叔叔你看到没有？"

"你老爷爷的老爷爷在传说里看到过。"何建伟不加思索地说完，抚摸下小侄女的后脑勺又夸奖了一句，"露露以后是个爱动脑筋会读书的好材料。"

小露露接着顽皮地向何军勇提要求："爸爸，我不想回吉东了，可以吗？"说得大队人马都笑开了。

他们在东北在西北，所感受过的山脉河系，与金马山金马河怀抱里的龙峪，是完全不一样的风情神韵。

真的又多住了几日，上班族必须回去上班。军勇军强夫妇带着孩子要走了。何长生全家还有长福家一起来相送。被送人的行装里塞满了龙峪的各色土特产，还有捎给何淮海治疗高血压、给郑湘萍治胃病的山药材。

临走时，长生夫妇、长福依依不舍叮咛："有时间就回来，这里是你们的家！"

何建业是地道的龙峪人，除了去看望亲戚长辈伴父母话家常外，每次回龙峪，都会轻车熟路独自散步。沿着龙峪的大街胡同，在金马河堤、三棵树下、功德碑前、中学校址等他认为有回忆价值的地方，走上几大圈。

他看到龙峪的变化，自然高兴。龙峪已经开通一条高速公路，原来往新乐每天两班车，现在每小时一班。龙峪村庄原来的斜顶式土坯房几乎不见了，都是钢筋水泥结构青黛或橘红瓦顶白墙的两层阁楼，还有三层的。许多家庭三世同堂四世同堂，早已化整为零，只要是新婚立业的成年人，差不多都会拥有自己的新宅基地。双轮或三轮摩托车早进家庭，个别门前还摆着小汽车。家家户户吃穿不愁。龙峪十多年建设，虽不比城市环线的圈圈绕绕，可也有自己的层层叠叠。村南的陡岩开凿出一条斜式台阶大通道，村里人除东西出口外，可从南面直接到村岩下，新街就是顺着岩下的边缘向外围猛扩。岩上老街商铺与岩下新建设连作一片，主要繁华在新兴的商业街，有四里多长，店铺密集商品应有尽有。在城市里能寻到的大众消费场所，如美容店棋牌室小歌厅，在龙峪都有影儿。有龙峪人自夸说，龙峪就是个"小新乐"！

建业也看到龙峪的负面，最显眼是生态环境恶化。金马河原为天上之水，多美的一条河流，现在虽也有波光倒影，但那河水是在坑坑洼洼的石堆沙丘里，扭曲着迂回，在哭泣中前进，已经看不到那波涛澎湃一路欢歌的景象。他明白是前些年疯狂采矿洗矿、河道采砂、过多垒堰蓄水等行为所致。当然也知道自己的弟弟何建丰也是其中的始作俑者。只要政策允许，开采没有关系，但是国家在矿产资源法中，有关于复垦复绿的条款，为什么就执行不到位呢？还有村民乱扔乱倒垃圾不讲环境卫生问题，现在毕竟不是过去村民曾经用树叶擦屁股的年代。看到在建设盲目扩张的席卷下，耕地越来越少甚至荒芜严重的现象，他不自觉地思考起"但存方寸地，留于子孙耕"与"资本越界即是罪恶"的深刻含义。

何建业腋下夹条香烟，走进前任村长雷大海家里。他与雷大海也是同学，雷大海前几日提过一条鱼看过何建业，何建业算是来还礼。

雷大海正在摇头晃脑哼京戏，看见何建业进来，忙起身迎接，建业递过香烟。雷大海满脸笑："老哥来就来了，还拿什么东西！"

"小心意，知道你喜欢这。"

何建业在院里站定，看村长家的建筑布局。院内干净，溜墙根摆满了盆景花草奇石。右侧搭有小棚，停着"本田"蓝色小轿车。正面盖着一幢拐角连体阁楼，水泥柱墙面镶着白色瓷砖，铝合金玻璃门窗泛着蓝色的光。三层楼，少说也有十间房。左边突兀的平房顶斜放着一口白色的"大锅"，那是正在风行的家用式的电视天线。

雷大海拉着何建业进屋，在沙发上坐下。客厅里摆着长虹牌四十二寸彩色大电视，还竖有雷门祖宗牌位及父亲的遗像。还有张麻将桌，上面红布没盖严，能够看到花花绿绿的麻将牌。

何建业指指麻将牌笑着问："村长也打麻将？"

"平时没事玩玩，打发时间。现在老百姓很多在打。"雷大海说着进屋拿了瓶"黄河老白干"，又要去厨房，并说："弄两盘凉菜，咱老哥俩喝几杯！"立即被何建业按住："你见外，我平时不怎么喝酒！"

"开国际玩笑，你耍怎大，不喝酒？"

"真的，平时工作是应酬，没办法。私下我自己从来不喝酒，我不会哄老弟。"

既然不喝，雷大海作罢，去烧了壶热茶搁到茶几上，双方相互将香烟点上。

雷大海生得结实，膀阔腰圆，眉粗眼大，说话声音也大，快人快语，容易让人联想起水浒传里的"鲁智深"。村长抬身往近处看下何建业的脸，笑着问："建业，你家老人和兄弟都没有，你怎么有点像大胡子呀？"

何建业胡须很旺盛，从下颚向上连到耳根，平时刮得厉害，脸颊泛青。他自己也摸了摸下巴，笑着回答："可能是返祖现象吧。"

"返祖现象？"雷大海摇摇头。

何建业解释："就是隔代遗传，听说我的老爷是络腮胡子！"

"那咱俩更是兄弟了，你看我这胡子。"雷大海撑开大拇指与食指，将自己下巴上粗糙的大胡子茬刮得喳喳响。

这时，门外进来四五个村民。有穿皮夹克的，有穿薄毛衣的，脚上都是黑皮鞋，只是上面的灰多。他们自己去倒茶，自己去拿茶几上的烟抽，像到自己家一样随便，然后嘻嘻哈哈，走到麻将桌边，揭开红桌布，有四个人熟练地选边入座，一个在旁观战并朝雷大海喊："二哥，你上场不？"

雷大海应道："你们玩吧，我陪建业兄弟说说话。"

刚说完，又一个高声地问雷大海："二哥，后天大哥家为小孙子办满月酒，你去不去？"雷大海说："刚约了县城熟人，要去谈事，去不了，你给我带份礼！"

接着那四个"麻友"，嘴里叼着烟品着茶，双手在麻将桌上灵活万千，"幺鸡""四万""慢，碰了""妈的逼，心要什么偏不来什么"，轮番吆喝着……

对他们，何建业大部分不认识，只认得一人，进门打了招呼。

雷大海嫌大厅打牌太吵，拉起何建业说："咱们进里屋说话。"

两人端着茶走进屋里，看见空荡荡的里屋，就是一张床一张桌子，桌上竖个梳妆镜子，别无他物。雷大海自己坐在床上，将何建业让在对面的高椅子上。

何建业不解地问雷大海："刚才，打麻将的人，不叫你老村长，为啥喊你二哥？"

雷大海嘿嘿一笑："都是结拜兄弟！"

建业更是面带惊讶："你个大村长，也搞结拜？不怕群众说你办事有失公平？"

"也是这伙打牌的人，他们先搞的。我退位时非把我拉进去，共有十个人，还有的人在县里市里，相互照应，当时不参加又不好。前些年兴这个，咱龙峪村就有好几拨。好几年过去了，现在把它也看淡了，都是逢场作戏，也没把它太当回事儿。"雷大海说完，满不在乎地笑笑，举起茶杯说："喝茶！"

何建业接着问："家里还好吧？"

"马马虎虎，老娘跟着老二家。女儿早出门了，儿子在县医药公司上班，小家庭在县城。我现在是既当爷爷又做姥爷。孩子他妈，这几天回娘家去了，平时家里清静，偶尔就是这些狐朋狗友来骚扰一下。"

"你在村长任上，干了多少年？"

雷大海说："我干得不长也不短，有七八年吧。从刚解放算起，村干部最早是赵振东，后面是裴庆奎，再下来是我，现在是马延寿。"说到这里，雷大海突然问何建业："我干的那几年，碰上龙峪自由采金。听说你爹要你回来找金，你是找矿专家，咋没回来呢？"

何建业微微一笑："上班的人，离这么远，哪能说回来就回来！"雷大海："那也是，没回来也是对的，回来也是争天抢地。那时的人真是疯狂啊，抢矿时六亲不认，赚到钱后财大气粗，有的连在爹娘面前说话，都是三镢头两板斧。这人的关系，一是'文革'期间，弄得很紧张；再就是采金，抢得没了感情。"

说到挖矿淘金，雷大海眼烁喜色："咋说呢，咱这的人赚了钱不懂长远计划，除了把家里房子翻新外，将积蓄挥霍完，手头又紧张起来了。不像你们有工作的，细水长流。"说完侧身拉开桌下抽屉，顺手拿出个约乒乓球大小黄澄澄的金疙瘩，往桌上轻轻一蹾说："兄弟看看，这块毛坯金成色和重量？"何建业也开眼界，用手拿起看看又掂了掂："属于色金，百分之九十二三的成色，有三百来克重。"雷大海伸出大拇指："不愧是专家！"何建业不解问："这么贵重的金物，咋随便丢在抽屉里，不怕偷吗？"雷大海霸气十足地说："小偷不敢进咱家！"

　　说到此，雷大海有几分自得地说："我干那几年，还领头办起了水蜜桃罐头加工厂和红薯粉条加工厂，效益还可以。村里现在还在受着益呢！"

　　这时外面打麻将的一个村民，"呼啦"掀开半边门帘，探进脑袋说："二哥，借五百块钱，等开胡！"雷大海眼睛一瞪："没有借！你一天三输三借。有钱就打没钱莫打，要么就赊着。我哪有天天给你们扯不完的皮。"那村民把头缩了回去。

　　雷大海若有所思，转过来问何建业："看你这势头，对吃喝赌都不感兴趣，玩女人吗？"

　　何建业略沉思下说："基本不玩！"

　　"啥叫基本不玩？那意思还是玩了？"

　　"是跟自己老婆玩！""那你玩不玩？"何建业反问。

　　雷大海嘎嘎笑："跟你一样，也是和自己媳妇玩，玩的左手摸右手，早不想玩了。"

　　说完两人对视而笑。

　　雷大海接着讲金的故事。"人有了钱，会不知道天高地厚，狂得没个边。不是开口'我能买飞机'，就是闭嘴'我能盖金銮殿'。有的人带着老婆孩子四五口人，拿块毛坯金，走到饭店。喊出店老板，把金往八仙桌上骨碌一滚说，不用秤了，这三个月，我们全家一日三餐过来吃饭，拣好的菜上。""还有的人，家里的麦子熟了，怕日头晒不去收，就雇人从开镰割麦到麦场上脱粒，再运到家中把粮食倒进粮缸里，分段计费付账。那派头，比原来旧社会地主，还要神气得多！"

何建业听得新鲜也觉得好笑："咱这老百姓，祖祖辈辈辛苦，开矿赚点钱改善生活，也没有错。主要是把山挖塌了，把河堵塞了，把污染留下来了，直接受害的还是咱本地人，咋没有人管呢？"

"这就是金钱的祸害。采金的，无论是私人，包括公家，他们把赚钱的大头背走了，留下的环境污染，没人去管。就是挤点治理的钱，也是非常少。起不了大作用！"雷大海习以为常回答。

何建业又问起环境卫生的脏乱问题。

雷大海看出了眼前这位富有正义感的儿时朋友，就问啥答啥："建业老哥，你现在是不了解农村啊！党和政府的政策真好，每年的一号文件，都是讲农村问题。上面政策再好，到下面一层层执行中，就走了样。环境卫生问题，前面管后面犯，人不自觉呀，素质没到那层次。都是乡里乡亲的，谁去撕破脸皮得罪人呀！很多是一阵风，往往雷声大雨点小，开始叫得凶，过去就拉倒。现在的环境，还算好多了，起码过去猪羊鸡鸭满街跑，到处屎臭气熏天的现象，没有了！"

何建业插话："你说的也是客观理由，不过，这人有惰性也有疲性，你越不管，不好的习俗永远破除不掉。执行力到位，能坚持下去形成了习惯，就会慢慢好起来。"

雷大海继续说困惑："现在最大的问题，是耕地越来越少，各家各户划新宅基地，街道门面开发，村办工厂，国家工程修路，都在占地，人均不到两分地了。要不是国家有耕地政策规定，龙峪恐怕早无地可耕了！"

"还有劳动力的流失。村里家庭能够出劳动力的，大多出去了，留下尽是老人和孩子。看这个势头，外出的人，有一部分人今后可能回来。而有一部分人如果混得好，想在城里落脚，就不会再回来。缺劳动力也缺人气，村里许多事儿，办不起来，逢年过节，有时连会敲锣打鼓的人都凑不够。现在当个村干部，做难啊！"雷大海仿佛满肚子委屈，也含着对现任村干部执政难处的理解。

雷大海探过半边身子问何建业："你们单位有多少人？"

"职工家属一起，大约三四千人吧！"

"龙峪有近三千人，但你是国家七品官，村干部顶多算个股级，啥球都不是！"

何建业半开玩笑："地质队也是个队级干部。咱们农村原来叫大队，也是队级干部。村干部是一方水土的父母官，管一方小社会，重要得很咧！"

两个人说说笑笑，又捧又怼，东拉西扯……

何建业忽然又想起农村党的建设问题，又问："现在村里有多少党员？"

"大概有五十多个吧？不到总人口的百分之二。"

"群众入党积极性高不高？"

"现在人都是向钱看，积极性不是很高。我们看中的好苗子，有时还要去做工作，动员人家加入。跟原来的味道不一样。"

"这些情况，真应该去反思啊！"何建业没有接话，心里感慨。

何建业走出雷大海家门，觉得这样无拘无束的轻松交谈最为真实，让他对改革开放中农村发展成就以及存在的现实问题，有了更接地气的了解。当然，何建业明白，自己既不是政策的决策者，更不是基层政权的执行者，他的想法终归是杞人忧天，自寻烦恼！

何建业去看望朋友尹少文、方永强，一个在外省打工；一个在女儿家带外孙未回。隔日又去找赵解放，赵解放下地刚回来。家境不错但不如雷大海，也是两层楼，面积小些，院子也小些。屋里彩电、冰箱、空调、热水器、摩托车一应俱全。有三个孩子，两个女儿都嫁了，分别在龙峪和新乐。儿子是超生，还被罚了款。儿子现在春襄省云堰市打工，离家千余公里。赵解放孙辈成群，小时候带过，长大后各自纷飞。何建业本想与老伙伴单独聊聊，可他的媳妇坐在旁边，织着毛衣，没有走的意思，就只好三人"铿铿谈"。

赵解放稍小何建业，父亲当过村里的会计。国字脸，中瘦高的身材，显得老相，脸上沟渠纵横，皮肤偏黑，为人直率。仍有老村干部子弟优越感，又在外当过几年兵，见过世面，啥话都敢说，何建业还没问话，就开始牢骚："现在，主要是风气坏了，讲奉献讲精神的人吃不开了。村干部不像赵振江、裴庆奎和我爹那时候，时时处处吃苦耐劳往前冲。现在村干部有不少好的，也有不大作为的，私心太重。"

赵解放媳妇脸色红润，矮胖身材挺乐呵，可能也属于好事话稠那一类，开始帮腔："是的，你看现在的村干部，哪个不比老百姓过得舒坦！"

赵解放瞪她一眼："要你多嘴！""有些村干部胆子大得很，上面拨下来的各种补贴扶持款，到他们那都要截留些。要不，他们哪能经常昏天黑地里吃喝！"

何建业纠正说："现在党的政策多好，龙峪变化这么大，住房大改善，街道整齐商业繁荣，公益娱乐设施也在改善，村里也有自己的小企业，还不是靠村干部一步一个脚印带着大伙干出来的，好干部还是绝大多数。"

赵解放哈哈笑，调侃何建业："你也是领导干部，当然会包庇他们。"说得建业跟着笑。

"建业哥，到底是大干部，就是会说话。"解放媳妇在旁抬举建业。

"听说最近上头拨下来一笔款，村里人都有份。现在还窝在村干部手里，没有发下来。"赵解放媳妇诡秘地说。赵解放又训她："你少说一句，听风就是雨，没人把你当哑巴，做你自己的事去。"不停被丈夫敲打的媳妇，嘴上虽在嘟囔，还是稳如磐石，没有离开的意思。

说到这儿，解放媳妇蓦然想起另件事："建业哥，你是地质大专家，你现在能为龙峪找个大矿出来，那乡亲们会感谢你一辈子！"

何建业看她那悠然自得的样子，慢悠悠说："这矿也不是天生地造平均分配，哪里都有矿。我看了，除了金矿，咱们这里没有别的成矿条件。"

"照你这么说，咱们这是上天定下的穷光蛋啦。龙峪乡亲可是以你为光荣啊，你要是细心去找，肯定能找到。"

赵解放又瞪了瞪媳妇："颠三倒四，说些啥，老天爷你也敢埋怨？有个金矿，还嫌不够！"转过脸对何建业说："真是头发长见识短，甭理她！"

交谈中，何建业能够感受到他们本质上的正直与善良。

赵解放也说到何建丰："建丰也算给村里做了贡献，安排那么多人做事。还要从挣的利润中，拿出钱做环境治理，能够坚持做到这一点，就不简单！"停了下又说："至于那事儿，的确过了些。原配合法妻子，说凉就凉了，不管社会风气咋变，在咱龙峪对这类事还是站不住脚。南街的魏学运，也是在外面做生意，发了财，另外找了一个，把家里老婆离掉，闹得众叛亲离。建丰虽混有人，还没有跟家里的离婚。总之，这种事老百姓肯定会有看法。"

建业在龙峪的七八天中，小弟何建伟与他细说了在海津市的情况，大哥高兴看到小弟的逐渐成熟，还是一再吩咐他，事业靠自己闯出来，要注意在工作定力与市场应变能力上下功夫！

在龙峪这些日子，何长生的叔伯姐姐何素珍的儿子马如飞，龙峪人得知他是西川县交通副局长时，长秀女儿陈秋芬的小儿子，还有龙峪村七八家的乡邻，都过来找何素珍夫妇，求他们说情在公路建设工程上介绍些事情做，并保证只要能赚钱，龙峪人能吃苦。甚至还有人找何建伟，托他在海津介绍工作。

有人夸何建伟："真有能耐，混到全国最大的都市里了。"

何建伟不以为然说："啥好？满眼是水泥高墙，到处都是两条腿动物，人挤人，连马路都过不去。"有人就驳他："那你咋不回来？"何建伟只好耸耸肩自嘲："这不就叫做犯贱吗，很多人都在犯贱！"

说得周围人不知深浅，一片唏嘘……

因何老爷子葬礼，大何家的大聚会终于散席，儿孙们陆续离开龙峪各奔东西了……

何长生曹仁花送完儿孙们这一夜，大院顿时空荡了许多。老夫妇为折腾儿孙们辞行，有些累，吃过晚饭便躺在了床上。他们感觉这些日子的大热，今天忽然的大冷，心里特别的难过，又睡不着，老夫妻俩你来我去，不停地说话。他们说儿孙们的过去与现在，还展望幸福或焦虑的明天。

曹仁花侧身问何长生："他爹，咱老何家，从他叔长贵算起，到咱儿建业建伟，出去了都不想回来安家，我老在想一个理！"

"啥理？"

"凡在外面讨了媳妇的，最后都难再回来。长贵娶了湘萍，等于咱爹娘搭上个儿。建业找宇娟建伟找凤霞，相当咱们丢了两个儿。"

何长生稍停片刻，慢腾腾回答："你说的也对也不对。说对，确实算个理。

又不全对，巧巧不是在龙峪娶的媳妇？建丰不还是要带到新乐去？他们从心里同样不愿意长期在老家住。他们有时回来，主要还是离得近，为了照顾咱们。龙峪再好，对他们只是个老家。"

"在外面讨的媳妇，总归不是一条心。人家对龙峪没感情，儿媳不回来，儿子也就跟着不回来。古话讲得就是好，麻野雀，尾巴长，娶了媳妇忘了娘……"曹仁花唠叨。

何长生："都啥年代了？人往高处走，主要还是咱龙峪太小。人家外面是个家，有老婆有孩子，有工作有单位。咱们也出去看过，外面的生活环境、孩子教育条件好，咋会想回到山窝里来。过去一个人有工作，想带家眷还带不出去呢。现在政策多好，只要城市有房，生活得下去，随你到哪里去。啥事，只能往一头想，没有十全十美的。"

"人这一辈子啊，不知道到底图个啥？自己养的孩子，连他们的终身大事都做不了主。"曹仁花感慨。

"你到底是杨家湾出来的，到龙峪生活了大半辈子，思想比我还陈旧。我算想明白了，这人在世上有两件事做不了主吹不得牛，一件是儿女的婚姻，二是生男育女。现在的婚姻不像咱们那时候，父母之命媒妁之言，行不行，凑合着过。现在的人，在乎是自己的感觉，哪里会听父母的！"

这么一说，曹仁花有些敏感："噢，么说，我跟你这大半辈子，是凑合过日子啦？"

"又来了不是？我是说现在的孩子，对待婚姻对待家庭的意思，早跟咱们这代人不一样了。"

曹仁花用手轻轻拧下老头："我谅你也不敢嫌弃我！"

"快到古来稀了，亏你还说出这话！"

突然，曹仁花推推长生："……他爹，……好像屋门口房梁上有人说话！"

"是不是有贼？"何长生立时警觉。

"有点像咱家的燕子在说话。"

"你个神经病，燕子会说人话？"

"不信，你自己听。"

何长生侧耳细听，感觉是有对话的声音，讲话声音不大，但丝丝清晰。他们静听……感觉是从房梁燕子窝传出来的声音……

……小燕子问："妈妈，明年春天，我们是不是不飞回龙峪，到别的地方安家？"燕子妈妈问道："孩子，为什么？"小燕子说："这何家，那么多的子子孙孙，现在都走了，好多都不会再回来常住，我们还来干什么？"燕子妈妈说："可不许这么说，他们的子孙不回来，都是在外面干事业。家里的老主人还在呀！"

"只有老主人，没有小主人，这么大的院子，冷冷清清，一点都不好玩！"另一嗓音有些区别的小燕子说。燕子妈妈回答："我们来来回回，一共有好些年了。这家的主人很关照很爱护我们，我们应该懂得感恩，越是在他们孤独时候，越要回来陪伴他们。如果我们不回来，他们会伤心的！"几只小燕子叽叽喳喳回答："妈妈说的，记下了，明年春天，我们一定飞回来。"……

何长生夫妇听得很清楚。燕子不是八哥，怎么会人语？他们觉得惊愕，不可思议。曹仁花接着感慨道："现在的人，都精明到了让鬼神都吃惊地步，咋不许燕子也说人话哪！"

何长生便屈身下床，披着衣服趿拉上布鞋，开开屋门，用手电灯光朝着房梁上的燕子窝照了照，褐赭色的燕窝如旧，异常宁静，听不到任何的声响。何长生看看对面厢房里的灯光还亮着，做生意的侄子曹怀义好像还在算账。再看看大门口高悬的两盏大红灯笼，上面金黄的"福"字，正在夜色里被风吹得左右摇摆。

何长生回到屋里，揭开被子又睡在老妻身边。他们两个想起刚才燕子的对话，议论着，天下竟有这样蹊跷的事情！他们又想远了今后的生活——今后的坚守——两行老泪不自觉地顺着眼角淌下来……老两口用手在对方满是皱褶的面额上，相互擦拭着、抚慰着，慢慢地……睡着了……

第二十九章

"报告!"

"请进!"何建业坐在队长办公室里应道。

年轻却办事老成的办公室主任彭丹洋走进来,毕恭毕敬将手里的电传文件递给何建业:"队长,局里通知你,大后天去平州开半年经济工作会议。"

何建业接过电文,扫了一眼,搁在桌上,仰头对彭丹洋说:"工作惯例,这会年年要开。单位上半年的工作总结,王艺文修改完没有?赶快打印一份,今天我再看一遍。另外,向局里申请增添四色印刷机的报告,准备好没有?"

"准备好了。"彭主任谨言慎行回答,"请队长放心!"

何建业疲倦地吩咐:"通知易江源副队长、刘敏主席,后天早上八点半出发,开那台越野车。"

"明白,我就去办。"彭丹洋诺诺退出……

西疆省地矿局半年经济工作会议,在省局办公楼五楼大礼堂,如期进行。

红色的会标,挂在主席台顶上方。主席台最中间坐着局长苏也民,两边依次坐有三位副局长、纪委书记兼工会主席、政治部主任、总工程师,共七人。俞新庆副局长,坐在局长左侧的第二个位置。桌前对应着各位领导名字的台签,还有洁净白亮的茶杯。台下坐有二百多人,是全省二十多个局属地勘单位参会的队级领导,还有局机关副处级以上干部。

局长苏也民，是何建业参加工作后西疆地质局的第七任局长，从中部地区省地矿局调来的，身材魁梧高大，大背头，前额横聚多条抬头纹，气色气度超好。他接任程鹏远局长工作近两年，下面反映还行。他也是地质专业出身，能够跟进上面形势，工作上求稳健，满腹经纶，健谈。

苏也民局长威严地扫下会场，开始讲话："同志们，西疆局上半年的经济状况，保持了良好发展势头。经济总产值闯过了五亿元大关，比去年同期增长百分之二十五，其中除地质找矿工作增长幅度稍小外，工程勘查业增长百分之三十五，多种经营业也增长了百分之二十，成绩来之不易！这取决于部里省里上级组织的关心支持，是局党组的正确领导，是在座各级领导同志们身先士卒、开拓进取，是全局两万职工共同努力拼搏的结果，可喜可贺！"局长脸上泛着春风般的笑意。

"现在是七月份，由于受国际金融危机的冲击，下半年国内经济形势不容乐观，地勘经济必然也会受到影响。时不我待，困难与机遇同在，挑战与希望并存。我们要知难而上，继续深化改革，调动一切有利因素，加倍努力，确保全年经济目标的顺利完成。"

"要进一步调整产业结构，使国有资产得到最合理的配置，产生出更大的经济效益。地质工作要开拓思路，多扩展社会市场项目，保持正常运行。工程勘查业要调大调强，现在国土资源部门的地质环境治理与土地调查，带来了新的发展契机。要加紧与有关部门的对接，争取在业务的质与量上，都有大的突破。多种经营业，要提升现有的生产能力与管理水平，不仅要提高经济效益，还要注重安置效益。二是要树立'大地质'意识，全力开拓地质市场。只要能产生经济与安置效益的事情，都可以去尝试。譬如开辟地质旅游服务，对外开展宝玉石营销鉴定，所属学校医院开门对社会服务。经营承包责任制要进一步推进，鼓励个人独立创业，自主经营。三是要关注民生，安排好职工生活。局里和队上要匹配一定的资金，对职工住宅和单位环境有计划进行改造改善。525地质大队何建业队长那里，做得很好，新基地建设将近完工，预计今年底可全部搬迁到青城市区去。至此，我们西疆省的地勘单位全部进了城，完成了由农村山沟创业向城市发展的重大转变，具有划时代的意义。"说到高兴处，局长在空中挥舞出一个大弧线的上仰手势。

苏局长用小毛巾擦擦额头的小汗珠，最后又说："关于廉政建设，等会纪委王书记会做专题要求，我这里只强调几句。现在重点还是要刹住吃喝风，我就不明白，中央三令五申，出台禁止吃拿卡要的文件像雪片，为什么就冻不住一张嘴呢？大吃大喝，说白了，就是拉关系交朋友。'勿以恶小而为之，勿以善小而不为'，现在搞市场经济，有些必要的应酬，是没有办法。但是一定要把握好分寸，公私要分明，内外要有别。不允许打着跑市场的幌子，行中饱私囊之实。现在加入了国际世贸组织，搞发展更要按市场规则办事。党有党规，国有国法，不能让经济上去了，干部却倒下了！"

局长讲完话，与会同志报以热烈的掌声。

局长讲完话，进入中途休息。与会人员顿时三人一伙五人一群，轻松自由，站在礼堂边高大明净的落地窗前，有抽烟的，有嬉笑的，相互热烈攀谈讨论着。何建业碰到了他的几位同学，此时于海波已升任519地质队的副队长，曾莉是523队的纪委书记，欧阳春是省地质研究所的副所长还兼着《西疆地质》学术刊物的主编，他们都已成家也有了孩子。老同学见面，聊得很开心。何建业看到曾莉，仍是那样端庄白净好看，衣服得体，说话随和。何建业不由又让他想起了三十年前，曾经对曾莉的一闪念。哈哈，现在也是五十岁出头的小老太婆了！听说曾莉丈夫是她所在城市的知名律师。

何建业早知道，他们一九六八年分配来西疆的几位大学生，欧阳春与包娅兰两人的婚姻，最终没有走到一起。欧阳春从523队调到省地质研究所，与本单位的女职工文秀荣结了婚。包娅兰则与同学于海波在519队成了一对。

登高望远，站在大礼堂上面隔窗可以俯瞰局机关大院，灰墙红瓦的栋栋六七层高楼房，鳞次栉比，远处还保留着几幢苏式的小洋房。排排行行的白杨树，还有大槐树穿插其间，在夏日强阳照耀、阵阵熏风的吹拂下，翻滚着忽明忽暗的绿色波浪……

散会后，何建业敲开副局长俞新庆办公室的门。

俞新庆见是何建业进来，很高兴，立即起身，把何建业让到客座上，倒了杯龙井茶，递到手中。自己又回到办公室后面，陷入副局长的软皮沙发里。沙发后背墙上，挂着"厚德载物"的书法横幅。俞新庆的圆脸显得更加红润亮泽，头发梳得更整齐了，雪白的衬衫打着领带，一尘不染。屋内的中央空调悄无声息地柔和地吹着，凉风习习。

何建业抢先开腔："新庆，恭喜你了！"他没有称职务，觉得俞新庆升迁后的刚见面，这样喊，亲切！

"有什么可恭喜的，咱们是老同学，还曾经是你的部下，只不过是运气好罢了！"

何队长能够看到俞副局长的得意。喝了两口茶，两人的烟也接上了火。何建业从皮包里拿出纸张，递过去说："俞副局长，这是单位印刷厂请求增添彩色印刷机的报告，需要你支持！"

"这台四色四开彩印机购进后，印刷厂的技术含量和生产能力，会来个升级换代，就可以完全承接市场彩色印刷业务，从而产生蝴蝶效应，预计年收益能提高两倍以上，安置效益也能跟着上去……"何建业简单算账。

俞副局长边斜着眼看"报告"，边听何队长说话，没等建业说完，插话说："525队印刷厂，在队上时我分管过，知道基本情况。增加彩色印刷设备，过去也喊过。我现在分管全局的多种经营业。啥多种经营业？不就是把原来为找矿服务的附属车间工作室等，拿出来，添些设备加点人，让内部学校医院开门服务，大院周围设门面商铺，向社会找米下锅。这些年，自上而下对这块，可没少投入，学费交了不少，效益并不相称。有的单位还弄得血本无归！"

讲的是实情。那又有什么办法呢？改革，就是摸着石头过河，能够过去，也可能过不去。过不去，就只好垫上石头，如还过不去，就再垫上石头，直到过去为止。何建业知道俞副局长刚才讲这些，自有他另层意思。

"现在全局有四五家印刷厂，都在申请上彩印机。这一台彩印机，就是几百万，只靠局里的财力，哪里添置得起！"

"那是，管哪行才知道哪行的柴米贵。不过，525队的印刷厂规模是全局最大的，发展前景也是最好的。申请彩印机的动议，也是最早的。而且咱们队的印刷厂，还是局'十五发展规划'的重点扶持对象。辛苦你还是多关照下525队。"

俞副局长见何队长拿"十五规划"来压他，心里多少有点不爽，就说："好吧，这事儿也不是我一个人说了算，与其他局领导研究研究再说。"有点打官腔，末了他又补充一句："你也去找找局经济老总，谈谈想法。"

彩印设置的事情，暂无满意答案。何建业也能理解，任何只要涉及要钱的事，不跑它七八十来趟，不会出效果。

俞新庆起身又给何建业续了点茶，转了话题，侧目问："省里部门那位领导外甥安排的事，你给人家办好没有？"

这事不提则已，提了何建业就伤脑筋："还没安排。他的亲戚，初中文凭，啥都不会，咋安排？安排了，比他优秀的进不来的一批人，在门外看着，咋交代？不是叫人戳脊梁骨吗？"

"老同学，你啥都好，就是有时太认真。有些事，正道走不通，变通下，不就走通了。525是全局效益最好的单位，人家能将亲戚放到这里，是对咱们的信任。"接着他又说，"你家亲戚刘雅婷，原来文凭不是也不高，不照样在521地质队化学分析室上班！"

何建业心里有点气，没想到俞新庆拿这事来激他。在队上时，他知道内情，从不吭声，现在当了副局长，这事反倒成了他认为自己行不正的口实，必须得说清楚。他立即应答："刘雅婷虽是我的堂侄女，却是一路考过来的。到西疆地质工程学院，是她自己考上的。毕业也是合同工许多年，最后有了转正指标，也是自己参加公开招聘，才转为正式的。我可从没有打过招呼！"

俞副局长见何建业据理而争，就缓下口气："老同学，我只是提醒下，你还要进步呀。实话跟你说吧，局里对你的使用，研究过两次，我是举双手赞同，但还是有异议呀！"

何建业只好说："那就谢谢你的关心了！"

接下来，俞副局长又问起何建业："525迁青城，准确的搬家时间是哪几天？"

"大约年底吧。分期分批，第一批十二月初可搬。争取全部搬过去过春节。"

"好哇，建业你为525队做了件功德无量的大实事、大好事。荣幸啊，我们又搭邻居了。只不过，我家选的楼层偏高，又有些当西晒。"

俞新庆说的是他的妻子，还有资格在队上的新址分房子。俞新庆调527队当队长后，又听说525队要搬迁青城市，就没有让妻子随调过去，一直在525队上班。

何建业笑了笑："我能跟你副局长住栋楼，更是我的福气。至于选房的位置，当时都是抽签选的，在于自己的运气。没有十全十美的，我家的位置，也是一般化！"

说完，两个老同学都笑了起来。

在省局开完会办完事，回蒙山525队。现在高速公路通了，原来五小时的路程，现在只需要两个多小时。何队长与分管工勘市场的副队长易江源、纪委书记刘敏几个人在汽车行驶中闲聊起来。

平时无论是工作关系还是私下感情，都非常的融洽。尤其是易副队长与队长，可能是接触更多缘故，说话更随便。司机是给队长开车的小田，平时嘴很紧，懂得领导司机的规矩，只听不搭话、不传话。

刘敏，女同志，照顾坐在副驾，正副队长坐在后排。易江源侧过头问何建业："队长，你找俞新庆，买彩印机的事情，有希望吗？"何建业双臂夹着膀子抬了下："还得研究研究！"易江源知道一时不会有结果，就借题发挥："俞新庆，才从525队出去几年，不会不给525队说话吧？"何建业说："局里有局里的难处，许多事得慢慢来，你打个报告，就给你批大钱，哪有那么快！"刘敏也在前头插话："人家俞新庆，现在是全局的副局长，又不是你525队一个单位的副局长！"

"唉，有些事真让人看不懂。咱们何大队长，讲能力说人品论业绩，早该是局领导了。就算摆任职资格，俞副局长也比何队长差一截，这样用人安排，下面的人有些不服啊！"

何建业严肃地制止易江源："别瞎说！"口气加重。

刘敏又说:"俞副局长,不管怎么说,也是从咱525队走出去的,我们应该高兴。"

易江源嘻嘻哈哈惯了:"我不怕,我又不想当大领导,看不顺的事,该说就说。委屈的话,该倒就倒!""我思来想去,咱们何队长,还没有跳龙门,最重要原因有三个字。"

"哪三个字?"易江源的"三字题",让何建业来了兴趣。

"不能喝!"易江源直言不讳。

弄得何建业忍不住笑出声来,易江源、刘敏也在笑。扶着方向盘的司机小田扑哧扑哧跟着笑。

笑过之后,前面的刘敏,向右甩了下微卷的头发,又朝左后看下易江源:"你说何队长不能喝,我可要打抱不平,他为队上的经济振兴,不知多喝了多少酒。周宇娟天天都在为他喝酒提心吊胆,给我念叨过好多回了。"

"唉……我说何队长不能喝,并不是说他不喝酒,而是说他喝酒,不是主动去喝、高兴去喝,而总带着压力去喝,带着任务去喝!"

"照你这么说,我这些年的酒,是白喝了?还喝得不够水平?"何建业开始积极探讨。

"倒也没有白喝,也喝出了效益,我们那么多的大项目工程,不都是在何队长参与喝的前提下,拿回来的。"

何建业拦住话说:"听你这样说,好像525全队经济的发展,全是靠喝酒喝出来的?这种定位,以偏概全,格调可不高啊!"

易江源边笑边坚持己见:"队长批评得对,但是不能否认,喝酒对刺激生产力的巨大杠杆作用。"

"喝酒,这东西学问大了,也分三六九等。粗分下,第一类,发自内心喝,看到酒,中枢神经立刻兴奋,能与酒交流感情地喝,你有情它有意;第二类,把酒当成媒介,要办事才去喝。有它也行,无它也可;第三类是,天生拒绝喝酒或者抿一抿应付。你反感它,它也看不上你,也不会给你帮忙说话。"

"真看不出,你对酒文化,还有这么多研究。那我属于哪一类?"

易江源摇头晃脑说："这还不清楚，肯定属于第二类，俞新庆属于第一类，这一点我觉得你应该向俞副局长学习。人家端上酒杯，眉眼都在笑，笑到心里去了。有机会肯定喝，没有机会也要创造机会喝。办事时喝，不办事也喝。感情投资在平时，那些被请被喝而且有权力的人，都不是一般人的水平。大家都在喝，他们能看出来，谁是在用嘴喝，谁是在用心喝！"

何建业听完，就训易江源："说了半天，你不就是责备我吃喝的水平不够，要加强感情投资吗？人与人不一样，这方面，天生学不会！也天生没有大酒量呀！"

易江源嘻嘻一笑："我不是为队长好嘛。"

"哦，为我好？就拿着公款去吃去喝去送，去积蓄自己的感情成本？谁说领导提拔就是靠酒喝出来的！"何建业反击。

易江源："现在的风气，本来就是这样。"

前面的刘敏笑了，接着平淡地说："也别把社会风气看得那么糟，做人不能过于投机，过了，最后会适得其反。还是顺其自然，保持自己的个性好！"

何建业敲打易昌江源："你胆子真大，在纪委书记面前，大肆宣扬吃吃喝喝的威力，你可不要在这上面犯错误啊！下步你要把主要精力放在工程勘查产业的调优调强上，好好过滤下市场的项目。多关注多研究，努力挤进如铁路勘查、地铁勘查这些技术含量高、经济效益好的工程门槛。"

易江源又是一笑，趁机说："队长批评得对，我只是在车里闲说酒杯生产力的分量，其实单位真正的经济发展，还不是靠咱们干部职工凭工作实力，靠吧嗒吧嗒的汗珠子干出来的。队长放心，每年经济工作会，每次都让我陪队长来参加会议。我明白工勘业的重要。我会按照局会议的要求，全力以赴抓好这块的工作。"

这时，何建业看着窗外，赤日千里，大地燃烧得像一团火，就问驾驶员："小田，是不是到双塔寺附近了？"小田回答："快了，前面就是。"何建业又问易江源："你们在这不是有个项目工地吗，咱们下去看看？"易江源高兴地说："我正想说呢，队长亲临现场，对职工也是个鼓励。咱们就在那里搭午餐。"刘敏主席自然双手赞同。

汽车中途下高速，又走十多公里的普通公路，进入到离双塔市还有三公里的施工工地。这是一个省级公路的塌方地点，由项目负责人段裕初带领。何队长一行走近施工现场，看见有四五十个职工，头戴安全帽，穿着厚厚的防尘帆布服，脚套深筒胶鞋，站在高高的脚手架上，两个人一组手握水泥喷枪，面对大面积的塌方岩层，正在做泥浆水喷射。那黑灰色的水泥浆，顺着几层楼高的岩壁向四周向下流动凝固。路基上一地覆水，满是稀糊泥泞。

水泥搅拌机，水泥喷枪的巨大噪声，不得不让在一旁观察者们的交流，只有大声说话才能听见。段经理向何建业等领导汇报，这是西疆省交通厅路桥公司下包给我们的地灾治理项目。塌方面积近五千平方米，我们已经施工两个多月，完成了清理路障岩基、楔入铆杆等工作，现在是最后两道工序。待喷浆完了，还要挂网。何建业满意地点点头。

很快中午，收工的施工人员，回到简易的工棚边用午餐，他们脱下沉重的防护服装，个个满身大汗，内衣没有一处干燥地方，头发像水洗一样。用冷水简单抹把脸，就跑到工棚里开至最大档的电风扇前吹汗。

何建业看到工人王三喜，关切地问："你的体质差些，能够适应吗？"

王三喜边擦汗边回答："比在钻机上辛苦些，大家能干我也能干。"又笑着加了一句："收入还可以！"

"高温季节，可要注意防暑啊！"

王三喜感激地说："谢谢队长，项目部关心职工生活，伙食质量好，夏天对在露天作业的时间都做了倒班调整。"

何建业向职工们问好，关心地说，现在电风扇少了，这么热的大夏天，不能让高温下作业的职工收工后，还排队吹电风扇，要另外新配两台大功率风扇；吩咐项目经理，一定要做好防暑降温，多配些凉茶与清凉物品，防止职工中暑；又对易副队长说，对一线职工的防暑降温费用也要有所提高。

几位队领导，中午就在工地搭餐，与职工边吃边聊，倾听意见，反复提醒大家要劳逸结合，注意安全。朴实的一线职工们，又反过来说，队长辛苦，他们有好领导带着往前奔，干起活来心里更踏实。

汽车离开双塔寺施工地继续前行。何建业在车上接到电话，是副队长欧松林向他报告，说他带着团队，跑到省矿产管理部门，一口气登记了三十五个大大小小的矿权。队长立即向大家转达喜讯，兴奋地说："手里有粮，心中不慌，有了矿权的积淀，等待机遇，再参与市场的竞争，让矿权升值，变成财富！"车上的几个人兴致勃勃展开讨论，又经过四十多分钟，不知不觉车子进来 525 地质大院。

何建业一进屋，就喊："老婆，我回来了！"

周宇娟从屋内走出，脸上贴着白色面膜。何建业："真吓人，打扮得像老妖精。"

"管他小妖精还是老妖精，反正是何队长的老婆。"周宇娟有些娇声。

"是啊，我就喜欢周宇娟这样的老妖婆！"何建业一边拿挎包里的物件，一边开玩笑。

"我有这么老？这么妖吗？从没听见你夸我几句好听的话。"

"好好好……我这老婆，可真是'巧笑倩兮，美目盼兮'。"

"听不懂，啥意思？"周宇娟笑着问。她听到话里有"倩"字"美"字，知道是赞美的话，但不解其意。

"嫣然一笑动人心，秋波一转摄人魂，就是这意思。"何建业解释。周宇娟说："弄得这复杂，酸溜溜的。"

"说你眼睛长得好看，能勾去人的魂；嘴唇笑得甜，可以摄去人的魄！"

"既勾魂又摄魄，说来说去还是妖精，这是哪里的句子，没有听说过。"

"平常赞美的话，一听就明白。这是《诗经》里的句子，慢慢去品，另有韵味。"

周宇娟佩服丈夫的学富五车、知识渊博，什么情景，配什么语言，都能信手拈来，恰到好处。

"小蕾，打电话回来没有？"

"打了，说是绿卡已经办好，准备在那边继续干下去。"

"哎！我历来不主张长期在国外。他在国外读几年书，长点见识就行了。学成就归来，我们这么大个国家，就没有用武之地吗？"何建业一贯态度。

"我跟你一样，想让他回来。但他不愿意回，你有啥办法？"

"我也有过大学生活，不知道现在的大学生怎么想的，国外的月亮真的就比中国圆？我能领导几千人的单位，说句话，没几个硬顶硬撞的，就是自己的儿子治不住。当今变成了老子怕儿子的时代，我们也是变相地怂恿了儿子，连我自己也想不通！"

"现在流行出国热，影响太大。家里条件稍好点的孩子，就给父母提'出国深造'要求。成绩好的要去，成绩差的也要去，相互在比。咱这地质大院里，也是小孩出国读书的人数，越来越多。好像没这经历，就矮人一截似的。"周宇娟跟进丈夫的话，似乎又在替儿子解围。

何建业话中带责备说："是种扭曲！有些孩子，不就是拿父母的钱，到外国打肿脸充胖子。将来学到了真本事，且不说。如纯是赶时髦，满足虚荣心，在外面高消费混几年，花了一摞钱，最后换来个诸事不知腹内空。做家长的真叫是打掉牙齿往肚里咽，该怎么去想？"

"庆幸咱们何蕾成绩好，完全是靠自己考出去的。我们期盼他能学成归来，全家人在一起，为自己国家出力。"周宇娟又劝丈夫，"人各有志，咱们现在改变不了，就别管，不去自寻烦恼。让年轻人自己慢慢去悟！""今天星期六，宇航去钓鱼了。刚才电话说，等会儿会送条鱼过来。"周宇娟说。

何建业听了："宇航送鱼来，你就留他在这吃饭，拿瓶红酒出来，我和他喝两杯。"

周宇娟知道丈夫从不在家开酒喝，就说："在外面还喝的少了？别喝了！"

"没事，今天高兴，只意思下！"

周宇娟看得出丈夫今日心情极好，不知有何好事儿，就问："你们要的彩印机款，批准了？"

"没有。"

"见到俞新庆没有？待你怎么样？"

"怎么样不怎么样，一切如旧。"何建业敷衍。

"我是说人家没有摆官架子吧？他讲能力讲资格，比你差，还提拔到你的前头。"

何建业见老婆也这么说，心里多少有点小难受："你是羡慕，还是嫉妒？"

"我是觉得有些不合理，让人看不明白！"

"有啥想不通的，各有各的长处，他有他的过人之处。"

这时的何建业，又想到在车上大伙议论喝酒的事。虽然议论他喝酒给力不够，可从另方面，反映出同事朋友们对他的关心，对他平时工作与人品的认可。这让他今天心情反倒高兴，是在家索酒陪人的主要原因。至于对老婆的小牢骚与惋惜，可以按《邹忌讽齐王纳谏》里的意思去理解，略去不计。但这些年，为了单位的发展，根据自己能力的确没有少喝酒。记得有一次，还醉得不省人事。周宇娟知道后，哭着骂人，你喝死了，知道内情的，说为公家喝为群众喝，可以当烈士；不知底细的人，会说是热衷公款吃喝，罪有应得。以后，老婆总是千叮咛万嘱咐，拜托周围的同事们关照丈夫。但是，妻子怎么会完全理解，我这位不喜欢也不善于逢迎却当着队长的人，有多作难啊！怎么能真正明白现在有的领导抛出的"接待也是生产力"的现实意义呢？怎么能懂得从酒坊、牌室、歌房里，所裂变出来的巨大核能力呢？

可他心里明白，真正关爱他的人，还是周宇娟这位结发之妻，相伴走过来，不容易！

这时，听到了门铃响，周宇航送鱼来了……

何建业回到单位。按照局工作会议部署要求，进一步加大对525队产业结构的调整和升级。

何建业也不是生而知之。地质专业是门科学，管理工作也有大学问。他也是五官齐下，逐步在提高自己的管理水平。平时他翻阅有关市场经济理论、领导管理科学之类的书籍，到省、部党校参加培训学习，到同事间取经求教……

他懂得从先贤先哲那里，获取挂帅用兵的精髓，尊崇毛泽东教导"政策决定以后，干部是决定的因素。"孙子所论"知兵之将，民之司命，国家安危之主也。"《三略·战略》所言"统军持势者，将也；制胜败敌者，众也。"中的道理……

何建业有时在办公室里抽烟踱步，面对改革的波谲云诡，思考改革到底改革什么？改革最终为了什么？他暗暗给自己执政确定下三条基本原则：第一地质找矿的主业不能丢，地质这面大旗帜不能倒。二是坚持公有制，承包制、股份制等经营模式可以试行，但必须确保国有资产的增值，保证集体经济的主体地位。三是在分配上要兼顾大多数群众的利益，收入差距不能太大，走共同富裕道路。

一个篱笆三个桩，一个好汉三人帮。何建业懂得，依靠干部的骨干作用和群众的积极性，凝聚力量去完成各项任务。作为525队的主帅，必须要有高人一筹的智慧和驾驭能力。他平时抓管理，着力依靠班子力量，加强对各大产业的宏观指导；再是靠经济责任制的执行力，让精英层与群众面两者积极性相结合，推进各项工作的落实。

分管工程勘查一部二部的副队长易江源和张少坤，两人相约找到队长谈想法。

已闯荡工勘市场多年的易江源说经验："这些年工勘产业已经有了较好的基础。在市场稳定前提下，有些脏重累、利润低的工程，可以压缩些。要着力进军如地质环境监测、地质灾害治理等项目，其科技含量高，利润的附加值更高。"

"社会测量这块空间极大。交通、水利、城建、农业规划等许多领域都有用武之地，任务满负荷。说明它的工作规模还可以进一步扩大。另外，土地监测与详查，现在是国土资源部门新兴的也是重点工作。我们已经介入，目前的技术力量不够，等着你发话，壮大队伍。"张少坤胸有成竹讲意见。

何队长高兴回应："你们的建议好，产业结构的调整，就是要审时度势，有进有退，让它更有活力。当务之急，一个是抓紧与青城各县国土资源部门的联络协商，争取525队成为政府对生态环境保护的技术支撑单位，成为土地监测调查任务实施的主力军。第二要引进新技术，例如遥感技术的应用。加强对土地调查人员的技术培训，提高素质，准备承担更大范围的调查任务。"

工程勘查调大调强，响应贯彻了局经济会议指示。但对地质找矿产业的进退问题，何建业没有完全按上级要求办，他有自己的认识。

他在与欧松林彭钢等地质专业助手沟通中，力主必须强化地质产业在单位经济发展中的强基立队固本作用。面对地质找矿工作这几年的起伏，大伙议论起来总有些激动。

"我总在困惑，与共和国成立同步甚至更早的地质行业，说不行就不行了，而且萎缩得叫人心痛。想不通为何让曾经的地下侦察兵和建设排头兵，去搞地质行业企业化。这些年，地质部门积蓄起来的一大批探矿权，大部分流失了。现在又把用血汗凝成的地质资料，集中到有关部门手里。这是我们地质行业的基础与资本，搞企业化，我们拿什么去安身立命！"欧松林按捺不住自己的情绪。

队长的老部下彭刚的气头也随之发酵："让我们进市场，可以！但讨饭，也得给个饭碗和拐杖吧？现在把我们自己具备的资本都没收了，我们拿什么去闯市场？拿什么生活？铁路部门自负盈亏养自己，人家还有火车和铁轨做支撑哩！"

何建业听完，将拳头朝胸前一握说："困惑之余，我们一定要坚信，国家搞经济建设，离不开地质工作。实际上这几年，上级部门各级政府还是体贴我们的困难，帮助解决了不少问题。但是作为我们自己，要懂得造血与输血的主次关系，必须依靠地质工作主业去强身健体。稳定一支精干的地质找矿队伍，这支队伍要靠技术说话，闲杂人员不能往里面挤。我们所幸新登记了一批探矿权，争取在找矿新领域，有新的作为。"

欧松林这时报告："队长，最近有位大老板找我，要买我们的寒寨山的铜锌矿矿权，而且说他有上面大领导的背景。"

何建业听后哈哈一笑："管他什么背景不背景，他们就喜欢拉大旗作虎皮，寒寨山铜锌矿矿权，举足轻重。这矿权，不能卖！"

何建业说得掷地有声。欧松林、彭钢为自己有何建业这样刚直果敢，全力为单位长远利益定乾坤的领导感到骄傲。

这一年，525队各大产业的经济效益，取得了多年来最好的水平。正当大家高兴之时，工程勘查二部测量项目，发生了一起人身安全事故。一个测量小组，在阜陵县马家沟附近做农田测量，有位聘用合同员工，手持标尺，不慎触到田埂上漏电的电网，当场击成重伤，送到医院花费近二十万元，才脱离生命危险。安全生产，是局里年度工作考核"一票否决权"的制度。为此，全队职工年底人均少发奖金两千元。负有领导责任的队长何建业和分管副队长张少坤，被通报批评。

取得了好收益，在年终分配上，何建业在坚持"效益优先，兼顾公平"原则下，特别强调："改革，既要体现创造市场效益精英者贡献者的劳动价值，同时也要让普通劳动者、离退休职工获得合理的收益报酬。对下岗职工也要给予关心，他们是改革的支持者和牺牲者，不能忘记他们。"

可在收入分配的具体实行中，何建业万没想到，时近年关，平时与他工作极度配合的易江源副队长，会与他主张的分配调整意见严重相左。易江源拉着长脸，找到队长摔出辞职报告，恼怒地喊："不干了！"

何建业莫名其妙："为什么？"

"政策缺乏稳定性，辛苦一年，到头来，价值体现没有保证！"

何建业平静质问："怎么没有保证？你的总收入没有少于去年！"

"今年效益提高了，分配应该水涨船高，你一个比例下切，我的年收入就少了好几万，我想不通。"易副队长气呼呼说："不要忘了现在是搞市场经济，没有我们这些精英干将冲锋陷阵，哪有今天单位职工人均基本收入的保障。"又说："我分管的工程勘查市场收益最高，这样下来，我的损失最大。今后谁还有积极性？"

何建业怎么都看不出来，昔日为人乐观正直的易江源，今天在金钱利益面前，会翻脸不认人，变得如此低级趣味，如此偏执与自私。

"搞市场经济承认体现个人价值，但是也得兼顾其他收入群体。你领导干部一年拿几十万，普通职工收入几万元，这完全合理吗？干群关系能和谐吗？"何建业耐着性子解释，"大家不是在搞民营经济，更不是搞个体经济。我们拿着单位的装备、资质、资金以及其他资源搞发展，效益是职工共同创造的。最后各行其是，都想个人发大财，那还叫什么国有经济与集体经济？能站住脚吗？"

易江源似乎没有完全听进去："收入差距拉大，是为了刺激生产力的发展，其他兄弟地勘单位不是没有这样的先例。经济理论里还有'经济精英学说'，主张精英阶层先富起来。"说得振振有词。

"不要与其他单位比。我当队长，对收入分配，始终坚持两条，一是各个产业所创造的效益，要足够地保证向单位大集体的上交。另一条必须把握好领导干部与职工群众的收益比例，差距不能拉得太大。你莫谈经济理论？要谈，哪还有'国富论''民富论'，也没有一个'官富论'？小平理论的落脚点，也是'共同致富'；再往上走，毛主席更加是强调走'集体富裕道路'"。

易江源还在据理相争："这么说，我们在市场辛辛苦苦创效益，就白干了！"

"我再说一遍，525队是国有单位是集体经济。相互的收入差距，不能拉得太大，共同富裕不是挂在口头上，而是要体现在发展过程的各项具体政策与实践中。你正因为有这样居功自傲怕吃亏思想，总觉得自己分管的市场效益一方独大，就成了救世主，是你养活了大家。后面跟着就是分配越多越好的理所当然。因而稍降低些标准，就承受不了。说到这里，何建业来了平时说话少有的强硬，声音抬高了："其他地质队收入怎样分配，我管不了。但是在525地质队，必须把握好尺度，正确处理好市场精英与普通劳动群体的分配关系。不是赚了钱，先把自己腰包装满！要知道，当你吃着大鱼大肉感到油腻的时候，有不少低收入群众还在为萝卜白菜苦恼。"

易江源仍然争辩："那为什么不兑现年初的承诺，在年底临时调整分配方案，侵害别人的利益。"

"情况在不断地变化。年底分配中，职工群众同样关注，对收入差距过大制度有意见。把干部调下一些，群众就多一点收入。再说了，利润也不是分光用光，还要留足发展基金。另外，青州新址的后期建设，就不增加投入？临时适度下调整分配方案，是适应新变化的形势，很正常。"

"你强调部门和自己利益。没有说不体现你的利益，只是拿你基本合理部分。但不能超出太高标准，金钱不是万能，离开钱不行，掉到钱眼里更不行。人要有些境界，领导干部更要有全盘意识、奉献精神。"

　　"我争取的是我的辛苦钱，应该得的！"易江源声音小了些，但还在辩解。听到争吵的几个队领导，陆续过来劝解。

　　何建业看与易江源的观点认识，一时难以统一，越说越来气："525 队几千口人，大家在一口锅里吃饭生存，是个大家庭。你是党的领导干部，是职工群众的带头人，做些贡献吃一点亏，有什么关系呢？"说到这里，何建业忽地不知道触痛了哪根神经，想起自己远离故土，这么多年来，坚守深山，与野外同志同甘共苦，为国家地质找矿立功建勋，没有讲过条件。又带领职工再创业，为求生图存发展经济，让单位兴盛职工富裕，在社会上市场上四处求人，奋蹄拼搏，尝尽甜酸苦辣，没有喊过苦。而单位内部稍不如意，还要闹腾。这一把手太难当！他感到莫名的巨大委屈——真想放声大哭一场。瞬间火气涌头，不能自已，大巴掌在桌子上一拍："在我手里，干部必须有约束。要干不干，随你的便！"说完扭头冲出办公室，先走了！

　　易江源看平时少发脾气，颇有涵养与方法的队长，今天竟然如此火躁霸气，也给镇住了！

　　第二天队党委副书记欧松林、纪委书记刘敏，与易江源谈话做工作，最后易江源不管心里怎么想，还是分辩说，自己头脑不冷静，队长态度也不好，主动收回了"辞职申请"。

　　新世纪到来的第一个冬天。元旦前夕，蒙山上空飘着稀疏的雪花，寒气袭人。525 地质大队的职工家属却在欢天喜地中大车小载，源源不断地向青城市进发，乔迁新居。

　　何建业、周宇娟，与邻居张大同、刘宏初两家相互帮忙，捆扎家具行李，装了几大车，随同搬迁大队一起浩浩荡荡，在春节前二十天，住进了自己上百平方米温暖的新家。

第三十章

525 地质大队，整体迁居到已有一百二十万人口的青城市，是单位从一九五五年建队至今，在职工生活上举队欢庆的大喜事。将对单位融入社会经济发展的快车道，提高就业安置效率，增强职工收入水平，改善职工家属就医养老、子女读书升学等环境条件，提高职工文化道德素质等方面，如同苏也民局长所言，具有划时代的意义。

525 队青城新址，有五栋办公和生产用房，十八栋高层住宅楼，全带电梯。院内曲径通幽，草绿花红。住进新居的职工家属，人人喜不自胜，极力装扮自己的新居，户户窗明几净，有些人还把种植的鲜花盆景伸到窗外，昭示着幸福吉祥。告别几十年艰苦的"村居"环境，美好的城市新生活至此开始。525 地质大队举行盛大的庆祝活动，职工家属，张灯结彩，扬起笙箫欢庆锣鼓，部里与省局、青城市来庆贺的领导嘉宾，一起汇入到载歌载舞的人潮中，欢庆了一整天。

蒙山县那边的基地旧址，还留守了少量职工，处理善后事宜。颇具规模的印刷厂，青城这边厂房设施还不完善，继续在原地生产。由省局扶持大头队上承担小头资金，购置的大型四开彩色打印机，已正式投入生产，工作效率呈几何级增长。

春节后，何建业偕同妻子，从龙峪老家探望父母刚回来，过了十天，省局组织部门来人了。他们到青城对何建业拟提拔局地质总工程师，做全面的组织考察。

考察组在队里三天，分别与一百五十多名各层代表的干部职工谈话，从"德能勤绩廉"五个方面了解情况。考察如同大河流水，一路欢腾而下，褒奖颂扬声，几乎高度一致。

　　有人说："何队长德才兼备。一心扑在工作上，过去以超强的地质技术能力，忘我工作，与广大地质人员同心协力，为国家找到一大批矿产资源。新时期，又为525队经济打翻身仗，花了太多心血，也亏损了身体，群众心里有数，都不会忘记他。"有的说："何建业工作有能力有魄力，有自己的发展思路，又能依靠集体的力量，与班子团结得好，是个不虚夸不折腾、踏踏实实干事业的好带头人！"有的评价："这个人比较廉洁，你往他家送东西，是送不进门的。实在没办法，他也会想方设法，变个法把礼还回来。他的老婆，贤内助也做得好。现在的社会风气，能做到这一点，难能可贵！"有位老同志感慨说："何队长在干部职工中有威信，不是靠权力靠霸道作风压出来的，而是靠自己的工作能力、廉洁勤政上的率先垂范，点滴言行的自律修为出来的，大家从内心里信服他！"还有人叙述自己的个案："何队长关心职工，我肠胃不好，他几次从他老家，跟我弄了说是只有他们那里才有的药材偏方，我用了，经调养，好了许多。他是个好人哪！"

　　考察，偶尔也会进入小岔边沟。有个职工说："何队长，有时作风比较武断，一般问题还能听意见，遇到关键问题，就必须听他的。"有的说："在就业上，队长不能做到一视同仁，听说有位领导的亲戚，素质极差，肩不能挑手不能提，虽然不占正式指标，一直安排到队上做事。以后还不知道会怎样变通？而好几个能力强的职工子女，却没有安排。我的姑娘今年二十多岁了，有学历，现在还在外面打工。"另一位还透露出质疑："青城新基地建设，花费几千万，承接这么大的工程，听说中标的建筑老总是何队长的淮原老乡，能不得好处？"

　　考察又在三百名职工代表中做民主测评，何建业的总优秀率达到百分之九十三以上。

　　三个月后，西疆省省委组织部下达任职文件，任命何建业为省地矿局总工程师、局党组成员。何建业去省会平州上班，临行前，他自己掏钱，请队班子成员聚餐，答谢他们对自己的支持。他又请岳父母及邻居张大同刘宏初几家吃饭，感谢家人朋友对他的理解与帮助。

何建业上调省局，525地质大队领导班子的组织人事有了新变动，欧松林担任队长兼党委书记，提拔彭刚为负责工程勘查产业的副队长，易江源调往528地质大队任常务副队长。

何建业离开525队那天，上午九点，他站在小车边，与送行的干部职工挥手告别，大院里站满了人，黑压压的，还能看到有的人在抹眼泪……

何建业出任局总工程师，无论是他的综合业绩还是技术业务能力，都是众望所归。再是省局贺永华之后的第三任总工程师退休，空出任职名额，急需补缺。

何建业满意对这个职务的决定。他终于又回归地质技术专业岗位了，可以摆脱行政事务干扰，在未来的工作领域里，再为国家地质找矿干出一番事业。他掐算自己，离六十退休还有八年光景。

在其位谋其政。局党组分工，让他负责全局的地质找矿工作。现如今的市场经济，不是原来计划经济，原来的地质找矿，是全局工作的主业与重点。现在的地质工作，只是全局产业中的一部分，三分天下有其一，而且还在不断缩减的狭小空间里，苟延残喘。说是局领导，没有错，在局党组成员排行榜中，几乎排在了最后一位。说起分管的产业实力，在几大产业中，年产值与年收益，年年靠后垫底。经济基础决定上层建筑，在被"经济指标第一"所衡量所操控的社会风气下，地质总工程师这一职务，实际上多少叫人有些尴尬。说有权力，有时又可有可无；说没权力，也有一些。下属对地质老总的应对，主要还是从职务级别和专家头衔本身的礼仪尊重，而未必是从经济利益分配权威上的唯命是从。

何建业是从基层分队一级级干上来的局领导。是由技术干部成了行政管理河流的人，深谙"劳心者治人，劳力者治于人"这些只能意会不能言传的奥秘，深知新时期"地质老总"这一职务的难处。

还是那句话，何建业高兴这一职务的赐予，他需要的就是这份简单。复杂，往往是伴随着经济元素的附加而复杂。这多年，他在队长岗位上敬业奉献，主要是出于一种神圣，对党和国家的责任，对一方职工群众的责任。但从内心说，他被这种"复杂"，分割得身心交瘁，现在也该心宁神清，从精神上调整下。他不在乎权力大小的纷争，他只求在新舞台上，在专业技术上有所作为。可他这位当了多年队长的人，心里明白，地质技术的作为，最终也绕不过权力上的依附。

何建业从局总工办，调来了全省重大矿床的地质资料，细心查看。他问局总工办主任谭金山："中丘县的锰铁矿，看资料应该有矿。可为什么没有继续深入呢？"比何建业个头高年纪大，既本分又老成的谭主任回答："这里处在西疆与嘉江两省交界，从我们这边勘探，地形陡峭，工作成本很高。"何建业说："矿，主要在我们这边，那能不能从地形平缓的对方借路，进去勘探呢？"谭金山说："现在的形势，不一个省，好像不大好协调。"

为此事何建业去找老前辈，在局机关大院里，请教已有八十岁的教授级地质工程师朱烨明："朱老，根据你的经验，有没有必要对中丘县锰铁矿区重新勘查？"老专家朱烨明想了想说："怎么回答呢，下面肯定有矿，但勘探投入太大，这个结论不好下。"尽管没有得到准确的回答，也算是一种意见！

何建业对全省一部分矿产的勘探提出质疑，亮出自己的找矿思路，要求再评价。总工办的几位专业技术人员，没有人怀疑他。大家也相信权威，当队长前，他就是西疆省地质找矿界有名望的中青年地质专家，曾经有过轰动全国的特大找矿业绩。雷厉风行的工作局面，很容易形成。

局总工办有五个人。谭金山主任是湖东省人，在西疆已工作近四十年，比何建业还早几年，有工作经验，对西疆地质矿床构造，也算几近熟悉。他工作敬业，是个老好人，但有点亦步亦趋，欠缺挑战精神。副主任潘卫星，中等个，肤色红润，带着近视镜，说话抑扬顿挫，喝起酒来也富有节奏感，雄浑有量。他是何建业的校友，后些年毕业过来的。还有丁琪、廖天野、蔡仪三位青年工程师，廖天野一九八五年毕业，出自江厦大学地质系，是西疆人。丁琪也是西疆本地人，老家而且是青城蒙山县，她的丈夫是省交通厅厅长的儿子。何建业当副队长时，承担公路工程勘查项目的任务，曾经求过交通厅的人。现在互通了名字，才知道是熟识，当年所求的副厅长，正是她今天的厅长公公。蔡仪稍小些。他们都是从大学毕业招进地勘单位，在基层干过几年，被抽调到局机关工作的。

何建业在总工程师任上，深思熟虑三个多月，这天，走进局长苏也民办公室。

"局长，到你这坐坐，有空吗？"

"快坐，专家来了就有空。"苏也民局长放下手中的文件热情招呼。

比何建业大六岁、稳健大方的苏也民，开言就笑："何总，我知道你来找我，一定有大事！"

都是局党组班子成员，何建业也无大的拘束，喝了口茶，与局长对接上香烟。

"局长，给你汇报个想法。"

"你说，我倾耳细听。"

"我想，西疆省地矿局，得另行成立一个地质调查院。"

这个想法，与苏业民"压缩地质找矿业，重点扶持工程勘查业、多种经营业"的思路，有点相悖。他有点惊讶，这位平和并不固执的局长还是说："你说说理由。"

"局长，我是经过反复思考，也是这些年走市场工作经验中悟的道理。""现在的地质队，说实在的，其工作内容的重点，在社会的地位价值上，已不像是地质队了。只能算是为了生存，分散突围，养家糊口的综合杂牌军，地质专业的风光早已不在。"何建业说得很认真。

"是这样，这是大势所趋嘛。地质队虽然已无专业上的社会影响力，但党和各级政府对地质队还是不薄，帮我们解决了不少后顾之忧。例如你主持的525队的搬迁工程，不也是要靠社会各级政府部门的支持！"局长与总工程师讨论。

"局长说得极对。这些年，上面压缩地质工作任务，地质队进市场，承担与地质专业相干甚至不相干的任务，也是无奈之举。这不是上级的错，也不是地质队的错。是改革发展，国家产业结构重大调整的需要。但关键要看到一点，我们在自我加压自我发展的同时，不能把自己传统本色完全丢掉。

现在的地质队，已经不是真正意义上的地质队了。政府对我们的爱护，也是念到地质队过去的贡献，在我们行业本分厚道，困难多包袱重、自己申请支持这个大前提下给予的。"

苏也民眯着眼睛，双手抱臂笑盈盈地听着。

何建业拉开地质话题，就有些信马脱缰："有为才有位。地质事业是我们的立局之本、执政之基。要想在社会上立足有地位，在政府面前有分量，必须打造一支精干的地质队伍。这些年，能够真正独当一面的地质人才，流失得差不多了。要赶快把这批人聚拢起来，承担起国家急需的地质任务，主要是为国家找到几个大矿床，我们的前景就不一样了。"

何建业说的，苏也民觉得合情合理。新上来这位总工，想事情有思路，他自然高兴。但他反问："你成立新的地质调查院，岂不是跟地质队不景气的地质产业，抢饭吃吗？"

"局长，成立地质调查院，最重要的是，要在省里树立起一面地质队伍的旗帜，在这面大旗下，局队结合，院队结合，形成一种新的机制，开拓地质工作的新局面。只有引领、带动、凝聚作用，不存在抢饭吃的问题。""再打个比方，现在的地质队在地质工作上的影响力，成了散兵游勇，就像小寺院里的小菩萨，只管他那一方的小天地。成立起省地调院，就相当于再建一个'灵隐寺'，再塑'如来佛'的金身，要显示他的被万众膜拜的回天法力，再创地质工作的辉煌。"何建业说起地质工作来，思路飞扬，浑身都是精神。

苏也民听完后，高兴地表扬："你真是名副其实的'建业'，一上任想的就是'建业'两个字。"

苏也民接着说："你说的有道理，我就赞成。我要补充的是，除了把地质找矿大旗扛起来，地质工作还要向地质环境工作延伸。形势变了，我们思路也要调整。地质环境保护治理工作，越来越重要。例如对山体滑坡、泥石流、地下水超标、河流污染等地质灾害防治，还有农业地质如对土壤有机成分的监测等等，都与社会发展、人民群众的生活息息相关。这块工作也是我们义不容辞的责任。发展空间很大，需要做强做优。"

局长一席话，让何建业责任有加，匆忙说："局长高见，地质环境工作这几年在断断续续地做，但是还很不够。局长的提示，我想应该做个有关西疆省的地质环境监测与治理的设计，递交有关部门，促进加强这方面工作。"

　　苏也民递支烟给何建业，转了话题："你来了，刚好有件事，正想征求下你的意见。前两日，接到省委组织部电话，要求局里派位学地质的局级领导，到兰河市担任副市长。时间是三年。兰河是矿业大市，要求挂职学地质的副市长，牵头重点抓地方矿业的振兴。我想来想去，觉得你去最合适！"

　　何建业沉思了下，回答苏也民："局长，谢谢你的关心。本是件好事，去锻炼下。但根据我的性格，地方上为人处事很复杂，'块块'不像'条条'，我不善于社会活动，如问我个人意见，我就不去了。还是干自己的老本行，在局党组领导下，把局里的地质工作好好促一促！"

　　苏也民想了想，也不勉强。他刚才听了何建业一番话，难得有此爱将冲锋陷阵，重振地质工作的雄风，就说："你不去，我可安排第二人选了，派俞新庆去，怎么样？他也是学地质的。"

　　何建业听了，不好做任何的表态，只得说："最后听从组织安排！"

　　"关于成立地质调查院的事，是重大决策。你准备个发言材料，正式提交党组，集体讨论研究。"苏也民又答复前面的问题。

　　下班后，何建业回到局招待所的单人房间里，局暂时还没有给他安排住房。他想起与局长见面商议工作的顺利，心情超好，不知不觉，轻声哼起了他喜爱的现代京剧。

　　　　共产党员时刻听从党召唤，
　　　　专检重担挑在肩。
　　　　一心要砸碎千年铁锁链，
　　　　为人民开出那万代幸福泉。
　　　　明知征途有艰险，
　　　　越是艰险越向前。
　　　　任凭风云多变幻，

革命的智慧能胜天。

……

唱罢这曲儿，又转到了《勘探队之歌》。

……

是那条条的河，
汇成了波涛大海。
把我们无穷的智慧，
献给祖国和人民。
我们有火焰般的热情，
战胜了一切疲劳和寒冷。
背起了我们的行装，
攀上了层层的山峰，
我们满怀无限的希望，
为祖国寻找出富饶的矿藏。

……

周宇娟还没有调来，在平州市他还没有家。

何建业与俞新庆，总有些阴差阳错，他到省局刚上任不到五个月，俞新庆即握手言别，如沐春风般去兰河市就职副市长。

何建业没有去当副市长，倒是去了驻扎在兰河市的519地质大队调研工作。

他的小汽车，从平州出发，行驶三百公里，到达兰河市519队大门口。何建业带着潘卫星、廖天野下车，519队的大队长卢绍峰、党委书记严军、副队长于海波等一群人在等候迎接。只要上级领导来，按照职级高低，均有对应的接待规格，官场都是这样。队办公室主任上来，第一个抢下何建业的小行李包，随从的潘卫星、廖天野的行李，也不用自己拿，有人帮忙提着。

三人被簇拥着，送进519地质队招待所。身为局领导的何建业，住进豪华单间。潘卫星、廖天野处级和处级以下干部住进普通单间。即将中午，等候的自然是丰盛的酒菜。何建业当过多年队长，熟烂了这些官场商道上应酬的潜规则。从内心里，他越来越厌烦"酒"这东西。酒！本身无所谓好坏，用好了，是个好东西。但是在迎来送往中，借机热衷于公款吃喝，把党风政风喝坏了，腐化了干部，脱离了群众，那酒，咋能叫个好东西？但身在江湖，不是孤身的剑客侠侣！太认真你就会被视为不食人间烟火的假正经，被边缘化。讲具体点，你不喝，还会得罪人。所以，何建业所带的总工办随从，让潘卫星来，一是为工作，他是副主任，熟悉地质业务。二来他有酒量，让他挡"驾"，一个工作团队里总要有个把"海量"的人，稳定战局。哈哈，潘卫星副主任，果然力能扛鼎，在宴席上，握杯换盏，常饮不倒，维护了局级水平的"尊严"！

　　下午，队领导班子集体向局总工程师汇报工作。何建业听取汇报后，充分肯定519队各方面工作，但他更多的则是或强调或引导，要求单位不能完全被市场被效益左右，要从感情上从长远发展上，切实关心做实地质工作。要他们优化地质技术队伍，加强对新生力量的培养。要求每年在一到两个重要矿点上，取得硬性成果。

　　接下来几日，由主管地质工作的副队长于海波全程陪同。其实，何建业下基层的目的，一是熟悉全省地质工作新情况，二是有意识选择二三个有重要价值的矿产突破点，519地质大队就是其中之一。因为从地质资料上显示和有关信息知道，在兰河市东北方向的兰断山脉，有处已开采三十多年的"五原里银矿"老矿山，资源枯竭，企业面临转产。他想试图经过再次勘查，能否在外围找到新矿层，作为接替资源，帮助老矿山起死回生。何建业和大家到野外奔波好几天，下矿井，采集地表地下的岩石样，分析研究各种地质异常现象，基本清晰了这座矿山今后的兴衰走向。

　　回到519队，调研工作结束。离开兰河前夜，何建业被邀去副队长于海波家做客。

　　包娅兰保持着她情有独钟的剪发头风尚，显得依然精神。看到何建业，还有几分羞涩，因为她太知道何建业对那批同学间个人问题来龙去脉的了解。

何建业偏不顾及面子，开门见山就是玩笑："于海波呀，你咋能夺人之美呢？把娅兰这么好的女同学，揽到你的怀里去了！"

"她被人嫌弃了，没处去。我也没找到，两个人孤苦伶仃，相互同情，就只好凑到一起了。"已经有些发福的于海波笑逐颜开，扬着红扑扑的面孔，回答得利索风趣。

包娅兰边笑边回击丈夫："你还好意思跟老同学说，不是你死皮赖脸追得紧，我会嫁给你？"

同学间轻松自在，没有太多顾忌。于海波说："娅兰与欧阳春分手，并没什么大矛盾。刚分配那两年，欧阳春还联系准备到兰河来，没有调成，反而调到省地质研究所去了。人不在一起，慢慢可能就淡了。同学间结合，是亲上加亲，此等娇艳的草原格桑花，我岂能让他人占有！"

墙壁挂着一家三口的合影照。那活泼可爱的小顽童亲热地依偎在于海波与包娅兰的中间。何建业看了说："儿子长得挺可爱，像包娅兰多，现在多大了？"

说起儿子，两口子争先恐后解说："儿子大学毕业后，去南岭省三湾市一家外资企业工作五年了。我们还是想让他回来，离家近一些，可儿子就是不愿意回来。""今年都快三十了，女朋友还没确定下来，我们跟着急。"

何建业感叹地说："孩子都这么大了，我们也跟着老了！看来只要是经济发达的地方，地无论东西南北，都不是距离。年轻人都想去闯去试。咱们这辈人，我的小弟，初中文凭，还敢下海大都市，而且不想回家，在海津市十七八年了，现已成了家。""我儿子也一样，现在 M 国，也没回来的意思！"何建业说完，看不出来他是点头还是摇头。

包娅兰、于海波在无奈中发出无奈："随他们去吧，相信他们这代人比我们强！"

宾主坐下来，喝茶嗑瓜子话桑麻。何建业问起两位同学的工作生活情况。于海波说："娅兰工作很优秀，是队绘图室的负责人，也相当于改了行。一家人不可能都去当领导干部，娅兰还是支持了我！"

"是啊，成功男人的背后，总有个奉献的女人。我那口子也是如此，对我帮忙很大。这不，我们现在又开始夫妻分居了。"

于海波当即点破："你那不算，只是个过渡，不会多久，你就爱鸟回巢了。你若不信，你把局领导位置让给我，我愿意去过牛郎织女生活！"包娅兰当即笑丈夫："事事体现你的官瘾！"

"要说官瘾，在社会和市场上，现在地质队的副队长算个什么官？与计划经济时农村大队生产队长一个名称，其实权力还没有人家大！"于海波流露出轻蔑眼神。

何建业自有过去的体会，他明白眼前这位老同学多年来坚守或主政519地质队在兰河地区的地质勘查工作，也出了一批找矿成果，还是插话说："咱可不能妄自菲薄！副队长已经不小了，也是县团级别。要知道咱们如今的国家总理还有过地质队的光荣经历。副队长到总理只是几步之遥，前途与品质高远得很哩！"说得两个同学哄然大笑。

晚上，在于海波、包娅兰家，同学之间那种简朴直率、幽默浪漫，让何建业开心得不得了。他们仿佛又回到三十多年前一起来西疆省的年华……

何建业出了519队，在几个月里，又走访了十多个地勘单位，对全局地质工作情况，心头有了笔实实在在的总账。

半年后，何建业与妻子周宇娟在省城平州团聚了，局里为他在局机关大院分配了房子，住在高楼的第九层，面积一百五十平方米，是调出来的旧房子。何建业开始体验省会的现代文明生活。出大门车水马龙，在院内上下班，从家到办公楼，来回上下乘四次电梯，工作在空调前，冬暖夏凉。回家进屋门，铁门"哐啷"一关，进入自家天地，再不与人来往。人际关系就是工作的关系，家家如此。窗前只能看见院里一群群鸟雀在结伴飞翔。身在大城市，看似热闹非凡，实则与世隔绝。他的心里，却在不时留恋在地质队当年住平房，与左右邻居连吃饭也端到一起，亲密无间说笑的平凡生活。心却依然向往在大山里，与同志们一起苦与乐、跋涉奋战的野外生活，甚至想到张大同、孟双成、刘东山、彭钢、何大为等等这些普通的具体人的友情……

又两个月后，局长苏也民找到何建业交代："何总，局党组采纳你的建议成立省地质调查院，省里批复下来了，并让你兼任院长。这既是个新机遇，也是个挑战性的工作。你大胆地干，我支持你。你的认识是对的，任何时候，国家都离不开矿产资源的保证。现在看来，上面对地质勘查的战略性公益性工作，会越来越重视，以后的任务也会不断增加。"

何建业紧握局长的手："我会全力以赴，再创西疆省地质勘查事业的新局面！"

西疆省地质调查院正式成立挂牌。好兆头，接踵而来。在省地质调查院艰难开展工作的几年后，国家出台了《关于加强地质工作的决定》，地质事业再度逢春。西疆省地勘单位群情振奋，厉兵秣马，做好应战准备。何建业期盼的新局势——它终于来临了！

一霎时海阔天空。形势虽好，何建业心里明白，新一轮找矿工作的严峻性。他对下属们说："现在找矿，不比过往。过去多从地表找，现在要到五百米以下深处去找。原来找的多是未被涉及过的原生矿，现在多在没有了原生矿的外围去找。"

这些道理，从事多年地质工作的同事也基本知道，何建业关键是要强调后面的话："这说明什么道理呢？说明过去找矿力度大，成果多。国土面积没有变，大的地表的都找得差不多了。去深部边部找，投入多，技术手段又受到制约，所以，找矿难度在加大。还有就是，现在的找矿机制不一样了，不是省地矿局自己说了算，还要经过省政府国土资源管理部门的审批，国家投入资金等有关机构的监管，其他相应的职能单位也要干预。是一个多头管理的联动机制。我们有了这个清醒认识，就会懂得去科学慎重地选择项目。"

何建业以省地质调查院为龙头，经过层层筛选，全局提交出二十五个地质勘查项目，其中重点勘察项目三个，一个是525地质队的"川夹山天然气勘查项目"；一个是519地质队"兰断山五里原银矿接替资源勘查项目"；另一个是507地质队的"中丘锰铁矿勘查项目"。经申报，最后经省国土资源部门审批，保留了十九个项目，重点项目中的507队的项目，被刷掉。

何建业组织全局各路找矿人马，围绕这些新项目，开始新一轮找矿的艰辛跋涉。

计算机，不仅风靡社会，在地质找矿中，也发挥着神奇的妙用。技术人员人人有手提电脑，勘查项目的各种原始地质资料，新生地质数据，个人的分析信息，全在内存云端通过屏幕，汇聚、对撞、编队，排着洋洋洒洒的队伍走出来，定位扫向各个找矿靶区的大小前沿阵地。

找矿任务多难度大，就更需要地质技术人才。这阵，地质院校地质专业的毕业生，成了"香饽饽"。地质人才接替不上，就请老将出马，聘请退休多年的老地质老专家出来助阵。

地质工作，呈现出多年难有的隆盛景象。上至省局地质调查院，下到各地质队地质项目部，每天摆满了大小车辆，满眼都是夹着公文包，身着整洁服装，容光焕发，进进出出的人群……

责任感极强，工作点滴入微的总工办主任谭金山，这几日找到何建业汇报："何总，现在的地质勘查工作，有几个问题，我感到担忧！"

何建业正在看《西疆地质矿产图》，放下手中放大镜，温和地招呼谭金山："坐下，慢慢说。"

谭主任说："第一大问题，现在任务多了，原始地质资料可以利用，但过于依赖老资料，外业工作不够到位，新数据不够充实，有些靠计算机的无所不能，过度包装旧资料，有新瓶装老酒的倾向。第二是，现在的进人程序有些乱。有些有权力的部门或者个人，打着招收地质技术人才的旗号，在各级单位安插一些不是地质人才的人员。有的文凭、能力极低，成为地质队的新包袱。而真正条件好、有能力的地质新人，则被名额'挤压'，反倒进不来。三是，现在地质项目的实施，管理部门太多，繁文缛节的评审程序太多。地质资金投入的分配机制，不尽合理，用于野外实地工作的资金，受到限制。"

富有正义感的谭金山，一股脑把肚里的话倒了出来。

何建业轻轻拉下谭金山衣角，小声"嘘"了一下："你说的，情况基本属实，我与你同感啊！"

谭主任有些气愤地加重口气："地质部门本来是片净土，现在也受到了社会不正之风的影响。再这样下去，我们怎么能出扎实的成果？"

"我明白了记下了。现在问题很复杂，都有着千丝万缕的联系，不良风气一旦形成，也不是咱一两个人，就可以扭转过来。但是为了国家的利益，也为了地质事业的信誉责任，也必须有人出面去反映去抗争去纠正。你放心，这些意见，我会向上级反映。"何建业说完，又强调一句："工作不能太辛苦了，别说跑野外，每天在室内看地质报告，压力都不得了，要注意身体呀！"

谭金山这时笑了："谢谢，你不是一样辛苦吗？大家共勉！"

何建业一身正气，凭着一个地质工作者对国家对人民的赤诚之心，他向局党组向有关部门反映这些问题，也在不同场合对下属单位敲打这些问题。经过一段时间后，有些问题有所遏制；有些问题还在继续……

这天，何建业在办公室审查地质报告，528地质大队身体有些发福的乔平队长风尘仆仆来见，主要汇报"伊托河流域农田土质保护检测项目"的工作进展情况。

谈完工作，何总顺便问乔队长："易江源副队长现在怎么样？"

乔平认真说："还好，是工程勘查上的干将。有个性，不轻易服人，但是谈到您何总，他还是满口的敬佩。"

何建业笑笑："我们在一起共事许多年。他有能力也肯干，对单位经济发展有贡献。就是有时候在个人与集体、部门与整体利益上，会较些劲，你作为队长还要多帮助多引导。"

"何总放心，现在大家合作得很愉快！"

何建业想想易江源曾是525队领导班子老成员，在他的麾下独当一面拼搏市场那么多年，一路走来不容易，富有深情地说："那就好！每个人都有自己的性格、长处与缺点。班子间主要是团结配合协作，既要相互包容也要多提醒，共同提高。带好队伍，促进职工全面进小康。"

功夫不负有心人。几年下来，何建业在地质找矿队伍中，整顿作风，身先士卒，重新拿起"地质三件宝"——地质锤、罗盘、放大镜，深入野外，结合新的科技手段，以自己的智慧与汗水，不断地向国家交付新的地质找矿成果。其中的两项重点项目，成果更是斐然。"兰断山五里原银矿接替资源勘查项目"，又在原矿山外围的深部，找到了比老矿山储量大五倍的银矿资源，金属储量为五千吨，而且还伴生有铅锌矿藏。老矿山枯木逢春，可再开采五十年。"川夹山天然气勘查项目"，在昆阳市川夹山地区，找到了一处天然气资源，其资源量是一千五百亿立方米的大型气田。成果轰动全省和国家国土资源管理部门。何建业在即将踏入退休门槛，又与他的找矿战友们，重新在西疆省的地质找矿史上，抒写了无愧国家无愧人生的绚丽篇章。

需要提到的是，"兰断山五里原银矿接替资源勘查项目"重大成果取得，兰河市副市长俞新庆，有一份功劳。他分管兰河市土地管理、矿政管理等部门，对该项目的实施推进，全力支持。努力协调项目组与市县乡各级的关系，一路绿灯，有什么困难解决什么困难，并匹配一定的资金，还几次带领政府有关部门人员，到勘查矿区指导工作，与何建业一道研究解决推进中的问题。俞新庆还向何建业开玩笑："拜托老兄，在咱们学地质的同学中，唯有你是正高一级教授，我现在还是副高职称。有你出马，没有啃不下的硬骨头，这也是我的荣幸。兰断山项目如果有了重大突破，我一定请你喝三十年老窖的茅台！"

各单位的地质环境治理工作，在何建业重视下也有不菲成绩，最突出的一项工作是，监测紫金河流域农业土壤环境污染项目，取得重大成果。检测出水质与河道沉积物的砷元素超标，严重影响该流域周边大面积的农作物质量。引起省领导的高度重视，关停周围有严重污染的工厂，采取相关治理措施，遏制污染蔓延，改善了农业环境，受到省政府与社会的赞扬。

这一年，在何建业退休的前四个月，被通知并带着谭金山，随同省国土资源部门的领导，参加在北京召开的"全国地质勘查成果表彰大会"，已任兰河市市长的俞新庆因支持找矿有功也被邀请与会。优秀的地质找矿成果，凝聚着成千上万地质员工的劳动心血，但作为西疆省地质找矿业的领军人物，何建业无疑是带领这支队伍攻坚克难、砥砺前行的一束燃着光明的引路火炬。

何建业被授予国家地质找矿"特等功臣"。与他一样，几乎全国每个省区都有这样一个荣誉。

会上，何建业高兴之极，他见到了大学毕业分配到其他省区工作的好几位老同学。见面的老同学，自然是所在省区地质找矿领域的标杆。久别重逢，交流心得，回味人生，那种热烈那种兴奋，自不用细说。更令他意想不到且感慨万千的是，竟然见到了四十多年前，在龙峪老家，在他家住过的老地质队员——杜学泰叔叔。

分别快半个世纪，见面几乎不敢相认。何建业还是特别留意来自家乡省区的代表，从通讯录名字和容颜中，依稀将杜学泰叔叔清晰起来，杜学泰是淮原省的特邀代表。

杜学泰已有七十六岁，头发微有花白，像是为了开会，事先焗了油，精神矍铄，说话底气十足。何建业与杜学泰两人，道破身份后，何建业不由上前拥抱，杜学泰同是激动万分。

晚饭后，何建业花了七百元，在商店买了盒高档焗油膏，走进杜学泰房间。一进门他就说："这是点小心意，刚买的，祝杜叔叔青春永驻！"

杜学泰拿起来看看，彩色的包装小盒上，是位卷着黑色长发、笑靥如花的女明星，但记不清是谁，印有美术体"高级焗油膏"几个字。他笑得不得了，当即说："真想不到你这堂堂的局领导，还有这般的细微与浪漫！"双手合十谢他。

"杜叔叔，你可是我名副其实的启蒙老师，不是你们当初浪漫的诱惑，说不定我还不会干这一行！"

杜学泰说："那时在你家，我就看你不是个普通的孩子，推测你以后十有八九会干地质，而且能干出成就来。"

"我小时候，就是崇拜上天入地的本领，爱好天文地理。觉得你们的眼睛像孙悟空的火眼金睛，能看透地下百米千米处有宝物，给我太多的神秘。"

杜学泰问起他龙峪家里的人，还一个劲儿地竖起拇指："你爷爷是个铮铮铁骨的硬汉，又很有人情味。我们这些受过高等教育的人，都从内心里敬佩！"

何建业问起当年在他家居住的几位地质老前辈。杜叔叔说："邓春湘叔叔、夏近芳阿姨退休后，都住在春明市，邓叔叔已经去世几年，夏阿姨在家带孙子，有时能碰见。葛少华叔叔早调回原籍。"

何建业说，我曾经在全国地质刊物上，多次读到杜叔叔的学术成果，早知道你是淮原省地学界的权威。杜学泰谦虚地说，彼此彼此，我也看到过你何建业独树一帜的理论文章，断定你日后必是叱咤地质行业的风云人物！

他们谈得很多，知道了杜学泰曾是淮原省地矿局地质副总工程师，已退休十多年，也是应地质"二次创业"新形势，被聘请出山，参与这几年新一轮地质找矿工作，促使淮原省地矿成果有了多项新突破。

何建业与杜学泰两代地质人交谈投机。一起回顾建国至今几十年地质找矿取得的辉煌业绩，讲改革开放后地勘单位体制改革推行过程的艰辛与成效，也具体谈当前工作面临的有关资金投入使用、人才引进、学术探讨等方面问题的忧患。

最后，杜学泰还是对何建业说："地勘行业从中央部委直属，到后来属地化到各省区，虽在夹缝中求生存，现在回头看，党和政府对地勘行业给予了很大的关爱，地勘单位整体经济效益，职工收入水平与生活质量，都在大幅度提高，与社会经济发展速度基本同步，甚至还要好于有些行业。我们应该知足，应该感谢改革开放的好政策和这个伟大时代。另外，我们也不能尽用老眼光看问题。应该多向前看！"杜学泰站起来，拉开窗帘，望着远处的万家灯火，又感慨地引申："现在年轻人，生活节奏快，思路新，是我们老同志所不及的。年轻人不会按照我们的棋子去走路。我的儿子，还能接受我的一些观念，孙子早把我抛到了九霄云外，现在也在下海不归，一心要闯出自己的世界。"

何建业赞同："我们坚信，只有一代新人胜旧人，历史总是朝前迈进。"

"大量实践证明，只要地球存在，就离不开地质工作。在新时期倡导的'创新、协调、绿色、开放、共享'发展理念中，地勘工作对社会各个领域的服务空间越来越宽，大有作为。地勘行业今后的道路，一定会越走越好。"何建业与杜老前辈你来我往，阐述着共识。

与杜叔叔一席话，受益匪浅。何建业深深感受到，他不是在与杜学泰叔叔一个人谈话，而是在与以他为代表的广大老地质工作者交心。他们保持着崇高的思想境界，一往情深，对地质事业未来发展进步，充满着美好的向往与憧憬。何建业觉得，眼前杜学泰不仅是他四十多年前的启蒙老师，现在依然是他今后保持初心，再接再厉，大踏步前进的精神源泉。

谈得有些累了，何建业与杜老师看看窗外，上弦的月亮，已经沿着高阔的建筑群的边线，缓缓地睡了下去。街市的灯光，依然流光溢彩，灿烂如昼……

第三十一章

夜色快来了，西天的晚霞，正在缓缓吞噬着群山上方的最后一抹亮色。蜿蜒起伏的褐青色山岭边线后方，闪射出绚丽多彩的血色图案。

一辆黑色奥迪车，在山间弯弯曲曲的公路上疾驰。车里坐着金马河漂流公司总经理何建丰与副总经理唐美丽，两人心情超好。从新乐市收账回来，这笔款是公司与省驻新乐市水利勘测设计院签下的。那单位效益好，今年安排全院好几百员工到金马河漂流避暑消夏一天，双方商定先预付两万元定金游玩，欠款在资金计划到位后再予支付。漂流活动分批次完成好几个月了，大头余款到入秋还没兑现。今天漂流公司正副老总两人，到新乐办完事，顺道到水勘设计院登门讨账。要账出奇的顺利，工会戴主席满口答应，到财务部门交涉。办事的会计没给脸色，笑脸相迎，哐哐哐盖了几个红章，很快把一张六万多元的支票，递到了唐美丽手上。中午何唐两人，请工会戴主席与两个财务人员，吃了饭喝了酒。

看着从银行提现出来把黑皮包塞得鼓鼓囊囊的钞票，两人如同打了个大胜仗。这现金还是要先带回漂流公司入账，何建丰虽然与妻子许巧巧，在肉体上不再厮磨，但公司的大账支付，还是要经过许巧巧的手，核实身份最后完结。后来居上的唐美丽，还不能完全独立地控制到公司的经济命脉。

两人喜不自胜，自然是语稠情浓。何建丰架着浅茶色墨镜，身着淡蓝色的皮尔卡丹牌T恤衫，双手扶着方向盘，左手食指在方向盘上方轻轻地敲着，吹着口哨。右边副驾的唐美丽，原来的乌发烫染成了黄中带褐的"板栗色"，将那张用脂粉托出的小圆脸，衬得更加白皙。一条浅绿珠宝项链，在水红色的 V 型领口闪闪发光。她斜靠在车位上，脸上露出甜甜的微笑，倒有几分"洋妞"的味道。车里飘溢着淡淡酒气与香水味。

车窗外景色唰——唰——唰——飞驰而过，何建丰侧头斜视下唐美丽问："美丽，没想到今天催款这么顺利，好兆头。你看咱们公司下步怎么发展更好？"

唐美丽也瞟了何建丰一眼，娇笑下："咋发展？我没去想！"

"美丽，你说你干爹王局长，现在对咱这公司到底有多大作用？"何建丰见对方答非所问，就把话题由发展构想突然转到对具体人的评判上。

何建丰半开玩笑地说："我觉得，这大半年王局长对公司的关照有些松懈，原来有些业务是他直接打招呼，不请自到。现在的业务，大多靠我们自己去跑。年底的分红，是不是？"

"建丰，你可别动歪心思啊，干爹的年底分红，一分都不能少！"唐美丽很敏感，有点不高兴。

"我随便说说，多劳多得少劳少得，按劳分配嘛！"

"你不想想，你开漂流公司，从办手续到经营，顺风顺水，相当一部分的程度，靠干爹罩着。"她又说："你也不看形势，今年上头对领导干部的要求，比过去又严了很多。前两个月，县交通局的钱副局长，不就是在公路工程建设中提篮子，所得数额大，被人举报给查办了。干爹还敢在桌前公开出面帮你揽业务？"

何建丰经唐美丽一训一开导，连连点头："那是！那是！"

"干爹就是不打招呼，明白的人，照样会看他的面子，我们有些业务联系顺利，包括今天结账的如意，能说没有干爹的影响力？他们水利勘测设计院在定州水利局，也有工作项目，也得求助于干爹。"

"对……对，咱这公司发展，肯定离不开贵人相助。但不知贵人能否持久用力。""王局长，是不是快到点了？"何建丰不无顾虑地问。

这时的唐美丽，把身体向前欠了欠，忍不住笑了："何建丰呀何建丰，真不知道你葫芦里到底卖的什么药，你是不想让他退？还是巴不得他退呢？"

何建丰随口而出："我当然舍不得王局长退，他退了，谁去遮风挡雨呢？"

其实，何建丰的心思，被唐美丽点中了。从市场价值讲，他当然不想让王局长退休，但随着官场的严肃，他的实力作用在减少，又要分成不变的胜利果实，心里多少有点不平衡。但是王局长年龄即将到点，退休不可逆转，看唐美丽还能仗干爹威势，让他承让三分的状况，还能持续多久。

的确，唐美丽处处维护干爹，也是在抬高自己。只要干爹在台上，大权在握，这漂流公司里就有她的席位。不看僧面看佛面，你总经理就不敢小瞧我。她与何建丰——都不是省油的灯！

唐美丽轻摇了点车窗，抬起圆润的手臂，用纤纤玉手理下飘开的头发。对何建丰说："我的何总，你不要着急。干爹大概是明年初退休，今年底可能交权。他真要是退了，你就可以不再发奖金了。今年可是不能过河拆桥。要拆桥？明年，咱俩一起拆！"

唐美丽说完，咯咯咯畅笑不止。笑得何建丰心里有些发毛。他真不知道，身边这个女人心计藏得有多深！

汽车下了个山坡，又往另个山坡上爬，山坡挺长。何建丰又将话题引到公司发展上来："美丽，说正经的，你看咱这公司已开办了三年多，任何行当，都有个兴旺衰退的周期，根据今年这形势，特别对公款旅游消费的管控，估计明年的漂流业务，还会下滑。另外，这冬天很快要来了，漂流又进入淡季，我们是不是动下脑筋，开拓些新的项目？"

在公司发展的大思路创新水平上，唐美丽崇尚何建业七分，认为他脑子活点子多。她侧目看何建丰："你说咋开拓？"

"我想还是在金马河上做文章，做水漂流的下游业。咱们是不是在现在漂流河道的旁边，筑出一小段小甬道。等冬季上冻，再放薄水结冰，把它变成冰河雪道，用'滑冰滑雪'项目，去吸引游客，把金马河变成冬天的乐园。"

说得让唐美丽瞪大眼睛："亲爱的何总，真有你的。拿思路这方面，你是我的老师。在具体业务经营上，我是你的老师。鱼儿离不开水，瓜儿离不开秧，咱们要不离不弃！"

何建丰听了刺激，乘兴逗乐："咱们俩，叫不叫臭味相投？"

唐美丽故意将嘴一撅："看你说的恶心，应该……应该是酒逢知己！"

"如果可行的话，好好策划一下。咱们要让金马河，变成不败的夏天！"何建丰信心十足。

说到激动处，唐美丽不由嗲声嗲气对何建丰说："把你的右手掌伸过来，我要击掌！"

何建丰顺从将右手离开方向盘举起，伸到左驾的上空，唐美丽用柔软如缎的手拍响建丰的掌心："我们俩不离不弃！"随后还高喊一声"嘞！"用双手做了个顽皮而极度夸张的大 V 动作。

何建丰顺着唐美丽的兴头，突然又发问："宝贝，那你怎么又不跟我结婚呢？"

问这话，唐美丽没有半点的吃惊与羞涩，而是坦然自若模样："结什么婚呀，你那边能离掉吗？"

这话又捅到何建丰的软肋上。这些年为离婚，何建丰不是没有向许巧巧提出过。许巧巧不同意，父母数落，爷爷训斥，岳父母敌视，两个孩子反对。另外他不是看不出乡亲们见他的异样眼神，他能感觉到逢人过后，有千夫所指。他又不能完全不顾及这个强大的人际气场和舆论压力。所以何建丰明明知道与唐美丽结婚难成现实，却要有时故意提及这个没有答案的话题。一来是表示他的诚意，他在乎她唐美丽。二是要试探下唐美丽对他的忠心，到底有多深厚。男人都有些不可言传的也难摆上桌面的占有欲。

同时，他在唐美丽那里，也难以听到凿凿有声的肯定词。刚才唐美丽柔情似水发出那句"咱们不离不弃"，语意双关，真不知道其本人，是生意合作的不离不弃？还是感情上的不离不弃？

何建丰中午在酒宴上，虽喝得不太多，但还是有些醉意，这时的酒气，还在向上涌。他也把车窗开出一道缝，风声骤然呜呜呜——顺着车窗呜叫，他用眼神斜眺下唐美丽，他的心神荡漾起来，就开始撩戏这位不是妻子的妻子。

"美丽，前几天我发给你的'三级片'，你看了没有？"

"看了，没啥意思！"美丽淡淡地说。

"哎，怎没意思？那是教学片啊，可以和谐夫妻生活！"

唐美丽不放过有碍不实结论的模糊定语："我啥时间与你是夫妻了？"

"不是夫妻胜是夫妻，也可以说是情人，或者说是老总女秘书，咋叫都行！"何建丰每当这时候，总有点变得赖皮脸。

"那片子啥看头？从头到尾都是赤条条的那动作，像动物！"唐美丽补了句。

何建丰纠正："你没有看出味道来，我喜欢看，这方面欧洲人比咱亚洲人会玩！"

说完不久，汽车上到坡顶，进入一处垭口，垭口过后，又准备下坡。何建丰将奥迪车"嘎"的一声，停在了垭口边小停车坪的两棵小树下，推开车门说："休息下再走！"

垭口一面贴着石壁，地居高处，山风呼呼地吹过来，很舒服。此时，夕阳全掉到了远山的背后，天色明显灰暗下来，进入交黑时分。

唐美丽也下来了，说要小解，跑到小树不远处，看不见人的岩石边，哗哗啦啦完成了放松动作。刚回到车边，她就被何建丰笑嘻嘻牵住手，并拉开后车门，把唐美丽推到沙发上，自己也跟着挤进去，抱起她狂吻。唐美丽被何建丰这冷不丁的粗鲁，吓了一跳："……建丰……你……你干什么？"

何建丰虽是轻车熟路，但每到这时候，还是控制不住自己的情绪，心急火燎，一手扯唐美丽的裤子，另一只手松自己的皮带，念念有词："美丽，……这还不明白，……给我来……来一次！"

"建丰……建丰，你有神经病吧，不看看这是什么地方？公路边！"唐美丽似乎清醒。

"……美丽，我，我……没有神经，就是要选这么个好地方，平时在床上在屋里，今天在车里在野外，咱们也浪漫放纵一次，哈哈哈！"

连唐美丽这位有一定男女生活经验的人，都难理解，平时看着还有些文质彬彬的人，遇到这事，有时会变得这么无耻，这么邪恶！

在气喘吁吁中，何建丰重复地央求："你不从，这车我不开了。今晚咱们俩就住在这荒山野岭！"

唐美丽看他要起无赖，自己又不会开车，又看这大山区，进入黑夜，几乎没有路过的车辆，就只好从了。

事后天色已经黑定，山脉轮廓的边线早没有了。唐美丽提出来："你累了，身上酒气还没有散去。你要开车，是不是稍休息下再走？"

"我没事，刚才这一放松，精神更好。"实际上何建丰的酒力还有几分在悄悄酝酿。

汽车打开车灯，沿着起起落落的公路又出发了。何建丰瞪着双眼，注视着前方公路弯曲的忽左忽右，唐美丽胸前盖了件薄毛衣，懒洋洋地半侧身靠在沙发上。

汽车两束贼亮的灯光，在远峰山崖间不断地搜索着变换着。山路上不时显现出"急转""陡坡"等提示慢行的路牌标志。这条公路何建丰开车不知走过多少次，基本熟悉，估计快到了"枫林渡"的地方。公路边突然跳出一只野狐狸，通体雪白，拖着毛茸茸的长尾巴。

何建丰不自觉地用右手扯下唐美丽："嗨！嗨！醒醒，快看，有只狐狸！"唐美丽睁开眼，立即掀起身，也不禁叫了声："真漂亮，能把它带回家就好！"

白色狐狸，撒开双腿，在车灯强光照射下，沿着公路在前面猛跑，奥迪车紧跟在后面追，追了三公里，狐狸忽地不见了。车子转过几道弯，狐狸又出现在车前，何建丰连续按喇叭鸣叫，那白色狐狸也不害怕，只是狠命地与汽车赛跑。

追着，追着，何建丰看见狐狸的毛色，忽然放出银光，与汽车灯光交织在一起，前方出现一道雪亮的通途，汽车顺着那大路往前开去。突然，轰隆——轰隆——几声巨响，奥迪车向沟下栽去。

不知过了多久，在一片嘤咛声中，唐美丽醒了。她的身体被两块泡沫板挤压着，而且是向左大幅度倾斜着，她已经意识到，发生了车祸。她艰难地从衣兜里摸出手机，打开手机电筒照看，汽车是向左斜呈九十度卧在地上。

她把灯光照向驾驶室方向，发现何建丰耷拉着脑袋，身体歪在方向盘边上。将左手伸向何建丰的鼻翼，感觉还有微弱的呼吸，就带着哭声拼命喊："建丰……建丰，你醒醒！"等了好一阵，才听到何建丰的哼唧声："……哎哟……好疼啊……"

唐美丽急忙问："哪……哪里疼……"

"不知道……全身都……都疼！"

"我是不是……死了，这……是……哪里？"等了一会，何建丰断断续续问。

"我也不知道。大概……离西川县城不远，现在翻……翻车了！"

唐美丽还算清醒，伸手拨通最近的西川县 120 急救电话，软绵地报告了翻车大概在定州县与西川县交界处的位置，同时打开了"手机定位"。

夜，可怕极了，安静极了，周围一片漆黑。只有天上的星星眨着眼睛，仿佛是同情也是在嘲笑着他们。只听到山虫的啾啾声，还似乎能听到远处有动物嗷嗷的叫声，唐美丽身上在发抖，她开始感觉到了脸上的疼痛，用手摸了下，有血迹，但血已基本凝固，还有点小渗血，她急忙掏出卫生纸按住。

他们在极度恐惧中静静地等待……

经过两个来小时，一辆红色急救车的蓝色警示灯划破夜空，"呜啊……呜啊"叫着，来到"枫林渡"附近撞断了路边树木的翻车地点。七八个救护人员打着探照灯，钻草蓬折树枝，走到公路下方二十多米的地方，砸窗凿门，用担架将何建丰与唐美丽抬上了救护车。

又一个多小时后，到了西川县人民医院进行抢救。经诊断，何建丰左小腿膝盖骨粉碎性骨折，胸右侧三根肋骨断裂，头皮有微小的皮外伤。很快进行了手术，腿部打上钢板和石膏。唐美丽左面颧骨处皮表有两公分多长小伤口，右胳膊肌肉损伤有轻度淤血，对面部小伤口缝了六针。得知两人是那层关系，因为匆忙，顾不了许多，便安排到一个房间。

第二天天刚亮，这间病房热闹起来。金马河漂流公司的五六个管理人员，开部面包车，不到八点钟，就齐刷刷走进骨科住院部 061 病房，站在公司老总与副老总的病榻前，慰问病情，听候吩咐。

许明明听说姐夫出事，也心急火燎跟着来了。他是公司里分管物资维护管理部门的小头目。许明明对姐夫抛弃姐姐，本来有极大意见，尤其看不惯唐美丽的媚态，都是第三者插足惹的祸，怏怏不快，横眉冷对他们。对于何建丰来说，他明白，毕竟是自己对不起妻子，也不能再亏待小舅子，他懂得对许明明以厚待，方能减轻些敌对力量的对抗。唐美丽也聪明，对许明明也客气。许明明人像模样一切正常，却没有过人的能力，办事不慌不忙，效率也不高。正副老总一商量，将许明明搬运竹筏的普通员工，调到了管理岗位，专管购买、管理，维护公司日用物资，可指挥手下三个人，房子漏了赶快去补漏，竹筏坏了赶快去维修，厨房每天消耗的米面菜蔬，也是他与下属去购买，有点小权。工作比搞搬运轻松，工资还拿得高，是普通员工的两倍系数。有时工作出现差错，分管领导唐美丽从不批评，多是勉励，有时还给他点小恩惠，如从县城里捎一小盒饼干和巧克力，或是拿个北方鲜见的水果柚子。让许明明慢慢感到，唐美丽倒有点成了自己的亲姐姐。

　　利益恩惠之下，有时也可以改变人、改变亲情关系。随时间的推移，许明明对姐夫与唐美丽的敌视情绪，慢慢钝化了，有时甚至觉得，姐姐许巧巧，没有守住自己的男人，是自己没本事，不能怪别人。

　　上午九点多，身后跟着两个实习生的主治张医生站在061病房里说："男病号病情严重，需要半年以上才能恢复。女病号不很严重，几天就可以出院。你们两个伤情区别大，听救援人员说，主要是汽车右侧气囊全部打开，左边气囊没有完全打开。你们还算命大，汽车被两棵树挡住了。如再向下翻三十多米，下面是河，就没命了。"

　　唐美丽连声道谢之后，更多关心自己的面容，不停地询问："张医生，我这缝针地方，以后会不会落下伤疤？"

　　"拆线后，坚持用'疤痕灵'涂抹，一般不会留痕。""即使有，也是小疤印，不明显，不碍大面子！"张医生幽默而又模棱两可的回答，说得唐美丽心神不宁，眼里滚下泪水。

　　张医生还没走出病房，走进一位女士，额头夹有些许银丝的头发，扎了支金黄色的发卡，自然垂在脑后，眼角隐约有些鱼尾细纹。上衣着紫罗兰衬衣，下身束条黑色百褶裙，裙子下摆到了脚跟，脚穿的是轻便黑色布鞋。随意大方的装扮，还是能显示出她昔日的庄重与美丽。她看见有穿白大褂的人在，知道是医生，就将手里提的罐头牛奶等食品放到床头柜上，先看了眼躺在床上的伤者，就上前与医生对话："我是病人何建丰的妻子，昨天动手术，在电话里要求家属签字的，就是我，叫许巧巧。我是刚从远处女儿家赶来的。"说得理直气壮。

张医生点头，心里也在打鼓这几个人的微妙关系，便简单说了句："你爱人这次伤筋动骨，需要一段时间的治疗。这位女士，没有大问题，随时可以出院。想了解具体情况，等我查完房，可到我办公室来。"张医生说完，离开病房。这空档，唐美丽赶紧而亲切地喊了声："嫂子……"

许巧巧，近两年的怒火，本想怼她一句，谁是你嫂子！但又想到她现在也是伤者病号，就出于礼貌点了头，但没有搭话，转身走到何建丰病床，俯身下来观看。还是何建丰少气无力地先说了话，惭愧、无奈、伤心，都含在其中："你……怎么来了？"

"我怎么就不能来？"许巧巧没好气地说。他明明知道丈夫此时说出不甚得体的话，不是那层意思。

她看着眼前腿上裹着石膏，胸部缠满、头也绕有绷带的丈夫，白花花的，像个不认识的太空人。眼泪像断线的珠子，不停地往下流。

此时的何建丰，人在难处，与老婆的一切过往矛盾，都要重新审视，也明明知道自己无理在先，想说几句合乎情理的歉意话，碍着唐美丽在旁，又不敢多讲，只是眼里噙着泪，喃喃地说："这下，我成废人了！"

许巧巧站直身子，抹了下眼睛，对丈夫说："只要人心不废，身体就废不了！"别看许巧巧文化程度不太高，但为保护自己，有时借题发挥的一语双关的气话，还挺会讲的。

这句话，让何建丰还有唐美丽听了，有些难以下咽，无法回应。还是唐美丽把话题引到事故缘由上来，她主动搭讪："嫂子，昨天我与何总去新乐收账，宴请人家喝了酒，路上出了这么大的事。""收到一笔较大的欠款，还等着你去银行存款呢！"唐美丽知道何建丰在老婆那里的"花花绕"，就不向许巧巧讲收款的准确数字。精明的唐美丽在公司人员先来医院探视时，与公司财务人员已经打电话，对款项存转，按照惯例做了安排。

许巧巧知道唐美丽的甜嘴与灵巧，明明知道其是祸事的源头，但与她却很难发生大的正面冲突，只得淡淡说道："这也是命。是祸躲不过，既然来了，就只得认了，好好安心治疗就是了！"许巧巧最后总是把善良的一面展示出来。

接着她对丈夫说："这件事爹娘都知道了，急得不得了，我已做了劝慰，他们年纪大了，不要惊动他们来医院探望。这里，你先听医院的，我先回去把两边事儿安排下，再联系市医院，到新乐去，离自己家近些，我也好照顾你！"许巧巧说的"两边"，指的是，新乐自己的家与龙峪的婆婆家。这几年她是两头牵挂，没有了实际丈夫的家，作为一个安分守己的女人，她知道自己有多难！

何建丰躺在床上，如同霜打的茄子，软绵绵的，已经没有了以往的强势与韧性。他不知道自己的伤情，会发展的怎样。他从骨子里也明白，真要靠唐美丽鞍前马后伺候，未必靠得住。如留后路，还是结发妻子要牢靠些。只好无奈地点点头，听任直立的人摆布。

许巧巧停留近两小时，离开 061 病房，走了。

许巧巧刚出门，唐美丽就下床，坐在何建丰床头商量起来。许巧巧的探视，下一步的服侍计划，是唐美丽求之不得的。出了这么个石破天惊的大事，看着床前何建丰的伤势，她清醒这不是十天半月就可以康复下地行走的事儿。她正愁这块烫手山芋不知落在谁手时，许巧巧很快把它接过去了。唐美丽何等的聪明，她也料到许巧巧会主动前来承担责任，可她也明白，许巧巧的介入，与何建丰走得越近，对她越是不利。从内心深处，虽有矛盾纠结，但在"两害相权取其轻"之下，便顾不得这些了。现在，终于解决了当前她心中最担心的忧虑与后怕。

唐美丽用手轻轻抚摸着何建丰黏黏的头发，不深谈日后治疗的事，柔情地说："你还是听许姐姐的，她心好人勤快，又会伺候人，在她的照顾下，会很快好起来的。"接着就开始重点谈公司事务："公司不能没有牵头的人，我伤轻，后天就可出院，赶快回公司把日常管理的担子挑起来，漂流的经营不能中断啊！"

何建丰在床上，被伤痛折磨着，哪里还有心思谈工作。但唐美丽讲得合情合理，工作又不能回避，总得要有人去牵头把关，漂流公司正常运营是大事，只好点头答应。

"建丰，有什么大事，我会来向你汇报。你安心静养，治疗好了，重返公司，我们还要实施路上商定的宏伟计划呢。"

何建丰平躺在床，咧咧嘴苦笑一下，头往脖下轻微勾了勾。

谈工作，回公司当掌柜是实情。何建丰哪里会知道，此时的唐美丽迫不及待地离开，一是许巧巧这位"正房"，随时会来，避免尴尬；二是赶快躲开来人的探视，躲开被人议论的视线；三是赶快逃离医院这个嘈杂、哭爹叫娘、让人睡不好觉的"晦气"地方。更重要的是，她要远离照顾何建丰的责任。用了工作的名义，就可以淡化情谊与道德上的谴责。一箭多雕，三十六计——走为上策。

第三天，唐美丽到张医生处交待，何建丰妻子会来照顾，要求医院护理好病人，并留下手机号码，顺利办了出院手续，并带了十盒活血化瘀的止痛贴和六瓶"消疤灵"，顺理成章地走出西川县人民医院。她刚走到医院门口，手机响了，听到里面的何建丰用赢弱的声音吩咐："……出去后，咱们那天在路上追狐狸的事，可……可千万不能对外面讲。……讲了，……可真的会……会把道路事故变成灵异故事！"

"嗯，嗯！你放心，我不会那么傻，知道轻重！"唐美丽说完，关掉手机。她一个人走在西川县街上，周围汽车喇叭声声，人流熙攘。一股凉爽的秋风吹过来，轻轻地摇曳着街道两旁梧桐树，梧桐叶已经绿中泛黄，蓝天上飘浮着层层淡如轻纱般的白云。她长舒了一口气，还是感觉到周身有些酸痛，仿佛刚刚从噩梦中苏醒过来，不由喃喃自语说："啊，秋天来了！"她顺手拦了部的士，钻进车里，的士朝她指定的方向，瞬间消失在小县城的街巷深处……

何建丰发生车祸在西川住院的消息，在龙峪飞快传播。有些陆陆续续来医院看望的人，除了在龙峪的亲戚，大多是在漂流公司或在沙石厂做事的人。没有想到的是，住在西川县的叔伯姑姑姑父，还有他们的孩子马云飞夫妇俩，也来医院探视，不知道他们从哪里听来的消息，而且很关心，让他不要客气，有什么事需要帮忙会随时过来。

期间，龙峪街头巷尾议论纷纷。有说："何建丰家里有个好媳妇，非要在外面找个女人鬼混，啥都有因果，这是报应！"有说："为富不仁，他发了财，自己过皇帝的日子，在新乐有房产有汽车有美女，吃喝玩乐。家业大得很，听说有几千万的资产，却不肯接济咱穷人！"有附和的说："是的，连老天爷都看不过去了，让他破破财受受罪，反省反省。"也有比较中性平和的说："别人有钱，照顾你是情分；不照顾你是本分。别人又不欠你的，无论如何，他现在伤痛中，还是多点同情为好。"还有发挥上面观点的："建丰的家业，也是靠自己的精明与辛苦干出来的。也不是没为龙峪干过好事，咱村那多人去人家公司做事挣钱。他给村里交了费，还拿出些钱平整治理金马河，有些是他留下的残缺，好多不是他破坏的。不能因为他个人生活不检点，全抹杀他的长处，把人家讲得一无是处。"

在三棵树下，头发梳得油光、脸型瘦俏、身着灰色薄夹克的白尚杰，正在虚声细语，对周围的七八个人煽风点火："何建丰还有他老婆许巧巧，就是小气。他们搞金马河沙石开采公司，靠咱这的资源发了横财，自己腰缠万贯，对乡亲们却一毛不拔，别想得到半点好处。咱村在他们手下做事的人拿的工钱，是靠自己汗水挣来的，有什么好领情的，不告他剥削就不错了！"

刚巧，何建丰的另位朋友王胜利从旁边过，实在听不过去，

冲着白尚杰说："别人可以说何建丰的不是，可你不能说！"

白尚杰见是敦敦实实的王胜利，很无所谓，耸耸肩问："咋的？"

"咋的？你借人家的钱，不还，还背后寒碜人家？"

白尚杰听王胜利这么一说，瞬间脸红，来气了，鼓着牛眼反唇相讥："我借钱，你看见了？真的是狗咬老鼠——多管闲事。"接着又说："何建丰他抛妻养小三，是陈世美。人人在骂，你还护着他？"

王胜利见他屎搅蛮缠，不急不慢轻蔑地送了句："你揭别人的短，可以。

撸下你的底，你却不愿意了。岂有此理！"

那群看热闹的男男女女，对龙峪的人，谁怎么样，大抵心里都有个数。见他们两人争起来，就有人出来劝说。之后，大伙嘻嘻哈哈，散了。

何建丰住院，许巧巧原想尽快将丈夫转院到新乐市，却没有按时兑现。原因是县人民医院不同意，主治医生张医生说，这伤筋动骨的，刚做完手术，特别是胸骨的断裂，在初发期，必须卧床休息，不能随便移动。骨折的病，没有特效药，主要靠时间去愈合，常规治疗，大小医院都差不多。待伤情基本稳定以后，再转院也不迟。

许巧巧听从医院的意见，继续在西川县人民医院住下来。他找关系，愿意多交钱，要了个单独的病房，还是 061 号。唐美丽躺过的那张病床，就成了许巧巧的陪护床。

许巧巧每天想方设法，让丈夫多吃营养品，争取早日痊愈。听说柴鱼可促使伤口愈合，她就到菜市场买回来，交给附近饭店加工，把鱼肉鱼汤送到何建丰口里。听说让受伤的人吃三七粉好，又从药铺买回来，掺上蜂蜜，喂给丈夫喝。最辛苦的是，何建丰躺在床上不能下地，下面出口的废料，都要在床上接。这脏累的活，十多天下来，许巧巧被磨得筋疲力尽。中间，陆续有家人来看望，何长生老夫妇，八十多岁了，也拄着拐棍来看望儿子。儿子舒奇从体校毕业，刚刚参加工作，也带着女朋友来看望父亲。女儿舒芳带着两岁儿子，也赶来了。何建丰在病榻上，伸出手轻轻拧着站着床边小外孙可爱的小脸蛋，他的眼前顿时显出一片模糊。一个家庭最大的温情和聚合力，往往就是在突然变故的特殊困难期，给迸发出来。儿女们对受伤的父亲嘘寒问暖，看到日渐消瘦的母亲，他关心地提醒母亲要劳逸结合注意休息。但这种体贴与帮助，只能在探望时的一瞬间。儿女们都住在新乐市，要回去干自己的工作，忙碌自己的家事。在医院形影不离、悉心陪护的重担，还是在妻子许巧巧的身上。

开始的十天半月，是最艰难的。病人卧在床上不能动弹，除伤痛以外，还带来了治疗中的"次生灾害"。病人不吃不行，吃了又拉不下，很快被消磨得瘦下一大截。何建丰在病床上少气无力，有时会吐出柔弱的声音，突然问许巧巧，他会不会死。许巧巧嗔怪地回答，莫说丧气话，慢慢就会好起来的。

龙峪的街坊邻居亲戚朋友，还有来探视的。王胜利来了，他总是这样，每当何建丰遇到困难的时候，常在不经意中赶到帮助，而平时的交往并不是很多。更想不到的是，新乐市木材加工厂时的几个工友，解小东、胡佩跃听说后，也赶来看望。裴庆奎叔来看他时，还肯定何建丰，为龙峪的脱贫致富做出了成绩。夫妇俩在危难时刻，感受到了人间真情的无限温暖……

龙峪街头的议论仍在继续。来探视的人回去，都会或多或少地传递些病房里的最新消息，人们都在为许巧巧加分。也有的小媳妇愤愤不平，说巧巧真傻，这时候，就该让那个情妇去照顾。哼！享受时，坐在了别人床上，受难时，跑了！

唐美丽没有跑，住院快二十天，她来过一次，是带着两个下属来的。一个是漂流公司保安部的小聂，另一个是物资管理部门的许明明。

唐美丽一行的到来，看得出已恢复了些气色的何建丰，显得特别高兴。因为半个多月过去了，唐美丽没有到医院来过，也没有给他打过电话，甚至连条信息都没有。何建丰病痛稍缓解后，还经受着情感阴晴圆缺的折磨，心里埋怨唐美丽的无情与突变，但转念一想，又觉得应该原谅她，她可能是知道自己的老婆天天守在身边，不便于来往和联系。这不，好不容易盼着的唐美丽来了，何建丰仰头斜眼看着，唐美丽穿着深红色的外套，面带微笑，还是一朵鲜艳不败的玫瑰。她以慰问者与汇报者的双重身份，简单地说了几句让他安心养伤早日康复的客套话，更多说的是金马河漂流公司的工作，大体是，公司的运营，一切按照旧制有条不紊地运转着，发展前景依然光明，请老总——放心——放心——再放心！

何建丰平卧在床上，看似欣慰地点头，心里却在走神。他并不完全满足工作上的汇报，还要细心揣摩下，唐美丽对他感情保留尺度的深浅。何建丰用似睁非睁的眼睛，扫射着站在身边的两个女人。地位上，一个是执政党，如今是有其名无其实；另一个是地下工作者，却可以把局面搅得天翻地覆。姿容上，一个是瓜子脸，平常的肤色，秀丽端庄，身材匀称，在龙峪也算得上个美人坯子；一个是苹果脸，白里透红，体态圆润妩媚，风情万种，特别是笑起来的一对酒窝，容易让人产生醉意。性格上，一个内秀矜持、勤劳务实，处事讲究按部就班依法传统规矩；另一个则灵活开朗，能说会道，善解人意，在市场海浪中，见风使舵向前，不落时代潮流。两个都是好女人，但相比之下，能够在生理需求上让人大幅度爽快，在事业上更有开拓性地推助，后者就有了更大吸引力与杀伤力。何建丰也并不是完全不再爱许巧巧，毕竟是结发夫妻，妻子贤惠淳朴，找不到大错。何建丰也并不是不爱这个家，他也珍惜这个靠全家合力打拼，才在新乐赢得一席温馨的"安乐窝"，何况还有共同的子女。何建丰也知道，背叛伤害家人——不道德，也与爷爷奶奶爹娘家教的传统不符，会带来舆论上的谴责，甚至付出身名俱裂的代价。但在美色与肉欲诱惑之下，他却控制不了自己，只好按照人性优也好劣也罢的随波逐流的惯性，不自觉地向前滑去……

现在再看看站在眼前的两个女人，本来就大十多岁的许巧巧，经医院辛苦陪护这么一折腾，面色悒郁无神，比起还在楚楚动人时段的唐美丽，明显要败下阵来……

许巧巧看着丈夫心不在焉，眼睛扑朔迷离的样子，提醒道："又在想什么，该吃药了！"

何建丰这才回过神来："哦，没……没想什么！"他伸手接过许巧巧递过来的白色药片黄色胶囊，怔怔地目送着唐美丽离开时的嫣然一笑，向他挥手离去……

唐美丽这次正常又略带几分玄妙的探视，让何建丰隐隐地感到，这场意外灾难，有可能结束他与唐美丽在情场与生意场的甜蜜期。同时，也让他对人情世故甚至人之生死观，都有了新的顿悟。

第三十二章

　　"你把来医院探视的人记下来，有笔账，将来记得还礼。"何建丰坐在病房里的轮椅上，对妻子说。

　　正在整理行李的许巧巧，没有抬头，顺口回答："我知道。"

　　何建丰在西川人民医院二十七天，伤势稳定后，又转院到了新乐市骨伤专科医院。时间太快，一掐指在新乐又是二十来天。经医院同意，计划明天可以出院，回到家里按医生要求静养，待一年后视情况再来医院取手术的钢板。一切都在预期的恢复中，何建丰的体型，由羸瘦转成微胖，脸色也开始红润有光泽起来。许巧巧却显得消瘦孱弱，疲惫得腰杆有时一下还直不起来。

　　遵医嘱带着治疗伤痛的药物，何建丰在妻子和儿子陪护下，从新乐骨伤专科医院走出来，回到新乐市牡丹花园小区 193 号。他是坐在轮椅上，在汽车上电梯里，被人推进推出，回到自己家里的。

　　真有了点难以名状的陌生感，这个家何建丰好久没进来了。有两年多，他既是心甘情愿也是略带着几分赌气离家不归，居无定所四处游击。新乐的家不愿进；龙峪镇的家近在咫尺，怕父母念叨不敢去。看似一尊公司老总气度，西装革履，夹着黑色公文包，在市场上昂首阔胸，如沐春风。实则成了人们背后指指戳戳的流浪者。现代的文化新生活再任性，西方的开放思想再疯狂，也敌不过中国传统礼仪道德观念的强大。何建丰索性以工作为名，把漂流公司办公室兼做了临时居室，与唐美丽公开或半公开混在一起，要么就住在公司，要么是外出，谈业务处理事务，打一枪换一个地方。

许巧巧管不了丈夫，又不愿离婚，只能陪着这对野鸳鸯戏水，度日如年。人分两头，有时回新乐的家帮助下儿女，有时住在龙峪陪同公婆公爹，替丈夫尽孝，坚守何家继承者的正宗。实际上，新乐这个家随着丈夫的离去，已经名存实亡。许巧巧也无心整理，任由凌乱。儿子舒奇工作后，更多住在单位。女儿舒芳已经结婚，偶然来下。空荡荡的几间房子，多是她一人住，安静得有点吓人。善良的背后——往往附带着无尽的泪水与残忍！

　　何建丰一旦走进自己的屋，还是有几分亲切，迎面扑过来。他从轮椅上颤巍巍站起来，换上拐杖，被儿子搀扶着，缓缓地走到客厅沙发边坐下来。平时不抽烟的何建丰，竟跟抽烟的儿子要了支烟，点上使劲地吸了两口，"噗"地一吹，吐出条长长的烟线，烟线又曲曲弯弯形成个巨大的问号，慢慢在空中弥散，他长长吁了口气："哎！到家了！"

　　对于许巧巧来说，丈夫无论如何，是回来了。只要回到 193 号，这个家又算完整了。她系上花围裙，开始在各个房间打扫起来。今天丈夫出院回家，全家高兴。许巧巧留住两个孩子还有小外孙，都不许走，晚上一起聚餐，就住在家里。

　　下午女儿舒芳陪母亲去市场，买了许多菜，回来后母女俩在厨房忙碌。客厅里，何建丰问起儿子舒奇的近况。舒奇与妹妹一样，这几年对爸爸的背叛大为光火，坚决地站在妈妈一边。他们长大成人甚至嫁人成家，对外觉得很没面子。主要是为妈妈抱打不平，觉得妈妈为这个家，操劳这么多年，落得这样局面，很可怜，因此开始记恨爸爸，在感情上拉开距离。如今爸爸出了事故有伤病，还是回家了，兄妹俩心情平熨了些。不过与爸爸说话，不像过去那样的随便亲近，只是简单地向爸爸讲点自己的情况。他现在新乐青年宫工作，做游泳教练，平均每天上班十个小时，还能承受，每月可领工资五千多元，正在与个叫刘诗晴的女孩谈恋爱。她老家在新乐地区宜东县，父母也在新乐生活，父亲是的士司机，母亲在商场做营业员。两人是在外出旅游认识的，工作同行，女友在健身中心做教练。俩人已谈了一年多，感觉还合得来，如果顺利话，想明年中秋结婚。何建丰问："你妈的意见呢？""妈说，只要我愿意，他没有意见。"何建丰点点头说："我与你妈妈态度一样，终身大事自己瞪大眼睛，自己为主决定。没有条件也有条件，这年头该有个大专以上的学历，有个固定收入来源，长相能对得起观众，身体好，勤劳能干。关键是人品要好，懂得温良恭俭让。"

何建丰停顿下，又说："房子，我们会给你买好。早点定下来，如期结婚，我还要等着抱孙子呢！"何建丰利用这个大事的承诺，去弥补与儿女间的沟壑。

儿子舒奇心里却在暗笑，对儿媳的条件，看似不高，其实够高的。这些长辈教育晚辈，也多是用镜子照别人！

其实儿女成长这些年，何建丰虽忙于市场，有时还是会过问下他们的情况，对不该做的事，多会正面教育，如要孩子们节约粮食，不能浪费，多会被反驳："什么年代了？还给你们小时候一样，一个钱籽，掰开八瓣来花。"又如提醒孩子们别熬夜，别迷恋手机，少玩游戏，又会被讥笑，老观念，落了潮流。

教育效果差，除了孩子对爸爸移情别恋，伤害母亲的怨恨，有意抵触外，还有"代沟"的隔膜。不一代的人难以沟通。八十年代出生的人，不理睬五六十年代长辈那一套，特别是你自己标榜的优良传统。

晚餐很丰盛。辛苦了半天的许巧巧还有女儿助手，把冒着热气的饭菜，端到了大圆桌上。

大家酒杯里斟满红酒，平时不善多说话的许巧巧先举起杯子，向舒奇、舒芳使了个眼色："来，咱们举杯为你爸接风，祝他早点恢复健康。"全家除何建丰不方便外，都站了起来碰杯祝福。

何建丰看着个头分别超过了父母的一双儿女，还有胖乎乎的小外孙，再瞅瞅满脸疲惫的妻子，五味杂陈，有种说不出的滋味涌上心头。他的眼睛有些湿润，举起酒杯回敬："辛苦全家了，祝大家幸福。"小外孙已经抹得满面是油，做些滑稽的小动作。姥爷何建丰看着这可爱的小精灵，高兴地说："这小宝贝，给家里带来了大欢乐。"又扭头看看舒奇说："你也要加油啊！"

家的温暖在家宴上浸润升腾，大家你来我往，一边吃一边互相敬着。舒奇突然说了句意味深长的话："以后大家再也不能分开了。"

　　这话挑不出毛病，也是好话。但是让何建丰有些难堪，他知道这话是对他说的，不知道如何接话才好，干脆装聋作哑不回话。此时，许巧巧用脚轻轻踢下儿子，意思是让他别再往下说了。

　　夜间，许巧巧为丈夫用温水擦了身子，两人同床而眠，何建丰问道："这次住院，来了不少人探视，萧亚君和白尚杰怎么没有照过头呢？"

　　丈夫，聪明起来——绝顶！愚蠢起来——叫人难以理解！你不会这么傻吧，怎么还没看透，这两个朋友是心底肮脏的伪君子呢？

　　许巧巧心里明白这两个"朋友"，白尚杰是为了钱，萧亚君是为了色。他们在背后干着不地道的事。白尚杰借何建丰一万元，多年赖着不还。许巧巧找他要过，借口多多就是不还，最后反倒还得罪了他，还让他带着老婆一起在外面作践他们，说她与何建丰小气。萧亚君结婚后不久，离了婚。看到何建丰搭上唐美丽，离家不归的矛盾，又来骚扰过她，挑唆她报复何建丰，与他建立私情关系，被她严词拒绝，也算惹怒了他。白尚杰、萧亚君的龌龊，还是让丈夫自己悟。许巧巧只好敷衍："也许是别人忙，没有顾得过来吧！"

　　对于何建丰来说，总是认为有恩于白尚杰，应该来看他。基于萧亚君，他能感觉到他对妻子曾经的非分之想，但事件已经过去，应该心怀惭愧，也应该来看他，小时候小屁股一块粘在地上长大的朋友，应该真诚相待同舟共济，算不得什么大的恩怨，一笑了之。他以宽量的心地去度了小人之腹，却看不透别人的奸诈。

　　许巧巧躺在床上想，丈夫吃亏，就吃在交友不慎真伪不辨，白尚杰、萧亚君，还有异性唐美丽，他好似蒙在鼓里，悟不出是非。她甚至会想："苍天有眼，对丈夫何建丰要给点惩罚，但也不要严惩啊，那天在县医院，丈夫躺的床铺位置，为什么不是唐美丽呢！"这些年，许巧巧的内心是极度痛苦的。作为女人，自己男人的身心，平白无故地被别人从身边掠走，有什么能比这个更让人难受呢！自己又不是下三烂，也可反戈一击，另求新欢。但是与生俱来的禀性和传统的道德观念把她紧紧地束缚在"家"的"平衡木"上。

她在痛苦中挣扎，同时也是不由自主地在岁月煎熬中消沉着麻木着……

睡在另侧的何建丰，这时却着急公司的事情，这段时间不知道公司经营是否顺畅？也不知道收益如何？他更多的是想知晓唐美丽为什么又有这么久不来电话，也没有信息？最关键的是，唐美丽现在还爱不爱她？他甚至神情恍惚地回忆起唐美丽陪同他时那勾魂的笑，那放荡的各种床上动作……他有时仿佛看见唐美丽的怒目而视，有时又好像看到她泪水涟涟……

何建丰的身体到了家，心神未全归家。他还在对外拈花惹草的惯性中向前倾斜着，他还在与身边的妻子做着同床异梦……

车祸已经发生几个月，孩子们都各自归在自己的窝，许巧巧每天在做菜煲汤，晾晒洗刷，细心地照料丈夫。何建丰能够拄着小拐杖，在屋里小心踱步了。

这倒霉的飞来的横祸，何建丰毕竟是个风火惯了生意场上的人。在家太久他哪里呆得住，但又没办法。脚步落地稍微用力，还有明显的疼痛，他像头困兽，急得只能在屋里团团转。期间，许巧巧去漂流公司结过账，回来对他说，感觉公司状态不是太好。把年迈的公婆接到新乐一起住，为的是陪陪建丰，让他别太寂寞太失神。有时来家温暖何建丰心情的，当然还有来自龙峪看望他的朋友王胜利，新乐的朋友解小东、胡佩跃他们。大哥何建业从西疆省打了几次电话，问候叮咛。与他脾气不合的小弟何建伟，也专程从海津市寄来跌打损伤的特效药膏。

何建丰牵挂着金马河漂流公司的运营。那边毕竟是他的事业基地，养了五六十个人，还有金马河采砂公司，虽然规模在缩小，也有三十来号员工在支撑。他有时主动打电话询问，唐美丽答复公司一切照常，有时还会很具体地报喜，说前七八天，有四十多个中年人组成的同学从新乐来，乘竹筏，漂秋水，观红叶，吃烧烤，红火得很。又说，上次县河道管理站来人检查工作，中午公司接待了一顿饭，最后五个检查人员非常满意，夸奖公司经营规范，没有越界擅自扩大经营区域，没有越规破坏河床与周边的环境，并鞭策他们继续搞好经营，为定州的经济发展作贡献。公司为他们发红包，他们说现在上级要求严格，不能拿。还有个检查成员，离开时大盖帽都忘记戴，丢弃在了桌上。唐美丽还告诉他，中秋佳节时，公司为每位员工发放一盒月饼，两斤松花蛋，既表心意又鼓励工作热情。并说他家那两份，已派人送到龙峪镇家里。听得多是些小枝小节的好消息。

何建丰这时候，开始给下属部门负责人或者工作骨干打电话，慢慢地感到，电话中有的支支吾吾不敢多讲，也有的敢流露些问题。一个是公司新增客户基本没有，游客越来越少；二是员工积极性没过去那么高了，甚至有些消极怠工，还有两三人已经辞职离开，其中有个是厨房里的勤杂人员孔琴。三是竹筏使用率低，反而加速了损坏，维护成本增大。四是副总唐美丽作风有些霸道，有点一手遮天的味道，爱拉扯几个什么领导，来公司免单消费。

何建丰梳理下，对后一条特别在意。他懂得了联系起来看问题。这两个来月，他感到唐美丽对公司的情况，多是报喜不报忧。另外像厨房帮厨打杂洗洗刷刷的孔琴，是个勤快而又老实的人，怎么会率先提出离开公司呢？何况孔琴也是龙峪街上的人，她的丈夫也是自己小学时的同学。何建丰找许明明要了孔琴的电话。

他拨通孔琴电话，对方接了。

"孔琴，我是何建丰。"

觉得对方有些激动，不称他何总而是称呼："建丰哥，我是孔琴。"马上又问："你的腿伤全好了吗？"

何建丰回答好些后，直接问："你不是在公司干得好好的，怎么走了？"

这一问，听到孔琴在手机里小声抽泣起来："建丰哥，我本……本不想离开，可我没办法！"

何建丰知道孔琴家不富裕，很在乎这份岗位，公司成立之初就在这做事，算是老员工了，他相信孔琴说的话，问道："那是为啥？"那边的孔琴只是哭。

"别哭，有啥委屈给哥说。"

听到那边等了会儿接话说："……建丰哥，反正我离开了公司，我也不怕了，实话实说。"

466　　三棵树

"你说，我听着！"

"上上个月的一天，唐总带位男士来公司，说是新乐来的大客户，中午吃饭没有在食堂吃，而是把两个人的饭菜送到了她的办公室。五菜一汤还有水果，摆上茶几。他们从中午吃到下午快两多点，我们厨房要下班了，我只好推门进去收拾碗筷，看到唐总躺在那男士的怀里，他们吓得坐了起来。唐总当着那男士的面骂我不懂规矩，不敲门就进去了，最后还吼我滚蛋。"孔琴轻声陈述。

这边何建丰的头皮，嗡的一下，一股酸水直接从胸腔涌到喉头，快要吐了出来，耐着性子质问："那男士有多大年纪？"

"大概与唐总差不多年龄，大一点，三十七八岁吧。"

何建丰不好再问下面细节，问得越多，自己越难受。

可那孔琴，五十出头的普通农妇。一旦受了气，有人过问，没有了顾忌，恨不得将肚子委屈全泼出来。她说："碰到这事，算我倒霉，唐总现在脾气又躁。我怕以后给我小鞋穿，所以提出不干了！"

这边的何建丰，强压心中怒气说："我明白了，我劝你还是回来。有哥在，就不会让你受委屈！"又说："我知道你家负担重，有份工作总比没有强。"

说到这里，孔琴在电话里又说："建丰哥，你伤好了要快回来，再不回来，公司就要散了，很多人都盼着你回来……"

何建丰的神色，慢慢阴沉下来，绕着客厅打转，他有点想不通。他担忧公司的前景命运，担心唐美丽会由此离他而去。而且这种难以名状的昏暗，会来得这么快！难道这场意外的车祸事故，就成了他辛苦创业起来的漂流公司走向衰落的分水岭？就成了他与唐美丽工作合作私下偷情的分界线？他想不明白，在屋里凝视着墙壁，仰望着天花板找答案。他有时会走到阳台上，站在十一层楼上，通过小区的绿树花丛，平扫过去，又抬头远眺，任思绪飘扬……

他看见新乐这座城市，越长越高了。刚搬进这套房子，周围还有好多空地，现在全盖成了房子，密密匝匝。偶尔看见八九只小麻雀，聚成群从楼下小区的小树蓬间呼出，又顺着远处两幢约有三十多层高楼的夹缝里穿过，斜翅向远方飞去。何建丰不由地念道："唉！我现在还不如一只小鸟！一切都在变，变得真快啊！"他又在想，无论怎么讲，这个城市的飞速发展，也有我的功劳啊！从木材加工厂到益泰新业房产公司，都有我的汗水与智慧，单就这地面用水泥凝固起的铜墙铁壁般的建筑物，能说没有从金马河龙峪镇拉过来的沙石吗？

他有时又会想，城市在变，人心也在变。自己在变，为什么不允许别人变呢？……慢慢地咀嚼细品人生的道理！有时许巧巧会在背后给他披件衣服，只淡淡说句"别冻着"，马上离开又去做家务。他会不经意地看下她的背影，觉得她的老婆太朴实太平淡，从没有花言巧语，也不愿做过多的解释，只是觉得一切都是应该做的。严格说，本来是他对不起妻子，现在却得到无微不至的关心，反倒是觉得许巧巧的不是，有许多内疚似的……

何建丰隐隐地感到，他未必能完全地左右未来的前景，他在继续着幡悟……

身体慢慢在康复，小腿走路轻松了许多，但还要有个小拐杖协助下更好，能基本正常自行在床上起卧了。

这夜，何建丰突然把妻子的正面搬到自己胸前，用双手搂了过来，瞬间，许巧巧抽抽搭搭哭起来。何建丰三年来第一次从嘴里蹦出了几个字："……我……对不起你，……你吃苦了！"

许巧巧止住哭泣，破涕笑了，没有半句埋怨的话，只轻轻说了句："那你以后还离开这个家不？"

何建丰没有做正面回答，只应了句："这个家，永远是我的家！"

不是西风压倒东风，就是东风压倒西风。唐美丽是个聪明的女子，自从车祸之后，许巧巧以妻子的身份，名正言顺出面护理，何建丰回到家中养伤，她就预感到她与何建丰的人生游戏，已经走到了尽头。她所运筹的希望能够看到最后最佳的经济效益，都将提前谢幕收尾。她离开医院回到公司后，其所言不符其行。

她审时度势，看到了公司即将来临的危机。公费旅游的严控，消费的低迷，乘凉的干爹即将退休，客源不断减少，漂流设备设施的老化待修待换，游道的淤塞待清理。另外公司熟人太多负担太重，让她没有了进取的信心。这方失去活力的河道山头，已不再提起她的兴趣。她采取消极迂回战术，开始设计自己的退路。一方面表面上仍鼓动员工努力工作，维持原状；另一方面不再去开拓新的客户，守在河边待渔，随波逐流，合适的时候再讨价还价，逃之夭夭。

中途，何建丰的"特使"——许巧巧，从新乐来公司两次，在结账同时，也观察核实下员工反映的情况是否真实。

事故发生数月后，进入年底，金马河上的西北风刮得呼呼响，冷气袭人。这一天，何建丰对着墙上日历的"十二月三日"页面，"唰"地一把撕下，提出："我现在可以走了，立即去龙峪！"

在许巧巧的陪护下，终于到了金马河漂流公司现场。久违了，何建丰手里还握着防跌的小拐杖，鼻梁仍架着褐色眼镜，翻毛领紧裹在脖颈，手指上重八克的金戒指，依然闪闪发亮。说话还是声音洪亮，到公司办公室后，脱下身上灰色长外套，听取公司管理层的汇报，气概不减当年。

何建丰与唐美丽的对视默契眼神，仿佛已经没有了任何的感情瓜葛，现在完全是公事公办的合作，或者是上级与下级的关系，何建丰没有带情绪，没有惊诧愠怒的表情。唐美丽面容更是平静自若，说话谈笑风生，淡定应对。

除一些细枝末梢由下属负责人补充外，总的情况由唐美丽汇报。她不再藏着掖着，而是实事求是地述说当前公司经营情况，他总结这几个月的小成绩说，经营在继续，人心还没有散。重点谈到问题，与何建丰从其他渠道了解的情况基本一致甚至更加严峻。最后何建丰苦笑着问："那你以前为什么不报告真实情况呢？为什么不采取措施解决问题呢？"唐美丽回答，不报告真实情况，是关心老总，怕老总着急，不利于养伤。不解决问题，是解决不了。漂流公司的下滑，是大市场所决定，是经营的周期规律。已经打听过，临县的两个漂流公司都不景气。她说得理直气壮，也似乎合情合理。

何建丰颠簸着，在公司周围转了一圈，看那房舍，显得更加破旧，堆积到岸上的竹筏更多了，下河的竹筏零七横八集中在光秃的柳条下睡觉。游客很稀少。河道里的清水，仍在哗哗啦啦地流泻——一派惨淡苍凉景象。

唐美丽提出两个想法。她说现在公司开始有些入不敷出。一是要减掉一部分员工，二是停止对金马河环境整治的资金拨付。这两条建议何建丰都没同意，一切暂时维持原状，他看到他走过之处，下属和员工都在亲切地喊他何总，都眼巴巴地看着他。但有唐美丽随同左右，没人敢多说话。

何建丰当众宣布，财务部的经理骆军为金马河漂流公司的副总，协助唐副总开展工作，研究出整改方案，号召员工同心同德，共渡难关。何建丰离开漂流公司时，彻底打碎了来时的另份幻想，他已清醒看到，唐美丽与他在感情上的赓续旧好，已成泡影……

时间，就这么在漂流公司平淡而萧瑟地度过，瞬间，来到了第二年芳菲四月天，山里连续下了半个多月的雨，金马河涨了大水，波涛滚滚一星期。洪水过后，将原来的河床重新整装，改变了原貌。漂流公司辟出的游道，几乎被夷平，游道与主河道合二为一。若要开张新一年的生意，必须付出一笔不小的资金，重新开挖整理出新的漂流河渠。公司的房屋也被洪水冲垮多间，公司雪上加霜，前景黯淡到最低谷。洪水过后的第三天，唐美丽向何建丰正式提出辞职，而且要求与何总单独面谈。这可是公司的重大事件，何建丰决定就在漂流公司的办公室里谈判。何建丰坐在老总的旧转椅沙发上，唐美丽坐在办公桌对面的一张木质椅子上，依然风韵绰约，唇红齿白。

何建丰靠在沙发上想法很多，他让唐美丽先呷口茶，自己端起口缸喝了一口，先开了腔："美丽，这多年我对你厚情重义，能不能不走？"何建丰还是先予挽留。

"不行，肯定要走。"

何建丰带有感情说："公司能走到今天，不容易。其中有你的大贡献，大家基本是一起创业走过来的，现在遇到困难，大家一起面对，并不是没有恢复活力的希望。"

"这个不再说了，现在只谈我怎么个走法。"唐美丽的语气有备而来，单刀直入。

何建丰知道她去意已决，只得反问："你说怎么个走法？"

唐美丽眼睛都不眨，开口说道"除按照合同的利益分成外，我要求公司另外给我赔偿三十万元。"

何建丰听了，觉得唐美丽不仅开价这么高，怎么还叫赔偿呢？

"不叫赔偿，叫补偿也可以。这些年我在公司的作用，你给予的报酬远低于我的贡献。我的开价并不高。"

何建丰："你的业绩，没人能抹杀，除工资外，你有股份参与公司利润分红，该给的都给了你。公司目前经济不佳，你主持工作好几个月，不能说没有责任，可我并不去追究，现在你咋还能另外向公司要补偿呢？你这不是狮子开大口，落井下石吗？"

说到此，语调就开始激烈了些，唐美丽杏眼圆睁，声色俱厉："经济不佳，是大形势所致，我没有责任！"何建丰知道经济大势是一方面，主要还是他自己回归家的怀抱，破灭了她的发展设想，让她不作为，放任管理所致。何建丰不愿与他争执下去，也知道争执不出个道理来，争多了，反倒于事无补。他感觉到了眼前这朵依然娇艳的玫瑰，枝叶间角刺的突生猛长。"公司效益如今捉襟见肘，哪有这个天文数字去补偿！"

唐美丽语音嘣嘣直跳："首先讲补偿，师出有名，有多条正当理由，有一条正当理由，只能在你何总面前讲。就说这几年我陪你的费用，就不止这些吧。公司现在不景气，但以前曾经红火过，我知道他的原始积累厚度，这个数目的补偿，还是拿得出的！"

何建丰万万没想到唐美丽，还要把他俩这几年的私情性欲，给折算成了金钱，说得脸不由红了，而唐美丽却说得面不改色心不跳，坦然自若，像久经沙场的战士，而且又说："我真的没给你开大价钱，我还没有折算你给我造成的青春毁容费，那天不是你酒驾开车，我怎么会落下这道难以完全消除的记号。容貌对我们年轻女人来说，是多么的重要，这条伤疤，如果能够用金钱交换，我宁愿掏出十万或者二十万，卖给别人。"何建丰细观唐美丽左上额那条状疤痕，虽然不明显，但细看，还是有肤色偏深偏红的感觉。

"咱们都是为了公司的工作，中途出现意外，那我付出的代价要大得多，怎么能这样算歪账。那样的话，你主持公司工作好几个月，效益严重下滑，这笔账怎么算？"何建丰生气地辩解。

"你口口声声工作，那天你除了工作，还干了别的事儿，体力不支又酒驾，才导致车祸。"唐美丽什么话都能说得出。

接着让何建丰更吃惊的是，唐美丽话锋一转说："何总，现在我把我的真实身份和经历，告诉你吧。我不叫唐美丽，我真名叫唐雯丽。家在定州河口村。家里穷，我自小父母就离了婚，母亲改嫁，父亲又结了婚，我跟着奶奶长大，期间我父母亲也来看我。是姨夫和姨妈拿钱，供我大专毕业。后来父亲得了尿毒症，需要换血，需要很多的钱，来找我。其实我可以不管，但毕竟是我的生身父亲。我就到县城最大的宾馆当服务员，还当过餐饮部经理，中间一次喝酒被王局长强暴了，我还用刀去砍过他，后来他给了我好处，我只好依附权势，认他做了干爹。我在他的关照下，发展自己。我挣了些钱，为父亲治病，最终还是没有挽回父亲的生命……"

何建丰这时候，表情在惊愕中，也在不停疑问，不知道她的坦言到底是真是假？他没有插话，继续听下去。

"……何总经理，实话给你说，我除了在你的漂流公司工作外，同时还在新乐另一家公司兼了职，除了你之外，我还有另外一个男朋友，比你年轻比你更帅。我的家境不好，我需要钱，我需要积蓄财富！"

这一长段说得赤裸裸而又从容的悲催家史，何建丰听得后背发凉。何建丰经过快速思考，知道唐美丽这一席话，无论是子虚乌有的谎言，还是令人同情的确有其事，归根结底，是为索要高额费用在作正当理由的铺垫。他情绪稍稳定后，脱口而出："只能付二十万！"

"你若不给，可别怪我心狠，公司里逃税的情节，你是知道的。"唐美丽锋芒毕露，不容商量。

何建丰立刻纠正："公司没有逃税，要有，也是合理避税。"唐美丽冷笑下："合不合理，没法说得清楚。我想你不会愿意惹这个麻烦！"

唐美丽步步紧逼，何建丰真正领略到了，眼前这个曾经含情脉脉、柔情似水的女人的厉害。

唐美丽的表演甚是可恶。但何建丰还是恻隐出了一份同情心，最后答应，给她补偿三十万元作为辞职离别的酬金。

又让何建丰没有想到的是，唐美丽站起来说："谢谢何总，我曾经借公司的五万元，应该还掉，我只拿二十五万，拿我应该拿的！"

何建丰看她那壮士一去不复返的姿态，也跟着起身，眼前的女子，既狡狠也有豪爽。他还是有些留恋过去，走过去想做最后分手拥抱，可唐美丽说完，扭头迅速出了房门，何建丰走到门口，以示送行。他回头看见办公室窗户的上方玻璃，不知何时炸有好长一道裂缝，像惊雷在天幕上撕开的电流碎纹……

金马河漂流公司要散了，也不完全是唐美丽的离开，而是漂流公司内外部多种矛盾的积压，造成了一时的积重难返。一个月后，漂流公司召开员工大会，何建丰宣布公司暂停经营，清仓核资，所有的房产、竹筏救生、生活用品等物资，一律封存。公司商标不注销，等待以后形势的变化，再择时开张。他特别强调，账上对金马河环境保护的资金，随采沙场的维持，下调比例，继续滚动拨付。同时又宣布另一条重大决策——公司实行转产，在龙峪镇开办大型生活超市。超市加盟省内知名的老字号"天福"名下。全称是——天福超市龙峪第五十九号店。租地三亩，上下两层。一楼经营肉蛋、禽类、果蔬等生活物资。二楼经营服装、文化、家厨、妇女化妆、儿童玩具等生活日用品。漂流公司所有员工，要离开者可以另谋高就。愿意留下的都是生活超市里的当然员工。这是一个新的工作与生活开端，希望留下者共同努力，一道打拼，再创新业绩。

台下五六十号员工，顿时沸腾，将巴掌都鼓红了。

按照何建丰的部署，金马河漂流公司暂时停业封存，一个大型超市——在龙峪镇西头的一处空地上，破土动工矗立起来。何建丰自己是总经理，他聘请新乐原木材加工厂的解小东、龙峪的王胜利为副总经理，一个负责物资的采购运输、择送配置；一个负责店内的经营管理。讲情重义的人在一起，就有了事业亨通、生意兴隆的情感基础。何建丰是投资者，他又去借贷了新款，许巧巧担任超市的财务总管。

何建丰锲而不舍，他开始有些离开龙峪到其他地方再创业的想法。一个地方呆久了，既是福地也是是非之地，他想换换新环境。但最终还是决定将生活超市设在龙峪镇，主要原因是看漂流公司还有沙石场旗下的大批员工，多是龙峪本地人，顿时失业，无处可去，收入难有着落，为家乡人创造新的再就业平台。还有就是考虑父母越来越老，离老家近，能更多照顾他们颐养天年。

在逆境中新崛起的何建丰，再次让龙峪人另眼相看引发热议。东街的张二婶说："有本事的人就是脑瓜子活泛。你们在做梦时，人家开始挖沙。挖沙不行了，换成漂流。漂流不行了，人家动个脑筋，一个大超市又开张了。"西头当过理发匠的李春明说："还是财大气粗，人家有本钱，干啥都有底气有气魄。"南胡同开过染坊的郭老汉夸奖："建丰不仅是脑瓜子活，我最欣赏是这个孩子遇到困难不消沉，在哪里趴下去就在哪里站起来，这股精神气可贵。"退休回家的老教师周广厚感叹："生意场与自然规律同理，有生有灭有轮回，任何事物都有兴盛衰亡的周期，没有无边落木萧萧下，哪有春风吹又生！"

生活就是这样，像金马河的河水，平平淡淡地流着。第二年，何建丰与许巧巧为儿子舒奇举办婚礼。新娘是刘诗晴，儿子提出要车，许巧巧愿意，可何建丰不同意，他说坐吃山空，立吃地陷，我们送了套新房，让他们居有定所，其他额外的福利条件，由他们自己去挣去添，懂得创业的艰难，对人生有好处。许巧巧还想为儿子儿媳再辩解些道理，争取更大的优惠。何建丰仍然坚持："孩子如缺乏管束与节制，以后就会变成废物，咱们不是豪富，不能让孩子成为富二代！"丈夫不松口，许巧巧只好作罢。

儿子舒奇儿媳刘诗晴的隆重婚礼，是在新乐市汉庭四星级宾馆举办的。男女双方两家方方面面的亲戚朋友，有二十多桌的客人。龙峪老家这边，何建丰除把父母岳父母接来参加外，还来了三辆大中巴车，有上百人，多是伯家舅家姨家的亲戚，还有些要好的同学朋友以及属下的员工。

去新乐参加婚礼的人回到龙峪，算开了眼界，说城里人的婚礼，处处干净雅致，庄重热闹，就是有一点不明白，农村人办婚事，讲求的是鸿运当头，一切尽在大红颜色的铺设之中。而城里人的婚礼，除了少许红紫色外，多是白色，白色的礼服，白色的帷帐，白色的绸花，这些都是农村在婚礼上的忌讳。农村也有懂得现代生活的人，解释说："现在时代不同了，人家城里人现在是学西方，按照基督教的规矩，白色代表着神圣纯洁永久。"听了之后，有一部分人释然，但一部分人还是摇摇头，理解不了……

大喜过后的第二年夏初，何建丰家里却遭来一桩大厄运！说是祸不单行也好，这是何建丰发生车祸之后不到两年的头上，他们的小外孙被水淹死了。

事情经过，女儿舒芳远在新乐市外的公公婆婆接已经五岁的小孙子去老家度假。公婆的老家也是山区的农村，有条小河穿过。有天爷爷带着小孙子去河边游玩，爷爷遇到熟人说了几句话，扭头没看见身后的小孙子，急忙寻找，小孙子掉进一个平时挖沙留下的水坑里。捞起经抢救，未能挽回小生命。全家像塌了天，悲痛欲绝，女儿舒芳哭得死去活来，爷爷惊吓后住进医院，奄奄一息。作为外爷外婆面对这么可爱的第三代——小外孙的意外，许巧巧伤心外孙心疼女儿，像霜打了似的，白发骤生。何建丰也是坐在家里，常常暗自流泪。他开始憎恨这些无序的采沙者，这些赚了钱，不做治理恢复，留下隐患的黑心老板。反过来他更加坚信，自己这些年拿出部分钱来做金马河河床环境治理的正确。他决心，在财力允许情况下，力所能及地对金马河的治理工程持续做下去。他不仅填平自己与他人采过沙的区域，也要去呼吁其他经营者共同去做些治理工作，直到金马河的环境彻底改善为止。他以前这样做，是为了平熨自己对金马河的愧疚，现在还有对可爱小外孙灵魂的慰藉！

第三十三章

海津市，南方最大的城市。

一千五百万人口，像一片茫茫无际的蓝色大海。大海里的水族鱼类密集，五光十色，川流不息，有小虾，小蟹，小鱼儿，也有大鱼，更有猛鲨巨鲸。它们好像都有自己大的航线大的遨游空间，基本上是各行其道，互不相扰，但相互间会有交叉甚至侵扰。建伟与他的朋友，在这浩瀚无垠的大海深处，也是边游泳边摸索，寻找着自己生存空间和发展的航线。

读书多的人，如果有了胆识的话，思路比常人还是会技高一筹。这日，创智公司下班，苏正平拉住何建伟："晚餐不要回家了，我请你到茶馆说点事儿！"何建伟回答："我给老婆拨个电话说一声。"说完，就将外套往肩上一撩，跟着苏正平出门，上了出租车。

在离他们自己公司三公里远的地方——鹏远茶楼，停下车，登到二楼。楼上放着轻盈柔绵的古筝曲《梅花三弄》，两人选了临街光线亮堂且温馨的小包厢坐下。马上有位身材颀长，穿着玫瑰红金丝绒旗袍，一侧白皙的大腿若隐若现敞在外边的美女接待走过来，彬彬有礼递过茶谱菜单，欠腰问道："先生要些什么？"

苏正平的鼻翼深吸口气说："怎么有股花香？"

"前面有对情侣在这个包厢坐过，刚抱着一把玫瑰花走了！"美女接待解释。

"原来是红颜离去，留有余香。"苏正平把茶菜谱丢给何建伟："你看？"

何建伟说："听你的，随便。"苏正平又拿过本子，眯着眼扫了两下说："一壶铁观音，一份青辣椒炒肉，一份剁椒鱼头，再加个手撕包菜，两份米饭。"对何建伟说："我喜欢湘菜，味道重口感好，这店子我来过，老板是湘岳人，做的菜挺正宗，我知道你现在也能吃辣。"刚说完，苏正平手机响了，接听电话："报告老婆，晚餐不回去。说点事，跟建伟在一起。孩子放学，辛苦你去接下！"说完挂了，对建伟说："刚才给家里打电话，没人接。"

说到老婆，苏正平乐呵呵："这方面，我得向你学习，事事处处向老婆汇报。"何建伟："那也不是，既是一家人，该通气的还是要说下。"接着又反敲苏正平："我觉得，你有时在弟妹那里，有点大男子主义。"苏正平也学何建伟口吻："那也不是，我这个人，有点大大咧咧，心里对她并不差。"

"正平，我总觉得你们俩人，越看越有夫妻相。"何建伟又说。苏正平嘿嘿笑着："夫妻相，都是生活十多年后才慢慢同化的，哪有刚结婚几年就像的。你可不要老盯着我媳妇的脸看呀！"说得何建伟隐忍不住跟着哈哈笑起来，他与苏正平在一起就是这么的快乐！

茶水饭菜上来了，他们边吃边喝，深聊起来。

"我有个大的想法，咱们不仅要从打工族向小老板转变，现在还要从小老板向比较大的老板转变。"

"怎么转？"何建伟问，表情疑惑。

"整个社会经济的发展，也是个产业链。开始兴盛什么，后面总有配套的东西跟上来。就像《易经》里讲的五行原理，金木水火土，相生相克相依，金生水，水生木，木生火……金克木，木克土，土克水……的道理一样。例如这些年矿业经济的粗放性发展，过度对资源的掠夺破坏，造成环境的恶化，必然会引起环保政策的管控，环保产业跟着就会兴起。再比如农业革命的进步，也必然会拉动第三产业的大升级，例如物流业等行业的应运而生……"

"咱们现在的创智公司，要让电脑的功能融入当今市场的更深领域，发挥出更大的效益，在这个大网络时代，领跑社会经济发展的前沿，至少不能落伍！"苏正平说得气宇轩昂。

何建伟着急："我的老总，你少谈些大道理，快讲具体怎么做，好吗？"

"我准备以咱们创智公司为基础，打造一个新兴的市场平台，也是以后发展的趋势——物流公司，如何搭建？你听我慢慢道来！"

"有物才有流，开创物流公司，先要有货源。海津西南四十公里处的青莲县盛产香蕉、芒果、荔枝等水果。据了解，每到收获季节，因为仓储运输不畅，产品不能完全顺利卖出去，浪费不少。谷贱伤农，同理，果贱也伤农。我准备和他们联营，帮他们找个有长时间储藏的地方，有促进销售的地方。我们如何去找到这个储藏的地方呢？在市郊有处破产两年被荒废的电子元件厂厂房，我想把它廉价租赁下来，变成仓储基地，让青莲的部分上市水果适时存放，保持新鲜，有序流动。再是要让商品流动，就得有运输工具，现在有不少的运输公司，业务没有保证，有的个体司机，也是饱一顿饥一顿，经常等米下锅。这关键是信息的不对称不畅通。我们也可以找个好的运输公司联营，或者让一些个体运输户，加入我们的信息平台，有自己运输保证的车队。"苏正平口若悬河。

何建伟听着，右手托着下巴，内心翻江倒海："那怎么才能把这几个串联起来，盘活出效益呢？"他反应挺快，听出了点眉目，也问到了点子上。跟苏正平交际几年，也没有白混。

苏正平赞许地看看何建伟："问得好，下面就是问题的关键了！"说着用筷子夹了口青辣椒嚼完又喝口茶，他在桌子上呈品字拉开三盘菜，然后说："这分别是水果生产基地、仓储基地、运输团队几个平台。"接着将茶壶往三角形的中央一矗："关键要靠我们的首脑机关——电脑操控中心去指挥去盘活，把他们联系起来灵动起来，从而让搭建的物流公司落地做实做强。"

何建伟又问："那是怎么投资的？"他知道发展的前提，绕不开钱。

苏正平给何建伟递支烟，自己也点上一支，说："两端都是精英型的，是资源共享的关系，我们的投资，做实的关键是仓储，要切实把那块地方租赁下来，改造成合乎标准的仓储基地。再是IT——计算机室这块，再增加些硬件及软件，需要花点钱！”

“总投资需要多少钱？”

“起码得这个数字！”苏正平用手指伸出了一个指头：“启动资金，起码得上百万。这个你不用急，自己只拿小部分，大头，咱们贷款！”苏正平似乎胸有成竹。

何建伟提出一些顾虑，苏正平一一做解答——他觉得何建伟有的担心合理，有的是笑话。

最后，苏正平提出让创智公司的廖海峰也参与运筹的想法。说起廖海峰，何建伟当然认识，“由”字的脸型，本来的“田”字脸，因为脸上的肉喜欢在下巴脖子处长，让人感觉富态而稳健。身体也偏胖，中等个头。有全日制大专学历，做事也算敬业干练。他与苏正平是汉北的老乡，熟悉计算机业务，在公司里负责市场业务及设备维护。苏正平说，物流公司以股份有限公司的形式组成，我担任老总，出资百分之五十二；你与廖海峰各出资百分之二十四，都是副总，各分管一块。廖海峰分管运输业务及销路；你何建伟分管仓储管理及物源基地的联系。我苏正平管总，具体抓公司技术核心区网络的运作、开发与升级。

根据市场供需形势，构建物流公司的重大决策，就在“鹏远茶社”得到初步酝酿，何建伟心潮澎湃，苏正平更是踌躇满志。仿佛是当年毛泽东主席和他的战友们在西柏坡狭小的作战室里，运筹帷幄，正在准备指挥决定中国革命命运走向的三大战役！

何建伟回到家里，刚向赵凤霞说起这件事，屋里的女儿何静听到爸爸回来，高兴地从屋里跑出来：“爸爸，我以后参加高考，你说报考什么专业好？”女儿取了爸妈的优点，胖瘦正巧，亭亭玉立，跨省区的婚姻结合，繁衍的后代，质量都比较上乘。何建伟看着如花似玉般的女儿，在父亲面前娇滴滴的样子，任何时候都是一副好脾气，反问道：“你自己认为呢？”

女儿娇嗔：“别人问你，你倒问起别人！”

何建伟瞟瞟赵凤霞：“要我说吗，还是学计算机专业吧？”不想马上被何静否了回来：“学计算机的人太多了，以后工作都难找！”

何建伟不以为然地竖起个手指，在空中左右摇动："NO……NO……你的不懂，计算机专业的生存力强得很，以后是大的网络时代，用途大大的！"

女儿见爸爸今天这么开心，带着生硬的英日语混用，满嘴乐呵。坐在电视机前的赵凤霞不再选台，放下手里的遥控器也在笑。

何建伟又说："爸爸现在要与苏正平叔叔，开一家物流公司，前景不可估量，你学计算机毕业后没人要，就到咱们自己的公司来，爸爸要！"

虽然是玩笑，女儿俏立的鼻子一哼，立即反驳："你那公司，我看得上？我还是想学声乐，以后出国留学深造！"

何建伟知道出国是他们年轻人追求的梦想："出国有什么好？没有看到，现在有的出国，弄得上不上下不下，左右为难。就算学声乐，也学民族唱法，就在国内发展？"

"不好不好，就是不好，反正以后周围的姐妹们去，我就去！"任性的女儿，不由分说像头小鹿，撒娇对撞。

"好好，早得很，刚进高中，就想出国的事了！"

这时，赵凤霞劝女儿："先回屋里去吧，你爸与我有事商量！"

女儿进房间了，何建伟侧头对何凤霞轻轻说："看你把女儿惯成什么样子！""这个宝贝女儿，大城市人的优越感，看不起底层的人，包括看不起农村人的味道，都已经有了些。咱们不仅在物质上养她，还要在品德上教育她，最起码要懂得物产来之于大地，粮食来自农村，一是懂得珍惜，别去浪费；二是懂得尊重劳动人民，别看不起农村人，咱们都是从农村出来的。"赵凤霞应声道："我知道，但好像这下辈人不买上代人这一套！"

接着赵凤霞轻声说："那天女儿吃饭时，说炒的鸡蛋不好吃，顺手要倒掉，被我拦住。我给她讲我家姊妹三人小时候，过苦日子吃不饱饭，外婆刷完洗碗水时，大家抢着喝还打架的故事，去启发她。你猜女儿是什么反应？"

何建伟静静地听着……

"你女儿眨着两眼，根本不相信，又说不会吧，你和老爸尽编些耸人听闻的苦难，来教育我。就算是真的，要知道历史车轮朝前开，永远不会再回到过去年代，一代比一代强，一辈比一辈幸福，这是时代潮流的趋势，谁也挡不住。我反被她抢白了一顿！"

何建伟听完没再多说，只是摇摇头，强调句："听不听，是他们年轻人的事。教不教育，是我们做父母的责任与义务！"。

何建伟忽然想起个事："昨天与龙峪爸妈通了电话，我妈接电话时又在唠叨，说让咱们再生一个男孩。我说城市计划生育政策严格、不允许生。我妈坚持说想个办法，传宗接代要紧。"

"没想到你妈思想还那么老旧，别说计划生育不允许生，就是允许生，再生个孩子，按现在的培育消费标准，你也养不起。"赵凤霞撇下嘴回应。

"咱们不谈这了，还是说公司里的事情。"

何建伟将苏正平的宏大计划叙述了一遍。赵凤霞高兴地说："苏正平有头脑，你跟着他打天下没有错，他让你去，是看得起咱。咱们得全力支持哦！"何建伟的心情好极了。他不完全在于，头上突如其来飘来"副总经理"的权位，致富有望。关键还是觉得，开办物流公司，运筹帷幄这么重大的事情，苏正平居然没有先与他的老乡廖海峰通气，而是先与他商量。可见他在苏正平心里分量有多重！"士为知己者死，女为悦己者容"，想到此，何建伟左手往腰上叉着，右手向空中一挥，目光坚毅地回答："这还用说吗？咱们跟定了苏总！"

赵凤霞问要投资多少？何建伟答："咱家可能会摊十万元，是股份的本金，也是以后分红的依据，更是一种责任。"

赵凤霞这时说："生活在大都市里，差不多连放个屁都要收钱了。十万元是笔大钱，以后用钱的地方多得很，女儿一上大学，更得计划节省着用钱！"

"正因为拮据，我们才把事业做大，让经济效益上来，改变我们这些低收入高支出阶层的命运，让我们这些有老家不想回，赖在城市里日子又过得紧巴巴的人群，也扬眉吐气起来。"

两人商定拿钱出来投资——买下物流公司这顶副老总的乌纱帽。

按照设计方案，苏正平带着他的左膀右臂，开始走东窜西，筹备"顺达物流公司"。各个构成环节，有时需要分批攻坚，有时可以同步推进。

　　先是准备了一摞资信证明申请材料，到工商局注册办理经营许可证，到交通管理运输局办理道路运输联营许可证，到税务局部门进行登记。还好，国家支持物流业的发展，给有宽松的扶持政策，有条可依，支持他们几个中青年人创业。这时何建伟四十二岁，苏正平，廖海峰不到四十岁。"顺达物流公司"的牌子，很快给批复下来。

　　他们一起到海津市东郊，看那片废弃的厂房。厂房坐北朝南共有九栋大厂房，分为五大排，其中四排每排两栋，单独一栋的还带有一个大坪。东西走向，从北向南扩展。原来是海津市电子元件三厂的旧址，单位破产后，原有工厂员工的身份被买断，进入社保。设备资产由银行抵押原来贷款外，另外部分廉价变卖后，给员工分了红，但厂房又被几个有权力的领导收购，变成了私营的股份资产，名称是"天怡电子股份有限公司"。因地处偏僻，一直未进入市政建设的重点，土地荒芜在此。院内杂草丛生，野花葳蕤，但厂房高大空旷，结构牢固，道路间距通达，是改造成仓储的理想场所。立即找到房产的股东洽谈，一拍即合。反正是废物利用，撂荒则一文不值，对方租价不高，合同一签就是十五年。

　　接着去海津市"驰越运输公司"磋商，签订了联营合作的协议。规定甲乙双方必须遵守责任与义务，有货先保证合作运输任务的完成。"驰越运输公司"名下有三十二吨位的大货车三十辆，三至五吨位卡车三十辆，均为箱式或者是高栏及低栏货车，另有部分大挂车。

　　十月，已是晚秋，但对处于南国的海津市，只是个时间递进的概念，茫茫的原野大地，仍是郁郁葱葱，生机盎然。苏正平老总开车，两个副总坐车，三个人到了青莲县最大的水果基地——香果园。正是香蕉收获的季节，串串微黄的香蕉芭蕉，排着绿浪，悬挂在浓密的芭叶蕉树之间。鲜亮娇艳的火龙果，也在蓬棵间笑红了脸。果农们正在采摘，抬筐挑担走在果园地头，地里路边零星地停着一些车辆，装车待运。苏正平三人径直找到"青莲香果园"经理处，问清了经理的名字是林大林。办公室桌上摆着新鲜的香蕉、芭蕉、火龙果，还有芒果等新鲜水果。苏正平说明来意，将手里的信条，递给脸膛黑红、目光炯炯的林大林经理。林经理看了看条子，抬起头笑容可掬，客气地说："徐副县长已经跟我说了，我们同意合作。"说完用手指指桌上的水果说："尝尝，刚采摘下来的，很好吃的啦！"接着说："这是大好事，也是为我们果农排忧解难啦！"

苏正平与香果园林大林总经理对话，让何建伟与廖海峰面面相觑，弄不太清楚这场谈判的来龙去脉。

其实，是苏正平故意卖了个关子。他事先做了许多功课，他在大学时的同学——徐建业，毕业后分配到国家的农林部部委机关，去年到青莲县挂职副县长锻炼，分管农业口。苏正平与他联系，谈自己的想法，请老同学予以帮助。本来是有利于果农致富，推进农业经济发展的事情，合乎政策，徐副县长答应从中牵线搭桥，促成合作。如没有这个货源基地的落地承诺保证，苏正平还不敢贸然去讨论创办物流公司的事情，更不会先去把仓储、运输团队这些基础平台的事情，——先去落实到位。

他们有了物流的基础条件，又有徐副县长的人脉后盾，"顺达物流公司"与"香果园"的战略合作协议很快签订。他们与林经理在欢笑声中，握手作别。苏正平又拨通徐副县长的电话，带着廖海峰、何建伟两个副手，去了青莲县城，直奔县政府。

三人见到徐建业副县长。徐副县长中等略高个头，平头，偏白净的肤色，戴着黑框眼镜，温文尔雅，很热情。苏正平汇报了与香果园合作顺利签约事情。徐副县长很高兴，倒上茶，把烟散给大家，认真地说："这是双方共赢的好事情，但双方都要守合同，履行承诺讲诚信，不能出问题。香果园这一方，我保证他们的储存与供货首选'顺达'，但你们也一定要规范运作，广开门路，确保果农成果的储存质量，并协助销售渠道的畅通。"徐副县长烟瘾很大，刚丢下一支又点上一支："你们也是帮我，双方成功，大家都好，如果出了问题，我可是有连带责任——会两头受气！"

徐副县长快人快语。苏正平立即表态："徐县长老同学，你放心，我们会竭尽全力，我们知道轻重，懂得要保持长期合作的分量。"

离开青莲县城后，三人的高兴自不必说，廖海峰与苏总开玩笑，你这个关子卖得真大，怪不得有个当后台的副县长同学。何建伟也说："是的，苏总的嘴可够紧的，关键时刻把人弄得一愣一愣的，不知道葫芦里装的什么药。"苏正平大笑，洋洋自得说："这就叫——事预则立，不打无准备之仗；也是——进退有度，左右有局！"

廖海峰见缝插针，奉承道："干大事的人，都是这样，气定如山。"

这时的何建伟没有跟进，而是斜靠在车窗边，他的思绪飞到了另一端。今天看见徐副县长——特亲切，首先他的名字，与我大哥的名字，不同姓却同名。他不由地想起大哥，大哥待他宽容。小时候有次他与大哥带着皮弹弓去打鸟，跑在公路旁，电线上落着像排排音符的麻雀，顽皮的自己打不到鸟，就瞄着电线杆上的一只电磁瓶打，"当啷"，真的把电磁瓶的角打碎了。这个淘气，属于破坏国家电网，可是犯法的！后来管电信的人追查，找到了何家，自己怕处罚，说是大哥打的，大哥没有做解释，而是替他受了过。那一次，管电信的人，念在小孩子初犯，下不为例，只训了大哥，没有让写"悔过书"，好像家里还赔了钱。记得电信人走后，父母亲批评大哥："看你平时文质彬彬的，也会干这无聊事？这个事情，如果是建伟做的，倒不觉得奇怪！"大哥泪汪汪地承认："下次不敢了！"过后，自己觉得庆幸，如果查到他的头上，可不是训斥，巴掌肯定打在屁股上。屡犯与偶过是不一样的处罚。另外他也感到惭愧，没有"好汉做事好汉当"，栽赃别人，让大哥受委屈……他的思绪又回到叩见徐副县长这里，虽然大哥也是县级领导，但人家这是正儿八经的政府大官员。小时候看戏听故事，县太爷出来，要鸣锣开道坐四抬大轿。平民百姓，哪能随便见到的，要么就是奇天大案，不是上堂击鼓，就是拦轿喊冤。戏剧脸谱里的县太爷，要么是一身正气，为民做主请命，英姿豪迈，要么是鼻梁抹有白斑，贪赃枉法鱼肉百姓的丑角。今天的徐副县长，倒像一介书生，平平淡淡。今天的见面，竟如此简单如此平凡！他又想到，我家也有七品官，我叔叔何长贵是，我大哥何建业也是，在我心中他们是官也不是官，因为是叔是哥，我不惧。另外他们那官，只是级别参照，并不是衙门里的大行政长官。越想心里越高兴，真是受宠若惊啊。长这么大，我今生头一回与县衙门里的大官对视而坐并且商谈事情……

汽车"吱呦"一声,坐在前排的苏正平喊何建伟:"到家了,也不说话,在想啥?"才让何建伟打住了胡思乱想。

他们将创智公司的办公室重新装修,新增了三台电脑。计算机室的电脑共有十一台,又新招聘几位计算机专业的大学生,制定了严格的物流管理制度、操作程序。希望每天的指令信息,都从这个指挥所里,准确无误地发送到"香果园基地""顺达仓储"与"驰越运输公司"。

近段,何建伟使出浑身解数,全力扑在仓库的改造施工上。他知晓分管"仓储"这块工作的沉甸,它是联通"物流公司"上下游工作的重要环节,是整个系统的基础。按照仓储的标准,制定出来施工改造方案。大的实施步骤与开支计划,经老总苏正平审查同意后,请来施工队,修缮破旧门窗,刷墙壁,划分区域标志,配备调温控湿设备与消防器材,修整院内的环境,畅通硬化道路,新盖了几间简易的工作室与值班室。据匡算,仓库面积四万多平方米,可囤积货物几万吨。

他还着手建立仓储管理制度与操作规程,招募了五十多个人,换上了印有"顺达物流"标志的统一蓝色制服。他将招聘人员分成四组,选拔四个仓库长,一个仓库长手下十二三个人,管理两栋仓库。请老师讲课,对物流过程的存储、发送、手续交接、安全保卫等全套环节,全面培训,提高素质。何建伟的忙碌紧张,还反映在回到家里,搬出有关仓储管理、物流规程的书籍翻看,在书上画杠杠记笔记。天色晚了,赵凤霞会提醒睡觉,别熬坏了身体。何建伟说:"正平信任咱,就不能在咱管的路段出问题。隔行如隔山,物流这行,也是一门学问,咱也是外行,不学不行啊!"

边学边干,边干边学,每天都紧绷着神经。

只用了三个多月时间的筹备,各个工作环节就绪,顺达物流公司,在一阵扬绿飞红的鞭炮声中开张了,原"南海创智公司"的牌子没有摘掉,在它的旁边又加挂了"海津市顺达物流股份有限公司"的大招牌。门口贴上新对联,内容是传统句子:

上联："生意兴隆通四海"

下联："财源茂盛达三江"

横批："顺达腾飞"

IT 计算机室，十多台电脑，在全国的物流平台上联网运作。员工每天打开蓝色荧屏，像全天候的雷达网站，扫描着全省至全国需求水果与仓储的物流信息，他们的信息发出去，别人的信息返回来，业务在电脑上谈，也在手机里说，每个员工的手机差不多也成了步话机。

各种订单，开始飞过来。一车车新鲜的大香蕉大芒果大菠萝，拉进了何建伟管辖的顺达仓库，储藏起来。通过调配，不时又一车车配送拉出去，按照订单送到客户需要的地方。九栋仓库前，每天皆是驰越的几十吨的大卡车，哼哼哧哧，晃悠着庞大的身体，喧嚣其间。整个仓库的空气里，弥漫着浓浓的果香。

何建伟坐镇在顺达仓储，忙得不可开交。办公室放着蓝色夹子，里面全是货物的配送单。一式两份，他与下面具体操作的配送员手上各执一份。蓝皮夹子旁边还有个大茶缸，需要不停地喝水，因为高喊的多，不润嗓，喉咙就会感到嘶哑。何副总的手机接送电话，日日爆满。苏正平老总的市场指令，不是接了某城市水果市场的大单，要么就是某地订单的货物要减下多少吨。与副总廖海峰的电话，多是驰越车辆的调动，对方告知他，需要的几辆车过去了，或者是所需的车辆，暂时安排不过来。不间歇处理下属需要协调的各种事情。当然偶尔还有家人赵凤霞、何静的电话，有龙峪父母及各方朋友的信息。

在这日夜忙碌的日子里，何建伟被一种莫名的力量推动着，除了义无反顾的责任义务外，他无形中感觉到与另位副总——廖海峰的小对抗，成了自己竞争的对手。两个人在苏正平一把手面前，谁的工作也不肯示弱，隐约有点"争宠"的味道。

算何建伟猜对了！他原本"优越"地认为，创办物流公司之始，苏正平先与他谋划，是他的最"铁"。其实苏正平事先已经与廖海峰商榷过。构成这种三角鼎立一主两仆的"局势"，正是苏正平一把手管控全局、调动下属进取精神的高明之处。何建伟对廖海峰，过往交际不深，本无任何戒心。但廖海峰对他上位副总经理，心里却先有了想法。从廖海峰角度，他想不通老乡——苏正平为什么要将这把与他一样的"副总交椅"赐予何建伟！论文凭，他何建伟虽然即将拿到自考本科文凭，也比不了他这个全日制读出来的大专学历的"含金量"，他看不上后续的成人教育。论技术，他懂专业，而何建伟对计算机只了解些皮毛，基本没有话语权。他谈不上心生嫉妒，而是觉得何建伟如此差的先天基础条件，竟会得到高素质的苏正平如此的重用，廖海峰找不到答案！通过几回合的察言观色，何建伟也逐渐知道了，廖海峰在苏正平心目中，也有一定的分量，要不然也不会将"副总"位置平白无故赏予他，因为公司里比廖海峰学历技术能力高的，大有人在。所以，何建伟同样有十二分的压力，在分管的工作领地，只能争光夺辉，而不能黯然无色！自己对物流工作从没有接触过，也没有当过领导，一切从零开始——面临着严峻的考验。在工作的配合中，何建伟能潜在感觉到，廖海峰有时会出点小难题，按他的脾气，与廖海峰也公然争执过，但总归来说，为了公司利益，还算和谐。不过，他有时候又觉得应该感谢廖海峰，有这个强手也是对手在侧，让他不敢酣睡与半点懈怠，有半点的掉以轻心。特别他的工作，是一个相对固定的场所，经常远离总部远离苏总；而廖海峰的工作，虽多是流动性地跑市场，可办公地点就设在计算机总部，与苏正平老总接触机会多。他要吸取以前在鑫茂服装厂"先宠后贬"的教训，害人之心不可有，防人之心不可无。人在官场商道，酱缸的熏染，让本来简单不会算计的何建伟，也慢慢地学得睿智圆滑起来。他一方面要靠业绩说话，另一方面也会见缝插针靠拢老大。三要对廖海峰讲策略讲大度，既明争暗斗，也要注重团结，不伤大的和气，让小恩小怨都付人生笑谈中。

生意太好，也难受，有时会累得蹲到地上就能睡着。

生意的红火，给公司带来了可观的效益，何建伟在顺达开通的第一个月，就拿到近两万元的底薪，比原来纯创智的月工资高出三倍多，公司上下近百名员工瞬间沸开了锅。思路出效益，辛劳有收获，虽苦犹甜，员工手持着丰厚的钞票，脸上是灿烂的笑。在这个时间就是效益，快节奏高速发展，灯红酒绿的现代化大都市里，金钱是多么的重要啊！

顺达物流，运势吉祥。开张后的一年多，平安顺利，一切都在井然有序、稳中有增中度过。不想这年的夏天，发生了件意想不到的事故，问题就出在何建伟分管的仓储里。

这年五月的一夜，天空突然电闪雷鸣，顿时大雨如注，连续下了三个多小时。何建伟在家，被急促的手机铃声惊醒，电话是顺达仓库打过来的，门卫的老李在电话里大声喊"何总，仓库塌……塌方了，你快……快过来……"

何建伟披衣下床，下楼开着自家小车，向顺达仓库急速赶去。此时海津市大街小巷全是积水，夜灯的投影将地面积水，染得五彩斑斓。深夜四点，路上几乎没有行人，只能听见自己车轮涉水的哗哗声，看到前方飞溅起的粉珠水花。

半小时后，何建伟赶到仓库院，住在仓库里的二十多个员工，在第三仓库长于金强带动下，穿着雨衣，打着手电筒，正在挖沟排水抢险，此时整个仓库漆黑一片，已经断了电，何建伟问明情况，走到靠东北角第七号仓库的地方，后背的小山坡塌方了，有二十来吨的土石方挤垮墙角，稀泥污水涌入仓库，里面储藏的一百多吨的水果底部全部被淹。其他的第三第四第八号仓库也不同程度进水。这还不算，停电后，整个仓库的空调、风扇、除湿机，全部停摆。

何建伟傻了眼，从没有遇到过这样棘手的意外事故，脑子里一阵阵嗡鸣。他终于镇静下来，在关键时刻，必须彰显临危不惧、沉着应战的大将气概，他把大家集中到一起，学着电影里的英雄人物，跳上铲车，用手一挥，对下面的二十多号员工讲："天有不测风云，现在的首要任务就是抢险，这是大家的共同财产共同利益，我们要同心协力，把损失降低到最小的程度。"说完他跳下铲车，拿起铁铲，镇静指挥。分兵两路，一路查验所有的出水管道，迅速排出仓库内外积水；另一路开动所有的铲车，搬运第七号受损仓库的货物，转移到其他有空的干燥的仓库里去。

大伙一直这样拼命地抢险，手电筒的电光，从雪白变成了萤火虫。天亮了，东方两条淡蓝色的云翳下吐出了微红的曙光。何建伟和他的员工们，个个精疲力竭，瘫坐在仓库前的房檐下，何建伟靠在墙角，用脏兮兮的手指点击着手机的按键，向苏正平报告仓储发生的意外。

早七点多，苏正平带着三部车，公司总部有一半的员工都过来了，给夜战的战友们带来了牛奶面包和火腿肠。

苏正平满脸严肃，当场表扬以何建伟为首的仓储员工，昨晚抢险组织有力、措施得当，及时控制险情，减少了损失，大家尽了心受了苦。当即要求全体人员换班稍事休息，近两天还要再接再厉，继续在院内查险排险，清污疏沟，抓紧联系催促电力部门，尽快恢复正常经营秩序。公司头头带头干，下属员工齐上阵，近期刚来的几位在计算机操控室的小女孩，也跟着搂胳膊卷袖，手持锹锹干得满头大汗。

白天，仓储依然停电。联系的电业局过来抢险。原以为只是暂时停电，经抢修会很快复明，意想不到的是，电力车和七八个电力抢修人员在仓库周围折腾了一天多，电还没有被接通。电力抢修方答复是地下管线被水淹后，电管破裂。必须等地下的水全部排空，清除污泥后，才能施工。一直等到第三天电源才被接通。大雨过后，海津又持续高温，没有空调冷却的水果仓库，肯定会带来致命伤。一批批香蕉、芒果还有荔枝，在慢慢地腐烂，到了第三天，一些存储的果农更是惊慌失措，纷纷将水果拿到附近的水果市场折价零售贱卖。

顺达仓储修复，通电后的第七天头上，顺达公司收到了青莲香果园水果公司赔偿十万元经济损失的诉求。

面对着这笔大赔款，员工议论纷纷，有的认为对方要求赔偿合理；有的认为意外天灾，损失应该共担；有的说电力公司也有连带责任；有的认为赔多了，要打折……正当员工议而不决时候，没有想到苏正平在桌前大马金刀宣布："有多少，就赔多少。倾家荡产也得赔，拿钱买教训，拿钱买诚信！"

就此，在苏正平力主、廖海峰和何建伟的支持下，经细查核实，顺达公司决定向香果园公司赔偿八点五万元的水果损失费。香果园公司林大林经理，见"顺达"如此的担当大气，十分感动，决定自己负担损失二点五万元，只收六万元，并表示不退仓储，保证长期合作的关系，但要求改善仓储条件，避免同类事故的再度发生。

顺达公司，对仓储事故做出严厉的整改。整改中，廖海峰不失时机，多多少少要在苏正平面前，做点贬低何建伟能力的小动作。何建伟也几次面对面感受到沙场的搦战。但碍于自己分管部门的的确确出了问题，他只好忍气吞声，等待时机再予回击。何建伟也不是朽木一根，他有时抓着廖海峰，工作配合不够，有时急需调车而找不到人，甚至上班缺岗的小辫子，也会在苏总那里说两句怪话。苏正平心知肚明，视而不见，一切自有阴阳平衡，由他们两个相互诋毁去，只要不影响工作大局。不过，面对这一次事故，虽然是意想不到天灾所致，苏正平还是从自己罚起，对相关责任者做了处理。功不掩过，何建伟作为主要负责人也被罚了五千元，引以为戒。公司投入资金，对损坏的设施进行恢复，对塌方处加固，扩宽院内排水管道，增加空调排风设备，并改造电网，增加一台七百零四千瓦大功率发电机，以备不测，而且提高了"顺达"在"保险公司"的投保率。

无独有偶，当顺达仓储透水停电事故，发生三个月后，一辆由顺达物流派单的"驰越运输公司"承运的车辆，在海津至呼北地段的德南境内的高速公路被追尾，汽车侧翻，车上三十吨水果倒地散落，最后损失了三万多元。业主要求运输公司赔偿外，还提出有连带关系的"顺达"应该给予赔偿的诉求。冤有头，债有主，这次"顺达"根据双方合同，分析运输公司方的理赔情况，没有予以赔偿。为总结教训，公司还聘请了常年的法律顾问，要求以法律为武器，维护公司的正当权益。

第三十四章

　　"顺达物流公司"在摔打中砥砺前行，慢慢走上发展快车道。入冬季节，海津气候还是温暖如春之时，海津市工商局"民营办"，组织十家中小型物流企业去德国考察，给"顺达物流公司"两个名额。苏正平最终让廖海峰在家主持工作，带着何建伟参团考察。

　　各种复杂出国手续，办了一个多月后，何建伟与苏正平坐上由海津直通德国法兰克福的国际航班。何建伟嘴上不说，心里异常兴奋。他第一次坐飞机，坐的就是国际航班的大飞机。飞机舱每排十六座，从头到尾，像他管的顺达仓储，有一栋房那么长那么高。他刚好坐在右侧舷窗位置，左边是苏正平，飞机在巨大轰鸣声中起飞，冲向蓝天。何建伟侧目在小窗边俯瞰，他看到下方美丽的海津市，高高低低的楼群云烟，丝丝缕缕的街网波澜。往前，是碧绿苍翠的万顷田园，再往前，是大海在下午五点阳光照耀下的蔚蓝……太像了！他发现一处小岛，地形分明是海林的宁隆渔村。他不由得心里惊呼"……宁隆！"自然想起来冯双妹，又看到了那双明亮如水的大眼睛，那美丽如羽的睫毛。他用左肘捣捣苏正平："快……快看，海林的宁隆渔村！"苏正平探长半截身子，伸着脖子向窗外看了几眼，笑笑："在高空往下看，有千千万万个宁隆渔村经过，傻瓜！"

　　何建伟不仅兴奋，而且异常的紧张。从西装上衣的口袋里掏出两张信笺递给苏正平，苏正平展开细看，原来是何建伟自制的中英文语音对照表。分别列着：

Hello＝哈罗＝你好；Thank you＝森可油＝谢谢；Sorry＝稍瑞＝对不起；Thank you＝山河有＝谢谢；China＝千那＝中国；Having dinner＝哈根带儿＝吃饭；Toilets＝推了此＝厕所；logisticscompang＝来及时得抗背累＝物流公司；Storage＝是多瑞起＝仓储；truck＝抓客＝运输车⋯⋯⋯⋯

苏正平扫完密麻的几长溜，轻轻说："不错嘛！"何建伟悄悄回答："昨天晚上老婆教的，她是全日制大专学历。"又抛出顾虑："到国外，人生地不熟，我不懂外语，你可要守好我，别把我丢了。"苏正平向他挤下眼睛："别怕，我也是初次去德国，那边流行德语，我也不会，但还能够听懂英语。路途我会留意你，关键是你要紧盯着我盯着大团队，最重要的是你要事事先到，别掉在队伍后面！"何建伟又说："万一找不到你，怎么办？"苏正平说："你就找个有明显标志物的地方，例如酒店、雕像、旗杆或者桥墩什么的，给我打电话。真的丢了，相互都找不到，就只好向大使馆求助了！"苏正平连串地轻笑，笑得何建伟心里更是不安。而后，苏正平又说了句："车到山前必有路，放轻松些，例如你要上厕所，不用去多问，你看见门上有 WC 的标识，进去准没错！"

到达德国法兰克福是清晨。入住酒店后，当天上午领队就带大家去著名的物流企业参观。每个考察团成员，佩戴了塑料薄膜压成的"考察参观证"胸牌，井然有序，被几个高鼻梁蓝眼睛的中年男女，带到物流公司的仓储前，他们的员工正在流水线上快速分拣，主要是检查打标记，把不同类别的商品，如食品、纺织品、生活用品等，一箱箱一包包准确无误地用铲车吊车摆放到指定的货架上去。许多机械操作，都靠遥控智能化完成。在讲解中有中文翻译向大家同步介绍物流企业的创新理念和具体实施细节流程。物流公司里停放的排排蓝色的车辆上，印有醒目的统一标识。进进出出的运输车辆，洁净如新，一尘不染。考察团还去参观操控室，更让他们见识了世界一流的电子管理水平。离开物流公司时，何建伟与苏正平，将带去的"鑫茂服装公司"

的服装样品，展示给了德国的物流公司，希望他们感兴趣。他们俩从中国出发时，相互商量帮赵雪莹姐所在的鑫茂公司一把，主动去工厂带了几件服装样品，帮助他们推销，走向世界。

两天学习后，组织者又带他们到慕尼黑。慕尼黑是德国南部第一大城市，他们参观了驰名世界的汽车制造业巨头之一——宝马公司。

接下来几天为自由时间，大团队乘兴游览莱茵河。

莱茵河，是德国的母亲河。婉转曲回，水势丰盈，亮丽得像条巨型的绿松石项链，束勒在群山下方的两岸之间。河上游船如织，肤色各异衣着休闲随意的众多游客，在船舱里在甲板上，饮酒奏乐，唱歌起舞，尽情地享受着大自然恩赐的柳宠花迷般的美景。在小桌前，何建伟举起葡萄美酒，向苏正平的酒杯口触击下："正平老总，我们家乡龙峪，也有这么条比这还大的河，叫金马河，本来环境毫不逊色，可现在是河床坑坑洼洼，岸上植被断断续续，别说国际化的旅游，就连本省区来的游客都有限。"苏正平回答："我家乡的河流，和你说的金马河也差不多。这就叫做发达国家与发展中国家的区别！"何建伟又问："看人家的马路，比我们海津市窄多了，但交通比较通畅，很少塞车。别人的建筑物比海津低很多，但别人的质量显得更加结实厚重，风格更加典雅。"苏正平又回答："这就是科学发展理念与管理水平的差别。"苏正平所答，没有具体，尽是抽象。

在德国的日子里，何建伟都是一路小跑，步步紧跟，总算没有掉队，但也出了两次洋相。一次是在海德堡入住宾馆后，看不懂英文，将一种需要稀释后的饮料当做口感好的饮料，猛饮了一大瓶，结果拉了两天肚子，因为上厕所时间长，差点掉了队。另一次是回程时，在纽伦堡国际机场上厕所，他看见有几个门上有 WC 字样的小屋，便推门进去。其实这是男女共用的，厕所进去需要关门。何建伟推门进去，看见一身材高大圆润的金发女郎坐在马桶上，可能是厕所内锁损坏，门没关紧。女郎惊吓地蹦起，提起牛仔裤子，何建伟同样恐慌十分，连忙说了句"对不起"，回头就跑。对方将门关上，何建伟走出几步，突然想到，刚才讲的中文"对不起"，女方可能听不懂，当不是有损我们中国礼仪之邦的脸面，应该用英语向他道歉，于是重新回去，又推开厕所的门，那女郎惊魂未定，刚把裤子脱下坐到马桶上，门又被推开了，而且是同模样的亚洲人。何建伟抱拳点头赔不是，用英语表达"Sorry！"还不伦不类补充出了一句："Thank you！"何建伟满以为会得到女方谅解的一笑，不想那女郎迅速提起裤子，瞪着眼睛，冲出 WC 搡他，指着高喊："rogue！"何建伟不知所措，只管往前跑。这时挎着枪械的警察过来了，拦住他，要他出示护照，警察乌里哇啦地说了一通，何建伟一句也听不懂。他只好给苏正平打电话，苏正平带着团里领队赶过来，与警察交涉，向女郎道歉，反复解释团友何建伟不是流氓，本是好意，结果在忙中出错，请原谅！警察才予放行。这时何建伟才知道那女郎，口里骂的是"流氓"两个字。此段洋相，成为整个团队里的笑话一桩。

何建伟感到这次出国大开眼界，收获颇丰，学习那么多的物流先进理念和经营知识，不虚此行。路上留下那么多快乐的经历，包括自己出的洋相，值得珍藏。回程中，坐在中间靠过道的位置，他将头缓缓地枕在靠背上，闭目在想……

……这次与苏总考察德国，收获满满。回海津以后，要借鉴国外先进成果，促动"顺达物流"发展水平上个新台阶。首先要在文化层面有个大的升级，我建议最起码要设计出"顺达物流"的文化标识，将标识统一印贴在驰越公司的车辆上，张扬自己的"企业形象"……如果"鑫茂"服装这次推销有效，他们的生产规模上去了，产品在自己仓库放不下，就把它拉到"顺达仓储"来，我也算帮了雪莹姐，让她在"鑫茂"更有面子，也让当年的戴厂长感激同时心生几分悔意……

……我何建伟这个性格品质里，有我爷爷的侠义豪情和奶奶的虔诚善良，也有父母亲的守信与勤劳。这些优良美德我还要承续下去。但是单纯按他们那一套，放在现代社会，根本无法入流，不是被人敬而远之，就是被人亵渎。我必须对其进行改造，在把握好底线前提下，不断接受新生事物，充实新内容，调整好自己，以适应瞬息万变的新秩序新环境。这些年，我在社会中所顿悟的人生道理，在书本里永远找不到……

……我们龙峪镇能坐飞机的人，会有几人？能出国坐国际航班的人更是少之又少，现在我这个龙峪人——何建伟，居然坐了，而且还以中国超大城市的一个物流公司副总经理的名义，正飞行在万米高空之上……

何建伟在信马由缰中飘飘摇摇，慢慢游进了更遥远的龙峪往事，又想起了那伟姿冲天的大古柏——三棵树……又想起了那条日夜川流不息的大水——金马河……

窗外夜色很美。

天上的皎月，与地上的华灯交相辉映。每隔一个小时，就能听到远处电讯大楼传来的钟声——凌空悠远。室内很安静，女儿何静考上东方师范大学，在另个大城市——广宁市读书。

何建伟把回国行李摊在桌子上，宝贝似的拿出一块精致女士手表，交给赵凤霞说，这是瑞士产的，给你的。接着又拿出稍小的一块手表说，这是给何静的。你们俩的牌子价格都一样，就是款式有点小区别，一个适合中年女士，一个适合青年学生。

妻子接过来，戴进胖乎乎的手脖，手表工艺精湛，镜片在灯光下，闪闪发光，指针嚓嚓嚓地向前摆着。赵凤霞放在耳边听听，丰满富态的脸上，尽是甜蜜的微笑。何建伟又拿出两瓶化妆品，一瓶是香奈儿香水，一瓶是ACO润肤霜，外包装华美，瓶装浅红色的液体，透明晶亮。他递给妻子说，这是给你一个人买的，没有考虑女儿，读书的小孩，不能浓妆重抹，太讲究打扮。赵凤霞问，外国化妆品肯定贵，多少钱？何建伟笑笑说，只要老婆高兴，不说钱！

如数家珍的何建伟拿出两大瓶保健品说，这是给龙峪爹妈买的，吃了能够延年益寿。又拿出两瓶说，这两份是孝敬岳父岳母的，效果同样。他还亮出十多个包装花哨的小手电筒大小的绿色小盒，说这些纪念品是给廖海峰与赵雪莹夫妇、志刚表弟、单位的仓库长及其他几位朋友的。说到这儿，赵凤霞插话，你与廖海峰都是副总，这次出国派你去，他没意见？何建伟回答，开始是优先他去，他说家里有急事要去处理，去不了，这才轮到我去。反正以后还有机会！

赵凤霞坐在沙发边，用手捏了颗德国产的"咖啡豆"，丢在嘴里，又给何建伟喂了一颗，问起国外的见闻。何建伟来了兴趣，海阔天空起来。他先说人家物流公司的先进，仓库商品码放得井井有条，都是机械化运作，数字智能化操控。运输车辆统一的喷码标识，干干净净。别人大小生意都做，有几十吨大卡车大批量的长途运输，也有小卡车小分量的配额运送。又道出了国才知道世界之大，看到了差距。那边人的社会文明素质，还是明显高些。如几十桌的大餐厅，人再多，也显得安安静静，地上就是掉个勺子，也能听到声音。可咱中国人只要几个人，哪怕只有一桌，也会呼天喊地，闹腾成万马奔腾、鱼鳖翻潭。

赵凤霞含笑："咱中国人喜欢热闹，人情味浓呗！""是的，外国人自私，只求管好自己。""咱中国人心宽，除了管自己，还喜欢管别人。"何建伟接连感怀。

"所以说，咱中国人走到哪儿，都是挤抢。别人在那一个连着一个，规矩排队，咱中国人一去就会乱哄哄起来。还有，有时宾馆里的自助早餐，还能看到咱中国其他团队里的人，偷偷拿鸡蛋拿饼干，装进自己的提包里。"妻子乐了："你拿了没有？"何建伟："我几乎没拿过，我堂堂的副总经理，会这等龌龊？"何建伟硬着脖颈说。

"一次都没拿？"赵凤霞调皮地看着丈夫眼睛——追问。

何建伟觉得可以忽略不计，淡淡地说："我只拿过两个煮鸡蛋，事出有因，那天我们团的领队说，要坐很远的车，下午三点才有中午饭吃。我们团队大多数人在拿，我也跟着犯了个小错误。"说得顺理成章。

赵凤霞跟着逗趣："听你说的，感觉外国什么都比中国强，你如果再出两次国，回来就会说外国的女人好，中国的老婆不行了！"

"人家进步的地方，咱们应该学嘛，被你说得那么复杂！"何建伟辩解。

赵凤霞又问他，有没有出洋相的事情。何建伟就将上厕所被外国女郎误会的事情说了。让妻子大笑不止，她又追问："那你肯定看到了那女人的……

屁股了！"何建伟变得严肃："我想看，却看不到。那金发女郎提裤子的水平，超一流，刚从马桶上弹起，裤子已经顺势提到了腰带处，什么都没看到。"赵凤霞："听你的口气，没有看到，好像有点亏似的。"何建伟用手指捣捣赵凤霞："你们女同志，就是醋坛子，一审查起来，就没完没了，假的也会弄成真的！"两个人笑得前仰后合。

不进则退，顺达物流公司的发展，像雪地里滚动的雪球，越滚越大，速度也越来越快。苏正平、廖海峰、何建伟，当然是重要推手，经过三人商议，借鉴德国日本等国外知名物流企业的先进经验，制定整改方案，对公司的规章制度调整完善。一个是扩大经营规模，除了与"香果园"水果公司保持稳定合作外，另外与"春华荔枝园""南海春蔬菜基地""丰佳禽蛋公司"建立合作关系，并扩展服装仓储业务，不仅承运省内外大宗运输业务，还启动小摊小户的配送项目。二是提升工作质量，对仓储的货柜货架，分批更新，配备必要的冷冻冷藏新设备。对各类商品按其性质，实行分级管理。引入小额货物的现场分拣、装箱配送的自动化工作线。三是对公司的 IT 计算机总控中心，引进 CRM、TMS 等数据管理软件，开发云仓储管理系统和手机 APP 平台，对物流网络更新换代，将顺达融入国际大物流的网络信息系统。加强与省外多家物流公司的合作，确保发送与接收的物资，保质保量，如期送达。四是进一步开源节流，强化成本意识，加强财务管理，严控非经营性开支。

整改措施的综合推进，让顺达公司如虎添翼，迈入到海津市物流企业的先进行列。社会知名度日渐提高，大物流小货运的业务，接踵而至，应接不暇。外地人到海津走一遭，问起顺达物流，几乎无人不知无人不晓。

苏正平何建伟出国考察，在德国留下的"鑫茂牌"服装居然真的还敲开了国际市场，鑫茂服装厂获得几笔不小的外贸订货，工厂还给他们送来信息费。此时赵雪莹已经升任厂技术总监，陈志刚也当上了检验组组长。何建伟得知后，在高兴的同时更是深刻认识到：在这个世界上，无论做什么事情，有了对认准事业的忠诚付出与定力坚持，最后总会有它的福报。表弟还告诉他，现在正在与厂里一个女工说亲谈爱。

这一天，顺达仓储来了位自称海林宁隆渔场的业务员，要租用两间冷冻仓库，让何副总来了兴趣。在洽谈中闲聊，何建伟情不自禁打听起冯双妹。来者告诉他，冯双妹已与丁梁结婚成家，女婿既是入赘也不是入赘，而且生了个双胞胎，都是男孩，起的名字很有意思，老大叫冯丁，老二叫丁冯，日子过得很幸福，听说最近几年也在海津市做生意……何建伟听了，顿时百感交集，心中涌起一种说不出的滋味，不再往下问了。他在祝福之余，宁信是丁梁对冯双妹的穷追不舍，也不希望是冯双妹对丁梁主动投怀送抱。他要在他心目中维护冯双妹最为完美的形象。他明白了，他与冯双妹、丁梁虽居一城，今生怕是难有相见之日了。最后何建伟对宁隆客人的租赁业务，给予了最大的优惠！人生交往是个重复性的记忆，但是这个记忆的品质结果，却是千差万别。有的人相识时间很短，甚至一瞬间，却会让你留恋一辈子。而有的人相交几十年，过后不过烟消云散，淡化消失在茫茫尘嚣之中。何建伟对于冯双妹，就是每想起总让他难以忘怀的人。何建伟还问到陈财旺，来人说，他离开宁隆渔场好几年了，已在海关口岸的梅镇成家，好像是做电器生意。

市场的兴旺，业务的扩大，让顺达的凝聚力空前高涨。公司人数由原来的近百人，一下发展到二百多人。中间包含有何建伟引荐的两个龙峪老乡，其中一位还是他小时候恶作剧过的邻居李东成家的孙子。虽然辛苦，公司员工收入待遇不断提高，几年下来，苏正平、何建伟的私家小汽车，均更新换了代，廖海峰也买了第一台车。种有梧桐树，自有凤凰来。顺达物流公司汇聚天南地北各路人才，不再是清一色农村出来的创业者，还有许多前来投身效力的城市青年。特别是计算机控制中心多是年轻漂亮的帅哥靓女，充满活力。在这个新认识的群体里有多人谈起了恋爱。企业有朝气，员工有奔头，让苏正平觉得脸上特有光，附近有办公室的廖海峰也喜欢靠拢青年才俊作些深呼吸与日光浴。由于人员爆满，超出公司所需人员的负荷，公司开始封闭大门，暂时停止招聘新员工。

公司知名了，自然会引起市里部门的关注，偶尔也会遇到相关领导过来检查。这天，顺达公司几位领导正在开会，市国企局的丁进局长，开着面包车，带领五个随从来到公司总部信息控制中心，调研指导工作。听完汇报检查过后，丁局长大加赞赏，对苏正平说："你们白手起家。靠开始的几十个人，风生水起，将物流公司做到今天的规模和水平，很不简单。为海津的 GDP 发展做了贡献，还安置了这么多人，取得了良好的双重效益，市里应该感谢你们！"苏正平请丁局长一行，再去看看顺达的仓储。丁局长大手一摆："这次不去了，下次再来。"临走时，丢了一句："顺达仓储那块地方，有可能被市政府征用，你们有可能面临着土地置换的问题。"大腹便便的丁局长，随意一句话，说得苏正平几个在场的当家人，心里顿时发毛。于是他们几个，很有礼貌地把丁局长拉回来坐下，让他把话一定说清楚。

不等老总开口，两个副总奋勇向前讨要说法。何建伟是不怕事儿的，上前说道："丁局长，顺达仓储，可是我们顺达物流的重要支柱之一，像三足大鼎，崴了一足，我们就无法立足了。"廖海峰接着说："我们的经营远在合同期内，可要依法办事呀？"话语带着刺儿。

丁局长见状，知道说漏了嘴，连忙解释，这只是意向性的，还没有形成决议。即使决定，也不用怕，你们这么大个物流公司，现在国家提倡发展物流产业，你们每年还为国家为市里交着税，市里也会想办法支持你们，重整旗鼓继续发展。丁局长的助理索性又将公文包放在桌子上，出来解围："仓储那块地，当初经股份制改造，虽说属于股份制性质，但手续没办全，并没有完全的变性，严格意义讲，还属于国有土地。所以说，你们顺达虽然属民营，坐落在国有性质的土地上，也带着国有的性质。对它的处置，必须经过多家协商，现在只是个初步想法，你们不要有顾虑。属于国有土地，更是好事情，国家不会让民营吃亏！"

丁局长一行人若无其事地走了，留下的却是苏正平、廖海峰与何建伟几天的不爽。他们先是宣布此道消息，不许外泄，免得影响企业的军心。讨论中作出多种的推测和设想。苏正平讳莫如深地说："我当初想得简单。估计到了第八九个年头，仍然与天怡电子股份公司续签租赁合同，无非再加些租金！"

说到租金，廖海峰说："老总，会不会是天怡电子股份公司的股东，看到我们效益好，后悔他们的租金少，变着法子，与市里权力部门联通，下我们的绊子，征地是假，合伙逼我们出大价钱，升租或者购地是真？"

"从城市发展这么快看，征地也许是真，我们有合同在手，他们理屈，提前变卦，只得先探我们的口气。我们态度软些，他们就可随心所欲。我们立场坚定，他们就得掂量下轻重，至少不会让我们损失太大！"何建伟随声说。

苏正平听了又说："我们要誓死捍卫顺达公司的利益！"跟着又抛出下一步的打算："唉，人无远虑必有近忧。我们要事先去套套天怡公司股东的口气，再随机而定。如征地是假，以后的租金，我们还能够承受，就继续租他们的房产。如果征地是真，我们是不是要早打算，集中资金，在价格便宜的地方，选购一块拥有自主权的土地呢？"

公司员工辛苦，公司的领导更累，既要扩张增效，现在又节外生枝，要保土卫家，无时不在操劳，高悬着一颗忐忑不安的心。

长远生计的规划，商量完毕。日常工作还要照常进行。已经维持了多年的岗位分工，又作了新的调整，何建伟、廖海峰两位副总经理互换分管岗位。让领导干部全面了解掌握公司的业务情况，提高驾驭全局的管理能力。苏正平分工不变，除可指挥何建伟、廖海峰分管的两个板块外，公司的核心技术板块——计算机操控中心，还是由他负责。说实在的，在计算机操控中心这一块，无论是对网络核心技术的掌握研究水平上，还是在对软件升级与开发的创新理念胆识上，即使给了位置，廖海峰、何建丰两位还真的胜任不了。

何建伟有好几天累在公司里，这天晚上，回家了。进屋他板着脸，赵凤霞问为啥不高兴，何建伟气鼓鼓地说了："妈的蛋，这市场乱了套，太黑了！"他讲公司这几天遇到的不俏风声，赵凤霞急忙使眼色，小声说："你轻声点，爹娘刚躺下。"何建伟这才突然意识到岳父母从老家来小住，正在里屋睡觉呢。

赵凤霞反应挺快，小声说："是不是租那家土地的老板看你们赚了钱，嫌租金少，又没办法，与市里合伙逼你们多加租金呢？"何建伟觉得老婆的猜测，与廖海峰说的一模一样。就往好处说："这只能是个猜测。"

削好菠萝切成片，赵凤霞温情地送到何建伟嘴边。自从顺达公司有了水果大仓储，他家的水果几乎不断，但可不是贪要来的，而是水果老板经常向他们员工廉价处理些内部水果，偶尔也有些送给他们的。

　　"市场就是这样，效益优先。人情也是这样，利益至上。你生意好了，别人气不顺，想多要些，也很正常。"赵凤霞接着刚才又讲："想要，有合同无法要，名不正言不顺，就只好想别的法子呗！"

　　赵凤霞心宽，丰润的脸颊总挂着浅笑："其实，也不用害怕，你们现在也是个像模像样的企业，真到有这么大动作时候，又是政府行为，国家也不会不管，说不定，还能坏事变好事，补偿不少钱，促使你们最后有自己真正的地产物业"。

　　何建伟苦笑后回赵凤霞："好像你是政府，天塌下来都不急。说得倒轻巧，那么大的规模，苦了几年，刚刚理出个头绪。就算重建，没有一两年的苦熬，支撑不起来。另外，真要补偿，土地权又不是你的，也补不到咱头上？顶多给点违约金而已，吃大亏的，还是我们顺达自己。我是真不想再受这份累了！"

　　赵凤霞撇撇嘴唇："累，现在哪一行不累？不累哪有收入，怎么生存？你五十岁不到，日子还长得很。别老把累字挂在嘴边。我想，人家老总苏正平，可不喜欢总听这灰头丧气的话！"

　　说得何建伟不吭声了。赵凤霞转而为笑说："不说了，准备吃饭，今晚有你爱吃的红烧肉和素炒红薯凉粉。"

　　饭间，赵凤霞又说起女儿："他爸，女儿等两年就要毕业，他一心想出国留学，到时怎么办？"

　　"出国留学就是跟风？我在德国看了，人家的确发达，有我们学习的地方。但中国现在发展势头很好，在国内学习深造，以后为国效力，有什么不好。现在人才资源的流向风势是——县里往地级市跑，地级市往省会跑，省会向超一线城市跑，超一线城市又朝国外跑，真叫是欲壑难填，永不满足，如此循环，怎么得了！""要我说，这改革开放政策，就是中国历史上不经意出现的最大的迁徙运动，弄得人人魂不守舍。"

赵凤霞对接丈夫："是啊，没有这形势，咱们做梦也不会到海津来安家落户。人往高处走，水往低处流。你不是从龙峪，隔了好几层，一步登天，直接到了超一线城市。只准你不许别人。她想去体验下世界潮流，咱们如供得起，就这么一个女儿，我看，让她去闯荡闯荡也行！"

"这方面，我比你想得远些。外国再好，也不是自己的国家。咱中国人，首先要爱自己的国家。正因为就这么一个女儿，你不担心他出去后，心野了，以后不回来，怎么办？这一点，咱可不要学大哥家！"

说得妻子哑口难回，只好说："我从内心里也不想让她出去，就怕咱们执拗不过丫头！"边说边笑："抽空，咱们到广宁去看看她读书的学校，也出去旅游下，顺道去你那军强兄弟所在的浦江市散散心。"何建伟则满口答应。

隔了几日，老家来了客人，是二哥建丰的儿子何舒奇，他还带了一个同事。两人都是新乐体育馆的教练，结伴到海津市度假旅游。何建伟、赵凤霞在家里接待这位远方而来的侄子。因为赵凤霞父母也住在这，家里住不下，就安排侄子与同行朋友住在离家不远的小宾馆里。

何建伟端详着侄子，几年没见，似乎又长高了，比他高快半个头，俊秀端庄。同事个头与侄子差不多，都是从事体育，显得结实健硕。何建伟看着这几千里之外来到眼前的嫡亲晚辈，十分高兴，眼神里充溢着爱慕。

何舒奇拿出家里带给叔叔婶婶的礼物，有好几包，东西不值钱，但全是何建伟小时候最爱吃的家乡土产品。舒奇用陌生的眼光审视着叔叔家里的一切，房子面积比他新乐爸妈的家要小一半，但布置得很温馨，家里还摆着一架钢琴，无疑是何静妹妹或者婶婶的爱好。

何建伟问家里情况，他知道舒奇舒芳兄妹在新乐读书与工作，回龙峪生活并不多，但离老家近许多，知道情况应该比他多更直观。何建伟将侄子拉到阳台上细声问："你爸身体恢复怎么样？你爸妈现在完全和好了吧？"舒奇表情平淡地回答："我爸现在能够正常行走了。漂流公司已经停业，与爸爸纠缠不清的那个女人也走了。爸爸回来了，与妈妈关系还可以，平平常常过日子！"建伟听后心情安慰了许多。何建伟转而又问何舒奇："旅游度假，怎么没把你媳妇刘诗晴带出来？"一提这事，何舒奇似乎多少有些不好意思，继而又平静回答："前两个月离了！"听得何建伟眼睛睁大，惊愕看着侄子问："你刚结婚不到一年，怎么说离就离了？"何舒奇淡然地说："……性格合不来！"何建伟不觉"唉"了一声，不无担忧地说："那你爸妈同意吗？他们受得了吗？"何舒奇随口应答："无所谓他们同不同意，是我过日子！"何建伟："听叔叔几句劝，结婚是人生大事，哪能随意离婚呢？有了矛盾，夫妻间需要相互包容，性格的磨合也有一个过程。处理问题，千万不能意气用事啊！"侄子用手扶下何建伟的肩膀，似笑非笑面对长辈的关心："叔叔，你就不要操心了，天下何处无芳草，我走自己的路，没问题。这件事别再说了。"何舒奇一个落拓不羁的样子，做叔叔的却是摇头又晃脑……

侄子与朋友在海津停了四天。前两天，何建伟夫妇挤出时间，开车带着他们游览迪斯尼公园，海底世界。后两天，由他们年轻人自由去玩。他们在海津度过了愉快的假日。何舒奇年纪轻轻，能够感受到，身居超大城市的叔叔家的物质水平，并不比他家在新乐小城市里的条件优越。但其眼界观念和精神文化层面，比隔了两级的新乐市，还是要高出几个档次。

侄儿在海津期间，机会难得，何建伟有心与侄儿单独沟通下，了解下家里具体而真实的信息。但在与侄子谈话中，大失所望，何舒奇也会彬彬有礼，有问必答。但对自己所喜欢听到的家乡新变化新故事，几乎一无所知。而且对人生的许多观念认知，为人处事的原则，无法深谈。何建伟已经隐隐感觉到，他们这辈与舒奇、何静这一代人的处世哲学、生活理念，不是一些小的分歧问题，而是根本融不到一起，完全不在一个路径上。前辈讲计划说节约，艰苦奋斗，认真负责，原则底线，提倡爱心奉献；后代信奉超前消费，潇洒走一回，快意人生，放飞自我，张扬个性，莫委屈亏待了自己。下代人与时俱进，根本不买上辈人的账！他从自己的切身体验认识到孩子被溺爱的危害，看到太多下代人特别是计划生育政策下的"独生子女"被宠坏——他自己的女儿何静也一个样。他知道这不仅仅是家庭教育问题，而是整个的社会风气的导向问题，还有国际大环境的熏染问题，不是一两句话能说清楚的！他何建伟只能心往宽处想，这或许就是人们说的"代沟"。迫使你必须苦恼的笑，以乐观的态度相信"长江后浪推前浪，一代新人胜旧人"这个至理名言。

何舒奇离开海津市返回新乐时，叔叔婶婶热情欢送，给回馈了大盒小包当地流行的点心果什。

隔些时日，苏正平突然接到电话，对方客气地自称："苏总好！我是市国企局丁局长的助理小盘，告诉你一件事。"

"好！您说？"苏正平心里一抽，该不是上次说的顺达仓储土地置换的摊牌吧？

"关于土地置换的事情，我们局长做了许多努力，市里现在决定不动那块地了。有空我们再去看看顺达仓储基地，你们大胆开发经营，我们会在政策上给予大力支持！"局长助理在笑声里挂了电话。

苏正平稍事平静了下，按捺不住欣喜，立即拨通了廖海峰与何建伟两个助手的电话说："顺达仓储土地，不会置换了，那个大院子里以后不再秋风落叶，只有春意盎然！"

第三十五章

　　侄子走后不到两星期，赵凤霞突然生了病，头疼，低烧，身冒虚汗，还有点小咳，像感冒。赵凤霞请假在家休息，过了两天没见好。建伟回家，晚上给妻子熬姜汤水喝，热水泡脚，又查医药书籍对照，按摩穴位，从感冒去调理，稍好转。又过了两天，病情愈发地重了。腻油，不思饮食，高烧依然不退，身体虚弱。何建伟只好带着赵凤霞去医院看病。

　　去的是海津市里的大医院——安康医院。何建伟家所在的丽景轩小区偏在城边，安康医院在市中心，自驾车走最近的路线，需经十五条大街，四十三条小街，七座立交大桥，五条地下隧道和铁道线，九十二个红绿灯十字路口和十个没灯控管制的三岔路口。耗时两个多小时，才能到达医院。这天何建伟请假带妻子看病，早起，开车狂奔到安康医院。医院里人多得如赶庙会，挂号大厅并列着七八排长长的挂号队伍。何建伟扶着赵凤霞，跟队排了一个多小时，前面还差两三个人，眼看到了窗口，挂号窗口，突然"哗"地把窗户关了，蹾出个小牌子，上面写着"内科今日挂号已满"。这时，有个"医托"过来，问要不要号子。何建伟问多少钱，医托说，教授号一百元，副教授八十元，主治医师四十元。他们取中，买了副教授号。

　　何建伟带着妻子，上到四楼内科门诊处。走廊长长的凳子上，坐满了无精打采的病号，只得挤个地方坐了，妻子靠着丈夫的肩膀老老实实等候。过了近两个小时，终于有人凶神恶煞般喊："51号——赵凤霞——到二病室就诊。"何建伟扶着软绵绵的妻子，走进诊室。坐诊的是个中年微胖的男医生，有些慵懒的样子。他靠在椅子上，身着崭新的白帽白大褂，领口下垂着胸牌，何建伟看到上面写着"副教授常永年"几个字。

前面一个看完的病人，已经站起还没离去。病人是位三十岁左右的年轻人，衣着像进城打工的农民工。常副教授看着病号正言厉色说："年纪轻轻的，怎么会得这样的病？还不重视，小命都没了。赶快回去凑钱来做手术！"那年轻病人一脸苍白，唯唯诺诺地点头："谢谢医生！谢谢医生！"退出诊室。

常医生侧过头来，朝坐在桌边的赵凤霞板着脸问："哪里不舒服？"

何建伟俯下身："头疼发烧！"

副教授立即喝停："没有问你，让病号说。"

赵凤霞少气无力地叙述，头痛发烧还有小咳，不想吃东西，全身无力。

"几天了？"

"……四天了。"赵凤霞回答

这时，常医生让病号张开喉咙看了看，朝向何建伟，说"你是她什么人？"

"老公。"

医生开始批评何建伟："这么严重，怎么才来看病，耽误了，耽误了！"何建伟本能地问："医生，什么病？"

医生："先检查，检查完了才能下结论。"顺手快速开具了两张检查报告单，递给建伟："扶你老婆，下到二楼去抽血化验，再上后栋五楼做CT，检查头部，拿到报告结果，再来找我。"

拿着申请单，何建伟欠着身子斗胆问："是不是感冒了？"

常医生不耐烦："说得轻巧，没有经过医学检查，谁都不能随便下结论，我们要对患者负责！"

何建伟又说："人家中医好像是辨证治疗，西医怎么是头痛医头脚痛医脚呢？"

副教授瞬间大为光火，厉声呵斥："在这里不要提中医，中医好，你去看中医嘛！"说完，再不正眼看他们，对门口喊道："下一位！"

何建伟陪着赵凤霞，先去划价交款，再到医生指定的两个地点，抽血化验，做头部 CT 检查。检查处说，当天没有结果，明天再来。

第二天起大早，两口子拿着结果重新挂号，找到常副教授。他看了看报告说："其实你们不需要重新挂号，现在是看昨天的检查结果。这两项没有大问题，只是白细胞有点高。病人吃不下饭，可做一个胃镜。"何建伟立即反对，听说做胃镜很痛苦，暂时不想做。医生没办法，只好说，如拒做胃镜，胸部 X 光还是要做一个，因为你已经咳嗽多天了，看看肺部有没有问题。在副教授的坚持下，只好去做胸片，又是排长队，人多当天拿不到结果。到了第三天，夫妇俩拿着胸片及报告单，又去找常医生。

在门诊大厅处，忽然听到有人喊："何建伟！"何建伟一看，是当年在火车站做黄牛党的吴大宏，何建伟礼貌地喊了句："吴哥。"五大三粗的吴哥，几年不见，老了些，但凶恶劲还在。此时，他胳膊上吊着白色绷带。何建伟问："你这是？"吴哥不以为然地端下前臂："妈的，打架被人砍的。"何建伟看到他的脸上又多了一道伤疤——像刀痕。

吴哥眼瞅瞅赵凤霞，向何建伟努努嘴："这位是？"

"我老婆。"

"不错嘛，成家了！"

何建伟说："这个年纪了，还不成家。老婆有病，医生在等，我们去了，再见吴哥！"说完，拽着赵凤霞，匆匆走了。

他们走到内科门诊室，常永年副教授休息，换了值班女医生，也是副教授，姓田。田医生看了报告单说："各项检查结果正常，应该还是个感冒。"何建伟听了，气不打一处来，就把这几天常永年副教授把感冒小病大治，轻病重治的事说了一遍。田医生说话倒还和气，耐心地做解释："是弄得复杂了一些，不过常医生也没有错。医生看病就是排除法，首先要排除有没有大病，不通过检查，怎么能确定体内有没有患肿瘤，只有通过检查，才能逐步筛选出其他问题。"

何建伟怒气未消："什么病都与绝症联系在一起，左检查右检查，折腾病人，让病人多花这么多冤枉钱！"

田医生，你气我不气，推推眼镜，继续微笑着说明："拿钱买放心，医生也是为你们好。"

"是的，为了买放心，想方设法坑病人，你们医生好从中间获得好收益！"何建伟在心里想，没有说出来。

田医生给开了密密麻麻治疗感冒的处方，何建伟、赵凤霞无奈，到了医院，再有脾气的人，在医生面前都成了弱势，或真或假，任由摆布。何建伟就不明白，中国文字寓意最美好的"爱"字与最恶毒的"癌"字，为什么要发同一个读音？这两个字，都可以在这个圣洁之地萌生。"天使"与"恶魔"同居一室，最怕的是被偷换概念，灵活混合地运用，成为人们恐惧而不自主陷入难以自拔的泥沼！

何建伟扶着老婆，拿了一大包价值五百多元的感冒药，走出医院。不想他又被吴哥叫住，他还在大门口等他们。

吴哥过来把何建伟拉到一边，鬼祟说："大哥还没有忘记你，继续跟我们干，包你发大财。"

"干什么？"何建伟脱口问道。

"贩毒。"吴哥直言不讳，毫不掩饰。

何建伟倒抽口冷气："那可是犯法的，我有家室，不去干那事儿！"

"你过了安稳小日子，可别忘记兄弟们饥一顿饱一顿啊！"吴大宏用鹰隼般的眼神凶狠地看着他。

何建伟不想再与其纠缠，见过来一部的士，立即招手，回头说了句："这事我不会去干，吴哥再见！"拉住妻子钻进车内走了。

车后是恶狠狠的声音："呸！真他妈的给脸不要脸！"

何建伟坐车走了三公里，让车停下来，又换乘了一部回返的士，拐弯抹角，直接返到安康医院楼下的停车场，将自己车辆开回。

回到家中，两个人身心疲惫，连续折腾了三天，出了几身汗。这时，赵凤霞却说，感觉身上轻松了一些。何建伟摇着头苦中带乐说："感冒，个把星期也该好了。你好了一些，我也差不多磨成了病人！"

这时何建伟对妻子说起"家乡故事"。有次回龙峪老家，也是患感冒，被嫂子带着去乡镇医院，看病不用挂号，直接到医生诊室，那里坐着一圈人，与医生有说有笑，熟得很，像一家人。嫂子插话说，这是我兄弟，头痛咳嗽，你给看看。那男医生，用根木签，放进我的嘴里说："张开喉咙。"我"啊"的一声，医生将木签往垃圾桶一丢，随口说，是风寒感冒，不用在我这开药，你到街上药店买包伤风速效胶囊，吃了就会好。我去药店花了几块钱，回来吃了两天，立马见效。农村看病就这么简单这么温和。现在想起来，有很多方面还是在农村好。

"农村好，你咋不回龙峪呢！"身体稍好了些的赵凤霞，又有了与丈夫斗嘴的力气。

他们在一起又回忆起，前些年女儿读小学读初中时，因当时还没有海津市户口，受到种种限制，尝尽被歧视四处求人的苦头。"这就叫做怪圈，没有出来的想出来，出来了又想回去，最终还是决定不回去。"何建伟带着几分自嘲作总结。赵凤霞也谈感受："咱这批出来打工的人，天南地北的不都这样。全是渴望逃离故土，说难听些，还有几分嫌弃老家。出来久了，过得艰辛不如意，又觉得老家好，想回去。一旦真的回去，住不了多久，又想出来。最终大部分在城市落脚定居，还是没有回到家乡去，我们不也是这样的结局！"何建伟："无论怎么说，社会进步咱们也跟着进步。通过借贷按揭，咱们也有了自己的房子，有了正式的城市户口，有正式的职业收入，孩子健康成长。不仅物质上有基本保障，精神上也开始丰富，逐步有了城市人的自尊。应该感到知足，懂得感恩改革开放这个伟大的时代。"两个人在屋里推心置腹，追昔抚今，在回顾艰辛坎坷经历的情理起伏中，还是充满了道德社会昂扬向前的正能量。

赵凤霞又问何建伟，在医院遇到的吴大宏，是什么人？何建伟只好敷衍说是过去的朋友，他力避曾经误入歧途的往事。赵凤霞说那人满脸杀气，一看就不像好人，并与何建伟开玩笑，估计老公过去历史有点复杂。何建伟只好辩解说，与那人只是一时认识而已，不复杂。就怕被老婆弄得复杂，我过去不坏，现在与将来肯定是个好人！

一年后的春天，又是遍地绿肥红艳，日子还在快节奏地有序地过着。这日，何建伟下班，从顺达公司开车回家。中途走到甘家街口的"百姓大药房"停车，为母亲曹仁花买当地治疗支气管炎的特效药。看见门口台阶前围着一堆人，走近瞧，有位老人约八十多岁，满头白发躺在地下，甚是可怜。说是近两天没吃食物，求路人扶起，赏点吃饭的钱。看客们议论纷纷，没人敢向前。有的说这老头，可能是装的，骗人钱财。也有的说，这年头好人做不得，如果去扶了说不定会被诬上。听老人口音，像是北方人。何建伟顿生怜意，他转身到隔壁面包店买了牛奶面包，挤进人群，将老人扶起来，让他坐在药店台阶前的石狮子基座边，送上食品说："老人家，你先垫垫肚子。"又递给两百元。尔后他进了大药房，听到背后有人指点，有人说这人心肠不错，有人说我看有点傻！

何建伟在药房为母亲买了五盒药，是当地名医自制的专治支气管炎的特效药粒——支气管康复灵。他是打电话回龙峪老家，父亲告诉他，母亲最近闹哮喘，他才专门跑到这家专售药店来购买的。买药出来，门口的看客已经散去。那老人还没走，把他叫住，从口袋里掏出个鸡蛋大小的石头，那石头呈灰色，粗粝，两面有约一分硬币大小的凹处，较有黄色光亮。老人说："你是好心人，送你块石头玩玩，心情好了，就会有好梦。"何建伟不收，老人说是他在河边捡的普通石头，他的一片心意，如不收，那两百元就退给他。何建伟看老人如此说，就回答："你这石头可不止两百元，我再加点，算是我买的。"老人说，如加钱，就不送了。再次说是个普通石头，不值钱，做个纪念。何建伟看那石头外形的确普通，甚至有些丑陋。既是老人一番好意，就同意收下。老人又拿出个脏兮兮的小袋子装进石头，交给他。何建伟收了，向老人道谢，下意识装进了自己的外套口袋里。

回到家中，何建伟想起老人送石头事，感觉有些蹊跷。就打开袋子，发现还多了张纸条，写有几行字：

丑陋顽石，与汝消遣。立谷连门，烟消云散。

深夜，它在灯下琢磨多时，不知其一，顺手将石头放在枕边……

……何建伟戴着诸葛丞相的帽子，站在台下听宣，金銮殿皇位上，坐的不是刘备，而是苏正平。苏皇帝头上的皇冠龙珠闪闪发光，刺得他睁不开双眼。苏皇帝说，何爱卿你筹办经营顺达物流公司有功，赏你金银珠宝十二箱，美女一个，领回去享用吧。何建伟谢恩回家，看到美女不是貂蝉，而是西施。珠宝箱里装的不是金银，而是一摞摞的人民币百元大钞。他还真的与西施入了洞房，就是睡觉时，解古代人里里外外、条条索索的服装，太复杂……

　　何建伟笑醒了，旁边的赵凤霞问，笑什么？何建伟说，梦见钱了！

　　第二夜，何建伟又做了梦，全身蓝黑西服，飘着花领带，脚上黑色尖头皮鞋，胸前一朵大红花，肩挂红色大绶带，上写"南半球水果总裁"字样，坐着八抬大轿回龙峪了。锣鼓声乐齐天，放着鞭炮，天上飞着汽球，还有一个很大的飞艇，上面的广告是"顺达物流，天下一流"。父亲何长生母亲曹仁花出来恭迎，后面跟着大伯长福、叔伯哥姐刘松河刘松慧，二哥何建丰嫂子许巧巧，舅舅曹仁亮小姨曹仁英，个个笑得合不拢嘴。街上看喜庆的乡亲很多，沿街住房门前、大戏楼顶上站的都是人。好像还看到了党小倩也站在一座房子的高台上，拿着扇子，羡慕地看着他下轿。他掀起红色的帷帐，再细看，坐的不是轿子，是翻转过来的八仙桌。他又笑醒了。这次妻子说他半夜抽风——神经病。

　　第三天，他无意将枕边的石头，丢进了书桌的抽屉里。那一夜，平平淡淡，他没有笑。

　　何建伟意识到"石头"的古怪。又把那丑石压到枕头下。当夜他又在海津市买了价值三千万的大别墅。六层，一二层是宝马、奔驰两辆车的车库房，还有司机与保安房。保安佩有枪，款型是——老式的鸟铳。二层是厨师、保姆住。三层是他与赵凤霞的卧室，四层是两个儿子的住处，五层由女儿还有女秘书居住。六层为娱乐观光地，还有一处露天游泳池。院内花径水榭，"观鱼池"与"茶诗亭"相互连通。另外有条长廊可以连接海上又能通到巨型游轮上。自己又出国去了法国和英国……光怪陆离……

　　何建伟对赵凤霞，这才透露，这块石头不一般！

　　第五天，他把石头放在赵凤霞的枕下，当夜，赵凤霞更有甚者，她没有被笑醒，而是在夜间咯嘀、咯嘀小声呻吟，直到天亮醒来。何建伟问昨晚是啥梦。赵凤霞满脸红晕，只笑不答。

看来这石头是个有灵性的宝物。可以借用为人民服务，也可寻找个新的家庭"经济增长点"。两夫妇一合计，很快就在附近找到一处别人刚转租的茶室，接手过来。聘请一个厨师做饭菜，两个女茶艺师做接待。对外主营的内容，说得含糊而富有诗意："抚慰心灵，美梦成真，茶艺健身，益寿延年。"取名为"梦之缘茶坊"。

"梦之缘"开张，生意日益红火，顾客只要在小包间的床铺上休息两个小时，他们只要将那小石头，悄悄放到床铺下，十有八九会让顾客眉目舒展，精神饱满，笑着出来。有的会说，抑郁症好多了。有的感叹，难得睡这么一次称心如意的好觉。

有了公共认同，何建伟这时对苏正平坦言真情。苏正平说："有这等好事情，怎么现在才说？你倒是练达老成，店子都开了半个月，才告诉我！"何建伟只好搪塞："还不是跟你学的，不打无把握之仗，开始心里也没底！"

苏正平到"梦之缘"，专为好梦而来。躺在客房床上，心里异常激动，反倒睡不着，睡不着，就做不了梦。反复试验几次，苏正平愈发忐忑不安，进不了状态。何建伟理解不了，忽然想起了那次梦里，苏正平曾经是皇帝，是不是皇帝龙体福分太大，这小小宝物在他的面前，吓退威力——失了灵气。但是，廖海峰试验，却有效果。无论怎么说，有了这个茶馆，就有了与各路朋友更多聚会消遣的场所。做不了好梦，就一味茶道，茶坊里的红茶、绿茶、黑茶、碧螺春、铁观音、龙井，任由苏正平挑选细品。

"梦之缘"的特殊奇效，一时在海津市东南角疯传起来。这天，茶坊来了几个戴大盖帽的人，亮出证件，说是海津市海沧区三个部门联合执法人员。一个是区工商局的高阳立，一个是区公安局的申谷鸣，另一个是卫生局的穆连新。工商局的高阳立问："谁是老板？"赵凤霞说："我是。"当时何建伟在公司没来。高阳立说："听说你们这儿靠一块石头，妖言惑众，吸引顾客来过梦瘾，有这回事吗？"高阳立要求把石头拿出来看看。

赵凤霞当然不会轻易承认，更不会拿出石头。她冷静应付说，我们这里以喝茶吃饭为主，小客房主要是为客人提供个午休的环境。外面讲的都是谣言，看我们生意好了，心生嫉妒，告黑状。

公安局的申谷鸣说得更严肃："要合法经营，不允许参和与邪教迷信有关内容的经营，如不整改，就会被查封。"

"一块石头，能解除抑郁症？还要医院要医生干什么？真是滑天下之大稽。"卫生局的穆干事最后说。

三个人警告完，夹着公文包走了。

晚上，赵凤霞将石头带回了家，与何建伟说，白天几顶"大盖帽"来检查警示的事儿。

何建伟听了，既突然也不觉得太奇怪，很平静地说："这就叫树大招风，人怕出名猪怕壮。我早预料会有这天。民不给官斗。不能给别人用，咱们自己享用。"当晚，何建伟把石头又放到自己枕头下。结果一夜无眠，偶尔想睡，也是怪梦不断。第二晚又试，平常如旧。第三晚再试，仍未见灵验。何建伟觉得奇怪，平日那么舒爽奇幻的美梦，如今无影无踪——不知道跑到哪里去了？

何建伟悟不出道理，就把苏正平叫过来，说了前几天联合执法到茶坊检查的事情，并拿出了"百姓大药房"门前老人留下的纸条，让他猜谜。苏正平看着字条上写的"丑陋顽石，与汝消遣。立谷连门，烟消云散"，一时也摸不着头脑。最后就问前几日来的执法人姓名，赵凤霞说了。苏正平苦思冥想，恍然大悟，谜底就在"立谷连门"上，因工商局高阳立、公安局申谷鸣、卫生局穆连新的到来，三人每人各取一字，"立"与"谷"两字是"形入"；"连"字是"意入"。"立"与"谷"两字相连，交汇入门，便成为"商"字。这块石头因为参与了生意场，沾了商气，便失去了灵性。何建伟、赵凤霞想了想，觉得此分析虽然有几分牵强，可也精辟，合乎情理，于是佩服得五体投地，伸出大拇指说，有学问的人，真是神机妙算，一般人望尘莫及！

何建伟与赵凤霞，亲身体验了现实生活中的"南柯一梦"，不免有几分沮丧。"梦之缘"茶坊，因石头而租而活，现在不再灵验，肯定会影响茶坊的生意，骑虎难下。不过，何建伟反过来又安慰自己："也不用怕，我观察斜对门'波斯湾大酒店'的生意，过去门庭若市。现在公款吃喝管得严，生意清淡许多，人家不是还在坚挺吗？"赵凤霞也宽宏地说："我们这店，前面刮过去的仙风，还有余威，咱们以后只要坚持把茶道和饮食质量搞好，善待顾客，巩固好熟客，又发展新客，生意也能够维持下去。"

那块丑陋的石头，并没被丢弃。被何建伟毕恭毕敬地放在家里的博物柜里，下面还压着有那四句话的纸条，作为曾经"好梦来"的永久纪念。

"梦之缘"茶坊，继续营业。除正常经营外，倒成了物流公司苏正平、何建伟、廖海锋几位品茶对弈，谈吐人生，释放市场创业与生活压力的港湾。赵雪莹、赵天铭夫妇等朋友有时也来消遣，表弟陈志刚带着恋人也来过几次。在这里，何建伟向苏正平学下围棋，一起对弈。苏正平是何建伟崇拜和依附的人，他的智慧能力、敢想敢闯的气魄让他欣赏，还有其作风也令何建伟折服。一个是以身作则，苏总从来没有巧立名目，在公司里报过一张与经营业务无关的发票。第二个过硬的是，面对花花世界，生活作风上从未有过花花草草、超界越轨的事情。他的好色，只是有时与他贫嘴，挂在嘴上。他与苏正平的交情，超过一般人，还有层意思，就是两人有时单独在一起，可以肆无忌惮地谈论女人，痞话连天。何建伟如说他喜欢肤色偏黑毛发浓的女人。苏正平则说，他爱皮肤白净毛发不浓的。两个人互问为什么？何建伟说，性感！苏正平说，干净！何建伟说，他喜爱有点脾气的女人，那样让男人有征服感。苏正平偏偏说，他更倾心于缠绵豁达、温柔可人型的。在议论女人时，常常抬杠，有时还拿自己老婆打比方戏谑。志趣与现实刚好相反，后来，两人发现自己所欣赏的对象，刚好是对方的老婆。两人只好抓头挠腮，这老婆又不能互换？两个人只笑得声嘶力竭。无忧无虑，可以在一起谈女人的朋友，感情则更胜一筹。当时的朋友场还流行一段话，简称"五个一"。"一起扛过枪，一起同过窗，一起下过乡，一起分过赃，一起嫖过娼"。这几层关系，只要沾上一层，即可成为无话不说牢不可破的知心关系。不是铁律，似乎也有几分道理。何建伟与苏正平一起创业，又可一起谈人情世故甚至谈女人，有了朋友基石的双保险。

何建伟对苏正平也不是处处言听计从，但是，从心底深处，他总是被苏正平的言行感动着，何建伟认为，人生有这样可信赖的"头"和"知己"，一辈子足矣！

这日公司放假，何建伟、苏正平、廖海峰正在"梦之缘"品茶聊天，茶桌上有份前面客人走时丢下的当天的《海津日报》。何建伟顺便扫了一眼，看见报纸的头版右侧"报眼"有条大号字体消息，标题赫然醒目，主标题是：《海津市中级人民法院公开审判程昊为首贩毒集团》，长长的副标题是：首恶主犯程昊被判处有期徒刑二十年，其他从犯分别被判处八年至十二年有期徒刑。下方还配发了照片，站在公审席上的罪犯，九人一排，戴着手铐挂着牌子，个个垂头丧气，躬身伏法。何建伟细看那九个人，他认识四个，都是原来在火车站倒票的"黄牛"，曾在医院碰到拉他入伙贩毒的吴大宏也在其中。何建伟背上顿时渗出了冷汗。不由自主地大声说："靠，该结束的，一定会结束！"聪明而敏锐的苏正平见状，开玩笑说："你这么激动，好像你认识啊。"何建伟又是冒虚汗，迅速搪塞说："这些祸国殃民的王八蛋，我怎么会认识！"

报纸一版上，还有条消息：《海津原副市长马长军受贿千万，被判处有期徒刑十年》。下方也有行副题：非法为他人谋利，收受巨额贿赂，包养多名情妇。苏正平看了说，马副市长我认识，听过他作报告，气度不凡，口才好，给人印象不错。据说工作能力很强，他出事，让人意想不到。苏正平又说，好像他作报告时说过，自己是农民的儿子，经历过苦难，懂得感恩，一定不辜负党组织和人民的重托，会全心全意为海津的发展贡献力量，为社会为群众服好务。廖海峰摇摇头感评："这样类似的，在台上讲一套台下做一套的贪官例子，并不少。要我看呀，农村出来的人当了官，奋斗起来比城里人更努力更发奋，如果贪腐起来可能比城里人更猖狂。"苏正平逗趣说："不过，得坦言说明，马副市长可没收过我的钱！"

几个人继续谈笑风生。在茶兴正浓时，何建伟突发奇想，问苏正平，你水平高，你说说，从人品上讲，社会中的人，到底有几种类型？苏正平不假思索说，这问题太宽泛了，可从多个方面去解释。他想了想，伸出三个指头说，我认为至少有这么三大类。何建伟与廖海峰洗耳恭听。

"第一类，是忘记了自己，全力为他人的幸福而活的人，这种人叫高尚的人，占人口总比例的极少数。第二种，是为自己而活，也考虑为他人而活的人，这叫做明白人。这类人很多，占大多数。第三类人，是不顾他人只为自己而活，叫自私的人。这种人也比较少。"

何建伟调侃地反问苏正平："老板，那你属于哪类人？"

"好啊，建伟你现在学会'欲擒先纵'了。""我起码是第二类人，争取学做第一类人，但是很难！"

何建伟听完，高兴地举杯，喝了一大口茶，大声表态道："我与你一样，咱们都是明白人，至少不能当自私的人！"

又一次，何建伟与苏正平、廖海峰在"梦之缘"相聚。中午炒了几个菜，喝的是"五粮液"。

几杯白酒下肚，大家的话稠密起来。先前唠的主题是"创业史"，何建伟情由心来，将酒杯伸到苏正平面前："……苏总……你得理解我。我开这茶坊，就是想偶尔回避下现实，给自己也是为兄弟们寻找一片修复心灵的地头。我们这代从农村进城创业的人活得太累，太不容易！"

苏正平站起来，把杯中酒一仰脖"咕咚"地干了："我理解老哥，我与你一样的心情。……我为什么要创业？因为咱没背景，我如果有个有权有钱的老爸老妈，我也会坐享其成……"说着又把话语转到了自己的身世上："我从小就缺乏家庭温暖，在家庭不和与恐惧中长大。现在父母亲年纪大了，家境不好，还有个妹妹，身带残疾，我得挣钱管他们。自己又刚刚成家立业，买了新房需要还贷。我不干不闯，行吗？办企业闯市场，瞬息万变，不进则退，稍不注意就可能被淘汰。咱是如履薄冰求生存，没有点忧患意识，不坚持创新求变，能行吗？在世上走一遭，做人不容易，当个男人更不容易！"说着说着，竟像小孩子哭了起来。

何建伟第一次看到向来阳刚稳健的苏正平流泪，吓了一跳，立即靠前劝道："何总，何总，这是怎么了？这么坚强的钢铁战士，怎么会哭上了！"何建伟似安慰接着说："我与你一样，出来二十多年。不知吃了多少苦，摔了多少跟头，我几次都想打退堂鼓，返回家乡。觉着这城市不是咱们长期待下去的地方！但在朋友们的帮助，特别是苏总引领下，还是坚持了下来，而且有了咱平头百姓兴业度日的一席之地。可我还是思念家乡想父母。哎！总觉得对不起父母，父母含辛茹苦把自己养大，却不能在膝前侍奉尽份孝心。这是我人生最大的一个惭愧啊……"泪水止不住地涌了出来。

　　人到伤心处，欲语泪先流。酒力加情绪，在这两个相互含悲抹泪的朋友面前，让平时性格比较沉默的廖海峰，瞬间感染成了"重感冒"。他不是先念叨后哭诉，而是"先发制人"，陡然发飙，号啕大哭出来。哭得脖子上肥肉直颤，又干脆爬到桌子上，哭得一起一伏。廖海峰这排山倒海的大哭，倒怔住了先哭的苏正平与小哭的何建伟。看他这悲怆之极的样子，不由让人觉得他有万般委屈在心头。两人一起问道："你有什么想不开的事？"这一问，泪流满面的廖海峰便滔滔不绝诉说起来："……两位兄长的委屈，我也有。但是另外的伤心事，却唯我独有，而且我每天都在承受这个……重压！"苏正平："什么事，你说具体点？"廖海峰泪眼婆娑："你们是不知道啊，我家里那个老婆，太强势了！他是海津本地人。伯伯、叔叔、姑姑、舅舅、姨妈，还有什么侄子、外甥一大群，全在本地。他太顾娘家，把钱都撒给了亲戚。自己花钱，也是用了今天不计明天。全不考虑自己家也要生活，也要养孩子。为这家事，我不敢多说。说轻了，她单独吵闹。说重了，就把娘家人搬过来，一起数落我。我长时间生活在她家族的重压之下，被情绪群殴得遍体鳞伤。家庭岌岌可危，我不是怕影响孩子，早就离婚了。我现在每天忍气吞声地过日子，不知道什么时候才是头？"边哭边念诵。

　　何建伟这时候才感觉到，莫道己愁苦，更有不幸人，家家有本难念的经啊！听了廖海峰的哭诉，同情的同时也义愤填膺，对廖海峰说："这样自私，不顾丈夫感受，横蛮不讲理的老婆，要她做甚？休掉算了！"苏正平清醒些，立即制止何建伟："宁拆十座庙，不拆一桩婚，你怎么能怂恿别人离婚，把别人的家庭拆散？还是副老总，头脑这么简单！"苏正平又斟满酒，举至头顶："酒能助兴，也能消愁，兄弟们，喝！"说得何建伟咂咂舌头有些不好意思。

　　这时，赵凤霞走进店子。上到二楼，看见杯盘狼藉，三人坐下歪斜站着踉跄，攀肩搭背，天旋地转地相互倾诉相互抚慰，心里就明白是怎么一回事。笑着说："看你们喝的！又在一起开诉苦大会啦？"廖海峰摇摇晃晃回答："看嫂子说的，我们是心里憋气呀，相互倒一倒，心里舒坦些。我们做男人不容易呀！"赵凤霞一听，心里又好气又好笑，说道："男儿有泪不轻弹。有委屈倒一下，未尝不可，但是不能说得太多了。说多了，精神就垮啦。别老强调'累'，说些丧气的话。这个社会，谁容易？你们男人不容易，我们女人容易吗？其实你们个个都是顶天立地的男子汉，现在也算事业初成，前景看好，应该感到自豪，懂得知足懂得珍惜，更加往前看。你们都是公司的精英，如领导集体崩溃，泄气松懈，那下属怎么会有凝聚力积极性呢？"赵凤霞的一段话，让几个人如饮醍醐，清醒了许多。廖海峰不再泪水涟涟，立即解释："嫂子，我们平常不是这样，只是在发展中，不平的事情太多，有些压抑，借酒浇浇愁。上班时，我们照样会恢复正常状态，一如既往向前进，不会放弃理想与责任，请……请你放心。"苏正平端起酒杯说："嫂子，你也喝……喝一杯！海峰……说得对，我们是在这里蹲下来歇息下，喘喘气，爬起来，还会尊崇鲁迅先生说的'不满足是向上的车轮……我们目下的当务之急：一要生存，二要温饱，三要发展。'……我们抖擞下精神，会继续拼搏……"何建伟在旁早收了泪痕，知道老婆在话语里，含沙射影批评了他，只好一味地微笑。

赵凤霞点点头，下楼去了。苏正平朝何建伟的肩膀上拍了一掌，又竖起大拇指："……贤内助啊！老哥——你真有福气！"

第三十六章

龙峪在变。

金马河的河道，由于采矿淘洗、采砂、拦坝等原因，形成的石丘洼地，河道淤塞、水量减少的状态，现在有了明显的恢复。首功还是取决于政府对环保工作的日益重视，关停了沿岸零零散散的矿山开发与矿产品冶炼点，对采砂企业做出更严格的规范。组织力量，填埋深坑、开挖堰塞，沿岸广植树木花草，经过三年的重点整治，金马河在龙峪流域的几十公里风光，又开始靓丽起来。这成效，自然也含何建丰多年坚持投资、坚持疏浚的善举。

金马河水在变清，两岸植被在变绿。可是，龙峪镇周围这片沉淀了上万年的小盆地，可利用的土地却越来越少了。新街开发，子孙繁衍独门立户建新房，发展乡镇经济工商业用地，高速公路建设，占用了大量土地。现在龙峪镇东街口再向东，又新添了两大片乌云般的建筑群。

一片属于龙峪民居安置房。为推进农村城镇化建设，帮助山区百姓脱贫致富，政府将分布在沟沟岔岔的不少村民，陆续迁出，分配住进龙峪镇新建的安置小区里。小区有房五百多套。住房按人口登记，有计划而建，分为多种户型，最大的一百四十多平方米，最小七十多平方米。资金来源，大部分属于国家投资扶持。可见安置小区附近的空地，还在继续建设。另一处扎眼的建筑，比村民安置小区房要高出许多。高七层，设电梯、车库，设施齐全，小区自成一统，配有保洁员与保安员。院内奇石喷泉、小桥曲径、草木花卉、健身器械。楼盘取名"金马河度假新村"。据说，是位来自九福省的开发商，看好龙峪气候和环境，斥资上千万，在此盖起小户型商品房。共有二百八十套，已经卖出一百八十多套。剩余的九十余套，近两年少人问津。"度假新村"门口上方，竖立着硕大的广告牌，在青山绿水蓝天的大画幕上，呈斜势飘飞着醒目大红美术字——金马河，是你度假的仙境！是你养老的圣地！

龙峪镇人口多起来，逐渐成了一个老年人为主体的小社会。

最繁闹时候，要数夏天到中秋这个季节。每年初夏，约五月初开始，龙峪的市场，老街的村头巷尾，金马河的岸边，就会出现许多三三两两、穿着新奇华丽服装、操着外地口音的人群。有说普通话的，龙峪人不说普通话，可听了就明白。讲方言的人不少，有的方言含含糊糊，费点劲，尚能听懂。有的方言咕噜半天，不知所云，如听天书。不像从小山村里新迁出的安置村民，举手投足，便知是本地人。仍然讲着龙峪方言，仍流行龙峪的习惯，有的还与镇里的人沾亲带故，原本就认识，很快就融入龙峪镇的大群体里，无非是小山村人高攀，迁到了龙峪镇政府的所在地。或者说，是龙峪大村庄的人接纳了更加穷乡僻壤的小兄弟。

这些外来买房的城市人，自不必说都是城里比较富裕的人，大致属于中产阶层以上吧。他们来自全国四面八方，多是来自夏季比较炎热的城市，也不乏南方、东部发达省区。年龄多是六七十岁的老年夫妇，甚至还有八十多岁的。他们属于候鸟式人群，每年五月天热的时候过来，秋末天凉时又飞走了，还有带着小孙辈度假避暑的。也有个别中青年情侣，形影不离，情深似海，但他们是真夫妻还是野鸳鸯？谁也说不清！

这些老年人，江湖侠旅，都有强烈的个性与自尊，有自己喜好的生活规律。他们可以远观欣赏龙峪的传统文化，但绝不跟龙峪人走得太近，他们是一支支独立的特殊群体。小群体与小群体之间，天南海北人士，相互在自己小区内部，也未必认识。

每天清晨，龙峪早市。青凌的蔬菜，香艳的水果，鲜活的肉禽等商品，摆满街头。熙攘的人流里，不慌不忙地溜达着这些披红戴绿的——中国式的大妈大爷。他们眼观六路，认真挑选着自己喜爱的生活必需品。

一位七十来岁的大爷，穿着旧式军装，像个离休老干部模样。在一中年农民摊前站定，称了三斤西红柿、半斤生姜、两斤豆腐，共计九块五角钱。大爷掏出十元，卖菜的中年人找给五角钱，大爷乐呵地说，农民种地不容易，不用找了。可那中年人，一定要找，拉扯几下，那大爷还是坚持不找，扭头走了，这是大方的客人。也有小气的，有位六十多岁大妈，相貌富态，绿色衣裤印满大红牡丹花，脖子后搭着紫莲花图案的全棉披肩。她走到个卖猕猴桃的摊位前，问与她差不多同龄的农村老妇："甜不甜？能不能尝？"卖方答道："甜，可以尝。"大妈拿起一枚，品尝完说："味道可以。"开始挑选，翻来覆去，选了七八分钟，往秤盘里放了四个猕猴桃。卖者看了说："每斤一块五角，这是野生猕猴桃，个小，一斤有十四五来个。你这四个称不住，俺不卖！"大妈不高兴地说："我家是两个老人，老头子不吃这个，只有我吃。我今天吃两个明天吃两个，后天再来买。你做生意的，哪能嫌别人买的少，不卖的？"农村妇女说："猕猴桃可以放六七天，不会坏。"大妈又说："我要吃新鲜的，你不能强买强卖嘛。"农村妇女见她这样，又说不过她，只好说："这样吧，不称了，你给三角钱吧。如过秤，肯定有多。"大妈心中有数，欣然同意，掏出三角钱递过去。准备离开时，她伸手去摊上又拿了一个。卖货妇女板下了脸，用手按住："这不行，你一共才买四个，先前尝了一个，现在又要拿走一个，我这生意就没法做了。"那大妈只好将已拿在手的猕猴桃松开，绷着脸走了，还丢下句："真小气！"

这些城里人，每天都在体验着离粮蔬生产基地最近的"得天独厚"。除了感受农村市场农副产品明显新鲜好于城里外，他们还看到了有的农村人，种植两块地喂两头猪，使用农药化肥与添加剂饲料的终极产品，卖给别人吃。使用农家有机肥、有机饲料的成果，留给自己享。他们也能领略由城市流入到农村市场的伪劣工商业产品比重高。城里人忽悠农村人，农村人也可毒害城里人。想起来，过去是工农一家亲，现在却是冤冤相报。失德必定失和，如果没有国家的制约，这种恶性循环蔓延下去，可怎么得了！

这些城里人，在天气晴好时，会成群结队像蝴蝶飞出来，到金马河边，捡精致可爱的小石子打水漂，追逐嬉戏。观赏大河上下的金光灼灼、远方群峰的雾霭朦胧，深吸着清新空气，行走在富有诗情画意的长堤柳岸与田坎小路上，辨赏各种野花的名字与芬芳，还会溜达到老街里，看旧民居如城隍庙、关帝庙、观音庙、严家祠、清真寺等古迹。到镇中心广场，围成一圈跳舞唱歌，有时也爱去三棵树前，到"功德碑"前坐坐，一览十里田园好风光。这些外地人一来二去，经过几年，倒喜欢上了龙峪。他们觉得这里气候适宜，四季分明，生活物价便宜，民风朴实，的确是个颐养天年的好地方。

龙峪人不欺生。觉得这些外来的客人，还是给偏僻的山村带来了经济繁荣和文化活跃，让萧条冷落的龙峪热闹了许多。龙峪人认为，他们来了，就是龙峪人，待他们也热情，双方两不相扰，倒也和谐。

三棵树，还是那么挺拔苍翠。当然，老柏树也有新芽落叶，也在年复一年地变老，只不过他的虬枝老相，对于几百年的树龄来说，十年八年，算不了光景。它的四季常青，枝叶生老枯荣的转换，悄然分散在不经意的一年四季中，难被人察觉。而坐在它树下成长的人，却在一代代的明显变老。特别是何致兴、何长生这两辈，经历了朝代更迭、国家由衰到强的时势变迁，更是感觉呼啦一瞬，许多人已经遁入土堆里，永不再来。"道是无晴却有晴"，它既笑脸相迎也笑脸相送，送走了一批批常来树下相依相偎的故交老朋友，又迎来了一茬茬初识交会的新生代。

现在的三棵树下，与过去比，显得冷清了一些。年轻人中年人多在外面闯世界，常来的多是上了年纪的人。这些老人家，对三棵树情有独钟，他们感到整个龙峪，这里是最具人脉地气的地方，有三棵树的神佑，功德碑的庇护，心神方能显得轻松宁静。

健在的何长生，现在算是村里最高寿的人了，有事没事会常来树下踱步散心。他的后代——何建业三兄弟，本是在三棵树下这龙须盘根上，蹦来跳去长大的孩子，因励志事业闯天下，身在异乡。三年五载，偶尔回来看望它一次，反倒让三棵树受宠若惊。他们的儿孙何蕾、何舒奇、何舒芳、何静等，被父母带着也到三棵树来过。他们不在龙峪长大，三棵树只是概念上的老家象征而已，可以断定，十之八九，他们以及他们的子孙几乎不会再回来。三棵树在伤心落泪，这些事业上一代胜似一代的优秀儿女，将远离故土，像缕缕漂亮的云烟，向外悄声化去，越飘越远，永不再复原……

三棵树下的大坪上，三三两两常来转悠闲聚的，已经轮到赵解放这茬人。这些当年穿着由母亲、奶奶或者外婆缝制的对襟粗布衣服的少年儿童，如今老胳膊老腿裹的是休闲、西装、夹克等各色款式的商品服装。赵解放、沈畅、姚怀昌家无负担，金狗蛋的街头饭店已经不开了，谢富来民办转正式教师也退休几年，都属闲人。几个来了就自然扎堆到一起，像他们长辈一样，相聚总要找些话题闲拉胡扯大半天。赵解放年纪最大，是何建业的同学，建业读大学后也能与何建丰玩在一块。金狗蛋过去与何建伟是朋友。沈畅是周保中的外孙。唯有姚怀昌，原来因爷爷是地主，从小自卑，很少与人来往，这后来不再讲成成，才与众人走在了一起。

今天，是姚怀昌先打开话匣："你们说如今这政策，到底好不好？从古到今，民居四方，山区沟沟洼洼里，哪处不住老百姓？到了咱这一代，为啥非要把山里住了祖宗十八代的大部分人，都给撵了出来，全迁到龙峪镇上，不知道是进步还是倒退？"沈畅跟着说："我也不明白，人咋都往闹市区集中呢。日本鬼子当年打进来，祸害咱中国十多年，灭不了咱。就是因为咱中国人住得满山遍野，赶不尽杀不绝，也是靠农村靠山区，打游击战与他周旋，最后打败了东洋兵。现在人口都集中在城镇，如果再打仗，这炸弹都往人稠地方落，再多的人，经得几下炸？最后的话我不说了……"金狗蛋也帮腔："两位老哥说得有道理，都去当城镇居民，谁还来种地？"不料赵解放反驳说："你们都是鼠目寸光！这是党和政府的高瞻远瞩，是战略决策。说是要解决长期存在的城乡二元结构不合理问题，就是为了节约资源，消除地区贫富差距，推进扶贫攻坚，是件历朝历代想做也做不了的事情，功德无量。你们不读书不看报，只会发牢骚讲怪话！"有些秃顶的姚怀昌听后顶了过来："你进步，不能不让别人说话？"赵解放说："你总是站在你爷的反动立场上，对新制度不满！"姚怀昌不服气："我听到你有时候不是照样发牢骚，落后话还说得少？只许你说不准别人讲？"赵解放气汹汹说："我说了是人民内部矛盾，你说了是本质问题！"姚怀昌愈发来气："你老拿左的那一套，来压制人，现在不灵了。"这时候，金狗蛋、沈畅看到他俩擦枪走火，就过来灭火："莫谈国事，莫谈国事，别弄复杂了！"

为表达自己从不落后，赵解放又发出番感慨："要我说，有些老百姓也被养懒了。现在国家的政策，还叫不好？再说不好，那真是没良心！搞市场经济，人人自由，只要不违法，去哪挣钱都行。几千年的农业税免了，种地国家给补贴，还得求着你种！村村通了公路，医疗补贴养老金，虽不多却在逐年增加，吃不愁穿不忧。有些人知足，但有些人永远填不饱。有的懒汉，恨不得连老婆都应该国家发下来。有的人一边吃肉一边骂娘，怨国家怪政府，天不怕地不怕，老子天下第一。"

平时不爱说话的谢富来，竟说出段话来："现在有的人说话太偏激，总喜欢拿改革开放前后作比较，把两下对立起来。如说改革开放以后好，就把改革开放前成绩抹杀掉；如说改革开放以前好，就把改革开放后成果说得一无是处。要我说，两个阶段各有千秋，都有成就也有不足。为什么就不能说，过去的历史，为改革开放发展奠定了基础；今天的改革开放成就，是对过去发展道路的继承与发展呢？没有过去的基础，不搞后面改革开放，经济有今天的发展速度？百姓有今天的生活水平？中国有今天的国际地位？共产党领导中国的发展道路，本来就是探索性地、螺旋形地向前进。我看那些吃着肉还骂娘的人，不完全是私心与素质问题，而是居心不良，故意搅乱人心搅乱社会。我看不惯这些站着讲话不腰疼，或者叫心术不正的人！"

话音刚落，大家颔首，一致赞同谢富来说得公允。赵解放还开玩笑说："富来老弟，不亏当了多年教师，看不出你还是马老师的优秀学生——辩证法运用得不错嘛！"体型干练且精神的谢富来，也不客气："我平时是喜欢读一些哲学方面的书籍。"

这时候，金狗蛋看见王冠州抬着有点小内八字的脚步走过来。他两人是隔了几家的老邻居，也是碰见常开没天没地玩笑的老对手。王冠州刚走到跟前，金狗蛋便迎上在其头上轻轻一拍："冠州哥，快七十了吧？你还没死？又活着回来了！"

"你放心，到了那一天，少不了提前捎信给你这大孙子来打幡！"

金狗蛋没捡到便宜，正经问："去大城市五六年了，咋不继续在儿子家住了？"

"是咱自己不想住了。孙女儿带大了，现在上初中可以寄宿，不需要咱这老家伙啦。儿子还好，儿媳隔三岔五给点脸色，我与老伴也知趣，就回来了。"王冠州话语带有埋怨。

"也有好的，我儿媳待我就不错。你看我这件春秋衫就是儿媳去年给买的！"金狗蛋说完用粗糙大手轻轻地拨拉着还大半新的上衣，洋洋自得。

王冠州以似真非真的神情斜视着金狗蛋："你跟你儿媳妇两人说不清，她当然对你好！"接着还做有手势动作。

金狗蛋怒目回敬过去："你这张颠倒辈分、辱没门风的臭嘴！"

两人对撞互损的诙谐言辞，惹得周围跟着乐呵。

说完这，大伙又议论起街坊乡邻的家事来。沈畅话中带气、慢吞吞地说："我两个孩子外出打工十五年了，老大在新乐做水电器材生意，买了个小房子，已决定不回来了。老二在沿海一家工厂做事，最后连工钱都没完全要回来，三年两头换地方，都跑野了，也没看到赚到大钱，还不想回来！"金狗旦接过话："我邻居明山家三个孩子，老大在新乐老二在外省。最小的读书去了外地，据说在学校找了个外省对象，以后也是土地爷的胳膊——麻缠！家里只剩下老两口。"

"嗨！现在龙峪大街上走的，不是老的就是小的。小的，也多是老人家托管的小孙子小外孙。带大了，又被在外地的儿子或者女婿接走了。这叫啥光景啊！"

谢富来说："要我说，出去做工的不回来，是形势所促金钱所诱，在外面干一个月的工钱比你在家种一季粮食收入还多，他回来作甚？"

"在咱龙峪村最有出息的后代，还是长生伯那一家。从致兴爷那辈开始，家里出了个打天下的老革命长贵叔，后来到长生伯这里，个个逞强，不仅出大地质专家，还出赚大钱的老板！可就是都不想回来，将来那个大院子——传给谁？"赵解放既夸奖又忧虑。

说曹操，曹操到。八十有五的何长生，手拖着拐杖，精神矍铄走过来……

何长生走进人堆，开心地问六十来岁的晚辈们："你们在说我啥？我在老远都听见了！"

几个晚辈围向长生伯嬉笑："我们肯定说你好话，说人人眼馋你全家的好话。"

沈畅搀着长生伯的胳膊，笑眯眯说："你的大家出革命功臣，小家出专家出老板，有大学生还有出国的，八面威风，你老有享受不完的清福。"

何长生恰是喝了蜜糖水，频频点头："要说也是，儿孙们个个争气，且不说别的，连 M 国人都是我的孙子！"

话音刚落，这群人笑声四起，好像还抖落了三棵老柏树的满树笑声……

何长生说完，用手杖朝东面远处的高楼指指，又向近处比较低矮的建筑点点，调整语调："你们看，不该来的倒来了。该回来的却不回来。唉！对我们老年人说，什么名呀利呀，都是驴屎疙瘩外面光，没球一点用！"

赵解放、沈畅他们几位，知道长生伯并不是真正诋毁"金马河度假村"来的那些外地住户，而是指桑骂槐，牢骚自己儿孙风吹云散，四海为家，不续祖宗！不回龙峪！

"远亲还不如近邻，上次我在外面滑了一跤，还是隔壁邻居李东成孩子李耀华看见了，把我搀扶回家的。"何长生还在补充自己儿孙离得远，没有实际作用的无奈与愤懑。

金狗蛋问："长生伯，你不到儿孙那去住一住，也出去散散心？"

"几个孩子那里都去过几次。建业的西疆省，建丰的新乐市，建伟的海津市，有时是小住，有时是帮助带下孩子，但都住不惯。"

"现在通有高速铁路，多方便？过去几十个小时路程，如今几个小时就到，没有距离了，您老多出去享享阔气！"金狗蛋尽拣人耳的话说。

何长生不以为然："别说高铁，现在就是让我坐火箭，我也不去了，走不动了！还是住在咱龙峪，心里踏实！"何长生接着说："活了这么大岁数，还有什么不知足的。我好几年前，就是四世同堂，只可惜我的小重外孙在大河滩出了事。活得太大,既是福气也是累赘。我大哥大嫂老姐老姐夫,小弟长贵,都已不在人世,与我差不多年龄的同学朋友街坊邻居大多走了,可我还活着。出门没几个能与你说近话的人,都快成老妖精了。在家里待着,还得让晚辈们挂着心!"

姚怀昌关心问:"你与伯母俩,平时主要靠谁来照顾?"

何长生平静回话:"不瞒你说,前好些年,建业就提出过,让我们老两口过去养老,我俩都不愿意。他娘借口是最后怕火烧。我的理由还是想把这老骨头埋在家里,总归是,舍不得咱龙峪!""现在嘛,有幸的是我与老婆子还能动,几顿饭还能做。老大老三离得远,常问候但管不了。老二忙着跑生意,腿还不利索,也管不了太多,有时巧巧回来料理下,平时的日常小事打理,靠在龙峪做生意的老伴的侄子曹怀义帮忙。还有松慧家的孩子也能替一点。"

"我比起你们,当然是老了。可比起这大柏树,我还年轻得很呢。"长生神采奕奕,双手扶拐杖,仰头饱含深情的望着大柏树乌云般的蓬顶。

赵解放等几个小而不小老而不老的汉子竖起拇指,赞赏何老伯的幽默风趣、坦然大度的人生态度。何长生正欲离开,又被几位喊住:"长生伯,听说建业他们三兄弟正在计划,要为咱龙峪找水改善饮用水条件,已经与村委和镇政府说好了,不知是真还是假?"

何老伯爽朗地说:"有这么回事,这是他们的想法,我也举双手赞同。能为龙峪乡亲们做点好事,是老何家修来的福德,他们以后不管回不回来,总要让这片山水还记得他们。"他指指功德碑说:"从元朝到现在,过去了好几百年,只要是龙峪人,谁都不会忘记姜祖昌老将军的救命之恩!"

赵解放一群人向长生伯恭贺:"你老人家,教子有方,培养出了这么好的儿子!"他们从内心里钦佩何家良好的家风家教。他们回望龙峪镇层层叠叠的古村落新建筑,期盼着何建业三兄弟打水工程的早日启动。

此时的太阳已经西下,与远处的山峦还有四五十米高,天空由蔚蓝逐渐变成了橘红色。何长生望着龙峪,却另有一番心境。他看着黑魆魆的旧房新居,炊烟袅袅,一群群山雀飞燕,在夕阳下,忽聚忽散地翻飞着。头顶的上空，有群约有上百只飞鸟，组成了编队，绕着龙峪上空飞行。从东南西北，绕着圈儿飞。飞过头顶时，空中带着轰鸣，还有一阵阵长鸣的哨声，壮美极了。长生想得更多的是，这么美丽的家园，有谁来厮守呢？现在从人力上，应该是农村包围城市。而从经济建设规模上，可像是城市包围农村。与这里没有牵连的人陆陆续续来了，可自己的儿孙们，为什么就不想回来呢？

关于龙峪找水动议的由来，已经有几年了。

那是何建业退休的前两年春末，他去淮原省地矿局出差，商议合作国家下达的三江源勘查项目，办完公事，绕道回龙峪看望父母。那年何建业已经六十三岁，他因为是西疆省地矿局的总工程师，是屈指可数的地质专家，按照西疆省政策，可以放宽到六十五岁退休。他还在为他挚爱了一辈子的地质事业，做最后的冲刺。

回到龙峪，小住几日。平时在老屋里陪年迈父母唠唠家常。长福大伯、春香伯母，均已去世，只有叔伯兄弟刘松河在家，比他年岁大一点，身体不大好，走路有些小瘸，不方便，媳妇操持家的里里外外，还带着小孙女。家里两个孩子，儿子刘雅文在天福超市上班，女儿刘雅婷在西疆，也结婚成家。何建业去每次回龙峪，与刘松河都少不了双方礼节性的多次拜访。在龙峪村，这就是何家最近的亲戚了！

何建业每次回来，无论时间长短，都会挤出时间去找到几位从小长大的好友和老同学叙旧聊天。何建业是厅级领导，属于高级干部，走路平缓讲话平和。多年不见，虽然生疏些，还是尽量回味操念着家乡的方言。在乡亲面前印象极好，都说何建业没有官架子，出去了几十年，回来还是那么的朴实地道，难得！

一日，现任村支书边海清，找到何建业请教。他是复员军人，当兵回来四年后，从马延寿肩上接过担子，已干村支书五年多。略瘦削、轮廓分明的脸型，细挑高个头，头上戴着旧军帽，内着背心，外披薄夹克。年纪四十五岁，说话显得老到，能感觉出他对村里的各方管理的驾驭轻熟。边海清很尊敬地问何建业："建业叔，咱龙峪有个怪现象，就是患有甲状腺肿大、氟病、风湿心脏病及中风的人比较多，你是地质专家给解释下，到底是土地上长的庄稼有问题？还是咱喝的水有问题？"

何建业当即回答："这种情况，除与环境有关外，主要是水中某些元素超标所致，需要寻找新的水源。你带我到现场去看一看。"

他与边支书肩并肩，边走边说，慢悠悠沿着龙峪的老石板街往前走。何建业问："我记得全村原来有十来口井？"边海清回答："差不多，其中废弃了两口，又开挖了三口。不知道是哪些井的水有问题？"何建业说："这主要根据地下岩层的岩性生成而定。"他蹲到几口井边，查验井边的岩石层。龙峪的地层属于板岩①和石灰岩②。何建业用自己所学的地质科学知识，第一次为自己生存过的土地把脉诊断。

何建业详细观察水质，村民们打上来的井水，表面看水质清澈，没有任何问题。就对边海清说，我带点水标本回去，先化验一下，还是靠化学分析的数据来说话。

"如果有问题怎么办？"边海清支书问。

何建业："没别的办法，只有重新定位，找水！"

何建业探亲完，离开龙峪时，他的行李袋里，多了几瓶用矿泉水瓶装的家乡水。

回到西疆省平州市，他将水标本送到省地质测试研究所。经化验，结果是碘和氟元素超过国家规定的饮用水质量标准。这种水如长期饮用，就容易造成伤害，与龙峪发生的病状相吻合。

面对家乡人饮水出现的水质超标影响健康情况，何建业开始思考。他觉得龙峪把自己培育大，从龙峪走出来，走南闯北，风火忙碌于工作，还没有回报过家乡什么。现在临近退休，应该为龙峪做点事情！

他在头脑里跳出个大胆想法，思考成熟后，分别给两个弟弟打电话征

---

① 具有板状构造，基本没有重结晶的岩石，是一种变质岩。

② 以方解石为主要成分的碳酸盐岩，地质学分类属于沉积岩。

求意见，建议三人共同出资，他另外出面提供工程技术服务，为龙峪家乡人，找到新的有安全保障的饮用水源。找水工程预算十五万元，他自己拿出七万，剩下八万，建丰与建伟两人分摊。何建业也是外出工作后，第一次以大哥的名义，向两个弟弟提出为家乡作"慈善"的倡议，很快得到两个弟弟的响应。

何建业不舍近求远，专程去淮原省城春明市，找到杜学泰老师，又联系两位大学同学，由他们介绍引荐将龙峪村找水的事项，交给了淮原省水文地质队。合同签得很顺利，省水文地质队买他同学和老前辈介绍的面子，又看到何建业是同行，为家乡做贡献，还是私人出资，属改善本省境内的民生工程，在项目预算上，给予最大的优惠，只是象征性地收取工程的成本费用。回到龙峪与村镇沟通，如此有利龙峪村民的大好事，自然得到了龙峪村委会和镇政府的全力支持，承诺以最大的努力做好配合协调工作。

初春时节，淮原省水文地质队派出项目组，进入龙峪。而且是由何建业陪同一起进来的。他是专程为此事，从西疆省平州赶回来启动工程。这时的何建业已是银发上头，有了些老年的状态。水文地质龙峪找水项目组，共有十九个人，人人工装整齐，着蓝色工作装，年龄从二三十岁到四五十岁不等，充满活力。有辆专业的水文钻井施工车，还有部中型生活用车，专门为施工项目组服务。

项目组的项目经理，叫邓晓岩，锦江地质学院水文地质专业毕业，五十来岁，中等个有点小发福，戴顶鸭舌帽。进入龙峪后，经边海青支书协调，在龙峪镇西街口突兀的石崖下，拉起帐篷，放入各类施工设备和用具。施工车竖起高达十多米的钻井塔，像座丰碑。施工队员分成两拨，一拨住边海清家里，另批由何建业带着安排到父母家。项目组自己开火做饭，伙食也开在何长生家，都到一起用餐。

邓晓岩带着项目组，村里还派人帮他们把工作箱、找水仪器、铺盖行李、做饭的锅碗瓢盆，搬进何家大院。

何家大院前后生长的椿树、楸树、枣树、桃树及葡萄树，高高低低吐着翠色，院正中的大梨树，正是繁花如雪，地上零星落着让人不忍心去踏踩的花瓣。邓晓岩不是诗人，却诗意大发："……啊，桃花是春天的胭脂，冰雪是冬日的霜粉，这梨花真漂亮呀！"邓晓岩是淮原省从事水文地质工作的"老水文"了，又是龙峪找水项目的指挥者。何建业是地质专家，对水文地质有所了解。隔行如隔山，邓晓岩是水文地质专业，水平档次肯定更高，又得仰仗他们的具体实施，不能慢待他们。邓晓岩也明白，何建业是业内人士所知名的在西疆创造轰动全国找矿业绩的专家级人物，自然也是尊敬有加。

突然，邓晓岩惊喜地发现："这个大院，我小时候来过！"

何建业乐了："你什么时候来过？"

邓晓岩皱下眉头，回忆说："在我六七岁吧，我爸的地质普查组好像在这里住过。我是放暑假时，跟着我妈来住了半个月。"

何建业惊涛涌心，有些激动："你爸的名字？"

"邓春湘！"

何建业也想起来了，眼前这位水文项目负责人，就是四十多年前，住在他家的地质队员邓叔叔的儿子。

还没等何建业回话，身强力壮的邓晓岩接着说，他印象中，那时候这个院子里，好像还有更加大的爷爷奶奶和几个比我大的哥哥姐姐，好热闹。现在好冷清哟！

一句话，说得何建业眼泪水都快掉下来了，赶紧截住他的话："当年，那群哥哥里的其中一个，就是我。我还记得你爸叫你的小名，你是不是叫'岩岩'。"

邓晓岩眨巴几下眼睛，看着面带沧桑的何建业："我的小名，就是'岩岩'。岁月如刀，如在外面，我哪里敢认你大哥。"

何建业既兴奋又感叹："我在叔叔阿姨那里接受地学启蒙知识的旧梦，好像就在眼前！"

"你爸爸从事地质工作，给你起的名字都与石头有关？"何建业笑问。

"是的，我兄弟姊妹三人，弟弟叫晓石，妹妹叫晓晶。我妈说不好听，我爸说与岩石结缘好，结实，外表普通，里面是宝贝！"邓晓岩笑答。

两个人激动啊，不由地拥抱在一起。走进屋里，何建业立即向年迈的父母介绍，两位老人分外高兴，拉着邓晓岩的手说："没有想到这么多年，又能看到老朋友的下代人，而且还是带兵的头领！"

老人又问起了他父亲邓春湘的情况，邓晓岩说父亲工作一直很敬业，是省地质三队的工程师，也参与过多个大矿区勘查，出了一批找矿成果。后来地勘单位改革，国家计划任务减少，一度无事可做，赋闲好几年，已经去世多年了，走时只七十二岁。这让何长生、曹仁花两位老人家惋惜不已。

建业感慨万千，历史竟然有这么的巧合！五十年前后，都在这个小院与地质队结缘！

这夜，何建业和邓晓岩挤到同间小屋里长谈，互通各自所在省区地质工作体制改革的动态。邓晓岩说："淮原省地勘队伍已经改制成地矿集团公司，下属有两万人，约有百分之四十多的老同志，进入体制内，由省财政养老，剩余百分之五十多些的中青年职工，变为企业身份走向市场。"

"西疆省地质系统改革也在推进，思路差不多。"何建业说。

"政府对地质工作很重视，省里的地质找矿，地质环境勘查治理，土地资源调查等任务，大多交给了地矿集团。基本保证了有米下锅，员工有事可做。"邓晓岩说。

何建业感到淮原省推进地勘单位企业化的步伐，比西疆省还要快，形势更为严峻。

"是啊，从地质行业自身利益来说，总想维持现状，保证地质工作的顺利进行。但是全国是一盘棋，我们应该服从这个大局。"何建业感慨说。

邓晓岩别出心裁地说："说滑稽点，搞地质向地下要宝藏，为国家建设提供资源，我们是功臣。可对于地球来说，我们既是开发者也是破坏者。建设开发了几十年，对地球开肠破肚，开矿吸油抽气，相当于对一个人经常在身上开口插管子，影响了体质，最后难免会有意见？现在我们不仅是找矿者，还应该是环境的保护者，推进矿产资源有序开发与合理利用。不同时代，对工作责任的定位，甚至功过是非的评价标准，不尽一样。"

何建业赞许地看看邓晓岩："地质工作由原来地下工作者，还要逐步走上地面。现在是地下地上全方位为社会经济服务。地质灾害防治与应急救援，水资源勘查与保护、生态保护与修复、气候变化与环境效应等，都是地质工作的延伸。在新环境下，地质工作大有作为。"

"对地勘单位改革有个逐步认识的过程。我家一个亲戚原在粮食系统工作，多么的红火。后来粮食部门改革，单位合并没处去，提前办了退休手续。我的表姐是纺织厂的，国家压锭，促企业技术升级，一下成了下岗职工。这说明改革是国家全方位的大手笔，是发展趋势。还说明许多行业与职工，为国家的改革与发展作出了重大牺牲。"一见如故的邓晓岩谈自己的体会。

何建业感概说："我当队长前期，也想不通。实践是检验真理的唯一标准，通过改革的效果来印证，现在看来，是改革给地勘单位带来了与时俱进的新变化。没有改革，没有体制转轨经济转型，产业的升级换代，国家综合实力的提升，哪有今天的国富民强，立足于世界强国的前列。"

"你到底是厅级领导，认识问题的境界也高！"

两个人相互递烟，一支接一支，说地质工作的过去、现在与未来，滔滔不绝，直聊到鸡叫一遍，同事出来上厕所，敲他们的窗户提醒："天快亮了，还不睡呀！"他们才开始合上眼睛。

开始几天中，何建业参与邓晓岩所带的项目组工作，与大家一起查看龙峪周围的地层岩性，共同研究确定出五口井孔位置。何建业还向何建丰交代，等勘查施工出水经检测化验水质达标后，要购置好管材，配合项目组将管道铺设工作做精做细。

何建业退休后，省里一些地质重大项目实施与学术研究，仍需要他参与，还要回西疆去。离开龙峪时，何建业握住邓晓岩的手说："一切都拜托你了，有什么生活难题，与边海清支书商量，其他问题我们电话沟通。"邓晓岩说："请放心，尽全力交出满意答卷！"

龙峪找水工程启动后，边海清支书经常到机台施工现场看望，有时还给项目组送来瓜果菜蔬等慰问品。喜欢看热闹的村民，每天都有一群群人围在钻井边，看轰轰隆隆的钻机将长长钻杆探入岩层深处，咕咕嘟嘟带出黄色的、白色的、赭石色的岩浆水，在地面上涂抹出五颜六色的图画。头戴白色安全帽的水文地质施工人员，很热情，只要有人问，还会大声向村民解释地下水资源开发和保护利用的知识。

　　经过三个月紧张有序的找水工作，五口定位的井孔，有四口井的出水量合乎要求。经检测，水质的各项指标，完全达到国家规定的饮用标准。

　　货比三家，对水管器材的购置，何建丰先跑定州县城，没有选中适合的材料。但在衔头他迎面碰到萧亚君，这位也是岁月催人老的儿时朋友本想躲开他，已经来不及，对方硬着头皮匆匆说几句应酬话，赶紧离去。何建丰早听说，萧亚君在人前混得没有脸面，换了三个老婆，生育两个孩子，家庭矛盾不断，不安心原粮食单位工作，辞职出来求发财，四处漂泊。也听说旧友白尚杰，因四处借钱赖账，债台高筑，最后在龙峪声名狼藉待不下去，已有好多年不知道人去了哪里。何建丰与萧亚君敷衍数句匆匆而过，可心里却隐隐作痛。他不明白，当年最要好的两位朋友，借了钱或者起了歹意，居然还倒打一耙，将他还视为"敌人"。这人哪，最复杂的莫过于人心！一旦有了隔阂的老亲旧友，最后的人情反倒不如从没有来往的平常人。在糊涂中他仔细想想，慢慢悟出了许多人生道理！

　　何建丰在定州没有定好货，又去新乐找材料，最后敲定在新乐一家公司订货。天下太小，何建丰驾着车与该公司正式洽谈时，当日值班经理正是他怎么也没有想到的唐美丽。三年多没见面了，唐美丽已经与人结婚，还是那么风韵依旧，她涉及的生意场，还是没有离开与水利相关的行当。听说所需水管是龙峪找水改善百姓生活用，唐美丽很大度，开出了最优惠的价格，提供货源。在这个物欲横流，金钱至上，甚至道德下滑的社会里，无论人品高下，手段优劣，都要有一碗饭吃！

　　经省水文地质项目组全面施工，水管铺设完毕后，龙峪家家户户安装上了开关自流的水龙头，原来龙峪人一肩吊着两个水桶，排着长队到井台上挑水吃的历史，从此结束了。龙峪百姓可以足不出户，在家里哗哗啦啦，尽情享用到清澈甘甜安全可靠的地下泉水。为庆祝这功德无量的盛事，村委会决定举办隆重的通水典礼！

第三十七章

二〇一五年夏末，龙峪找水成功的盛事，对于何家来说，不似过年胜似过年。

远方的何建业带着妻子周宇娟，从西疆平州市回来了，儿子何蕾刚巧从M国回国探亲，还带回个M国的洋媳妇及六岁的"混血宝宝"。何蕾汲取并超越父母基因优点，高挑的个头，端庄的相貌，英俊潇洒，穿着青灰色休闲服蓝色休闲裤，文质彬彬，玉树临风。"腹有诗书气自华，抬手举足见修为"，让龙峪村过往的人刮目相看。何建伟从海津市开车带着妻子赵凤霞和女儿何静回来了。近处的何建丰夫妇与儿孙倾巢出动，儿子舒奇身边跟着妻子与七岁的男孩，舒芳重又生育手拉着自己的小女儿，在新乐做公务员的女婿也随来祝贺。何长生还通知西川县的叔伯姐姐何素珍家，何素珍年纪大了走不动，就叫儿子马云飞与孙子参加。

在这特殊的喜庆日子里，何氏大家庭的大部分成员，在龙峪又一次相聚了。特惹人眼的是何建伟的女儿，脸型秀美，身材修长，长发飘背，上衣是休闲宽敞的粉白衬衫，下身是紧身牛仔裤，裤腿膝盖处还有几处月牙样的毛口子，隐约露出细白的皮肤。耳朵上挂着白色连线的耳机，显得冷艳唯美。龙峪人看见后，都说咱龙峪撒出的种子，在南国土地上也能绣出这般的美人儿。有人看了不理解，议论说："看来何建伟在外面混的也不咋的？穷的连给女儿一条好裤子都买不起！"也有懂得人说："你懂啥？那叫乞丐服，是大城市人时兴的一种时髦服装。"还有回头率更高的，是何蕾的M国媳妇，这个白妞，身材匀称，个头少说也有一米七五，比叔叔家的女儿何静还要高出半个头，与何蕾走在一起，只矮了一点。说是白人，肤色是白里偏红，瓜子脸，内扣着蓝色的眼睛，金黑色的头发，随意扎着。她也是穿着浅蓝色的牛仔服，走起路来挺胸收腹，有些飘飘欲仙，嘴角总是挂着微笑，懂些中文，见到人讲礼貌，总主动说："你好！"最后"好"字的语调抬得很高。龙峪的男女老少见了，人人感到新奇，眼神要追踪得很远才能收住。老百姓也有人感到龙峪这地方的自豪，真是时代变了，这是咱大山沟里收到的第一个洋媳妇！

他们还给远在吉东市的婶婶打了电话，报告龙峪找水的好消息。何军梅联系不上，两个叔伯兄弟分别从吉东与浦江发来了贺电。

为庆祝典礼，村里请了戏剧团，在村口搭台唱一天大戏，还扎了彩门会场。典礼的前一天，何建业听说村里专门为他们三兄弟在最大的井口处立了"功德碑"时，立即找到村支书边海清。

何建业真的不高兴，但表情又保持平和，见面就说："海清支书，你……你这不是把我们放在火上烤吗？"

边支书握住何建业的手，满脸堆笑解释："为家乡为百姓做了贡献，是村民大家的心愿！"

"无论怎么说，你不把碑掀掉，我明天就不去参加典礼。你和大家的心意我领了，但在这件事上，你必须听我的！"说得斩钉截铁，不容商量。而且还说："今天就派人处置，把它铺在出水口，当石头用。你不听我的，我自己去清除。"

边支书见此，无奈。就打比方说："建业叔，你也太当真了。三棵树边上不是也有几百年的功德碑吗，为老百姓做了事立了功，就应该传下去！"

"那不一样！任何功劳都是在党和政府领导下取得的，你不是也做了许多牵头协调工作吗？新时代不兴为个人树碑立传。何况我们做这点事，只是凭着土生土长龙峪人的良心，为家乡为乡亲们表示一份感恩心而已，还远不能与功德碑褒奖的救命于水火的壮举相比。"

何建业的话，听起来虽然有些高调，但句句振聋发聩，让边海清支书对党的这位高级干部更加敬佩。

何建业想了想，也为让边海清下台阶，又说："这样吧，把碑搬掉，换成树。我们三兄弟在井边每人种棵柏树，与村东口的三棵大柏树相呼应，说明我们虽远在外地，但我们的根还在这里，意义更大。""只有一个请求。我们离得太远，希望村里安排，有人常去给新栽的柏树浇浇水，确保树木的成活！"

　　边海清支书感动地答应了何建业的要求。

　　第二天通水典礼，龙峪万人空巷。典礼会场彩旗飘扬，鞭炮齐鸣，台下人潮涌动。但见龙峪镇镇长黄东进，村支书何海清，找水项目经理邓晓岩，找水策划主要投资人三兄弟的何建业、何建伟坐在主席台上，没有看到何建丰，听说有急事没有来。会场台下的第一排，坐着龙峪镇政府、村委会现任的头头脑脑。老支书裴庆奎已不在人世，其他的老村干部如孙玉田、雷大海、马延寿等均在被邀之中。何家的亲人家眷一大族人也在前排，何长生、曹仁花两老夫妇喜气盈盈坐在中间。

　　典礼开始，村支书边海清先介绍找水工程的实施过程，也特别说明了为何家兄弟立碑后改为种树的变化经过。让省水文地质队的邓晓岩经理发了言。轮到何家兄弟的代表何建业讲话，大家争相一睹大领导和大专家的风采。何建业表情喜悦平静，说得很简单："乡亲们，我们是龙峪山水养育大的。不论走到天南海北，都不忘记自己是龙峪的人。现在为家乡做了点事情，是应该的，不值得夸耀。我们只愿金马河永远清澈，金马山常绿，三棵树常青，环境更加优美，乡亲们的生活饮用水永远的安全可靠放心。希望大家在村委会和镇政府的正确领导下，感恩党和国家给予的好政策，珍惜并抓住发展的好机遇，同心同德把龙峪建设得更加美好。衷心祝愿龙峪经济文化建设繁荣昌盛，环境卫生更加干净优美，乡亲们生活幸福身体健康。"言简意赅，句句铿锵有力。最后是黄东进镇长做总结，他号召全村人，要感谢何建业、何建丰、何建伟三兄弟建井找水的善事义举，感谢省水文地质队员们的辛苦劳动，为龙峪解决了安全可靠的饮用水，向他们致敬。支持镇政府与村委会的工作，把新农村建设各项工作落在实处，早日实现脱贫，走上共同富裕的道路。

　　台下不断报以热烈掌声。有人说，何建业讲话寥寥数语，以少胜多，句句实在，这就是大领导的风范。对于何建丰没上典礼台，下面有些议论，有的问身边的人："建丰怎么没来？"有回答："昨天在街上看见人了，是不是不好意思在大场合露面！"也有的说："这些年村里有的人对建丰指责太多，别人虽住在新乐，但主要还是在龙峪周围创业，人家安置了那么多人做事，这次又拿出钱参与找水，要记住别人的大好处。"还有个说："何家兄弟为龙峪百姓做了这么大的贡献，村民应该为他们庆功。老大老三离得远，咱们够不着尽不了情。我们可以联名向《新乐日报》写信呼吁，让何建丰当新乐市政协委员。"边上就有人捣他："他有那个污点，恐怕上面不会同意。"站在旁边的另一位反驳："过是过，功是功，这为几千人找水谋福利的义举，比那些生活错事重要得多。现在因腐败被查的干部，前面是经济问题，后面哪个不是跟着几个情妇。垮台了是问题，没出事的都不是问题。"说得周围一片哈哈哈。也有人扯到老三："建伟现在回来，感觉变了很多，不再打扮得怪模怪样，也不显能摆阔了，看到谁都是客客气气。""这就是没发财时才装大款，现在低调了，说明他真有了积蓄，你看人家开那车，少说也有三十多万。"又一个老村民猜测……

台上边海清支书宣布，龙峪村找水工程圆满成功，扯出长音高喊："放水……"，顿时如大碗粗的水管上的红绸被揭开，水闸开处，清澈干净的泉水瞬间从管口冲出，喷射数米，哗啦啦向下方的水道流去。又是锣鼓声乐鞭炮长鸣，上千的村民欢呼雀跃，把龙峪的天空都给震破了……

这几日，何长生家热闹至极。除了自己家的亲戚团聚外，何家三兄弟的同学朋友会来，村干部镇政府的干部也会来，来来往往，络绎不绝。何长生老夫妇，仿佛年轻了二十岁，笑声连连。看着膝下这风流耀眼的后代，带有明显不同龙峪人气质与装束的儿孙辈，特别是这次为村里完成找水大工程之后，让他们的传统思维方式又有新的转变。不知怎的，还让何长生突然想起了，"文革"中要求大家背诵"老三篇"《为人民服务》中的一段话："我们都是来自五湖四海，为了一个共同的革命目标，走到一起来了……"，他在想，毛主席真英明，这话现在放到我们小家里都是真理。

何长生坐在大院中央，看着围坐在边上的三个小家庭成员，乐呵呵地说："我现在完全想通了。我作为老年人，盼望你们都回来继承家产，兴盛何家祖业，没有错。可你们在外面闯江湖打天下，成就事业，也没有错。你们既是龙峪人，还是国家的人，不管在哪里，都是为国家做贡献。龙峪家业与国家事业相比，又是小事了。你们能走正道，为何家争光为国家争光，比什么都强。你们能飞，是本事，飞得越高越好。我们老了，你们不用担心，离近一点的有建丰巧巧他们，更近的还有侄儿外甥们。"

言之凿凿，情之切切。说得晚辈们心血澎湃，为有这样开明大度的父亲母亲、爷爷奶奶而骄傲。

在龙峪的几日里，何家三兄弟云聚海会，他们在一起，议论天下大事讲如今的政策时政，讲自己所在省区的经济文化形势，讲人情世故。也讲到远在吉东市长贵叔一家的儿辈，不是土生土长，龙峪大多是个家乡符号，军勇军强他们天隔地远少联系，感情会越来越淡。何军梅看破红尘，笃信轮回与舍得，更加难与人往来。在龙峪期间，何家的儿孙聚队凑伙，四处走动，看望了龙峪街头与分布在其他村庄的亲戚朋友。何建业、何建丰、何建伟三兄弟，在龙峪村西口新井处，栽种了三棵有两米多高的小柏树。

三兄弟在龙峪之日，巧逢母亲曹仁花的八十五岁生日。全家成员难得这么齐整在一起，商量为老母亲举办一次隆重而又简洁的庆寿宴会。不大操大办，三兄弟计划就在家里做几桌菜，仅邀请伯伯姑姑与舅舅姨妈家的亲戚，参加寿宴，小范围庆贺热闹下即可。大家分工合作，一切都在悄悄地筹备。何建伟到定州县城，定制了生日蛋糕。

寿庆当日，何家正堂屋里，布置一新。院里房门贴上传统寿联，何蕾执笔书写，上下联为：

棠棣花开千载好
椿萱并茂万年长
横批是：长生无极

将寿公何长生名字也写了进去。二儿媳许巧巧的巧手，折镂刻刺，剪了个大如斗的"寿"字；大媳妇周宇娟的剪纸手艺，也曾了得，所剪的栩栩如生的"麻姑献寿图",贴在正墙上。晚上,屋内灯火通明,点心水果摆设在长形台案上,两支大红蜡烛跳动着金白色光炬。三张大圆桌,挤满何家大大小小成员与前来祝寿的亲戚,济济一堂。今日穿戴新整的寿星曹仁花还有寿公何长生好威风!取代了当年何致兴、韩瑞兰的地位,至高无上,兴致勃勃地端坐在酒宴上座正中央。

在丰盛的酒宴上,何家儿孙与亲戚们,论辈分大小按批次,轮番向寿星曹仁花寿公何长生敬酒,说尽"生日快乐""身体健康""福如东海""万寿无疆"等吉祥祝福语。大家又相互敬酒,尽情欢闹。先是佳肴美酒、品年糕、吃寿面,接着一方叠着三层的生日大蛋糕,奉献到老人面前,蛋糕上面敷着花花绿绿的奶油,并点燃了一圈圈小红蜡烛,孙子孙女们为奶奶曹仁花戴上镶着金边的"皇冠",耐心教练她老人家祈祷心愿、吹灭蜡烛、切蛋糕的方法。曹仁花活到这个岁数,包括她的老头子何长生,从来没有享受过这样人丁兴旺、土洋结合的寿庆待遇。烛光将老寿星的面容映照得通红,但见她双手合十,大声念叨:"……天灵灵地灵灵,我盼着何家发达人口兴……我的子孙多生胖娃娃……希望儿孙们常回家……",几个孙子孙女对着奶奶叫喊:"停……停……"一阵哄笑之后,对奶奶重新强调:"你的愿望,要在心里默念,不能说出来!"曹仁花今天像个小顽童,笑着反驳晚辈:"你们早点又没有说清楚。"在侧的何长生掩不住下巴的咕哝,跟着笑。曹仁花重新合掌举至眉宇间,嘴唇张张合合,听不到声音——这次不知道她老人家又在祈祷词中加了什么内容?手起刀落,分解成碎块的甜腻的蛋糕,捧到了大家的手心里,一起分享着老寿星的福祥之气烟煴出来的快乐。

趁热打铁,接着又是别开生面的家庭娱乐晚会。先是老大何建业、老二何建丰、老三何建伟,一家家分别将新帽子新衣服、健身器具、红包礼金等礼物,敬献到两位老人的怀里,老人忙不迭地重复笑容与频频点头。表演的节目,短小精悍,何蕾与洋孙媳两人跳起探戈,舞姿潇洒豪放。何静献艺,唱了一曲《生日祝福歌》,优美动听。何舒奇紧束下腰带,左右开弓,表演一套拳术。几个小朋友还牵手合唱了儿歌《找朋友》。

晚会上,何蕾小夫妻和何静、何舒奇、何舒芳等兄弟姐妹自动坐在一起,边看节目边窃窃私语。赵风霞坐在女儿近处，听到何蕾轻声问何静："听叔叔说，你想出国深造，准备去哪个国家？"没想到何静回答："我暂时不想出国了。"何蕾问："为什么？"何静回答："听我两闺蜜说，他们几个亲戚的孩子，在国外留学多年，家里花了很多钱，自己也没学到真本领，进退两难好难受。我现在还没做好准备，以后再说吧。"何蕾点点头说："有机会到国外开阔眼界，是好事情。不过，现在中国发展潜力很大，在国内创业也挺好。我和你洋嫂子已经商量了，也想回到国内来发展！"正在议论中，突然听到喊何蕾上场朗诵诗歌，打断了他们的话题。

何建业为母亲生日写了首诗《庆母寿》，由儿子代念，何蕾第二次上场，朗诵道：

> 龙峪古柏赛森林，
> 金马长河贯古今。
> 红烛喜泪叠千重。
> 寿堂高坐老娘亲。
> 儿行千里父母忧，
> 天涯游子难忘恩。
> 纳祥呈瑞举杯庆。
> 幸福人家共长春。

欢呼毕，小儿子何建伟乘兴表达自己心情，站在父母面前宣读他写的贺信：

> 尊敬的寿星老母亲，还有寿公老父亲：
> 父母的高寿，是我们晚辈的福分，千言万语道不尽儿子对你们的崇敬之情。我自小得到奶奶与母亲的特别宠爱，这种娇惯，让我自小自然养成一种依赖任性倔强习性，甚至被街坊邻居还有家人不齿……

读到这里，周围一些敏感的家人亲戚突然睁大眼睛，面露惊诧，在这庄重喜庆的寿诞庆祝会上，感觉有点在批评父母亲的味道，再看曹仁花特别是何长生脸色，多少有些不快。

何建伟接着念下去，内容一转……

我自离开龙峪到外面闯世界后，发现原来的这种任性、自负与桀骜失去了灵性，社会不买我的账，碰了许多钉子。我需要从头做起，重新做人。人越在遭受挫折磨难时，越会感觉"被宠爱"的弥足珍贵，同时又会反悟"被宠爱"的负面作用。我在大起大落的情感反差中慢慢醒悟，在艰辛的求职摔打中，让我从原来不谙世事的孩子，逐渐懂得了靠自己图强发奋，找到了人生努力方向。从这个角度，我还是要感谢并特别珍惜奶奶母亲对我的关爱，也更加明白了父亲对我严格管教的道理。总之，我的性格调整与事业作为，离不开你们的培育与影响。我要永远地感谢你们。我走遍天涯海角，也忘不了父母亲的养育恩德！我衷心祝愿父母双亲健康长寿，洪福齐天……

周围的亲人们鼓掌了，老夫妇面色舒展开——点头笑了。特别是何长生心里在想，原来那么浑球的小子，在外闯荡几十年后，能够说出来这样含情入理有水平的话！

最后是爱好戏剧的侄女刘松慧与外甥陈志坚，走上台合唱地方戏《五世请缨》选段：

一家人欢天喜地把我来请，
佘太君穿宅越院来到前厅。
众儿孙为我把寿诞庆，
一个个膝下承欢满面春风。
年少人盼的是立功边境，
年老人我喜的是一门忠贞。

老身我今年活了一百单七岁，

眼不花我这耳不聋，

腰不酸我这腿不疼，

先王爷他说我是长寿星。

……

曹仁花、何长生老夫妇喜不自胜。这时候，旁边的亲戚问老寿星："今晚的节目，您最喜欢哪一个？"曹仁花不假思索地打哈哈："只要是晚辈们唱的跳的，我都喜欢。不过最能听懂的，还是咱这儿的梆子戏——正宗，顺耳，滋润……"

到夜里十点多钟，寿诞喜庆会散了。何家院子路灯的黄色光辉下，亲戚们叽喳说话、喇叭滴答聒叫。几辆三轮摩托车，门口还小汽车，挤上了几大群庆寿的男男女女，鱼贯出发，他们还要回到龙峪镇以外各家居住的小村庄去……

这次回龙峪的多天聚会，何建伟与何建丰的兄弟关系，融洽了许多。除合力承办龙峪的找水公益事务外，关键在于何建伟看到二哥的家庭情感回归，能够比较真诚地对待嫂子，另外都快到了花甲之年，年轻气盛的钝角，已磨平许多。

清晨，何建丰邀请老大老三，去金马河边看已封闭两年多的漂流公司旧址。旧址院里长满青草，黄色的野菊花，粉红的野蔷薇，随地蔓延，齐有半人那么深。何建丰已经完全丢去拐杖，能正常行走了。他向大哥和小弟介绍漂流公司创业到倒闭的经过，当然会把与唐美丽的纠葛尽量隐晦掉，也会说现在龙峪天福超市的正常经营。他忽地扭头朝何建伟说："现在国家还是重视旅游产业，旅游是无烟产业。前期投入与后期成本比较低，今后即是不靠公款消费，随着人们生活水平提高，仅凭私人消费，仍然会有市场。我还有心恢复漂流公司的经营，只要好好经营还是能盈利。"说得信心十足，问何建伟："你给你们物流公司的一把手说说，愿不愿意投资，咱们合伙一起干！"

何建伟见二哥已年过六旬，对生意场还如此热衷，有些不可思议！则回应出另种声音："估计我的老板不会干，主要是太远了，不便经营！"不想何建丰说："距离不是问题。你们只管投资，可以不参与经营，靠股份分红！"何建伟还是淡然视之："我说二哥，我劝你也该歇歇了，这个年纪还是放轻松些为好。钱赚多少算够？只要够花就行了！"说完摇摇头，有点自得地说："我在海津开有茶坊，邀请两位老兄来海津做客，你们喝几次茶听几次曲，保管气定神闲，心情开阔，就知道了人生乾坤的真正大小！"这时的何建伟懂得天高地厚，要说谈天说地、博古论今，大哥是科班出身，水平高得多。但他有感发挥，在于谈自己的人生体验，也主要是讲给还痴迷生意场的二哥听的。何建业这时接着说："歇息可以，但不要停止，人生的意义就是奋斗。知足常乐只是一种生活养生姿态，永不满足才是社会进步的源泉与动力。"何建伟看看两位兄长，知道自己是少数，只好顺水推舟笑着说："大哥更是终生奋斗的人，我向你两位学习！"

三人走着，看见风雨剥蚀的门窗与墙角之间，结有一张大如箩筛的蜘蛛网。蜘蛛网千丝万缕，网上刚被粘住了一只红色蜻蜓，正在噗噗愣愣地挣扎。网边有硕大的黑色蜘蛛，高撑群腿，望着猎物，做着欲进又退的架势。何建伟见状，从地上捡根树枝，朝网中捣去，大网洞开，见那红蜻蜓"吱"的一声，飞走了。何建伟顺口说道："你自由了！"三个人同时笑起来。何建业跟着说："也可以看作，是经历了重大挫折，汲取教训，走向了新生活。"何建丰看看大哥又看看建伟，话里有话地说："我赞成大哥的观点，生命不息，奋斗不止！"

三兄弟走出漂流公司旧址，继续沿着金马河大堤往前走。小时候长有比水桶还粗的老柳树老杨树，已经棵棵老去。现在看到的，都是新栽已长有碗口大小的新杨柳。大堤也由原来的四里延续修到了七里长，堤防修建得更加牢固，大堤高出河床六米多高。而且还在中段加修了一道五里长的外堤。五米来宽的堤面道路两边，青草野花缀满露珠儿，蓊郁的野蒿长有半米来高，夺目的还有许多伸出花冠如核桃大小的白色绒球——赛如霜雪随风飘飞的蒲公英。从金马河河道上流过来的空气，特别的清新，不时能看到河面上飞翔的行行白鹭。

何建业走着，对两个老弟说："这次村里本来为我们筹款找水的善事铸了碑，我知道后力拒，给拦下了，你们俩没有意见吧？"

何建伟抢先说："我才不在乎这个呢，搞这么复杂做什么，大哥不拦我也会去拦。"何建丰更是说："大哥拦得高明、拦得及时。"他心里在想，如果真要立的话，我在那上面才叫不自在呢！

讲起丰碑，何建伟说："立碑，是对有榜样力量人的褒奖。三棵树前功德碑里面的人物，我们从小受教育，已经牢记在心。要我说，咱们家里就有两块丰碑。爷爷是一块，刚正不阿扶危救困，是做人的丰碑；大哥也是一块，专家创业有特别贡献，是做事的丰碑。"何建伟经过三十多年在外学习与实践，还有苏正平的影响，现在看问题和表达能力，都要另眼相看。

何建业由此引发："碑不碑，主要在老百姓心里。就龙峪而言，老革命叶明瑞县长，肯定是共产党好干部的丰碑！包括咱们村里的赵振江、裴庆奎那辈领头人，还有一些老土改老党员，以及后来各个时期的许多村干部与先进人物，很多都在为改变咱山区的落后面貌，发挥过模范表率作用。要说贡献，就说二弟建丰为龙峪在安置就业与治理环境上，也做了不少的事情，我想乡亲们心里也有数！人生要活得精彩，不仅是追求物质财富的成功，还要修炼比较高尚的精神境界。""再扩展到国家，今天社会经济发展得如此速度与进步，都是党和政府领导，在一代代先进模范人物有识之士影响下，广大人民前赴后继，努力奋斗取得的结果。"何建业又说，咱们只是遵守了爷爷奶奶父母的家训，在社会上踏踏实实做事，老老实实做人，履行了基本责任与义务，尽了自己的良知，走的是人间正道而已，远没到树碑立传的地步。"

何建伟说："大哥如此优秀，还如此低调谦和，我等离立碑的距离，更差十万八千里。"

"再说了，长贵叔退休后，为咱龙峪引进东北人参的种植，还在家住了小半年扶持培训。现在村里也有十多户人家为此赚了钱，也是为龙峪部分群众的脱贫致富做过成绩。咱们长辈没有立碑，晚辈去张扬，情理上都说不过去！"何建丰终于找到一条不能给自己立碑的重要说辞。

何建伟掏出"椰林牌"香烟，递给大哥一支，又给二哥，何建丰摆手不要。在对烟酒的嗜好水平上，三兄弟有点意思：大哥何建业好烟而不好酒；二哥何建丰能喝点酒而不好烟；三弟何建伟则是烟酒兼蓄且有水平。

何建伟又向大哥请教，如何看待当今中国社会经济发展进程中，存在的失误以及当前尚存的腐败问题。何建业想了想回答："我的看法，必须用历史发展观，去宏观地全面地看待问题。新中国半个多世纪的'强国富民'发展道路，是个艰苦探索的过程，工作难免有失误甚至是错误，不应该回避，实事求是，应该讲清楚。主要是作为总结与教训去汲取，而不是牢骚与记恨，归根结底要把握好泱泱大势向前进步的总方向。"何建业继续说："腐败问题，是一种社会现象的存在，但必须肯定社会主流是比较好的。没有这个大前提，中国就不可能有今天的发展水平和社会的稳定。共产党就不可能有如此强大的执政凝聚能力，将现代中国治理成让世界强敌都为之害怕的一流强国。我们对未来要有充足的信心。还应该看到，近些年中央反腐倡廉的力度越来越强。一度蔓延的社会不正之风与官场腐败得到了很大的遏制，整个政治生态环境正在向全面看好方向扭转。"何建伟与二哥都敬佩大哥的分析。

三人相互讲些自己所在城市的见闻。

兄弟间说话自然轻松。行走间，何建伟的话最多也最敢说。他突然说："大哥讲的，我基本赞同。但是我们生活在现实中，现在看得到，官场比较腐败，社会财富严重分配不公。有权的动动嘴，有钱的搞资本运营，就有大钱可进。出力的没权的，累得精疲力竭满身臭汗，也只是赚些养家糊口的报酬而已！"没有头绪，他又说："咱们三兄弟，真真当官的是大哥，我与二哥都是商道。"

建伟用脚踢着路面上的小石子，调皮地笑着问何建业："大哥，说实话，你属于贪官？还属于清官？"

何建业看了眼这个戴着有色墨镜，胆大妄为的小弟，微微一笑："你说呢？"

何建伟略一沉思："我想，按大哥原来的人品，应该是清官。但人会变的，现在我也难说得清楚！"

何建伟与何建丰，知道大哥是哪一级干部，但并不真正知晓大哥所从事的地质行当，是一个是官不像官、是民不像民的职业。

何建业拍拍建伟的肩膀："你这个问题，问得既可爱又傻，大哥就算是个贪官，也不会承认自己是贪官啊！一切存在的腐败与分配不公现象，最后将随着社会制度的完善，得到有效的整顿与调控，趋于合理。我坚信这一点。"

建丰、建伟点头称是。这时，突然从堤下茂密的草蓬间"扑棱棱"飞出两只红腹彩羽锦鸡，在前方迅跑，远处还有"咯古……咯古……"斑鸠的叫声。

针对贫富差距问题，何建业又说："经济学有一个'基尼系数'，它是衡量国家与地区居民收入差距的常用指标。零点四，是一个贫富差距的警戒线，如果超过了这个警戒线，就容易产生社会的动荡。我们国家现在的贫富差距，已经处在这个警戒线附近。所以说，无论是履行党的纲领与宗旨也好，还是兑现新时期'共同富裕'理论实践的承诺也好，或从社会稳定必要性的角度出发，现在国家所采取有关调整举措，包括日益强化的扶贫行动，都在为了缩小社会财富分配中出现的差距。"

"原来提倡让一部分人先富起来，先富带后富，最后达到共同富裕。现在关键是先富起来的一部分人，不愿意带动没富的人共同致富，而是自己越来越富。另外，发财致富的人，所攫取的财富，有合理与不合理的成分。合理的靠劳动致富的，应该给予保护；不合理的靠不正当手段投机榨取而来的，应该予以剥夺！"何建伟心路特别活跃，讲得愤愤然。

何建业说："问题是复杂的。历朝历代政权的更替，大多与贫富两极严重分化，最终穷人起来闹革命夺权有关。关键是和平时期在人民内部，对这些财富收入的合理与不合理成份，由谁来界定？怎么来界定？这不仅是经济问题，更是个政治命题。所以，更多还是依靠比较温和的、有礼有节的政策调控手段，逐步去缩小社会成员间的贫富差距。"

何建伟直逼："大哥的另层意思，是不是说，对于反腐败，过严亡党，不严亡国？"

何建业多少有些看不明白，原来头脑简单的何建伟，今天竟会变得如此复杂，如此的仇官仇富，如此的犀利，没有回话。

何建丰的家底最厚实，说到此，有点担心地问道："现在贫富拉开，不知道国家会不会又来一次杀富济贫。"何建业立时回答:"肯定不会!新中国的土地改革,是因为半封建半殖民社会造成的相当一部分富人靠强取豪夺手段,造成的两极分化。党和政府一定会平均地权,让耕者有其田,让穷人当家作主。现在不一样,发家致富,是党的政策鼓励的,出现了贫富差距拉大,不会利用极端手段,只会通过政策调控,适度限制富人的无序扩张,提升低收入阶层的财富发展空间,逐步缩小贫富的差距。"建伟跟着敲击二哥:"大哥说得有道理,所以,二哥你不用担心会没收你的财产。回过头来说,你那财产在定州能够排上个号。如在大城市里面,与收入阶层高的富人相比,可能只是人家的九牛一毛,别总把自己当做富豪来看待!"接着又补了一句:"总之,在中国的土地上,只要出现资本家,穷人就会起来把他打倒。"

何建丰这时开腔堵小弟:"你现在又不是穷人,干嘛那么激进呢?"

"关键是我体验过底层人群的困苦!"何建伟挤个笑眼回话。

大哥掏出"大青山牌"香烟,给建伟和自己点上,若有所思地感慨:"尽管鼓励人们发家致富,不管到什么时候,穷人还是最勤劳、最淳朴、最忠诚。富人也都是从穷人走过来的,穷人的精神不能丢。而富人有了钱,又往往会变得为富不仁、狡诈狠辣。所以,富人也应该守住平常的心,懂得接济穷人帮助穷人!"

"二哥,大哥与君一席话,在提醒你呢!"何建伟又在笑着借题敲山震虎。

他们还谈到如何侍奉父母的问题。何建业对何建丰说:"我离得太远,平时照顾不到,很惭愧。等我将手上公事解脱后,多抽空回来陪陪两位老人。"何建伟也说:"我那个行当,也没有退不退休的问题,只要干得动就得干下去,家里的事还是辛苦二哥二嫂的多。有什么重要事,打电话,我就回来!"

三人闲走闲聊的笑声,伴着金马河的河水,哗啦啦地流向远方……

到了离开龙峪的时间,何家三兄弟同时出发。应何建丰、许巧巧邀请,商定先到新乐市住两日,家里那套二百五十平方米大房子,有接待能力。计划在新乐游览下汉朝天坛、唐朝城墙遗址、东郊瀑布、碧云寺、轩辕庙街等风景名胜。

离开龙峪这天，何家门前轰轰烈烈，许多村民来送行，也有看场面的。门口摆放着三部小车，一部是奥迪，何建丰自己的；一部是建伟从海津开回来的丰田越野；另一部也是何建丰安排村里朋友来送人的。何家三兄弟、妯娌、儿女十多个人，提着大包小袋从家里走出来上车，站在车边的人，争相过来握手话别。父亲何长生大气，仍乐哈哈地笑，母亲曹仁花则被两个孙女搀扶着，隐忍不住，泪水挂在脸上。边海清支书赶过来，握住何建业的手，也看看建丰与建伟他们："真辛苦你们了，请放一百个心，那三棵小柏树，一定会护理好。你们也别忘了常回来看看！"三兄弟个个点头，双手抱拳，并向周围的亲人乡邻好友不停地说："谢谢！谢谢了！"建业的好朋友雷大海、赵解放，建伟的朋友金狗蛋、沈畅、谢富来等都赶来相送。

汽车开动了，何长生与曹仁花举起手，轻轻地说："走吧！走吧！"边海清支书和乡亲们挥手致意，密集得像一束束舒展盛开的花丛……

三辆小轿车沿着龙峪小盆地宽阔的柏油路，在一条大弧线上，向东行驶。右手是彻夜不息滚滚向前的金马河，左手是成块连片的苗圃与果园。其中还有几大片，是长贵叔引种成功的东北人参种植地，绿油油地在车窗外旋转……

车走出三五里地，何建业他们在车内回眸龙峪。还能看见村东高地上那渐远的三棵大柏树，它昂立着天神般的身躯，华盖如伞，郁郁苍苍，头顶上是一片高阔的、无际的、蓝莹莹的天……

二○二○年十月至二○二一年八月初稿
于湖南长沙、河南木札岭、白云山
二○二一年九月至二○二二年九月修改
于湖南长沙、大围山